柏桦 说 三十六计与中国古代政治智慧 下

潜龙勿用
日乾乾

——并战计与败战计

柏桦 等 著　王山甲 插画

北方联合出版传媒（集团）股份有限公司
万卷出版公司

ⓒ 柏桦 等 2018

图书在版编目（CIP）数据

潜龙勿用日乾乾：并战计与败战计 / 柏桦等著 . —沈阳：万卷出版公司，2018.8
（柏桦说三十六计与中国古代政治智慧）
ISBN 978-7-5470-4980-8

Ⅰ.①潜… Ⅱ.①柏… Ⅲ.①兵法—中国—古代—通俗读物②政治制度史—中国—古代—通俗读物 Ⅳ.① E892.2-49 ② D691.21-49

中国版本图书馆 CIP 数据核字（2018）第 123818 号

出 品 人：	刘一秀
出版发行：	北方联合出版传媒（集团）股份有限公司
	万卷出版公司
	（地址：沈阳市和平区十一纬路25号 邮编：110003）
印 刷 者：	鞍山市春阳美日印刷有限公司
经 销 者：	全国新华书店
幅面尺寸：	145mm×210mm
字 数：	480千字
印 张：	19.125
出版时间：	2018年8月第1版
印刷时间：	2018年8月第1次印刷
责任编辑：	胡 利
装帧设计：	范 娇
责任校对：	高 辉
ISBN 978-7-5470-4980-8	
定 价：	65.00元

联系电话：024-23284442
传　　真：024-23284448
E－mail：vpc_tougao@163.com
网　　址：http://www.chinavpc.com

常年法律顾问：李福　　版权所有　侵权必究　举报电话：024-23284090
如有质量问题，请与印刷厂联系。联系电话：0412-2228073

目录

并战计——龙虎相争

偷梁换柱——频更其阵　乘乱吞并强敌　　5
　　一、智法兼备　暗藏化险之道　　7
　　二、蒙混欺骗　信与不信之间　　9
　　三、变换手法　计谋出奇制胜　　31
　　四、并战首计　欺诈巧妙实用　　46

指桑骂槐——杀鸡儆猴　制以险毒刚严　　49
　　一、行险而顺　以小损换大利　　51
　　二、旁敲侧击　行威武无怨恨　　53
　　三、审时度势　迂回取胜之道　　87
　　四、暗藏智慧　斗智斗勇斗奇　　108

假痴不癫——静不露机　意在大智若愚　　111
　　一、韬光养晦　寓机智于糊涂　　113
　　二、装疯卖傻　变被动为主动　　115

三、假戏真做　　先谋后事者昌　　149

　　四、并战重计　　使敌猝不及防　　167

上屋抽梯——假之以便　必要陷之死地　170

　　一、假之以便　　取利须防后害　　173

　　二、置梯诱敌　　迎其意谋远图　　175

　　三、隐藏伪装　　以少损获大成　　181

　　四、诱敌惑敌　　最终战胜强敌　　192

树上开花——巧布迷阵　以此虚张声势　203

　　一、借局布势　　其羽可用为仪　　203

　　二、对症下药　　据时势变手法　　208

　　三、力小势大　　定要眼花缭乱　　243

　　四、诡怪异常　　弱者对付强者　　260

反客为主——乘隙插足　循序扼其主机　264

　　一、排闼入室　　均势转变强势　　266

　　二、尊重规律　　伪造以求新奇　　269

　　三、奇谋妙计　　智慧手腕并举　　293

　　四、步步为营　　不贪功不冒进　　307

败战计——败中取胜

美人计——伐情消志　顺势保存实力　315
　一、美人相赠　使其体弱情疲　317
　二、献美伐情　寓计谋于其中　319
　三、以求生存　变劣势为优势　352
　四、财色阴谋　诱惑欺骗卑鄙　355

空城计——虚虚实实　力争奇而复奇　358
　一、虚以惑敌　意在化险为夷　360
　二、巧设迷阵　真虚假虚出奇　364
　三、手段高明　奇人奇事奇计　386
　四、夸张虚饰　制驭政敌之心　409

反间计——五间并用　意在乘隙取胜　414
　一、两军对垒　疑阵中有疑阵　416
　二、示假为用　巧用反间制胜　420
　三、乘虚而入　圣智也要用间　447
　四、诡道之术　成本低获利高　457

苦肉计——假真真假　离间全在真假　461
　一、伪受迫害　迷惑麻痹离间　463
　二、自我伤害　博信待机出奇　467
　三、警惕对手　戒备防范之心　485
　四、自损其体　寻求心理突破　493

连环计——百计迭出　此策阻彼策生　497
　一、使其自累　智将强敌可制　500
　二、机巧环连　运筹制胜心机　502
　三、统筹全局　智取强攻豪夺　524
　四、海纳百川　集众长以补短　535

走为上——全师避敌　志在以退为进　540
　一、全师避敌　反败为胜之机　542
　二、以退为进　谋求全胜之道　545
　三、反败为胜　力不足谋补之　570
　四、险中取胜　衰到极点转盛　583

秘本兵法　三十六计　589

后　记　603

并战计
——龙虎相争

引　言

"并战计"是三十六计的第五套，由偷梁换柱、指桑骂槐、假痴不癫、上屋抽梯、树上开花、反客为主等六计构成。

"并战计"，一般地说是对付友军的。在历代王朝的兼并战争中，友军也是被列为潜在的敌人之中。当列强有求于友军与自己同仇敌忾、并肩作战时，有些时候会突然下手消灭或吞并友军。

"并战计"的六计，一言以蔽之，都是些阴毒至极的反常之举。如"偷梁换柱"，其核心是当同友军联合作战时，暗中换它的主力，使它作战不利，然后乘机吞并其兵力的计谋。"偷天换日"、"偷龙换凤"，都属此类；"指桑骂槐"，则是用杀鸡儆猴、敲山震虎的暗示手段，达到统率部众和树立威严的法术；"假痴不癫"，又是欺骗麻痹敌对势力，同时愚弄己方士兵，从而实现获取更大权力和势力的战略目标的计谋；"上屋抽梯"，则是用小利诱敌，使其覆没的阴毒之计；"树上开花"，则是借着别人的兵力来慑服敌对势力的谋略；"反客为主"，是在获益把握较大时，乘机扩充实力、兼并他人之利，变客为主的计策。

擅长于此类谋略者，非博鉴群书而逊色。就此类"并战计"

言之，自古至今，论述颇丰，如《戊笈谈兵·古今阵法·律藏赋》说："减天衡、地轴之营，及乃李靖之六花（阵）制度。"《孙子·九地篇》说："能愚士卒之耳目，使之无知。"《李卫公问难》载："自古诡道存之，则全诡不复增之、废之，则使贪、使愚之术，从何而使哉？太宗良久曰：卿宜秘之，勿泄于外。……诡道可使由之，不可使知之。……兵者，诡道也。托之以阴阳术数，则使贪、使愚，兹不可废也。"又载："臣较量主客之势，则有变客为主，则有变主为客之术。"再如《百战奇略·利战》载："凡与敌战，其将愚而不知变，可诱之以利；彼贪而不知害，可以设伏以击之，其军可败。法曰：利而诱之。"《孙子·虚实篇》说："能使敌人自至者，利之也。"这都是"并战计"的理论阐述。

政治与军事密不可分，这些计谋既可运用于军事行动，也可施之于政治斗争。即使是在军事中的运用，其操作也很难与政治截然分开。"兵不厌诈"，在战争中，施计用谋，常可收"不战而屈人之兵"之效，故孙子有"上兵伐谋"之说。政治斗争同样变幻莫测，奇谋妙计的运筹是克敌制胜的重要保障，杰出的政治家们以其超人的韬略导演出威武雄壮的历史活剧。

计谋、谋略是人类智慧的结晶，是人们政治、军事、社会斗争的经验升华。中国古代形成的"三十六计"，固然带有不可避免的局限性，但是同一计谋，往往既可为进步势力的正义事业服务，也可为腐朽势力的丑恶行径作伥，关键是使用它的目的和实施的对象、方法。因此通过这些计谋运用实例的叙述，不仅可以看到历史上光怪陆离、云谲波诡的政治斗争场面，而且可以从中得到智慧的启迪。

偷梁换柱

——频更其阵　乘乱吞并强敌

本计云:"频更其阵,抽其劲旅,待其自败,而后乘之。曳其轮也。"意思是:多次变动友军的阵势,暗中抽换它的劲旅,等待它自趋失败,然后乘机控制或吞并它。这就像《周易·既济》卦的爻象所显示的那样:拖住了大车的轮子,也就控制了大车的运行。

《三十六计》还为这一计加了一个说明性的按语。其原文是:"阵有纵横,天衡为梁,地轴为柱,梁柱以精兵为之。故观其阵,则知其精兵之所在。共战他敌时,频更其阵,暗中抽换其精兵,或竟代其为梁柱,势成阵塌,遂兼其兵。并此敌以击他敌之首策也。"其大意是:阵势有东西南北之方位,阵中有"天衡",首尾相对,作为战阵的大梁;"地轴"在中央,当作战阵的柱子。梁和柱的位置,都要部署主力部队防守。因此观察对方的阵势,就能知道他的主力在什么地方。与友军共同对敌作战时,频繁地更改他的阵容,暗中抽换他的主力,或者直接派自己的部队去代替他作梁柱,这样就会导致他的阵地出现坍塌之势,于是兼并他的军队。这是吞并这一潜在敌人后,再去攻击其他敌人的首要策略。

本计的提出,原是针对盟军的,但在实际应用中也用来对付

以假乱真,分身蒙混过关

敌军。从该计的本意来看，有以下两层含义：第一，通过不断地变更盟军（或敌军）的阵势排列、兵力部署，以及暗中调开他的精兵，抽换他的主力，来达到削弱他的实力，最终控制或消灭他的目的；第二，把自己的部队派到盟军（或敌军）的阵地上，去替换他们的主力（梁柱），从而控制或吞并对方。在这两层原意之外，人们经常看到的却往往是它的引申之意，即通过暗中偷换事实的手法来欺骗盟军（或敌军），保护自己。

偷梁换柱这个成语源于桀、纣"换梁易柱"的传说。据说夏桀王、商纣王力大无穷，能够"倒曳九牛，换梁易柱"。后来，"换梁易柱"就演变成"偷梁换柱"的成语，通常用来比喻玩弄以假乱真的手法，暗中篡改事物的性质或内容的行为。例如，在《红楼梦》中，乘贾宝玉神志不清之机，以薛宝钗冒充林黛玉而与他成婚，王熙凤施展的就是偷梁换柱的伎俩。

一、智法兼备　暗藏化险之道

《周易·既济卦第六十三》云：既济：亨小，利贞；初吉终乱。《象》曰：水在火上，既济。君子以思患而豫防之。

【一爻】初九，曳其轮，濡其尾，无咎。《象》曰："曳其轮"，义无咎也。

【二爻】六二，妇丧其茀，勿逐，七日得。《象》曰："七日得"，以中道也。

【三爻】九三，高宗伐鬼方，三年克之，小人勿用。《象》曰："三年克之"，惫也。

【四爻】六四，繻有衣袽，终日戒。《象》曰："终日戒"，有所疑也。

【五爻】九五，东邻杀牛，不如西郊之禴祭，实受其福。《象》曰："东邻杀牛"，不如西邻之时也；"实受其福"，吉大来也。

【六爻】上六，濡其首，厉。《象》曰："濡其首厉"，何可久也？

"曳其轮"是水火既济初九爻的爻辞。初九是变爻，变为水山蹇卦。既济为本卦，蹇为之反卦。因此，既济卦的对卦与反卦都是"未济"卦，"未济"卦的分量相对较重。既济卦中隐伏危机，危机的来源，在变爻中寻找。化险之道正是此计的奥妙。

根据阴阳变化的法则，可将偷梁换柱之计在各种政治条件下使用的结果，结合中国古代事例进行推演，一般可能出现以下六种情况：

第一，政治斗争有如人之渡水，仅濡其尾，表明水并不深，因此，运用此计可以保全无祸事。但是施行之中，无桥何以渡水？无舟何以渡水？说明渡水的艰难，情况的复杂，因而在隐藏的危机中，必须化险为夷。

第二，拖住车轮，车子就不能运行，在运用此计过程中，必须谨慎行事。在错综复杂的斗争中，为求得生存，保全自身，在成功之际，便要谨慎筹划，防患于未然。也就是说胜利在即，要乘此时算计友军，以免将来友军算计于我。只有这样，才能达到此计的目的。

第三，如果客观条件不利于己的时候，采取大的行动，就会导致失败。遇到这种情况，不能违反客观存在，贸然发动进攻，那样是很危险的，必须耐心地等待时机的到来。

第四，本身占据有利的位置，既要征服对手，又不能让友军摘去桃子，唯一可行的，就是吞并友军，合二力为一力，这样就可以大举歼灭敌人，得到极大的成功。

第五，在客观条件成熟之时，不仅要控制友军，要阻止友军前进，而且要吞并友军，以免自身遭受危机，处于劣境的情况发生。

第六，在政治斗争中，当位者要保全地位，必定戒备森严，不当位者思当位，也必定费尽心机，而当位者为防不测，以友为敌，狠狠打击，须以计达到目的。

综观上六种情况，说明偷梁换柱之计在实施过程之中千变万化，从既济到未济，无一爻不变，所以在卦的推演上，格外复杂。在古代兼并战争中，在政治斗争的舞台上，友军就是潜在的敌人，因此同仇敌忾之时，突然下手消灭或吞并友军，以友为敌，这是反常之举。而根据不同的情况，实施不同的手法，这是并战之计的根本。

偷梁换柱虽然是军事上的谋略，但在古今中外的政治角逐中，政治家们也将其作为一件法宝，用来瓦解和迷惑对手。而且军事与政治很难截然分开，军事上的斗法与政治上的斗智经常紧密地交织在一起。不过，本计在政治上的应用，更多的还是它的引申之意，而非其原始本意。

二、蒙混欺骗　信与不信之间

计谋在政治斗争中，有着极为重要的作用。只要运用得法，就可以少胜多，以弱胜强，这在政治斗争中的例子，是不胜枚举的。偷梁换柱之计作为并战计的第一个计谋，在政治斗争中的运用，其常用手法有以下四种。试举一些事例来看，则可见这一计谋的常用手法运用，在历史上引出了多么扑朔迷离的斗争场面。

第一，以计抽换敌方的主力，来达到削弱其实力，最终消灭他的目的。

并战计的特点是偏重于策略，偷梁换柱之计也在于去掉潜在的敌人，不是公开的，却是目的明确的，其手段必定是阴险的。

事例：换将易帅，赵军惨败长平

前264年，秦昭王命武安君白起伐韩。前261年，秦军包围韩国上党郡（今山西沁河以东），上党郡守冯亭将上党献给赵国，以求借赵抗秦。秦王大怒，命白起及左庶长王龁攻取上党郡，然后大举进攻长平（今山西高平西北），与赵国开战。

赵王派名将廉颇率军抗秦，与白起战于长平。秦军远离故土出征，欲速战速决，猛打猛冲；廉颇则避其锐气，据险结营，坚守不进，秦军攻势受挫。廉颇及其防御战略成为秦军取胜的最大障碍，秦国丞相范雎便施用偷梁换柱之计，设法除去廉颇。

范雎派奸细携重金到赵国都城邯郸，贿赂赵王身边的宠臣。奸细散布流言蜚语，谎称廉颇年迈胆怯，不敢与秦交战，且有降秦之意。又故意编造说，秦军最怕的不是廉颇，而是赵括，把本来怕廉颇、不怕赵括，偷换成不怕廉颇、怕赵括。赵王果然中计，不顾丞相蔺相如和赵括母亲反对，任命赵括为主帅，替代廉颇指挥作战。

秦国为什么煞费苦心地使赵国改任赵括呢？原来赵括只是一位擅长纸上谈兵的空头将军。赵括乃是赵国名将马服君赵奢之子，自幼熟读兵书，但缺乏实战经验，议论兵法，引经据典，夸夸其谈，自以为天下无敌。在与其父讨论用兵之事，其父虽然难不倒他，但却为他担忧。其母询问原因，赵奢说："用兵作战，险恶而又千变万化，而赵括却将它看为平常易事，将来如果统兵为将，必遭败绩。"事情果然为其父所言中。

赵括对于秦将，畏惧白起而轻视王龁。赵括曾向赵王表示，白起"战必胜，攻必取"，秦国如以他为主将，则须认真对付；而现在却任命王龁为主将，他遇到我就像秋叶遇到狂风一样，"不足当迅扫也"。其实赵括恰恰中了秦国偷梁换柱之计。秦国针对赵括惧怕白起、蔑视王龁的心理特点，表面上任命王龁为主将，而实际上却秘密任命白起为主帅上将军，命令全军严加保密，泄露者斩，从而麻痹了赵括，使其越发傲慢轻敌。

赵括率兵直趋长平，秦国前来迎战的正是王龁，赵括更加以为稳操胜券，便尽改廉颇防御战略，挥军大举进攻。两军交锋，赵军立即受挫，陷入重围。这时秦军杀出一员猛将，高喊："赵括中了武安君白起之计，还不赶快投降！"赵括得知是白起在指挥作战，不由得心惊胆战，方寸大乱。结果赵军全军覆没，赵括中箭身亡，赵国四十余万士卒被坑杀于长平，这就是著名的长平战役。

在长平之战中，秦国连续两次使用偷梁换柱之计。第一次是用计使赵国把统帅由知兵善战的廉颇调换成纸上谈兵的赵括，这犹如砍倒了赵国的擎天之柱。第二次是用计在表面上以副将王龁代替主将白起为本国统帅,而又在关键时刻揭示真相,使赵括始之以狂,继之以怯。两用偷梁换柱,都收到了良好效果,对秦国取得长平大捷起到了至关重要的作用。

军事是政治的继续,政治与军事密不可分。在这里,秦国两次用计,都是针对双方主帅任免的。而战争中的人事问题,既是军事问题,又是政治问题,因此这也是偷梁换柱之计在政治上的应用。

事例:抽其劲旅,曹操大败袁军

袁绍,东汉末年汝阳(今河南商水西南)人,字本初,出身于四世三公的名门世家。在割据混战中,袁绍迅速扩展了自己的力量,拥兵数十万,占据冀州(今河北省中南部)、青州(今山东省东北部)、幽州(今河北省北部)、并州(今山西)四州六地,可谓地广、兵多、粮足,是当时实力最为强大的军阀割据势力。在黄河以南的曹操却是他图谋称霸天下的最大障碍,因此自恃兵强势大,于建安四年(199)夏季,亲率精兵十万,战马万匹,向南进发,决心一举灭曹。

曹操面对袁绍气势汹汹的进攻,一直处于被动挨打的地位。这时的曹操虽然靠收编黄巾军和征服吕布、袁术等割据势力,建立了自己的军事力量,并挟持汉献帝迁都于许(今河南许昌),但与袁绍相比,在实力上却处于劣势。曹操不仅兵力不足,而且他所占据的黄河以南地区,连年战乱,残破不堪,物资匮乏。因此如何变被动为主动,变防御为进攻,在不利的态势下以弱胜强,就是摆在主帅曹操和众高参们面前的难题。

建安五年(200)二月,袁绍派遣大将淳于琼、颜良和谋士郭图进军白马（今河南省滑县北，时为黄河分流处），围困曹操的东郡（今河南省濮阳地区）太守刘延，自己率领大军进至黎阳（今河南省浚县东，为黄河北岸古津渡口），准备渡河直捣许都，由此拉开了著名的官渡（今河南省中牟东北）之战的序幕。

东郡地区是曹军的北部屏障，一旦失陷，袁军就会以此为缺口，挥师南下，因此曹军势在必守。四月，曹操亲统大军北上解救白马城之围。针对战局态势和袁绍志大才疏、骄横轻敌的特点，曹操与谋士们对战略战术作了周密的策划。著名谋士荀攸献上偷梁换柱之计。

荀攸，字公达，颍川颍阴（今河南许昌）人，出身士族，跟随曹操从征张绣、吕布、袁绍等，屡献奇谋，被任命为尚书令，后在征伐孙权途中病故。这时，他向曹操进计说，敌强我弱，不能硬拼，只有先设法分散它的兵力，调开它的主力，才能扭转局势，取得胜利。他提出的具体方案是，请曹操亲率队伍直奔延津（今河南省延津北），伪装成要渡河北上进攻袁绍后方的架势，袁绍见状必然会分兵前来迎战，这时曹操再挥师东向，飞奔白马，出其不意，袁军可破。

曹操采纳了荀攸的计谋，向延津以西的白马进发。在延津渡口，曹操布置军士、民众赶造船只，制造即将渡河的假象。袁绍闻报，惊恐异常，急忙率领主力队伍向延津移动，只留下颜良继续围攻白马。曹操见调动敌方精锐、分散敌方兵力的策略已经见效，便调转兵锋，与袁绍相背而行，日夜兼行，向白马挺进。曹军神出鬼没，已经逼近白马城，颜良方才发觉。颜良部队惊慌失措，仓皇迎战。由于主力已经被袁绍带走，颜军势孤力薄，军心涣散，腹背受敌，被曹军打得大败，主帅颜良也被曹军大将关羽斩首。

曹操白马大捷后，仍不与袁军主力硬拼，率部沿黄河南岸向西撤退。袁军南渡黄河，追杀而来。曹操撤至延津以南，见袁军大将文丑追军将至，便命令部队解衣卸甲，依山安营扎寨，又下令卸下马鞍，放掉马匹，并将辎重粮草放置山下营外。诸将不解曹操之意，只有军师荀攸心领神会，知道曹操在诱敌上钩。文丑有勇无谋，又急于为颜良报仇，头脑发热，果然中计。袁军开到，争抢辎重粮草、车辆马匹，队伍一片混乱。曹操见战机已到，命令曹军突然从山上冲下，猛烈出击，袁军被打得落花流水，大将文丑也被关羽斩于阵前。

颜良、文丑都是袁绍的名将，二将的阵亡大大削弱了袁军的实力。延津战后，曹军又主动撤退，退至官渡坚壁待战。曹军白马、延津大捷，为官渡之战的最后胜利奠定了坚实的基础。

曹操白马之战是运用偷梁换柱之计取胜的有名战例。如果不是使用偷梁换柱之计，而是直接去解白马之围，袁绍必将率主力前去增援，与原来围攻白马城的颜良会师，合力攻击曹军，这样曹操就会腹背受敌，在整体上处于绝对劣势。此计的运用，则分散了袁军，调开了他的主力，这样在白马战场上，解围的曹军在局部上就占有了优势，从而将颜良部歼灭。然后又用上屋抽梯之计将文丑部歼灭。两计连环，就使袁军元气大伤。

第二，以假代真，运用替换之法，达到自己的政治目的。

偷梁换柱的核心就是以假代真，也必然要进行蒙混欺骗，最终达到谋取利益的目的,其阴谋则是隐秘的,也会是不择手段的。

事例:偷换遗诏,赵高沙丘谋变

秦始皇三十七年(前210),始皇第五次东巡,公子胡亥、左丞相李斯、中车府令兼行符玺令事赵高等护驾随行。

在归途中,始皇忽得重病。始皇最忌讳谈死,因此群臣"莫敢言死事"。圣驾行至沙丘(今河北平乡东北)行宫,病势更加严重,便给长子扶苏写了一道诏书,命令他立即从北边赶回都城咸阳,主持丧葬之礼。这道诏书封好后,存放在中车府令赵高之处,并没有立即派使者送出去。始皇写好诏书后,崩逝于沙丘平台,这封诏书也就成了始皇立下的遗诏。

当时只有公子胡亥、丞相李斯、中车府令赵高及几个宠幸太监知道始皇已死,其他随行臣下毫无所闻。李斯考虑到,皇帝猝死于巡游途中,远离都城,没有戒备,如果诸皇子发动内乱或天下豪强兴兵举事,后果将不堪设想,便对始皇之死严密封锁消息,不予发丧,将棺椁放置在有窗牖的车中,运载前行,宠幸宦官侍候左右。为了掩饰真相,每天仍然按时进奉御膳,百官奏事照常进行,而由贴身宦官"上传下达",赵高却乘机采用偷梁换柱之计发动了一场不流血的政变。

赵高自幼阉割为秦宫太监,为人机敏狡黠,通晓狱法,深受始皇宠爱,委以中车府令兼管印信符玺之事,乃机要之职。受命教公子胡亥学习司法断狱,便与胡亥交结在一起。始皇驾崩,赵高欲窃取权柄,专擅朝政,而胡亥昏庸无能,若继承皇位则可成为自己掌上之物;相反,扶苏及其支持者大将蒙恬则是最大障碍。扶苏是始皇长子,为人刚毅武勇,信人奋士,因谏阻坑儒触犯父皇，被谪遣北边，为蒙恬监军，二人相倚抗敌，信赖不疑。始皇有皇子二十余人，病危之际，唯独给扶苏遗诏，由其继位之意昭然若揭。因此赵高必欲置扶苏、蒙恬于死地。同时，赵高与蒙氏兄弟还有宿怨旧仇。赵高曾因事犯法，蒙恬的弟弟蒙毅审理此案，依律定为死罪，而始皇却特予赦免，赵高由此对蒙恬兄弟恨之入骨。

始皇客死沙丘，遗诏和符玺都掌握在赵高手中，为其篡改诏书、废立太子提供了有利的条件。他与胡亥、李斯密谋说："今上崩，未有知者也。赐长子书及符玺皆在胡亥所，定太子在君侯（李斯）与高（赵高）之口耳！"也就是说，定谁为太子继承皇位，全凭他们的一张嘴。经过三人阴谋策划，将始皇原立遗诏篡改为丞相李斯于沙丘受始皇遗诏，立胡亥为太子；另外又伪造一诏，赐扶苏、蒙恬死，然后加用御玺，封固送出。伪诏有云："朕巡天下，祷祠名山诸神，以延寿命。今扶苏与将军蒙恬将师数十万，以屯边十有余年矣，不能进而前，士卒多耗，无尺寸之功，乃反数上书直言，诽谤我所为，以不得罢归为太子，日夜怨望。扶苏为人子，不孝，其赐剑以自裁；将军蒙恬与扶苏居外，不匡正，宜知其谋，为人臣不忠，其赐死。"扶苏接旨悲泣，自杀而亡；蒙恬被捕下狱，服毒自尽。

始皇灵车继续向咸阳方向行进。时值炎夏酷暑，尸体腐臭，胡亥令将鲍鱼放置在一辆随行的车中，"以乱其臭"。灵车回到咸阳，胡亥主持发丧，葬始皇于骊山陵墓。胡亥继位，是为秦二世。赵高从此窃取朝纲，专权乱政，国是日非。

赵高运用偷梁换柱之计可谓得心应手。在沙丘之变中，他曾三用此计,即用始皇仍然活着的假象偷换其已经病逝的真相;用假遗诏偷换真遗诏;用鱼臭偷换尸臭。在政治、军事斗争中,敌对双方都在施计用谋。计谋本身往往并没有正义与邪恶的属性,它既可以为进步力量服务,也可以为反动势力作伥。赵高、胡亥通过连续三次玩弄偷梁换柱之计,达到了废立太子、篡夺朝政的政治目的。

事例:篡改诏书,帝位谜团难解

清雍正皇帝是怎样继位的,长期以来一直是个谜,今天仍三说并存。内中缘由还得从头说起。

清初,皇权与诸王旗主势力之间展开了长期激烈的斗争,而皇位继承问题又是双方角逐的焦点。为此双方各自施展了各种权术和计谋。

皇太子是皇帝的继承人,他的选拔和确立,成为皇位顺利交接的关键。康熙十四年(1675)十二月,康熙皇帝虽然年仅二十二岁,但却一反清初各帝生前不立皇太子的旧规,下诏册立刚满一周岁的嫡长子胤礽为皇太子,以求"垂万年之统"。太子长大成人,内则赞襄政务,外则扈从巡幸,对于加强对臣下的统御起到了重要作用。但是随着权力的增长,皇太子觊觎父皇之位的欲望也在膨胀,不免"中怀叵测",图谋轮班夺权,便引发了皇帝与太子之间的冲突,以及诸皇子争为太子的内讧。康熙帝与太子胤礽的矛盾日趋激化,康熙四十七年(1708)九月,废除胤礽太子之位,将之幽禁。

康熙皇帝有皇子三十五人,成人者二十四人。争夺最高权力的欲望驱使他们拉帮结党,相互倾轧。胤礽被废去太子之位后,众皇子各显其能，都想立自己为太子，这又惹怒了他们的父亲，为此皇庶长子胤禔、皇八子胤禩，先后被革去爵位，胤礽重立为太子。胤礽恢复太子之位后，不改前非，僭越如故，康熙五十一年（1712）十月又被废除。此后康熙帝一直没有再公开册封皇太子，太子之位空缺十年之久。宗室内部的严酷斗争，使康熙帝深深感到，太子乃国之根本，"立非其人，关系匪轻"，因此在他在位时不宜公开册立，而应秘密建储（皇太子又称为"储君"），在临终或死后予以公布，以免诸子争位。

虽然没有公开立储，但是对诸子亲疏好恶的不同态度却是明显的。皇四子胤禛、皇十四子胤禵，受到了父皇特殊的宠爱和重用，实际上已被康熙皇帝内定为未来嗣君的人选。胤禛有过人的政治才干和谋略，在诸皇子争立太子的斗争中，他表面上不露"妄冀大位之心"，而内地里却结成了以年羹尧、隆科多等人为核心的皇四子党，为日后龙升宝座准备了力量。他的韬晦之计获得成功，以"循理守分"的形象，博得父皇的宠信，被封为和硕雍亲王。皇十四子胤禵同样优渥有加，恩宠非常，被任命为抚远大将军，统领雄师，征讨新疆，在诸皇子中是唯一授予大将军之职的人，可谓位尊权重。

康熙六十一年（1722）十一月十三日，康熙帝猝然而逝，皇四子胤禛继位登基，是为雍正皇帝。雍正帝是如何取得皇位的，大体说来有三种说法：

第一，受命说。据有关文献记载，康熙帝临终时宣布遗诏说："皇四子人品贵重，深肖朕躬，必能克承大统，著继朕登基，即皇帝位。"就是说，雍正即位是秉承遗命，是合乎朝廷法度的，没有什么阴谋。

第二，矫诏说，亦即篡改遗诏而即位。这里又有不同的说法。一种说法是，康熙帝早已决定皇十四子胤禵为继承人，因此在弥留之际，手书遗诏"传位十四子"。四子胤禛趁同胞弟弟胤禵远在边陲之机，盗出遗诏。将"十"字改为"于"字，成为"传位于四子"，从而登上皇位。另一种说法是，康熙帝病重，胤禛及诸子在宫门问安，隆科多受顾命于御榻前，康熙帝在他的手掌中亲书"十四子"字样。隆科多出见诸皇子，胤禛上前迎问，隆科多遂将掌中的"十"字抹掉，只剩"四子"，于是雍正继位。隆科多乃雍正帝之舅父，时任理藩院尚书、步军统领，手握重兵，担负着拱卫京师及卫戍皇宫的重任，实乃举足轻重的扛鼎人物。

第三，伪造遗诏说。这种说法认为，根据种种迹象，康熙帝生前所定皇位继承人是十四子胤禵，而不是四子胤禛，但是否立有文字遗诏及藏于何处，则不得而知。康熙帝深夜猝死，临终时并未宣布遗诏，这就为四子胤禛和步兵统领隆科多伪造遗诏提供了绝好时机。根据分析，雍正继统的经过是这样的：康熙六十一年（1722）十一月十三日夜，康熙帝在畅春园心脏病（或脑血管病）急性发作，突然而逝。当时诸皇子、嫔妃及王公大臣都不在场，只有近侍太监在身边。太监急忙把死讯禀报给守卫京城及畅春园的隆科多。皇帝在与外界隔绝的环境中猝然病逝，而暗定的嗣君，又远在数千里之外，这真是上天赐给了隆科多一个建树拥立新君之功的良机。隆科多便凭借着自己的军威，与皇四子胤禛密谋，由他公布伪造的传位给胤禛的所谓"遗诏"，然后登基即位。

第二种或者第三种说法如果成立的话，那么这里使用的都是偷梁换柱之计，即把皇位继承人由皇十四子偷换成了皇四子，即使这两种说法不能成立，那么当人们演绎这些假说时，心中想到的也是雍正帝使用偷梁换柱、瞒天过海之术夺取了皇位，可见这是一个为人们所熟知、在政治斗争中经常使用的计谋。

第三，通过替换的方式，制造假象，迷惑敌人，达到误敌、保护自身的目的。

实施偷梁换柱之计，在替换过程中，制造假象乃是必要的手段，其意在迷惑敌人，使敌产生错觉，上当受骗，既可以保护自己，又可以制胜他人。

事例：易位换服，侥幸化险为夷

前589年，齐顷公发兵入侵鲁国，又攻打卫国。鲁国、卫国请求晋国救援，晋国应邀出兵进攻齐国。

六月中旬，晋、齐两军大战于鞌（今山东济南市西），齐军战败，晋军司马韩厥率部追击齐顷公。战前，韩厥梦见父亲告诉自己，明天打仗时不要站在战车的左右，因此在作战中韩厥就站在中间驾驭战车。齐顷公在前面奔逃，为他驾驭战车的邴夏提出，后面追赶的战车上的驾车人是君子，应立即射杀他。齐顷公说，知道他是君子而射杀他，这不合乎礼，就把战车上的车左、车右射杀，韩厥幸免一死。

韩厥穷追不舍，继续追赶齐顷公。齐顷公战车上的车右大将逄丑父，见情势危急，便同齐顷公交换了位置，并替他更换了服装。逄丑父受伤，被韩厥追上，逄丑父命令齐顷公下车取水。韩厥误以为逄丑父是齐顷公，便将他捕获进献给晋国国君，而齐顷公却乘机被部下救走。晋国执政大臣郤克识破逢丑父的偷梁换柱之计，下令杀掉他。逢丑父大声喊道："如今还没有代替国君受难的，而我就是这样的人，你们还要把我杀死吗？"郤克受到感化，认为一个人不怕死而使国君免于祸患，杀了他，很不吉利，不如赦免他，用来勉励事奉国君的臣下，便把逢丑父释放归齐。

在这里，敌我双方将领不约而同地都运用了偷梁换柱之计。韩厥暗中由车左、车右换为中间驾驭，逢丑父暗中与国君易位换服，都起到了迷惑敌人、保护自己的作用。

事例：以假乱真，分身蒙混过关

伍员，春秋时楚国人，字子胥，后世提到他，一般都称呼他的字，即伍子胥。伍氏乃楚国世家望族，伍子胥的父亲名叫伍奢，是楚平王太子建的太傅；伍子胥的兄长名叫伍尚，为棠邑大夫。楚平王七年（前522），楚平王夺去太子建所宠爱的秦女占为己有，并废太子，太子建逃往宋国。太子太傅伍奢进言劝谏，楚平王大怒，将伍奢及其长子伍尚杀害。

楚平王听信奸臣太子少傅费无忌谗言，想把伍奢父子三人一起杀掉。伍子胥为人机智刚勇，楚平王派人来逮捕他，他贯弓执矢，怒向校尉，校尉不敢进前，他乘势逃走，决心待机为父兄报仇雪耻。

伍子胥得知太子建在宋国，便前往跟从他。两人又由宋逃到郑，由郑逃到晋。太子建与晋顷公合谋妄图灭郑，事情败露，太子建被杀。伍子胥带着太子建的遗孤公子胜向吴国逃奔。

二人昼伏夜行，来至楚、吴交界地面的昭关（今安徽省含山县西北）。昭关地势险要，可谓一夫当关、万人莫开。为捉拿伍子胥,楚平王派大将在此镇守,悬挂着伍子胥画像,严格盘查过往人等。伍子胥二人来至昭关附近,遇上隐居此地的神医扁鹊的徒弟东皋公。东皋公侠肝义胆,嫉恶扬善,在昭关曾见过伍子胥的画像,因此认出眼前的逃难者便是伍子胥,对他很是同情。他告诉伍子胥说,关上检查甚严,你这样过关,等于自投罗网。因此将他请到自己家中,并表示一定想方设法帮他出关。

伍子胥在东皋公家住了几天,东皋公还没把出关的计谋策划出来,只是每日美食款待。伍子胥见出关无望,心急如焚。这天夜里,他忧心忡忡,焦躁不安,辗转反侧,难以成眠。由于极度地忧愁和悲伤,一夜之间,正当壮年的伍子胥满头乌发全变成了白发,像换成了另外一个人。第二天清晨,东皋公见状,又惊又喜,祝贺伍子胥命运有了转机。他对伍子胥说,你的相貌改变了,检查的人很难认出来,我现在有了保你蒙混过关的好办法。

东皋公有一位好朋友叫皇甫纳,长得与伍子胥相像。东皋公将皇甫纳请来,给他穿上伍子胥的衣服,装扮成伍子胥的样子;同时将伍子胥装扮成仆人的样子,又用药汤给他洗脸,改变了皮肤的颜色。乔装打扮之后,一行人黎明时分行至关前。正如所料,守关军兵把皇甫纳误认为伍子胥,抓了起来。守关将士们听说抓到了伍子胥,喜出望外,争相观看,便忽视了对其他行人的盘查。伍子胥和公子胜乘着守军丧失警惕和秩序混乱之机,夹杂在行人之中,混出关去,逃出虎口。

伍子胥入关后,辅佐阖闾夺取王位,整军修武,国势日强。不久,带兵攻破楚国,因军功,封于申,因此又称申胥。

过关入关,是伍子胥一生事业的重要转折点。东皋公之所以能够使伍子胥渡过"水泄不通，鸟飞不过"的雄关，靠的就是偷梁换柱之计，即用皇甫纳作替身，偷换伍子胥这根"梁柱"，以假乱真，渡过难关。

  计谋的运用，并非全然随心所欲，它也要受客观条件的制约。东皋公之所以高明，在于他在实施偷梁换柱之计的过程中，既及时地捕捉和利用有利的客观条件（如伍子胥头发的变白和皇甫纳与伍子胥的相像），又积极发挥主观能动性，人为地制造假象（如改变二人的装束等），终于骗过敌人，赢得胜利。

  第四，以虚幻的事实进行欺骗，达到调动控制对方，实现己方的预定目的。

  由于偷梁换柱之计的欺骗性，编造虚假事实，让人在信与不信之间，暴露自己的意图，也就给施计者以明确的进攻方向，攻而取之，以制胜他人。

  事例：指鹿为马，赵高威福自专

  由于沙丘政变有功，赵高升为郎中令。为了稳固通过篡位而夺取的权力，他蓄意引导秦二世施行严刑酷法，诛戮宗室功臣。秦二世元年（前209）四月，秦二世东巡回宫，问赵高说："大臣不服，官吏强横，诸公子必与我争，为之奈何？"赵高献策道："先帝之大臣，皆天下累世名贵人也，积功劳世以相传久矣。"诸公子又都是陛下兄长，因此他们不仅看不起我这个出身卑贱的人，而且对陛下继位也未顺服，心中怏怏不满。在这样的形势下，陛下应该"不师文而决于武力"，采取严法峻刑，诛杀反对者，"上以振威天下，下以除去上生平所不可者"；同时"收举遗民"，"贱者贵之，贪者富之，远者近之"，培植自己的势力，这样就可天下俯首，德归一人，"上下集，而国安矣"。秦二世采纳赵高之议，大肆诛杀大臣、公子、公主，朝野震恐，人心慌栗。

赵高的真实目的是为了自己独揽朝政，而不是为了秦皇的天下世代相传。为了实现专权的野心，必须继续施展阴谋，架空二世，搞掉李斯。赵高时刻担心有人向二世奏事、揭露自己，因此劝诱二世深居禁宫，安享淫乐，而不必临朝亲政；有奏事者，直接由赵高接待，然后转达二世，如此"则大臣不敢奏疑事"，天下必称二世为"圣主"。秦二世又言听计从，自此沉溺宫苑，不再朝见大臣，朝政皆取决于赵高。接着，赵高又诬陷李斯欲"裂地而王"，李斯被腰斩于市，并夷三族。李斯冤死后，赵高升为中丞相，更加恣肆妄为。

赵高欲进一步独专朝政，但恐群臣不从，乃设谋弄计，检验众人对自己的态度。一次朝会，赵高向二世进献一只鹿，却睁着眼睛说瞎话，硬说这是一匹马。二世不解其意，笑着对赵高说："丞相误耶，谓鹿为马！"然后问左右大臣，这是鹿还是马？结果有的默不作声；有的回答是马，对赵高表示阿谀顺从；有的实事求是地回答是鹿。赵高对敢于如实回答的大臣怀恨在心，暗中对他们加以陷害。从此，群臣皆畏惧赵高，再也没人敢说与他不同的话。不久，赵高便逼死了秦二世，立二世之侄子婴为秦王。多行不义必自毙，赵高终被子婴杀掉，秦王朝也在揭竿而起的反苛政浪潮中灭亡了。

赵高"指鹿为马"是典型的"偷梁换柱"。这里并非真的有一匹马，而是把鹿指说为马，即用"马"的概念偷换"鹿"的概念，制造一种虚幻的"事实",用来测试人心的向背并借此树立自己的权威。当然,像赵高这样运用偷梁换柱之计,也只有在他专权擅政、淫威逼人的特定条件下才能奏效。

事例:伪称朝贺,韩信束手就擒

韩信(?—前196年),西汉初著名军事家,淮阴(今属江苏)人。幼年家境贫穷,以寄食度日。秦末陈胜、吴广起义,群雄并起。韩信起初投奔项羽,后来由于不受重视,归附汉王刘邦,经萧何推荐,被任命为大将军。在楚汉之争中,韩信率部平定三秦,攻破魏、赵、齐,屡建奇功,封为齐王。前202年,与刘邦会师,在垓下(今安徽灵璧南)歼灭项羽,与张良、萧何并称"三杰"。刘邦称帝后,夺其兵权,改封楚王。

钟离昧原是项王项羽的部将,素与韩信亲厚。项羽败亡,钟离昧投靠韩信。高帝刘邦怨恨钟离昧,闻知他在楚地,便诏令韩信逮捕他。韩信来到封国后,巡行县邑,拥兵出入,有人告发他欲起兵谋反。刘邦得奏,深以为忧,询问左右大臣有何对策,大臣们纷纷主张发兵攻打。著名谋士户牖侯陈平则献计,如果举兵征伐,韩信定要以武力抵抗,不如依照古天子巡狩之制,皇上伪称巡游云梦泽,在陈县会见诸侯,乘韩信赴会之机将其逮捕。高帝采用陈平之计,驾发云梦。

高帝将要至楚,韩信畏惧,欲起兵造反,又想到自己本来没何罪过;欲拜见皇上,又恐怕被捉拿。这时有人劝他,杀掉钟离昧,然后拜谒皇上,皇上必定高兴,这样就可免掉祸患。钟离昧向韩信晓以利害,指明汉之所以不敢进攻楚,是因为他在楚;如果逮捕他,向汉帝献媚,那么他死后,你韩信紧跟着也会被杀,

潜龙勿用日乾乾

并责骂韩信不义，然后自尽。韩信提着钟离眛首级进见高帝，高帝令武士捉拿韩信，将他捆缚起来，载在后面的车上。韩信感慨地说，这真像人们所说的那样："狡兔死，走狗烹。"高帝回答他说："人告公反。"于是将韩信押回洛阳，赦免其罪，贬为淮阴侯。此事发生在汉高帝六年（前201）十二月。

韩信见高帝嫉妒害怕他的才能，就假称有病不去朝见和扈驾随行，并日益心怀怨恨，怏怏不乐，羞与功臣周勃、灌婴等为伍。君臣矛盾日益加深，数年之后终于发展为对抗性冲突。

陈豨曾作过高帝的使者，受到信任。代地（今河北蔚县东北）是重要的北边。因此封陈豨为列侯，以代地相国的爵位监守边疆。陈豨离开都城之前向韩信辞行，韩信拉着他的手在庭院里踱来踱去，仰天长叹说："你有什么话要对我说吗？我却有话想对你讲。"陈豨随即表示："唯将军命是从。"韩信这才把心里话倾吐出来。他说道，你所辖代地乃天下精兵集聚之处，而你又是"陛下信幸之臣"，因此如果有人奏报你谋反，开始时"陛下必不相信"；但是再次奏报，"陛下乃疑"；第三次奏报，必"怒而自将"，发兵亲征。因此你应该在代地寻机起兵，我则"为公从中起"在都城作内应，这样"天下可图也"。陈豨素知韩信足智多谋，相信他们的造反定能成功，便同意合谋举事，回答说："谨奉指教。"

汉高帝十年（前197）八月，陈豨果然兴兵反叛，高帝亲自统兵征讨。韩信里应外合，立即响应，一面暗中派人到陈豨军中通风报信，一面与家臣亲党约定，在黑夜伪传诏书，赦免在官衙服役的罪犯与奴隶，使其为己服务，然后发兵袭击吕后与太子，形成内外夹击之势。一切部署已定，只等陈豨消息。不料，韩信的谋反计划被人告发，如何粉碎他的政变阴谋，是摆在吕后及其谋臣面前的一项严峻而艰巨的任务。

吕后，即汉高帝刘邦的皇后。她辅佐高帝平定了异姓诸王。高帝去世，惠帝即位，她执掌国政。惠帝去世，她临朝称制，违背高帝之约，分封吕氏为王侯，又杀掉少帝，立恒山王刘义为帝，擅专朝政十六年，这些都是后话。

高帝亲征陈豨，守卫都城、稳定政局的责任就落在了吕后的肩上。她得报韩信阴谋反叛后，开始想把他召进宫来逮捕治罪，又恐怕他的党羽拼命抵抗，便与相国萧何策划出一条妙计。其内容是，假称有前线使臣从皇上那里回来报捷，陈豨已经战败被杀，群臣皆进宫朝贺。萧何还亲赴韩府邀请韩信入朝庆贺，欺骗他说，你虽然生病，但像这样的军国大事，也还是应该上朝的。韩信不得已，只好进宫。吕后早已布置好武士持戈以待，他一入室，就被捆绑起来，然后在长乐宫钟室斩首。韩信临刑，悔恨万端，哀叹道："吾悔不用蒯通之计，反为女子所诈，岂非天哉！"吕后不仅杀了韩信，还诛灭了他的三族。韩信所说的蒯通，即蒯彻，乃汉初策士。他曾向韩信献策，劝他与刘邦、项羽三分天下，鼎足称王，韩信没有采纳。高祖平定陈豨之乱后回到京城，得知韩信被诛，且喜且忧，询问韩信死时说了什么话，吕后将他所说的话相告。高祖下诏捉拿蒯通，想要烹杀他。蒯通被捕后，申辩缘由，获免释放。

陈平所献假游幸之名行逮捕之实的计策是偷梁换柱；吕后、萧何最后消灭韩信使用的还是偷梁换柱之计。在韩信、陈豨谋反联盟中，韩信实为盟主，将其击破，就等于"抽其劲旅"，断其梁柱，使谋反处于必败之地。而为了诛杀韩信，则以朝贺之名将之诳进宫来，用进宫贺捷偷换逮捕治罪。其实，当时高帝刘邦并没有取得大捷，陈豨败亡是在两年之后。

事例：假清君侧，七国实施谋乱

西汉吴王刘濞在发动"七国之乱"时，打出了"清君侧"的旗号。其实，清君侧是假，谋反分裂是真。而所谓的"清君侧"，从谋略的角度看，乃是偷梁换柱。

汉高帝刘邦在消灭了异姓王之后，又大封同姓王，企图以此"屏藩朝廷"。封赐齐国七十余城，楚国四十余城，吴国五十余城，三个藩国的领地占天下之半。几十年以后，诸王已是尾大不掉，严重威胁着国家的统一和中央政权的统治。其中尤以吴王刘濞为烈。他骄横不法，即山铸钱，临海煮盐，招纳亡命，蓄谋造反。为了维护国家的安全，有识之士纷纷进言，要求削弱藩王势力。倡言者中最有名的莫过于御史大夫晁错。

晁错（前200—前154）是西汉文帝、景帝时期著名的政治家和政论家。年轻时学习申（申不害）、商（商鞅）法家之学，后又研习今文《尚书》。文帝时，诏任太子家令，以其辩才深得太子刘启（即后来的景帝）的喜爱和倚重，有太子"智囊"之称。景帝即位后，升任御史大夫。他忧国忧民，关心国事，所论时务，皆切要领。鲁迅先生赞扬他的政论文章乃"西汉鸿文，沾溉后人，其泽甚远"。

晁错的"削藩"宏论更激起一场轩然大波。针对同姓诸王僭礼逾制，阴谋叛乱的危急形势，他多次上书主张削藩，即削减诸藩王的封地，削弱他们的势力，加强朝廷对诸王的管束。他在著名的《削藩书》中尖锐地指出，对诸藩，削之亦反，不削亦反。削之，其反急，祸小；不削，其反迟，祸大。如不采取强硬手段，将会形成"天子不尊，宗庙不安"的局面，贻害无穷。景帝采纳了他的意见，下诏削减楚王、赵王、胶西王和吴王的封地。吴、楚诸王对晁错的削藩策及朝廷的削藩举动，表示强烈的不满和顽固的对抗，并发展为武装叛乱，即"七国之乱"。

七国之乱的首领是吴王刘濞。他联合楚王、赵王、胶西王、济南王、菑川王、胶东王一同起兵，欲攻克都城长安，颠覆朝廷，分天下而治之。为了迷惑人心，掩饰篡国夺权的真实目的，他们扯起了"请诛晁错，以清君侧"的旗帜，说什么晁错离间"刘氏骨肉"，只有诛杀晁错，才能"安刘氏社稷"。也就是说，他们起兵的目的并不是反叛朝廷，而只是为了清除皇帝身边的坏人晁错。这时曾经当过吴国丞相的袁盎，也乘机极力劝说景帝杀掉晁错，恢复诸王封地，说这样七国就可罢兵。

景帝果然听信谎言，谓晁错"大逆不道"，下诏将其斩于东市。又派袁盎出使吴国，向七国宣布，现在晁错已诛，朝廷赦免七国起兵之罪，恢复被削减的封地，七国应立即收兵。但是七国却拒绝接受朝廷诏书，不肯罢兵，吴王刘濞更自立为"东帝"，气焰更加嚣张。到这时，他们已把"请诛晁错，以清君侧"的欺诈性彻底地暴露出来。在事实的教育下，景帝认清了他们的真面貌，命太尉周亚夫等率兵对之进行武力征讨，平定了叛乱。

把反叛朝廷偷换成"清君侧"，用漂亮的幌子掩饰丑恶的目的，瞒天过海，以假乱真，这就是吴王刘濞玩弄的偷梁换柱的把戏。阴谋终归要暴露，即使在当时就曾有人指出，刘濞起兵的真实目的是夺取国之神器,"以诛(晁)错为名,其意非在(晁)错也"。

第五,敌柱为己柱,制胜之道在其中。

偷梁换柱之计虽然是在欺骗对方,但也可以将自己的亲信,留在敌方阵营中,代替敌方的梁柱,变敌之"梁柱"为我之"梁柱",从而达到控制以至吞并对方的目的。

事例:佯为献策,刘襄乘机起兵

汉高帝刘邦死后,大权尽归吕后,她滥杀遗臣和各王,想要变汉朝为吕氏天下,刘姓各王手中兵权也被削夺。

齐王刘襄自被削夺兵权后,整日闷闷不乐,他的部属田子春向他献计,齐王一听就同意了,派他到长安去。田子春到了长安,得知张石庆是吕后的心腹,便设法接近他,给他送去金银和好马。张石庆大喜;从此邀请田子春入府居住,两人亲如兄弟。一次,田子春给张石庆出主意,让他入朝奏请封吕氏三人为王,讨得吕后欢心,张石庆果然去了。吕后对张石庆大加封赏。

张石庆高兴地回到家中,将太后准奏封赏的事告诉田子春。田子春又给他出主意,让他再去宫中奏请吕后,赐赏给刘氏王,以免刘氏王对吕氏封王不满,起来造反。张石庆又去了,吕氏听着有理,要息事宁人,就派人召齐王刘襄入见。在陈平的帮助下,吕后无可奈何地将一支军马交给刘襄率领。没多久,齐王刘襄就率兵在山东起兵了。

事例:替换梁柱,曹操里应外合

东汉末年,群雄四起,互相争斗兼并。曹操为了消灭吕布,就让忠于曹魏势力的陈登,留在吕布身边。陈登表面上是吕布的谋士，骨子里是曹操埋藏在吕布阵营里的人。

吕布与陈登等合攻兖州诸郡，曹操率领大军与刘备等讨吕布，直逼吕布驻地徐州、萧关、小沛而来。在危急情况下，陈登以献计为名，与曹军里应外合，使曹操一夜之间攻下萧关、小沛、徐州三城。吕布在顷刻之间失去了有战略意义的三地，很快战败，死于白门楼。

陈登是当时沛相陈珪之子，他在首次谒见曹操的时候，就对曹操言吕布只有蛮勇而无计谋，为人又无信义，轻易去就，让曹操早日消灭他。曹操因此非常赏识陈登，立即拜他做广陵太守。陈登当时是作为吕布一方的人去见曹操的，却与曹操一拍即合。临别，曹操拉着陈登的手，言道："东方之事，便以相付。"这意思再清楚不过，从此，陈登就成了曹操安排在吕布营垒中的人。最终，他帮助曹操吞并掉了吕布。曹操通过运用偷梁换柱之计这一常用手法，在你死我活的政治斗争中，稳操胜券。

三、变换手法　计谋出奇制胜

偷梁换柱之计在政治上的应用范围是非常广泛的。几千年来，无论是叱咤风云的英雄豪杰，还是遗臭万年的阴谋枭雄，都为了各自的政治目的，变换手法广泛运用这一计谋，在政治舞台上展开了你死我活的争斗。

第一，在敌国之间。

在两个敌对国之间，双方处于敌对状态，这时，使用计谋很有必要。偷梁换柱之计在敌国间的运用不胜枚举。

1．弱国对强国的使用

弱国想要战胜力量比自己强大的国家，使用偷梁换柱之计，大多是以暗中偷换事实的手法来欺骗对方，保全自身，或者是采用计谋除掉敌方国家的重要人物，达到削弱敌方，最终击败对方的目的。

汉高帝三年（前204），楚汉之争达到了白热化的地步。这年夏天，楚霸王项羽率十万大军团团围困荥阳，急得刘邦赶忙召来谋臣陈平等商议对策。当时，刘邦提出割让荥阳以西来求和，被项羽身边重要的智囊人物范增给拒绝了。范增还劝说项羽从速攻取荥阳，不要放刘邦逃走。在这种情况下，陈平为刘邦献计，谋去范增，使项羽失去了主要谋士，遭受了无法弥补的损失。

计议已定，在项羽的使臣到达荥阳的时候，陈平命令手下以招待诸侯的礼仪来接待他，设宴款待，美酒佳肴摆满了一桌。这时陈平进来，故意失色道："我以为是亚父的使者，原来是项王的使臣。"说着就命人撤去宴席，改为粗米淡饭。使臣一赌气回返项羽军中，一五一十向项羽做了汇报，项羽果然对范增起了疑心。范增被蒙在鼓里，仍催促项羽早日攻打荥阳。他越催，项羽就越怀疑他与汉王有什么名堂。最后范增知道项羽已经怀疑他了，一怒之下就告老还乡。项羽丝毫也不挽留。范增已经七十多岁，老弱多病，又加上忠心耿耿得此下场，又气又急，没到家就因病死在途中了。

项羽的主要谋臣一死，项羽更加只凭勇武蛮干，所以没几年，就兵败自刎于乌江。汉王达到了暗中抽换敌方主力，进而削弱敌方的实力,最终消灭敌方的目的。

还在项羽自刎乌江以前,刘邦从重兵包围着的荥阳城逃出,也是用的偷梁换柱之计。在夜深人静的时候,陈平悄悄地打开荥阳城的东门,让两千多名妇女陆续出城。围城的楚军以为汉王突围,急忙集结部队,支援城东。但走到近处一看,都是些手无寸铁的妇女。楚军迷惑不解。这时,只见汉王的车子徐徐过来,有人喊道:"城中粮食已尽,汉王出来投降。"楚军高兴万分,喧声雷动,从四面八方赶到城东来看汉王投降。与此同时,城西门悄然打开,刘邦在数十骑部下保护下,跃马扬鞭,飞驰而去。当汉王的降车走近时,楚军才发现车中坐的不是刘邦,而是身穿王服的将军纪信。项羽气急败坏地烧死了纪信,但此时刘邦早已远去,追之不及了。

2.强国对弱国的使用

强国对付弱小国家,凭借谋略,可以巧妙地掌握主动权,以最小的代价获得最大成果。因此,计谋的运用,也是非常必要的。如若只靠兵强马壮,硬打硬拼,只会付出沉重的代价,延缓胜利的进程。

前229年,秦国名将王翦奉命率军攻打赵国。赵国名将李牧坚守城池,避免决战。秦军强攻不克,双方僵持不下。王翦考虑到秦军不利久战,必须设法除去李牧。于是他重金收买赵王的宠臣郭开,让他向赵王诬告李牧打算谋反。赵王果然中计,派人杀了李牧,改派平庸的赵葱、颜聚为主将。赵王自毁长城,赵军士气一落千丈。王翦利用这一有利战机,迅速指挥秦军猛攻,全部歼灭了赵军主力,赵葱战死,颜聚逃走。王翦乘胜直追,很快攻下了赵国都城邯郸,俘虏了赵王,赵国灭亡了。王翦用计除掉赵国的主将李牧,赵王中计,改派平庸无能的主将,这对秦国一举灭赵是有重要作用的,加快了秦国的统一步伐。

明神宗万历二十年(1592),日军以小西行长、加藤清正为先锋,率军十几万人,在朝鲜釜山(今韩国釜山)登陆,占领了朝鲜的都城王京(今韩国首尔),并先后攻陷开城(今朝鲜开城)、平壤(今朝鲜平壤),形势危急。朝鲜国王李昖连忙派使臣到明政府告急,请求援兵。明朝以宋应昌为经略、李如松为东征提督,率军四万援朝。1593年年初,明军在李如松率领下到达平壤城下。平壤城池坚固,易守难攻,再加上占据平壤的小西行长做好了守城的充分准备,要想攻克平壤也非易事。

李如松派游击吴惟忠攻北面牡丹峰,副将杨元攻小西门,都督佥事李如柏攻大西门,副总兵祖承训攻西南隅,他自己率领军队攻打南门。独留下东门不攻,又令裨将率领精兵三千人埋伏在大同江边。因为当时朝鲜国王李昖久湎于酒色,军备松弛,朝鲜军队战斗力较弱,所以,李如松特意让祖承训部士兵,都在明军衣服外再加朝军衣服,以麻痹日军。

攻城开始后,日军把主力都集中在明军攻打的西面和北面,对攻打西南面的"朝军"只留少部分兵力应付。祖承训部英勇奋战,很快就登上了城池,于是脱去朝军外衣,露出明军衣甲。日军方知中计,急忙又调动守卫西边的军队援西南,而明军加紧攻城,很快就攻入了小西门和大西门。日军眼看无法支持,只得弃城逃走。刚过大同江,又中了明军埋伏,小西行长狼狈向南逃走。明军就这样攻克了平壤。李如松运用偷梁换柱之计,调开敌军主力,掌握主动权,使敌人防不胜防,最终归于败走。

3. 实力相当国家间的使用

在实力相当的国家之间,要想战胜对方,使用偷梁换柱之计更为多见,这是因为在势均力敌的情况下,只有适当地采用适宜的计谋,才能使胜利成为现实。

208年,曹操平定了河北袁氏,占据了荆州,于是顺流而下,征伐东吴。曹军士兵多是北方人,不习水战,曹操就任用荆州水军降将蔡瑁、张允,令他们操练水军,出战东吴。这样,蔡、张二人就成了东吴的心腹之患。

东吴都督周瑜正打算用计除去蔡瑁、张允,这时,曹操派周瑜的同窗好友蒋干到他那里做说客。周瑜计上心来,伪造了一封书信,然后设酒宴与蒋干接风。晚上,他邀蒋干同床而眠,在半夜里,命手下将那封书信急忙忙送到寝室,周瑜假装醉酒,把信扔在一旁。蒋干悄悄起身偷看了这封信,大吃一惊,原来信是蔡瑁、张允与周瑜联系投降的。蒋干认为事关重大,决定把信偷回曹营。他趁天色未明,急匆匆地赶回荆州,把信交给了曹操。曹操见信果然大怒,立即不问青红皂白地杀了蔡瑁、张允二人。二人被杀后,曹操没有了得力的水军将领,军队水战能力极大地削弱了。更为重要的是,因为没有了熟习水战的将领,所以曹操才会进一步上当,接受庞统所献的用铁索连接舰船的计策。孙刘联军在赤壁火攻曹军战船,曹军船只无法自由行动,成了进攻的死靶,曹操遭到惨重的失败。周瑜用伪造的信件迷惑敌方,除去敌方主要将领,从而达到削弱敌方实力的目的。随后孙刘一方又派己方的谋臣庞统去曹军献策,替换曹军的梁柱,从而达到了战败敌人的最佳效果。偷梁换柱之计的运用，对赤壁之战的胜利，起了非常重要的作用。由此可见，只要运用得当，都会得到圆满成功。

三国时，曹操与刘备争夺汉中，进行了激烈的争斗。当时，魏蜀两军隔河安营。蜀国军师诸葛亮见双方势均力敌，就采用计谋出奇制胜。他命数百名士兵带着战鼓、号角，埋伏在河上游的山上，要他们听到炮声为号令，就使劲敲鼓吹号。于是，有时在黄昏，有时在半夜，蜀军只要炮声轰鸣，这些山上的士兵就拼命擂鼓和吹号。

曹操听到蜀营传来炮声和鼓号声，以为蜀军要去劫营，急忙出帐察看，却连一个蜀兵的影子也见不到，就回帐中休息。可是过了一会儿，蜀营又传来炮声和鼓号声，曹操不得不又起来。这样一连闹了几个通宵，使得曹军各个心惊胆战，担心蜀军随时可能去偷营，被搞得疲惫不堪。后来，曹操就把军营由隐蔽地方迁到宽敞地方，以防蜀军偷袭。诸葛亮见曹操中计，大军暴露，又被折腾得疲劳了，就率领大军渡过河去，背水设下兵阵。曹操一见，本来就多疑的他，被搞得更加紧张，双方交战后，蜀军佯败，故意沿途抛弃兵器。曹军士兵边追边拾，一片混乱。曹操见此情景，不敢恋战，下令处死抢拾蜀军兵器的士兵，赶忙撤退。诸葛亮这时率领蜀军追击曹军，使之大败而逃。诸葛亮用偷梁换柱之计，不断地调动曹操的军队，削弱其实力，最后战胜了曹军。

南北朝时南朝宋名将檀道济，在431年督师攻打北魏。历经三十余次战役，累战累胜。这时魏军见他孤军深入，就设法派轻骑袭击他的粮道，断其粮草。檀道济后方粮草一时不能供应，只得领兵而撤。可是路上有的士兵投降了魏军，把军中缺粮的情况报告了魏军。于是,魏军有恃无恐地紧追在檀道济军后边,情况危急。

檀道济见很难摆脱魏军,就召集将领商议对策,想出了一条妙计。夜深以后,宋军军中燃起火把,檀道济指挥数千名士兵来来往往,往空米袋中填装沙子,一边装,口中一边高声喊着:"一斗,二斗,三斗……"他们把装好的沙袋放在帐外,袋口故意敞开,上面覆盖少量的米,这样,看上去就好像真的是一袋袋的粮食。天亮后,魏军远远看去,檀军营地像有一座"米山"。魏军主帅上当,让人把投降的士兵当作奸细杀了。檀道济闻报,立即拔营撤退,魏军果然不敢再追,檀道济率领将士从容地撤军了。这里檀道济用偷换事实的手法来欺骗敌军,用的也是偷梁换柱之计。

第二,在君臣之间。

中国古代自秦代以后,实行的是君主专制中央集权制度,在以皇帝为中心所设置的官僚系统,乃是金字塔形的架构,地方服从中央,全体臣僚服从皇帝,总体要求是"明主治吏不治民"。正如宋人文彦博说,皇帝"为与士大夫治天下,非与百姓治天下也"。统治者为了加强手中的权力之缰,就要不断加强专制,而在极端专制下,官僚政治更加恶性发展起来。

专制君主无所不统,有至高无上的权力。《商君书·修权》曰:"权者,君之所独制也。"历史上,各朝皇帝都千方百计加强手中权力,独断专行。由于他不可能一个人独治天下,必须分官设职,付政于臣,因此,君臣之间围绕权力,矛盾斗争不可避免。群臣相互之间使用计谋在历史上极为常见。偷梁换柱之计作为并战计的一种，在权力之争中则更是经常为之选用的。

1．君主对臣下的使用

君主对待臣下，要求他们必须唯唯诺诺，俯首听命，他们对手下的文臣武将总是不大放心，时时睁着一双警惕的眼睛，一旦发现臣下的不轨或过失，就毫不留情地处罚。对于任何对其权力、地位的挑战，以及潜在的威胁，都不容许存在。为了维护手中的权力，君主使用偷梁换柱之计对付臣僚，是很有功效的。

汉高帝三年（前204），项羽打败彭越以后，挥师向西，包围了刘邦所在的成皋。刘邦见项羽军来势凶猛，料难抵挡，就弃城出走，急忙赶往驻扎在修武（今河南获嘉）的韩信、张耳军中。刘邦因为在此以前，接连吃了几次败仗，他担心韩信、张耳会有贰心，拒绝他的指挥，便诈称汉使，假说有重要军事报告元帅，急入内帐之中。在韩信的内室里，夺过将印与兵符后，马上命令升帐，把众将都召集前来，重新安排职务，布置军务。等到韩信、张耳醒来起身时，汉王已经把一切都重新安排就绪了。二人大吃一惊，连忙乞求赦罪。刘邦就势夺了二人的军权，命令张耳留守赵地，封韩信为相国，命他收集兵员去攻取齐地。刘邦诈称汉使，瞒人耳目，暗中突入韩信内室，夺过将印兵符，实际是要夺去韩信将军之权。他假称汉使告急，偷换将印，达到了削去韩信军权的目的。

宋太祖赵匡胤用"杯酒释兵权"的计谋，削夺了石守信等功臣将领的兵权。赵匡胤担心这些人家中积蓄的财产太多，难免生出事来，便赏给他们每人一块地基，让他们大兴土木，建造府第。因此，每个功臣将领都花费了数万缗。

住宅完工以后，宋太祖在宫中设盛宴，让众将开怀畅饮，使他们喝得酩酊大醉。这时，太祖让人从各家宣来一个子弟，搀扶众将各自回家。赵匡胤亲自送至殿前，对各家子弟说："你们的父亲刚才在席上答应各自献给朝廷十万缗。"子弟们信以为真，连声应诺，磕头后扶着众将回府去了。有几个节度使第二天醒来后，问起自己如何回家的，在皇上面前是否有失礼的地方，他们的子弟就说，你们曾许诺献给朝廷十万缗。众节度使糊里糊涂，以为真有此事，所以就进表如数献给了朝廷这笔钱。宋太祖使众人拿出大笔的钱建造府第，又让他们拿出一大笔钱献给朝廷，这样才算对他们放下心来。赵匡胤采用偷梁换柱之计，以虚幻的事实来欺骗众将家人，使众将在兵权已经交出的情况下，把财产也献出一大半给朝廷，进一步削弱了他们的实力，使他们无法威胁皇权。

2．臣下对君主的使用

臣下为了从君主手中争夺权力，独揽朝纲或进而篡位登基，施展偷梁换柱的伎俩，达到自己政治上的目的，这在历史上也很多见。

赵高"指鹿为马"，就是臣下对君主使用偷梁换柱之计的典型事例。赵高为了能够独揽朝纲，实现专权的野心，就睁着眼睛说瞎话，硬把一只鹿说成是马。在朝廷之上，当着众位大臣的面恣肆妄为，完全不把秦二世放在眼里。他是想运用计谋，检测众臣对自己的态度，看独揽大权的时机是否已经成熟。在赵高对于敢于如实回答的大臣加以陷害排除以后，就放手逼死了秦二世，立子婴为秦王，大权独揽了。

明太祖朱元璋病亡以后，其孙朱允炆继承帝位，是为建文帝。

为了巩固自己的统治,他采纳兵部尚书齐泰、太常寺卿黄子澄的计谋,削夺藩王的权力。朱元璋第四子燕王朱棣,"智勇有大略",手中握有重兵,镇守北平。他蓄谋已久,眼见五位藩王被削废为庶人,就要轮到自己,他便先以假痴不癫之计欺骗建文帝,暗中积极准备起兵。随后,在建文元年(1399)以病好在王府设宴庆贺为名,将北平布政使张昺、都指挥使谢贵骗至王府,在酒席间擒杀二人,又攻夺九门,控制了北平,正式起兵。

燕王起兵后,为了说明自己的行为是正义的,就以明太祖的《祖训》为根据,指齐泰、黄子澄为奸臣,自称起兵是为"靖难"。这样,他就使自己的行为"名正言顺"了。后来,燕王打到了南京,登上了皇帝的宝座。把起兵反抗朝廷偷换成"清君侧"的"靖难",是为了以光明正大的幌子掩饰夺位之争的残酷事实和真实目的,最终达到了夺建文帝帝位的目的。

第三,在臣僚之间。

在历史上,专制王朝的权力中心是以皇帝为核心,中央以宰相制度,地方以州县制度为支架建立起来的。皇帝借助于一个庞大的官僚体系赞襄庶政,而各级官员又层层向主管上级负责,并且相互制约。臣僚之间,是利害共存的关系,他们出于各自的政治目的及自身的利害关系,相互使用计谋,也是很自然的现象。

1. 上级对下级的使用

恩威并举,这是上级对下级经常使用的手法,为了防止下级取代自己,或者反对自己,就必须采用计谋来压制。

三国末期,魏国征东大将军诸葛诞反对司马昭专权擅政,司马昭派兵把他围困在寿春（今安徽寿县）。这时，东吴孙权就派文钦、全怿带兵去救援诸葛诞。司马昭见此情景，他不采取硬攻而是采用计谋，走了三步棋。

第一步，他制造谣言，说东吴救兵将到，自己粮草已尽，不能持久，安排一些老弱官兵出去筹粮。诸葛诞信以为真，放宽了心，在城中大吃大喝，没等援兵到来，就把粮草吃用得差不多了。

第二步，东吴将领全怿的侄子全辉、全仪因为家庭纠纷，带着其母跑到司马昭军中，司马昭就假造全辉、全仪写给全怿的信，派人送给城中的全怿。信中说孙权因为寿春没有能夺取而大怒，要杀尽全怿在建业的家属。全怿看信后，非常害怕，他考虑来考虑去，最后率几千人出降了司马昭。

第三步，静待城中发生变故。因城中粮尽，诸葛诞与东吴将领文钦意见有分歧，诸葛诞杀了文钦，其子文鸯、文虎出城投降了司马昭。司马昭派兵保护他们，并在城下大喊："文钦的儿子我们都不杀，你们不必害怕。"这样，守城的将士听了，人心瓦解。司马昭见时机成熟，大举攻城，占据了寿春，吞掉了诸葛诞。

司马昭首先以虚幻的事实骗得诸葛诞信以为真，耗尽了粮草，接着又用偷换事实的手法将诸葛诞一方的主力全怿抽掉，削弱其实力，都是用的偷梁换柱之计，最后达到了吞并对方的效果。

唐僖宗时，朝廷派段秀实任泾州（今甘肃泾川县）刺史。当时，那里闹灾荒，盗贼蜂起，社会治安混乱。将领王童之暗中勾结了一些官吏，想要阴谋造反。他们预定某日五更时分行动。在头一天晚上，段秀实得到了密报。他立即把告密人留在府里，不许任何人走漏风声。自己装得若无其事，平静地回房睡觉，与往日一样。到了夜里,段秀实悄悄派人把更夫找来,假意责备他近日打更不准,要他从今夜起,每到更时必须先来禀告他。在一更的时间快到了的时候,更夫去报告段秀实,段秀实说去得早了,更夫只得把打更的时间向后推。就这样,按照段秀实的意思,更夫把每一更的打更时间都后延了。因此,那一夜还不到四更的时候天已见亮了。王童之见到天已亮了,大惊失色。原订五更行动的计划全被打乱,又无法及时与其他人联系,不敢轻举妄动。阴谋作乱的计划成了泡影。段秀实用暗中偷换更时的办法,平定了城中的一场祸乱。

2. 臣僚之间的使用

臣僚之间,为了争权夺利,施展伎俩,运用计谋算计对方,是常有的事。偷梁换柱之计在臣僚之间的使用,在历史上是经常出现的现象。

东汉末年,董卓把持东汉朝政,关东等地豪强纷纷起兵反抗,孙坚也参加了讨董联盟。191年,孙坚在梁(今河南临汝东)被董卓部将徐荣打得大败。孙坚仅带数十人骑马突围。徐荣紧追不放,眼看快要追上。孙坚平日头上总是包着一领红色头巾,非常显眼。这时,孙坚把头上戴的红头巾解下,包在部将祖茂头上。徐荣人马以为祖茂是孙坚,就一直追着祖茂,而孙坚趁机从小路逃走。祖茂见后边追兵越追越近,灵机一动,翻身下马,把红头巾包在坟地里一个被火烧断的树桩上,自己则牵马隐蔽在百步外的草丛中。徐荣追到这里,看到红头巾,就里里外外扎扎实实地围上几层。但走近一看,才知上当,赶快上马再追赶,祖茂早已逃走了。在这里,孙坚正是以偷换的手法欺骗了对方，保存了自己。

唐僖宗时，卢龙节度使李可举，率军攻打河中节度使王处存。李可举部将率兵挖地道，钻进易州（今河北易县）城中，与李可举里应外合，占领了易州城。

王处存失去易州后，处心积虑打算夺回。他乘李可举占领城后，骄傲轻敌之机，针对弱点，设计攻城。他命令三千精兵，每人都蒙上羊皮，化装成羊的样子，趁着天黑，悄悄地爬向易州城。李可举的部下士兵看到远处来了一大群羊，争先恐后开了城门出来抓羊。谁知走到近前，"羊"都站起身来，猛扑过来。李可举部猝不及防，被打得大败，王处存马上收复了易州城。

3．下级对上级的使用

下级为了保住官位，大多对上级唯命是从。但对奸恶的上级，常常必须使用偷梁换柱之计来对付。

宋初，永新县（今江西永新）有一个大恶霸叫冯弧。他倚仗舅父是朝中的吏部侍郎，无恶不作，横行乡里，谁都不敢触动他。有一次，他与人下棋，输了以后，就用铁器把人砸死。永新县当时的县令姓魏，当即捉拿了这个恶霸，写了判处他的案卷，上报京城。谁知吏部侍郎干预此案，上面批下来的是"此案不实，另议"。同时，吏部侍郎还亲自给魏县令写信，说明冯弧是他的外甥，请他从轻发落，事成后保荐他升官。魏县令看后非常气愤，又把案卷报上去。可是，过了几天，仍给退了回来。魏县令见此情况，不能不采用计谋行事。过了些日子，魏县令又上报了一个案卷。这次的案卷上写着："杀人犯马瓜，无故杀人，应斩首示众，特报请审批。"很快上面就批复同意。魏县令接到批文以后，在

"马"旁边加上两点，又在"瓜"旁加一"弓"字，"马瓜"立刻变成了"冯弧"。就这样，罪大恶极的冯弧，被魏县令用偷梁换柱之计斩首示众了，大快人心。

北宋天禧四年（1020），丁谓任宰相，勾结宦官雷允恭，独揽朝政。上朝的时候，他不许臣僚单独向皇上奏事，为的是害怕别的大臣在皇帝面前说自己的坏话。大臣王曾平时非常乖顺，从来不违背丁谓的意思行事，丁谓对他很是信任。

有一天，王曾对丁谓说："我老了，膝下无子，常常感到很孤独。想把弟弟的儿子过继为嗣，要当面乞求皇上的恩准，可又不敢有悖于您的旨意一个人去面奏，不知怎么办是好。"丁谓闻听是为个人继嗣的事，没有起疑，就让王曾一人去见宋真宗。王曾获准后就单独拜见皇上，把丁谓在朝耍弄权术，独揽朝政，压制群臣的恶行，一五一十面奏了。宋真宗这才知道丁谓欺上压下，是个奸臣。后来，仁宗即位，就把丁谓贬到崖州（今海南）去了。

4．朝臣对外戚的使用

在统治集团中，外戚的特殊之处，就在于他们与一般的官僚不同，他们能够凭借与皇帝的联姻关系，获得尊贵的政治地位和高人一等的特权。当皇帝怯弱或年龄幼小时，外戚权力欲无限膨胀，就会弄权误国，有的给政坛带来一场混乱和仇杀，有的则把专权发展到最高峰，把皇位作为觊觎的目标，实现改朝换代。因此，忠于王朝的朝臣与弄权的外戚之间，也有必要使用偷梁换柱之计。只是外戚倚仗特权，朝臣使用计谋的难度更大。

汉高帝刘邦死后，其子刘盈立，是为惠帝。惠帝怯弱，太后吕雉用事。她为了巩固自己的统治地位，准备封自己的吕姓子侄为王，召集大臣议事。虽有朝臣不同意，但还是分封了吕氏。此后，吕后专权，加紧对刘氏子弟的迫害，这引起了朝臣们的不安。太尉周勃、左丞相陈平都担心诸吕权力膨胀，会危及刘氏天下。但是凭他们的力量，非但不能制伏诸吕，反而会引火烧身，二人只能够待机而行。

前180年，吕后死。临死前，她命侄儿吕禄为上将，管领北军，吕产统率南军。又遗诏封吕产为相国。吕后死后，诸吕有心想先下手斩绝刘氏后裔，因为畏惧朝臣，没敢轻易下手。刘邦的孙子朱虚侯刘章，是吕禄的女婿，他得知吕氏的阴谋，就偷偷派人告诉了他的哥哥齐王刘襄，让他发兵，自己做内应，诛灭诸吕，恢复刘氏天下。齐王果然立即发兵西征。吕产等人得报，急派大将灌婴率兵去平定。灌婴出兵与齐王联合，静等京城之变。朝中周勃与陈平见时机已到，便密召掌管符节的襄平侯纪通，一起来到吕禄在北军的驻地。因为太尉是不能主兵的，所以北军守卫不许周勃进入。这时纪通持节假传诏令，对北军将领吕禄说："皇帝命令太尉掌管北军，你赶快回到封国去。立即交出将印，火速出都，否则将要大祸临头。"吕禄信以为真，不得不交出将印。周勃手握印信，召集北军，下令道："为吕氏右袒，为刘氏左袒。"北军将士都袒露左臂，表示助刘。陈平得知周勃已得手，就让刘章去助之。周勃派刘章率兵入宫卫帝。刘章在未央宫中杀了吕产，南军的军权也夺了过来。周勃又立即派人尽诛吕氏，吕后精心培植的吕氏集团彻底垮台了。周勃就这样以偷梁换柱之计夺取了军权，诛灭了危及王朝的外戚势力，并且废掉吕后在惠帝死后立的少帝，迎立刘邦第四子代王刘恒为帝，是为汉文帝。

5．忠臣对奸臣的使用

对于恶行昭彰的奸臣，忠臣也往往不得不采用这一计谋。

春秋时期，晋景公听信奸臣屠岸贾谗言，同意屠岸贾率兵诛杀了相国赵朔。赵朔的妻子庄姬是景公的妹妹，她逃到宫中避难，生下一子赵武。

为了救赵武，赵朔的家臣程婴就与同为家臣的公孙杵臼商议，决定把亲生儿子交给公孙杵臼，然后自己到屠岸贾那里去告发，说是公孙杵臼藏着赵氏孤儿。屠岸贾大喜，让程婴带人找到公孙杵臼，当即摔死了程婴的亲生骨肉。此后，程婴假扮医生进宫给庄姬治病，把赵武从宫中带出，悄悄带赵武逃到山中养育。程婴抛家弃子，背负着众人对他的误解和唾骂，历经千辛万苦，经过十五年，把赵武养育成人。晋悼公执政后，为赵朔平反，杀掉了屠岸贾。程婴舍亲子救赵武的忠贞义行，千古传诵。

四、并战首计　欺诈巧妙实用

偷梁换柱之计，位于并战计之首要位置，说明此计非常重要。同时，这一计谋应用范围广泛，手法独特。概括来说，偷梁换柱之计在政治斗争中的应用，具有以下的特点。

第一，以偷梁换柱之计在政治上的应用目的来说，具有明确性、变幻性、欺诈性的特点。

这里所说的明确性，是指使用偷梁换柱之计的目的是明确的。自始至终，使用者都是为了自身的明确的政治目的而使用这一计谋。无论是政治家、野心家，还是阴谋家，在政治角逐中，都用这一计谋来瓦解和迷惑对方，借此实现自己预定的政治目的。使用偷梁换柱之计，是他们达到政治目标的需要。

这里所说的变幻性，是指在错综复杂的政治斗争中，偷梁换柱之计具有强烈的变幻性，使用者或变易服装，乔装打扮，或假装对方身份、代替对方出谋划策，或暗中偷换事实、迷惑对方，保存自己，手法多种多样，变化多端。更有布置疑兵，不断变化敌方阵势排列，暗中抽换或调开其主力，削弱对方实力，以达到己方的目的。因此，变幻性成为此计的突出特点。

这里所说的欺诈性，是指使用此计的时候，为了达到自己的政治目的，不管是为进步势力的正义事业服务，还是为阴谋野心家的丑恶行径作伥，都具有很大的欺诈性，能够在运用此计时，迷惑对方，骗取对方的信任，或使对方判断失误。正因为是玩弄以假乱真的手法，暗中篡改事物的性质，或内容的行为，所以此计的欺诈性是一个特点。

第二，以偷梁换柱之计在政治上应用的作用来说，具有巧妙性、实效性的特点。

偷梁换柱之计的巧妙性，就在于通过多种变幻的手法，设法抽换敌方的主力，削弱敌方的实力，甚至变敌之"梁柱"为我之"梁柱"，然后乘机制胜。这必须在运用时格外巧妙设谋，使用难度较大，但其作用也会因"偷梁"的高明而产生神奇的效果。

偷梁换柱之计的作用具有实效性，这是因为使用这一计谋时用心巧妙，所以成功率很高。使用此计时，不待对方明白过来，就已注定失败了。因此，实效性与此计运用目的的变幻性与欺诈性是有密切关系的，"兵不厌诈"是古代军事家用兵的一个重要原则，在复杂的政治斗争中，也始终具有活力，增强了计谋使用作用的实效。

第三，以偷梁换柱之计在政治上的影响来说，具有实用性、广泛性的特点。

偷梁换柱之计在政治斗争中常见，具有很高的实用性。它适用于各种政治斗争，也适用于各种各样的人物。在历史上，政治家使用这一计谋，克敌制胜；野心家使用这一谋略，伪装掩饰恶名。他们都可以运用此计来实现自己的政治目的，这就使偷梁换柱之计在政治上具有很强的实用性。

指桑骂槐

——杀鸡儆猴　制以险毒刚严

　　本计云："大凌小者，警以诱之。刚中而应，行险而顺。"其大意是：强大的慑服弱小的，要用警告的办法来诱导他。适当的强硬，可以得到拥护；施用果敢手段，可以使人敬服。

　　统率一向不服从我的力量，去对敌人斗争，如果你调动他，他不理睬；你用金钱引诱他，反而会引起他的怀疑。这时，你可以故意制造误会，责备别人发生过失，借以暗中警告。所谓警告，就是从另一面诱导他。这是施用强硬而果断的手段迫使他服从的方法。也可以说，用于军事上，这是调兵遣将的方法；用于政治上，则是使人敬服的计谋。

　　按原文理解，指桑骂槐本意就是用杀鸡儆猴、敲山震虎的暗示手段，达到统领部下和树立威严的方法。此计用在军事上甚多，是一种励兵谋略，著名事例如韩信斩殷盖，诸葛亮挥泪斩马谡等；用于政治上也很多，政治纷争，错综复杂，为了政治的目的，必须要让法令贯彻推行下去，那么以严厉的"杀一儆百"之术，便可使臣民畏惧，市井安然。总之，治乱世，用重典；治乱军，用严刑。计谋是为了政治需要而制订的，是骂是杀，也须看实际需

依计行事,杀一士而儆众

要而定。没有必要镇压的，也可以改为申斥、处罚或批评等。总之，"骂"与"杀"不过是比喻的说法，其主旨都是为达到一定目的，甚至不惜存心嫁祸于人，使之当牺牲品。因此指桑骂槐的引申意为警而导之，即运用智谋进行间接批评，如讽谏等。间接批评的艺术，主要在于找到代替"槐"接受批评的"桑"。至于批评"桑"的程度，则应视具体对象和具体情况而定。可以耳提面命，或者微言讥讽，或委婉暗示，甚至讽刺挖苦，旁敲侧击，以期达到使"槐"幡然悔悟的效果。

一、行险而顺 以小损换大利

《周易·师卦第七》云：师：贞，丈人吉，无咎。《象》曰：地中有水，师。君子以容民畜众。

【一爻】初六，师出以律，否臧凶。《象》曰："师出以律"，失律凶也。

【二爻】九二，在师中吉，无咎。王三锡命。《象》曰："在师中吉"，承天宠也。"王三锡命"，怀万邦也。

【三爻】六三，师或舆尸，凶。《象》曰："师或舆尸"，大无功也。

【四爻】六四，师左次，无咎。《象》曰："左次无咎"，未失常也。

【五爻】六五，田有禽。利执言，无咎。长子帅师，弟子舆尸，贞凶。《象》曰："长子帅师"，以中行也；"弟子舆尸"，使不当也。

【六爻】上六,大君有命,开国承家,小人勿用。《象》曰:"大君有命",以正功也。"小人勿用",必乱邦也。

本计计文"刚中而应,行险而顺",是《周易·师卦》的彖辞。全文是:"师,众也;贞,正也。能以众正可刚中而名,行险而顺。以此毒天下,而民从之。"师,指军队;贞,正道、正义之谓。意为将帅刚强坚定,持守正道,严肃部伍,就能得到部伍的拥护和响应;也能在艰难险阻面前顺利通过。以此态度治理天下,百姓也会顺从。

卦辞表明,政治因素和军事因素的统一,决定战争的胜负。贞,正也。政治因素就是指战争中能否坚守正道;性质是否是正义的;古代国家寓兵于民,战争过程中有没有足够兵源。因此,必须格外重视大人,也就是统帅的挑选,统帅率兵出征,首先要有威望,其次是纪律严明。能够统帅众人去进行正义的战争,就可以战无不胜,统治天下。统帅刚健稳重,能够得到君王的信任,在危急时刻能够顺天应人,就可以使天下安定。这样,百姓才愿意为其效劳。

将指桑骂槐之计在各种社会政治条件下使用的结果,结合中国古代事例进行推演,大致出现以下六种情况:

第一,治理国家、出师征战,都必须首先树立威望,纪律严明,不能逞性妄为,或一味采取阴柔手段,哄骗利诱,而是要采用适当的镇压手段,施以此计,因为不如此就会招致失败。体现在政治中,就是要有法度,以法治天下。

第二,臣僚要处理好与君主的关系,做到既能独立指挥处置,又不过分自作主张，使君主猜疑。这样才能得到君主的最高奖赏，完成安定天下的使命。

第三，此计在达到目的的过程中，有可能遇到风险，只有避开不利于己的因素，才能得到成功。

第四，运用此计之时，有可能客观条件尚不成熟，因此必须先后退，待机而攻，这样可保无虞。

第五，具备有利的条件，行动必定得到收获，出师无不利。但是如果任人唯亲，就会招致败绩，功亏一篑。因此，施用此计，必须果断行事，不避亲贵。

第六，此计使用得当，有位者将以功受邦，就是开国，或以功受邑，就是承家，可见必是大吉。根据以最小损失换取最大利益的行为原则，要挑最容易镇压而又能取得最大威慑效果的，对于地位卑微的，镇压了意义也不大。因此，为达到本计所要达到的目的，需要考虑周全。

综观以上六种情况，说明指桑骂槐之计在具体实施过程之中，要针对客观形势来变化，采取最为适宜的对策。形势是计谋的客观条件，此外，还有主观条件，也就是智慧、经验、心理、个性等。根据不同情况，采用有利于自己的对策，才能达到制胜的目的。

二、旁敲侧击　行威武无怨恨

根据传说，驯猴的人总是当着猴子的面，杀鸡给它看。这是因为猴子是最怕看见血的，一旦让它看见血的厉害，马上就可以驯服教化它。所以所谓"杀鸡儆猴",也就是"杀一儆百",即威胁恫吓之意。

第一,指桑骂槐之计在警示中的效用。

用于警示是一种权术的动态使用,也是驭众的有效手段。著名的政治家会用此妙术去治理天下,牺牲一些利益以获取更大的利益,追求最佳效果。

事例:依计行事,杀一士而儆众

姜太公辅佐周武王灭了商纣以后,西周王朝建立。这时为了巩固社会秩序,安定人民生活,就需要招纳大批有用人才来为国家效力。当时在齐国有一位贤人,名叫狂矞,在地方上很有名望,极为人们所推崇。姜太公听说后,就打算把他请出来为国出力。可是他接连上门拜访了三次,每次都吃闭门羹,姜太公就把他抓来杀掉了。周武王的弟弟周公旦是著名的政治家,可连他也不明白这是怎么回事,姜太公为什么要这样做。周公旦就去问姜太公:"狂矞是一位贤人,不追求什么富贵显达,而是过着隐居生活,他并不妨害社稷,这样的人为什么要杀掉呢?"姜太公说:"普天之下,莫非王土,率土之滨,莫非王臣。"并且告诉他天下大定之日,就是需要人才为国出力之时,在此时采取不合作的态度,像狂矞那样,如果人人都学他的榜样,我们还怎么治理国家呢?之所以杀掉狂矞,目的就是"以儆效尤"。这样一来,许多自命清高的隐士,就不会隐居不出了。

姜太公在这里运用的就是指桑骂槐之计,目的是起到杀一儆百的作用。访求贤才是治理国家的关键大事。当初,周文王为了早日灭商，到处访求贤才，终于在渭水的南岸，见到了垂钓的姜太公。姜太公姓姜名尚，又叫姜子牙，他老家住在东方。祖先在舜时当过大官，曾和禹一起治水，被封在吕，所以姜太公也叫吕尚。他起初在商朝怀才不遇，但一心想施展自己的才能，结果等到七十多岁，听说周文王广求贤才，就特地在渭水南岸垂钓等候。周文王与他结识以后，相见恨晚，立即把这位出类拔萃的人物请回宫，拜为太师。姜太公以七十多岁的高龄为文王所用，得到了施展才能的机会，完成了灭商的大业，建立了周王朝。如今周王朝初建，为了早日把周朝治理强大，一定要广为搜罗人才，试想有才能的人都采取一种避世的态度，隐居不出，不给国家效力，那么会是一种多么严重的后果！所以姜太公当机立断，采用此计来为王朝招纳人才扫清道路，使其他的人不敢仿效狂矞，而是出来为国所用。

同时，通过这种手段，消灭不与王朝合作的人，这是姜太公考虑巩固统治的需要。因为王朝初建，他不能让不与朝廷合作的、有才能的人存在世上，成为朝廷可能的隐患。此计的运用，妙就妙在是攻心之术，出人意料之外地杀掉了为人所推重的、有贤名的狂矞，甚至连周公都想不到。这样就使臣民心里害怕，知道畏惧，即使不出来为国所用的人，也不敢有什么妨害国家的轻举妄动。杀一儆百的意义，即在于此。出其不意地使用此计，起到了重大的威慑作用。

事例：杀一儆百，法不徇情避贵

前271年，赵奢任赵国的田部吏，只是个征收田税的小官吏。他到平原君家收租税，可是平原君家不肯纳税。那时赵国的国君是赵惠文王，平原君赵胜就是他的弟弟，而且身居相国。平原君在国内有很大封邑，田连阡陌，替他管理各处庄园的大管家就有九个。这几个管家仗着平原君的权势，从不肯认真向国家交纳田赋。上行下效，影响到其他贵族、官员们都不肯按规定交纳田税。赵奢一直等到规定的完税时间，也不见几位管家有动静，派人去催，又个个空手而回，甚至连管家的面都见不着。赵奢便当机立断，立即派一队武士把九个管家统统抓来杀掉了，引起很大震惊。

这一事例中，赵奢运用了指桑骂槐之计，目的是要杀一儆百、敲山震虎。当时的赵奢在赵国并没有什么地位和名气，只不过是一个征收田赋的小官吏。平原君赵胜，不但是赵惠文王的弟弟，又曾三度出任赵国相国。当时与齐国的孟尝君、魏国的信陵君、楚国的春申君合有"四君"之称，是战国时期有名的四公子之一。平原君富甲天下，养士三千，广为交游，门客满盈，又好侠士，不仅在赵国声名显赫，是人人敬仰的大贵族、大豪杰，就是在诸侯列国中也有很高声望，被公认为第一流的政治家。平原君有很大的封邑，但他的九个大管家仗势不交税，认为平原君是赵王的亲族，当朝相国，谁又敢把他怎样？何况一个刚上任地位卑微的小田部吏呢？他们根本没把赵奢放在眼里，表面上哼哼哈哈几句，心里很瞧不起赵奢。还觉得赵奢刚上任，不谙世故，就是"新官上任三把火"，也得找对了地方才点火，岂能奈平原君何？赵奢认为自己是担任国家征收田税的官员，平原君的封邑大，田税当然是大户，他不交，上行下效，别的贵族、官员也少交，或不交，他不遵法奉公，别人必然仿效，这其实是关系赵国兴衰存亡的大事。所以他想整顿国家田税，解决这个弊端，必然从平原君家开刀，才足以起到杀鸡儆猴、杀一儆百的作用。所以他毅然把平原君的仗势欺人、拒不守法的九个大管家抓来，以迅雷不及掩耳之势把他们斩首。当平原君知道他的九个大管家被赵奢杀掉，当然暴跳如雷。立即派人把赵奢抓来，准备杀了给管家们报仇。赵奢被抓到相府后，任凭赵胜叫骂、威胁，面不改色，毫不畏惧，镇定自若。这倒引起赵胜注意，使以仁义豪杰自居的平原君赵胜不得不暗暗佩服，便态度缓和地问："你凭什么胆敢不通过我，就杀我的管家？"赵奢平静地说："请大人想一想，您在赵国地位最高，最受尊敬。可是您的管家带头拒交田税，这样一来，许多有权有势的人都仿效不交田税。你们的土地又非常多，都不交田税，国家怎么办？交税是国家的法度，如果我对相府上这样严重违法的事放纵不管，这必然是削弱、破坏国家法度。法度松弛，国家必然衰弱；国家衰弱，其他诸侯国会乘虚而入，赵国就会有灭亡的危险。如果赵国灭亡，试问相国还能享受您的荣华富贵吗？现在我对相国违法的九个管家都不饶过，全国上下谁还敢抗税不交呢？如果全国的人都奉公守法，国家就会安定富强；国家富强了，诸侯们就不敢欺凌。您身为赵国的亲族，赵国的贵公子，是否该从国家着想。难道您愿为这点小事去坑害自己的国家吗？对于我，您如果不怕天下人耻笑，尽可以随便处罚我。"

　　这一番话，软中带硬，入情入理，平原君不得不心服口服。他发现赵奢是个有胆识的人，是个难得的人才。因此他不但没有处罚赵奢，相反，还把赵奢杀九个管家的原因、经过，一字不漏地向赵王叙说，而且极力推荐赵奢。赵惠文王接受了平原君的建议，启用赵奢，让他主管国赋财政。赵奢上任后，大力整顿财税，有了平原君家九位大管家的前车之鉴，赵国的豪门贵族，谁也不敢从中作梗。不出几年，赵国的财赋收入大幅度增长，国库殷实，成为诸侯列国中强国之一。

这里，赵奢是恰当地运用了指桑骂槐之计。在实施过程中，他做到有理有节，"等"、"催"、"警"而导之，都不行，才用强硬果敢的手段，把九个管家杀掉。赵奢选择了位高势大的平原君家开刀，法不徇情，就起到了杀鸡儆猴的最佳效果。一个地位卑微的田部吏，竟敢冒犯声名显赫的平原君，说明赵奢是为国家着想，不计个人安危，执法如山，确实是一个有胆识善谋略的人。后来赵奢曾受任为将军，精于用兵。前270年，秦国伐韩国，包围了阏与（今山西和顺），韩国派人向赵国求救，当时蔺相如、廉颇都认为"阏与道险且狭，救之不便"。只有赵奢力主救援，赵王就命他将兵往救。赵奢坚壁增垒，佯作就地固守，只守不援，麻痹秦军，继而卷甲急趋，直逼阏与，抢据北山，以先声夺人之势，大破秦军。赵奢以功被封为马服君。

事例：敲山震虎，施以奇谋妙略

战国晚期，是诸侯争雄、互相兼并、龙虎相斗的时代。在偌大的政治舞台上，秦王嬴政采纳李斯的计谋，使韩国在六国中第一个被灭亡。李斯所用的正是指桑骂槐之计，值得细细品味其中的玄机微妙。

从秦孝公任用商鞅实行变法图强以来，到秦王嬴政时，秦国已是兵强国富，实力远远超过了关东六国。席卷四海、统一天下的形势已基本形成，下一步需要具体考虑统一的时机、谋略和步骤。这时李斯向秦王进言，首劝秦王抓住历史的机遇，分析当前的形势，诸侯互相兼并，关东只剩下六国，现在是秦国万世难逢的好时机，以秦国的强大，灭诸侯，成帝业，天下一统，好比从灶台上扫除灰尘一样容易，千万别坐失良机。对他们不能只是硬攻，要善于运用谋略，要恩威并用，软硬兼施。李斯建议秦王派出谋士间谍，去游说诸侯，并让他们多带珠宝金玉，贿赂各国的权臣名士，可以重金收买，让他们为秦国工作，去蒙蔽其君王，陷害其忠良，离间其君臣关系，阻止其国与别国联合反秦。金钱收买不了的，就派刺客去杀掉他，这会使六国内部越来越乱。最后，秦国不难扫平六国，统一天下。秦王对这番进言，很是赞扬，立即采纳建议，不久又提升李斯为客卿，专门负责统一六国的战略计划。

　　正当李斯春风得意之时，不料起了一场风波。韩国是秦国近邻，国小势弱，常受秦国欺凌。为减轻秦国的军事压力，韩国就派了一个叫郑国的水工到秦国去，建议秦国在关中修建十条三百多里长的大水渠，凿山开道，引泾水灌溉田地。韩国的原意是使秦国耗费大量人力物力，疲劳不堪，就腾不出手来向东征伐。秦国不知道其用心，认为这是增强关中经济实力的好主意，就接受了。工程进行到一半，韩国的阴谋就被发觉。秦国一些守旧的宗室贵族，本来就对秦重用异国异姓的政策不满，就以水工郑国的事为借口说，其他国家人来到秦，都是为他们的君主做间谍的，请秦王下逐客令。秦王迫于压力，下了逐客令。这样，来自楚国上蔡一介平民的李斯，也不得不打点行装归去。但他不甘心，立刻上书秦王，指出：秦国赶走异国之客是错误的，历数自秦穆公这位强秦的奠基之君，到秦昭王的四位国君，都是靠任用客卿而为秦国的发展建立了功勋，如由余、蹇叔、商鞅、张仪、范雎等都是异国的来客，假如这四位君王，拒客而不纳，疏才而不用，秦国就不可能有今天这样的富强。李斯又以秦王对来自异国的珠宝、良马、乐曲等的喜爱为例，问秦王："为什么这些不因非秦所产而摈斥，独独对士人，则非秦者去，为客者逐呢？"说明秦王重声色珠玉而轻人才，这不是想要"跨海内、制诸侯"的君王应该采取的态度。又进一步说要建立帝业的君王，必须要有泰山和河海一样的博大胸怀；今天的逐客，无异于给敌国送兵器，把天下智谋之士推向敌国，这对秦国来说是太危险了。这就是李斯著名的《谏逐客书》。铿锵有力的言辞，使秦王读后，立刻改变了主意，取消逐客令，追回已经上路离开秦国的李斯，并让他官复原职。一场因修渠引起的逐客风波平息了。而郑国渠的完工，不仅未能"交通疲秦"，反而增强其经济实力，把平定六国提上了日程。

李斯提出平定六国需要选择弱点，正面突破，先灭韩国，再灭两翼，最后灭齐，就首先应以韩国为突破口。李斯分析了六国的地理位置和实力状况，认为韩国地处天下之中，又正当秦军东向之路。韩国国势弱小，如做突破口，这一炮容易打响。第一炮打响，不但可振军威，而且敲山震虎，从心理上慑服其他五国。秦军便向韩国边境进击，使韩王极度恐慌。李斯又亲自出使韩国，威逼利诱，迫使韩王向秦称臣。韩王就找韩非商量，作为韩国王室贵族的韩非，曾经与李斯是同学，都是荀况的学生。韩非曾经提出强韩之策，未被韩王采纳，就闭门著述。韩非著作集先秦法家思想之大成，风行一时。秦王嬴政读过韩非的著作，十分仰慕。

韩王考虑韩非有这些条件，就决定派他去秦国，想通过外交努力，保存韩国。韩非处于两难境地，作为一个深谙历史大势的思想家，知道秦灭六国已是水到渠成，不可逆转。作为一个韩国贵族，自然不忍他祖宗的基业毁于一旦，还得做一次最后努力，便上奏章劝秦王缓攻韩而急攻赵。李斯立刻反驳韩非的"存韩"之论，认为韩非此来，只能是维护韩国利益，不可能为秦着想，这也是人之常情。秦灭韩是不可动摇的，过去韩国每每在关键时刻与魏联合起来对付秦国，对秦是一个心腹之患。秦国和韩国的地形就像一块织锦一样交错在一起，韩国的存在，对秦国来说，就像木头里长有蠹虫一样，太危险了。一旦天下有变化，对秦国构成祸患的国家，没有比韩国更厉害的。别看韩现在顺服于秦，实际是顺服于强力，一旦秦保留韩国而去攻赵、齐，难保它不与赵、齐、楚合谋，从后面夹击秦军，故韩国不可信。力劝秦王不要为韩非的辩词所惑，要明察其心。最后，李斯建议，自己前往韩国，诱使韩王入秦，就可以韩王为人质，胁迫其大臣俯首归顺。秦王按李斯建议，一面把他的同学韩非关进监狱，一面让李斯出使韩国。韩王眼见秦国的大军压境，再也无计可施，只得交出传国玉玺，向秦国称臣归属。三年以后，秦又借口韩国背叛，向其全面进攻，韩在六国中第一个被灭亡，李斯的战略首举成功。接着，在不到十年的时间里，由近到远，各个击破，如蚕食叶，赵、燕、魏、楚、齐五国也先后灭亡，中国的历史翻开了新的一页。

秦灭六国的过程中，李斯提出首先灭韩国，是深谙指桑骂槐计之妙处。在并战中大凌小、强凌弱，秦强韩弱，第一炮容易打响，这不但振奋军威，而且从心理上慑服其他五国，这就起到杀鸡儆猴、敲山震虎的作用。在具体实施过程中，警而诱之，威迫利诱，无所不用其极，最后制造事端，借韩国背叛，一举歼灭。李斯在这里把指桑骂槐之计发挥得淋漓尽致。

事例：明察秋毫，制以刚正威严

明宣德五年（1430），苏州知府况钟上任。况钟第一次办公务时，群吏环立，请他在公文上做批示。他装着不懂，左右顾问，吏员怎么说，他就怎么批。拿文书给他看，也总是不看当否，就说可以。吏员们很高兴，就小看他，认为这位知府昏庸可欺，所以营私舞弊，无所顾忌。通判赵忱对他很不尊敬，况钟也只是"唯唯"，而不与之计较。过了一个月，忽然有一天，况钟让人拿香烛来，召集僚属以下全部集合起来，然后说："这里有皇帝敕书，过去没宣布过，今天向大家宣布。"其中有"属员人等作奸害民，尔即提问解京"、"僚属不法，径自拿问"等语。然后把地方豪绅召来，向他们宣布：作为知府，我有彰善惩恶之责。现准备了善、恶两个登记簿，谁是善户，谁是恶户，自己登记。善户我优礼之，"且宾致乡饮"，恶者我为百姓杀之。官吏乡绅大为震惊。况钟接着升堂，召集全部知府衙门下属的胥吏到来，说："某日有件事，你欺瞒我，偷偷接受贿赂若干，对不对？还有一天也是这样，对不对？"胥吏们一听都惊而佩服，不敢辩。况钟说："我不必多说了，把他的衣服脱掉，找四个有力气的人，把这个胥吏高高抛在空中，摔死他。"就这样，顷刻之间就摔死了六个胥吏，并暴尸于市，公布于众。如此处置，上下人等都很害怕，震动了整个苏州府。从此苏州府做坏事的人，都洗心革面，不敢轻举妄动。

以上事例是况钟巧用指桑骂槐之计来杀一儆百。选择他刚到任不久，这样时机是合适的；在他明察秋毫后，再制以刚正威严。

况钟，少小读书机会不多，靠自学成才。二十三岁被靖安县选中，做书吏九年，吏部考绩，礼部留任，后升郎中，做了十五年京官。他不是科举出身，但干练精明，廉正有为。那时正当宣德年间，锐意整顿内政，清理统治机构，惩治贪官污吏，同时也推动清理地方吏治。宣德帝以"郡守悉由资格，多不称任"，命部、院大臣荐举属官廉能者充任知府。经尚书蹇义、胡濙等推荐，况钟任苏州府知府。况钟是书吏出身，对这一阶层的情况，是有些了解的。但他并非下车伊始，就咿里哇啦，所以他先对文书判牒不随便发表意见，"阳作木讷状"，而是集中一段时间明察暗访，搞清情况。当他了解了苏州地方吏治多年不清，土豪与官吏勾结作弊，侵公害民，便觉得法不立则吏奸难除，最终是民受其害。所以他经过一段时间考察，得知吏民积弊之后，决定先拿不法的胥吏开刀，杀一儆百，这给当地豪吏一个下马威，宣示了浩然正气，惩治了邪恶势力，树立了威望，为后来正常办理公务，清扫出一条道路。从此再也没有人认为新来的太守昏庸可欺了。

围绕着整肃吏治，况钟在苏州先后向朝廷上奏十一次，罢免了十二名昏庸无能、无所作为的冗官，惩办了一批营私舞弊、侵公害民的赃官，提拔了一批办事公正的清正官员。由于过去苏州的吏治不清，苏州府所属七个州县历年积存了不少积案、冤案，况钟逐县清理复查，纠正了许多冤假错案，使苏州吏民震惊，奉法唯谨，坏人不敢为非作歹，安定了社会秩序。苏州因曾是张士诚的据点，所以开国之初，朱元璋对苏州征收的粮额独重。苏州府七州县，农田约占当时全国耕田总面积八十分之一，而交纳田赋却占全国的十分之一。在况钟到任之前，苏州治理不善，各级官吏、地方恶霸与江南织造太监勾结在一起，操纵苏州政局，一般上级官员都轻易不敢过问苏州的事情。当地的豪强恶霸，想方设法盘剥老百姓，苛捐杂税多如牛毛，人民负担沉重，规定的粮税年年拖欠。拖欠不下去，就向豪家借债，倍纳利息，至以子女抵偿或卖田逃亡。况钟到任当月，就上奏朝廷，要求根据减免诏书所规定的减免，但户部不准。况钟坚持上疏三次，终于获得批准，减免七十二万多石粮食，还实行折征，以布匹代替粮食，使得苏州府每年共减轻赋税一百五十多万石，苏州人民莫不欢颜。除此之外，况钟在苏州任知府十三年，清理军籍，兴修水利，发展农业生产，设济农仓，招还逃户，兴办学校，大规模扩建苏州府儒学，做了许多利民业绩，深受民众拥戴，民众几次上书请留，作歌传颂。盖自洪武开国以来七十余年，苏州太守无一人能满任者，只有况钟却连任了十三年，卒于任上。况钟死后，老百姓伤心痛哭。苏州和下属七州县都为他建了祠堂祭祀。"一折传奇十五贯，家家齐唱况青天。"况钟饮誉江南，为后世留下了一个清官形象。

况钟初到任不久，运用指桑骂槐之计，当场击毙了六个不法的胥吏，又设善恶簿。这种执法如山、杀鸡儆猴的做法，首先毫不留情地警告了贪赃枉法之徒，镇住了他们使之不敢轻举妄动。而后又一系列地严以驭吏，孜孜爱民，自身刚正卓特，其情操纤尘不染，受人爱戴。

况钟对于胥吏也是恩威并重的。在任苏州太守期间，一次府治起火，文卷都烧了，大火是由一个胥吏引起的。火灭后，况钟坐在废墟场上，把肇事的胥吏杖一百，以示惩罚，随即放其回家，自己则急上奏章，把罪归于自己，不累及该吏。起初该吏自忖当死，可是况钟说："这是我的事，你怎能担得起呢？"奏章呈上之后，况钟被罚俸，其为官廉明如此。况钟对该严的决不留情，而对一般过失也能体恤下情，因此威行而无怨，这也是况钟善于体会指桑骂槐之计奥妙。"刚中而应，行险而顺。"不刚则无威严，不足以服众；过刚，则暴而无以怀之。需要量情行事，恩威并用。这也说明况钟的为人和他的高尚品德。

第二，指桑骂槐之计的巧用。

面对强势则很难与之为敌，但要顾全大局，又不得不给予一定的警示，只能利用别的事，或虚构的事物，旁敲侧击，以达到想要的效果。当不能够与对方发生正面冲突，揭示事物的本相时，指桑骂槐往往是最佳手段。采取这种手段，表面上骂的是别的，骨子里却是骂人，能够以间接批评的方法，达到警而导之目的。

事例：以假乱真，暗用此计行谏

优孟是楚国宫中的老伶人，身长八尺，擅长言辞论辩。优孟平日善以滑稽的言辞来说三道四，所以很得楚庄王的宠信。当时，楚国的贤相孙叔敖刚刚去世，楚庄王很怀念他，十分悲伤。有一天，优孟到郊外去，见到孙叔敖的儿子孙安，正在山上砍柴，衣衫褴褛。问起是怎么回事，才得知因为家中贫困，所以孙安要靠砍柴度日。优孟心里很不是滋味，回到家后，特别制作了一套孙叔敖曾经很喜欢穿的衣服，戴着孙叔敖常戴的那种帽子，并且模仿孙叔敖的声音笑貌和一举一动，一直到学得惟妙惟肖。后来在楚庄王的宴会上，他就装扮成孙叔敖的样子去赴宴，并上前给庄王敬酒。楚庄王大惊，以为是孙叔敖真的复活了。这样一来，楚庄王更加想念他的贤相孙叔敖了，甚至想要拜优孟为相。这时优孟对楚庄王说，让他回家和妻子商量一下再决定，三天后再来任楚相，庄王同意了。三天后，优孟来见楚王，庄王问："你妻怎么讲？"优孟说："我妻子说千万不要出任相国，楚国的相国是不值得做的。孙叔敖做了十多年的相国，一生廉洁尽忠来治理楚国，才得以使楚国称霸。可是他死后，儿子没有立锥之地，还要上山去砍柴，才能维持生计。你要是做相国，不如自杀！"这番话使楚王听后猛醒，立即下令派人去召孙安入朝，封给他寝丘四百户，作为供奉孙叔敖祭礼的费用。

孙叔敖，是司马迁《史记》中记载的第一位清官，是楚国著名的贤相。孙叔敖在位时，对内曾经规划开凿了芍陂河工程，开辟了雩娄的田地，发展农业灌溉，整顿吏治，发展生产。对外则辅佐楚庄王，在邲地大败晋军，奠立了以楚代晋称霸的基业，功劳大焉。孙叔敖为人又自奉极俭，因此身后没有财产留给后人。优孟在得知他的儿子靠砍柴度日这一情况后，并不是直接去找楚庄王指责他，而是巧妙地运用了指桑骂槐之计，假扮成孙叔敖，通过拒绝任相来表达出孙叔敖为相十几年，而后人却窘于生计的状况。这样使楚庄王触景生情，不需要更多的话语，马上就能使楚庄王猛然醒悟。

试想，优孟是一个微不足道的戏子，他虽能得到楚王宠信，但对于楚庄王应该封赐相国之后这样的事，是不能直接加以指责的，即使是当面指出，也要考虑大王的面子。优孟运用指桑骂槐之计，以假乱真，使楚王认识到，像孙叔敖这样一生为官清廉的人是很难得的，没有照顾好他的家属，既是一件过失，也不能够激励后来者为楚王效力尽忠。一次指桑骂槐的巧谏，既为孙叔敖子孙争得应有的待遇，也为楚庄王招揽贤才拓展了途径，乃是一举多得。

还有一次，楚庄王有一匹心爱的马，庄王给它穿锦绣的衣服，住华丽的房子，睡幕床、吃枣脯。马因为养得太娇嫩、太肥而死了。楚庄王命令群臣为马服丧，想用葬大夫那样的棺椁和礼节来安葬死马。大臣们都谏诤劝阻，庄王不听，并且下令："谁敢因马的事来劝谏的，处以死刑。"优孟听说这件事，就进入宫门，仰天大哭。庄王惊问："你为什么哭？"优孟说："这匹马是大王最钟爱的，凭着楚国这样堂堂大国，仅仅用大夫的礼节来殡葬它，礼太轻了，该用国君的礼节来殡葬它。我请求用雕有花纹的玉做棺，用梓木做椁，差精兵为马挖墓穴，老人和小孩背土修坟。让齐国、赵国使臣祭奠时陪于棺前，韩国、魏国的使臣护卫棺后。为死马立庙，使它享受太牢的祭礼，以万户之邑的赋税收入，来供它日常祭礼的费用。诸侯们听说了，必然都知道大王把人看得很轻贱，而把马看得多贵重啊！"庄王听了这番话，说："我的过失竟达到这种地步吗？那该怎么办呢？"优孟说："请大王让我把它作为畜生来安葬吧。"庄王便命令把马交给太官，把马肉做成肉脯，不让天下人传扬这件事。楚庄王贱人重马，群臣直言谏诤无效，优孟用巧妙的讽谏，使楚王取消了自己的错误决定。

优孟用的是指桑骂槐之计的归谬法，好比递给庄王一柄特制的放大镜，让他清晰地看到自己的行为是多么荒唐可笑，促其猛然省悟，立即纠正。楚庄王就是曾经在即位之初，不理政事，而后一鸣惊人的聪明刚察之王。他本人就很有心计，所以对优孟这个巧妙运用计谋的戏子，自然非常欣赏，而且很快就能心领神会。由此可见，指桑骂槐之计的使用也要注意对象，若是针对只见槐而不知桑的人，只要是指桑，就认为是直接针对槐，此计就难以实施了，需要变换计谋。

事例：巧用此计，智慧妙语连珠

指桑骂槐，体现一种间接批评艺术。这种批评手法，往往令人比较容易接受。或者不点名地指责某人，甚至通过寓言或讽刺挖苦，语言犀利但又委婉，采用善意的帮助态度，往往能取得较好的效果，特别是用讽刺，即以微言讥讪，是指桑骂槐的最高技巧，也含有深刻的教育意义。春秋末期的晏婴也是善于用讽谏这种指桑骂槐之计的，和优孟异曲同工。

有一次，齐景公让养马人给他养一匹他最喜欢的马，不料这匹马突然死了。景公大怒，让人拿刀把养马人给肢解掉。这时晏子正在景公面前陪侍，见左右拿刀进来，晏子并没有直接阻止他们，却问景公道："尧、舜肢解人体，从身上哪一部分入手呢？"聪明的齐景公马上就明白了晏子的话外之音。尧、舜乃是古代明主，他们从来不用酷刑，便下令不予以肢解，把养马人交给狱官处理。晏子说："他还不知道自己的罪过，就要死了，请让我数数他的罪状，让他明白自己犯了什么罪，然后再交给狱官。"景公说："可以。"晏子就数落说："你知道你有三大罪状，应判死刑。君王让你养马，你却把马养死，这是死罪之一；你把君王最爱的马养死，这是死罪之二；你让君王为一匹马的缘故而杀人，百姓知道了肯定会怨恨国君残暴，诸侯们听到这样重马轻人，肯定会轻视我们国家，甚至加兵于我们。你让君王的马死掉，使百姓积下怨恨，让我国的国势被邻国削弱，这是死罪之三。你有这三条应判死罪的原因，你是该死了，就把你交给狱官吧。"景公听了这些话，猛然醒悟，急忙说："放了他吧，不要为此坏了我仁义的名声。"

前531年，晏子奉齐景公之命，出使楚国。楚灵王以南方大国自居，没把齐使放在眼里，并有意借此羞辱齐使一番，以显楚威。楚灵王得知晏子身材矮小，特在郢都的城门旁开了个五尺左右的洞，让晏子从洞进城。晏子大声呵斥道："出使到狗国，才从狗门进，今天我出使到楚国，不应从这种门进。"楚王一听，急命军士开城门迎接。晏子一进郢都，又遭各种刁难。先是一群状如天神、手执兵器的大汉来迎，以反衬晏子的矮小；后又有一班智能之士出来戏弄，讽刺齐国，指责晏子，甚至挖苦说晏子身高不足五尺，力不能缚鸡，只会耍嘴皮子卖乖，等等。晏子都从容应对，言辞犀利，鞭辟入里，把这班大臣驳得哑口无言，满面羞惭而退。进见楚灵王后，楚王又亲自出马捉弄他。楚王轻蔑地说："难道齐国没有人了吗？怎么派你来当大使？"晏子反唇相讥说："临淄城有七千五百多户人家，人人撑开衣袖就成了阴凉棚，每人挥一把汗，全城就像下雨一样，人们肩碰肩、脚挨脚，怎么说没有人呢？"楚王说："那为什么派你出使楚国呢？"晏子回答说："我国派遣使臣有个规矩，什么样的人出使什么样的国家。有贤才的出使上等国，不才的人出使下等国，大人出使大国，小人出使小国，我最无才最没出息，所以只能出使楚国。"几句话羞得楚王面红耳赤。接着,楚王招待晏子喝酒。在喝到正高兴的时候,两个差吏绑着一个人走到楚王面前。楚王问:"捆绑的人是怎么回事?"回答说:"是齐国人,犯了偷盗罪。"楚王看着晏子问道:"你们齐国人善于偷盗吗?"晏子离开席位回答说:"我听说橘树长在淮河以南,就结橘子,长在淮河以北就结枳子,只是叶子相似,两者的果实味道则大不相同。这是什么原因呢?是水土条件不一样。今天这个人生在齐国不偷盗,进入楚国就偷盗,莫不是楚国的水土使百姓善于偷盗吗?"这幕戏是晏子来楚国前,楚王和侍臣策划来羞辱晏子的,没想到得到这种结果。楚王技穷,只好向晏子赔不是说:"我原来想取笑大夫,没想到倒被大夫取笑了。"

又一次,晏子出使吴国,骄横的吴王自许为天子,命令引导宾客的小吏说:"晏子要见我时,就喊:'天子请见。'"第二天晏子有事要见吴王,主管外交事务的官员说:"天子请见。"晏子当即表现出吃惊的样子。那人又说:"天子请见。"晏子仍然表现出惊异的样子。当第三次听说"天子请见"时,晏子又第三次表示大为惊骇,说:"我奉国君之命,出使到吴王这里。是我不聪敏而感到迷惑不解,难道这是进入了天子的朝廷?请问吴王在哪里?"这之后,吴王方说"夫差请见",用诸侯之礼接见了晏子。

从以上这几个事例可以看到:晏子在各种场合,屡次巧妙地运用了指桑骂槐之计中的间接批评方法,广泛地施展了他的广识通变之才,以睿智善辩之口才,赢得了威望,使他成为春秋时期最出色的政治外交家。

晏子名婴,出仕齐卿,先后从政五十六年,历事齐灵公、齐庄公和齐景公三朝,史书记载他见过必谏,每朝必谏,进忠极谏,给后世留下一个贤臣诤臣的形象。晏子善用指桑骂槐之计，很讲究进谏的方法策略，语智、善辩，善于运用犀利明快的语言技巧，当然这也是在一定的环境背景之下。晏子出使楚国，正是楚灵王时期，楚国兵强马壮，四下征伐，各诸侯国畏惧楚国之威，纷纷主动与楚国改善关系。晏子这时出使楚国，楚国君臣听到这一消息，依仗自己的国势强威，所以表演了一系列的戏弄晏子的计谋。晏子不卑不亢，从容应付，运用语言的艺术，战胜对方。晏子是代表齐国出使楚国，对楚国君臣的一系列恶作剧，不能直接批评和谩骂。处在诸侯混乱、群雄逐鹿的东周列国时代，晏子深知自己的处境，如果一生气冲动起来，说了不该说的话，完全可能导致一场战争，必须用计进行外交斗争。当时的齐国和楚国之间，虽然没有处在交战状态，却存在着利害冲突。以国力而言，当时对齐国不大有利。因为齐国是个贵族专政的国家，大贵族之间不断为争权夺利而互相倾轧，制造内乱，政权不稳。晏子对楚国君臣运用的指桑骂槐之计，丝毫没有火辣辣的火药味，只是做到针锋相对，寸土不让。楚王企图以开玩笑方式，来戏弄晏子，晏子也用笑谈隐喻的方式进行反击。当楚王使人伪装齐盗，且当晏子的面辱骂齐人时，晏子则巧妙地用果树异地的自然现象为类比，说明了齐人入楚则盗的道理，既巧妙地揭穿了楚王君臣的把戏，又给对方以有力的回击。晏子先迂回后反驳，使楚王无法逃避，自讨没趣，不得不向晏子赔不是。晏子凭睿智和胆识，在谈笑风生中，用微言浅谈，解决了繁难的纷争，获得了骂槐的效果，维护了齐国和自身的尊严，不辱使命，也赢得了楚王的敬重。晏子出色的外交活动，不仅改善了两国关系，而且提高了齐国威望。

出使吴国时，野心勃勃的吴王，竟然以天子自称，企图以此抬高自己，贬低齐国。晏子以计提醒吴王，两国是平等关系。难怪有人说，外交斗争搞得好，有时能达到"不战而屈人之兵"的目的，其作用胜似千军万马。

至于晏子救养马人的事例，那表面上数的是养马人的罪，实际上骂的是齐景公的重马不重人。因为君王是不便直接骂的。在这里他首先发出无答之问，提醒景公，有道之君，不会有肢解人的残暴行为。然后用数罪的方式，暗示杀人的反效果，正面文章反面作。景公听出了弦外之音，立刻放了养马人。晏子在智慧妙语之中巧用指桑骂槐之计，可谓达到最高技巧。

事例：暗藏谋略，讽喻谈笑之间

战国时期，魏国人范雎曾作为魏国使节须贾的随从，前往东方的大国齐国。齐襄王从臣下口中得知范雎其人能言善辩，是一个人才。所以他一方面冷遇魏国的使团，但另一方面又特别赏赐范雎，想要拉拢他。范雎虽然没有接受齐王的赏赐，却已经引起了须贾的不满。须贾以为范雎一定是个内奸，暗地里勾结齐国，出卖魏国的情报，回国后便把范雎如何得到齐王赏赐的事情，原原本本地报告了魏相魏齐。魏齐得知后大怒，命人狠狠棰杵范雎，将其肋骨都打断了，然后让人用草席将范雎卷起来，扔到厕所之中，让人随意在他身上小便，以侮辱他为乐。若不是范雎施小计贿赂看守之吏，被弃之荒郊，恐怕性命难保。

范雎命不该绝，却等来出头之日。秦昭襄王使者王稽出使魏国，经郑安平的推荐，范雎得以用张禄之名，被王稽带到秦国，引荐给秦王。当时秦王并没有马上重用他，只给了他一个下等宾客的职位。一年多时间没有召见，他也只好等待时机。

秦国之相穰侯打算越过韩、魏去攻打齐国，以便扩大自己的封地。范雎认为机会来了，就上书给秦王，得到被秦王召见的机会。范雎入宫以后，假做旁若无人之状。秦昭襄王老远出迎，他也装作没看见一样。旁边服侍的内官对他这种行为很恼火，推了他一下，大声说："大王来了。"范雎装作迟钝，翻着眼问："秦国有王吗？"范雎故意提高嗓门说这些话，唯恐秦昭襄王听不见。在这里，范雎就是巧用了指桑骂槐之计。

原来，当时秦国的相国是魏冉，是秦昭襄王母亲宣太后的弟弟，被封为穰侯。魏冉凭着这层关系，独揽大权。秦国原有任用客卿的传统，但魏冉极力排斥来到秦国的贤人智士，而将本家族的人安排在秦国朝廷内掌握大权。例如，宣太后的同父弟华阳君曾为将军，后因有罪逃到楚国，不久就被宣太后和魏冉召回，拜为左丞相。昭襄王的同母弟高陵君、泾阳君，也都以贵族身份执掌国政。随着秦国对外军事争斗的不断胜利，宣太后这一家族在朝廷的权势愈来愈大。他们不仅每人都有大片封地，成为全国最大封君地主，而且擅权专横，连国君都不放在眼里，出现了所谓"太后擅行不顾，穰侯出使不报，华阳、泾阳等击断无讳，高陵进退不请"的局面，使国家内政昏暗，对外斗争失利。本来穰侯魏冉被封于陶，其地在齐国边境附近，为了扩大自己的封地，竟越过韩、魏去进攻齐国的刚、寿两地，可见其势焰之高。穰侯魏冉在秦国擅权专国，早已为其他诸侯国所知，许多诸侯国都把魏冉视为秦国的最高统治者。国与国之间的一切交往，外国纳贡的一切礼品，都被魏冉一手操纵和独吞。秦昭襄王对此特别恼火，但鉴于魏冉已经营多年，羽翼早成，又慑于宣太后这一家族的庞大势力，昭襄王一时也无可奈何。范雎深深了解这一点，因此用此计起到敲山震虎之效。当时在昭襄王左右都是穰侯耳目的情况下，范雎不能直接讲明，只得以指桑骂槐之计，旁敲侧击的办法，指的是秦昭襄王，骂的是魏冉等专政乱政的人物，在讽喻之中暗藏了谋略。一方面范雎是要试探昭襄王对他是否有诚意；另一方面，暗示昭襄王上畏宣太后的威严，下惑于奸臣的献媚，居于深宫之中，身受他们的包围迷惑，而不能明察奸邪。这样下去，最坏的结局是使国家遭到灭亡，轻一点也将使昭襄王的地位难保。这就戳到了昭襄王的痛处，扣动了他的心弦。范雎进一步分析秦国的形势和内政，提出远交近攻等策略，秦昭襄王大为赞赏，决定马上任用他，破例拜范雎为客卿，让他参与谋划兵事和国政。

范雎抓住时机，打算进一步用指桑骂槐之计以警而导之。终于有一天，当秦昭襄王因魏冉的飞扬跋扈行为闷闷不乐时，范雎再一次挑起话题说："我在山东的时候，只听说秦国有太后、穰侯、华阳君、高陵君、泾阳君，但没有听说有大王。现在这些权贵把持朝政，就是人们所说的没有君王了。臣听说那些善于治理国家的人，对内、对外都要巩固和加强自己的权威。现在自乡间的低等小吏以上的各级官吏，甚至包括您身边的人，没有一个不是相国的人，臣看到您孤立无援，甚为您的君位不稳而恐惧担忧。此情发展下去，万世之后，恐怕掌握秦国大权的就不一定是大王您的子孙了。"秦昭襄王听此分析，极为惊骇，便决定当机立断，宣布废除太后，免掉魏冉相位，把魏冉、华阳君、高陵君、泾阳君全部驱逐出秦国。这样削弱了贵戚的力量，加强了王权，使秦昭襄王一直忧虑的君权旁落问题，得到解决。与此同时，秦王把相国的职位授给了范雎，并封范雎为应侯。此后，秦国一直实施范雎提出的远交近攻的谋略，蚕食诸侯，范雎为秦国的发展立下了功劳。

事例：戏中藏计，意会不可言传

明成化年间，明宪宗朱见深下令设立西厂，任命亲信太监汪直"提督西厂"。汪直飞扬跋扈，专权乱政。当时有个小太监名叫阿丑，善于演戏。一天，阿丑见宪宗来到面前，就扮作醉汉，撒泼骂街，叫喊不止。有人告诉他说："皇帝来了。"他漫骂如故。又有人说："汪太监来了。"他马上惊惶地撒腿就跑。人们问他为什么这样？阿丑说："今日人们只知道有汪太监，不知有他人。"阿丑又曾装成汪直的样子，手执两把钺来到宪宗面前。别人问他："你拿的是什么？"他说："我率领军队，就是依靠这两把钺。"问他是什么样的钺，他说："是王越、陈钺。"宪宗听后哈哈大笑，但笑后，心里明白这是阿丑讽喻汪直专权，渐渐注意到汪直权威过大和仇怨者众的情况。自此，对汪直就逐渐疏远了。

这段故事的背景，得从明代的重用太监，建立厂卫制谈起。明初，太祖朱元璋开始建立锦衣卫，为皇帝的耳目和御用工具。到明成祖时，因为他发动靖难，曾得力于太监，所以登上帝位后，对太监格外信赖，甚至不惜破坏朱元璋定下的"内官不得干预政事"的禁令，大量任用太监。朱棣认为仅设一个锦衣卫，还远远不够得心应手，尤其锦衣卫使用外臣，不如太监时刻在自己身边办事来得方便。在永乐十八年（1420），朱棣下令开设东厂，那是同锦衣卫平行的又一个特务机构。从此，明王朝出现由皇帝直接统辖的厂卫系统。这种厂卫制，与明王朝相始终，一直实行了

潜龙勿用日乾乾

二百二十余年。1464年,朱见深做了皇帝,是为明宪宗。这时明朝已经历了"土木堡之役"和"夺门之变",国势日见衰落。各地官吏贪贿成风,横征暴敛,土地兼并加剧,民不聊生。一些人铤而走险,聚众反抗朝廷,威胁着明王朝的统治。在这种情况下,明宪宗特下令开设西厂,由太监汪直督办。

汪直先是在宪宗的宠妃万贵妃宫中服役,由于为人狡黠,奸诈异常,能曲意奉迎贵妃心意,受到万贵妃的宠信。由此被宪宗提升,成为宪宗的亲信太监。汪直被升为西厂总管后,身价倍增。西厂的规模比东厂更大,其隶役比东厂更多一倍。自京师至全国各地,无处不有,就是朱姓亲王也在其监视之中,其权威往往超出锦衣卫和东厂之上。西厂特务倚仗权威,诬陷好人,无辜被害者不计其数。宪宗还经常令汪直易服率校尉秘出视察,刺探民间隐事。汪直以锦衣卫韦瑛为心腹,屡兴大狱。例如,已故内阁大学士杨荣的曾孙、建宁卫指挥杨晔与其父杨泰,被害下狱,以酷刑考讯,使用一种名叫"琶"的刑具。这种刑具可使"骨节皆寸解,绝而复苏"。杨晔经不起酷刑之苦,妄言寄金于其叔父兵部主事杨士伟处。汪直也不奏请,便捕杨士伟下狱,并掠其妻子,结果杨晔死于狱中,杨泰论斩,杨士伟等都谪官。官宦之家尚且如此,老百姓更可想而知。汪直每出,随从甚多,公卿大臣都要让路。兵部尚书项忠因为没有让路,竟被汪直迫辱。朝廷上下,人人自危。内阁大学士商辂与其他大臣一起上奏汪直罪状,宪宗看了,反而大怒说:"我用了个太监,怎么就能危害天下?是谁带头上这样的奏章?"并传旨严加斥责。经商辂等据理力争,宪宗不得已,暂罢西厂,但一月后旋即恢复。复开西厂后,汪直的气焰更加嚣张了。

与汪直勾结在一起，充当帮凶的主要是王越和陈钺。陈钺为辽东巡抚，正值汪直受命巡边，陈钺竭尽献媚之能事，设下盛大宴席招待，对其身边的人都有贿赂，使汪直对他更加喜爱。当时恰好兵部侍郎马文升奉命在辽东，是一位正直的大臣，因对汪直所作所为非常不满，所以在一片奉迎之声中，只有马文升置之不理，对陈钺也很怠慢，便立遭陷害，丢官谪戍。陈、王二人又给汪直出主意，"立边功以自固"，以求取升官加禄。汪直的出征，招致了边境的不安宁，欺官扰民，杀掠甚众。大臣们屡屡上疏密奏汪直的罪行，昏庸的宪宗却不肯相信。这样汪直更加有恃无恐，弄权祸国。一时九卿等官被汪直撤职者达数十人之多，诬告陷害的不计其数。同时乘机提拔亲信，升王越为兵部尚书，兼左都御史，陈钺为左副都御史，巡抚辽东。当时人们把王越和陈钺称为两把杀人的大钺，痛恨汪直的人，同时也痛恨王越和陈钺。

因此才出现了前面的一幕，在汪直权倾全国，宪宗昏庸执迷不悟的情况下，小太监阿丑可谓具有惊人之胆识。位卑而有正义感的阿丑，对汪直的作恶多端实在看不下去，但人微言轻，又不能向皇帝启奏，何况有地位的大臣上奏皇帝都遭到贬斥。阿丑利用自己的专长与能够见到皇帝的便利，在表演中暗用指桑骂槐之计，极为巧妙地来揭穿汪直的真面目，终于引起皇帝的憬悟，达到了骂"槐"的目的，也不会导致"桑"借机报复。

第三，指桑骂槐之计在政治斗争中的实效。

作为一种常用手法，指桑骂槐常常被应用到政治斗争之中，使用者为了达到政治目的,有意制造借口,巧妙地把握虚实,先谋后事,方能操胜券在手,百战不殆,其实效也是明显的。

事例:运筹帷幄,务必使人敬服

前698年,齐僖公死,长子诸儿即位,就是齐襄公。齐襄公荒淫无道,把齐国搞得很糟,人们都看出,齐国将会有祸乱发生。为了避祸,管仲和召忽保护公子纠逃到鲁国,鲍叔保护公子小白逃到莒国。果然不久后,齐国发生内乱,齐襄公被杀。第二年夏天,因齐国无主,齐国上卿高子和国子暗中通知公子小白回国即君位。鲍叔闻讯,立即护送小白回国。与此同时,鲁庄公也得到消息,赶快发兵护送公子纠回国,结果晚了一步。鲁庄公不甘心,在同年秋天,出兵伐齐,两军在乾时(齐地,今山东博兴县附近)开战,结果鲁军大败。就是在这场战斗中,管仲箭射了小白的衣带钩。乾时之战后,小白正式践位为齐君,这就是历史上著名的齐桓公。齐桓公即位后,听从鲍叔建议,不计一箭之仇,设计把管仲迎回齐国拜相,授以国政。

管仲的祖先是周武王的弟弟姬鲜,因被分封在管(今河南郑州市),建立管国,所以又姓管,姬鲜则被称为管叔或管叔鲜。后因管叔伙同商纣王之子武庚发动叛乱,被周公所杀,因此管姓后代也就衰落了。到春秋初期,管姓的后裔有叫管严的,生一子,即赫赫有名的管仲。管仲生于颍上(今安徽颍上县),在春秋初期属蔡国。管仲步入仕途以前,家境贫穷,曾做过生意,也曾做过养马人。管仲怀有远大的政治抱负,决心利用齐国的政治舞台,一展雄才伟略。

管仲对他所处的时代,看得清清楚楚。那时正当春秋初期,周王室的势力已经衰微，不仅失去了对诸侯国的控制能力，而且自己也就相当于一个二等诸侯国，只不过还保持一个"天下共主"的虚名罢了。相反，诸侯国的势力却迅速膨胀。由于社会经济的发展，诸侯国对别国土地和人民的占有欲也更加强烈，出现了频繁的兼并战争与大国争霸的局面。

春秋初期的诸侯争霸，主要在黄河下游各国之间展开。当时黄河下游的大国有郑、宋、卫、鲁、齐五国，小国则有陈、蔡、邢、谭、遂、纪、莒、杞等。最初中原地区曾出现郑国独强的局面，但自郑庄公死后，由于发生内乱，郑国的势力便中衰了。由于中原无主，诸侯混乱，造成异族交侵的局面。狄族、诸戎等经常给中原诸侯，甚至周王室造成威胁。在这种形势下，把中原各国联合起来，节制诸侯之间的肆意侵伐，抵御异族的侵扰，以便发展中原地区的经济和文化，就是当时客观形势的需要。也就是说，中原需要一个霸主，来代替周天子向诸侯国发号施令。这就看谁的力量最强，谁就能充当霸主的角色。

为了激励和帮助齐桓公实现称霸诸侯的目的，管仲深思熟虑，成竹在胸。他首先提出"尊周亲邻"的总方略，包括两个内容：一是采取各种手段（军事、外交等）使诸侯朝齐；二是令周天子给齐桓公的霸权地位以合法的外衣。为实行总方略，管仲建议桓公先修内政，后图外事，献出一整套改革方案，先使齐国"国富民安"，并且提出"仓廪实则知礼节，衣食足则知荣辱"的著名论断。在军事上，管仲提出要寓兵于民，并提出一套用军器赎罪的办法。在人才选拔方面，提出"匹夫有善可得而举"，从而提高了部分庶民的社会地位。为了保证一系列改革方案的施行，管仲还建议桓公改革中央官制。齐桓公接受这一系列的改革方案，并付诸实行，齐国也迅速强盛起来。

管仲想到要齐国称霸于天下，外交策略十分重要，又提出一套"亲四邻，广结交，以德服天下"的外交策略。其中重要一点，就是重新审查齐国的疆界，把侵占邻国的土地都还给他们，明确地标定邻国的边界。这样可以安定四邻，使邻国亲信齐国。管仲还主张积极发展和诸侯国的经济交往，实行"关市几而不征"的政策，即不征收关税和市场税。这样经济得以开放，又赢得了政治上的信任，提高了齐国的声誉和威望。

管仲也清醒地看到，由于历史的原因，以及现实的利害冲突，所造成的诸侯国之间的矛盾和斗争，是异常激烈而又错综复杂的。诸侯国之间的关系，也因此而呈现出反复无常的状态：今日友好，明日又反复；今日是盟友，明日又成仇敌。而强凌弱，大欺小，尚权诈，轻信义，更是普遍现象。因此管仲认为齐国处在这样一种时代环境中，要想称霸诸侯，光靠行德义是不够的，还必须"示之以武"。管仲辅佐桓公称霸的历史，乃是一部武力征伐史。征伐中的全部计谋，运筹帷幄是为政治服务的，目的是使齐桓公成为令人敬服的霸主。

前684年冬天，齐国开始对外用兵。用兵的目标是谭国（齐国西北边的一个小国，在今山东章丘西），因为齐桓公当年出奔莒国时，曾路过谭国，谭君对他很不礼貌。齐桓公回国即位后，诸侯国都来贺，谭国又不前来。小小的谭国，居然敢对齐国如此不恭，何以服天下？管仲与桓公策划了这次军事行动，把谭国灭掉，谭君逃亡到莒国去了。齐桓公"伐谭而不有"，就是只征服它，并不贪其地而去占有它，也就达到了使许多小国对齐国"信其仁而畏其武"。

前682年，宋国发生争夺君位的内乱。第二年春，齐桓公邀集宋、陈、蔡、邾等国，在北杏（齐地，在今山东东阿县北）会盟，谋划平定宋国内战。这次会盟还征召一个叫遂的小国（在今山东肥城南），但遂不知什么原因没有到会。同年夏，齐桓公便借诸侯的兵把遂灭了，并且派兵到遂去驻守。

齐国伐谭和灭遂都是用了指桑骂槐之计。为了称霸诸侯，齐桓公不能不实行兼并战争，但得师出有名，便借口小小谭国竟对齐国如此不恭，即借谭的过失去灭谭。齐国要称霸天下，必须让诸侯国服他，才能步调一致，恭服霸主，树立威严。灭谭而不吞并其地，借以使许多小国对齐国"信其仁而畏其武"，恩威并用，达到敬服他的效果。灭遂也是一样，找其过失而灭之，更明显的是杀鸡给猴看，目的是给鲁国点厉害瞧瞧。因为遂是鲁的北部邻国，齐灭遂就直接威胁到鲁。当时鲁国在齐国的邻国中是最强的，又曾两次打败齐国，对齐国从来不太服气。在齐国出兵救燕时，向各国请兵支援，鲁国口头答应，却按兵不动。鲁国是当时齐国通向霸主道路上的主要障碍，由于齐桓公在管仲策划下，实行以德报怨的安鲁政策，以免其投靠楚国。齐国一方面努力与鲁国修好，归还以前所侵占的土地，并把伐山戎时所得的珍宝器物，拿出一部分给鲁国，说是进献给周公庙的祭品，这是以利诱之，使鲁庄公对齐国既惭愧又感激。第二年齐国伐莒，鲁庄公下令全国男丁全部参军入伍，连五尺童子都动员起来，支援齐国伐莒，关系有所改善。现在又通过灭遂，示之以武，给予一定的军事压力。

鲁国看到许多诸侯国都归附了齐国，感到寡不敌众，就主动与齐国修好，与齐在柯（齐地，今山东东阿城镇）结盟。这是管仲施用指桑骂槐之计，使齐桓公迈出实现霸业的关键一步。在齐桓公即位的第七年，开始登上霸主的宝座。

称霸之始，诸侯内部尚未完全和谐，因此又相继发生多次大大小小的武装冲突，经历了征伐不服、巩固霸业的战争，天下诸侯逐渐都表示要听齐国号令，齐国的威望大增。齐国的势力迅速发展，连楚国的盟国都归服了齐国，也引起楚国的不满。楚国早有向中原扩张势力的野心，曾经多次伐郑，进而阻止齐国在中原地区扩张。齐桓公考虑联合诸侯，救郑伐楚，想号令诸侯之国对屡屡伐郑的楚国来一个出其不意的打击。在当时条件下，如何隐蔽自己的战略企图，迷惑楚国，达到"攻其不备、出其不意"呢？恰在这时，齐桓公生活中出现了一个小插曲。

原来蔡国曾与齐国友好，为了加深两国关系，蔡侯把自己的妹妹嫁给了齐桓公。有一天，齐桓公和蔡姬在园中乘船游玩，蔡姬和桓公开玩笑，故意把船摇得来回晃荡，桓公不会水，怕船翻了，被吓得脸色都变了。桓公制止蔡姬，而蔡姬却故意撒娇不听，把船摇得更加厉害。桓公大怒，就打发蔡姬回娘家蔡国（都城在今河南上蔡县西南），以示惩罚，并没有要和蔡姬解除婚姻的意思。蔡侯认为此举就是休妻，感觉是莫大侮辱，就一气之下，把妹妹嫁给楚成王。消息传来，桓公十分恼恨。管仲便提出"以讨蔡之名，行伐楚之实"的方略。

蔡国与楚国相邻，拿下蔡国，再以迅雷不及掩耳之势，全力攻楚，就可打楚国一个措手不及。桓公兴兵讨蔡事在情理之中，以此掩盖伐楚企图，不易被楚识破。虽然事情的进展有了变化，伐蔡之后，消息泄露。管仲随机应变，灵活地变换方略，决定和楚谈判，以大义责之，使楚国不战而屈服，还借口楚国已经二年没有向天子贡献菁茅了。菁茅是一种较长的茅草，是楚国按惯例应向周王室贡献的一种特产植物。祭祀时把菁茅捆成束立在祭坛上，把酒从上面浇下，使酒顺着菁茅下渗于地，以象征神饮酒。这样就可以说是为天子而兴兵伐楚，迫使楚国承认不贡菁茅之罪，便与楚国在召陵（今河南郾城县）订立盟约，表示要共尊天子、友好相处。在这里管仲是又一次成功地运用了指桑骂槐之计，以讨蔡之名，行伐楚之实。既伐了蔡，又打击了楚国，为齐国出了气。这样做，既有为天子之名，又得了报仇之实，一箭双雕。

　　管仲一生，为齐桓公的霸业，尽心竭力，终于辅佐齐桓公九合诸侯，一匡天下，成为春秋时期的第一位霸主。在实现称霸和巩固霸业的复杂斗争中，管仲深得指桑骂槐之计的三昧，多次运用此计。作为霸主，要使诸侯国都服从他。不服从，可以利诱，可以制造误会，责备别人发生过错。可以警告，可以施行果敢手段，迫使他服从，直到消灭他，借以起到杀一儆百、敲山震虎的效果，慑服诸侯国和树立威信。总之，管仲运筹帷幄，务使诸侯国敬服，都为达到一个目的，就是让齐桓公为霸主，并进一步巩固霸业。

　　事例：行险而顺，妙用除奸之计

　　运用指桑骂槐之计，是骂是杀，要视具体需要而定，在紧要关头，有意制造借口，用刚毅和果敢的态度与手段行事，促使危急的局面发生改变，化险为夷是必要的。

潜龙勿用日乾乾

天宝十四载（755），安禄山造反。唐玄宗受杨国忠及杨贵妃姐妹怂恿，决定幸蜀，悄悄离开长安，特命龙武将军陈玄礼领兵护卫。刚走到马嵬驿（今陕西兴平西），众将士由于饥饿疲劳，个个怨愤，声言要铲除祸国殃民的杨氏豪门，否则六军不发。恰好这时，河源军使王思礼从潼关奔至，玄宗方知哥舒翰被擒，潼关失守。王思礼临行时密语陈玄礼道："杨国忠招乱起衅，罪大恶极。今将军何不扑杀此贼，以快众心。"陈玄礼说："我正有此意。"陈玄礼便先对军士说："今天下崩离，万乘震荡，岂不由杨国忠而起？若不诛之，何以塞四海之怨愤？"众将士说："念之久矣，事行身死，固所愿也。"正好这时，有吐蕃使者二十多人，原是来和好的，随驾而行，在驿门拦住杨国忠的马，诉说求食。军士们趁此大呼道："杨国忠与胡人阴谋造反，我等何不杀反贼！"众军蜂拥而前，兵刃乱下，应声杀了杨国忠，用枪挑着他的头悬挂在驿外，还一并杀了其子杨暄及秦国夫人、韩国夫人。军士仍围驿门不散，玄宗使高力士去问，玄礼说："杨国忠谋反，贵妃也不宜供奉左右；希望陛下割恩爱，把杨贵妃就地正法。"玄宗还犹疑不决。京兆尹司录韦谔上前进言道："如今众怒难犯，安危就在眼前，愿陛下从快决断。"高力士说："将士已将杨国忠杀死，而贵妃仍在陛下身边。他们怎能心安？愿陛下三思。三军安定，也就是陛下的安定了。"玄宗在此情况下，不得已才命高力士把贵妃带到佛堂上，用带子勒死。以车载着尸体停放在驿庭上，由陈玄礼进来观看。三军将士这才齐声欢呼万岁，重新整顿队伍，考虑继续前行的问题。杨国忠的妻子偕同虢国夫人逃往陈仓县，陈仓令薛景仙把她们杀死。杨氏一门遭此后果，罪有应得，人心大快。

在这个事例中,这惊心动魄的一瞬间,正是陈玄礼运用了指桑骂槐之计,才取得成功。当时陈玄礼和将士们怨愤填膺,对杨国忠恨之入骨,但杨国忠身为宰相,不便随便杀他,而又是非杀他不可,不杀不足以平军愤。六军不发,无可奈何。正在这时吐蕃使者来到杨国忠马前,便灵机一动,抓住时机,大呼:"杨国忠反!"这样杀他就是顺理成章,乱臣贼子人人得而诛之,即使是皇帝也不能怪罪。这正是指桑骂槐之计中的一个含义:没有借口,而又非杀不可,那就只有制造事端,采取凶险而果敢的手段,即以杨国忠谋反为名杀掉他。

杨国忠众怨甚多,冰冻三尺,非一日之寒。玄宗在位时间很长,初期确有励精图治的精神。到天宝年间,年龄大了,志得意满,只想纵情声色,政治在走下坡路。先后用李林甫、杨国忠做宰相,他俩可谓天宝年间黑暗统治的代表。杨国忠是杨贵妃的远房堂兄,因堂妹而进用,贵妃得了宠,而且是"三千宠爱在一身",便出现了"姐妹弟兄皆列土,可怜光彩生门户"的怪现状。杨国忠初为管财政的度支郎中,领十几个使职官衔,专门搜括民间财富,后做了宰相,兼领四十多个使职。他和韩、虢、秦三夫人,从驾到郊外华清宫,每家的奴仆穿一种颜色的服装,鲜艳夺目。老百姓见了这种声势,背后都咒骂,恨之入骨。玄宗后期,发动过一些不义的战争,边将武臣为了升官加爵,不惜推波助澜,挑起冲突。这些战争杀伤大量各族人民,消耗社会财富,给老百姓带来无限的灾难。安禄山在范阳发动叛乱,以"奉密旨讨杨国忠为名",挥军南下,玄宗和杨国忠等沉溺在荒淫酒色之中,歌舞升平,毫无应变准备。"渔阳鼙鼓动起来",才惊破了皇家的清歌妙舞。由于杨国忠怀疑哥舒翰想利用兵权推翻他，一再向皇帝诉说哥舒翰按兵不动，坐失良机。玄宗听了他的谗言，就连续不断地派出使者，逼哥舒翰出战。其实哥舒翰决定守住潼关天险，等待时机，战略是完全正确的。经不起御旨逼他出阵，于是大败，被俘，潼关失守。这又是杨国忠祸国殃民的一大罪状。潼关失守，叛军乘胜而进，势不可当。平安火三夜不至，玄宗大惊。召集廷臣商议，杨国忠力主幸蜀，廷臣不同意。杨国忠又让杨氏三姐妹同时去怂恿玄宗，玄宗便密召杨国忠进宫谋议，一面虚下亲征之诏，一面竟起驾西行。杨国忠为什么主张到四川避难？是因为他曾做过剑南节度使，西川是他的熟径，前日一听说安禄山反叛，他就私遣心腹，密营储蓄于蜀中，以备缓急。今倡议幸蜀，图自便耳。他跟虢国夫人说："我们有家业在彼，到那里不失富贵。"这个祸国殃民的杨国忠，为私利可以做尽坏事，不管国家和老百姓。出逃时，杨国忠和杨贵妃劝阻玄宗，独和杨氏姐妹、皇太子，并在宫中的皇子、皇孙、杨国忠、韦见素、魏方进、陈玄礼及亲近宦官、宫人出延秋门而去，仓促西行。一路上，杨国忠又主张焚尽左藏，烧掉便桥，杜绝百姓生路，幸得玄宗制止。这些恶行，陈玄礼和将士们看在眼里，恨在心上。到马嵬驿，天怒人怨，已发展到忍无可忍。假借谋反之名，立斩杨国忠，是人同此心、心同此理的。这是在千钧一发之际，当机立断，借事端杀杨国忠和杨氏一家，陈玄礼妙用了指桑骂槐之计中行险而顺的成功效果。

三、审时度势　迂回取胜之道

指桑骂槐之计在政治斗争中的应用范围广泛。政治家无不倾心于谋略的研究，因为谋略的核心就是"以最小的代价夺得最大的胜利"，是一门以巧取胜的科学，因此，历代政治家把它应用于政治斗争的各个方面。但是，为了各种不同的政治目的，需要采用不同的计谋和手法去对付，所以，施谋设计的运用范围就必须注意，在适宜的范围条件下应用，才能产生最佳的效果。

第一，在国与国之间。

各个国家之间，强弱本不相等。政治家在处理国家之间的关系上，使用指桑骂槐之计，其重点是强大的要慑服弱小的，就运用警告的方法去诱导它；必要时采用适当的强硬手段，可以得到拥护。运用果敢的手段，才能得到顺从。

1. 强国对弱国的使用

在政治斗争中，强国对于比自己弱小的国家，都有吞并之心，但仅仅凭借实力去吞并也并非易事，所以强国为了打击对手，有必要使用指桑骂槐之计，首先示以警告，令其敬畏，然后制服之。

秦以虎狼之势吞并六国，席卷四海，统一天下的事例，就是最为典型的。李斯为秦王出计献策，选中韩国作为突破口，打响第一炮，使用指桑骂槐之计，起到敲山震虎的作用，先从心理上慑服其他五国。这样，韩国在六国中第一个被灭亡，随之如风卷落叶，其他五国先后灭亡，成就了大一统天下。

管仲相齐之时，助齐桓公建立霸业。征伐谭国和灭掉遂国，都是采用了指桑骂槐之计。为了称霸诸侯，齐国借口小小谭国对其不恭敬，借其过失去灭它，使诸侯国都能服从齐国，树立起霸主的威信。对于遂国，更明显的是杀鸡给猴看，使鲁国知警而不敢与之抗衡。齐国的兴兵伐蔡，也是政治上的需要，以讨蔡为名，行伐楚之实。齐国在建立霸业的历程中，多次极为典型地运用了此计，慑服诸侯国和树立威信，达到了称霸诸侯的目的。

2．弱国对强国的使用

弱国对付强国，就必须谨慎行事，在政治外交场合要妥善处理，否则一不小心，就会酿成大祸，导致战争的风云突变。

晏子代表齐国出使楚国，以南方大国自居的楚国，丝毫不把齐使放在眼里，策划出戏弄羞辱晏子的一幕。晏子以此计妥善应付，使用微言讥讪，迫使自傲的楚王自忖不如，只好以礼相待。晏子维护了自己国家的尊严，在政治外交斗争中夺取了主动权。这是弱国对付强国的政治斗争中运用指桑骂槐之计的典型。

第二，在君臣之间。

中国古代国家是高度专制主义中央集权制的国家，君主是一国之主，统治一切。所谓"普天之下，莫非王土；率土之滨，莫非王臣"。君主具有最高的统治权，"独制四海之内"。为了保住手中的权力，历代君主无不想方设法，竭尽全力地加强手中的权力，不断强化专制的程度。

在复杂激烈的政治斗争中，君与臣之间是一种利害共存的关系。臣为君主的臣仆，但君主面对的群臣，是形形色色的。有忠臣，有功臣，有辅臣，有谏臣，还有权臣和奸臣等。君主与臣仆之间也是具有矛盾和权力斗争的，君臣之间的政治关系是极为复杂而多变的。

中国古代政治理论家，围绕君主的驾驭之术做过大量的论述，而历代的政治家也积累了大量的经验。姜太公就曾把"钓"用于君臣关系，认为掌握俸禄厚薄之权，就可以收买人才，使之尽其所能；掌握旌赏死事之权，就可招揽勇士，使之万死而不辞；掌握官位授予之权，就可让臣僚重视官位，使之尽其职守。

作为天下一尊的君主，需要臣民对他的畏惧和服从。大大小小的官僚，凭借君主所赐予他们的政治权势，需要统领下级和治理百姓，使之拥护和敬服。因此，使用计谋，使法令能够贯彻推行下去，是很有必要的。作为并战计谋的指桑骂槐之计，当是选择的主要对象。施以严厉的"杀一儆百"之术，可使臣民畏惧、市井安然。为了政治目的和需要，运用智谋进行间接批评，在错综复杂的政治斗争中，在纷争多变的人际关系中，也很有使用的必要。

1. 君主对臣下的使用

在一般情况下，君主对臣子使用指桑骂槐之计，是为了多方面制约臣下，以达到恩威并重，使之俯首帖耳，因而实现顺利推行各种国家政策法令和教化措施的目的。因此，君主对臣子所用指桑骂槐之计的手法是多种多样的。

例如，齐桓公称霸以后，有一天，对管仲说："那些大夫们大肆聚敛钱财，又不肯扶困济贫，即使让粮食腐朽也不散发，如何是好？"管仲为他出谋划策，让他召见城阳大夫，责备一顿。齐桓公就责怪城阳大夫与宠妾嬖幸衣罗穿锦,击鼓作乐,而不顾骨肉兄弟无衣遮体,无食果腹,剥夺了城阳大夫的禄位。此后,功臣之家,都竞相散发粮食,救济远近的亲戚。国都中孤苦无告、不能自食的人也跟着沾了光,得以活命,国家饥民减少了。

齐威王时,励精图治,对地方官进行考察。当时阿大夫以重金买通威王左右的人,对威王说尽阿大夫的好话,竭力掩盖他的恶迹,同时又诋毁即墨的贤大夫。威王以两地的大夫为典型,立即封给即墨大夫万户之邑,同时把阿大夫和左右为其美言的奸人"烹之"。从此,举国畏惧,人人不敢饰非,全国也因此大治。齐威王以计治乱,达到了最佳效果。

唐太宗李世民在位时,将军长孙顺德接受了别人送给他的绢。事情败露之后,唐太宗在宫廷之上特意又赏赐给他几十匹绢。大理少卿胡演进谏说:"如今他贪图贿赂,不但不处罚他,陛下还赏赐给他绢。这样他以为陛下不责罚他,不是助长了他的贪心吗?"太宗却说:"不是的,如果他是个有廉耻的人,得到我赐给他的绢,那耻辱比受刑还要难受。如果他不知羞愧,不过是个禽兽而已,杀了他又有什么用。"原来,唐太宗使用指桑骂槐之计,出人意料之外,以特殊的方式处罚了受贿的官员。

唐代宗宠信宦官,奉命出使四方的人回京后,如果所得的财物很少,便认为是轻视皇帝的使命。因此,中使所至之处,公开索取贿赂,重载而归。德宗没有即位之时,素知这一弊病。即位以后,派中使邵光超赐给李希烈旄节。李希烈回赠仆人、马匹和七百匹缣绢。邵光超把这些东西带回朝廷,德宗大怒,杖责了他,并且把他流放了。于是,中使出使尚未归还朝廷的,都把所得的贿赂悄悄丢弃在山谷之中。对于主动送给他们的礼物，也不敢再接受了。唐德宗就这样清除了前朝的积弊。

指桑骂槐之计，突出的是杀一儆百的功用。因此采用此计的政治家，代不乏人，明朝开国皇帝朱元璋也是善用此计之人。

朱元璋用严刑峻法，整顿吏治，这在历史上是出名的，对当时贪官污吏的惩治和刑法的严酷也属历史所罕见。朱元璋曾规定，凡是官吏贪污钱财六十两以上的，就斩首示众。正因为如此，后世传说那时候建立了"皮场庙"。也就是说，将人斩首示众以后，还要剥皮楦草，在府、州、县衙门旁内悬挂，以至于这种被剥皮楦草的人皮，犹如庙里的神像，让人恐怖，使贪官污吏望之生畏。朱元璋是否真的剥皮楦草，现在已经难以考证，但这种刑罚却已经是家喻户晓。朱元璋在建立大明王朝过程中，采取过许多矫枉过正的策略，特别是在惩治贪官污吏及"奸顽"时，往往抓住一些典型，予以严惩，采取法外用刑，以实现其明刑弼教的方针。

还在与群雄争霸天下的时候，因为粮食匮乏，朱元璋曾下令禁止酿酒。当时朱元璋手下一员猛将胡大海，正在浙江一带拼死打仗。就在这时，胡大海的儿子犯了朱元璋的禁酒之令，按照法令应该给予惩治。因为其父胡大海在带兵征战中，所以都事王恺提出建议不要杀他，生怕杀了他会引起胡大海的不满，发生背叛事件。朱元璋不同意，坚持认为："宁可使大海叛我，不可使我法不行。"竟然亲手处死了胡大海的儿子。当时还在打天下的时候，朱元璋就以法令严明，超出群雄之上，这也成为其打下江山、得到成功的一个重要原因。坐定江山以后，朱元璋治国虽说是礼法并用，但对触犯法令也一直是严惩不贷。朱元璋暮年，曾经将驸马欧阳伦诛杀，其罪名就是违犯私贩茶叶之禁。

洪武三十年（1397）三月，朱元璋下令兵部严禁私茶出境。明代在边境地区实行茶马贸易，主要是用内地的茶叶换得边地的马匹。如果不禁止私贩茶叶，就会造成茶叶的贬值，而马匹价格相对升高，也会使得国家的财政有所亏损。朱元璋对此事非常关注，曾派官军巡边缉查走私茶叶，又令李景隆颁给边疆少数民族首领金牌勘合，免得他们接受私贩。但是私贩的现象，就是欲禁不止，私贩茶叶的事件屡屡发生。朱元璋才又命兵部重申禁约，颁发给四川、陕西官府及卫所。在这种情况下，驸马欧阳伦竟然不把法律禁令放在眼里，又派遣家人周保去边境私贩茶叶，牟取暴利。周保等人所到之处，横行霸道，骚扰非常严重，竟然让陕西布政使司官员派给车辆，为他们运输茶叶。陕西地方大吏见是驸马家人，都不敢惹他，只能俯首听命，征派民车数十辆。当他们经过兰县河桥巡检司的时候，周保等人对小小的巡检司吏更是蛮横，稍有不满意，就拳打脚踢，百般侮辱。小吏实在无法忍受，愤而上告。朱元璋知道此事以后，勃然大怒。为此不仅杀掉了周保等人及布政使司的官员，而且将驸马欧阳伦一并赐死，并褒奖了河桥巡检司的小吏。

朱元璋在这一案件的处理中，不仅严惩了作恶多端的周保等人，而且诛杀了驸马。这正是他采用指桑骂槐之计，欲借诛杀驸马，而通告全国，起到杀一儆百的奇效。欧阳伦以往多行不法之事，自以为是驸马，就可以胡作非为，无人敢问。朱元璋重颁私贩茶叶的禁令，可他仍然毫无顾忌，仍派家人在边地公开贩卖茶叶，骚扰地方。朱元璋以他开刀，就是以此向全国上下宣布，就是皇亲国戚，违犯私贩茶叶之禁令，也要被杀头，那么谁还敢以身试法呢？欧阳伦是安庆公主的丈夫，而安庆公主是马皇后所亲生，是朱元璋所宠爱的公主之一。安庆公主在洪武十四年（1381）嫁给欧阳伦，到洪武三十年（1397）欧阳伦被处死时，公主与他已经是十几年的夫妻。朱元璋毫不留情地赐死欧阳伦，就是要达到警而导之的目的，使全国臣民都能够遵行国家的法令，所以他才做出这样的决断。

朱元璋的禁令下达于这一年三月，六月就处死了驸马欧阳伦。在这么短的时间内，朱元璋运用此计证明了他执法如山，使包括皇亲国戚、边疆大吏在内的全国臣民都知道，他的禁令是不可违犯的，自然也就达到了他想要达到的目的。杀一儆百，维系了国家的纲常法纪。

2．臣下对君主的使用

君主是至高无上的，臣子在给君主出谋划策的时候，过于直言常常会触怒龙颜，招致杀身之祸。在这种情况下，臣下就要运用智谋，妙用指桑骂槐之计，运用得体，可以充分地起到警告的作用。

周定王九年（前598），南国霸主楚庄王兴兵陈国，讨伐杀死陈灵公的夏征舒。楚国军队风驰云卷，势如破竹，直逼陈国的都城，不久就擒杀了夏征舒。楚庄王将陈国吞并，纳入楚国版图，改为楚县。楚国的属国闻楚王灭陈班师回朝，都来朝贺。独有楚国大夫申叔时，刚从齐国出使回来，却不来朝贺，也不表态。楚庄王派人去责备说："夏征舒杀了他的君王，我兴兵讨伐，把他杀了，这难道错了吗？"申叔时要求见楚王当面陈述自己的意见。

申叔时问楚王："您听说过'蹊田夺牛'的故事吗？有个人牵着一头牛，抄近路通过别人的田地，践踏了一些禾苗。这家田主人非常生气，就把这个人的牛给夺走了。这个案件，如果请大王您来判断，您怎么处理呢？"庄王说："牵牛过田，践踏了禾苗，这当然是错的。然而所伤禾苗并不多，因这点事就夺人家的牛，太过分了。要我来判断，就批评那个牵牛的，然后把牛还给他就是了。"申叔时接着说："对啊！大王能明断这个案子，那么对陈国的处理是否欠推敲呢？夏征舒杀其君有罪，但他又自立为新君。楚国出兵讨其罪，杀了夏征舒也就够了，今又吞并其国家，这与夺牛的性质不是一样吗？"楚庄王一听，顿然醒悟，称赞申叔时的高见，将陈国版图，交割给陈，恢复了陈国。

　　从以上事例可以看出，申叔时是巧用了指桑骂槐之计，以"蹊田夺牛"的比喻来暗中批评楚庄王灭陈是不对的。这是运用语言的艺术，用比喻来警而导之，用语婉转而贴切，不直接批评，这样也维护了君王的面子。尤其是在君王拥有绝对权威的时代，靠说话让君王改变了主意，可不是一件容易的事。说不定一句话说错了，顷刻大祸临头，性命难保。当然这与楚庄王的有战略胸怀，肯于纳谏有关。楚庄王是一位有雄才大略、工于心计的人，初即位时，为瞒过贵戚权臣的耳目，有意沉湎于酒色之中，不理政事，而且命令不准进谏。有一次大夫申无畏用隐语打动他说："有一只大鸟，身披五彩缤纷的花纹，栖止在楚国某地的高冈上。时过三年，不声不吭，不飞也不鸣，不知是什么鸟？"楚庄王说："这不是一般的鸟，三年不飞，飞必直冲云天；三年不鸣，鸣必惊人。你回吧。"申无畏也就心领神会。果然后来楚庄王就励精图治，称霸于诸侯。就是这个楚庄王,听了申叔时的"蹊田夺牛"的故事,马上幡然醒悟,立即交割了陈国的版图,恢复了陈国,做了一件取信于诸侯的仁义之事。这也充分说明,用计也要审时度势。申叔时在适当的时机,用比喻的手法,灵活地运用了指桑骂槐,警而导之,也就能够取得最佳效果。

齐威王即位之时,国家内忧外患,因此心中十分焦虑。一日,威王正在鼓琴,邹忌应召而至,进门就夸赞威王琴弹得好。威王认为他不知内情,就开口称赞,很是不悦,甚至起身抽剑相问。邹忌全然不顾,却借弹琴之事,说出一番道理,指出"琴音调而天下治,夫治国家而弭人民者,无若乎五音者"。齐威王听后惊愕不已,便改变话题,和邹忌大谈如何治理国家,如何取威定霸。邹忌应答如流,正中威王下怀,不由得大喜,当即拜邹忌为相。以后君臣齐心治理国家,使齐国很快兴盛起来。

唐初,太子李建成因为秦王李世民功高于自己,十分嫉妒。魏征当时为尚书,兼任太子詹事,屡次劝谏太子,太子始终不肯听从。魏征上疏高祖,请求告老还乡。唐高祖指责他道:"你肯做潘仁的长史,却耻为朕的尚书吗?"魏征答道:"潘仁是个寇贼,每当他要随意杀人,我进行劝阻,他都能听我的话,停止杀人暴行。因此,我做他的长史问心无愧。陛下是创大业的圣明君主,而我所说的话,如同向石头泼水一样,丝毫不为动。太子对我也是这样。我怎么敢久污天台,以辱圣朝呢?"高祖听了,当即任命他做太子太保,让他继续辅佐太子。

如前面事例所举,范雎运用指桑骂槐之计,警而导之,暗示秦王,使秦昭襄王决定当机立断,废除宣太后,罢黜其弟魏冉的相位，驱逐了戚党，削弱了贵戚的力量，加强了王权，从而解决了困扰秦王的君权旁落问题，这也是臣子运用谋略达到成功进谏君主的范例。

汉武帝的奶妈在皇宫住了几十年，不愿离开皇宫。渐渐地汉武帝嫌她啰里啰唆，好管闲事，讨厌她，打算把她送出宫去。奶妈在无可奈何的情况下，找到了东方朔，请他帮忙说说话。东方朔安慰她一番，并且对她说："在你向皇上辞行的时候，多回头看看皇上。我自有办法。"到了叩别汉武帝时，奶妈热泪盈眶，边走边回头看汉武帝。东方朔就在这时大声地说道："奶妈，你快走吧，皇上现在已用不着你喂奶了，还担心什么呢！"汉武帝闻听此言，不禁想起自己是吃奶妈的奶长大的，奶妈对自己有恩，心中感到内疚，便收回了成命，留奶妈继续住在宫中了。东方朔以指桑骂槐术，指的是奶妈担心，骂的却是皇上忘恩负义。但对皇上是不便直接骂的，只好用计间接批评。

第三，在臣僚之间。

在官僚政治下，各级官僚均是君主的臣仆，他们形成一个整体，利害共存。对君主和上级负责，是他们的首要本分。能够忠于职守，对上敬君主，对下爱下级和百姓的官员，称得上是好官，而在庞大的官僚群中，还有大量的奸恶之徒，他们欺上压下，做尽坏事，以满足个人的私欲。因此，官僚群体是一个复杂的人际关系网，在同僚之间、上级与下级之间也充满了明争暗斗和矛盾冲突。为了应付错综复杂的各种关系，臣僚之间使用计谋也是常事。

1．上级对下级的使用

在专制制度下，要求下级绝对服从上级。上级必须树立威信，才能统率部下，慑服部下，使其敬服，才能使政令顺利推行下去。否则，统率一群不服从的属下，自然难以久处其位。因此，上级对于下级，有必要应用计谋，以达到树立威信的目的。

春秋末期，吴国是一个正在崛起的国家。周敬王六年（前514）吴王阖闾执政。这个雄心勃勃的君主，决心西破强楚，东并越国，进而北上争霸中原，想继齐桓公、晋文公之后，成为一代霸主。为此，阖闾大量招贤纳士，利用他们对吴国的政治、经济、军事进行改革和整顿，以增强国家实力。楚国的伍子胥等人就是在此前后，逃亡到吴国受到重用的。伍子胥逃到吴国后，结交了孙武，两人成了好朋友。孙武，齐国人，青年时代由于赶上一次齐国贵族内乱，为避祸而逃奔到吴国，过着隐居生活，同时潜心研究军事和兵法。伍子胥了解孙武的才能，知道他精通兵法。阖闾在做吴王的第三年，想攻打楚国，找伍子胥商量，伍子胥趁机向吴王推荐了孙武。吴王想亲自试试孙武的才能，就下令召见孙武。

吴王向孙武询问许多有关兵法的问题，孙武一一作答，吴王十分满意。要求孙武将有关兵法的问题撰写成书，以便经常翻阅。孙武写成了十三篇专论兵法的文章，这就是流传后世的《孙子兵法》一书的来源。书每成一篇，呈给吴王，吴王读后，赞不绝口。吴王问孙武："你的十三篇兵法我读过了，可不可以试用一下呢？除士兵外，妇女是否也可以按兵法进行训练呢？"孙武回答："完全可以。只要绝对服从我的军令，不论妇道人家，就是小毛孩子都可为我所用。"吴王招来宫女一百八十人，叫孙武布下阵势，大家在旁观看。孙武提请从吴王宠爱的姬妾中挑选二人当队长，一百八十名宫女分两队，使二人各掌一队。然后教给她们战阵之法。仔细讲解，再三强调动作要求和纪律。孙武命宫女们人人持戟，对她们说："你们都知道你们的前心、后背和左右手吗？"宫女们说："知道。"孙武说："我命令你们向前，就是指前心的方向，向左就是左手的方向；向右，就是指右手的方向；向后，就是指后背的方向。"宫女们说："都记住了。"孙武又设专人手持大斧，作为监督和行刑者，准备惩罚违纪违令的人。然后孙武将操练要领和有关纪律三令五申，反复交代，并规定：队伍要随着鼓声前进或后退，乱了队形的斩杀无赦。之后，开始操练。等到第一次鼓响，宫女们都不按军令行事，却嘻嘻哈哈笑个不停，东倒西歪，怪态百出。孙武说："纪律不明，申令不熟，这是为将的责任，不能怪罪下属。"又把有关纪律和命令反复交代，重新击鼓发令进行操练，宫女们仍然和以前一样，毫无约束。孙武见此，就亲自操起木槌击鼓，宫女们更加捧腹大笑，并莺声燕语，好似百鸟归巢。孙武大怒说："纪律不明，申令不熟，是为将之罪。申令既明，而行不如法，就是士兵的过错了。"下令把当队长的两个宠姬斩首示众。这时吴王正在台上观看操练，见此大吃一惊，赶忙下令说："我已经知道将军能用兵了。两姬是我心爱之人，非此两人，食不甘味，睡不安枕，愿将军手下留情，千万别杀她们俩。"孙武说："臣既受命为将，将在军，君命有所不受。且军中无戏言，若徇军命，赦免有罪，将何以服众？"毅然下令斩了两个队长，用另外的两个女子做队长。这样一来，宫女们大为惊骇，霎时间全军凛然,全场鸦雀无声,个个屏住声息,肃然而立。孙武重新击鼓下令,开始操练,宫女们循规蹈矩,按照鼓声左右周旋,前后进退,无不合乎兵法要求,人人都一丝不苟,谁也不敢稍有差池。操练完毕,孙武向吴王报告说:"兵已训练好,阵列已经整齐,大王可下来检阅。现在我把队伍交给您,唯您所用,即使用她们赴汤蹈火,也可以做到。"吴王因为孙武杀了他的两个爱姬,心情不愉快,表示不去看了。孙武就不客气地说:"原来大王所喜欢的兵法,不过徒好其言,而不好用其实。"这时伍子胥在旁劝谏说:"兵属凶事,不可以空试,带兵的人,不行诛罚,就不可使全军严明军纪。现在大王诚心求用贤士,想要兴兵伐楚,威加诸侯,而称霸天下,如果不用孙武为将,谁能带兵涉淮逾泗,为大王越千里而战呢?"吴王肃然改容,并对孙武大加赞赏,当即正式任命其为将军,积极策划伐楚的事。

  这个事例说明,孙武为了表现兵法可以使国家富强起来,采用指桑之法以达到敲打和警戒全体宫女们的骂槐目的。这是一种首先建立自己威信的做法。如果一味采用阴柔手段,哄诱之,只会助长部下的傲气,难以领导。孙武以适当的镇压,根据以最小损失换取最大收益的原则,毅然斩杀了担任队长的吴王两个宠姬,起了杀一儆百的作用。正因为杀的是吴王所宠爱的人,更显示孙武的法不避贵,执法如山,必然更能收到最大的威慑效果。使后来操练时宫女们没有一个敢违犯军令,这队娘子军终于训练有成,以此向吴王证明了兵法的重要。孙武用指桑骂槐之计,操练娘子军之事,也就传为千古佳话。

  战国初期,魏国的建立者魏文侯,晚年任李悝为相,吴起、乐羊为将，积极奖励耕战，支持变法改革，使魏国日益富强，开始称雄诸侯。魏文侯鉴于邺（在今河南安阳北，河北临漳西南）地处魏、赵、韩三国交界，是个战略要地，因过去治理不善，虽自然条件本来很好，有漳河水流经全境，但邺地竟是田园荒芜，城乡萧条，人烟稀少，老百姓困苦不堪，任命精明能干的西门豹去做邺县县令。

西门豹刚到任，就邀请当地父老们来，向他们了解人们的疾苦和灾情。父老们说："祸害是河伯娶妇，就是帮河神讨娘娘，所以弄得民穷财尽。"西门豹问："这是怎么一回事？"父老们说："邺地方上的三老和衙门里的吏胥，每年要老百姓缴纳捐款，收取的钱有几百万，用其中二三十万来帮河神讨娘娘，而剩下的钱就由他们和那班庙祝、巫婆们一起瓜分。每到为河伯娶妇季节，巫婆到处察看，见小户人家有姑娘长得标致的，就说她该是河神娘娘，就把人拉走，为之洗澡、更衣、梳洗打扮。还替她在河上打造一条船，算是河伯行宫，让那姑娘单独住在里面，作为斋戒。十几天后，把姑娘放在一张如同出嫁用的床上，把床放到河上，任其漂流。漂一段后，就沉到水里，说是让河伯接去了。许多有姑娘的人家，都怕灾难临头，相继外逃。因此田园荒芜，民苦不堪。这事已经进行了好多年，人们都说，如果不给河伯讨娘娘，大水就会冲来，把一切淹没，人也给淹死，所以不能不这样。"西门豹听后，心中明白了。他就约定：到了帮河神讨娘娘的日子，大家都到河边去送新娘，并请通知他也去参加。

到了那一天，西门豹带领随从吏卒赶到河边，三老、各级官员、豪绅、当地父老都已齐集河边，沿河两岸百姓围观的也有两三千人。只见那为首的老巫婆有七十来岁,有十来个女门徒站在她背后。这时,西门豹走到前面大声说:"喊河神娘娘,来让我看看是否标致。"巫婆便把姑娘领出来。西门豹看了一下那受害的姑娘,对三老、庙祝、豪绅、父老们说:"这姑娘长得不够漂亮,怎么能做河神的新娘娘呢?现在麻烦大巫婆去向河神报告一声,就说这个不成,要重选了改天再送去。"说完,就命吏卒抱起老巫婆投进河里。西门豹装出认真的样子,弯着腰注视河面,像是等待老巫婆回来。过了一会儿,故意说:"老巫婆下去这么久,怎么还不回来,想必是让河神留下了。现在需要派她的弟子下去催一下。"随即命吏卒把一个小巫婆也投进河里,过一会儿,又说:"老巫婆的弟子怎么也不回来?再派一个去催催她们。"又把一个小巫婆投进河里。这样一连把三个巫婆投进去,都不见回来。西门豹说:"看起来老巫婆,小巫婆都是妇道人家,不会禀报公事。现在就只好麻烦三老下去,把事情说明白了。"说完,命人把三老投入河中,依然一脸严肃地在河边等候。这时站在河边的那些剩下的巫婆、地方官吏、师爷、土豪劣绅都惊恐万状。西门豹说:"派下去的巫婆和三老都不回来,下一步该怎么办呢?"这些家伙吓坏了,怕下一步就轮到扔他们下河了,便一齐跪在地上,磕头如捣蒜,头磕破了,血流满面。西门豹说:"看样子你们都怕被派下去,那就再等一会儿。"又等了一会儿,西门豹说:"看样子是河伯把他们留下再也不回来了。既然你们都明白了这是怎么一回事,又都怕被派下去,那就暂且饶了你们,都起来回家去吧。"经过这一场惊心动魄的惩治,邺地就再也没有人敢提为河神讨娘娘的事了。

　　在这里,西门豹采用的是指桑骂槐之计。此前,他明察暗访,已经知道漳河因年久失修，每当夏秋之交，遇上暴雨，河水就泛滥成灾，一片汪洋，淹没庄稼，冲毁田园，这是自然灾害，哪有什么河神呢？但是当地三老、胥吏等地方小官吏却趁机勾结装神弄鬼的巫婆，把自然灾害说成是河神显灵，来欺骗愚昧迷信的老百姓，声言每年给河神献上美女，就可保安宁。他们借着给河神娶亲来敲诈钱财，中饱私囊，闹得地方上民不安生。西门豹了解了这情况，深知老百姓受蒙蔽多年，已习以为常，如果直接去跟大家说穿，肯定人们不信。只有在现场演出上面所说的那一幕，按现在的话说，是直观教学。西门豹装成很虔诚的样子，表演得也很逼真，把老巫婆、小巫婆、三老一个个扔到河里以后，河水根本没有反应，没有出现河神显灵。在众目睽睽之下，西门豹戳穿了这个骗局，惩办了老巫婆、三老那些骑在人民头上的邪恶势力，也看到了其余的诈财者们那怕死告饶的狼狈相，起到了杀一儆百的效果，也教育了民众。这说明西门豹除弊有方，而且计谋就在其中。下一步西门豹知道要巩固教育的效果，必须做点实事，让老百姓知道，可以和自然灾害做斗争，没有什么河神。魏文侯发动民众先后修筑了十二条水渠，引漳河水来灌溉农田，既肥沃了土地，又减少了漳河泛滥的灾害，老百姓受益匪浅。邺地人民为纪念西门豹破除迷信、除弊兴利的德政，把当年投巫下河的地方，改名叫"大夫村"。村外修庙、立碑，把西门豹领导修筑的水渠叫"西门渠"。

2．同僚之间的使用

同僚之间，相互使用计谋，也是常见的。利用计谋达到驾驭之功尤为重要，至少也要确保自己不被排挤。

并战计与败战计

春秋末期,齐国有田开疆、古冶子、公孙接三勇士,自诩是齐国三杰,很得齐景公宠信。这三人挟功恃劳,横行霸道,目中无人,并被乱臣收买,阴谋要夺取政权。幸而相国晏婴施二桃杀三士之计,把这三人除掉。晋国听说齐国三杰都死掉了,就兴兵入侵齐国的阿邑、鄄邑,燕国也乘机扰乱齐国的河上地方,这可吓坏了齐景公。经相国晏婴推荐,说田穰苴通兵法,文可以使众人亲近服从,武能威慑敌人,可以担当此任。齐景公请田穰苴入朝,拜为大将军,发给兵车五百乘,以抵抗晋、燕入侵,保卫国家安全。

田穰苴拜领了将军大印后,和国君派来的亲信、监军大夫庄贾约定,第二天的日中在军门会齐,请庄贾准时到达。第二天上午,田穰苴先到军门,让军吏竖起计时标竿,并使用铜壶滴漏,等待庄贾。庄贾自恃是景公宠臣,素来骄横,根本不把军令当回事,也没把田穰苴放在眼里。太阳当顶,庄贾不到。穰苴就推倒标竿,放掉漏壶之水,进入营中检阅军队,指挥士兵,宣布纪律条令,整顿军纪。宣布完毕,已是黄昏时分,庄贾才醉醺醺、慢悠悠地来到军门。穰苴问他:"为什么迟到?"他仍满不在乎地说:"亲戚朋友为我设宴饯行,耽搁了一会儿。"穰苴怒责他说:"作为国家将领,受命那天起,就要忘掉家小;临阵整军,就要忘掉亲人;指挥军队打仗,就要忘掉自身的安危。如今国家遭到敌国的侵凌,边境骚动不安,国君食不甘味、寝不安枕,而以三军之众托付给你我二人,希望我们勇敢杀敌,为国立下战功,以解百姓倒悬之苦。可在这紧要关头,你却不紧不慢,对如此重任,熟视无睹。倘若打起仗来,面对敌人,你仍如此,岂不误了军国大事?"当即召军法官问:"按照军法,不按时报到的将士该如何处治?"军法官说:"当斩!"田穰苴立即命刀斧手把庄贾推出去斩首。齐景公听说,急忙派使者持赦免庄贾的手令,快马加鞭前往解救。穰苴说:"将在外,君令有所不受。"而庄贾早已人头落地。穰苴并以使者"驰骋军中"要依法治罪,按法也当斩,因考虑他是负君命而来,不便直接用刑,就杀了使者的仆人,并捣毁了他的马车,以示惩罚。于是军威大振,三日后出兵,田穰苴和士兵们同甘共苦,使得人人奋勇,个个争先,不肯稍有懈怠。晋、燕的军队,闻风丧胆,不战而退。齐军奋勇追击,收复了全部失地,保卫了齐国疆土,大胜而归。

以上实例,可谓施用指桑骂槐之计的典型事例。田穰苴在拜将之时说:"我一向地位低下,现在一下提拔起来做将军,官居大夫之上,声望不高、威信不够,怕士卒不服,百姓对我不信任。希望君王能任命一位宠臣,为国人尊重的大臣当监军。"齐景公答应了他的要求,遂派庄贾为监军随军前往。庄贾素来骄横不可一世,自恃是景公的宠臣,狂妄自大,根本不把田穰苴放在眼里。他问田将军出征之期,田穰苴回答:"明日就要发兵,中午开誓师大会。"叮咛他准时到达。庄贾置若罔闻,第二天日影西斜时,才缓缓来到,不顾军纪,故意延误规定时间入营。在这种情况下,田穰苴不得不用指桑骂槐之计,杀一儆百,威服部众,施用果敢而强硬的手段,斩杀了庄贾。作为田穰苴来说,出身卑微,骤然做了大将军,如何建立自己的威信,取得将士们的拥护和尊敬,以便顺利地统率部众,服从命令听指挥,以利作战是很重要的。所以在庄贾违犯军纪的时候,田穰苴不顾其是景公的宠臣,毅然将之杀了。这不仅说明田穰苴治军严明，刑不畏贵，且显示他执法如山，不徇私情，使众军士大为忌惮。正因为此举大出众军意料之外，会引起他们的极度震惊，从震惊到恐惧，从恐惧到顺从，是人们心理过程的自然演变。从此，全军上下只要听说主将的号令，没有不肃然起敬的。打起仗来，人人奋勇当先，战无不胜。这是田穰苴妙用指桑骂槐之计，杀一儆百的成功效果。以此大振军威、国威，保卫了国家的安全。

3．下级对上级的使用

作为下级，重要的是服从上级，把与上级的关系搞好，这样才能保住自己的官位或得到升迁。对于上级中为非作歹之徒，作为下级常常是无可奈何的。在这种时候，就有必要运用计谋，给其回击。

指桑骂槐之计，简而言之，用于军事上多是治军，用于政治则是严法令。东汉初年，六十九岁的董宣被任命为洛阳令，由于执法如山，被称为"强项令"、"卧虎令"，终于使当时混乱不堪的京城洛阳实现治理，这第一炮就是用的指桑骂槐之计。

洛阳是东汉王朝的京城，汉光武帝刘秀，经过十五年的艰苦奋战，才统一了全国，建立了东汉王朝。当年追随刘秀为建立王朝出过力的皇亲国戚、功臣显贵，都居住在洛阳城里，这些人居功自傲，不可一世，常常纵容子弟或奴仆飞扬跋扈，为非作歹，洛阳城区打架、斗殴、杀人的事件时有发生。朝廷走马灯似的换了几位洛阳令，都稳定不了局面，连刘秀也感到头疼。任命这位六十九岁的董宣，也是想让其循循开导，并没有想到他会有什么政绩。洛阳的权贵们当然也没有把这位年近古稀的老人放在眼里，却没有想到这个糟老头子,敢在湖阳公主头上开了一刀,这一刀真是石破天惊。

湖阳公主是刘秀的大姐,是刘氏家族的代表人物。刘氏家族在西汉末年混争中取得了领导权,经过十多年的兼并战争,夺得了天下,刘秀做了皇帝,刘氏家族当然气焰万丈,根本就不把国家法度放在眼里,觉得这是刘家的天下。湖阳公主当时就是洛阳地方上的一害,其府中豢养了成群的恶仆,整天在洛阳城里为非作歹,根本没人敢过问。董宣上任后,察访了情况,心中非常明白,要治理洛阳,首先要把权贵的气焰打下去,便选择权贵的代表人物、骄横不可一世的湖阳公主开刀。一次,公主的恶仆在光天化日之下于街上杀了人,董宣立即下令逮捕这名恶仆。恶仆躲进公主府里不出来,董宣派人监视。有一天恶仆跟公主的车马一同出来,董宣立即带人去拦住公主的车马。湖阳公主坐在车上,很傲慢地问,"你是什么人,敢拦我的车?"董宣自我介绍以后,说请公主交出杀人凶犯。那个杀人恶仆一看不妙,赶紧爬到公主车里,躲在公主身后。公主满不在乎地说:"你长几个脑袋,敢拦我的车抓人,好大胆子!"董宣怒气冲天,猛地从腰间拔出刀来,在地上画了道警戒线,高声责问公主:"你身为皇亲,不守国法,竟然袒护杀人凶手。"董宣一声喝令,洛阳县衙的人,一拥而上,把凶犯从公主车里拖出来,当场斩首。

湖阳公主感觉受到羞辱,立即掉转车头直奔皇宫,见到刘秀就又哭又闹,非要刘秀杀了董宣,给她出气不可。刘秀听了此话,心里也不大痛快,心想你董宣执法严明是好,可当众让我姐姐下不了台,不是把我也不放在眼里吗?便把董宣召进宫来,让卫士们当着湖阳公主的面，用鞭子抽打他。可怜老迈年高的董宣，因公正执法而受刑。董宣毫不畏惧，冲着刘秀说："请等我把话说清楚，死也无妨。"刘秀说："你冲撞我姐姐，不该受罚吗？"董宣义正词严地说："皇上是大汉朝的中兴之主，一向注意德行，也说过要以文教和法律来治理国家。现在公主在京城纵奴杀人，皇上不但不加管教，反而责打执法的人，试问国家的法律还有什么用？国家靠什么来治理？今后谁还当这个洛阳令？"说着，就挺起脖子把头向殿上的柱子撞去，马上头破血流。光武帝刘秀被董宣这一番理直气壮的忠言打动，赶紧叫人把董宣拉住，并对他说："只要你给湖阳公主磕个头，赔个不是就行。"董宣说自己没错，死也不磕这个头。光武帝想给湖阳公主一个台阶下，就让内侍去按董宣的头。董宣用两只手撑地，头也按不下去。内侍们心中佩服董宣，不用大力按，说董宣的脖子太硬，实在按不下。光武帝无奈，把董宣放了。湖阳公主这时看到董宣连皇帝都不怕，并不是单给她下不了台，气反而消了一半，光武帝把她劝了回去。刘秀倒很喜欢董宣那执法如山的牛劲儿，专门派人给他送去三十万钱。董宣把钱全部分给他手下的小官吏和士兵。从此，董宣狠狠打击豪强，"强项令"、"卧虎令"的威名传遍了全国。为非作歹的人，没有不心惊肉跳的，京城权贵们也规矩多了。

在这个事例中说明，董宣指的"桑"是湖阳公主的恶仆，骂的"槐"是湖阳公主一类的皇亲国戚、功臣显贵；他杀的是湖阳公主的仆人，整治的是湖阳公主一类皇亲国戚的飞扬跋扈、草菅人命、胡作非为的恶行。由于董宣执法如山，以计治乱，又宁死不屈，大义凛然，坚持正义，誓不低头，终于收到了杀一儆百的效果。光武帝终于也冷静下来，考虑到汉王朝的根本利益，向董宣作了让步。难怪，当时洛阳流传着一句民谣："桴鼓不鸣董少平。"意思是说，董宣做洛阳令，没有人敢犯法胡作非为，因此也就没人去官府门前击鼓鸣冤了。

唐代武则天时，宋璟在朝正派、有骨气，对皇帝敢于直言极谏。武则天的内宠张易之兄弟，虽然官位高于宋璟，但平素惧怕宋璟的刚直不阿。一次，他弟兄二人为了讨好宋璟，故意离座上前礼拜宋璟，说道："宋公乃是当今天下第一人，为什么位在下座？"宋璟回答："我才疏学浅，职位卑微，张卿却以我为第一，这又是为什么呢？"这时，天官侍郎郑杲也问宋璟："中丞大人为何称呼我为五郎呢？"宋璟道："以官位论，当称你为卿，可足下不是张卿的家奴，哪里来的什么'卿'呢？"满座的人听了，无不为之震惊。当时，自武三思以下都不得不小心服事张易之兄弟，生怕有错丢官，唯独宋璟不买他们的账，运用指桑骂槐之计，使他们个个夺气。

四、暗藏智慧　斗智斗勇斗奇

指桑骂槐之计是一重要的计谋，应用范围相当广泛。大致说来，这种计谋在政治斗争中的应用，具有如下基本特点：

第一，就指桑骂槐之计在政治上应用目的而言，具有明确性、果决性、迂回性、引导性的特点。

所谓明确性，就是说使用指桑骂槐之计，有着明确的政治目的。为了政治的目的，使用者注意谋略，进行了智慧的竞赛。身为帝王的，为了巩固自己的统治，为了使江山万世一系地传下去，"杀鸡儆猴"；身为诸侯的，为了吞并弱小国家，"敲山震虎"；身为权臣的，为了消灭一切潜在的政敌，"杀一儆百"；身为忠臣的，为了忠于职守，"以威治乱"；身为卑微小臣，为于劝谏君主的政治需要，也不遗余力地"警而导之"。

所谓果决性，就是说在政治斗争中，指桑骂槐之计的使用尽管动机和目的各有差异，但果断而出其不意地来实现政治目的，是共同的特征。或"指"，或"骂"，都是乘其不备，刚察果断地进行的。

所谓迂回性，就是说在使用指桑骂槐之计时，无论是"指"，还是"骂"，都不仅仅针对直接对象，而是推而广之，涉及间接对象。唯其如此，才能够发挥奇效。

所谓引导性，就是说使用指桑骂槐之计，以警告的办法进行诱导，这样，在政治斗争中，使人敬服。是"指"，还是"骂"，都是以期达到使"槐"幡然悔悟的效果。

第二，就指桑骂槐之计在政治上应用的作用而言，具有推广性、奇效性的特点。

指桑骂槐之计的使用，在中国古代政治斗争中，其功效作用屡屡得到验证。根据政治的需要，没有必要镇压的，又可改为申斥、处罚或批评等。由"桑"推而广之，作用于"槐"，这使此计在政治上的作用，增添了推广性的特点。

指桑骂槐之计的奇效性，在于使用的成功率极高，使用者为了达到政治上的目的，选择使用此计，在对象不加防备的情况下，突然出击，或采用攻心之术，往往得到成功，因此，具有奇效性。

第三，就指桑骂槐之计的政治上的应用影响而言，具有实用性、广泛性的特点。

指桑骂槐之计具有实用性，即指这种计谋适用于各种政治斗争，选择突破口，有强有弱，有亲有贵，无论是政治家，还是区区小吏，抑或是局外之人，都能够运用此计来实现自己的政治目的，使自己的愿望变成现实。因此，指桑骂槐之计具有很高的实用价值。

指桑骂槐之计同时又具有应用的广泛性。在错综复杂的政治斗争中，此计的应用范围广泛，且屡用屡验，成功率高，这就为此计广泛运用开拓了广阔的市场。因此，对历代政治家也有强大的魅力。

假痴不癫

——静不露机 意在大智若愚

本计云："宁伪作不知不为；不伪作假知妄为。静不露机，云雷屯也。"其大意是：宁可装着不知道而不采取行动，不可冒充聪明而轻举妄动。要沉着，不露声色，不泄露一点机密，就像冬天的云雷屯聚收敛待机而动一样。也就是说，假装不知道的，实际上却非常清楚，假装不行动的，事实上是因为不可能行动，或要等时机到来再行动。千万不要轻举妄动，在艰难困苦的时候，要不露声色，暗中策划经营。

古人对此计所含内容议论颇多。如《李卫公·问地》载：自古诡道存之，则全诡不复增之废之，则使贪使愚之术，何而使哉？太宗良久曰："卿宣秘之，勿泄于外。"最终说出"诡道可使由之，不可使知之"、"兵者，诡道也，托之于阴阳术数，则使贪使愚，兹不可废也"的道理。老子说："大巧若拙。"孔子说："大智若愚。"苏轼也说过："大勇若怯，大智如愚。"真正有才智的人，并不炫耀自己，表面看去，似乎很笨拙、糊涂。在兵法上把这种人采用的计谋，叫作假痴不癫，用在政治上就是一种政治韬晦之术。

此计的诀窍在于：寓机智于糊涂之中。郑板桥有名言："难得

巧施此计，孙膑绝处逢生

糊涂。""糊涂"既然"难得",就不是真糊涂,既然不是真糊涂,其中自然有一番打算。此计是并战计之一,意指在形势不利的情况下,通过装疯卖傻、碌碌无为的假象隐藏自己的才能,掩盖内心的抱负,避免政敌对自己的警觉,忍辱负重,以屈求伸,待机而发。决不跟政敌争一日一时之短长,也决不轻狂浮躁,贸然行事,以免招来杀身之祸。所谓留得青山在、不怕没柴烧,先保全自己,以便伺机而动,实现远大理想,成就大事业。除此之外,假痴不癫也是一种攻心术,可用于调动部下,稳定人心,实现预定目标。

一、韬光养晦　寓机智于糊涂

《周易·屯卦第三》云：屯：元亨,利贞。勿用有攸往,利建侯。《象》曰：云雷,屯。君子以经纶。

【一爻】初九,磐桓,利居贞,利建侯。《象》曰：虽磐桓,志行正也。以贵下贱,大得民也。

【二爻】六二,屯如邅如,乘马班如。匪寇婚媾,女子贞不字,十年乃字。《象》曰：六二之难,乘刚也。十年乃字,反常也。

【三爻】六三,即鹿无虞,惟入于林中,君子几,不如舍,往吝。《象》曰："即鹿无虞",以从禽也。君子舍之,往吝穷也。

【四爻】六四,乘马班如,求婚媾。往吉,无不利。《象》曰：求而往,明也。

【五爻】九五，屯其膏，小，贞吉；大，贞凶。《象》曰："屯其膏"，施未光也。

【六爻】上六，乘马班如，泣血涟如。《象》曰："泣血涟如"，何可长也。

计文所说的"云雷屯"，系《周易·屯卦》的象辞。屯，指萌芽充满生长的艰难。意为君子在困苦之时，要像织布能手巧理纱线一样，暗中策划经营，肢体不支，脑子可动；明里不动，暗中可动。也就是以装疯卖傻逃出"屯"的处境。

卦辞表明，社会是复杂多变的，萌芽破土而出，在艰难困苦的时候，必须暗中进行经营策划，因此用计需要注意客观形势，不能轻举妄动。如果在时机尚不成熟的时候，就将事机败露，那么就会招致失败。此卦说明，凡本卦不足据，又没有变卦的，其对策必是一种反常之举。

根据以上的见解，把假痴不癫之计在各种政治条件下运用的结果，结合中国古代事例进行推演，大致会出现以下六种情况。

第一，在形势不利于己的时候，不要轻举妄动。必要时深墙壁垒，暗中进行谋划，等待时机的到来。这样才能逢凶化吉，达到本计所要达到的目的。

第二，客观条件为不利，敌方强大，因此大的行动安排不适宜，这时必须静不露机，切不可贸然行事，哪怕是长期蛰伏等待，也要待具备全胜条件以后，才能有所动作。

第三，如果违反本计原则，在客观条件不允许的情况下，追求不能得到的利益，而又没有相助之人，那么切忌轻举妄动，否则不但徒劳无功，而且必有凶险，应当一无所动，待机而发。

第四，在时机成熟以后，本身占据了有利的位置，取得了主动权，具有了全胜的条件，符合行动制敌之时，果断行事必然大吉。

第五，善于运用此计，必须考虑周到。政治斗争风云变幻，在符合使用此计条件的时候，表面不露声色，以假隐真，但不可做得过分，要恰到好处。若是搞得过于铺张扬厉，不仅会错失战机，而且会因行动混乱而招致政敌猜疑。因此，用计时一定要掌握得当，才能达到本计目的。

第六，敌强我弱，实力悬殊，正如草木初生之际，非常柔弱，故情势凶险。因此，在艰难困苦之中，施用此计，要付出痛苦的代价，而且随时有危险存在，必须克服各种困难，才能完成本计所要达到的目的。

综观以上六种情况，说明假痴不癫之计在实施的过程之中，是具有种种变化的。因此，在根据不同的情况，运用不同的手法之时，务必要考虑周全，这样才能变不利为有利，变被动为主动，以弱胜强。

二、装疯卖傻　变被动为主动

人的心理活动是由感觉、知觉、记忆、思维、情绪等感知因素所构成的，除受到客观的社会条件制约之外，还有超出社会之上的思想方法。不管人的心理活动如何活跃，最终也不会脱离社会政治经济的影响。也就是说，社会制约着人们的行为，影响着人们的心理，而人们的行为和心理又在一定程度上影响着社会。

第一，假痴不癫之计的真假难辨。

假痴不癫之计的运用，最为典型的手法之一，就是以装疯的假象来迷惑政敌，以便在政治斗争中保全自己，待机而动。大凡采用这种手段的时候，都是在情势万分危急之时。

事例：运用此计，行于险境之中

历代政治家运用假痴不癫的政治韬晦之术者甚多，孙膑运用此计脱身险境，随后报仇雪恨，助齐国大败魏国，就是著名的一例。

年轻时的孙膑与庞涓，都投在鬼谷子门下学习兵法，两人不仅是同窗好友，还曾结为八拜之交。庞涓表面上与孙膑交好，为人却刻薄妒忌，自知自己的才能远逊于孙膑，所以暗地里早就妒火中烧。学成之后，庞涓先下山到魏国做了将军，深得魏惠王的宠信，声名显赫起来。这时墨子周游列国到了魏，在魏惠王前举荐了孙膑，被任为客卿。庞涓生怕孙膑在魏国威胁到自身的地位，若是让孙膑得以施展才能，自己恐怕不会再有出头之日，便处心积虑地要置孙膑于死地。庞涓在魏惠王面前说孙膑是身在魏国，心在齐国，有里通外国之嫌。随后骗得孙膑的亲笔书信，篡改了内容，献给惠王作为证据。惠王信以为真，就让庞涓问罪。庞涓对孙膑施用了膑刑，挑去两腿的膝盖骨，使孙膑再也无法站立起来，成了废人，还给他脸上刺了字。庞涓只是为了骗孙膑写出鬼谷子注释的《孙子兵法》，才留他一条活命。

孙膑遭到这样的迫害以后，起初还受庞涓的假面所蒙蔽，为他写下老师私下秘授的《孙子兵法》。幸亏有个庞涓的家丁，把事情真相都明白告诉了他，孙膑这才恍然大悟，认清了庞涓的真面目。可是这时他身陷险境，肢体残疾，怎样才能摆脱庞涓的加害呢？便心生一计，当晚突然昏倒在地，忽而大哭，忽而大笑，口中念念有词，却又语无伦次，把写下的兵法统统烧掉，还对庞涓叩头不止，拉住他叫鬼谷先生。庞涓生怕有诈，让人把孙膑拖到猪圈里，虽污秽不堪，但孙膑倒头就睡，并且抓起猪粪和泥土就往嘴里送。这些举止，使庞涓相信了他是真的疯了，便慢慢失去戒心，不再严密监视他了。孙膑以猪栏为家，捡污物为食，披头散发，衣不蔽体，时出时入，时哭时笑；一直等到齐国使臣到魏国去时，才悄悄救孙膑逃离魏国。当时庞涓还以为孙膑投水死了，根本没有怀疑到他是逃走了。

想当初，庞涓以为孙膑从此不能站起来了，而且已经成了疯癫废人，不可能再对自己构成威胁了。孙膑在绝境之中，运用了假痴不癫之计，佯装作疯癫，以此麻痹了庞涓，使其产生错觉，进而放松警惕。殊不知这是孙膑巧用假痴不癫之计，为了迷惑庞涓，只求留得青山在，才能够东山再起，一雪前耻而报大仇。孙膑坚强地活了下来，忍受了难以想象的奇耻大辱，却从来没有失去信心。孙膑相信，只要能够保全性命，满腹的才学和韬略，必将有用武之地。正是这种假痴不癫之计，使孙膑得以保全自己，以屈求伸，待机而发。孙膑在逃出魏国回到齐国以后，终于得到显示才华的机会。

当时魏国非常强大，魏惠王成为继魏文侯、武侯之后的诸侯领袖。齐国素称东方大国，曾有着称霸诸侯的历史。齐威王即位后，这个雄心勃勃的君主，整顿内政，招纳贤才，使国力很快强盛起来，具备了与魏争霸的条件。孙膑回到齐国，正是齐威王虎视中原之时，绝对不会放过孙膑这样的人才，拜其为军师，谋划军事事宜。

周显王十五年（前354），魏惠王命庞涓为主将，起兵伐赵，包围了赵国都城邯郸。形势非常危急，赵国向齐国求救，孙膑大展才能的机会也就到来了。孙膑运用避实击虚、攻其必救的原则，创造了围魏救赵的战略，率齐军直捣魏都大梁。孙膑估计到庞涓一听国都被围，会马上回师，便以齐军主力在其途中必经之地桂陵事先埋伏好，大败魏军。这是孙膑以假痴不癫之计得以脱身后，第一次教训了庞涓，挫败了魏国。

前341年，魏国怪罪韩国背叛，没有参加逢泽会盟，就出兵攻打韩国。韩国向齐国求援，齐王出兵，孙膑仍作为军师随军出发。这时魏军的主将庞涓得知齐军又进攻大梁，就回军尾随其后，追击齐军。孙膑巧妙地运用减灶示弱的计谋，引诱魏军紧追不舍，埋伏主力军队于马陵地区的山谷之中，准备一举全歼魏军。孙膑特命人在路旁大树上写下八个大字："庞涓死于此树之下"，又命埋伏好的弓箭手，见有人举火看字，就乱箭齐发。庞涓果然不出孙膑所料，天刚黑，领兵进入马陵道，一直追至大树底下，并命人点起火把照亮树上字迹，此时齐军弓箭手乱箭齐发，魏军死伤无数，庞涓也身中数箭。庞涓自知中计，斗不过孙膑，愤愧拔剑自杀。这一仗齐军大获全胜，是历史上著名的马陵之战。从此魏国失去了霸主的地位，孙膑则不仅报了自己的深仇大恨，而且使齐威王取代魏惠王成为诸侯领袖，齐国得到霸主的地位，孙膑也因此名垂千古。

孙膑在政治上军事上获得极大成功，都是因为他具有出色的智谋和才干。而假痴不癫之计的运用，是他在政治上处于极为危险的境地时，采用的政治韬晦之术，通过装疯卖傻来隐藏自己，保全性命，以此避免政敌庞涓对自己的进一步迫害。采用这一计谋，孙膑经过周密的考虑，因为只有这样，才能使庞涓真正失去对他的戒心，放松对他的警惕和管制，以便伺机逃生。庞涓也果然中了他的计，真的以为他是疯了，而没有杀掉他，并且放松警戒，使孙膑得以逃出了魏国。孙膑这个刑余之人，在齐国大展才华，终于在战场上与庞涓一决雌雄，成就了显赫的功业，名垂史册。所谓"大丈夫能屈能伸"，孙膑假痴不癫之计的运用，说明他有出众的智谋，同时也具有极为坚毅的忍耐精神，不如此，是不能获得此计的成功的。唯有外表癫狂，内心极为冷静和沉着的人，才能出色地运用此计，在狡猾狠毒的政敌眼皮底下，要想达到保全性命的目的，并且最终实现了自己的远大抱负，原本就不是一件容易的事情。

孙膑所采用的假痴不癫之计，颇类似于苦肉计。但这是他在生命攸关的时候，急中生智而想出的绝妙之计，如果不运用此计，他就无法幸免于难，而后来的赫赫事功，也就无从说起。这是一位极具智慧理性的人，运用奇计脱离险境，绝处逢生的突出事例。

孙膑精心研读《孙子兵法》，所以能够成功地运用假痴不癫的计谋。孙子云："能而示之不能。"意思是说：本来是有能力的，但是却伪装作没有能力，通过掩藏真实的情况，制造假象蒙蔽敌人，麻痹敌人，使敌人上当受骗，达到战胜对方的目的。孙膑假痴不癫的妙计运用，是对《孙子兵法》的发挥。在马陵之战中，通过减灶以示弱，诱庞涓紧追不舍，最终战胜了庞涓，运用的也还是这一示弱的奇谋妙计。

第二，假痴不癫之计以假乱真，不仅仅是迷惑。

使用假痴不癫之计，通过伪装生病麻痹政敌，这并不是目的，真正的目的是造成政敌判断和行动的失误，使自己掌握有利时机，以便置敌于死地。

事例：以假乱真，其意志在必得

关羽是三国时期蜀汉的名将，智勇超群，纵横疆场长达三十年。赤壁大战后，荆州为刘备所得，后刘备收西川，取东川，荆州由关羽镇守。219年7月，关羽独当一面，率大军北伐曹魏的樊城。关羽利用秋季大雨、汉水猛涨的时机，水淹曹操的七军，一时威震华夏，却并没有想到大意失荆州，败走麦城，为东吴所杀。这风云变幻，与吕蒙巧施假痴不癫之计，以假隐真而取荆州有密切关系。

荆州位于长江中游，"北据汉沔，利尽南海，东连吴会，西通巴蜀"。对于曹操、刘备、孙权任何一方来说，都有极大的战略意义。赤壁大战后，荆州原属东吴所有，孙权听从鲁肃的意见，维护孙刘联盟，共同抗曹，所以暂以荆州借给刘备，待其入川以后再还。刘备入川站稳脚跟后，却不愿归还。由于荆州战略地位的重要性，东吴必欲夺回。孙权派大将吕蒙屯军陆口（今湖北嘉鱼西南），准备伺机夺取荆州。关羽打下襄阳后，也不是不曾想到加强荆州防卫。随军司马王累曾经提醒过关羽，认为："东吴吕蒙屯兵陆口,虎视眈眈地要吞并荆州,不可不防。"关羽遂令在沿江上下,或二十里,或三十里,选高阜处,置一烽火台,每台用五十军把守。倘东吴渡江,夜则明火,白天则举烟为号。王累又建议说:"糜芳、傅士仁守二隘口,恐不竭力,潘浚平生多忌而好利,不可任用,应选忠诚廉直之人。"关羽自以为是,不听建议。这说明关羽对守卫荆州的意义估计不足,以为筑了烽火台,即可万事大吉。

  吕蒙一直在处心积虑地夺取荆州。吕蒙早年在军营中,因军务繁忙,读书不多。后听孙权劝告,勤奋读书,博览史书和各家兵法,读书之多,连老儒生都赶不上。当鲁肃接替周瑜的职务时,曾过访吕蒙,一起商议政事。吕蒙告诫鲁肃说:"关羽此人年纪虽大,却十分好学,几乎可以背诵《左传》。他为人刚直,雄心勃勃,然而性情自负,盛气凌人。你和他做对手,应当用明、暗两手策略。"由此可见,吕蒙在未与关羽正面相对时,就已经对关羽其人其事有了深入的了解。这就是《孙子兵法》所云:"知己知彼,百战不殆。"当吕蒙发现荆州防守严谨,兵马整肃,一时无法夺取,就决定以计谋取之。吕蒙托病不出,以迷惑关羽,隐匿他进攻荆州的意图。吕蒙称病,连孙权也给瞒过了,只有陆逊猜破了他的计谋,两人便一起合谋。陆逊进一步出主意说:"关云长自认为英雄,天下无敌,只是对将军(指吕蒙)有所顾忌。你不如趁此机会,假托病重,把陆口之任交托别人,而此人可对关羽极尽阿谀奉承之能事,使关羽骄傲无防。若荆州无备,再别出奇计以攻取,则荆州在掌握之中了。"从此吕蒙就托病不起,上书辞职,孙权便召吕蒙回建业养病。吕蒙推荐陆逊代他守陆口,理由是:"若用已有名望之人，关羽必然提防，而陆逊为青年将领，很有才干，但尚无远名，非关羽所忌，由他代守陆口，必然于事有利。"孙权同意，即日拜陆逊为偏将军右都督，代吕蒙守陆口。

陆逊一上任，就修书一封，派人带着名马、异锦、酒礼等物，赴樊城去送给关羽。关羽指来使说："仲谋（指孙权）见识短浅，用此孺子为将！"看了陆逊的信，信中吹捧关羽的奇功伟绩，胜过晋文公与韩信。自谦是一介书生，要关羽多加指教；语词十分卑谨。关羽见其词意恳切，不禁仰天大笑，脱口而出："无虑江东矣！"此后，关羽真的不把陆逊放在心上、看在眼里，麻痹大意，大量抽调荆州守军，开赴樊城与曹军作战。结果前门拒狼，后门进虎。

孙权乘机拜吕蒙为大都督，总制江东诸路军马。吕蒙点兵三万，快船八十余只，选识水性的士兵扮作商人模样，都穿白色衣服，在船上摇橹，却把精兵藏在船舱中。同时还致书给曹操，约其进兵以袭关羽之后，并通知陆逊。随后令白衣人出发，驾快船往浔阳江去，日夜兼程，直抵北岸。江边烽火台上的蜀军盘问时，白衣人答道："我们都是客商，因江中阻风，到此一避。"并将财物送与守台将士，守军相信了，听任他们停泊江边。到夜里，天交二更，暗号一声，八十只船里的精兵俱起，把烽火台上的守军缚倒，将沿江紧要去处墩台的守军都捉入船中，便长驱直入，直奔荆州，神不知鬼不觉，关羽还蒙在鼓里。将至荆州，吕蒙将沿江墩台所获守军，用好言抚慰，各与重赏，让他们叫开城门，纵火为号。重赏之下，必有勇夫，这些守军听从吕蒙的命令，到半夜时分，到城下叫门，门吏一看是荆州自己的兵，就开了城门。

众军一声喊起,就放起号火,吴兵齐入,偷袭了荆州。

吕蒙袭取荆州,几乎是兵不血刃,原因就是用了假痴不癫之计。吕蒙首先看到荆州兵阵严肃,沿江又有烽火台,知道不能明攻,只能暗取。于是称病、辞职,又以没有名望的青年将领陆逊代他守陆口,这是以假的表象蒙骗关羽,而将真正的意图隐藏起来,等待时机。陆逊写信去吹捧关羽,以骄其心,这就使关羽从思想上解除了武装,放松了警惕,大量抽掉荆州的守军。吕蒙却处心积虑在暗中运筹,积极行动,用白衣商船偷运精兵,进一步蒙骗了守军,巧夺了荆州。由于关羽平时骄傲自大,盛气凌人,一些受过他蔑视侮辱的将士,对他既怕也恨,不愿为其所用。当东吴袭取荆州时,军无斗志,不战而降。这也在一定程度上帮助了吕蒙,使他以假乱真,巧用假痴不癫之计,夺得了荆州。

自从失了荆州,刘备急于为义弟关羽报仇。在诸葛亮等文武官员拥立他为帝后不久,就不顾诸葛亮、赵云等人的劝阻,执意起兵七十五万,定要灭吴,却被东吴所败,火烧连营,大伤元气。此后虽有诸葛亮六出祁山,却也不能挽救蜀汉的危局了。

第三,假痴不癫之计的示假隐真。

假痴不癫之计的常用手法,就是利用人们视觉的局限和思维习惯,巧妙地伪装自己,除了制造假象,以假扮真,迷惑敌人以外,有时还可起到稳定内部的作用,这是以假象蒙蔽的又一妙用。

事例:假戏真做,善以计谋取胜

曹操,字孟德,小名阿瞒,沛国谯县(今安徽亳县)人。自幼博览群书,才武过人,钻研兵法,又善用计谋。少年时的曹操喜欢打猎，"飞鹰走马，游荡无度"。他的叔叔对此很看不惯，几次三番在曹操的父亲曹嵩面前告他的状。曹操很讨厌他叔叔的做法，有一次他在路上遇见叔叔，就假装口眼㖞斜的样子。叔叔问他是怎么回事。他说："突然遭到一阵恶风。"叔叔把这事告诉曹嵩，曹嵩很惊慌，忙把曹操找来，见他的面貌和平时一样。曹嵩问道："你叔叔说你中风，已经好了吗？"曹操说："我可从来没有中风，只是因为叔叔不喜欢我，才被诬陷罢了。"曹嵩对弟弟说的话产生了怀疑，也就不再相信弟弟所说曹操之事，曹操就更随心所欲，无所顾忌。其实他叔叔是担心他将来不能继承家业，争列名门，甚至给曹氏家族带来祸患，所以才几次三番希望他父亲管教他，不想却引起曹操反感。曹操略施小计，报复了叔叔。

　　曹操三十五岁那年，乘讨伐董卓之机起兵，开始了政治生涯。作为政治家，曹操一生足智多谋，工于心计，成为中国古代政治家中善用计谋取胜的典型人物。曹操毕生用计甚多，如诈死计、隔岸观火、将计就计、反间计等，更屡次运用假痴不癫之计，往往假戏真做，以计取胜。

　　东汉末年，统一的帝国已经无法维持。东汉王朝的统治，在184年镇压黄巾军时，已经政令难出都门了。地方的州牧、郡守，与地方豪强结合在一起，在镇压黄巾军的同时，积聚力量，成为地方割据势力，相互之间展开了错综复杂的兼并战争。出身于四世三公的大贵族袁术，因遭曹操、袁绍夹击，率余众退屯寿春（今安徽寿县），割据扬州（今长江下游与淮水下游间），建安二年（197）称帝，自号仲家。当时称霸兖州的曹操，以汉室丞相身份，率军征讨袁术。由于袁军坚持，战争相持了很长时间。曹军粮食告急,军心涣散。曹操心生一计,在典仓吏(负责粮食供应的官)身上打主意。他把典仓吏叫来说:"现在我军粮食紧缺,军中议论纷纷。我发现你身上有一样东西,可以消除这些不满情绪,不知道你愿意献出来吗?"典仓吏马上忠心地说:"只要是能替丞相解忧分愁,我什么都舍得拿出来。"曹操便恶狠狠地说:"我要借你的项上人头来派用场!"话音刚落,还没等典仓吏明白过来,曹操即挥刀将典仓吏的头砍了下来。随后令人到军营中四处散布:"典仓吏克扣军粮,证据确凿,丞相已把他杀了。"兵士们听后,都大骂典仓吏,同时赞扬丞相铁面无私,军中的怨恨情绪很快就烟消云散了。

曹操亲自率领大军征讨张绣,正值盛暑天气,长时间的行军途中,一直没见到水源。将士们口干舌焦,十分难忍,几乎走不动了。曹操也心急如焚,担心这样下去,势必影响士气,对征战不利。猛然想出一个主意,传令道:"前面有座大梅林,咱们赶到那里,大吃一顿酸甜的青梅,就可以解渴了。"士兵们听说有梅子,嘴里都自然地生出唾液来,就不感到那么口渴难耐了。大家振作精神情绪饱满地往前赶路,终于发现了水源,解决了喝水问题。后来的成语"望梅止渴",就来源于这个故事。

曹操疑心很大,自从把持汉室朝政以后,无时无刻不在提防别人暗算他,即使是亲信和贴身侍卫,曹操也都怀有戒心。曹操曾对侍卫们说:"在我睡觉的时候,你们不要随便走近我,如果有人靠近我,我就会在梦中跳起来杀人,你们服侍我的人千万注意。"一天,曹操躺在床上假装熟睡,故意把被子掉在地上。一个侍卫想要为他盖上被子,可是刚走到床前,曹操猛然跳起来把他杀了，接着又躺下睡了。等到醒了的时候，曹操又故作惊讶地问道："是谁把我的侍者杀了？"自此之后，曹操睡觉的时候，再也没人敢走近他。

还有一次，曹操对别人说："如果有人要谋害我，我会有预感，我的心会颤动。"便对一个亲信侍者说："你怀里藏着一把刀，悄悄地走到我身边，我说心动，卫士们就会把你绑赴刑场，那时候你什么话都别说，我保证你不会出什么问题，而且我还要好好报答你。"那个侍者信以为真，按他的话做了。结果，侍者一句话没说，就被杀掉了。侍者至死都不知道，这是曹操用的计谋，而左右的人还以为侍者是真正想要谋害曹操的人，因为他临死连一句冤枉都没喊。

曹操屡次运用假痴不癫之计，都成功地达到了预期的目的。借人头稳军心，是当曹操知道军中粮食匮乏，军心浮动时，他明知道粮食紧缺，是因为军粮没有运到，也明知道典仓吏忠心耿耿。可曹操假作不知，且利用典仓吏的忠心，诱他上当，杀了他，还散布他克扣军粮，嫁祸于人。借人头，稳定军心，消除不满情绪，同时还为曹操自己树立了威信。

"望梅止渴"，是当行军途中军队缺水时，曹操明知道前方没有梅林，而假说前面有梅林，这样迷惑将士们，是为稳定军心，鼓舞士气，以利征战。他真正的意图是取得战争胜利。

假痴不癫之计是并战之计，有个你死我活的问题。曹操为保护自己，提防别人谋杀他，他就假布迷阵，说他梦中会起来杀人，杀了人又故作惊讶，其实他根本没有睡。更有甚者，他说如有人欲谋害他，他会有预感，心必颤动。为进一步地使人坚信不疑，他假戏真做,和亲信侍者约定,只要按他的指示做,将会给他好处。其实他存心借人头,保护自己,慑服部下,不惜让亲信侍者背黑锅。这和借人头稳军心的事例是异曲同工。足见曹操诡计多端,谋略出众。

事例:不露声色,狄青巧布迷阵

狄青是北宋名将,字汉臣,汾州西河(今山西汾阳)人,行伍出身,每战勇不可当,善用奇计取胜,很受范仲淹的赏识,在对西夏战争中,屡建奇功。皇祐年间(1049—1054),狄青率兵征讨侬智高。

侬智高为北宋时广源州壮族首领。侬氏自唐初就称雄于西原(今广西扶南县西南),世袭为州的首领。其父侬全福原为广源州酋长,知傥犹州(今云南文山附近)。唐末,侬全福被交趾人所杀,其母阿侬改嫁商人而生智高。交趾人派官吏治广源州。智高十三岁时,杀生父商人,改姓侬。后与其母出兵攻占傥犹,建大历国。被交趾擒,不久放归。四年后,起兵反交趾,袭据安德州(今广西靖西),建南天国,改元景瑞。上表要北宋授予他邕桂节度使,宋朝廷不肯。侬智高在皇祐四年(1052)攻横山寨(今广西田东),占据邕州(今广西南宁),建大南国,自称仁惠皇帝,改元启历。又占领横(今横县)、浔(今桂平)等九州,围广州,复又北上,气焰甚高。

北宋朝廷令狄青率兵南下征讨镇压,在出征的路上,大军刚到桂林以南,路途艰险,行军不便,军心惶恐,士气不振。狄青看到这种情况,就假装拜神说:"这次用兵,胜败没有把握,是继续前进,还是停止不前,我们无法决断,只好由神明来决断了。"

狄青便虔诚地向神祝祷许愿："我用一百个铜钱随手扔在地上，如果此次大军出征，能马到成功，一百个铜钱都应当面（不铸文字的那一面）朝上，若不是这样，那就只好班师回朝了。"狄青的左右将领齐来劝谏说："若真不是皆面朝上，怎么办？那会影响士气，我们是奉命出征啊！"狄青不顾劝阻说："那只好听天由命，由神来做主了！"在千万人的注视下，狄青突然举手一扔，一百个铜钱全部落地，细细一看，一百个铜钱的面都是朝上的。这时全军欢声雀跃，声震山林原野，狄青也异常兴奋。命手下人拿来一百个钉子，按照铜钱散落的疏密，用钉子把它们钉在地上。然后用青色的纱笼罩在上边，并亲自动手封好。说道："等我们大军凯旋归来，一定洒酒感谢神灵，那时再把地上的铜钱取回。"

侬智高盘踞邕州，用重兵把守险要隘口昆仑关。狄青大军到昆仑关附近后，就按兵不动，下令全军休整十天，筹备军粮。侬智高听探子报告，认为宋军粮草接济困难，不会马上进攻，就疏于防范。时逢正月十五元宵佳节，狄青又下令张灯结彩，欢宴三天。狄青大宴三军，侬智高更疏于防范。第二天夜里，正值风雨大作，宋军营里猜酒行令，欢声不断。这时狄青突然称病中途退席，换上普通将士的衣服，率一支突击队，冒雨前进，趁敌军防务松懈之机，一举攻下了昆仑关。侬智高重关失守，全军被击败。

狄青平定了邕州，班师回朝。回师之日，如前所说取起铜钱，僚属们一看，那些铜钱原来两面都是铸成一样的，全是不铸文字的一面。这个事例说明，狄青这次出征，连续用了假痴不癫之计。

狄青知道南方有崇拜迷信鬼神的风俗，所以他利用这种心理来稳定军心。他看出军士们的士气低落，知道此时、此地，不能用严厉军法等强制手段来逼迫军士们，但是可以利用他们迷信鬼神的心理，把上下都是面的钱掷在地上，哄骗军士。狄青明明知道，而假装不知道，装着懵懂，用这种方法去蒙蔽军士们。军士们一看都是面朝上，就马上精神抖擞，士气大振，个个怀着必胜信心，奔赴沙场。这是狄青用假痴不癫之计收到的效果。大军到达昆仑关，面对地势险要且有重兵把守的昆仑关，狄青知道只能智取，不能硬攻，便再一次用假痴不癫之计，用休整、筹备军粮、张灯结彩、大宴三军等表面现象迷惑、麻痹敌人，使敌人一步步疏于防范，从心理上解除武装，而产生轻敌心理。就在这敌军放松警惕之时，狄青却抓住有利时机，称病退席，易装率队，冒雨前进，出其不意、攻其不备，以迅雷不及掩耳之势，攻下了昆仑关，把侬智高的军队打得大败，一战而定广西。

狄青连续运用假痴不癫之计，首先是利用迷信鬼神的心理来愚弄自己的士兵，稳定军心；然后又不露声色，巧布迷阵，蒙蔽敌人，以计代战，智取昆仑关。这些都是为实现他的战略目标，就是击败侬智高，稳定北宋的西南边陲，终于获得了成功。

第四，假痴不癫之计在形势不利时使用。

隐藏自己的才能和抱负，掩饰内心的仇恨，特别是在对自己不利的情况下，能够避免政敌对自己的警觉，忍辱负重，以屈求伸，待机而发，乃是假痴不癫之计实施的要点之一。

事例：大智若愚，隐去常情之心

假痴不癫之计，即是一种政治韬晦之术，运用此计，心中必有谋大局、图长远的抱负，决不与对手争一日一时短长，决不能

"壮士受辱，拔剑而起"，那就要"小不忍则乱大谋"了。刘秀可谓善用此计的人。

新莽末年，绿林、赤眉军横行天下。在绿林军中，以刘縯、刘秀兄弟为首的舂陵兵，战功卓著，却受到更始帝的猜忌。23年，刘秀在昆阳与绿林军首领王常、王凤等人以少胜多，用九千人打败了王莽的四十万大军，解除了王莽大军对更始政权的威胁。接着，又率兵攻下了颍阳，可谓劳苦功高。就在这时，他的哥哥刘縯却在宛城被更始帝刘玄给杀害了。与此同时，更始帝以及一些忌恨刘秀兄弟的人，都在观察刘秀的动向，以便伺机找借口杀掉刘秀，以除后患。当刘縯被杀的噩耗，从宛城传到正在父城的刘秀耳中时，早有预感的刘秀，仍然不啻五雷轰顶，痛哭失声！刘秀立刻意识到自己的处境危险，阴谋者的屠刀并没有因为杀了刘縯而放下。刘秀强忍悲痛，故作镇定，马上带着几名随从人员，从父城直奔宛城，求见更始帝。刘秀见到刘玄，纳头便拜，声称自己有罪，没有劝导哥哥，以致让他犯下死罪，所以特来谢罪。刘縯的属官听说刘秀到宛城来了，纷纷来向他吊唁，称刘縯冤死，劝他节哀。言谈吐语之间，刘秀从不流露自己的私情，不说一句不满意的话，口口声声只说自己有罪，更不提一句自己在昆阳之战中的功劳。刘秀草草地埋葬了刘縯，也不为刘縯服丧，饮食、谈笑和平时一样。刘秀的泰然神情，使更始帝和新市、平林的将领们解除了猜忌，认为刘秀不会谋反。更始帝刘玄本人甚至也觉得有些对不起刘氏兄弟，便拜刘秀为破虏大将军、武信侯。刘秀终于避免了杀身之祸。三个月以后，刘秀以破虏大将军行大司马事的身份，到河北镇抚州郡，网罗人才，招兵买马，开始了统一国家的大业。

在这个事例中,刘秀就是用了假痴不癫之计,政治韬晦之术。在新莽末年,社会矛盾进一步激化,声势浩大的绿林和赤眉军,要争夺天下。绿林军中又分"下江兵"、"平林兵",声势不断发展壮大,新莽政权摇摇欲坠,一些贵族豪强也为之震动。为了维护他们的政治经济利益,纷纷打出反莽旗号,加入绿林和赤眉军。如西汉宗室刘玄加入平林军,另一宗室刘縯、刘秀兄弟为汉高帝九世孙,南阳蔡阳(今湖北枣阳西南)人,则聚族人七八千人,起兵于舂陵(今湖北枣阳南),称为"舂陵兵",并与新市兵、平林兵联合反莽。23年2月,起义军拥立刘玄为帝,改年号为更始。当时,南阳豪强支持的刘縯、刘秀兄弟,没有取得政权,并在拥立问题上反对刘玄称帝,这就在更始政权内埋下了不和的种子。昆阳之战胜利后,刘秀又进军颍川,攻打父城(今河南平顶山西北),由于得到守父城的冯异和苗萌的归顺,刘秀不用一兵一卒,就取得了父城,还占领另外几座城池,刘氏兄弟的威名大振。这招来了敬仰,也带来了潜在的杀机。建立大功的刘氏兄弟,对无功而居尊位的更始帝刘玄是威胁,对有勇无谋的新市、平林草莽英雄也是威胁,同时也遭到同为出身豪强起兵的李轶之流的嫉妒。刘秀对这一切早有警觉,刘縯却自恃功高而麻痹大意。刘秀曾提醒过刘縯,而且为其兄的命运担忧。竟不幸而言中,刘縯终于被杀。当刘秀得知其兄被杀的噩耗时,悲痛欲绝。他恨刘玄,恨新市、平林将领,更恨策划谋杀的刽子手朱鲔,和卖友为荣的李轶之流,恨不得立即起兵报仇。但稍一思索,立即想到自己的处境,此时还是寄人篱下,羽毛未丰,稍有不慎,就会身首异处,何况那些杀害刘縯的人，一定正在窥测自己，伺机找借口除掉他，斩草除根。刘秀必须保存自己，留得青山在，不怕没柴烧，便忍辱负重，以屈求伸，强行压抑自己的真实感情，用假象来迷惑敌人，立时去宛城向刘玄请罪。新市、平林的将领原来估计刘秀一定会起兵为刘縯报仇，那时正好以此为由杀掉他，却没有想到刘秀主动跑到刘玄面前请罪，使原来磨刀霍霍的新市、平林将领们手足无措了。刘秀抓住刘玄性格上的特点，以他充当挡风墙。果然，刘玄对自来请罪的刘秀安慰了一番，说："这是刘縯的事，与你无关，你回去好好休息吧。"刘秀这第一步的韬晦就取得了成功。

当刘縯的属官来吊唁时，刘秀不露声色，还口口声声只说自己有罪，也不为刘縯服丧，饮食与谈笑如常，这种装傻扮懵的假象，又进一步麻痹了敌人，隐藏了自己。政敌们终于放了心，刘玄也颇有愧意，不但封刘秀为武信侯，还让其担任破虏大将军，使之拥有实际的权力，放其出宛城，就是放虎归山。

刘秀以破虏大将军行大司马事的名义，持节到达河北，所到郡县，考察政绩，发遣囚徒，废除王莽苛政，恢复汉制，颇得民心。在不断消灭割据势力的同时，发展壮大自己的力量。羽翼丰满后，即拒绝执行刘玄的命令，与更始政权从此分道扬镳，最终建立了东汉政权，建都洛阳，史称光武帝。

刘秀身处逆境时，采用了假痴不癫之计，取得了成功。此计是并战之计，是要拼个你死我活的，刘秀为避杀身之祸，大智若愚，隐去常情之心，用极大的忍耐，克制自己的巨大哀痛，忍辱负重，低声下气，以屈求伸。终于在危机四伏中，死里逃生，东山再起。

事例：大勇若怯，韬光养晦存身

刘备，字玄德，涿郡涿县（今河北涿州）人，汉中山靖王刘胜之后。好结交豪侠，与关羽、张飞结拜。以镇压黄巾军有功，授安喜尉。旋投靠公孙瓒，代领豫、徐两州牧。建安元年（196）冬，袁术与吕布联合进攻徐州，刘备战败，失去了栖身之地，只得投奔曹操，前往许都。汉献帝认刘备为皇叔，封为左将军、宜城亭侯。曹操对刘备礼遇备至，出同车，坐同席。曹操把刘备带到许昌的真实目的，并不是加以礼遇，而是要予以控制。因为刘备是汉室宗亲，有相当的号召力，又有关羽、张飞等猛将辅佐，一旦放虎归山，怕后患无穷。但又不能杀掉他，怕给自己加上枉杀名士的罪名，所以只能软禁。

当时汉献帝眼见曹操越来越飞扬跋扈，心中大为不满。遂密写一诏书，置于衣带内，赐予国舅董承。诏中要董承纠合忠义两全之士，伺机除掉曹操。董承请刘备参与其事，刘备答应道："既是奉诏讨贼，备敢不效犬马之劳。"这是一件关系身家性命的大事，如被发觉，必被曹操处死。从此后，刘备便以韬光养晦为谋略，故意做些碌碌无为的小事，在住处的后园种菜，亲自浇灌。关羽、张飞问他："你不留心国家大事，而做这些小事，是为什么？"刘备不能明言。有一天，刘备正在后园浇菜，许褚、张辽引数十人来园中，说是丞相有命，请刘备去赴宴。刘备心中忐忑不安，不得已随他俩去见曹操。曹操见到刘备后第一句话是："大家做得好大事。"刘备以为参与衣带诏密谋事发，吓得面如土色。曹操拉着刘备手，直到后园才说："玄德学圃不易。"刘备方才放心答道："无事消遣而已。"曹操拉着他走到小亭，一盘青梅，一樽酒，二人对坐，开怀畅饮。饮酒间，曹操问刘备："你久历四方，必知当世英雄都有谁？"刘备推却说："我肉眼怎能识英雄？"经曹操再三催逼，刘备只好把那些并非英雄的人物如袁术、袁绍、刘表、孙策、刘璋、张绣、张鲁、韩遂等称为英雄。当然被曹操一一否定。刘备说："除此之外，我实在不知道。"曹操说："袁术、袁绍等人都是碌碌无为之辈。所谓英雄，一定是胸怀大志，腹有良谋，量可以包宇宙，气可以吞天下的人。"刘备问："谁能当之？"曹操以手指刘备，然后指自己说："今天下英雄，只有使君与操耳。"刘备本来心中有鬼，一听这话，猛然一惊，手里拿的筷子，不觉掉在地上。正巧这时，风雨骤至，雷声大作。刘备便从容低头拾起筷子说："这雷声一震三威，太可怕了。"曹操笑道："大丈夫也怕雷吗？"刘备说："圣人听见惊雷疾风，都改变颜色，我怎么能不怕呢？"把失惊落箸的缘故，轻轻掩饰过去。曹操也因此不疑刘备。这是有名的青梅煮酒论英雄的故事。

在这个事例中，说明刘备在投奔曹操后，一直使用假痴不癫之计、政治韬晦之术。刘备后来是蜀国的开国皇帝，但他在未得诸葛亮扶助之前，未能建立根据地，总是寄人篱下。曹操于建安元年（196）奉迎汉献帝从洛阳迁都许县（今河南许昌市）后，就开始实施"挟天子以令诸侯"的谋略。天子掌握在曹操手里，也就同时掌握了中央政权，可以天子的名义发出各种诏书和旨意。例如，曹操在"移驾幸许都"后，就采纳谋士荀彧的"二虎竞食之计"，让刘备与吕布火并。曹操奏请诏命遣使往徐州，封刘备为征东将军、宜城亭侯，领徐州牧，同时附密书一封，使杀吕布。其后又假天子诏，令徐州牧刘备起兵讨袁术。刘备虽然明知这是曹操之计，但"王命不可违"，还是不得不去讨袁术，吕布则乘机攻下了徐州，达到了曹操预定的目的。可见曹操以天子之名义，为所欲为。刘备随曹操回许都后，汉献帝认他为皇叔，荀彧等一般谋士入见曹操，认为天子认刘备为皇叔，恐对曹操不利。曹操回答说："他既为皇叔，我以天子之诏令之，他更不敢不服，况且我留他在许都，名虽近君，实即在我的掌握之中，我怕什么呢？"确实如此，刘备并不因为成了皇叔而得到什么实际好处。不仅是因为他参与奉诏杀贼的密谋，而且刘备深知自己是处于逆境之中，身在别人的屋檐下，不得不低头，所以对曹操恭敬备至。通过装傻卖呆，做些种菜浇水的小事，来表示自己是胸无大志、碌碌无为，用这些假象来隐藏自己的才智，掩盖内心的抱负，避免曹操对自己的警觉，忍辱负重，低声下气，等待时机；留得青山在，以便日后从事一番大事业。

　　刘备确是胸怀谋略，非等闲之辈。这一点曹操和他的谋士们并非漠然不知，当初刘备来投奔曹操时，谋士程昱就曾说："看刘备有雄才，而甚得众心，终不肯久居人下，不如早下手除掉他，以免留下后患。"不过当时曹操说："方今收英雄时也，杀一人而失天下之心，不可！"那时曹操已看出刘备是英雄人物。在青梅煮酒论英雄时，曹操又试探刘备。可是刘备装傻充愣，说了许多并非英雄的人物，表示自己糊糊涂涂不关心国家大事，胸无大志，根本不知道谁是英雄人物。当曹操咄咄逼人，直指自己和刘备是当今英雄时，刘备怕曹操已识破了自己，因而惊得把筷子都掉在地上。但他究竟是老谋深算，沉着地俯身在地上拾起筷子，借低头藏过脸上的惊恐，而且又借口是因惊雷失箸。就这样刘备机警地、轻松地把闻言失箸的失态掩饰过去。曹操也因此不怀疑刘备，以为他真是为雷所惊。在事后，刘备把这件事告诉了关羽和张飞，关、张问他为什么这样做，刘备才向他俩道出了实情说："我之学种菜、浇水、育苗圃，就是为了使曹操觉得我胸无大志。想不到曹操竟指我为英雄，我怕不能蒙混过关，因而失惊落箸，只怕曹操看我吃惊，识破机关，幸而这时雷声大作，我借怕雷而掩饰过去。"至此，关羽和张飞对刘备的假痴不癫、韬光养晦的谋略才十分佩服。

　　由于刘备在曹操处一直扮演庸庸碌碌、糊糊涂涂的凡夫俗子模样，曹操逐渐对他也就放松了警惕。其后，曹操打算派兵阻拦袁术北上，刘备乘机请求承担这一任务。曹操就派他与朱灵等人领兵五万去截击袁术。曹操的谋士郭嘉急忙入见曹操说："刘备不可纵，不能放虎归山。"曹操觉得已有明令在前，不便更改。刘备则急急离开许都。关羽和张飞问他："兄长今番出征，为什么如此慌速？"刘备说："我是笼中之鸟、网中之鱼，今此一去，如鱼入大海、鸟上青霄，不受笼网的羁绊了。"可见刘备的假痴不癫之计、政治韬晦之术，获得了成功。果然，刘备离开许都到达下邳后，不顾曹操让他返回许都的命令，突然袭击曹操委派的徐州刺史车胄，公开打出了反对曹操的旗号，曹操后悔无及。建安五年（200），董承等图谋反曹操的案发，在许都的同谋者，都被杀害。刘备曾参与此事，也被揭露出来。曹操大怒，对诸将说："刘备是天下雄杰，今不趁他羽毛未丰而攻之，以后必成大患。"于是决定领兵东讨刘备。

　　刘备在寄曹操篱下时，身处逆境，如果不是用假痴不癫的韬光养晦之计，难免不遭杀身之祸。韬光养晦这一谋略的积极意义，在于实现自己的既定方针。刘备自参与衣带诏密谋后，即把消灭曹操作为自己的斗争目标。他韬光养晦，掩盖自己，是为了有朝一日消灭曹操。如果只为保护自己，虽然也有意义，但还不是实现这一谋略的真正意图。当然，消灭曹操后，恢复汉室是他的最终目的。最终刘备大勇若怯，韬光养晦，保存了自己，获得了成功。而后，刘备在诸葛亮的辅佐下，于221年正式称帝，国号汉，都成都，年号章武。与魏、吴鼎足而立，形成三国鼎立的局面。刘备不如此行事则历史就要重写了。

事例：大智若愚，寓机糊涂之中

三国时，蜀国政治家诸葛亮，在刘备死后，受托辅孤，治理蜀国。执政期间，积极实行法治，赏罚严明；抑制豪强，任人唯贤，推广屯田，以利耕战，使"民贫国虚"的蜀汉，呈现出"耕战有伍，刑法整齐"的景象。又对西南各族采取和好政策，促进了边远地区的开发。为实现他兴复汉室、统一全国的多年夙愿，于蜀汉建兴十二年（234）二月，六出祁山，亲率十万大军，由汉中出发，第五次北伐曹魏。大军越过斜谷，占领武功。魏大将军司马懿率兵抗蜀。

司马懿，字仲达，出身士族家庭。少时即被名士赞许，以为"非常之器"，为人多智谋，善权变。曹操时，曾进献过军屯之策和拉孙权打关羽之计，其军事才干和政治谋略已崭露头角。曹丕称帝后，升任抚军将军和录尚书事，参与了最高统治层大政的谋划。曹叡执政时期，他统帅魏军，独当一面。此次抗蜀，他将主力集结在积石原待机。诸葛亮进攻积石原受阻，退至五丈原（今陕西岐山）与魏军双方对垒相持。司马懿料定蜀军劳师远征，粮草不足，不宜持久，就采取坚守堡垒不战的策略。蜀军远道伐魏，每日消耗巨大，蜀中道路崎岖，粮运困难，最好是速战速决。诸葛亮千方百计挑逗司马懿出战，司马懿就是按兵不动。诸葛亮为诱敌交战，采用激将法，派军使送去一封信、一箱衣物。司马懿打开一看，里边都是红红绿绿的妇女衣物，还有一些光彩夺目的金银首饰。信上说："你统领中原之众，正应该披坚执锐，一决雌雄。可是你却甘于屈服，这和女人有什么两样？今天把妇女衣服送到，你可拜谢受之。如果耻于受辱，就按期决战。"司马懿看了，不动声色，欣然接受这份馈赠，并若无其事地和来使交谈，询问诸葛亮饮食、睡眠等琐事，不涉及军事。使者回答说："诸葛公日理万机，事无巨细都亲自过问，一天吃饭不过一点儿。"说者无心，听者有意。使者走后，司马懿对部下说："诸葛亮那么劳累，又吃得少，他还能活得长久吗？"更坚定了坚持对峙的决心。魏军将领们看到司马懿甘愿受辱，心中十分不满，纷纷要求出战，要求与诸葛亮决一胜负。谋士贾诩甚至说："公畏蜀如虎，岂不被天下人耻笑？"司马懿仍然不肯，而且装着不能自作主张的样子，上表请命，请魏明帝明确诏示。诸葛亮听说后说："这是司马懿哄骗众将的花招，兵法上说'将在外，君令有所不受'，何必千里迢迢请求朝廷批准呢？"可就这样，司马懿又得到朝廷的支持，众将也无可奈何。不论诸葛亮用什么方法，司马懿都按兵不动，疲劳蜀军。诸葛亮求战不得，只好在渭滨分兵屯田，作长期较量的打算。两军相持了一百多天，诸葛亮终因积劳成疾，心力交瘁，病故军中。姜维等人按照其生前嘱托，秘不发丧，组织蜀军撤退。

司马懿领兵追赶，但唯恐中了诸葛亮的计谋，不敢穷追，便率部返回关中。

这个事例说明，司马懿正是采用了假痴不癫的计谋。由于他分析了敌对双方的时间和空间条件，了解蜀军远道来征，蜀道粮运艰难，必望速战速决。魏军则人多将广，粮草无虑，他审时度势认定持久对峙，有利于己，不利于敌，所以坚守不战。面对诸葛亮这样强劲的对手，他尽量把自己的锋芒敛蔽。即使诸葛亮派人送来妇女衣物，羞辱他，逼他出战，仍然是不愠不怒。他明知道诸葛亮的用意，而假作不知。明知道"将在外，君令有所不受"，却装糊涂，故意上表请战，请明帝明确诏示，这就拖延了时间，蒙蔽了诸将，也就遏止了诸将的激愤心情。总之，司马懿打算以静制动，"凭你千言万语，我有一定之规"，坚不出战，只等蜀军粮尽自退，再行追击。要以最小的代价，夺取最大的胜利。司马懿不费一兵一卒，达到了他预期的目的。

事例：虚与委蛇，徐阶暗藏杀机

明代嘉靖年间，奸相严嵩专权，儿子严世蕃号称"小丞相"，父子二人卖官鬻爵，贪婪成性，纳贿无度，败坏朝政。当时朝中正直官员非常愤慨，纷纷上疏揭发指控他们的罪行。因严嵩得到嘉靖皇帝的信任，不但无法制止他们的恶行，反而使正派势力受到多次的打击。如杨继盛、沈炼等人，都被迫害致死。

徐阶在严嵩炙手可灼的时候，进入了内阁，"肩随嵩者且十年"，从不敢与严嵩平起平坐，只是追随在他的后边谨慎从事。徐阶在嘉靖皇帝斋醮所用的青词上格外加意制作，以此亲近皇帝，讨其欢心。一方面防备严嵩对自己下手，另一方面则伺机

"倒严"。

嘉靖四十年（1561），嘉靖帝所居住的永寿宫发生了火灾，只得徙居别殿。徐阶劝帝重修永寿宫，第二年改名万寿宫。对比之下，嘉靖帝对劝他居住南城（即明英宗在土木之变后回宫居住之所）的严嵩，已有几分不悦。这时徐阶又指使道士蓝道行，借着扶乩来昭示严嵩的奸罪。嘉靖帝素来迷信方术，宠幸道士，听了道士所言，不免心动。徐阶见此情况，认为时机趋于成熟，就暗中支持御史邹应龙等，上疏弹劾严嵩父子的不法之事。邹应龙的奏疏呈给皇上之后，徐阶却特地到严嵩府中去拜谒，对严嵩讲了许多安慰的话。严嵩听了以后，很是高兴，顿首拜谢徐阶，并且让严世蕃把全家妻儿老小都带到徐阶面前，当面托付给他。徐阶一回家，其儿子就暗示说："您平时被严嵩父子侮辱到极点，现在正是报仇雪耻的时候到了。"徐阶假意斥责他说："我因为严家才有今天，亏负良心与他作难，别人会怎么看我。"严嵩派亲信之人侦探徐阶的心意，见他说的话和以前是一样的，很是放心。此时皇上把严嵩罢免回乡，严嵩去后，徐阶仍是"书问不绝"。

回到家乡江西宜春的严嵩，并没有吸取教训，稍有收敛，其儿子严世蕃被充军到广东，却只在那里待了两个月，就悄悄逃回了原籍。在家乡，父子二人继续为恶不悛。袁州府推官郭谏臣，因公事到严府去，严府恶仆不但戏弄郭谏臣，而且还用瓦块对他投掷。郭谏臣一怒之下，就上疏给巡江御史林润，揭发严府侵占强暴的罪行，告发他们聚众谋反。林润马上奏报朝廷，嘉靖帝立即命将严世蕃等逮至京师。

到了这个时候，严世蕃还对前途毫不在乎，他说："任他燎原火,自有倒海水。"聚集其党私下谋划,自认为在自己的罪行中,行贿已经是无法掩盖的事实,但那不是皇上所深恶的方面,只是"聚众以通倭"的罪名大,必须设法删除。还补充填写杨继盛、沈炼之狱的事,这样既可激怒皇上,又可得到赦免。谋划好了以后,又让他的党徒到处去宣扬。主持审理案件的刑部尚书黄光昇、左都御史张永明、大理寺卿张守直,听信了传言,草拟了这一内容的疏稿,准备进呈给嘉靖帝。他们先将此疏稿带给徐阶过目。徐阶对一切都已心中有数,但是故作不知,问三人:"疏稿在哪里?"三人马上呈给徐阶看。徐阶看后,将他们带到内室,屏去左右,对他们说:"你们认为严公子是该死,还是该活呢?这个案子是想判他死罪呢?还是想判他生还呢?"三人说:"写上杨、沈之案,正是要判他的死罪。"这时的徐阶却言:"别自有说。"便讲出如果这样写,正是中了严世蕃之计。三人这才猛然醒悟。可是对于奏疏究竟如何写,才能置严世蕃于死地,仍没有主意。他们一再请徐阶出主意修改。这时只见胸有成竹的徐阶,马上自袖中取出了一份早已写好的疏稿,说:"拟议久矣。"三人一见,喜出望外。一份置严世蕃于死地的奏疏,就这样在徐府产生了。疏中历数了严世蕃的种种滔天大罪,特别突出了他的"潜谋叛逆"。揣摩透了皇上心理的徐阶知道,仅此一点,就足以致严世蕃以死罪。果然不出他所料,上疏以后,嘉靖帝震怒,令三法司核实后奏闻。徐阶急忙带着圣旨出宫来,三法司官员齐集在宫门外候旨。徐阶只简略地问了他们几句话,就回家去草拟奏疏。在奏疏中,他极力上言事已属实。就这样,严世蕃终于罪有应得地被判斩首,严嵩被黜为民,严府被抄,人心大快。后来严嵩老病而死。

徐阶在这一场"倒严"的政治斗争中，始终扮演着主角，而他所使用的计谋，就是假痴不癫之计。徐阶性颖敏、善权术，入阁以后，因为曾是严嵩的政敌夏言生前推荐的人，严嵩始终对他抱有敌意，所以徐阶的处境并不顺。但他善于韬光养晦，表面上故意恭谨地对待严嵩，实际上内心深埋仇恨。他的表面文章做得很好，一来可以保全自己的地位，二来也可以不露声色地伺机"倒严"。因为他知道，当时皇帝对严嵩是非常宠信的，严嵩权倾一时，炙手可灼之时，无论如何是无法搞倒他的。所以要先保全自己，等待时机。徐阶正是以假痴不癫之计，先稳住严嵩，以后随机应变，渐渐使皇上疏远他的。为了向严嵩表示好感，他特意在严嵩的原籍江西南昌建造府第，把户籍迁到江西去，并把自己的孙女许配给严嵩的孙子、严世蕃之子，以此打消严嵩对自己的猜疑。徐阶的计谋是很有成效的，在自己因青词日见被皇帝所宠信的时候，严氏父子也因为他许以姻亲之故而"坦然不复疑"。

嘉靖三十七年（1558），刑科给事中吴时来，刑部主事张翀、董传策，在同一天上疏弹劾严嵩。张翀和吴时来都是徐阶的门生，而董传策是徐阶的同乡。严嵩很容易地怀疑到他们上疏是徐阶所主使的，所以把他们下狱严刑拷问，想让他们说出背后是徐阶在指使，但三人最终也没有这样说。此后，徐阶对严嵩就更加小心，以称病、与世无争的假象来迷惑他。却对皇帝所喜爱的青词加倍用心制作，希图以此进一步讨得皇帝的欢心。到后来因为皇上建宫之事，徐阶得到了皇帝的宠信，而严嵩则因此事开始失宠。然而此时刚刚得到皇上宠信的徐阶，仍谨慎小心，以防有变。徐阶虽然看出皇上开始转移对严嵩的宠信，但毕竟对严嵩还有旧情，还需要静不露机才行。徐阶一方面推荐蓝道行入宫,以伪装的"神仙"降临来告诫皇帝驱逐严嵩父子,支持邹应龙上疏弹劾;另一方面,徐阶又假装什么也不知道到严府表演了一出好戏,百般安慰严氏父子。当他回到家,与其子的一段对话,更是别有用心。可见徐阶此人善于韬光之术,非同一般。他是怕皇上当时对严嵩尚有留恋之意,故而表面上密而不露。而事实上,嘉靖帝在严嵩罢相后,确曾流露过反悔之意,毕竟严嵩是他亲信了二十多年的宠臣。嘉靖帝曾下令"敢有再言者,同邹应龙一起俱斩"。意思表达得很含蓄,徐阶却对嘉靖帝矛盾的心态多有领悟。徐阶抓住严嵩罢相,自己升为内阁首辅的机会,清除朝廷中的严党分子,一反严嵩的所作所为,收买人心,在直庐的墙壁上亲笔书写了三句话:"以威福还主上,以政务还诸司,以用舍刑赏还公论。"以此得到了名相之誉。

　　徐阶在严嵩罢相还乡以后,仍旧与他有书信还往,不时问候。这样一来,使得老谋深算的严嵩也信以为真,阴险狡诈的严世蕃竟也被他骗过,认为"徐老不会害我",而更肆意妄行起来。这也是徐阶韬光养晦之术的一部分,在等待着最后的机会到来,好置严氏父子于死地。当这个机会终于来了的时候,他清醒地看到严世蕃的如意算盘,是让三法司官员中计,误入歧途,以此脱身。徐阶为了"倒严"已经韬晦了多少年,这时的他才终于从幕后走到了台前,用他亲手拟定的奏疏置严世蕃于死地。徐阶知道杨继盛和沈炼之狱都是严嵩一手造成的冤狱,但是他更知道两案最后都是由嘉靖帝亲自裁决的,皇上是不能让人指出错误的。如果中了严世蕃的计,按那样的上疏,势必触怒皇上,放走严世蕃,而告他聚众打算谋反，他就无生还之路了。徐阶不愧是官场之争的老手，他的韬晦功夫非常到家。难怪严世蕃在狱中说："先取徐阶首，当无今日。"徐阶终于使恶贯满盈的严氏父子，得到了应有的惩罚。

徐阶在嘉靖三十一年（1552）入阁，参与机务，到四十一年（1562）推倒严嵩，成为内阁首辅，四十四年（1565）杀严世蕃，查抄严府，此间一直运用韬晦之术，虚与委蛇，而暗藏杀机，以假的行为蒙骗严嵩父子，而将自己"倒严"的真实意图隐蔽起来。徐阶知道如若自己不这样，与严嵩正面相对，就会像杨继盛、沈炼那样，被严家迫害致死。因此他不得不以假隐真，行假痴不癫之计。知而伪为不知，绝不贸然行事，静待时机而发。通过筹谋妙算，终于迷惑、麻痹了敌人，瞒过了老谋深算的严嵩父子。运用智慧，实现了自己推倒严氏父子、清理朝纲的目的。这不能不说是徐阶假痴不癫之计运用得巧妙，他的假象确实迷惑住了严嵩父子，使他们难以辨别出真伪，严嵩终于败在了徐阶的手下。徐阶不愧是一位富有谋略的政治家。

事例：伺机而动，假象掩盖真相

在中国政治史上，运用假痴不癫之计，脱离虎口，转赴云南，发动护国战争的著名将军就是蔡锷。蔡锷，字松坡，湖南邵阳人。1911年武昌起义爆发，在云南起兵响应，建立起云南军政府，被公推为云南都督。在此期间，他对省政有所兴革，恩威并重，颇受军民爱戴。由于他在军界享有很高威望，又倾向革命，所以窃取辛亥革命果实的袁世凯一直对他放心不下。1913年，袁世凯便以组阁为理由，调蔡锷进京。企图以明升暗降，严加监视，妥为控制等手段软化他。从此，蔡锷用假痴不癫之计与袁世凯周旋。

袁世凯窃取中华民国正式大总统职务之后，仍不满足，又加紧复辟帝制的活动，要当"洪宪"皇帝。袁世凯倒行逆施，引起全国各界的公愤，其追随者们却纷纷上劝进表章。当时蔡锷被软禁在北京，不得不假意上劝进表，并通电云南，晓谕自己的部下拥戴帝制。蔡锷本来是倾心革命，反对复辟，醉心共和的人，一旦违背自己的信仰，加入到劝进者的行列，其内心隐痛可想而如。为了麻痹袁世凯，1915年8月15日，蔡锷又特邀袁世凯的心腹唐在礼以及一些在京高级将领，发起赞成帝制、拥护袁世凯的签名活动。蔡锷亲自写下"主张中国国体宜用君主制者署名于后"的题款，并签上了"昭威将军蔡锷"六个大字。不久，蔡锷还以经界局督办身份，代表全局和陆军训练总监蒋雁行等八人联名上书袁世凯，敦促他当机立断，迅速变更国体，实行帝制。9月16日，蔡锷又在宴请各省代表八十多人的宴会上，再次发表同心协力在中国实行君主立宪政体的意见。这一系列的假象，都是蔡锷韬光养晦的谋略，弄得袁世凯晕头转向。他怀疑蔡锷与自己为敌，却又抓不住把柄。他怕蔡锷拥护帝制不是出于诚心，在财政紧张之际，还是给蔡锷所兼督办的经界局拨去六百万经费。在袁世凯看来，用的是收买英雄的手段，不能说不周到，却没有想到蔡锷把这笔钱秘密汇往云南，成为日后举事反袁的经费。

为进一步迷惑袁世凯，蔡锷深自韬晦，每日纵情声色，饮酒狎妓，在八大胡同流连忘返，以至于北京传闻一代名妓筱凤仙与蔡锷将军喜结连理的桃色新闻。蔡锷对此并不辩白，处之泰然，表现出一副胸无大志、乐不思蜀的庸人姿态。蔡锷在北京还购置田产,用重金买别墅,日夜监工修葺,宣称是"金屋藏娇"。蔡锷还出入于琉璃厂古董铺,购置名人字画、古玩金石,做出打算长住京城的样子。更有甚者,不久北京城内法庭上出现了一件奇怪的事,即蔡锷与夫人口角,为的是蔡锷留恋妓院,有辱门风,不治家业,抛弃骨肉,因而闹到法庭要求离婚。蔡母也表示不满意儿子沉迷声色,便和蔡夫人及子女一起,当即收拾行李,号啕出门,离开了京城,这使袁世凯大为得意,说:"我以前把蔡锷看成是英雄,现在看来,也不过是斗筲之器罢了。从此后,我可以高枕而卧了。"在充分施放烟幕掩护之下,蔡锷曾极其秘密地潜出北京,赶赴天津,与先期转赴天津的梁启超等人密议了在云南、贵州策动起义,通电全国,反对帝制,宣告独立的计划。会议之后,又悄悄返回北京,继续担任他在政府里的职务。蔡锷与京、津反袁势力暗中频繁联络,与西南军政人士密电往还,被袁世凯的鹰犬探出了蛛丝马迹。袁世凯立即派一伙武装军警,突然闯入棉花胡同蔡锷住处,翻箱倒柜,检查函件、电报,企图抓住蔡锷鼓动反对袁世凯的把柄,结果一无所获。对此蔡锷愤然责问、抗议,袁世凯也只能枪毙几个肇事的爪牙来搪塞。

形势所迫,京城不能再逗留了。蔡锷深知周围坐探密布,一举一动都受着监视,要脱离虎口,何其难也!必须机智地运用谋略,便继续运用假痴不癫的计谋,用假象和韬略迷惑敌人,等待时机。恰好这时,他身患喉疾,于是他以治病为借口,先请假五天,之后照常办公,又向袁世凯呈请到天津治病,理由是病情加重,精力难支。袁世凯批准他续假七天,到天津治疗。这样蔡锷就名正言顺地公开离开北京,实现了南下云南的第一步。蔡锷走后，有人提醒袁世凯说："蔡锷一去，无疑是纵虎归山。"袁世凯大惊，后悔起来，立即派出密探赶赴天津，探听虚实，发现蔡锷有时住进医院治疗，有时出现在灯红酒绿的酒吧和妓院。蔡锷这种自损形象的麻痹政敌之计再次奏效。其实蔡锷在天津期间，不仅派人赶往云南、广西联络起义，并把自己的照片和指挥刀等物，一起寄给已回湖南老家的母亲，抱定为捍卫共和制度而献身的信念。

蔡锷开始计划如何从天津脱身。为掩人耳目，也为安全起见，蔡锷不能直奔云南，便取道日本、香港等地，再转赴云南。就在这个时刻，蔡锷还在与袁世凯敷衍周旋。蔡锷经过化装，不仅改换了姓名，还换上了日本的和服，登上了日本商船"山东丸"，踏上了去日本的旅途。临行之前，蔡锷电告老友周仲岳，请其代为草拟续假三个月赴日本就医的报告，转呈袁世凯。事已至此，袁世凯也无可奈何，只得批准给假两月。蔡锷又给袁世凯上呈文说："锷病根久伏，不是旦夕间所能治愈。北京天寒地冻，孱弱之躯实难适应……近见日本天气温和，气候宜人，山水清旷，并且设有治疗胃病肺病的专科医院，这于治疗和调养十分相宜。这次航海东渡，实为病魔所迫，一旦身体恢复，就及早回国任职。"见到这份报告，袁世凯啼笑皆非，但事已如此，鞭长莫及，只得顺水推舟送个人情，要他调养痊愈，望早日回国。蔡锷在东渡日本的旅途中，为以防万一，把装有重要证件的行李箱，交同行的人携带，以便在遇到危险时设法脱身。在抵达日本后，避开新闻界，杜门谢客，表示此次赴日确实为治病而来，绝无政治目的。为提防在日本的袁记特务，蔡锷再次换装，离开东京到达横滨。为掩人耳目，蔡锷让朋友以他的名义住进东京医院。为了继续稳住袁世凯，蔡锷在横滨一口气写了许多信件，让朋友每隔几天就给袁世凯寄去一封，说明自己在日本的就医情况、衣食住行以及旅途中的所见所闻。就这样，蔡锷一面继续蒙蔽袁世凯，一面离开日本，转道香港、河内回云南。当袁世凯得知蔡锷已不在日本的情报后，立即指示在香港、云南的爪牙，责成他们拘捕、杀害蔡锷，但为时已晚。蔡锷成功返回云南，策划、发动的"护国运动"在云、贵地区蓬勃兴起，湖南、四川相继响应。在全国人民反对帝制的革命洪流配合下，很快打破了袁世凯当皇帝的美梦。

为掀起声势浩大的护国运动，蔡锷不顾个人安危，进行了比真枪实弹更惊心动魄的智斗，又万里辗转跋涉，终于摆脱控制，逃离虎口，这神话般的经历，充满传奇色彩与危险。在这一过程中，蔡锷通过一系列韬光养晦的举动、假象来掩盖内心的抱负。以纵情声色、购置田产、与妻子离婚等，来掩饰自己的真实面目，先麻痹敌人，随后安全地把家眷送回了老家。自己以极大的忍耐，甚至自损的牺牲精神，表面上屈从，暗中密谋起事，表现出为事业而献身的大智大勇。蔡锷之所以达到了预期的目的，正是巧妙地运用假痴不癫之计，以假象掩盖了真相，伺机而动的结果。一个聪明的政治家，深谙"小不忍则乱大谋"之道，在政治时机未到之时，善于拖延、等待、沉默、忍耐，甚至不得不做出违心的政治表态，这种缓兵待机的涵养，是政治家人际交往中的高超艺术表现。蔡锷正是这样，假如只知"壮士见辱，拔剑而起"，"大丈夫宁折不屈"，京师只能够再多一个冤死鬼，其远大的抱负就不可能实现。

三、假戏真做　先谋后事者昌

假痴不癫之计在政治上的应用范围是非常广泛的。大凡政治家、野心家，为了实现自己的政治目的，在政治角斗场上互争雄长，进行智慧的较量，其中极为重要的制胜法宝，就是谋略。不懂得运用谋略，就必将为敌所制，一败涂地。因此，宁可伪作不知不为，不可伪作假知妄为，以静不露机为特色的假痴不癫之计，在政治家眼里，格外受到青睐，在中国古代斗争的实践中，应用范围相当广泛。

第一，在国与国之间。

在国与国之间，存在着很大的差异，有实力强大的，有国力弱小的。实力强大的，力图通过计谋吞并国力弱小的；国力弱小的，也力图通过运用谋略对付强大的国家。因此，二者相互都可以用假痴不癫之计，在迷惑对方的同时而保全自己，最终战胜对方。

1．弱国对强国的使用

弱国在强国威力之下，使用假痴不癫之计，示假隐真，迷惑对方，使其相信自己的力量弱小，不可能对其构成威胁，而在暗地里经营谋划，逐渐积蓄实力，待羽翼丰满后，双方力量对比发生了变化，这时一跃而起，吃掉对方。

越王勾践卧薪尝胆就是一个典型事例。当越国战败之时，勾践为了将来有朝一日报仇雪耻，东山再起，不惜一切代价，卑躬屈膝，侍奉吴王夫差。勾践以尽力效忠的假象蒙蔽了吴国，使夫差完全相信了他，放他回国。回国后的勾践一面扮演可怜的角色，向吴国乞怜，另一面却暗中积聚力量，最终达到复仇的目的，灭掉吴国而称霸于当时。

2．实力相当国家之间的使用

实力相当国家之间，存在着龙虎之争，在势均力敌的情况下，运用计谋来寻求制胜之道，就很有必要。

吕蒙作为东吴大将屯兵陆口，伺机夺取蜀汉名将关羽镇守的荆州。吕蒙见荆州防守严密，无隙可乘，一时无法得手，便托病辞职，以青年将领代己，迷惑关羽。致使关羽中计，麻痹大意，竟然抽调军队去与曹军作战。东吴乘机拜吕蒙为大都督，总制江东诸路军马，几乎兵不血刃地袭取了荆州。这次东吴获胜，正是运用假痴不癫之计的结果。

三国时期，蜀国政治家诸葛亮率兵伐魏，魏国大将军司马懿在五丈原固守，面对急于决战的诸葛亮，采取拖延战术，任凭蜀军骂阵，诸葛亮送妇女衣物羞辱，仍然能够不露声色，隐忍不战，看似是痴呆，实际上却不癫狂。蜀军承担不起消耗，诸葛亮承受不住积劳，最终是诸葛亮病死，蜀军只得撤回。司马懿以最小的代价，取得了胜利。

3．强国对弱国的使用

强国具有强大的实力，但在进行吞并弱国的过程中，采用计谋制胜，使目标得以圆满实现，也是很有必要的。

战国时，秦国经过商鞅变法，在政治、经济、军事、文化等方面都得到了迅速的发展，国力逐渐增强起来。秦国对其他诸侯国已经形成了咄咄逼人之势，六国诸侯为了自保，在赵国的洹水开会，订立合纵盟约，联合抗秦。面对六国的联合反对，秦相公孙衍主张先发兵伐赵，如果谁出兵救赵，就打谁，六国诸侯都怕秦国，联盟就被拆散了。谋士张仪坚决反对这样做，认为硬拆不如用计软拆，便献计秦王，出使楚国。当时齐、楚两国在六国中国力是最强的，两国结有同盟。张仪到了楚国，就对楚怀王说："要是大王决心和齐国断交的话，秦王情愿与贵国永远交好，而且还愿意把商於一带六百里土地献给贵国。"昏庸贪婪的楚怀王为利所诱，信以为真，就派人去齐国与齐绝交。齐宣王气恼之下，马上与秦共约攻楚。楚王派使者到咸阳去接收商於六百里地，张仪假装糊涂地说："大概是你们大王听错了吧。我说的是我的领地六里，哪有什么六百里。"使者回去报告，楚王气愤不过，立即发兵攻打秦国。这次秦国和齐国共同作战，楚国一败涂地，不但没有得到商於六百里地，而且连楚国汉中六百里土地也给秦国夺了去。楚国只好忍气吞声地向秦国求和，从此大伤元气。

秦国虽然强大，但要对付六国的联盟，也不是一件容易的事，不付出代价难以取得圆满的结果。张仪献策按兵不动，出使楚国，以计骗取楚王信任，使楚与齐断交。随后假装什么也不知道，把过去的许诺完全化为乌有，使楚国气急败坏，首先发兵，再让齐国协同应战，大败楚国。张仪以假痴不癫之计，不动声色地成功拆散了六国联盟。

第二，在君主之间。

在中国古代社会中，最高统治权力掌握在君主手里。国家以君主为中心,家国一体。在专制制度不断加强的情况下,官僚政治也畸形发展。在君臣之间,围绕权力,相互使用计谋是司空见惯的。作为整个统治阶层,君臣是利害共存的关系,权力之争也贯穿了中国古代政治。无论是君主,还是臣下,他们在复杂的人际关系中,在错综的政治斗争中,都是危机四伏的,要应付各种险象和潜伏的危险,就必须使用计谋,寓机智于糊涂之中的假痴不癫之计,是他们经常选用的一种计谋。

1. 君主对臣下的使用

君主使用假痴不癫之计,手法是多种多样的。

唐安史之乱,唐玄宗李隆基听信杨国忠的建议,仓皇出逃,意欲到四川避难。行至马嵬驿,六军不发,直至诛杀杨国忠、赐死杨贵妃,护卫禁军首领龙虎将军陈玄礼方才约饬众军,请旨启行。众人认为杨国忠的部下将吏都在四川,就不愿西行。有人提议往河陇,或去太原,或请回京师,大家议论纷纷。唐玄宗意在去蜀,可是又恐拂众人之意,就只顾低头沉吟,不即明言。韦见素的儿子韦谔说:"太原、河陇都不适于帝王所居,要是回京师,那就必须有抵御敌人的准备。如今兵马甚少,不如先到扶风,再考虑行止。"玄宗同意,在临行之时,许多百姓父老遮道挽留,玄宗好言抚慰,命太子于车驾之后,谕止众百姓。老百姓说:"若皇太子与至尊都往蜀中去了,中原百姓谁为之主?"玄宗决定留下太子,命后军二千人及飞龙厩马匹分与太子,其余保护玄宗起驾西行。来至岐山,传说贼兵前锋即将到达,玄宗就催促众军星夜赶路,赶到扶风郡宿歇。路上一不留神,坐骑被藤条绊住,真是狼狈不堪。众士卒因连日又饥又疲,都潜怀离去之志,有不少的流言蜚语，又多口出不逊，连陈玄礼都无法控制，玄宗也只能隐忍而已。当时正巧有成都守臣所贡彩缎十余万匹送到，玄宗即命将彩缎陈列在庭院里，召集众将士说："朕老迈昏庸，委任失人，致使胡人作乱生事，势甚猖獗，不得不去蜀避难。大家随朕仓促入蜀，临行来不及与父母妻子告别，长途跋涉至此，劳累辛苦，又忍饥挨饿，这都是由朕政之不德所致，朕感到很惭愧，于心不忍。现将入蜀，蜀道难，且又路途遥远，人马疲瘁，远行不易。而郡县偏小，所属不能供应。如今大家可以各自还家，朕独与子孙及中宫内人辈，勉力前往。今与大家生离死别。大家可共分此彩缎，以助钱粮。如回家见到父母妻子及长安父老，为朕向他们致意。各位好自为之，不要以朕为念。"说完，涕泪沾襟。众人听了玄宗这番话，深为感动，也都伤感涕泣哭道："臣等死生愿从陛下，不敢怀有二心。"玄宗挥泪不止，过了好久，又对众人说："去留任凭你们自己，不忍相强。"大臣秦国模在后言道："天子仁爱如此，众心岂不知感？"众人大哭而出。玄宗命陈玄礼将彩缎尽数分给军士，流言蜚语也就平息下去，军心稳定。玄宗即于次日起驾，向蜀中进发，入蜀境，过万里桥，终于平安到达了四川。

  玄宗这里所用的分彩计谋，也是假痴不癫之计的一种方式。他听到众军士的闲言碎语，口出不逊，当然明白他们的意思，但假作不知。一个流亡天子，如虎落平原，何况马嵬兵变，使他心有余悸，在这种逆境之下，天子之威是丝毫不起作用的。玄宗明知身处险境，只能够假作不知，假作不为，但也不能够听而任之，当大臣秦国模提醒"当以情意感动之"，聪明的玄宗当然明白，便放下天子之尊的架子，说出一番动之以情，感之于心，于情于理都感人肺腑，温暖人心的话语，终于使这些原本唯君命是从的军士们良心发现，感激涕零，誓死相从，流言蜚语也就消失了。玄宗争取了主动，使事态向着有利于自己的方面发展，平安地渡过了难关，到达四川。玄宗用假痴不癫之计，安定跟随臣僚及军士人心，最终得以转危为安。

清顺治十八年（1661），顺治帝死，其第三子玄烨即位，乃是著名的康熙皇帝。年仅八岁的玄烨即位，不可能理政，便由索尼、遏必隆、苏克萨哈、鳌拜四大臣共同辅政。四大臣之中，索尼年迈，遏必隆软弱，苏克萨哈资望浅，唯有鳌拜最为强悍。他出身"巴图鲁（勇士）"，处处都要凌驾在其他三位辅政大臣之上，在朝中结党营私，排斥异己，专横跋扈，把持朝政。

鳌拜以"复旧制"为名，要将镶黄旗与正白旗的土地加以调换，不足的，另外圈民地补充，以此扩大自己所在的镶黄旗的土地占有。当时遭到辅政大臣苏克萨哈、户部尚书苏纳海等大臣的坚决反对。鳌拜不顾反对，马上派人去实地勘查，强令换地，并且以"藐旨"、"妄奏"的罪名，处死了苏纳海等人。康熙帝虽然不同意这样做，却也无法制止鳌拜的恣意妄为。鳌拜完全不把年少的皇帝放在眼里，经常在康熙帝面前"施威震众"，斥责部院大臣，还拦截奏章，并多次伪造传达康熙帝的谕旨，一意孤行。鳌拜的野心越来越大，已威胁到康熙的皇权。

康熙六年（1667），康熙帝开始亲政。这时索尼已经病故，苏克萨哈见鳌拜专权横行，所以常常怏怏不乐。鉴于皇帝亲政，苏克萨哈上疏辞去辅政大臣的职务，乞求守护先帝陵寝，以保余生。这正触及擅权乱政的鳌拜的痛处，等于要他也把权力交出来，还给皇上。鳌拜哪里会甘心情愿呢？立即诬陷苏克萨哈抱有怨望，"心怀异心"，罗列其二十四条大罪，打算以大逆不道罪名，将苏克萨哈抄家处斩。康熙帝不答应，鳌拜竟然与皇上挥拳攘臂，声色俱厉地强奏数日，弄得康熙帝没办法，最终还是批准处死苏克萨哈。

　　苏克萨哈死后，遏必隆心知不是鳌拜的对手，越加圆滑，处处阿顺，明哲保身，根本不敢触怒他。鳌拜就更加目中无人，恣意横行。过年时，百官向康熙帝庆贺，鳌拜身穿着黄袍，俨然和皇上没什么两样。一次，鳌拜借有病不去上朝，康熙帝亲自前去探病，进入鳌拜的卧室之后，康熙帝御前侍卫看见鳌拜的神色异常，就赶快抢先奔到鳌拜床前，揭开枕席，发现一把利刃。这时的鳌拜大惊失色，康熙帝却镇定自若，笑着说："刀不离身，是满洲旧习，没什么可大惊小怪的。"话虽是如此说，但康熙帝心里明白，回宫以后，就以下棋为名召索额图入宫密议，制订了擒拿鳌拜的计划。不久，当鳌拜又一次大摇大摆地入宫朝见之时，康熙帝一声令下，手下一班"布库（摔跤）"少年将鳌拜猛扑在地，迅雷不及掩耳地将其捉住，下了监狱。康熙帝随之公布了鳌拜的三十条罪状，将其余党一网打尽。后来鳌拜死在狱中。

　　就这样，年少有为的康熙帝运用智谋，出其不意地擒获了专横不可一世的权臣鳌拜，而他所运用的计谋，即假痴不癫之计。

　　当时，康熙帝虽然只有十六岁，鳌拜根本不把这个小皇帝放在眼里。康熙帝深感到鳌拜集团的权势过于强大，党羽又遍布朝廷内外，如果想要治他的罪，避免对政局的影响，就不能不采用智取。在时机不成熟的时候，即使是在探病时眼见凶器，也能够佯作泰然处之，以此先稳住鳌拜，不使情况急转直下。多年来鳌拜的专横行为，康熙帝年龄虽小，却看在眼里，记在心上，平日静不露机，心中一直筹划着除奸。康熙帝在擒住鳌拜之前，就已经做好了准备，挑选了一班强壮的少年侍卫，在宫中日日操练摔跤格斗。鳌拜经常入宫，见到此况，还以为皇帝年少贪玩，司空见惯之后，也就放松警惕。鳌拜万万没有想到康熙帝在运用假痴不癫之计，状痴而心不癫，意在迷惑麻痹他。康熙与索额图定计，以这班侍卫出乎意料地突然袭击了鳌拜。鳌拜身为阶下之囚时，则是悔之晚矣。鳌拜虽然是力大强悍，却完全没有想到小皇帝会来这一手，等于是束手就擒。康熙帝施展聪明才智，巧妙运用假痴不癫之计，取得了铲除鳌拜集团的胜利。

2．臣下对君主的使用

假痴不癫之计的运用，最为典型的就是以装疯卖傻的假象，来隐藏自己的才能，忍辱负重，以屈求伸，商朝时的箕子就是一例。

商纣王暴虐成性，荒淫无度，日夜和他宠爱的妃子妲己，以及贵族幸臣们酗酒玩乐，过着"酒池肉林"、"为长夜之饮"的腐朽生活。纣王经常出去打猎游玩，使耕地荒芜，民不聊生。晚年的纣王更变本加厉，重刑厚敛，淫虐无度，拒谏饰非，打击宗室重臣，残害忠良，以致国势危急，民心动乱。纣王庶兄微子多次劝谏，纣王根本听不进去。微子为了避免灾祸，就愤而出走。箕子是纣王的叔父，身为太师，见到这种情况，也是无能为力。纣王的另一个叔父，少师比干，认为做了大臣，不能不冒死劝谏，便苦苦规劝纣王，一连谏了三天不离开。纣王恼羞成怒，将比干杀死，还把心剜出来看，对左右说："比干自以为是圣人，我听说圣人的心脏有七窍，我倒要看看他的心是不是有七窍。"箕子十分恐惧，怕残暴的纣王对自己下毒手，便假装疯狂，披头散发，胡言乱语，一点太师的尊严也没有了，完全像个癫狂之人。纣王见箕子如此，就把他关在囚牢里。

西伯侯姬昌，即周文王，一直准备灭商，但壮志未酬身先死。其子姬发承继其位，是为周武王，招纳贤才，励精图治，使国家很快兴盛起来。周武王见商纣王倒行逆施，大臣和诸侯大都叛离而去，觉得灭商的时机已经成熟。周武王与谋臣吕尚商议，率领三千勇士、四万五千甲兵，联合八百诸侯，大举讨伐商纣王。纣王发兵在牧野抵抗，因为纣王无道，士兵们纷纷倒戈，商军大败亏输。商纣王众叛亲离，见大势已去，逃回国都朝歌，登上鹿台，穿上宝衣，自焚而死。商朝灭亡，西周王朝建立。周武王从囚牢中放出了箕子。

箕子是中国古代文献记载，最早运用假痴不癫之计的政治家。箕子身为太师，却无法劝说纣王施行善政；面对纣主的残暴行为，出于恐惧而生计保全，通过装疯来使自己幸免于难。纣王在即位不久，就开始使用象牙筷子，箕子看见后，就说："用象牙的筷子，那么一定不会再用泥土的器具，而是要用犀玉之杯了。用象牙筷子和犀玉之杯，也一定不会吃什么粗茶淡饭，穿什么粗布短衣，而住在茅屋之下了。锦衣九重，高台广室，以此为标准，大肆追求，天下不足以供给。远方珍奇的贡品，车马宫室的制作营造，都没有止境。从此开始，恐怕是要走上绝路了。"果然不出箕子所预料，纣王很快就兴筑鹿台，修建琼室玉门，以狗马珍奇充斥其中，百姓们则不胜其苦，民心离散。

纣王还常常作长夜之饮，喝得昏天黑地，酩酊大醉，连年月日都忘得一干二净，不知当天是几月几日，就问左右的人，左右的人都回答说："不知道。"纣王就派人去问箕子。箕子想了一下，回答说："我喝醉了，也记不清今天是什么日子。"使者走后，弟子们问箕子："先生明明知道今天是什么日子，为什么说不知道呢？"箕子说："作为天下之主，而使一国失去了时间和日月的概念，天下已到了危急的时候了。但是一国的人都说不知道的事情，唯独我一个人说知道，那我岂不是危在旦夕了吗？所以我假借酒醉，也推说不知道。"从这件事可见箕子提防纣王对自己起疑，已是处处在明哲保身了。

作为一个政治家，箕子凭着自己的政治才能，很早就敏感地从小事看出了纣王必将走向灭亡的道路。箕子没有回天之力，也没有像比干那样敢于直言进谏，却会保全自己。箕子以假痴不癫之计，巧妙地以假象来迷惑纣王，即便是被纣王关入牢狱，也没有被杀死，乃是示假隐真，给纣王以没有威胁的感受，正是此计的成功之处。

不仅是一般臣子，就是皇家子弟贵为王者，也不能不为了保全自己，使用假痴不癫之计。东汉北海王刘睦，好读书，礼贤下士，深得光武帝及汉明帝的喜爱。当时，西域与东汉王朝通好，鄯善王送自己的儿子到洛阳作为人质。按照规定，北海王派使者到京师去祝贺。刘睦对使者说："如果皇上问起我来，你怎么说呢？"使者说："大王忠心孝顺，仁慈善良，敬重贤人，我怎么能够不如实汇报呢？"刘睦闻言，不无忧虑地说："你如果真的这样说了,那我可就危险了。这都是我年少时候的事。你要是为我打算,就只能说我自从继承王位以后,意志衰退,喜声色游乐。只有这样,我才能免遭祸患。"使者连声称是。皇家子弟为王的,如果有好名声,威望越高,越会使皇帝放心不下,因为他有可能威胁到皇帝的帝位。刘睦为了使皇帝放心,才以此计示假隐真,这是保全自己的最好办法。

唐代郭子仪功业显赫,但他家的大门常常洞开着,任人出入,也不过问。郭家子弟认为,不论贵贱都可进入闺内,将会开启狎侮之心。郭子仪说:"这其中的道理你们怎么晓得。我的五百匹马全靠国家供给草料,食官俸的有千人,前进没有去处,后退又无根基。要是高墙深院,重门闭锁,内外不通,如果有以诬蔑为事的人,给加上不臣的罪名,满门抄斩,到那时就后悔莫及了。现在尽情敞开大门,即使有人想进谗言,也没有机会了。"大家听了心悦诚服。原来,郭子仪是在以假痴不癫之计远避祸患。

第三,在臣僚之间。

在中国古代专制制度下,官僚政治,作为一种与专制统治相结合的政治形态存在。官僚之间的关系是一种利害关系,出于自身的利害所在,也同样会出现种种矛盾斗争。平衡的维持不会长久,互争雄长的状况随处可见。在这种情况下,计谋的使用,自然是大有市场的。因此,政治斗争也是智谋的较量。

1. 上级对下级的使用

上级要求下级绝对服从,这在古代政治中是天经地义的。因为上级手中操纵着下级命运的王牌。然而,上级对下级也有必要运用权谋，这样一来可免去下级对自己位置的威胁，二来也可以笼络下级，使其忠心于己。在这种情况下，他们就选用了假痴不癫这一计谋。

曹操疑心非常大，在把持了汉室的朝政以后，时刻都在提防有人暗算他。即使亲信和贴身侍卫也在提防范围之列。曹操曾经假意装作熟睡，把被子掉在地上，随后把为他取被子的侍卫杀死，又故作惊讶，表示不知是谁杀的。用这种计谋，使得他睡觉的时候，再也无人敢接近他。盛暑之时，他又对长时间行军、口渴难挨的将士说："前面有座好大的梅林，赶到那里，就可以解渴。"使得他们振作精神又向前赶路。曹操运用假痴不癫之计，成功地达到了稳定军心以利征战的目的。

假痴不癫之计是并战计的一种，在复杂的政治斗争中，常常是你死我活。使用此计于上下级之间也是屡见不鲜的。

北宋名将狄青运用假痴不癫之计，先是利用迷信鬼神的心理，铸造百枚双面一样的铜钱，愚弄士兵是神助出师成功，稳住了军心；然后又不露声色，大宴三军，使敌人疏于防守，却在人不知鬼不觉的情况下，从宴会上悄悄退出，亲率精锐，直攻敌营，大获全胜。

2．下级对上级的使用

下级对上级，一般都有一种畏惧的心理。竭忠守分是下级的职责，但在保全自己这一关键问题上，下级对上级使用计谋，以应付各种复杂的局面，也是常有的现象。

明代文学家唐寅，字伯虎，与祝允明、徐祯卿、文征明齐名，称"吴中四才子"。关于唐寅一生的风流韵事多有传说，但这位江南才子，不仅能书善画，难得的是，也能够在险恶的政治斗争中，运用计谋保全自己。

明太祖分封诸王时，十七子宁王封在大宁。当时太祖诸子之中，以燕王最为善谋，以宁王最为善战。燕王靖难起兵之时，用计将宁王转到北平，把大宁给了朵颜三卫。后来又迁宁王到江西。到了明孝宗弘治年间，朱宸濠嗣宁王位。武宗时，他见皇帝整日沉于游乐，不理朝政，就认为有机可乘，想要图谋不轨。朱宸濠先通过向宦官刘瑾行贿，恢复了原来已被夺去的护卫。刘瑾倒台以后，护卫又被取消，便又勾结皇帝身边的亲信钱宁，终于又恢复了护卫。当时术士李自然、李日芳等人胡说朱宸濠有奇异的相貌，当为天子，又说南昌城东南有天子气。宁王朱宸濠本是个有野心的人，这就更使其野心迅速膨胀起来。朱宸濠特地在城东南建一座阳春书院，并且用重金到处招聘人才，打算发展自己的势力，为起兵夺取皇位做准备。朱宸濠久闻唐伯虎的才名，特地派人带了重金去苏州礼聘。唐寅以为这位宁王是爱才之人，是以礼下士的贤王，所以就欣然前往了。到了南昌以后，宁王以别馆居之，待为上宾。唐寅在南昌住了半年以后，渐渐感到气氛不对。宁王经常强夺民间田宅子女，豢养一群强盗，在江湖上打家劫舍。当地地方官员无人敢管，任他胡作非为。唐寅眼见朱宸濠所作所为，都是不法之事，所以料定日后必会阴谋反叛。唐寅感到宁王府是个火坑，必须想办法脱身。但怎么能够脱身呢？便采用了一个锦囊妙计——佯装癫狂。从此，唐寅饮食起居一反常态。朱宸濠派人给他送东西，他假装发狂，借着酒醉，当面脱去衣服，赤身裸体，使人无法接近。常常无端哭闹，捡吃脏物。又装着色情狂的样子，见到妇女就追。宁王得知后说："谁说唐寅是个贤才，不过是个癫狂之人而已。"就将其撵出了王府。这样，唐寅平平安安地回到苏州老家。

明武宗正德十四年（1519）六月，宁王果然发动叛乱。朱宸濠以庆贺生日为名，设宴诱骗地方官员进府，随后将不从反叛的官员，全部杀掉，并亲率舟师前去攻打安庆。巡抚都御史王守仁与吉安知府伍文定，急忙派兵会剿。王守仁先将朱宸濠老巢南昌攻下，不久捉住了朱宸濠，平定了叛乱。宁王事发后，那些被他礼聘为上宾的所谓名士们，都被列为逆党，无一幸免。只有唐寅，因为早有察觉，及早地佯狂脱了身，所以没有受到株连。唐寅在苏州桃花坞筑室而居，得以终老于故乡。

唐寅运用假痴不癫之计，平安脱身，保全了自己的性命名声。愚蠢的宁王朱宸濠还真以为他只不过是个癫狂的书生。唐寅运用此计，所想要达到的目的完全实现了，也正是此计的妙处。唐寅是一位极为聪慧而有才能的人，他的一生，表面上狂放洒脱，放荡不羁，不受礼俗的羁绊，实际上政治上的不得志与怀才不遇的苦闷，一直郁积在心底。年轻的时候，唐寅和同乡不拘小节的书生张灵，纵酒放荡，不事科举。经祝允明劝说，考中乡试第一，即解元。后因科场案牵连下狱，从此断送了一生的政治前程。在宁王重礼聘请下，唐寅以为自己怀才不遇、抱恨终生的日子可以结束，能够有机会施展自己的政治才华了。唐寅毕竟是个精明过人的人，在南昌目睹了宁王的所作所为以后，很快判断出宁王将有异志，也不会成功。经历过科场案风波的唐寅，绝不愿再卷入一场叛乱之中，只得以计脱身，保全自己。当唐寅佯装疯狂之时，必定要做出常人所不能做出的举动来，这样才能使宁王府上下都相信他是真的疯癫，而不会对他起疑心。唐寅知道如果当时要辞职回乡的话，宁王决不会答应，而且弄不好反会使宁王对自己起了疑心，甚至会招来杀身之祸。所以他采用计谋，以计脱身，这在当时不仅完全达到了目的，而且在宁王叛乱被平息下去以后，也保全了自己不被株连。由此可见，唐寅虽然是个文学家，但头脑清醒，巧施假象迷惑权贵的政治韬晦之术，一点也不逊于老练的政治家。

3．同僚之间的使用

同僚之间使用假痴不癫之计，更为常见，这是因为同僚之间的利害关系最为突出，因此，彼此之间的关系紧张和冲突矛盾就更加鲜明。正因为如此，所以同僚之间使用计谋权术，实在是屡见不鲜。

春秋时期，齐襄公荒淫无道。公子小白进谏，襄公不听。鲍叔牙感到大祸将要来临，便侍奉小白逃亡到莒国。这时召忽、管仲侍奉公子纠逃出齐国，去了鲁国。

后来公子无知被立为君，又被国人所杀。鲍叔牙就奉公子小白回国，暂住在即墨。召忽、管仲则奉公子纠也赶到那里。管仲劝公子小白不要回国即君位，小白手下的人也很不高兴，面带怒容。管仲退下去，偷偷张弓射杀小白，正中他的衣钩，小白佯装被射中，口吐鲜血扑倒在车上。公子纠和管仲都以为公子小白已死，无人再与公子纠争夺君位，便不用匆忙赶回国内，而是在路上从容前进。没想到公子小白当时是咬破舌尖，假装身死，却在鲍叔牙的护送下，抢先回到国内，被立为国君，是为桓公。齐桓公即位，杀死公子纠，在鲍叔牙的推荐下，赦免了管仲，以其为相，使齐国很快富强起来。想当初齐桓公不使用假痴不癫之计，管仲也不会轻易饶过他，鲍叔牙也无法奉其入齐称君，可以说齐桓公棋高一着。

明代嘉靖以后，首辅之争激烈，内阁成员之间，相互防范和明争暗斗，杀机迭起。张璁对杨廷和、夏言对张璁、严嵩对夏言、徐阶对严嵩，都使用了假痴不癫之计，最终成功地扳倒了对方。

4．朝臣对叛臣的使用

中国古代政治风云变幻，为了争夺权力，上演了一幕幕悲喜剧。"成者王，败者寇"，这是天经地义的事。奸臣家破人亡，忠臣忠心其主的故事也就代代传诵。在对付希图获取君位的政治野心家的时候，选择使用假痴不癫之计，既可蒙蔽对方，进而达到顺利制胜的目的，又可保全自己。

明代武宗初期，宦官刘瑾专权乱政，远在西北的安化王朱寘鐇以声讨刘瑾为名，发动叛乱。

朱寘鐇是朱元璋的玄孙，其曾祖父为朱元璋第十六子朱㮵，被封为庆王；其祖父被永乐帝改封安化王（今甘肃安化）。朱寘鐇于弘治五年（1492）得嗣王位。朱寘鐇相貌魁梧，自命不凡，早有谋反篡位之心。朱寘鐇与生员孙景文、孟彬交往密切。算命先生王九儿，假借降鹦鹉神，妄言祸福以欺人，每次见到朱寘鐇，称呼他为"老天子"。朱寘鐇就越发想入非非，以为自己是天子之命，更加紧谋划反叛的阴谋。就在这个时候，刘瑾派大理寺少卿周东到宁夏去清理屯田，按照刘瑾的意思，周东以五十亩作为一顷，增加屯田数百顷，逼令交租，用收敛来的银两贿赂刘瑾，搞得民心怨愤。朱寘鐇乘机拉拢一些武将和军士,决定起兵叛乱。

朱寘鐇选定吉日,大摆宴席,请巡抚安惟学、总兵姜汉、大理寺少卿周东、镇守太监李增和邓广汉等赴宴,席间伏兵,杀了众人,焚烧官府,劫持河上船只,索取大量金银,伪造印章旗牌,发表檄文,以诛刘瑾、清君侧为名,起兵反叛,关中大震。陕西官员连忙上奏朝廷,正德帝命前右都御史杨一清为提督,太监张永总督军务,率兵前往讨伐。杨一清等人尚未到达宁夏,朱寘鐇已被宁夏游击将军仇钺捉住,平定了叛乱。

朱寘鐇发动叛乱的时候,正值游击将军仇钺以边防有警,率兵出御。朱寘鐇派人去招降,让他率领部下还镇。仇钺将计就计,引兵而至,假装投降,却不想被朱寘鐇夺了兵权。仇钺被解除兵权以后,称病在家,朱寘鐇的同党何锦、丁广等人经常去看他。仇钺伪装成推诚相见的样子,为他们出谋划策,暗地里集结军士,准备力量。一切准备就绪,就派人秘密出城,回来报告说朝廷大军旦夕就要到达了,以动摇叛军军心。仇钺乘机欺骗何锦等人说:"应当赶快派兵守卫黄河渡口,以防东岸的兵力决河灌城,同时也使东岸的兵力不能渡过河来。"实际上仇钺已与黄河东岸朝廷兵力联系好了,约为内应。何锦等人不知是计,却信以为真,就率兵倾巢而出,只留下周昂一人守卫宁夏城,导致城中空虚。朱寘鐇想要出城祭祀,派人来叫仇钺去陪祭,他假装有病而不去。朱寘鐇不相信,就派周昂去探视,却不想仇钺借机棰杀了周昂,召集军士百余人,亲自披甲仗剑,纵马前行,去进攻安化王府。城中原本空虚,守将周昂又被杀,朱寘鐇只能够束手就擒。仇钺杀了孙景文等人以后,又假传朱寘鐇的命令,把何锦、丁广召回城来,却暗中把朱寘鐇被擒的消息传出，导致何、丁之军大乱。何锦、丁广率少数亲信逃往贺兰山外，还是被明军捕获。至此，朱寘鐇的叛乱仅仅经历十八天，就完全平息了。杨一清则借此劝说太监张永奏明皇上，逮捕刘瑾，结束了刘瑾的乱政。

在这一平定安化王叛乱的历史事件中，仇钺是建立了功勋的，论功被封为咸宁伯。仇钺在平定叛乱时所用之计，正是假痴不癫之计。

当朱寘鐇初叛之时，仇钺佯装投降，随即假称有病在家，使朱寘鐇同党信以为真，时常前往探望。在起兵之时，仇钺假装坦诚献策，使对方毫无怀疑，在以计骗取了朱寘鐇等人的信任以后，在敌人的内部，有力地促成了朱寘鐇叛乱的失败。朱寘鐇发动反叛之时，京师就纷纷传说仇钺已经投降，且为叛军主帅；还盛传兴武营守备保勋是安化王的外应，因其与安化王有姻亲的关系。阁臣李东阳却说："仇钺一定不会投降叛党。保勋虽然是安化王的姻亲，但是因此猜疑他而不任用，那么与叛党有交往牵连的人都会害怕，不会反正了。"所以李东阳举荐保勋为参将，仇钺为副将，命令他们讨伐叛党。当时镇守固原的总兵曹雄，听说安化王反叛，也约集邻近各镇兵力，准备前往讨伐，秘密派遣手下传信给仇钺，约为内应。仇钺假装称病，正是等待时机。在这种情况下，仇钺一面"阴结壮士"，一面传播谣言，动摇叛军军心，还给叛军来了一个调虎离山之计，把宁夏城中的军事力量调出城去，以便自己能够迅速平叛，而不会遭遇到强大的反抗。随后仇钺更进一步采用假痴不癫之计，假称病重，将宁夏城中唯一留下的守将周昂骗至家中予以槌杀。安化王在府第中竟毫无所知，就已经成为瓮中之鳖。这不能不说是仇钺的计谋运筹巧妙，出人意料之外。安化王朱寘鐇的叛乱阴谋，竟然如此迅速地被仇钺带领的百余人彻底粉碎，也不能不归功于仇钺的隐藏真情，暗施假痴不癫之计所取得的成功。如若不是仇钺伪装有病，骗取信任，施用计谋，使宁夏城中空虚，乘隙而起，就近擒拿安化王，占领宁夏城，这场叛乱也许不会如此迅速平定。

四、并战重计　使敌猝不及防

假痴不癫之计是并战计之中重要的一计。此计应用范围广泛，常用手法多变。概括说来，这种计谋在政治斗争中的应用，具有以下的基本特点。

第一，从假痴不癫之计在政治上的应用目的来说，具有明确性、隐蔽性、迷惑性、深远性、突发性的特点。

所谓明确性，是指使用假痴不癫之计，具有明确的政治目的。从前举之例来看，所有此计的使用者，都将此计的使用与达到自身某种具体的政治目的相联系。在政治目的确定后，选择此计作为决定成败的关键。使用者，或是为巩固江山，或是为争夺天下。有的以屈求伸，成就大业；有的以退为进，终获权力；还有的以此稳住军心，以利攻战，不一而足。无论是装疯、装傻，还是装糊涂，他们都是在为达到自己的政治的目的而积极进取。

所谓隐蔽性，就在于使用这种计谋是将自己的真实意图掩盖起来，表面上装出另外一番模样来。姜太公说："先谋后事者昌，先事后谋者亡。"在政治目的确定以后,事贵机密,静不露机,是非常重要的。

所谓迷惑性,这是与隐蔽性相互联系的。将自身的真实意图掩盖起来,制造表面的假象来蒙蔽敌人,造成敌人的错觉,以致做出错误的判断,导致敌人的最终失败。使用此计的时候,不管是装疯、装傻,还是装病、装作不知,只要伪装巧妙,就可达到迷惑目的。

所谓深远性,是指此计的使用过程中,必定要谋大局,图长远,待机而发。决不跟政敌争一日一时的短长,不计一时得失,也决不轻狂浮躁,贸然行事。特别是在艰难困苦、形势极为不利的情况下,不露声色,暗中进行周密的策划经营。先保全自己,再伺机而起。

所谓突发性,就是说使用此计给政敌造成错觉,导致政敌做出错误判断以后,在敌人没有准备的状态下实施攻击,在敌人意想不到的情况下采取行动。攻其不备、出其不意,是用计的精髓和要旨。在敌人失去戒备或意想不到的时候,突然出击,使敌人猝不及防,导致其彻底失败。突发性一可避免暴露意图,二可在政敌省悟前便给予致命的打击。

第二,从假痴不癫之计在政治上的作用来说,具有转折性、奇效性的特点。

假痴不癫之计是一种具有迷惑性和突发性的计谋,又具有周密深远的特点。使用此计,其作用可使利与害在一定条件下互相转化,具有转折性。

在复杂的政治斗争中,使用这种政治韬晦之术,在形势不利于己的情况下,首先保全自己,以屈求伸,待机而动。时机成熟之后,再主动出击,积极进取,使形势向有利于己的方向转变。因此,运用此计,可达到转折的作用。

假痴不癫之计的作用功效屡屡得到验证,无论是政治家,还是野心家都大量地使用此计作为制胜的法宝。因为此计具有极大的迷惑性,所以政敌极易被蒙蔽,加之它的突发性,又使政敌猝不及防,因此,这一计谋不仅使用的成功率极高,而且具有神奇的效果。

第三,从假痴不癫之计在政治上应用的影响来说,具有实用性、广泛性的特点。

假痴不癫之计的影响具有实用性,这是因为这种计谋运用于各种政治斗争中,各种使用者运用此计来实现自己的政治目的,都能够达到预期的最佳效果。宁可伪作不知不为,不可伪作假知妄为,不动声色暗中策划,这在中国历代政治中,极具重要的实用意义。

就此计的广泛性而言,在复杂多变的政治斗争中,此计的应用范围极为广泛,既可对付外部政敌,又可稳定内部属下,都可获得奇特的功效。因此,在历代政治舞台上,此计屡屡被运用并应验,具有广泛的影响和生命力。

上屋抽梯

——假之以便　必要陷之死地

本计云："假之以便，唆之使前，断其援应，陷之死地。遇毒，位不当也。"其大意是说，故意暴露破绽，给敌人提供方便，引诱它深入我方，然后切断其救援和策应部队，使其陷入绝境。就像《周易·噬嗑》卦中所说，去咬坚硬的腊肉而伤了牙齿一样，贪求本不应得的利益，必定要招致祸患。

此计语出《三国志·蜀志·诸葛亮传》：东汉末年，刘表长子刘琦为后母所不容，刘表也因后妻的原因偏爱少子刘琮而不喜欢刘琦。为改变境遇，刘琦屡次向他素来敬重的诸葛亮询问自安之策，却总是遭到诸葛亮的拒绝。一天，刘琦领着诸葛亮游赏后园，二人同上高楼。饮酒之间，刘琦让人暗中抽走上楼用的梯子，随后对诸葛亮说："现在上不着天，下不着地，话从您口中说出，只进我一人的耳朵，可否请先生赐教？"诸葛亮便以春秋时期晋献公的妃子骊姬谋害太子申生和公子重耳之事指点他说："你难道没看见申生留居京城而被害，重耳逃亡在外而获安吗？"刘琦听懂了这番话的意思，就悄悄地谋划如何尽早离开襄阳。恰逢黄祖去世，就请求父亲派他去做江夏太守，从而避开

乾隆帝明褒暗贬，陶正靖抑郁而终

后母而免遭祸害。

"上屋抽梯"又称"上楼去梯"。就军事谋略来说，包含了如下的含义。

第一，以小利引诱敌人，促使敌人上当，趋利而前，待中计无法自拔时，迅速截断其与后续部队的联络，一举歼灭。

此计的关键在于置梯诱敌，调敌就范。必须事先摸清对方的实际情况，了解其心理特征，投其所好，所设之梯必须保证能引诱成功，让对方在毫无觉察之中，捡起自认为是有利可图的诱饵。"置梯"目的达到后，必须果断迅速地"抽梯"，以迅雷不及掩耳之势解决战事，彻底歼灭敌人。《孙子·虚实篇》中所说的"能使敌人自至者，利之也"，就是指设圈套诱敌深入，使之前来就范，入网就擒。《百战奇略·利战》也说："凡与敌战，其将愚而不知变，可诱之以利。彼贪利而不知害，可设伏以击之，其军可败。法曰：利而诱之。"诱敌上套，聚而歼之的"上屋抽梯"计，于古今兵家谋略及成功战例中屡见不鲜。

前 700 年，楚国伐绞（今湖北郧县西北），两军在绞都南门相持不下。有人抓住绞国用兵轻躁的特点，向楚王献计，以不带护卫兵士的采樵人做诱饵吸引敌国。楚王依计而行。头一天上山砍柴的三十名楚军樵夫被绞兵抓获，第二天，楚军仍派樵夫上山，绞军忙争抢着追捕樵夫。却未料想，楚军已预先把阻击兵力埋伏在北门外，又在山中设下伏兵。待绞军进入伏击圈后，伏兵四起，绞军无以抵挡，被迫投降。楚军根据对手用兵的特点和心理因素，巧妙地以樵夫做诱饵，吸引性贪之敌步入圈套，从而一举歼灭敌人。可见，给对手提供一条通往他自认为是佳境而实为死境的道路，正是此计之妙处所在。

　　第二，自己切断退路，布置背水之阵，使兵士抱定必死的决心一往直前，与敌人决一死战。

　　正如《孙子·九地篇》所云："疾战则存，不疾战则亡，为死地。"当情势险峻之时，让自己的兵士了解所处的境地，在有进无退、有敌无我的生死关头，与敌人进行殊死的斗争。身处死地的兵士，大多能最大限度地发挥力量，奋勇抗敌，其锐不可当之势，往往能使局面扭转，变被动为主动。这就是常言所说的"置之死地而后生"。秦末著名战役——巨鹿之战，就是成功的一例。秦二世三年（前207），秦将章邯率军攻赵，以重兵围巨鹿（今河北平乡西南）。楚怀王派宋义为上将军，项羽为次将，率军前往救赵。宋义在途中逗留不进，被项羽杀死。项羽面对强大的秦军，在军队渡过漳水后，便下令凿沉渡船，砸破锅甑，烧毁营房，只带三日食粮，以向士卒表示血战到底、誓不后退的决心。当队伍到达巨鹿之后，立即包围了秦将王离的军队，并切断其粮道，进而大败秦军，活捉王离。此役楚军无不以一当十，所向披靡，战胜了强大的敌人。成语"破釜沉舟"即由此而来。

　　第三，运用此计来对付与自己利害相关的人，这是该计的引申义，与"过桥抽板"、"过河拆桥"异曲同工。

一、假之以便　　取利须防后害

　　·《周易·噬嗑卦第二十一》云：噬嗑：亨。利用狱。《象》曰：雷电，噬嗑。先王以明罚敕法。

【一爻】初九，屦校灭趾，无咎。《象》曰："屦校灭趾"，不行也。

【二爻】六二，噬肤灭鼻，无咎。《象》曰："噬肤灭鼻"，乘刚也。

【三爻】六三，噬腊肉遇毒。小吝，无咎。《象》曰："遇毒"，位不当也。

【四爻】九四，噬干胏，得金矢。利艰贞，吉。《象》曰："利艰贞吉"，未光也。

【五爻】六五，噬干肉，得黄金。贞厉，无咎。《象》曰："贞厉无咎"，得当也。

【六爻】上九，何校灭耳，凶。《象》曰："何校灭耳"，聪不明也。

计文所说的"遇毒，位不当也"系六三爻象辞。噬嗑，即咬合。六三爻系动爻，变为离卦，因此，此计以噬嗑卦六三爻象辞为主，附辞以颐卦，再参以离卦。离、罹相逼，意为遭祸，暗含大难临头。"六三：噬腊肉遇毒。小吝，无咎。"因贪享口福，食不应食之物，就会受到毒害的侵扰。若及时醒悟，吐出食物，结果是上小当、学大乖。施计者对性贪者诱以利，情骄者诱以弱，愚昧者诱以伏。关键是熟悉对手习性，审时度势。注意技巧，方能成功。

根据《周易·噬嗑》的解释，对上屋抽梯之计在政治斗争中的运用大体可推演出如下内容：

一、切不可唯利是图，贪图本不该获得的益处。

二、任何成功均须克服困难，指望不费艰辛而轻而易举地获利是不可能的。

三、必须审时度势，了解和把握事物的客观规律，避开不利因素，不可贸然行动，否则必履凶涉险，欲速而不达。

四、须注意防微杜渐，限制和避免不利因素，切不可积重难返，陷入无法自拔的绝境。

五、在对方诱之以利的情况下，不要随便取利，免得招惹祸端，见利而取义，害小而能够免祸。

六、利置于前，害随其后，取利可免当时之害，不取利可免此后之害，则有利必取之势，故取利须防后害。

中国古代的军事家通过不断总结战争胜负经验，探索战争发展规律而创造的谋略手段，也直接影响着政治权术的发展。换言之，这些经过悠久历史考验的中国传统谋略思维方式，不仅仅适用于军事领域，也同样适用于政治、经济、科技等不同领域。其中，许多政治家的谋略就借鉴和运用了类似三十六计等一系列凝练而系统的权谋手段。

二、置梯诱敌　迎其意谋远图

兵家权谋的成熟和发展，对政治权术发生了直接的影响，从战争实践中总结和提炼出的符合战争规律的基本原则，在不断指导战争实践的同时，也启迪了人们的政治智慧，使那些政治家抑或野心家直接或间接地吸取来，借用到政治斗争的舞台中。

任何权谋都是以其诡秘为基础的。正如《孙子兵法》所说：

"兵者，诡道也。故能而示之不能，用而示之不用，近而示之远，远而示之近"。"凡战者，以正合，以奇胜。故善出奇者，无穷如天地，不竭如江河"。所谓诡秘，即不轻易把自己的真实意图暴露给对方，而是通过各种手段加以隐藏、伪装，同时，有意识地制造种种假象，迷惑对方，最终待时机成熟采取突然行动，出其不意，攻其不备，使敌人在毫无戒备的情形下遭到致命的打击，无论是在敌我兵力较量的战场上，还是尔虞我诈的官场中，出奇制胜是用兵及政治韬略中常用的方法之一。

事例：礼乐征伐，岂能够天子出

春秋初年，郑庄公在位的四十三年中，东征西讨，声威远扬，他曾经率领军队讨伐卫、宋，侵袭陈、许，也曾打败过周、虢、卫、蔡、陈的五国联军，在政治舞台上叱咤风云，风采非凡，一改礼乐征伐由天子出的局面，王成为可尊，但不能够称制，"尊王攘夷"的争霸高潮随之兴起。

鲁隐公六年（前717），郑庄公在朝拜周天子时不被礼遇。两年以后，周天子又任命虢公忌父为右卿，以分夺左卿郑庄公的权力。郑庄公对此泰然处之，没有流露丝毫的不满，甚至还引荐齐僖公去朝觐桓王。周桓王把郑庄公的一让再让，误以为是软弱可欺，就在周桓王五年（前707），正式宣布剥夺郑庄公的王朝卿士之职，郑从此也不再朝周了。周王以郑不肯朝觐为口实，举天子之师以伐郑，双方在繻葛（今河南长葛东北）交战。郑庄公采纳了子元的计策，大败周军。郑将祝聃一箭射中桓王的肩膀。此后，周室王权更加衰颓，郑国威望大增。

周桓王曾强行索取郑国的四个邑，却把不为周王所属的苏氏十二个邑给郑,以为郑根本就得不到这十二个邑,郑庄公也没有计较。繻葛之战后,郑庄公率兵进攻十二邑中的盟(今河南孟州南)、向(今河南济源南),盟、向请求议和,随即又毁约,郑便联合了齐、卫进行讨伐。周桓王不得已,只好将盟、向城邑中的百姓迁往王城(今河南洛阳),把两个邑给了郑。

郑庄公统治时期,面对春秋霸权迭兴、动荡不安的政治风云,能够以不变应万变,凭借其机智善谋,在忍耐中孕育行动,在静候中寻找战机,为郑国的强盛和在诸国中地位的确立立下了卓越的功勋。

事例:置利于前,欲取之而与之

在复杂多变的政治斗争中,为了欺骗政敌,使其放松警惕,疏于防范,以增强自身政治攻讦的突然性,运用上屋抽梯之计时,往往故意示弱隐强,通过对己方实力、才能、见识的隐藏,以各种假象表演,来隐藏锋芒,这就是人们常说的韬晦之术。即兵家所言:"用兵之道,示之以柔而迎之以刚;示之以弱,而乘之以强,为之以歙而应之以张,将欲西而示之以东。"目的在于"举措动静,莫能识也。若雷之击,不可为备"(《淮南子·兵略训》)。在尖锐复杂的政治斗争中,敛藏锋芒被视为增强自我保护,图谋进取的有效手段,因而被广泛加以运用。

隋炀帝杨广,为了骗取其父皇杨坚的信任,装扮出孝悌恭俭的模样,被立为太子。直至杨坚重病不起,才暴露其争夺皇位的权欲,杨坚虽终于识清了其真实面目,却为时已晚,弑父夺位的一幕无法避免地发生了。

老谋深算的唐高祖李渊,在隋末动荡的年月,为了达到其夺权建唐的目的，对炀帝也采取同一对策。为免遭炀帝的猜忌和迫害，终日"纵酒沉湎，纳贿以混其迹"，用表面的淡宁与无争，来掩饰其宏大的政治志向和野心勃勃的政治权欲。

政治权谋的有效与否关键在于能否把握对方实情，为了占据主动和有利势态，争斗双方都尽力使用各种手段去打探、了解对方的真实情况，争取心中有数，借以确定己方策略。这就是古代军事家孙子曾经说的"知彼知己者，百战不殆"，"不知彼，不知己，每战必殆"的规律。了解和把握敌我双方情况，对决战胜负有至关重要的关系。自古以来，在各类政治斗争中，把握对方的动态，摸清其实力，是制定斗争方略的前提条件，运用上屋抽梯之计亦然。

决定上屋抽梯计成败的先决条件是"置梯"是否奏效，置梯以诱敌，引敌上梯，而后抽梯取之，置之死地。欲置梯有效，必先搞清对方的心理，才能投其所好，放置诱饵，引敌就范，这些都不能依靠主观臆断、盲目行动。因此，任何一个政治家或阴谋家，无不工于心计。在君主面前，设法收买其左右，探听和揣摩君主好恶，靠其特有的敏感嗅觉察言观色，以期有针对性地采取相宜对策，顺阿迎合。在与同僚之间的抗衡中，为争取主动，先发制人，便尽力去了解对手的势力范围、政治意向、朋党亲信，甚至薄弱环节，以对症下药，有的放矢。唐高祖李渊在处理和李密的关系时，便抓住对方的弱点，以推奖助骄，顺迎其意而谋远图。

隋末各种武装势力最强大的一支，就是曾经"威之所被半天下"的瓦岗军。瓦岗军在翟让、李密的领导下，活跃于以洛阳为中心的中原地区，沉重地打击了隋朝统治集团和士族地主。

出身大贵族家庭的李密，在投身于瓦岗军之后，以勇敢善战、指挥有方和长于谋略，威望日增，很快获得了翟让的信任，并逐步掌握了瓦岗军的大权。伴随李密大权独揽和志得意满后的所作所为，与翟让之间的裂痕愈来愈深，最终杀害翟让，独霸瓦岗军的最高领导权。

杀掉翟让后，李密自以为拥众百万，坐对敖仓，兵精粮足，又稳操瓦岗军领导大权，而隋炀帝龟缩在江都不敢回中原，东都的隋朝兵力也不足为惧，遂有自矜之志。李密对部下不加体恤，不予赏赐，更排斥异己力量，致使瓦岗军内部人心不齐，组织涣散。李密个人的政治野心日益膨胀，妄自尊大，目空一切，以为未来天下之主非他莫属。

起兵于太原，最终登上帝座的唐高祖李渊却不然，他在冷静地审视着当时各派力量的消长，寻找有利的时机，消灭割据称雄而无远虑的对手，夺取天下。李渊对瓦岗军的力量非常重视，曾派人送信给李密，试图联络和利用这支队伍，以达到为己所用的目的。李密却在复信中趾高气扬，以天下为己任，称自己是四海英雄所推的盟主，望左提右挈，勠力同心，"执子婴（喻执代王）于咸阳，殪商辛（喻杀炀帝）于牧野"，表达了欲彻底推翻隋朝统治的决心。信中提到要和李渊面结盟约，协力完成大业。

接到李密的信函，李渊认真地考虑如何处置。此时唐军正进军关中，若与李密绝交，必然是新树一敌，于己不利，不如卑辞推奖，以骄其志，利用瓦岗军来守成皋之道，断绝与江都的交通，并借瓦岗军之力拦击东都的隋军，使之不能在唐军入关后营救长安。趁李密骄矜不备之机，专意西征，待占据关中后，就能虎视天下，静观鹬蚌相争，坐收渔人之利。

李渊的考虑是以西取关中为首要大事，是超出群雄之上的高超见解。开国大业成败的关键，在于能否拿下关中，选择关中作为首要攻取方向，乃是非常明智的举措。就地理条件来说，关中有丰饶的物产资源，四塞之内，沃野千里，号称八百里秦川。东临黄河，三面环山，又处两关之间，是兵家必争之地。历史上从西周至隋九个朝代，都在关中长安建都，以关中作为成就帝业的根据地，最终经营四方，统一中国，意义至为深远。再者说，这里在隋末兵力非常空虚，虽然身为国都，却因炀帝巡幸江都而带走京师精锐的军队作为护驾的骁果，从而削弱了关中的守卫力量。东都的守军一直与瓦岗军、江淮军、河北军进行征战，无暇顾及关中。李渊决定，当务之急是直取关中。

李密在辅佐杨玄感反隋时，就曾劝他夺取关中，因未见采纳而放弃，杨玄感最终还是失败了。当李密主宰瓦岗军时，谋士柴孝和曾力劝他夺取长安，创业关中，李密却未能采用，却被李渊抢先一步，可见李渊的政治远见和军事谋略当在李密之上。

李渊主意已定，立刻让记室参军温大雅以李渊的名义复书李密，对杀炀帝、执代王之说表示不敢从命，申明自己"志在尊隋"，借以掩饰其夺取天下的鸿鹄之志。随即大肆吹捧李密说，当今能为民之主者，非君莫属。并自谦说，老夫年逾五十，早已没有宏大志向，愿欣然拥戴大弟（指李密），以期攀鳞附翼。惟愿大弟早登大位，以安天下，以宁兆庶。李密得书之后，喜出望外，对将佐们说，唐公如此推戴，天下平定是指日可待之事。从此，李密终日陶醉在得意之中，计划着攻下东都后称帝，所以专意对付东都隋军，无心外略。不仅让李渊从容地进取关中，甚至还帮助李渊牵制隋军，为关中营建一道安全的屏障。

《孙子兵法》云："兵者，诡道也，故能而示之不能，用而示之不用，近而示之远。远而示之近。利而诱之，乱而取之，实而备之。强而避之，怒而挠之，卑而骄之"，以求"攻其无备，出其不意"。又云："辞卑而益备者进也"。"故为兵之事，在于顺详敌之意"。注云："敌有所欲，当顺其意以骄之，留为后图"。李渊所采用的就是推奖助骄的上屋抽梯谋略，以谦卑的言辞哄骗李密，使他在自鸣得意时昏昏然，放弃对李渊的防备，使李渊轻而易举地进取关中，奠定了基业，再回过头来对付李密。李密如梦方醒，为时已晚，被迫归降。

三、隐藏伪装　以少损获大成

无论是作为兵家权谋，还是作为政治权术，上屋抽梯之计均有其运用的相宜场合和范围。特别是在政治、军事谋略运用的范围区分得并不明确，而是彼此交融、互相渗透的。

春秋战国时代，诸侯割据、列国争雄，国与国之间的斗争冲突非常尖锐，这样的政治格局，便决定了各国之间的政治、军事、外交斗争往往交织在一起。在不断处理国际关系、国内权变的实践中，权术得到日益发展，在后人总结的包括上屋抽梯等古代兵法三十六计之中，绝大部分是这一时期兵家权谋和战争经历的总结。兵家权谋的发展成熟，对政治权术的发展产生着直接影响，在诸侯纷争、国际关系紧张的背景下，在比较集中的国际斗争中，中国古代政治权术开始走向成熟。当大一统的中央集权建立并日趋发展以后，君主专制走向稳固和完善，政治权术的运用场合也发生了较大的改变，从集中的国与国的斗争转向较多的国内舞台，集中反映在统治阶级与被统治阶级之间，统治阶级内部包括君臣之间、同僚之间等斗争方面。所以说，政治权术的运用带有强烈的时代背景，紧随政治形势的变化而变化。

第一，在敌对政权之间。

1. 弱者与强者之间

在敌对双方力量悬殊之时，势力微弱的一方，欲争取与强手保持均势，甚至战胜对手，权术往往是其保护自身、力挫对手的有力武器，即所谓智取。权术运用得当，往往胜过千军万马，兵不血刃的成功，无一不是权谋的功劳。上屋抽梯就是弱国对强国的成功权谋之一。

战国前期，魏国势力达到巅峰状态，并准备图谋攻秦。秦王自知以一国之力难以抵挡，就派卫鞅前往魏国游说。卫鞅向魏王建议，北结燕国，西联秦国，"先行王服，然后图齐、楚"。魏王闻听后心中大喜，自以为势不可当，天下以魏为大，便按照卫鞅的指点，以诸国之君的凌人盛气，出现在各国君主面前。魏的自大触怒了各国，使齐、楚、韩各大国与魏的矛盾日益尖锐，终于爆发了齐魏马陵之战，魏国十万大军顷刻间化为乌有，国力日衰。秦略施小计，为魏王设置了通向灭亡的陷阱，待其醒悟，为时已晚。秦则趁两国相争之时，垂拱受西河之外，迅速扩大了自己的势力范围。

弱国对强国在使用上屋抽梯之计时，更多的手法是向强手暴露自己的弱势，以"示弱"作为保护手段，不惜牺牲利益以满足强国愿望，换取强国的容忍和许可，以获得生存的机会，从而积蓄力量，创造一切改变双方实力对比的机会，以期以弱胜强。另一方面，利用此计以骄敌、惰敌、诱敌，使敌手改变态度，视我方无足轻重，放松防备，待出现可乘之机，迅速行动，以达歼敌之功。

2．强者与弱者之间

上屋抽梯之计也常常被强手运用，为的是以最少的损失获得最大的成功。春秋时期，晋国为讨伐虢国，向虞国赠送良马美玉，以虚饰友好来掩盖"假途伐虞"的要求，以及吞并虞国的真实意图。假道之事最初发生在僖公二年（前658），至僖公五年（前655），晋侯再度请求假道时，宫子奇劝说虞公说："虢国是虞国的屏障，虢国一旦灭亡，虞国必随之而亡。我们千万不能诱发晋国的野心。所谓'辅车相依，唇亡齿寒'，正好说明了虞、虢的关系。"虞国国君不以为然，最终答应了晋的请求，接受了晋的礼物。晋在假道虞国一举灭虢以后，归途中就灭了虞国。虞公不识晋计，中计上梯，被强手不费吹灰之力消灭了。晋国虽然在实力上远胜于虞，但上屋抽梯计实施后，让虞国放松了戒心，从而加大了自己的优势，比单纯的实力较量减少了损失，增大了成功系数。

第二，在统治阶级与被统治阶级之间。

政治斗争是以阶级斗争为基础的，所以，政治权术既包含了统治阶级为维护和巩固统治而对人民所使用的各种欺诈手段，同时也包括被统治阶级为推翻残暴统治在斗争中运用的灵活多变的策略和斗争手段。

唐末黄巢领导的军队,风云十年,行程千里,席卷了大半个中国,在世界战争史中亦属罕见。黄巢军能够达到如此规模,与他善于应付局势、策略多变有直接的关系。信州之战,就是佳例。

当时,起义军驻屯信州(今江西上饶),军中瘟疫流行,死亡人数过多,一直紧追不舍的张璘始终无法摆脱。为了扭转不利局势,黄巢派人给张璘送去黄金,并向其统帅高骈致书表示愿意投降,高骈欣然同意,考虑着如何在收受黄金后诱军深入,乘机消灭黄巢,以得首功。此时各路藩镇兵马,包括昭义、威化、义武等军,都已到达淮河以南,准备协同高骈合力围剿。高骈担心他们抢功,向皇帝奏称:区区贼寇,不足劳用各地援兵,请求令其退回。黄巢侦察到各路援兵已然北渡淮河,遂与高骈断交,下达战书。高骈大怒,连忙命张璘迎战,结果一败涂地,张璘被杀,黄巢军声威重振。

信州之役,黄巢巧施贿赂,退敌援兵,一举击败对手,一计上屋抽梯,彻底扭转了局面,创造了以弱胜强的奇迹。

第三,在统治阶级内部不同阶层、集团及不同政治人物之间。

在君主专制与官僚政治的历史条件下,政治权术主要施展于统治阶级内部各种关系之间,包括君臣关系(如君主与权臣、忠臣、功臣等关系)及同僚之间的关系(如朋党关系、内外臣关系、官宦关系等)。为了各自不同的政治目的、物质利益,各个集团之间、个人之间展开激烈的斗争，其手段之高超、技巧之圆滑、花样之繁多，给政治权术以痛快淋漓的用武之地。朝廷内外一幕幕钩心斗角、尔虞我诈的剧目，或惊险，或卑鄙，林林总总，不胜枚举。

1. 君臣关系

政治权力是以相应的权位为其外在标志的，不同等级的权位，意味着大小不等的政治权力。君位是国家权力的最高代表，作为一国之主，要保证皇位稳坐，除了防范被统治阶级的反抗外，更多的是注视着来自统治阶级内部的不安定因素，如何驾驭和控制群臣，排除威胁皇位的干扰，保证大权高度集中和行之有效，都是令君主大伤脑筋的事。

自古以来，权臣独揽大权，不可一世，对皇位直接构成威胁。尤其是在君主年幼或懦弱无用时，地位显赫的权臣，或是专横跋扈的宦官，或是位尊望高的辅政大臣，大有凌驾君主之上的威严，君主只能言听计从，无计可施。一旦新君不甘大权旁落，无法容忍傀儡身份的屈辱，试图收回君权，便会想方设法剥夺和分化权臣的权力。但是，这时的君主往往还不是权臣的对手，掌握实权的权臣树大根深，并非轻易所能铲除。每当此时，君主便须借助权谋，不露杀机，寻找一切可能的机会。这种较量有时要蓄力很久。正如康熙在亲政以后，不甘受制于顾命大臣鳌拜，但在他未有足够实力以前，仍处处小心，向鳌拜妥协，直至最后设计将鳌拜擒获。

正因为得君位者得天下，失君位者失天下，因此，高度集中的君权诱发了多少野心者生出"彼可取而代也"的奢望。掌握实权的权臣中就不乏跃跃欲试者。对他们来说，发动政变不失为一种有效而干脆的手段。赵匡胤就是通过陈桥驿兵变而黄袍加身的。

宋朝内部的隐患在于拥有众兵的统帅，特别是禁军的最高将领，往往成为发动军事政变的头目，赵匡胤就是靠禁军的力量夺取后周政权的。赵匡胤即位后，唯恐他人故伎重演，在平定扬州李重进的反抗之后，便以自己曾担任殿前都点检（禁军最高指挥者）为由，于建隆二年（961）下令罢免慕容延钊殿前都点检的职务，以及韩令坤等其他禁军将领之职，派往外地做节度使，此后不再设殿前都点检一职。

2．君主与功臣及一般臣属之间

权臣毕竟是少数的，能否驾驭和控制大大小小的文武百官，除了建立一整套严密的政治制度外，还需要君主在方法和手段上下功夫。

首先，如何对待功臣。功臣由于功劳、名望及相应的实权，容易萌生异志，功高震主的功臣，也往往为君主所不容，担心他们一旦有何举动，会威胁皇帝的宝座，为此，对待功臣，往往不敢掉以轻心，或授以虚位，束之高阁，明升暗降，或剥夺其权位，使其远离权力中心；或削弱其实力，减少影响，扼制其发展。宋太祖赵匡胤为了巩固皇位，不惜向功臣武将开刀，杯酒之间便令众将交出兵权。当时，和他一起导演兵变的亲信有禁军将领石守信、王审琦、高怀德等人，在群臣中享有很高的威望。宰相赵普担心他们势力过大，日后危及皇位，便提醒太祖注意这些人手中的兵权。

赵匡胤开始并不以为然，认为赵普担心实在多余。赵普进一步规劝说:"我相信这些人忠心事君,只是不放心他们的部下,万一有人野心日起,阴有异图,恐怕连他们也无法控制。"此话惊醒了赵匡胤,联想到自己如何夺兵权而登皇位,便觉得问题确实严峻。

即使想从这些功臣手中收回兵权,也不能被人责骂为过河拆桥,像当年刘邦登坐龙廷,基业已定后,一反解衣推食的态度,迅速排除异己,将韩信等功臣勋贵统统斩杀。毕竟是老谋深算,赵匡胤的做法高明得多。

秦朝灭亡后,亭长出身的刘邦,以微兵弱马最终战胜兵多将广的一代枭雄项羽,夺取天下,建立起中国历史上第二个统一的专制王朝。究其原因,重要一点在于他豁达大度,虽不善将兵,却善将将,用人不拘一格,尽其所能。在刘邦的麾下,有贵族出身的张良、贫民出身的韩信、县吏出身的萧何、屠夫出身的樊哙、布贩出身的灌婴,等等,没有这些贤才良臣的辅佐,刘邦是无法成就大业的。正如刘邦所说:"我以三杰取天下。论出谋划策于帷帐之中,而决胜负于千里之外,我不如张良;论治理国家,安抚百姓,调运军粮,使运输线畅达无阻,我不及萧何;论统率百万大军,战必胜、攻必克,我不如韩信。此三人皆人杰也,我能够重用他们,才是我所以取得天下的原因。"由于他知人善任,重用人才,故在楚汉之争中,各类人才在他手下尽力发挥作用,辅佐他打败项羽,兴建王朝。

前206年十月,刘邦在定陶即帝位,是为汉高帝。立国之后,昔日的谋臣猛将成了他心头疑忌的人物,尤其是对在楚汉战争中先后册封的异姓王,在当时楚强汉弱的情况下,分封之举,对笼络部下，分化和孤立对手，有过积极的作用。随着战争的结束，握有重兵的异姓王的存在，逐渐成了汉王朝中央政权的巨大威胁。为了巩固刘氏王朝的统治，刘邦开始进行消灭异姓王的斗争。

前前后后，刘邦杀掉楚王韩信、相国陈豨、梁王彭越、淮南王英布，又逮捕了张敖、臧荼，逼走了卢绾。相比之下，还是张良技高一筹，既没有像萧何那样蒙受锒铛入狱的凌辱，更未像韩信那样落得兔死狗烹的下场。当高帝入都关中，天下初定以后，张良便托辞多病，杜门不出，屏居家中修炼道家养身之术，因为他深谙帝业建成后，君臣之间相互猜忌的矛盾关系，故而逃避残酷的社会现实，恪守无为之教，以退让来避免重复历史的悲剧，不愧是激流勇退、明哲保身的典范。

功臣尚不得善终，一般文武官员则更难摆脱朝赏暮罚、忽迁忽徙的命运，时刻处在不稳定的状态中。

乾隆帝在位六十年，当太上皇四年，享年八十九岁，乃是一位传奇式人物，有关他的故事流传甚广。

乾隆帝即位的时候，经过康熙、雍正七十多年的锐意经营，国力显著增强，经济出现了繁荣的景象。在乾隆帝的不懈努力下，清王朝发展到了极盛时期，被称为"康乾盛世"。乾隆帝开办博学鸿词科，优容知识分子，笼络读书人，又组织编纂了空前绝后规模的《四库全书》；武功方面也卓有成效，不断平定叛乱，安边固防。曾两次平定准噶尔，又经历了回疆之役、大小金川之战，两次廓尔喀战役以及缅甸、安南战役等大小十余次战事。乾隆帝天资凝重，以刚柔相济的治国之道，把国家整治得妥妥帖帖，社会秩序井然，统治基础稳固，便自豪地声称是文治武功方面的古今第一人。乾隆帝曾志得意满地夸耀自己为"十全武功"，自称"十全老人"。乾隆帝总结治世成功经验时，以为在位期间共举两件大事，一是西师，二是南巡，前者指平定准噶尔和大小和卓的叛乱，统一新疆，后者分量似乎超过前者，是他最值得骄傲的行动。一方面，乾隆帝对自己的才干和政绩有极高的估价，另一方面是他喜怒哀乐等性情上的特点，因而影响了对反对意见的反映和态度。

就性格而言，乾隆帝比康熙、雍正更加敏感，自尊心和虚荣心更强。虽然在即位之初曾实行了一些宽松的治政方针，那是因为要改变其父严苛政治所带来的紧张气氛，改变官僚人人自危、百姓人心惶惶的不安定环境。当一系列改弦更张的措施发生了实效，缓和了统治集团内部以及朝廷内外的僵滞关系时，官民无不欢欣雀跃，颂声如雷，那时的乾隆帝比较注意听取臣下不同意见，并且鼓励直言进谏，献计献策。乾隆帝即位之初讲道："论才德和年纪，朕赶不上皇考（雍正帝），但自从朕即位以来已过半年，群臣中竟无人指出朕的过失，难道说朕所做的一切都能上合天理、下协人情吗？今后务必请大家直言无隐。"乾隆还在上谕中多次表示要广开言路、虚心纳谏，一时间，委婉温和的规劝，直率尖锐的指责，苦口婆心的诱导纷纷出现。有些进谏着实让他难堪，但他仍加以容忍，并对进言者颁以奖赏。专司监察弹奏科道官，在这种环境中也显得非常活跃。随着经济、政治、文化日趋繁荣，面对稳固的基业和日盛的国力，乾隆帝开始为自己的才干卓荦自豪不已，也暴露出对进言者的厌烦情绪，嫌他们的意见太琐碎，不屑一顾。同时,敏感的性格也使他越来越受不了臣下不留情面的指摘,自尊心受不住这等"不敬"的刺激。乾隆帝的厌烦情绪,使他在具体的政治活动中暴露得越来越明显,对进言者日益缺乏耐心,经常寻找借口,挑剔反驳,乃至斥辱进言者。乾隆帝在上谕中责辱言官说:"因为朕要广开言路,所以宽待言官,以收进言之益。不料这些人却见朕不加谴责,变得肆无忌惮。试问,近来进谏的大臣中,有几个真心诚意地提出了有益于国家政治的主张?朕留心观察他们的用心,无不是在处心积虑地追逐名利,即使提出建议,也不是出于为国为民的考虑,无非想博取虚名,指望能得到朕的赏识,有望升迁,多得养廉(指报酬)而已。"在乾隆帝眼中,进言者一概是追逐名利的无耻之徒。

更有甚者,为了阻止百官进谏,乾隆帝还想方设法寻找机会整治进言者,其中不少是玩弄政治手腕,以计谋玩弄性情直率、直言无隐的人。

乾隆五年(1740),乾隆帝召见太常寺卿陶正靖,希望他指出治政得失,并劝诱说:"你不必有什么顾虑,尽管如实讲出,这才有益于朕反省修身。"陶正靖不敢贸然直言,唯恐言多语失,触怒皇上。乾隆帝则摆出一副大度而坦诚的姿态,鼓励他说:"朕看你还是位骨鲠之臣,所以才向你询问政务得失,你姑且据实陈奏。"陶正靖便上奏说:"现在的政治环境很好,只有工部尚书魏廷珍深负众望,本来没犯什么大错,却在近日被赶回原籍。在对他的态度上,皇上言辞峻厉,根本不像是优待老臣的样子。"乾隆帝听了以后,和颜悦色地说:"你是朕专门选用的大臣,将来还要升迁进用。"陶正靖连连叩头谢恩,高兴而去。谁知没过几天,乾隆就降下旨书,将陶正靖的进言驳斥了一通,指责他为魏廷珍辩解,乃是营私之举,必须严加惩处。就这样,悲愤失望的陶正靖只好弃官回家,以课徒为生,不到两年就郁闷而死。

3．群臣之间

由于象征权力的官位会带来相应的社会地位、政治特权、经济利益,因此具有强烈的诱惑力量,也引来诸多为跻身官位,或希冀做更高官的人互相竞争。为了争取在竞争中获胜,一些人结成利害相关的朋党,与不同派别、不同集团互相倾轧,明争暗斗。更多的人则不惜运用智慧,借助权谋,各显高招,必欲置他人于死地,斗争异常激烈、残酷。唐代宰相李林甫正是这类人的突出代表。对于才望功业超出自己的人,或势位对己构成威胁的人,千方百计地排斥和击败对手,使自己在权力分配竞争中立于不败之地。

唐玄宗时期的宰相李林甫,以精明强干和擅长玩弄政治权术而知名。李林甫不能容忍别人才望功业超过自己,也听不得不同的见解,表面上与人友善,和颜悦色,却暗藏杀机,陷害和整治异己,所以人们称他"口中有蜜而腹中藏剑",成语"口蜜腹剑"就由此产生。

在李林甫与牛仙客共掌权柄的六年安定时期之后,由李适之代替牛仙客做了宰相。这位太宗直系皇族成员,以在禁军任职起家,先后担任了一些州的职务,以行政干练见称,做过河南尹、幽州节度使、刑部尚书等官。李林甫在和李适之共同掌理政事中,不喜欢他的粗疏直率,两人经常争权不和。为此,李林甫暗生毒计,诱骗李适之说:"开元年间以前,每年供给守边的士兵粮食、衣服费用不过二百万。天宝以后，兵员逐渐增多，每年却用一千零二十万匹绢，一百九十万斛粮。这样巨大的公私劳务费用，造成国库空虚，积蓄甚少。长此以往，财源将会枯竭，必须开源节流，增加库存。华山有金矿，这是众所周知的，如果能开工采掘，一定能为国家增加无穷无尽的财富。何不奏闻皇上。"正直拘谨的李适之不知是计，被阴险奸诈的李林甫算计了，就如实地对玄宗讲了。

玄宗问李林甫是否知道华山金矿的事，李林甫回答说："早就知道了，只是华山是陛下的根本，王气所在，开凿华山可不吉利。"玄宗以为李林甫是爱护自己，便责怪适之，并要求他今后奏事，必先和李林甫商议后再报。不久，李适之被免除官职，大权由李林甫独揽。

四、诱敌惑敌　最终战胜强敌

不断的实战积累，促使人们将体味、揣摩到的一些相同经验，加以总结、归纳、凝练、命名，"上屋抽梯"即是其中之一。此计用之于政治斗争中，有如下几个特点。

第一，运用目的的明确性、直接性。

作为政治斗争的手段，其目的是为一定的政治目的服务的，而运用者对其所要达到的政治目的，是非常明确的，概括地说，任何政治权谋的施用，无不是以政治权力为直接目标的。

西晋末年，石勒在诛除王浚过程中，先以贿赂和收买，瓦解王浚及其将吏的士气,继而又卑词称臣,获得信任。在这一系列举措之后,石勒的政治志向却是非常明确的,所有的行动都是为既定的目的服务的。当时,由于八王之乱和由此引起的中原地区更大规模的胡汉移民,使经过短暂统一的西晋王朝,重又陷入四分五裂的状态。王浚(字彭祖)因参与平息八王内乱有功,升任骠骑大将军,都督东夷河北诸军事,领幽州刺史,据有燕国之地。晋怀帝即位后,又以王浚为司空,拥兵坐镇河北,与割据幽、并一带的刘琨遥相呼应,名义上还是晋的朝臣,却在暗中想方设法据地自立。

王浚为政苛暴,将吏亦十分贪残。他们广占山泽,引水灌田,淹陷冢墓,调发殷烦,民不堪命,许多人纷纷逃往鲜卑。属下韩咸直言切谏,被王浚一气之下杀了头。王浚又出兵攻讨不肯应召的段疾陆眷,反被对方所破。王浚因其父亲字处道,便说应了"当途高"的预言,谋称尊号(处道与当途同义,"当途高"为当时的谶语)。为此,谏臣胡矩被逐出,刘亮、高柔等人被杀。名士霍原,志节清高,王浚召来询问尊号之事,他默不作声,被王浚以勾结群盗罪杀掉。从此,士民骇然,缄口不言,王浚则骄矜日盛,不亲政事,而专任苛刻小人,其中他的女婿枣嵩,以及朱硕等人都是有名的贪横之人。

当王浚势力日渐衰微之时,石勒建立了后赵政权之后,便想袭取蓟州,但他摸不清王浚的底细,就派人前去暗中察看,并向谋臣张宾请教。张宾献计说:"王浚名义上是晋朝大臣,实际上想废掉晋帝,自立为帝。可他又担心四海英雄不肯拥戴。现在,他希望得到你的支持,就像当年项羽想赢取韩信一样,你如今已威名远播,如果再以卑微的词句给他写封信,附上厚礼,表示死心塌地拥护他,还怕他不相信吗?欲谋人而让对方了解你的打算,那是任何事也办不成的。"石勒对他的建议深表赞同,随后就委派舍人王子春、董肇携带珍宝,奉表出使。见到王浚后,使者说:"石勒本是小胡,遭遇饥荒战乱,流离困顿,窜命冀州,只是相聚以救性命。现在,晋祚沧夷,中原无主,而您却负州乡贵望,四海所宗。如今堪称帝王的人选,舍你还能有谁!我之所以捐躯起兵,讨伐那些暴乱小人,全都是为了替你扫清障碍。恳请您早些顺应天命,应从人愿,早登帝位,我奉戴您就如同待天地父母一样,愿您能体察我的微心,把我看作是您的儿子。"与此同时,石勒又派人给枣嵩送信,用重金贿赂他。

王浚正在为鲜卑段疾陆眷背叛自己,以及士民纷纷逃走而烦恼,听说石勒归附自己,又送来许多宝物,十分欢喜。他问来使王子春说:"石公一时豪杰,据有赵、魏之地,却来投靠我做藩属,他的话可信吗?"王子春说:"石将军才力强盛这倒不假,但是,以你在中州的声望在夷夏之间威行,他是无法与你相比的。自古以来,胡人做辅佐大臣的不乏其人,但却无人称帝称王。石将军并非不想称帝,让给您的原因是考虑到帝王自有历数,不是智力所能取的。即使强行争取来了,也一定得不到天意人愿的支持。石将军和你相比,就像月亮比于太阳。所以,总结了以往的经验之后,石将军决意归附于您,这正是他超过常人的明识,您又有什么可怀疑的呢!"王浚因此深信不疑,封王子春、董肇为列侯,并遣使报聘,以厚币酬谢石勒。

愍帝建兴二年(314),当王子春一行带着王浚的使臣来到襄国（今河北邢台）时，石勒事先把精兵隐藏起来，出出入入的都是些老弱兵士。使者回去后对王浚说："石勒手下都是老弱之师，态度也是真诚的。"王浚听了，益发骄怠，对石勒不设防。

石勒暗中加紧作攻袭王浚的准备。不久，把军队开到易水。督护孙纬飞报王浚，主张部署兵力拦阻，将佐也纷纷进言称："胡人贪婪无信，石勒的军事行动必隐藏着诡计，我们应该早做防备。"王浚大怒说："石公前来，正是为了奉戴我，谁敢再说攻击石公的话，一律斩杀。"众人便不敢再有异议，眼看着王浚为迎接石勒忙前跑后地摆酒设宴。

三月三日凌晨，石勒的军队到达蓟（今北京市），呼唤守将开门。门开后，怀疑城内有伏兵，就驱牛羊数千头走在前头，声言上礼，目的是想堵住城内各个路口。王浚这时才开始恐惧起来，坐立不安，不知所措，听凭石勒入城后纵兵大掠。王浚左右请求马上出击，也被他拦住了。石勒进衙升堂，把王浚捉起来，又让其妻陪伴自己，却让王浚在旁观看。王浚大骂："胡奴竟敢调戏于我，实乃十恶不赦！"石勒历数王浚的罪行说："你位居元台，手握强兵，却坐视朝廷覆亡而无动于衷，甚至还想自立为帝，如此贪心，难道不是十恶不赦吗！你委任奸贪小人，残虐百姓，陷害忠臣，燕土一方被你蹂躏践踏，这又是谁的罪过！"当即派手下五百名骑兵，押解王浚去襄国。途中，王浚投水自杀未遂，后被斩于襄国市口。随后，石勒将王浚的万余精兵一同杀掉，原王浚的部将纷纷争抢着找石勒谢罪，送礼行贿。石勒历举朱硕、枣嵩等人纳贿乱政的罪行，将他们一并处死，又没收了王浚将佐及其亲戚家中资财数以万计。

在石勒诛除王浚的过程中，石勒把握了王浚及其将吏的弱点，即贪婪而狂妄，便采取贿赂和收买的办法，以贿为饵，示以小利，使王浚、枣嵩之流轻而易举地上了圈套。石勒又以卑词称臣，使王浚骄横狂妄的野心更趋膨胀，放松了戒备，使石勒得以从容地准备行动，而待时机成熟，一举推翻王浚，取得决定性的胜利。石勒的做法不失为一种上屋抽梯术，表面上收敛锋芒，掩饰其政治志向，以解除给对手的威胁感，最终实现其真实的目的。

第二，运用手法的隐晦性、间接性。

这也是任何权术都具备的共同特点。所谓"术"，即"藏之于胸中，以偶众端，而潜御群臣者也"，"术不欲见"。一般而言，运用计谋更多的是采用间接的、诡诈的手法。上屋抽梯之计亦然，它要求将真实目的深藏不露，设法在暗中实行，而于表面则以假象加以掩饰，假象诱敌惑敌，使其在不觉中步入预设的陷阱。

东汉末年，鲜卑檀石槐称大汗时，分其地为中、东、西三部，属于中部的慕容氏，在慕容觥统治时逐渐强盛，慕容俊时已有兵力二十余万人，出兵击灭冉闵后，慕容俊自称燕皇帝，都蓟城（今北京），后定都邺，史称前燕，占据了相当于今河北、河南、山东、山西的大片中原土地。

在襄邑之役中显露头角的慕容垂，是慕容觥的第五子。当王朝面临衰亡的局面，东晋前来攻伐之时，慕容垂出任南讨大都督，亲率五万兵马抵御，切断荥阳石门桓温水军的退路，获得大胜，却遭到性多猜忌的慕容评和太后可足浑氏的嫉恨，最后死里逃生投奔了苻秦。

苻坚自立为帝后，在王猛的辅佐下，大力接受汉族文化，加强中央集权，抑制氏族贵族势力的发展，注意农桑，发展农业经济，使前秦成为北方最强大的国家。国力增强之后，便开疆拓土，灭前燕、前凉，取东晋梁、益二州，进兵灭代，将中原地区全部统一在苻秦王朝的势力之下，只剩下东南一隅的东晋，由司马睿在南迁的北方汉族世族和南方世族拥护下建立的东晋王朝，依靠长江天险和南方经济相对稳定发展的局面，得以偏安东南。王猛在世时，就劝诫苻坚不要贸然南下灭晋，晋虽僻处江南，却是正朔相承，上下安和，谢安当国，政治相对稳定，因而不要图谋灭晋。相反，被征服的鲜卑、羌族上层分子，才真正靠不住，应该尽早分散他们的势力，剪除其中有威胁性的野心者。苻坚却被一系列军事行动的胜利冲昏了头脑，认为自己强兵百万，资仗如山，黄河流域和长江上游大部分地区已被武力所征服，灭亡东晋当唾手可得。

382年，苻坚召集文武群臣，提出南讨东晋的主张，欲亲率九十七万大军，一举灭晋，让群臣加以讨论。秘书监朱彤随声附和，以为大兵压境，必能不攻自破。尚书左仆射权翼、太子左卫率石越等人，坚决反对。群臣退出后，苻坚留下弟弟苻融商议。苻融在分析了先秦、东晋双方实际情况后，认为此时伐晋时机尚不成熟，哭着规劝哥哥说："鲜卑、羌、羯等布满长安附近，大军一旦东下，关中将受到极大的威胁。"苻坚的太子、爱妾也都来劝阻。鲜卑族的慕容垂和羌族的姚苌，分别私下来见苻坚，主张出征。慕容垂以小不敌大、弱不御强为理由，请苻坚圣心独断。一番话正中苻坚心意，觉得他们才是能与之共定天下的人。苻坚却

潜龙勿用日乾乾

万没料到，自己已不知不觉地入了二人的圈套。慕容垂和姚苌均是被苻坚征服的少数民族贵族，也就是王猛和苻融一再提醒注意的、威胁王朝安全的仇人。二人怂恿苻坚伐晋是有险恶用心的，他们想乘苻坚出讨东晋削弱前秦的国力，待苻坚彻底失败，就可以重新恢复昔日的统治。可惜苻坚没能识破真相，加之内心对大举伐晋早已不可改变，遂不顾一切地组织兵力征伐。

苻坚调集包括鲜卑、羯、匈奴、氐、羌等少数民族武装的百万兵马东下。以苻融和慕容垂等率步骑二十五万为前锋，姚苌率蜀兵顺流东下，苻坚带领步兵六十万、骑兵二十七万作为全军的主力。大军旗鼓相望，前后千里，水陆齐发，开始对东晋大规模进攻。

前秦军队数量占据优势，但并未全部集中到位。苻坚由长安抵达河南项城时，甘肃调发的兵员才到咸阳。四川的兵马刚刚沿江而下，河北的兵力才到徐州。真正抵达前线的，主要是苻融的二十五万人马。同年十月，苻融攻占寿阳（今安徽寿县），东晋派往寿阳的胡彬退保硖石（今安徽凤台县西南），向谢石求援，书信被苻坚截获。苻坚以为东晋无力还击，担心晋军逃走，便亲自率轻骑八千赶赴寿阳，与苻融会合。被苻坚派往晋军劝降的东晋被俘将军朱序，乘机把秦军的虚实向谢石作了汇报，建议在苻坚各路兵马未集中时，先发制人，谢石依计而行。十一月，派刘牢之进攻洛涧（今安徽怀定县西南洛水入淮处），谢石、谢玄乘胜而进，同秦军夹淝水而阵。苻坚与苻融在寿阳城头远望晋军队列严整，又遥望八公山上草木挥动，以为是东晋伏兵，开始流露惊惧神色。谢玄为迅速解决战事，派使者对苻融说："隔淝水不便作战，请秦军稍后撤些，待晋兵渡河后双方再决一雌雄。"苻坚想趁晋军渡河当中，以铁骑猛攻，遂同意后撤。谁知，军中将士不知后退意图，又听朱序在军中大呼："秦军败了。"顿时阵脚大乱，一哄而退。晋兵趁势渡水进攻，败退的秦军只顾拼命逃窜，连耳畔的风声鹤唳，都误以为是晋军的追杀声。淝水之战，以苻坚的惨败而结束，此役使秦军损伤过半，苻融被杀，苻坚也被流矢所中。

在苻坚征调的各路兵马中，只有慕容垂带领的三万人的军队完整地保全下来，这支队伍奉命出击东晋郧城（今湖北安陆市），没有参加淝水会战。当苻坚从寿阳到达慕容垂军时，慕容垂护送他前往洛阳。慕容垂提出，要到邺城去祭扫先人陵墓，兼安抚河北，得到苻坚的同意。慕容垂离开后，立即自称燕王，打起复国旗帜，鲜卑、丁零、乌桓各族纷纷响应，队伍发展迅速，进取邺城。当时，丁零族的翟斌在新安起兵反秦，镇守邺城的苻坚庶长子苻丕，拨兵两千给慕容垂，派苻飞龙为副将，前往镇压。途中，慕容垂袭杀苻飞龙，正式反秦，在荥阳自称大将军、大都督、燕王。夺取邺城后，慕容垂控制了整个河北。386年正月，慕容垂自立为帝，定都中山（今河北定县），改元建兴，史称后燕。

与此同时，姚苌在羌族和西州豪族的支持下，在渭北自称大将军、大单于、大秦天王，势力发展很快，渭北羌胡依附的人数超过十万，苻坚派兵进讨亦未能取胜。此后，徒何鲜卑在慕容冲率领下包围长安，苻坚在五将山被姚苌所杀。进入长安后不久，慕容冲被部下杀死，徒河鲜卑东归，姚苌占取长安，在那里自立为秦皇帝，国号大秦，史称后秦。

慕容垂和姚苌隐藏个人真正的政治野心，巧用上屋抽梯之计，居心叵测地怂恿苻坚和东晋硬拼，苻坚浑然不知地中了计。待苻坚兵败势衰后，二人迅速崛起，如愿以偿地恢复了昔日的统治，建立了自己的政权。同时，其他少数民族贵族也纷纷独立，建立割据政权，北方重又陷入分裂混战的局面。

第三，表现形式的突发性、灵活性。

用计者在实施计划时，尽最大的可能掩盖其真实意图，一旦时机成熟，遂果断行动，而政敌困惑于假象，疏于防备，被突发性的行动搞得措手不及，仓促应战，失败的结局是注定了的。所以，出奇制胜、灵活多变是上屋抽梯计的一大特点。

西汉初年著名的政治家和军事家张良，聪明无比，屡筹良谋，在协助刘邦制定作战方略和政治谋略上，提出许多重要建议，与萧何、韩信一道，被誉为"汉初三杰"。

秦王政十七年（前230），秦灭韩时，张良年少未仕，倾其家财寻求刺客，欲暗杀秦始皇，为韩国报仇，后狙击未遂，更姓异名，亡匿下邳（今江苏睢宁西北）。十年苦读兵书，加之流离失所的艰辛，为他日后辅佐汉帝夺取天下奠定了基础。秦二世二年（前208），张良在率众投奔景驹途中，偶遇沛公刘邦，二人一见倾心。张良从此追随刘邦，成了他身边重要的谋臣。

鸿门宴后，项羽更加傲气十足，率兵进入咸阳，杀秦王子婴，烧毁宫室，大肆抢掠，激起百姓的愤慨。在诸王并立的局势下，项羽自立为西楚霸王，定都彭城，号令分封天下，共分封十八个诸侯和一个十万户侯。刘邦被封为汉王，驻巴蜀汉中。刘邦原有十万兵马，受封后，项羽只给他三万，加上自愿附从的人，尚不足十万。当刘邦带着人马愤愤不平地往南郑就国途中，心中盘算着有朝一日定要杀回三秦，问鼎中原。南郑路途遥远，士卒不服水土，又思念家乡的亲人，大家恋恋不舍，心情沉重，正在此时却传来消息说，张良命令士兵把栈道烧毁了，这是通往中原的唯一途径。栈道一毁，从此断绝了由汉中进入中原的出路。于是军中怨声四起，刘邦亦心中恼怒。张良的举措，恰恰表现他英明过人之处。在当时，分封的十八诸侯中，刘邦势力最强，被分封到汉中，这是项羽防范他的结果。即使刘邦到汉中就国，也会时刻在项羽的监视之下。张良焚烧了栈道，等于向项羽表示，从此再也不出汉中的意向，让项羽放松对刘邦的警惕，可以借此良机修缮甲兵，积极准备，待时机成熟，可以出奇制胜，直取中原。此外，入汉中的兵士都是中原之人，一旦栈道断了，也就断了他们因思乡心切而试图逃跑的退路。张良这一上屋抽梯计，既蒙蔽了项羽，又稳定了军心。果不其然，不久各路诸侯反抗项羽的斗争开始，刘邦遂采用暗度陈仓之策，平定三秦，从而占据了与项羽抗争的基地。

第四，实际运用的有效性、广泛性。

经过长期斗争实践，人们在不断总结经验教训的基础上，形成日趋成熟、精巧的权谋。从权谋形成过程来看，是长期经验的积累，是经过提炼、升华之后的经验性产物，能够为后人提供有效的借鉴。比如，以重金收买贿赂对手，以贿为饵，拴住、迷惑对手，而最终战胜对手，已成为屡试不爽的手段。这一手法也引入上屋抽梯计的置"梯"过程中，即以小利示敌，诱敌上钩。政敌见利忘害，不知因利成害，最终束手就擒。

　　权术的有效性还来自其隐晦性，因为隐秘常出乎人们的习惯逻辑思维方式和常态心理之外，每每让人在不知不觉中上当，无形中削弱了战斗力，为施计者增加了成功的把握。也正因为它的有效性，才决定了在权力争夺战中广泛的应用，其结果又使花样更为繁多，技法更为娴熟，招数更为诡秘，使权术一步步从简单到复杂，从稚拙到成熟。

树上开花

——巧布迷阵 以此虚张声势

本计云:"借局布势,力小势大。鸿渐于陆,其羽可用为仪也。"其大意是:借助其他局面布成有利的阵势,兵力虽小,气势却很宏大。这就像横空翱翔的雁阵,凭借其丰满的羽翼来助长气势一样。

本计按语云:"此树本无花,而树则可以有花。剪彩粘之,不细察者不易觉。使花与树交相辉映,而成玲珑全局也。此盖布精兵于友军之阵,完其势以威敌也。"大意是说:这棵树本来没有开出花朵,但是可以人为地使它有花。把彩色绸绢剪成花朵粘在枝上,不仔细观察的人不太容易发现。让假花与真树交相辉映,造成一个巧妙逼真的完整局面。这就是把精锐兵力布置到友军的阵地上,给原来虚弱的友军,人为地造成强大的声势,以震慑敌人。

一、借局布势 其羽可用为仪

《周易·渐卦第五十三》云:渐:女归吉,利贞。《象》曰:山上有木,渐。君子以居贤德善俗。

商山四皓入宫廷，张良妙计安太子

【一爻】初六，鸿渐于干，小子厉，有言，无咎。《象》曰："小子之厉"，义无咎也。

【二爻】六二，鸿渐于磐，饮食衎衎，吉。《象》曰："饮食衎衎"，不素饱也。

【三爻】九三，鸿渐于陆。夫征不复，妇孕不育，凶。利御寇。《象》曰："夫征不复"，离群丑也；"妇孕不育"，失其道也；"利用御寇"，顺相保也。

【四爻】六四，鸿渐于木，或得其桷，无咎。《象》曰："或得其桷"，顺以巽也。

【五爻】九五，鸿渐于陵，妇三岁不孕，终莫之胜，吉。《象》曰："终莫之胜吉"，得所愿也。

【六爻】上九，鸿渐于陆，其羽可用为仪，吉。《象》曰："其羽可用为仪，吉"，不可乱也。

树上开花之计计文所引"鸿渐于陆，其羽可用为仪"，是上九爻辞。该爻"鸿渐于陆"与第三爻重复，且观全卦，水鸟由山涧而到崖岸，到高地，到树木，到小山，乃是步步升高，最后不当突然复回平地，故知此句"陆"字有误，清代学者江永、王引之、俞樾均认为"陆"是"阿"字之误。阿、仪古为一韵，《诗·皇矣》有"我陵我阿"句，可为佐证。据《说文解字》："阿，大陵也。"则水鸟由小山飞上大山，句顺意通。

本计以《周易·渐卦》为推演之本，渐者，渐之进也，说明事情发展要有一个过程，必须由低到高，由小到大，由弱到强，由简单到复杂，不能期望一步到位，毕其功于一役。面对强敌，倘若想一蹴而就，必然容易急躁盲动，急躁盲动则思虑不周，破绽百出，不但不能收制敌取胜之效，反会招致强敌猛烈攻击，促成自己的覆灭。怎样才能由小到大、由弱到强呢？必须有一些中间环节。鲲鹏可以奋然高飞，一举冲天，但水鸟不是鲲鹏，不能由山涧一振翅而上高山，必须先由涧中游到岸上，登上高地，飞上树木，飞上小山，最后由小山飞上大山。在错综复杂的政治斗争中，一个人如果把自己看作一举冲天的鲲鹏，必然遭罗网捕杀，必须审时度势，利用时机，在他人不知不觉中，一步一步地进升，待到飞上大山，胜利在握，他人已无可奈何矣。

本计引用渐卦的中心，在于上九一爻所揭示的深刻哲理。小小的水鸟，伏在山涧之中，自然为人所轻视，但当它经过一番努力，站立在高山之巅，它的羽毛也显得格外绚烂美丽，见者必然肃然起敬。山巅上的水鸟与山涧中的水鸟依然是同一个水鸟，但又不似同一个水鸟，在人们的心目中，其仪态气势已是高下迥异了。处于斗争中的双方，对弱者一方说来，是要循序渐进，借用其他因素增强自己，就像水鸟因高山而增势，凭华羽以增美一样，以此虚张声势。对于强者一方来说，也不要认为自己的力量足够了，也要善于把其他力量化为自己的力量，同时，还要警惕弱者一方的行为，不使其计谋得逞。

根据上述见解，将树上开花之计在各种政治条件下使用的结果进行推演，大概会出现以下几种情况：

第一种，自己处于弱势，但又不会使用树上开花之计，借局布势，强己弱敌，这必然会导致最终失败。

第二种，自己处于劣势时，试图运用树上开花之计强己胜敌，但缺乏机智和忍耐，不能因势利导，循序渐进，让对方一看就知是假花，终难收效。

第三种，自己处于优势时，便自以为可高枕无忧，不把对方放在眼里，不调查情况，不研究对策，对方施展树上开花之计，自己却不知晓，最后必然莫名其妙地败于弱敌之手。

第四种，处心积虑地施展树上开花之计，借局布势，因势利导，装成一树假花，足可以假乱真，但对敌方估计不足，敌方过于高明，窥破己方的计谋，以计破计，以谋攻谋，此亦难以成功。

第五种，当自己处于弱势时，仔细地研究己方和敌方的情况，相机而动，对方鲁钝则以计愚之，对方高明则设计诳之，务必做到计虑周密，因人而施，因势而设，天衣无缝，这样才可保证获得胜利。

第六种，当自己处于强势时，绝不骄傲自满，丝毫不敢轻敌，一方面细致了解对方情况，分析各种可能出现的动向，防止对方施展树上开花之计，虽弱而强；另一方面也要利用可以信任的一切力量和机会，运用树上开花之计，使自己变得更强。这样必将万无一失，可奏全功。

知彼知己，百战不殆。计谋的使用手法不一，客观情况又千变万化，使用者务必善于分析情况，把握时机，设置假情况，巧布迷魂阵，虚虚实实，真真假假，击败对手，争取胜利。

该计用于军事，主要是借用其他因素以壮大自己的声势。在政治方面的主要作用是设置假情况，巧布迷魂阵，借用其他一切可以借用的力量，增加自己的力量，从此由小到大，由弱到强，最终战胜对手。该计的关键是要假中有真，弄假成真，做得巧妙，虽为假花，却又极难辨别其假。

二、对症下药　据时势变手法

　　政治关系的网络是错综复杂的，政治斗争的战场是激烈凶险的，置身其中者，犹如在浩渺无际的大海上航行，必须把握好方向，善于识别激流和暗礁，敏于预测风云和雷雨，灵活机动地应付各种各样的情况，才能免于覆舟之险，胜利地到达终点。树上开花之计的使用，因客观环境的多样性和复杂性，也呈现出五花八门的缤纷色彩。《孙子兵法》开篇即为《计篇》，把用兵视为诡诈的行为，并提出十二种"诡道"：能打，要装作不能打；要打，却装作不要打；要向近处，却装作要向远处；要向远处，却装作要向近处；给敌人以小利，去引诱它；迫使敌人混乱，然后攻取它；敌人力量充实，就要防备它；敌人兵力强大，就要避免决战；激怒敌人，却屈挠它；卑辞示弱，使敌人骄傲；敌人休整得好，要设法疲劳它；敌人内部不睦，要设法离间它。使用树上开花之计时，一定要注意以"诡道"出之，因时、因地、因人而异，切不可囫囵吞枣，一概而论。如果不顾客观情况如何，只是按照固定的模式我行我素，则无异于缘木求鱼，守株待兔，直如幼童嬉耍一般，欲其成功，不亦难乎！纵观历史上运用树上开花之计的成功事例，无不是对症下药，相机而行，不同的时势使用不同的手法。如果稍加归纳，树上开花之计在政治斗争中的常用手法大体上可以分为化虚为实、虚实相合、巧设诱饵、以假乱真、借力打力、借局布势等类别，下面分别举例诠释。

第一，化虚为实。

所谓化虚为实，就是在自己处于劣势或不利地位，而又没有坚实可靠的力量可以拉拢借用时，把一些玄虚缥缈或空虚不实的因素巧加装扮，无树生树，少花开花，使这些本来虚幻无形的因素，变成能够支撑自己的坚实力量。因此，化虚为实运用的多是以柔克刚的心理战术，此计成功展开时，可以化虚幻为现实，化腐朽为神奇。己方在人员数目方面，或许没有增加，但在气势力量方面，却可以大大消解对方，壮大自己。由于己方力量弱小，采用这种手法，一定要注意随时随人，因势利导，谋定而后动，切不可毛躁轻动，弄巧成拙，虚未成实，实亦化虚。

事例：商山四皓入宫廷，张良妙计安太子

张良是汉高帝最重要的谋臣，在楚汉战争中，运筹帷幄，决胜千里，立下殊勋。汉朝建立后，左右大臣多为山东（指函谷关以东）人，力主定都洛阳，张良则认为洛阳周围不过数百里，乃是四面受敌之地，不是建都的适宜场所，而关中沃野千里，地形封闭，乃是金城千里，天府之国。刘邦采纳了他的建议，定都长安。此后，朝端无事，张良因体弱多病，便闭门不出，练习气功。

忽有一日，吕后的弟弟建成侯吕泽派人把张良强邀到自己家里说："你一直是皇上的谋臣，现在皇上想改立太子，你还能在家高枕而卧吗？"原来，刘邦非常宠爱戚夫人，想废掉早在做汉王时就被立为太子的刘盈（吕后之子），改立戚夫人的儿子赵王刘如意为太子。大臣们多次谏争，刘邦却迟迟未下决断。吕后为此事焦虑不安，却想不出一点办法。有人对她说："张良善于谋划，而且皇上很信任他。"听了这话,吕后便让吕泽强邀张良问计。张良知道了这些情况后说:"过去皇上在危急之中,接受了我的计策,现在天下安定了,皇上因自己的爱欲想易太子,这是骨肉之间的事情,就是有一百个像我这样的人,又有何用呢?"吕泽软磨硬逼地说:"无论如何也要想一个计策。"张良说:"这件事难以凭口舌之利争辩。皇上想招而又招不来的,天下共有四个人。这四个人年纪都很大了,都以为皇上轻慢侮人,故逃匿在山野之中,发誓不做汉臣。但是,皇上非常看重这四个人。现在你如果能不怕耗费金玉璧帛,让太子亲笔写信,派一个能言善辩的人前去恭请,这四人大概会来的。他们来了,奉以为太子宾客,时时随从太子入朝,让皇上看见他们,皇上必问,一问知是四个大贤人,这对太子必有帮助。"吕后听了,立刻让吕泽按张良所言,派人带着太子书信,卑辞厚礼,把四人请下山来,供养在吕泽家里。

汉高帝十一年(前196),英布造反,正赶上刘邦患重病,便想让太子带兵攻讨。四个人商议说:"我们是来保护太子的,太子带兵,地位就危了。"便找到吕泽说:"太子带兵,有功劳也不能再提高地位了,无功而返,从此就有祸事了。况且军中诸将,都是跟随皇上平定天下的骁将,现在让太子率领他们,就像让羊率领狼一样,他们必不肯尽力,无功而返是必然的。我们听过'母爱者子抱'这样一句话,现在戚夫人日夜服侍皇上,赵王如意常抱在皇上面前,皇上说'总不能让不肖之子位居爱子之上',这不是明摆着要改立太子吗?你要赶快让吕后找机会向皇上泣涕进言说:'英布是一员猛将,善于用兵,现在诸将都是陛下故旧,让太子率领他们,就像让羊率领狼一样,必不肯尽力,让英布知道了这些情况，必定鼓西而行，直捣长安。陛下虽然患病，也应卧在辎车中亲征，诸将才不敢不出力。'"吕泽当夜就去见吕后，吕后找一个机会，按照四人的话向刘邦哭诉一番。刘邦说："我也觉得竖子没能力带兵，还是我自己去吧。"便率兵而东。张良强起病躯，到刘邦军营说："我理应随陛下出征，可病得太重了。英布的士兵剽悍，不要与他们硬战。陛下去了，应当让太子做将军，监督关中兵马。"刘邦说："就按你的话办。你虽然重病在身，还是要尽力辅佐太子。"

第二年，刘邦得胜回到长安，病得更厉害了。刘邦自知将不久于人世，更加急迫地要改立太子。张良进谏，不听。叔孙通博引古今，力陈不能易太子，刘邦表面上答应了他，内心还是想易太子。一天，刘邦举行宴会，太子侍坐，四个人跟随太子之后，他们都八十多岁了，头发胡须都白了，但衣冠甚伟。刘邦感到奇怪，问："你们是什么人？"四人趋前，自报姓名，乃是东园公、甪里先生、绮里季、夏黄公。刘邦大吃一惊，说："我派人访求你们数年，你们都躲避开我，现在你们为何跟随我的儿子呢？"四人都说："陛下轻视士人，每加辱骂，我们义不受辱，故而逃匿山野。听说太子为人仁孝，恭敬爱士，天下的人都愿意为太子赴汤蹈火，所以我们就来投奔了太子。"刘邦说："就烦请你们调护太子。"四人祝寿毕，快步离去。刘邦目送四人，召戚夫人，指着四人说："我想废掉太子，这四个人却辅助他，太子羽翼已成，难以动摇了。"并作歌道："鸿鹄高飞，一举千里。羽翮已就，横绝四海。横绝四海，当可奈何！虽有矰缴，尚安所施！"歌毕，戚夫人唏嘘流涕，刘邦起身离去，中断宴会。太子转危为安，保住地位。不久，刘邦去世，太子登基做了皇帝。

在册立太子的问题上，尽管从周代就形成了立嫡立长的原则，但这一原则能否真正被遵循，还是因时因事因人而异，历朝历代，围绕太子之位总是不断发生明争暗斗，祸起萧墙的惨剧不绝于史。刘邦虽然早在战胜劲敌项羽之前，就按照惯例立嫡妻吕雉之子刘盈为太子，但他认为刘盈过于柔弱，不像自己，并不喜欢刘盈。后来他宠爱年轻貌美的戚夫人，觉得戚夫人所生的儿子刘如意刚毅果敢，与自己相类，便想寻机废掉刘盈，改立刘如意为太子。刘邦是君，刘盈是臣；刘邦是父，刘盈是子；刘邦身经百战、老练敢为，刘盈生长宫中、幼稚软弱；刘邦拥有决定一切的权力，刘盈虽贵为太子却没有自己的武装力量。在这种局势下，刘邦为刀俎，刘盈为鱼肉，刘盈似乎只能听凭刘邦的宰割了。刘邦并没有隐瞒自己改立太子的意图，满朝文武俱知，一些开国元勋和直言敢谏之士也曾力劝刘邦不要废太子，刘邦一概听不进去。很显然，文武官员在这件事上，无法构成对刘邦的制约力量。如何才能保住刘盈的太子地位？当这个棘手的问题摆到足智多谋的张良面前时，他也颇费踌躇。按道理说，君主有过举，臣下只有劝谏一条路，但张良深知，尽管自己是刘邦最重要的谋臣，为汉朝立下赫赫功勋，然而现在已时过境迁，他的话不再有举足轻重的影响，特别是在皇家的内部"私事"上，更难发挥作用，就是他和满朝文武一齐进谏，恐怕也难扭转皇帝的心意，弄不好还会引起皇帝的猜疑，认为臣下结党营私，那样后果将不堪设想。在无现实力量可以利用的情况下，张良周密思索，想出一条树上开花的妙计，这就是与刘邦玩心理战，让刘邦相信太子已深深博得天下百姓的爱戴和拥护，人心所向，不可拂逆，倘若一意孤行，废黜太子，天下百姓必然会伤心失望，还可能生出不可预料的事变。为了制造这种效果，张良想起了"商山四皓"，这四个人并不是不想获得政治地位，只不过是因为刘邦对儒生一向傲慢无礼，甚至向儒冠中撒尿，名声太坏，他们怕投靠过来受到侮辱，故而逃匿山林，刘邦数次聘请，坚不肯就。太子有仁厚之名，如果卑辞厚礼迎请，他们是会下山的。皇帝请不到的人，太子却可以请到，这自然证明了太子名声是何等的好，太子的影响是何等的大，太子是何等地拥有民心的拥戴。果然，毫无实力、只有虚名的四位白发苍苍的老翁一下山，似乎有了神秘的力量，他们的一言，胜过满朝文武谏言万千，刘盈的太子地位转危为安，泰然无恙。张良因势利导，化虚为实，真乃千古一大智人！

第二，虚实相合。

所谓虚实相合，就是处于弱势的一方具备一定的力量，但仅仅依靠这些力量，又很难抵御或战胜对方，而且又没有现实的实际力量可以借为己用，在这种时候就需要施展种种计谋，借用精神力量或心理因素调动己方的潜在力量，挫抑对方的士气威焰，从而使实实在在的具体力量与空空幻幻的精神力量融为一体，大大提高己方的实际能力。虚实相合的手法与化虚为实的手法的差异是，后者本身的力量十分微小，不得不故弄玄虚，只要"骗术"得逞，就可成事，而万一"骗术"无效，则将因为没有抵抗能力而一败涂地；前者本身具备相当的力量，在此基础上再施展树上开花之计，对方若能中计，则万事大吉，对方倘若识破计谋，己方仍有一定抵抗能力，不致迅速溃灭。使用虚实相合的手法，关键是要借实弄虚，化虚为实，把虚与实巧妙结合在一起，使对方丈二和尚摸不着头脑，陷于虚虚实实、真真假假的迷魂阵中，从而收克敌制胜之效。

事例：火牛之阵古今奇，田单复国建殊勋

战国中期，齐国田单大摆火牛阵击溃燕军，光复齐国，历来被认为是运用树上开花之计的典型事例。

齐国和燕国是地处东方的两个大国，双方虽然都没有力量消灭对方，但都心怀觊觎，等待着时机。前329年，燕易王去世，其子哙即位。燕王哙为人愚黯，却又想名垂千古。权臣相国子之便想趁机篡夺燕国政权。子之的同党鹿毛寿利用燕王哙好名的心理，对他说："尧所以至今被称为圣贤，是因为有让天下的行为。尧想把天下让给许由，许由不肯接受，结果尧有让天下之名而实际上没有失去天下。现在大王若仿效尧的行为，将国家让与子之，子之必定不敢接受，大王却有尧那样的德行声誉了。"燕王哙大喜，遂让国给子之，子之却不想学习许由，毫不犹豫地接受了。将军市被心中不平，与被废黜的太子平合谋，起兵攻打子之，双方激战十数日，死者数万人，人心离叛。齐国抓住这个大好时机，派大军入侵燕，燕人箪食壶浆以迎齐军，燕国都城被攻破，子之被杀，燕王哙自缢。燕人立太子平为王，是为燕昭王。原来投降齐军的燕国城邑，见齐国有灭燕之心，颇为不满，这时听说有了新君，都重新归附燕王，齐军立脚不稳，只得撤军而归。

燕昭王以报仇雪耻为己任，筑黄金台以招贤士，许多有才能的人士从别国前来投奔，这其中就有具有杰出军事才能的赵人乐毅。前284年,燕昭王见时机成熟,便任命乐毅为上将军,联合秦、楚、赵、魏、韩五国之师,浩浩荡荡杀奔齐国。齐湣王亲自率领大军在济水之西迎战,大败。其他几国军队分路收取边城,独乐毅率领燕军乘胜追击,长驱直入,接连攻占七十座城池,齐国只剩下莒、即墨两城未被攻下。乐毅见强攻不下,又觉得齐国只剩下二城,如同握在自己的手中,便改变策略,让士兵退到离城九里的地方驻扎,宣布废除齐湣王的苛刻法令,减轻赋役,以收买人心。乐毅希望通过这些笼络恩惠措施,能使莒和即墨自动降服。但一直过了三年,二城还是拒不肯降。

齐国宗室中有一个叫田单的人,极有智术,通晓兵法,但齐湣王不肯重用他,只让他担任临淄市掾,主管集市贸易。燕兵攻进临淄的时候,田单率领宗族逃到安平,命人锯短车轴两端,并用铁皮把轴包起来。别人不知田单这样做是为什么,都暗暗讥笑。不久燕军进攻安平,居民又纷纷逃难,所乘之车大多因为车轴两端过长,相互碰撞,不能疾驰,也有不少轴断车覆。只有田单一族,因车轴短且坚固,顺利逃到即墨。即墨的守城长官死后,军中无主,便想推举一个懂军事的人为将。有人想起田单因车轴得全之事,便向大家推荐,拥立田单为主将。田单同士兵同甘共苦,把宗族妻妾都编入队伍,大家对他很敬畏。田单非常注意搜集军事情报,还常派人到燕国打探消息。

燕国有一位大夫名叫骑劫,颇有勇力,喜好谈兵,与太子关系较好。他很想得到兵权,对太子说:"乐毅能在半年之内攻下齐国七十多座城池,剩下莒和即墨,怎么这么长时间还攻不下来呢?恐怕他是故意不肯攻下,而慢慢地收买齐国的人心。过不了多久，乐毅就会自立为齐王了。"太子把这话告诉燕昭王，燕昭王斥责说："先王之仇，不是乐毅如何能报，有这样大的功劳，就是真想做齐王有何不可呢？"下令鞭笞太子二十下，又派使节到齐国，宣布封乐毅为齐王。乐毅非常感激，以死自誓，不肯接受齐王之封。潜伏在燕国的谍报人员，将太子受笞事报告，田单仰天叹道："齐国恢复的时机，大概在下一任燕王身上了。"

前279年，燕昭王去世，太子即位，是为燕惠王。田单知燕国王位易主，便派人到燕国传布流言说："乐毅早就想当齐王了，只是燕国先王对他有恩，他不忍心那么做，便故意缓攻即墨和莒二城，等待时机。现在新王即位，乐毅准备与即墨讲和了。齐国最怕的，是派别将以代乐毅，那样，即墨必残破矣！"燕惠王早就对乐毅有疑心，听到这话，信以为真，便派骑劫到齐国代替乐毅，召乐毅回国。乐毅怕回燕被杀，西奔赵国而去。

骑劫上任后，尽改乐毅之令，燕军都心怀愤怒。田单知道复国的时机到了，只是这时势力单薄，且因久遭围困，士气不振。一天早晨，田单向城中人宣布说："我夜里梦见上帝告诉我说，齐国将复兴，燕国将失败，不日将有神人来做我们的军师，我们就会战无不克了。"有一个士兵悟到意思，走到田单面前说："我可以当神师吗？"说完就迅速走开了。田单急忙把他拉住，对大家说："我梦中见到的神人，就是他呀！"便给这个士兵改换衣冠，让他坐在大帐中，田单以师礼事之。士兵说："我实际上没什么本事的。"田单说："你不要多说话就是了。"便宣布这个士兵为"神师"，每发布一项号令，必先向"神师"请教而后行。

一天，田单宣布说："神师有令，吃饭之前必须先在院中祭祖，这样会得到祖宗的护佑。"结果，祭品引来成群的飞鸟。城外的燕军见到大群的飞鸟有规律地到城中降落，甚感奇怪，又听说齐军中来了神师，便纷纷传言，说齐军得到了天神的帮助，势不可当，士气大挫，削弱了敌方的士气。田单又设法鼓舞己方的斗志，让人到燕军中散布说："乐毅太仁慈了，捉住齐国人都不杀，所以城里人不害怕。如果把俘虏的鼻子都割掉，让他们在队伍前示众，城里的人就会都吓破胆了。"骑劫听到这话，果然把俘虏的鼻子都割掉了，城里的人见投降就会被割掉鼻子，更加坚定了坚守城池的信念，以免被燕军俘虏。田单又让人扬言说："城里人家的坟墓都在城外，如果被燕军挖掘了可怎么好！"骑劫听到，又下令把城外的坟墓都挖掘了，还把死人的骸骨堆起来焚烧。当时的人对祖坟十分看重，见此情景，城里的人都涕泣愤怒，恨不得食燕军之肉，都跑到田单那里请战，以报祖宗之仇。田单知道士气已被鼓舞起来，便挑选了五千精壮士兵，先隐蔽起来，只派老弱士兵和妇女轮流守城，并派遣使者到燕军中，说城中食尽，准备在某日出来投降。骑劫得意地对部下说："我比乐毅如何？"部下说："你比乐毅强过百倍！"士兵都跳跃高呼"万岁"，以为胜利在望了。在田单的授意下，富户们都带着钱，暗中送给燕军将领，请求他们在城被占领后保全自己的家小。燕将都很高兴，给这些富户们每人一面小旗，让他们插在门上以作记号。燕军上下，都在做着进城发财的美梦，一点战争的准备也不做了，呆呆地只等田单出降。

决战的时刻来了。为了弥补兵力不足，田单让人把城中的牛搜罗起来，共得千余头。田单命令给每头牛都披上绛色的衣服，上面用五色画有龙纹，每个牛角上绑上一把尖刀，牛尾巴上则绑上一把浸灌膏油的麻苇。在约定"投降"的前一日，这一切都安排停当，众人都不解其意。田单杀牛备酒，候至日落时分，把原先挑选的五千精壮士兵召来，饱以饮食，然后将他们的脸上涂得五颜六色，让他们手持利器，跟随牛后。田单让百姓在城墙上凿了几十个口子，把牛从口子中赶出，用火点燃牛尾巴上的麻苇。火烧牛尾，牛又惊又怒，拼命往前跑。此时，燕军认为明日即墨就要投降，都安心地在呼呼睡大觉。忽然听到驰骤之声，从梦中惊醒。燕军阵营被牛尾上的火把照耀得如同白昼，放眼一望，到处是五色龙纹，突奔而来，角刃所触，不死即伤，顿时乱成一片。脸上五颜六色的五千士兵，不言不语，逢人便砍。燕军早就听说齐军中来了位"神师"，今日见这么多神头鬼脸，不知何物，早吓破了胆。田单亲自率领城中人鼓噪呐喊而出，老弱妇女皆击铜器为声，震天动地。燕军纷纷逃命，自相践踏，死伤无数。骑劫乘车落荒而逃，被齐军杀死。田单整顿军伍，乘胜追击，战无不克，将燕军全部赶出齐国，所失七十余城都回到齐国手中。

在这场燕齐对抗战中，乐毅连下齐国七十余城，但在莒和即墨城下遭到挫折，强攻不下，说明莒和即墨是有一定实力的。作为即墨的守将，田单正是依靠这种实力为后盾，才能长期坚守。否则，无论他多么足智多谋，也只能眼睁睁地看着城池陷落。即墨虽然在一段时期内有御敌之力，但强敌围困，长久不解，如此下去，粮草日见减少，士气日见低落，无异坐以待毙，复国更是无望。田单知道乐毅是智谋之士，难以计愚，故而绝不轻举妄动，先施展离间计，以愚弄新即位的燕王，促成燕王用骑劫代乐毅为燕军主将。时机成熟，田单便运用树上开花之计，巧妙施展虚实结合的手法，尽可能地挫抑敌人的士气，鼓舞己方的斗志。比如，他利用人们的迷信心理，假托神师，增强了齐军的信心，这是利用神道以强己；他利用飞鸟聚食，造成假象，使燕军疑神疑鬼，削弱了斗志，这是利用神道以弱人；他鼓动骑劫割降者之鼻，掘齐民先人坟墓，把齐军的愤怒调动到极点，人人都立下血战到底的决心，这是利用敌军之作为，鼓舞己方之士气；最后，他大摆火牛阵，借助火牛以壮声威，使得弱小的齐军的力量成倍增加，这是借动物以生势增威；在利用火牛时，他还同时利用原来弄神弄鬼给燕军造成的心理态势，使人数众多、力量强大的燕军惊惧失措，以为齐人真有神兵相助。田单施展这一连串的计谋，起到了借其他因素以壮己声威的作用，使本来弱小的齐军的战斗力不断提高，本来强大的燕军的战斗力不断降低，终于以少胜多，驱强敌于国门之外，完成了复兴齐国的大任。

事例：寇准定下御敌策，借助皇威退辽兵

北宋与辽接壤，经常处在辽军入侵的威胁之下，宋人对辽颇有畏惧之心。宋真宗时，辽军再次大举南下，兵临澶州城下。边境将领驰书告急，一夜之间竟达五次。这些告急文书都被寇准扣住不发。皇帝闻之，大为惊骇，召寇准责问。寇准回答说："陛下若想了结此事，不出五天定见分晓。"皇帝问如何了结，寇准请皇帝御驾亲征。朝臣们一听，知事体重大，心生恐惧，纷纷准备退朝，以免皇帝怪罪。寇准不让大家走，让大家侍候皇帝起驾出征。皇帝不想亲征，又不好说出口，便说回宫思考一下。寇准说："陛下一入深宫，臣见到您就难了，国家安危大事如何收拾，还是不走为好。"大臣毕士安也力劝皇帝接受寇准的建议，皇帝只得暂且应允。

宋朝上下都知辽军厉害，皇帝虽然答应了亲征之事，却心里犯难，有些朝臣为身家性命着想，更惊恐不安，极力阻止亲征。临安（今浙江杭州）人王钦若请皇帝暂避金陵（今江苏南京），阆中（今属四川）人陈尧叟则请皇帝暂往成都。皇帝犹豫不决，同寇准商议。寇准说："谁为陛下出此下策，其罪当斩。陛下神武英明，将士团结和睦，倘御驾亲征，敌人必闻风丧胆，落荒而去。纵使不亲征，或出奇兵挫败敌人的计谋，或坚守阵地疲劳敌兵，此皆能稳操胜券，何必弃宗庙社稷而走金陵、成都？真这样做，必人心涣散，上下解体，大宋江山危矣！"听了这话，皇帝觉得甚有道理，亲征的信心坚定起来。

皇帝一行抵达澶州，远远望去，辽军阵营整齐，声势浩大。随行大臣们都惶惶不安，请求皇帝就地驻扎，不要过河。寇准一再坚请说："陛下若不毅然渡过黄河，那么我军人人自危，而敌军却不会受到震慑，这不是取威决胜之道。况且我方王超率领精兵屯于山中，扼住辽兵的咽喉，李继隆、石保吉分兵以掣辽兵左右肘，四方援兵陆续到来，为何迟疑不敢前进？"高琼也一再坚请渡河，还指挥卫士赶快准备好车辇。皇帝无奈，率众人渡过黄河，来到北城的门楼之上。远近的宋军望见帝辇的华盖，士气高涨，欢呼万岁，其声音数十里外都能听到。辽军见宋军士气高昂，颇为惊惧。

皇帝将军事大权委与寇准，寇准号令严明，处事果断，士卒对他很敬畏佩服。不久，辽军数千骑兵逼近城下，寇准命令士卒出击，斩杀俘虏了大半。辽军损失惨重，只得退去。皇帝返回宫，留寇准在北城之上坐镇指挥。过些时候，皇帝派人去看寇准在干什么，只见寇准正与别人饮酒下棋，歌声、戏谑声、欢呼声，不绝于耳，根本不像面临强敌的情形，倒像是在游山玩水。皇帝得知，非常高兴，说："寇准如此从容镇定，我还担忧什么呢？"寇准的行为既让皇帝放下心来，也大大稳定了军心，增强了大家的胜利信心。

辽朝见军事上占不到什么便宜，就想通过谈判获得些利益，便派遣大臣韩杞同宋以前派往辽的使臣曹利用一起前来请求结盟，让宋朝把关南的土地割让与辽。皇帝说："割地之事，毫无道理。若辽坚持割地，只有决一死战。若只是索要金银玉帛，倒对朝廷大体无甚伤害。"寇准一听，力加劝谏，反对以银帛求和，还建议让辽向宋称臣，并向辽索要幽、蓟二州之地。他说："必如此，才可保边境百年无事，不然，数十年后，他们又起贪心了。"皇帝不听，想尽快结束对峙状态，命曹利用前往辽军议和说："实在不得已，每年给辽百万钱亦可。"寇准闻知，把曹利用召到帷幄之中说："虽有圣旨，你答应辽的岁币不得过三十万，否则我就杀你的头。"曹利用知寇准之言非儿戏，在谈判桌上极力坚持，辽见宋军士气旺盛，一时无隙可乘，也不敢强求，最后双方达成协议，辽与宋约为兄弟之国，尊宋帝为兄，宋每年给辽白银十万两、丝绢二十万匹。和约定后，辽军北还，边境复安。

辽是宋的宿敌，时时刻刻威胁着宋的安全。宋太宗时，攻灭辽所扶植的北汉，便乘机进击，包围了辽南京（今北京）。但在高粱河（今北京西直门外）之战中，宋军遭到惨败，宋太宗仅以身免，乘驴车仓皇南逃。从此，宋军不敢北进，而辽军却时时南下,宋军很惧怕辽军。这一次辽军大举进攻,来势汹汹,宋朝朝野震惊,大多数人有惧战情绪。从实力上看,宋朝地大物博,兵力众多,并非不堪一击,辽军若想长驱直入,确也不是一件易事。应该说,宋朝之处于劣势,并不是实力上的劣势,而是心理上的劣势。面对辽军的攻势,宋朝廷必须冷静镇定,稍有不慎,轻则丧师失地,重则国破家亡。在这危急存亡之时,寇准力促皇帝出征。皇帝亲临前线,虽不能冲锋陷阵,却极大地鼓舞了士气,守军虽还是那些人马,但两军相逢勇者胜,无形中增强了许多战斗力。辽军突见宋帝亲临,士气高昂,内心惊惧,无形中削弱了战斗力。寇准面对强敌,丝毫不惧,饮酒弈棋,谈笑自若,也有利于安定士卒,增强信心。"借局布势,力小势大",寇准运用树上开花之计,使皇帝权威这一"虚"的力量,与前线守军这一"实"的力量结合起来,借用皇帝权威这一因素,增强守军的威势力量,以此虚张声势,大获成功。最后虽未能劝住皇帝不向辽输送银帛,毕竟保住了宋朝北方领土,将损失控制在较小的限度内。

第三,巧设诱饵。

所谓巧设诱饵,就是把自己的意图包裹起来,让对方看起来可以获得利益,引诱对方上钩,运用欺骗的手段使对方入我彀中,以达到预期的目的。这种手段就像是在没有花的树上造出一朵鲜艳夺目的花朵,勾引对方去采摘,从而掉入树下的陷阱中。这种手段容易被人识破,不可轻用。使用时,必须把对方的情况了解得很透彻,就像垂钓者熟悉各种鱼的习性一样。钓饵不可笼统使用,必须因人而异,务要投其所好,以产生强大的诱惑力,使对方欲罢不能，即使明知有一定危险也在所不惜，甘愿被牵着鼻子走。

事例：张仪设计诓楚王，拆盟强己弱敌国

战国时期，齐、楚、燕、韩、赵、魏、秦七雄并立，其中西部的秦国、东部的齐国和南部的楚国力量最强。张仪和他的师兄苏秦，凭着三寸不烂之舌，游走于各国之间，合纵连横。在前313年前后，楚国与齐国结成联盟，共同对付秦国。秦王想去伐齐，又怕楚国起兵帮助齐国，便想拆散他们的盟约。秦王把相国张仪召来问计，张仪回答说："凭着我的三寸不烂之舌，南游楚国，伺机向楚王进言，必定能使楚国与齐国断绝关系，转而与秦国友好。"秦王听后很高兴，说："就按你的意见办吧。"

张仪拜辞秦王，来到楚国。楚王见张仪这个大名人来了，便命令把上等宾馆整理好，让张仪居住。楚王问张仪："你到敝国来，有何见教呢？"张仪说："我这次来楚国，是想让秦、楚建立起友好关系。"楚王说："我何尝不愿与秦结盟呢！但是秦国屡次出兵攻伐楚国，所以我也就不想和秦国结盟了。"张仪说："现在虽然有七国，但大国只有楚、齐与秦三家。秦与齐结盟，则齐国势力大增。秦与楚结盟，则楚国势力大增。不过秦国的心意，是想和楚国结盟。这是为何呢？因为齐与秦是婚姻之国，却多次负秦。大王您却与齐交好，触犯了秦王的忌恨。现在大王如果能闭关与齐国断绝关系，秦王愿意把当年商鞅从楚国攻取的商於之地六百里归还大王，还愿意把秦女嫁与大王为妾，这样秦、楚世为婚姻兄弟，共同抵御诸侯的侵犯。"楚王听了这话，很是高兴，说："秦国肯把旧地还给我，我怎么还会偏爱齐国呢！"当下答应下来。楚国的大臣们都认为楚国将要收回失去的故土了,纷纷向楚王称贺,只有客卿陈轸表示反对。楚王大怒说:"我不发一兵一卒就能得到六百里地,群臣都祝贺,你为什么反对呢?"陈轸说:"不然,以臣看来,商於之地得不到,齐、秦将要结盟了,齐、秦结盟,楚国的祸事来了。"楚王问:"你这么说有何根据?"陈轸分析说:"秦国所以看重楚国,是因为楚有齐国这个盟友。现在如果与齐断交,则楚国就陷入孤立无援的境地了。秦国还有什么可重视楚国的,而会割让商於之地六百里?张仪回到秦国,必定食言,辜负大王。"楚王听了很不高兴,问:"你说怎么办?"陈轸说:"最好的办法,是表面上和齐国断交而暗中依然交好,派一名使节跟张仪去秦国。如秦国给地,那时再与齐断交也不晚;如不给地,仍与齐交好,共同对付秦。"楚王说:"希望你闭上嘴不要再多说,就等着看我得到土地吧!"

楚王下令北关守将,不要让齐国使节进入楚国,派将军逢侯丑随张仪到秦国接收土地。一路上,张仪与逢侯丑饮酒谈心,欢若兄弟。快到咸阳时,张仪假装醉酒,失足从车上跌下来,左右侍从忙将他扶起。张仪说:"我的脚伤了,需要立刻医治。"便先乘车入城去了。向秦王汇报过,便躲在家里伪称养伤,一连三月不上朝。逢侯丑见不到秦王,只好去见张仪,也是因伤不见。逢侯丑只得上书秦王,把张仪许地之言说了一遍。秦王复书说:"张仪如果有约,我一定会履行。不过听说楚与齐尚未断交,我怕被楚国欺骗了。还是等张仪病愈入朝,弄清楚再说吧。"逢侯丑把秦王之言报告国内,楚王说:"大概秦国认为我没有彻底和齐国断绝关系吧?"便派勇士到宋国,借宋之符节,北上到齐国边界,把齐王百般辱骂一番。齐王大怒,立即派人到秦请求交好。张仪听说齐国的使臣到,知道计谋已成,便称病愈入朝。在朝门遇到逢侯丑,张仪故作惊讶地说:"将军为何还没有受地返国,尚滞留我国?"逢侯丑说:"秦王只等你病愈面决,现在你病好了,就请进去向秦王禀报,早日划定地界,我也好回国复命。"张仪说:"此事何须请示秦王?我所说的,是我的俸邑六里,愿献给楚王。"逢侯丑说:"我受命于寡君,言商於之地六百里,没听说只有六里。"张仪说:"楚王大概听错了吧?秦国的土地都是百战所得,岂肯以尺土让人,何况六百里土地呢!"逢侯丑回国汇报,楚王大怒说:"张仪真是反复无常的小人,我一定要生吃他的肉才解恨!"便起兵伐秦,结果被秦齐联盟杀得惨败,汉中之地六百里反被秦国夺去。

　　张仪是战国时期著名的纵横家,诡计多端,辅助秦王,实行远交近攻的策略。为了牵制秦国,楚国与齐国结成联盟,使秦国不敢放手行动。面对这种情况,张仪决定设计诓骗楚王,让楚王自己断绝与齐国的盟友关系。张仪非常了解楚王的心理和秉性,掌握了楚王的两大特点:第一,楚王虽然与齐结成联盟,但又觉得齐国远离楚、秦二国,倘若真的发生战事,不免有远水救不了近火之虞,而楚国与秦国毗邻,时刻处在秦国的威胁之下,倘能建立友好关系,则可缓解面前的危机;第二,楚王为人十分贪婪,又庸懦昏聩,缺乏主见,轻信人言。针对这两点,张仪投其所好,用"六百里地"在本来无花的树上装成一树假花,引得楚王跷足去摘。楚王的贪心给宿敌秦国带来莫大利益,秦国不费一兵一卒,仅凭着张仪的一张巧嘴,竟然拆散了齐楚联盟,使秦之仇敌、楚之盟友转变为楚之仇敌、秦之盟友，借局布势，强己弱人，真是树上开花之计的成功运用。

第四，以假乱真。

所谓以假乱真，就是制造一系列假象，以蒙蔽对方。树上开花之计的妙处，就在于弄虚作假，在本来无花的树上造出来，但在运用这一手段时，一定要周密策划，细心布置，务必做到天衣无缝，毫无破绽，看起来十分真实，让对方信以为真。《孙子兵法·势篇》指出："善于出奇者，无穷如天地，不竭如江河。终而复始，日月是也；死而复生，四时是也。"以假乱真的典型特点就是一个"奇"字，必须刻意求奇，奇之又奇，尽量背离常规的思维方式，出乎对方的意料之外，这样才能收到出奇制胜、绝处逢生之功效。

事例：唱筹量沙骗魏将，檀道济全师而退

南朝宋文帝时，想趁北魏四面受敌之机，出兵收复河南之地。大将到彦之奉命北伐，北魏因主力部队此时正与柔然作战，便主动退却，到彦之不战而取得河南大片土地，欣喜若狂。可惜好景不长，北魏腾出手后，倾兵南下，除滑台（今河南滑县）等少数据点外，河南之地得而复失。宋文帝急忙派檀道济率军北上，二十多天来到济水边，已经与魏军交锋三十多次，大多胜利，一直打到历城（今属山东）。檀道济的兵力并不多，又孤军深入，粮草也不慎被魏军烧毁，困在历城，十分危急，只得设法退兵。

檀道济率军刚刚开始南撤，不想有宋兵叛逃，把宋军缺粮的详细情况告诉了北魏将领。北魏立即派遣大军追赶檀道济，想把宋军紧紧围困起来。宋军将士看见大批魏军追来，都十分恐惧，只有檀道济却非常镇静,传令宿营扎寨,埋锅做饭。见此情景,魏军也不敢贸然发动进攻,便派了许多间谍混入宋军营垒,以探听虚实。檀道济知军营中有魏兵探子,但并不进行清查,而是将计就计,想出一个妙策来。

当天晚上,宋军营里灯火辉煌。掌管军粮的将官带着一些士兵清点军粮。兵士们每装满一袋,粮官于计筹时,就高唱:"再加二百斤,满十万斤了!""满二十万斤了!"粮袋叠起,堆得如小山一般。一个士兵故意失手,把一袋白花花的大米撒在地上。魏军间谍躲在暗处,看得真切,赶快跑回去报告魏将,说檀道济营里的军粮还绰绰有余,如跟檀道济决战,恐怕又要打败仗。魏将闻听,以为在此以前告密的宋兵是假装投降,故意引诱他们上钩,一怒之下,便将投降的宋兵推出斩首了。他们哪里知道,宋军量的并不是白米,而是一斗斗的沙土,只有上面的几袋,才是真正的粮食。

第二天,魏军主将亲自策马到宋军阵前观察动静,只听宋军营中,鼓声大震,门旗开处,檀道济身着便服,坐在车上,缓缓而行,车后大队宋军戴盔披甲,从容列队而行,步伐整齐,魏军在他们眼里就像不存在一样。魏军偏将劝主将下令进攻,主将因为被檀道济打败过多次,颇存畏忌,不肯进攻,下令后撤十里,还说:"我受命之时,主上再三叮咛:'檀道济足智多谋,不可轻敌。'现在他从容撤兵,军容整齐,必有诈谋,不可进击。此所谓穷寇莫追,追必中伏是也。"就这样,檀道济竟然在面临绝粮的困境下,突出北魏大军的包围,全师而返。

由于檀道济多次立下大功,引起宋朝权贵的忌妒和猜疑。有一次，宋文帝患病，其兄刘义康和心腹们商量说："万一皇上出现什么不幸，留下檀道济总是祸根。"他们便诬陷檀道济谋反，矫诏处死。檀道济被捕之时，恨恨地把头巾摔在地上，痛心地斥责道："你们这是在自毁长城啊！"果然，北魏得知檀道济被杀，相互庆贺说："檀道济一死，南方再也没有让我们害怕的人啦！"进而图谋南侵。有一次，北魏大军一直攻到江北，宋文帝在建康的石头城上眺望远方，感叹道："檀道济如果还在世，就不会让胡骑横行到如此地步了。"可见檀道济确实是不可多得的将才。

檀道济唱筹量沙，全师而还，是树上开花之计的典型运用。树上开花，就是要以假乱真，借用其他因素以壮己声势，震慑敌人。檀道济孤军深入，兵少粮少，在北魏大军的势力范围之内，稍有不慎，必然全军覆没。檀道济审时度势，冷静分析形势，认为军粮供应是关键问题。当时宋军的粮食存量已不足供应三日，让自己的士兵们知道了，必然军心涣散，人无斗志；让敌人确切了解了这一点，必然会重兵围困，使宋军坐以待毙，不攻自破。檀道济以沙充粮，使人误以为军中尚有充足的粮食，既稳定了己方军心，又挫抑了敌方的气焰。最后，他故意身着便服，缓缓而行，使敌方主将疑神疑鬼，而敌人起疑，无形中也就大大增强了己方的力量。可以说，檀道济借局布势，用沙子和超人的镇定装扮了树上之花，在敌我力量悬殊的情况下，竟毫无损伤，悠闲而回，计策之妙，真令人拍案叫绝。

第五，借力打力。

所谓借力打力，就是在依靠自己的力量难以达到目的的情况下，借用友方、他方，甚或敌方的力量来壮大自己，实现自己的目标。使用这一手法者，处于两种以上的势力之间，必须计虑周详，集聪明、智慧与机敏、狡猾于一体，善于挑拨离间，善于制造矛盾，善于利用各种势力之间存在的矛盾和利益冲突，借此制彼，借彼制此，以这股势力牵制那股势力，用那股势力对付这股势力，于鹬蚌相争之中，坐收渔翁之利。《兵经百字·借字坛》云："己所难措，假手于人，不必亲行，坐享其利，甚至以敌借敌，借敌之借，使敌不知而终为借，使敌既知而不得不为我借，则借法巧也。"此正借力打力之谓也。

事例：杨一清借阉除阉，刘皇帝末日来临

明正德帝是有名的荒唐皇帝，即位伊始，就虚张声势，贪图玩乐，重用刘瑾、马永成、谷大用、张永等八名宦官，号称"八虎"。其中刘瑾为人阴毒，最有心计，他知道正德帝好玩，便日进鹰犬、歌舞、角抵之戏，引导正德帝微服出游。正德帝对他宠爱有加，使之逐步把持了朝廷大权，势焰熏天，以致当时人说有两个皇帝，一个朱皇帝，一个刘皇帝。刘瑾为非作歹，为了打击异己，竟将内阁大学士刘健、谢迁等五十三人定为奸党，在朝堂张榜示众，还让群臣跪于金水桥之南，恭听宣布奸党名单和训诫。对于刘瑾的变乱朝章，胡作非为，许多大臣都敢怒不敢言，想除掉他，又无机会。

正德五年（1510），安化王朱寘鐇谋反，正德帝命都御史杨一清率军征讨，由太监张永监军。张永与刘瑾同列"八虎"，本为同党，后来对刘瑾的骄横跋扈颇为不满，两人之间的裂痕越来越深。这次他奉命出征，正德帝身穿戎服，亲自送到东华门，赐予关防、金瓜、铜斧，很受宠遇。大军未至，朱寘鐇已被当地守将擒获。杨一清到宁夏，安抚军民，局势很快安定下来。杨一清从小就以神童著称，很有智略，痛恨刘瑾，知张永与刘瑾不合，见张永仍深受皇帝信用，觉得现在是除掉刘瑾的好机会。杨一清曲意结交张永，两人相处得甚为融洽。有一天，杨一清寻机叹息说："宗室的叛乱，赖公之力平定了。外乱易除，国家的内乱还不知如何了结呢！"张永不解地问："这话是什么意思？"杨一清促膝向前，在手掌上写了一个"瑾"字。张永觉得很为难，说："刘瑾日夜在皇上左右，党羽众多，耳目很广。"杨一清见张永也有意除掉刘瑾，只是下不了决心，便进一步说："公也是皇上信任的人，这次平定叛乱的重任，不交与他人而交与公，足见皇上对你的宠信。现在大功告成，回朝奏捷，公如寻找机会与皇上讨论这次平叛之事，趁机揭露刘瑾的罪恶，极力陈说海内百姓愁怨，都怕皇上遇心腹之变。皇上英明果断，必定会听从你的意见诛杀刘瑾。除掉刘瑾，公将更加受到重用，矫正刘瑾弊政，收拾天下人心，这样公就能名垂千古了。"张永还是担心，说："如果事情不成，怎么办？"杨一清鼓励说："话从公嘴里说出来，皇帝必信。万一不信，公叩头据地而哭，请求死在皇上面前，皇上能不动心吗？只要皇上意动，必须马上动手，一刻也不能延缓。"张永的信心被鼓舞起来，说："我就豁出老命报答皇上的恩德吧！"

张永上疏向皇帝告捷，并说将于八月十五日到京向皇帝献俘，刘瑾命令缓期进行。张永怕事情有变，便提前入京，举行献俘礼毕，皇帝设宴慰劳张永，刘瑾等都陪侍在座。夜深了，刘瑾等先行告退，张永便拿出藏在身上的朱寘鐇反叛时痛诋刘瑾奸恶的檄文,并向皇帝历数了刘瑾的多起恶事。正德帝已喝得有些醉醺醺的,低着头说:"刘瑾辜负了我。"张永说:"此事不可延缓。"马永成等也早对刘瑾不满,立刻在旁附和。正德帝在夜间就下令逮捕了刘瑾,关在菜厂,并分遣官校查封刘瑾的多处宅邸。次日早朝后,正德帝向各大臣出示了张永的奏疏,宣布把刘瑾降为奉御,谪往凤阳。正德帝亲自主持抄没刘瑾家产,结果抄出伪造的皇帝玺印一枚、穿宫牌五百,以及衣甲、弓弩、衮衣、玉带等违禁物品。在刘瑾每日拿在手中的扇子里,也发现藏着两柄匕首。正德帝这时才真的勃然大怒说:"奴才果然反了!"立命将刘瑾下狱审讯,然后凌迟三日处死,其族人、逆党皆被诛杀。

刘瑾在正德帝为太子时就侍奉在身边,正德帝嗣位后,宠遇日加,他利用手中的权力,遍植死党,内阁大学士焦芳、刘宇,吏部尚书曹元,锦衣卫指挥杨玉、石文义等,都是他的心腹,他们互相勾结,互通声气,正直的朝臣们要想搬倒刘瑾,实在是难上加难。杨一清抓住了也很受皇上宠幸、却又与刘瑾有嫌隙的张永共事的机会,曲意结交,使张永对自己产生好感,然后动之以情、晓之以理,鼓起张永的勇气和信心,御前请命,胜过举朝共谏,竟使刘瑾这棵根深枝繁的大树,转瞬倾倒。因局布势,借宦官之力以除宦官,遂收事半功倍之效,妙计之用,大矣哉!

事例:压北借南北制南,袁世凯窃取大权

1911年10月10日,武昌起义爆发,成立了军政府。消息传来,清政府震惊,王公大臣尸位素餐已久,面对变局,束手无策。这时有人想到了袁世凯,敦促清政府尽快予以起用。袁世凯出身官僚地主家庭,叔祖袁甲三因镇压捻军有功,官至漕运总督。

袁世凯本有枭雄之才，凭着在官场上的关系，很快爬上高位。甲午战争之后，朝野上下都认识到旧式军队的无能，便倡议改练新军，袁世凯走通李鸿章的门路，竟获得训练新军的职权，在天津小站训练新建陆军，为自己积累了一笔丰厚的政治资本。戊戌变法期间，因向荣禄告密，加速了变法失败，却大受慈禧太后赏识，升任山东巡抚。八国联军攻入北京，又因勤王有功，李鸿章去世后继任北洋大臣。1908年11月，光绪皇帝和慈禧太后相继去世，光绪皇帝之弟载沣之子溥仪继位，载沣任摄政王。载沣本想杀掉袁世凯为光绪皇帝报仇，因军机大臣张之洞等人极力营救，仅罢职了事。袁世凯快快回老家彰德养"足疾"去了。如今面对武昌起义点燃的熊熊烈火，清政府无计可施，只得接受建议，起用袁世凯。

10月14日，清政府发布上谕，任命袁世凯为湖广总督，负责对付革命军。袁世凯是一个狡猾的狐狸，不是一条扔给块肉就可引来的狗。接到上谕后，宣称"足疾"尚未痊愈，拒绝出任湖广总督。他觉得清政府虽然受了革命军的惊吓，但还不够，还要让清政府受到革命火焰的更多煎熬，才能交出更多的权力。果然，清政府吃不住劲儿了，于10月20日，派袁世凯的老朋友、内阁协理大臣徐世昌到彰德，敦促袁世凯出山。袁世凯当即提出六项条件：一、明年召开国会；二、组织责任内阁；三、开放党禁；四、宽容武昌起事人员；五、授以指挥前方军事全权；六、保证饷糈的充分供给。六条的核心，是要清政府把政治上和军事上的全部权力都交到他手中。清政府无奈，只得答应这些条件。

袁世凯知道让清政府一下交出全部的权力是不容易的，故而仍留在彰德不即出山，只是暗中活动，指挥自己的部下、第一军统领冯国璋，向汉口发动猛烈攻击，占领了汉口。袁世凯于10月31日从彰德到信阳督师，知道仅靠武力难以扑灭革命军，同时也要继续给清政府加压，攻占汉口后，袁世凯也随即到达，命令冯国璋暂缓进军。11月1日，清政府宣布以庆亲王奕劻为首的内阁免职，授袁世凯为内阁总理大臣，命他"即行来京，组织完全内阁，迅即筹划改良政治一切事宜"，同时，湖北前线的军队仍由他节制。袁世凯见他的条件清政府都接受了，心中大喜，但表面上不动声色。袁世凯一面按惯例上疏谦辞总理大臣的任命，一面派人与武昌军政府都督黎元洪联系，试探军政府的态度。黎元洪表示不赞成君主立宪，应实行共和政体，同时称赞袁世凯是"我汉族中之最有声望、最有能力之人"，谓第一任民国总统非袁世凯莫属。在革命的压力下，清政府于11月3日颁布《宪法信条十九条》，给总理大臣以组成内阁的权力："总理大臣由国会公举，皇帝任命，其他国务大臣，由总理大臣推举，皇帝任命。"11月9日，资政院依照《十九条》选举袁世凯为总理大臣。

袁世凯既从清政府手里获得期望的权力，又摸清了湖北军政府动摇妥协的脉搏，也就不再耽搁，于11月13日抵达北京，迅速组成自己的内阁。为了进一步动摇武昌军政府的信心，袁世凯命令北洋军向汉阳发动猛攻。11月27日，汉阳失守。11月30日，北洋军从汉阳的龟山炮轰武昌，进行威胁。武昌人心浮动，谣言四起，好像北洋军马上就要打过江来了。袁世凯并不是真的想摧毁黎元洪为首的军政府，这个军政府在压制清政府和对付较坚定的革命者两方面都是有用的，可以成为手中的一个筹码。因而，

潜龙勿用日乾乾

北洋军只是隔江炮轰武昌，并不是真的发动过江进占武昌的攻势。袁世凯还请英国人出面牵线搭桥，与黎元洪达成停战协议，随后于 12 月 8 日，双方又在上海展开和谈。在和谈中，袁世凯公开打出的旗号是实行君主立宪，其代表在谈判桌上则透露袁世凯的真实想法，即不反对共和，条件是总统必须由袁世凯来当；核心的问题只是"筹一善法，使和平解决，免致清政府横生阻力"，"使清政府易于下台，使袁氏易于转移"。

正在这时，孙中山于 12 月 25 日从国外回到上海。12 月 29 日，聚集在南京的各省代表举行会议，选举孙中山为临时大总统。12 月 31 日，孙中山由上海抵南京，次日，就任临时大总统，中华民国宣告成立。孙中山的突然回国，对袁世凯顺利推行自己的计划是个阻碍。他立即中断了上海和谈，并指使冯国璋、段祺瑞等四十八名亲信将领通电南方，声称坚决反对共和，拥护君主立宪。同时，他更加主动地拉拢黎元洪，把驻扎在汉口的北洋军撤退到离汉口约一百里的孝感，把主要精力用来对付南京政府。袁世凯虽然中断了上海和谈，但不放弃停战议和的旗帜，与南方的代表伍廷芳秘密讨论结束清朝统治的条件。南京政府中成分复杂，九个总长中，立宪派和旧官僚占了大半，妥协势力占上风。

袁世凯弄清了南京政府的情况，知道南京政府不可能独立地有所作为，便反过来对清政府加压。1 月 13 日，袁世凯让手下将领们致书清政府的王公大臣，说："查亲贵王公大臣财货寄顿外国银行者数千百万，若不尽买公债以纾国难，非但财不能保，杀身之祸且在目前。"王公大臣人人自危。16 日，袁世凯以内阁总理名义上奏说："人心涣散，如决江河，莫之能御"，希望皇太后和皇上赶快召集皇族商议帝位去留问题，倘再拖延，必有内溃之日。上奏后，袁世凯就托称生病，不再上朝，由内阁中的一些阁员代表他同皇室联系。皇太后召集王公贵族，开了几次御前会议，均无结果，这些人虽救世无术，却也不甘心自动退出统治舞台。袁世凯见状，便采取进一步的措施。1月26日，袁世凯派人暗杀了禁卫军协统、贵族中的少壮派领袖良弼，以恐吓王公贵族。同时，指使手下将领联合奏请皇帝立即退位，确定共和政体。在奏文上签名的，正是二十三天前通电反对共和的原班人马，只有冯国璋因统领禁卫军，不便参与，未签名。袁世凯是清政府唯一的顶梁柱，事已至此，清帝只有退位一条路了。2月12日，清帝正式退位。14日，孙中山为形势所迫，也向参议院提出辞职。15日，参议院选举袁世凯为临时大总统。至此，袁世凯的野心完全实现了。

　　袁世凯是一代枭雄，野心勃勃，虽反复无常，人品卑下，却很有心计，工于政治手腕。在辛亥革命爆发后的数月中，袁世凯充分发挥了狡诈伎俩，善于识别局势，利用局势。在他的手中，南方的革命成为压制清政府让位的王牌，而北方的清政府又成为同南方的民国政府讨价还价的筹码；他手中掌握的北洋军又成为调解的砝码，当需要迫使南方让步时，他就指使手下将领们出来站在北方一边，当需要迫使北方让步时，他又指使这些将领出来站在南方一边。对袁世凯来说，北方的清政府和南方的政府，都是他的对立面，是他决心要除掉的，但经过他的狡猾运用，这两个对立面都起到了加强他的威望和力量的作用，最终他既取消了北方的清朝统治，又取消了南方的民国政府，集大权于一身，先为总统，后为皇帝，虽身败名裂，而导演的这出政治剧，确实够惊心动魄的。以南压北，以北制南，促成利局，借局布势，此乃树上开花之要机，虽用非其人，但此计的妙用于袁世凯的一连串活动，确实也洞然可观。

第六，借局布势。

所谓借局布势，实际上是综合运用树上开花之计的一种手段，上面介绍过的几种手段以及其他手段都可以融会贯通，混合交替地加以运用。这种手段一般出现在持续时间较长的政治斗争场合，它不是计划周密、前后交叉、计计相连的连环计，却也要多种计策并用，前前后后施展一连串的诡谋。使用这种手段，关键是要时时刻刻注视着局势的变化，随缘而入，见缝插针，把握好时机，能用何计就用何计，能设何谋就设何谋，务应出于柔道，不可用强，循序渐进，步步进逼。当然这一切都要围绕一个中心目的进行，这就是把一切可以利用的力量都借用过来，强固己方，打击对方，最终战而胜之。

事例：骊姬设计害太子，献公接连入圈套

晋武公晚年求娶于齐，齐桓公以宗女嫁之，是为齐姜。此时晋武公已很衰老，齐姜年少而美，世子诡诸与齐姜发生私情，生下一子，暗中寄养于申氏，故取名申生。前677年，武公死，诡诸继位，是为献公，立齐姜为夫人、申生为世子，任命里克为世子之傅。前662年，晋国出兵攻打骊戎，骊戎主求和，将两个女儿献给献公，长曰骊姬，次曰少姬。骊姬相貌美丽，又工于心计，不久就得到献公宠爱，逾年生下一子，取名奚齐，又逾年少姬也生下一子，取名卓子。献公越来越宠爱骊姬，竟立骊姬为夫人，封少姬为次妃。献公打算改立奚齐为世子，与骊姬一说，骊姬心中早就想这样，但又不露声色。她思谋再三，觉得无故变更世子，群臣必然不服，出面谏阻，而且献公的庶子重耳、夷吾与申生关系很好，此事若办不成，引起他们的提防，反而坏了事。想到此处，她便对献公说："申生立为世子，各诸侯国都知道，而且申生贤而无罪，不可废黜。您如果因为我们母子的缘故废掉申生，我宁可自杀也不答应。"献公以为她说的是真心话，也就把这件事搁下不提。献公有一个很宠幸的优人，名叫施，常出入于宫禁，骊姬便与他私通，与他商议废立之事。优施出主意说："应该以封疆为名，让申生和重耳、夷吾到外地出镇，然后从中行事。但此事应由外臣口中说出，才见出是忠谋。现在主上宠信的大夫有两人，一个叫梁五，一个叫东关五，别人合称他们为'二五'。夫人如果肯出重金贿赂'二五'，让他们相机进言，事情必成。"骊姬闻言大喜，拿出许多金帛，让优施去办这件事，"二五"巴不得结交君上的宠姬，双方一拍即合。晋献公不辨忠奸，果然派世子申生出镇曲沃，重耳出镇蒲城，夷吾出镇屈邑。这样，晋献公身边只有奚齐和卓子这两个儿子，宠爱之情不由得与日俱增，骊姬更使出浑身解数献媚取宠，"二五"也不时在献公面前夸赞奚齐。

申生为人忠正小心，又屡次带兵出征，立下战功，一时竟无加以陷害的借口。骊姬非常焦急，又与优施商议。优施说："君上虽然对世子日益疏远，但知子莫若父，他了解世子的为人，若诬告世子谋逆，他必然不相信。夫人只有经常在君上面前哭诉，表面上赞扬世子，话里暗含诬谤，才能见效。"骊姬是很聪明的女人，一听此言，心里也就有了主意。夜半时分，她伏枕而泣，晋献公慌忙询问原因，她只是抽泣，再三推托，不肯明说。晋献公逼着她讲，她才收泪说道："我就是说出来，您肯定也不相信。所以哭泣，是怕不能长久侍奉在您身边啊！"晋献公说："你为什么说出这种不祥之言？"骊姬回答说："我听说世子为人外仁内忍，他在曲沃，极力给人民实惠，人民都愿意为他效死力。他这样，是有目的的。他经常对人说君上您为我所迷惑，国必乱，这话举朝皆知，就是君上您不知道啊。他莫非是想用清君侧的名义，祸及君上，您何不杀了我以谢世子，阻止他的阴谋。不要因为我让百姓受苦啊！"献公听了，果然有些不信，说："申生对庶民都很仁惠，难道对父亲反倒不仁吗？"骊姬说："您说得有道理。不过我听说，地位高的人与庶民对仁的理解是不同的，庶民以亲爱为仁，地位高的人以利国为仁。只要对国家有利，还有什么亲情可讲呢！"献公又说："申生很重视声誉，他难道就不怕留下恶名吗？"骊姬说："过去周幽王不杀宜臼，把他流放到申，申侯联合犬戎杀幽王于骊山之下，立宜臼为君，是为周平王，成为东周的始祖，至今代代相传。有此事件，幽王之恶益彰，谁还把不好的名声加到平王头上呢！"

听了骊姬的话，晋献公悚然而惊，披衣起坐，越想越觉得骊姬说得有理。骊姬见晋献公已被自己的话说动，便进一步火上浇油说："您为何不自称年老，把国家交给申生呢？他得到国家，满足了欲望，或许会放您一条生路。"掌握权力的人很少会甘心情愿地交出权力，哪怕是交给自己的儿子，更何况晋献公已对申生起了疑心。他听了骊姬的建议，断然拒绝让位，下了惩治申生的决心，可又找不到借口。骊姬见时机成熟，献计说："赤狄皋落氏屡次侵犯我国，您为什么不让申生带兵讨伐，看看申生是否真的能收拾人心。如果他打了败仗，处治他就有借口了。如果他打了胜仗，说明他的确已是人心所归，他自恃有功，必有异谋，那时再惩罚他，国人必然心服口服。"晋献公觉得这个主意很高明，果然传令让申生率领曲沃的士兵去讨伐皋落氏。大臣里克进谏说："太子是国家的储君，所以国君出行便让太子监国。太子应该朝夕在国君身边，派去远方已不适宜，哪能让他统兵出征呢？"晋献公说："申生已多次带过兵打过仗了。"里克说："过去太子带兵，都是跟随您出征，现在让他单独领兵，不可。"听到这里，晋献公仰天而叹，说："我有九个儿子，哪个是太子，还未定呢。"一听这话，里克立即明白了晋献公对申生的态度，默然而退，告诉大臣狐突。狐突听了，知申生地位危险，急忙派人给申生送信，劝他不出战，应该逃走。申生是个忠孝之人，虽然明白了父亲让他带兵出征是想试探他的心，还是不愿违抗君父之命，说："违抗君命，我的罪过就大了。如果在战斗中我有幸战死，还可以落下个好名声。"便率军出去，打败了皋落氏，向晋献公报捷。骊姬说："看来世子果然是人心归附了，怎么办呢？"晋献公说："他的罪过还未显露，再等待一阵子。"狐突预料国家将出乱子，便假装患了重病，闭门不出。恰在这时，虢国屡次进犯晋国南境，边关告急，晋献公准备派兵伐虢，骊姬又趁机说："何不再让申生出征，他威名素著，士卒愿意替他效力，一定会成功。"晋献公因相信了骊姬先前说的话，怕申生战胜虢国之后，威名更盛，更难以驾驭，踌躇不决，询问大夫荀息的意见。荀息认为虢国与虞国同姓比邻，相互救援，出兵讨虢不一定会获胜，不如抓住虢公好色的毛病，赠以美女，让他不理政务，再贿赂犬戎侵扰虢国边境。晋献公依言而行，果然大见成效，在虢国内外交困之时，又按照荀息提出的先假虞灭虢，然后再灭虞的计策，派里克为上将，荀息为次将，灭了二国。

骊姬本想怂恿晋献公派申生伐虢，不想由里克代行，又兵到功成。骊姬认为里克是申生一派的人，很觉忧虑，对优施说："里克功高位重，我无以敌之，怎么办？"优施说："荀息的功劳和智慧都不在里克之下，如果请求君上派荀息为奚齐和卓子之傅，抵挡里克足足有余了。"骊姬跟晋献公一说，献公也就答应了。将荀息拉到自己一边后，骊姬总觉得里克在朝，对实现自己的阴谋终归是个阻碍，想收服他，或至少让他保持中立。优施又献计说："里克为人外强而中多顾虑，如果晓以利害，他很可能首尾两端，然后可慢慢收归我用。里克喜欢饮酒，夫人如果能设宴，由我出面陪里克饮酒，我用言语试探他，他听得进去，是夫人的福分，他听不进去，就算我这个优人与他开了个玩笑，也不会出什么事。"骊姬便为优施准备好酒食，优施与里克约好，携酒至其家。酒至半酣，优施为里克唱歌道："暇豫之吾吾兮，不如乌乌。众皆集于菀兮，尔独于枯。菀何荣且茂兮，枯招斧柯。斧柯行及兮，奈尔枯何！"里克问："什么是菀，什么是枯？"优施说："拿人做个比方，母亲身为夫人，儿子将成为国君，根深叶茂，众鸟依托，这就是菀；如果母亲已死，儿子又得谤，祸言将及，本摇叶落，鸟无所栖，这就是枯。"说罢，优施就告辞而去。里克知优施出入宫禁，深受国君和夫人宠爱，越想越觉得他的话暗藏玄机，不待天明，就到优施家询问究竟。优施把里克让入内室，对他说："我早就想告诉你，可你是世子之傅，所以才未敢对你直言，恐怕你怪罪。"里克说："能使我预先思虑免祸之策，这是你对我的爱护，我怎么会怪罪呢！"优施遂附耳低语说："君上已答应夫人，将杀掉世子，改立奚齐。内有夫人主持，外有中大夫协助，事情必成。"里克一听，心生恐惧，叹息说："支持君上杀掉世子，我不忍心，辅助世子对抗君上，我又才力不及，我就中立旁观吧。"便假装坠车伤足，不再上朝。

笼络住了荀息、里克这两名朝廷重臣，骊姬就不用担心改立世子会遭到外朝反对了，下一步的工作是促使晋献公下定杀世子之心。一天夜里，骊姬对献公说："世子久居曲沃，你何不把他召回一见呢？不过，你要说是我思念他，这样我有德于他，将来或许能免杀身之祸。"献公依言召回申生，申生拜见骊姬时，骊姬设宴款待，次日申生入宫谢宴，骊姬又留饭。夜里，骊姬流着眼泪对献公说："我想挽回太子的心，所以以礼待他，不想他更无礼了。"献公问："他做什么了？"骊姬说："我留他吃饭，酒半酣时，他调戏我说，'过去我祖父老的时候，把我母亲姜氏给了我父亲，现在我父亲老了，肯定要把你留给我。'说着就要拉我的手，我坚决拒绝，才避免受辱。您若不信，我可以与太子同游园囿，您躲在台上亲自观察。"献公答应了。第二天，骊姬先把蜜涂在头发上，然后招申生到园中同游。蜂蝶闻到蜜珠，围着骊姬的发髻纷飞。骊姬说："世子替我驱赶一下蜂蝶吧。"申生从后面用袖驱赶，献公望见，以为申生真有调戏之事，不由得大怒，便想抓住申生处死。骊姬劝阻说："我把世子召来，使他被杀，就等于是我杀了他。而且宫中暧昧事，不可传扬，先忍耐一下吧。"献公便让申生回曲沃，暗中派人搜求申生的罪过。

潜龙勿用日乾乾

几天后,献公到外地狩猎,骊姬抓住时机,派人告诉申生说:"我梦见你母亲齐姜诉苦,说没有饭吃,你赶快祭奠一下吧!"申生果然祭祀其母,派人向献公呈送胙肉,骊姬向酒肉中下了毒。过了几天,献公回宫,骊姬把申生致胙之事告诉他,献公拿起酒就想喝,骊姬拦住说:"从外面送进来的食物,都应该先试一下。"把酒洒在地上,地面鼓起水泡来;把肉丢给狗吃,狗立即就死了。骊姬还假装不信,召来一名小内侍,强迫他尝酒肉,七窍流血而死。直到这时,骊姬才佯装大惊失色,呼天抢地地说:"老天爷呀,国家将来就是太子的,君主已老,难道就不能等待几天吗,非要杀君不可!"说完,又跪在献公面前,痛哭流涕地说:"太子所以做这种事,全是因为我们母子的缘故,请您把这酒肉赐给我吧,我愿替你而死。"说着,拿起酒就要喝,献公急忙夺下,气得半天说不出话来。待缓过一口气来,献公怒气冲冲来到朝堂,召集诸大夫议事。狐突早就杜门不出,里克以足疾为辞,其他人毕集朝堂,献公把申生的"逆谋"告诉群臣,群臣面面相觑,不敢置对,只有东关五自请带兵讨伐太子。献公任命他为主将,以梁五为副,率领二百乘兵车,开往曲沃。申生闻讯,自缢而死。申生死后,骊姬又想除掉重耳和夷吾,二人闻讯,逃往国外去了。于是献公立奚齐为世子,骊姬的愿望得以实现。

骊姬陷害申生,扶立奚齐,是一场惊心动魄的宫廷斗争,她运用了树上开花之计,获得成功。骊姬作为战败的骊戎送给晋献的礼物,本无什么地位,但她凭着自己的美貌和才智,博得献公宠幸,生下奚齐,从此便有夺嫡之心。但她深知,申生立为世子,诸侯尽知,且申生为人仁孝,颇得人心,力量强大,自己一时尚不是他的对手。若想除掉申生，须从两方面下手，一是在献公身上下功夫，让他不但厌恶申生，还要相信申生是大恶之人，才能痛下杀手；二是在朝臣身上下功夫，剪除申生的羽翼，增强自己方面的力量。在这两方面，骊姬都运用了一连串计谋，无所不用其极。比如，为了让献公相信申生有调戏她之意，竟想出以蜜涂发招引蜂蝶的主意，在本来无花的树上做出花来，而且做得逼真之至，让献公亲眼看见，借献公自己的眼睛欺骗献公。其他计谋，莫不是因势利导，借局布势，壮大自己，削弱对方。就这样，骊姬步步为营，稳扎稳打，巧设机关，布置陷阱，最终把申生逼上绝境，使奚齐取而代之。

三、力小势大　定要眼花缭乱

　　树上开花之计具有很强的适应性，应用范围是十分广阔的。可以说，只要有人的地方，就有施展此计的可能，自天子以至庶民，概莫能外。大体说来，由于此计的内容是"借局布势，力小势大"，可以说是为弱小者想出的计谋，故而大多数场合，弱小的一方对强大的一方使用此计，借用一切可以借用的因素来壮大自己的声势；势均力敌的双方借用此计以强己弱人，增强获胜的可能和信心，也较常见；强大的一方使用此计以使自己变得更加强大，获得绝对胜利的把握，这种情况也不是没有，只是较少一些。

　　第一，在敌国之间。
　　只要有两个以上的国家存在的地方，国与国之间就会有矛盾，绝对协调一致的国与国关系是不存在的，因为每个国家的国力不同，各国所面临的问题、所追求的目标不同，在国际舞台上，在政治、经济、军事各领域不可避免存在着竞争，这就构成了一张充满矛盾的错综交织的大网，每个国家都被编织在这张网上，无法脱开，即使想与世无争，也不可能，一则想不与他国争，他国可能主动与你争；二则其他国家之间的争斗也会波及本国。试看今日之地球上，国家林立，许多小国何曾敢招惹大国，可又有多少小国的内部及外部事务不得不遭受大国干预？中国古代的历史，在先秦以前，特别是周天子的权威衰落以后，林立的诸侯国之间你争我夺，矛盾重重，你方唱罢我登场，局势正与今日世界有些相类。先秦以后，虽然天下一统的观念深入人心，出现过不少盛极一时的统一朝代，但分裂割据的时候也不少。在处理国与国之间的关系时，特别是当双方处于敌对状态时，树上开花之计就有了用武之地。

1．弱国对强国的使用

所谓弱国，就是在人力、物力上不如对方的国家，这样的国家若想仅凭实力与对方抗衡，无异于以卵击石，因而必须采取灵活的态度和多种多样的策略与强大的一方周旋，使用树上开花之计以打击对手、增强力量就是一策。战国时田单复兴齐国，南北朝时檀道济全军而退的例子，都是在处于弱势时，运用树上开花之计获得成功的典范。

春秋时期，越王勾践卧薪尝胆，十年生聚，十年教训，终于灭掉强大的吴国，杀死曾使越国蒙受奇耻大辱的吴王夫差，这是流传千古的历史事件。在十年中，勾践为了麻痹吴国，保全越国，削弱吴国，富强越国，施展了一连串计谋，其中也包括树上开花之计。比如，有一年，越国发生饥荒，勾践命令大夫文种到吴国借贷了一万石粮食，用来赈济饥民。次年，越国风调雨顺，农业丰收，这倒使勾践犯了难，觉得："若是不归还上年向吴国借贷的粮食，就会失掉信用，吴国也会以此为借口征讨越国；要是如数归还，就会使吴国更加富强而不利于越国。"最后，接受文种的建议，从粮食中把子大粒满的挑选出来，然后蒸熟，如数归还了借贷吴国的粮食。吴国人见越国人送来的粮食颗粒饱满，非常喜欢，以为这都是良种，都留到第二年春天做种子用，结果都未发芽，因为颗粒无收，吴国发生大饥荒，国力大为下降。在这里，勾践用熟粟装扮树上之花，引诱吴国人上当，而熟粟给勾践带来的利益，有过于一次大征伐。

2．实力相当国家之间的使用

实力相当的国家，双方的力量，基本处于均衡状况，要想战胜对方是十分困难的。为了打破均衡，使自己哪怕占一点点上风，双方无不绞尽脑汁，各出奇招，树上开花之计往往能够发挥奇招的效果。

战国时期，西有秦，南有楚，东有齐，三国之间相互的实力差别不是很大，楚与齐合则损秦，秦与齐合则损楚，当楚与齐结成联盟的时候，秦国很是担忧，想破坏楚齐联姻，若是威以武力，恐怕不仅拆不散，反而使联盟更加巩固。张仪施出诱饵，以六百里商於之地为假花，不费吹灰之力，就使楚国主动与齐国断绝关系，齐国则派使节到秦主动要求结盟。

北宋时期，宋人虽然对辽军在心理上存有恐惧，实际上双方实力相当。辽军骁勇善战,但在人力物力上不如宋朝丰富;宋军的战斗力不如辽军,但宋朝物阜民丰,后继力较强。在这种时候,辽朝南侵,宋朝只要气势不馁,就不致一败涂地。寇准力劝皇帝出征,借皇帝的威望以提高士气,收到一定成效。

西晋灭亡,晋元帝司马睿在江南建立东晋,中原人士大量南迁,祖逖也带着部曲逃到江南,被司马睿任命为豫州刺史。祖逖屯驻在淮阴一带,制造兵器,招集士卒,聚集了数千人。当积蓄了一定力量后,便上书要求北伐,获得批准。祖逖渡江北上,锐意恢复,收复了淮北的大片土地。在攻打东川之时,祖逖派部将韩潜与后赵大将桃豹相争,双方几经交战,胜负难分,相持四十余日,粮饷供给都发生困难。为了迷惑敌人,祖逖派人用布袋装满土,用一千多人一直送到韩潜军中,同时又派几个士卒挑着米谷在道旁休息。桃豹军发现了这几个零散士卒,派兵追赶,这几个士卒都扔下所挑担子逃命去了。桃豹军把担子抢了回去,一看都是粮食,以为韩潜军中粮食还很充足,而自己军中粮饷快要匮竭,便不敢恋战,趁夜逃走了。论双方势力,韩潜与桃豹旗鼓相当,倘若展开决战,鹿死谁手尚未可知,要长期相持,对于供给线很长的祖逖军来说,也是很危险的事情。祖逖施展树上开花之妙计,真真假假,虚虚实实,竟然不战而退敌。

第二,在中央朝廷与地方势力、地方势力与地方势力之间。

所谓地方势力,就是具有一定独立性的势力集团,如封国、起事者、叛乱者、割据者、军阀、少数民族部落、宗教团体等,都可归入其类。中央朝廷对地方势力虽有法理上的权威性，但地方势力却不一定听从中央朝廷调遣和节制，而且许多地方势力具有相当大的实力，中央朝廷不是轻易就能控制和消灭的，地方势力会利用一切可以利用的手段与中央朝廷抗衡。当中央朝廷的力量比较衰弱的时候，还会出现许多地方势力并立的现象，各种势力之间的关系与先秦时期各诸侯国之间的关系有些类似。在中央朝廷与地方势力、地方势力与地方势力之间的矛盾冲突和殊死搏斗中，树上开花之计常被运用。

1. 中央朝廷对地方势力的使用

对于比较弱小的地方势力，中央朝廷往往不惜劳民伤财，使用武力加以镇压。对于力量比较强大的地方势力，武力镇压的手段常常失效，有时还会因旷日持久的战争给朝廷的统治带来危机，这时就必须在政策上进行变通，运用一些政治计谋以缓解危机。

东汉时期，居住在西北的羌人，不满朝廷的压迫，起兵反抗，声势十分浩大，朝廷派兵镇压，却总是平而复起，此伏彼起，没有长久的效果。大将军邓骘认为，朝廷屡兴兵役，旷日持久，损耗太大，不如干脆把羌人居住区放弃。虞诩对这种建议很不以为然，认为如果放弃了羌人居住的凉州等地，汉朝的疆域大大内缩，本属内地的三辅地区则变为边塞，这是很危险的，何况凉州一带的士兵很勇猛，羌人之所以不敢进入三辅，就是因为有后顾之忧。凉州士兵之所以肯与羌人作战，就是因为他们自认为是汉室的臣民，凉州是汉朝的一部分，倘若放弃凉州，迁徙当地人民，人民安土重迁，一定会心中怨恨，倘若举兵反汉，席卷东来，朝廷将无法抵挡。皇上听了虞诩的分析，才醒悟过来，没有铸下大错。

虞诩又想出一个计策，建议朝廷下令中央三公九卿，都征辟凉州数人为官，把当地刺史、太守、令长的子弟都委任为府吏。这样一方面可以奖励凉州将吏为朝廷守土的功劳，另一方面也有利于控制凉州将吏，实乃是借他力以为己用的妙策。皇上依计而行，局势逐步安定下来。

北魏秦王元祯所用戮囚之计，与虞诩的计策有异曲同工之妙。在大胡山一带的蛮人，时常抄掠州郡村民，朝廷禁止无效，若是发兵征剿，蛮人退据山中，山深路险，易守难攻，很不容易奏效。元祯被任为南豫州刺史，决定以计收服蛮人。元祯设计召来一些蛮族首领，让他们观看射箭。元祯从部下选择了二十多名善射者，又让一名囚犯换上戎服，夹杂其中。元祯自己先射，箭箭都中靶心，然后让那二十余人轮射。轮到囚犯时，没有射中，元祯当即下令斩首，蛮族首领们见状，无不惊骇。在此之前，元祯还让十几名死囚穿上蛮衣，到城外某一地点等待。射完箭后，恰好有一阵风吹过，元祯仰头看天，装模作样地对蛮族首领们说："风气大暴，有贼人入境，但人数很少，只有十几个，现在城西五十里左右的地方。"当即命令轻骑前去搜捕，将那十几个死囚押回，予以正法。蛮族首领都以为元祯很有法力，从此不敢再作乱了。元祯的这些做法，很工于心计，利用蛮族首领的迷信心理，装腔作势，故弄玄虚，不费一兵一卒，就保证了局势安宁。

2．地方势力对中央朝廷的使用

当地方势力试图与中央朝廷抗衡，或者起而欲推翻中央朝廷的时候，也常施展一些计谋。相对说来，地方势力与中央朝廷的力量相比，总是存在一定差距，故而地方势力常使用树上开花之计，试图削弱中央朝廷的权威和威信，争取人心，从而使自己的力量逐步壮大。清朝初年，吴三桂封平西王，镇守云南；耿仲明封靖南王，镇守福建；尚可喜封平南王，镇守广东，三家合称"三藩"，势力很大，对清王朝的统一和稳定构成很大威胁。康熙帝亲政后，借尚可喜上疏罢藩，要求回辽东养老的时机，毅然决定撤藩，三藩之乱爆发。吴三桂为了获得民众支持，在檄文中打出"共举大明之文物，悉换中夏之乾坤"的口号，试图借助人们对刚刚灭亡不久的明王朝的怀念之情，煽动起反清情绪，从中获利。吴三桂使用的这种手法就是树上开花，历史上在类似的场合中曾多次使用，且往往能收到一定效果，只是这一次吴三桂失算了。这是因为他以明王朝守边关大将的身份引清兵入关，又直接参与了镇压南明的行动，甚至一直穷追到缅甸，捕杀了南明的永历帝，以向清政府献媚，人们对他的行为记忆犹新，现在反过来试图唤起民众对明王朝的感情反清，非但没有号召力，反而更让人们鄙夷。

各种反抗朝廷的武装力量，在起兵之时，也经常使用树上开花之计，且每获成功。陈胜、吴广以一乡之长，威不足以服众，力不足以制敌，采取装神弄鬼以邀人心，打着扶苏、项燕的旗号以服众，以反苛政为名，很快获得民众的支持。元末红巾军的韩山童、刘福通，利用民间秘密宗教拉拢一部分人，但不足以服众，便在河道中偷偷埋下一具只有一只眼的石人，上面刻着"石人一只眼，挑动黄河天下反"。当石人被挖出后，再加上信众的传播，巨大的舆论力量，使更多的人相信反元必胜，以至于纷纷加入反元的队伍，不可一世的元王朝便岌岌可危了。利用舆论收买人心，抓住朝廷某些失误，大肆宣传，是各种反抗朝廷的力量惯用的手法，有树无树，有花无花，定要人们眼花缭乱。

3．地方势力对地方势力的使用

地方势力与地方势力之间也常常发生矛盾纠葛，有时为了争夺地位、地盘、人口、资源等，还会发生激烈的战争。为了打击以致消灭对方，各种阴谋诡计扮演着重要角色，树上开花之计也常见运用。例如，以诡计多端著称于世的曹操，得知马超会合韩遂在关中反叛，不得不前去征讨。在曹军进攻下，马超腹背受敌，为了摆脱困境，便向曹操请求割地求和。得地罢兵事小，韩遂与马超联合事大，若是让他们联手，非但关中不保，中原也危矣。在这种情况下，曹操一方面应允马超求和，一方面约见韩遂，进而挑拨他们的关系。曹操在与韩遂会面的时候，大谈两人旧日的交情，却绝口不谈军事。马超得知韩遂与曹操会面，急于想知道他们谈了些什么，韩遂如实讲述。在两军对垒之时，不谈军事，只论交情，怎么能够让马超相信，也导致联合变成互相猜疑。不久曹操又给韩遂一封信，在关键之处涂抹窜改，韩遂不知是计，便将之交给马超看。马超则以为是韩遂在信上做手脚，便怀疑韩遂与曹操合谋害自己，进而产生嫌隙，非但不能够协同作战，还自相残杀，给曹操以乘机进击、大获全胜的机会。

第三，在皇室宗亲之间。

自古以来，宫廷就是个矛盾丛集的地方，围绕着名位权力，皇帝与皇子、嫔妃之间，皇子与皇子之间，总是你争我夺，钩心斗角，你死我活的殊死搏斗也屡见不鲜。多少雄才大略的君主，如秦皇汉武、唐宗宋祖，以及明太祖朱元璋、清康熙大帝，都在这方面栽过跟头。看似平静的高墙深宫之中，存在着无数的阴谋，形形色色的计谋都被使用着，或用以防身，或用以害人，斗争从未停止。

1．皇子对皇帝的使用

在古代，太子是国之储君，将来要登九五之尊，因而太子之位着实让人眼红。一般人无权问津，但皇子中觊觎这个位子者，历代都大有人在。已经获得太子之位的，当然要千方百计，死死保住；没有得到太子之位的，则千方百计，陷害太子，取而代之。由于立太子的大权掌握在君主手里，皇子们也不得不常与他们的父皇动动心眼，玩玩心计。

三国时期，曹操挟天子以令诸侯，自称魏王。曹操用人时把才能放在第一位，也想在儿子中选一个有才能的为世子，做自己的继承人。有可能被立为世子的，是曹丕、曹植、曹冲。曹冲自小聪明过人，五六岁时，就解决过称大象的分量这个难题，深得曹操宠爱，却没有想到在十三岁时，突然夭亡。能够竞争世子位置的曹丕和曹植，当然不会因为兄弟之谊而相让。曹植才思敏捷，文才比曹丕高，周围又有一大批名士为友，这些名士常在曹操面前赞扬曹植的品行才学，以至于曹操曾几次打算立曹植为世子。为了争取主动，曹丕身边的谋士吴质，让曹丕约束自己，装成一个有品德的人，用自己的品德盖过曹植的文才。在曹操出征时，曹丕和曹植一起到路边送行，曹植口若悬河，滔滔不绝地赞美曹操的功德，曹操听得美滋滋的。曹丕知道自己的辞令比不过曹植，便按照吴质的建议，一言不发，只是装得满脸悲伤，在曹操将要启行时，跪在路边放声大哭，众人劝解不住，曹操也被感动得落下泪来。这样，大家都夸赞曹丕的纯孝，而把曹植华丽的辞藻早忘得一干二净了。就是采用这类办法，曹丕不放过任何机会，在曹操面前刻意用自己的"诚笃"衬托曹植的"轻浮"，竟然使曹操感情的天平逐渐倾向曹丕，最终立他为世子。

2．后妃对太子的使用

在母以子贵的中国古代，后妃们都盼着自己的儿子能够被立为太子，将来登上皇位。自己没有儿子的，也希望立一个自己喜欢的皇子，倘若所立太子不是自己的儿子，或不是自己喜欢的皇子，便要设法废黜他，除掉他。明目张胆地除掉太子是大逆不道的事，一般人不敢这样做，便采用陷害的方法，使用树上开花之计，借助皇帝之手实现自己的目的。

晋武帝司马炎的儿子司马衷是个白痴，司马炎怕他葬送了晋朝的江山，曾想废掉他，一来由于有人劝谏，二来司马衷有个很聪明的儿子司马遹，司马炎终于没有这样做。司马衷即位后，司马遹被立为太子。皇后贾南风因为司马遹不是自己所生，很忌恨他。后来，贾南风自己"生"了个儿子，更把司马遹视为眼中钉、肉中刺，必欲除之而后快。尽管贾南风凶狠泼辣，还是不免有所顾忌，不敢毫无缘由地除掉司马遹。一天，贾南风诈称司马衷身体不舒服，召太子入朝。司马遹入朝后，贾南风让心腹宫女陈舞把他领入殿内，赐给酒和枣，硬是把他灌醉，然后趁醉把事先拟好的一封信让他抄写。信上说："陛下应该自己裁决，不然，我就要去结果他；中宫也应该自己裁决，不然，我也要亲手去结果她。请谢妃同时行动，切勿犹豫，以防后患。"贾南风把这封信给司马衷看，呆傻的司马衷哪里会辨真假，立即召集公卿商议，准备赐死太子，经两个老臣力争，才从轻把太子废为庶人，最后还是被贾南风给害死了。

第四，在君臣之间。

君与臣是一对矛盾的统一体，双方有共同的利益，每一方又都有自己特殊的利益，就不免会有矛盾和冲突，为计谋的使用提供了条件。就君主一方来说，虽然具有至高无上的地位，在法律上有决定一切的权力，但在具体运用时，仍不得不考虑客观情况和臣下的意见，讲究一下施政技巧，以免刚愎自用，激化矛盾，搞得众叛亲离，威信扫地。就臣下一方来说，虽然是君主的下属，进退黜陟、生杀予夺之权操于君主之手，但也不是没有抗衡的力量，只要方法得当，就能改变君主的决策，甚至可以逼君就范。因此，双方都有一个借用一切有利因素，增强自己的力量，推行自己的政策的问题。

1．君主对臣下的使用

聪明的君主，绝不妄自尊大，而是对政治运作有着精深的了解。当局势顺利，他的政策深得人心的时候，是不会骄傲自满，而是设法进一步调动臣下的积极性；当局势不太顺利，他的政策遭到抵抗和反对的时候，也会首先自我省察。如果认为自己的行为和政策有不当之处，就加以改正。如果坚信自己所推行政策的正确性，就会设法排除阻力，坚定不移地予以推行。一个君主会不会、善于不善于使用计谋，对统治效果有重大影响。

战国时，燕昭王登上王位后，摆在面前的是前王留下的内乱外患烂摊子，想振兴燕国，却缺乏能担当各方面事务的人才。当时各国对人才的争夺是很激烈的，燕国没有任何优势。有一个叫郭槐的人，给燕昭王出主意说："从前有个国君，用千金购买千里马，三年都没买到。一个侍从请求去完成这项任务，结果很快就用五百金买回一堆死马骨头。国君大怒，说：'花了这么多钱买了一堆马骨，有什么用？'侍从说：'死马尚且用五百金购买，更何况活马呢？天下之人必然以为国君肯出高价买马，千里马会自动送上门来。'果然，不到一年工夫，就得到三匹千里马。现今大王真想广招贤士，就把我当千里马的骨头看待，从我开始。"燕昭王依计而行，为郭槐修建了华美的住宅，以师礼事之。各国未尽其才的贤士，见燕昭王对郭槐如此器重，觉得自己才能超过郭槐，肯定会更受器重，便纷纷来到燕国，其中包括赵国的名将乐毅，齐国的著名学者邹衍、谋士剧辛等人。燕昭王奋发图强，有了这么多贤人辅佐，燕国很快就强大起来了。郭槐向燕昭王提出的，就是借局布势的树上开花之计，此计一施，立见成效。

越王勾践也很善于用计，在出兵伐吴途中，也随时注意提高士气。勾践率大军起程，走到郊外时，在路上有了个大青蛙，眼睛睁得大大的，肚子鼓得圆圆的，蹲在路边不去，似乎很愤怒的样子。勾践手扶车前横木站起来，向青蛙致敬，对手下人说："青蛙的这种样子，多么像一位渴望战斗的勇士，所以我对它很敬佩。"全军将士知道了此事，都说："大王如此尊敬怒蛙，我等难道连一只青蛙都不如吗？"便相互劝勉，决心死战。勾践真是一个聪明的国王，利用一只青蛙，就大大激励了将士。

北魏孝文帝虚张声势，妙计迁都，更是君主对臣下成功使用树上开花之计的典范。

孝文帝是鲜卑人，本名拓跋宏，后改汉姓为元，名叫元宏。他五岁就继位做皇帝，由太皇太后临朝称制。孝文帝耳濡目染，从这位很有政治手腕的祖母那里学到不少政治经验。孝文帝坚持不懈地进行改革，推行汉法，得到许多人的支持，但也遭到不少鲜卑贵族的反对。为了减少鲜卑贵族的影响，创造一个有利于汉化的环境，他打算把都城从平城迁到洛阳。如果孝文帝把这个意图明确托出，许多贵族必然起而反对，就是孝文帝乾纲独断，强令迁都，虽可办成，难免不惹出许多麻烦。在这种情况下，孝文帝不提迁都之事，却召集大臣们商议攻伐南齐。

孝文帝让太常卿王谌用《周易》占卜，结果得到"革"卦，"革"有"变革"、"革命"之意。孝文帝顺势解释说："从前成汤和周武王革命，顺应天命人心，这是大吉大利之象。"任城王拓跋澄不明孝文帝之意，出来唱反调说："陛下累世发达，拥有中原之地，现在准备出兵伐齐，却卜得革命之象，恐怕不一定是大吉大利呢！"孝文帝非常不悦，呵斥道："国家是我的，由我说了算。你难道要阻挡众人的心愿吗？"拓跋澄说："国家固然是陛下的，但我身为国家大臣，焉能知有危险而不言？"孝文帝无奈，只能宣布退朝。

拓跋澄是有影响的人物，在迁都这件事上，应得到他的支持，这样会增加主张迁都一方的力量。回到宫中，孝文帝把拓跋澄召来，屏退左右，对他说："平城乃是用武之地，难以长治久安，移风易俗，故而我想迁都洛阳，你以为如何？"拓跋澄是支持孝文帝变法的人，听了这话，立即回答说："陛下想迁都洛阳为家，以便经营天下，周、汉两朝都是这样才昌盛起来的。"孝文帝问："北

潜龙勿用日乾乾

方人安土重迁,留恋故土,要迁都他们必定不情愿,这怎么办呢?"拓跋澄说:"迁都之事非同小可,非平常人所能料到,这是可以理解的。陛下圣明,应早做决断,这样,别人也就无可奈何了。"孝文帝大喜,说:"你真是我的张良啊!"决心遂定。

孝文帝还是丝毫不露声色,仍然声言伐齐。九月间,大军到达洛阳,正赶上久雨不停。孝文帝抓紧时机,明知路途泥泞难行,却下诏促令各路大军前进,自己也身着戎衣,手执马鞭,策马前行。众位大臣见皇帝不顾客观情况,一意孤行,都跪在马前叩拜,劝谏说:"如今大军伐齐,天下百姓都不愿意,不知陛下因何如此独断专行?我们情愿冒死相请。"孝文帝早就等着这一幕出现,便就坡下驴,晓谕群臣说:"我们现在兴师动众,如果什么事情也办不成功,还能用什么昭示后人呢?如果不继续南进讨伐齐国,也不能北返,就应当迁都到这里。"事已至此,群臣也想不出别的办法,南安王拓跋桢说:"成大事业的人,不与众人谋划。现在陛下如果停止南伐,迁都洛阳,这正是我们的愿望、众百姓的幸福。"群臣皆欢呼万岁。其中有些贵族不愿意都城南迁,可又害怕南伐之苦,也就不再多说。孝文帝蓄谋已久的迁都大计,终于成功。

借局布势,是树上开花之计之精髓。善成事者,利用各种可以利用的因素来帮助自己,尤其是力量不足之时,更需要虚张声势,巧布迷阵,在本无花的树上造出花来,在对立面的迷迷糊糊中,便实现了自己的目的。孝文帝可算是善用此计的佼佼者。北人的特性是不愿远离故土,这是普遍的心理状态,如果孝文帝把迁都的事和盘端出,让大臣们讨论,恐怕举朝议论纷纷,莫衷一是,不愿迁都的大臣们有了心理准备,必然千方百计加以阻止,或者还会结成联盟,共同反对。在强大的压力下,孝文帝若想实现迁都,就不太容易了。孝文帝竟突发奇想,把江南的齐国拉来增强自己的力量。他闭口不提迁都,只谈伐齐。征战乃是平常事,大臣们的阻力较小,就是不愿伐齐者,也难以像反对迁都那样找到合适的反对理由。当到达洛阳后,孝文帝实际上把不愿迁都者置于两难境地:或者同意伐齐,或者同意迁都。这些人不愿伐齐,两害相权取其轻,也就不敢站出来反对迁都了。都既然迁了,再采取安抚之策,压制反对势力,就容易多了。

2. 臣下对君主的使用

臣下的权威力量比不过君主,要想与君主抗衡,在与君主的斗争中占上风,必须借助其他力量。春秋时期,卫国的州吁,弑杀同父异母的哥哥卫庄公,夺取了君权。石碏是卫国的老臣,对于州吁的行动很气愤,而他的儿子石厚却是州吁的好友。石碏很想除掉州吁,但州吁已登上王位成为君,自己是臣,在力量上无法与州吁对抗。正苦思无计的时候,州吁派石厚向石碏请教安定人心的方法,石碏觉得这是一个良机,可以施展树上开花之计,借他国之力除掉州吁。石碏对石厚说:"安定君位并不难,如果州吁去朝见天子,取得合法地位,百姓还有什么不服的呢?"石厚说:"怎样才能见到周天子呢?"石碏说:"陈国国君正受周天子宠信,卫国与陈国的关系又很和睦,可以先去见陈君,让他从中斡旋。"石厚和州吁都觉得这是一个好办法。石碏暗中写信给陈国,请求陈君趁机逮捕州吁。州吁和石厚满心高兴地去了陈国,不承想自投罗网,送了性命。卫国人重新立公子晋为国君,局势很快安定下来。

第五，在臣民之间。

臣民之间包括两方面的关系：一是官吏与官吏之间的关系，一是官吏与人民之间的关系。官场是个矛盾交织的地方，奸佞的官吏，自不必说，就是正直的官吏，想要超然物外，相安无事，也是不可能的。奸佞的官吏为了营私舞弊，招权揽势，会要很多手腕，施许多诡计。正直的官员要想为朝廷兴利除弊，除奸去恶，也不得不施展许多计谋，耍许多花招。在治理人民的时候，有作为的官员往往也不是采取一味压制的办法，而是善于以民制民，而为了做到这一点，也需要运用一些计策。

1. 官吏对官吏的使用

战国时期的吴起，很有才干，足智多谋，在自知不能免于死的情况下，竟然能借助楚悼王的尸体，清除了一大批政敌，千古之后，也不能不使人拍案称奇。

吴起深受楚悼王信用，被任命为相国，大力推行变法，削减贵族的特权，受到他们的忌恨。楚悼王一死，尚未入殓，因变法而失去特权的旧贵族就等不及了，他们发动暴乱，要杀死吴起。吴起逃进楚悼王寝宫，知道性命难保，就死死抱住楚悼王的尸体，结果被乱箭射死。根据楚国法令，坏王尸者有灭族之罪。楚悼王的儿子楚肃王即位后，追查此案，遭到灭族竟达七十多家。

明太祖朱元璋也很富于心计，在还未取得天下的时候，就曾用树上开花之计保护自己。朱元璋投在郭子兴帐下，很受赏识。郭子兴把养女马氏嫁给了他，并让朱元璋和自己的两个儿子一起统率军队。郭子兴的两个儿子愤愤不平，就想害死朱元璋，准备在酒中下毒。朱元璋看出了他们的心思，也得到他们准备下毒的消息，便时刻提防，并思谋震慑住他们的方法。一天，三人一同外出，行至中途，朱元璋突然跃马而起，仰头向天，似乎看见了什么，大骂二人道："刚才空中的神人说你们想在酒中下毒害死我，我有什么对不住你们的地方？"二人一听，大为吃惊，吓出一身冷汗。朱元璋依靠装神弄鬼的方法，唬住了二人，使他们再也不敢有谋害的念头了。

2．官吏对民众的使用

古代地方官吏对一方平安负有全部责任，朝廷任命的官员，一般到县级为止，县级以下，主要是多依靠地方上有影响的人物协助管理。为了治理地方，官吏们常常挖空心思，运谋施计。

北周文帝时，雍州盗贼横行，民不安生。新任雍州刺史韩衺到任后，经过秘密查访，发现盗贼多是州中大户。韩衺佯装不知，把一些大户招来说："我是一介书生，不懂捕贼之事，还要多仰仗诸位。"便把有劣行的少年都任命为主帅，各管一块地界，让他们限期捉贼，到期捉不到，以故意放纵盗贼论罪。这些人非常惶恐，都条列名单，列举以前某事是某人所为。韩衺把名单都隐而不发，贴出告示，限令有罪者自首，过期不自首者，籍没家产以赏赐如期自首的人。果然，在十日之内，过去为盗的人纷纷前来自首，韩衺与名单对勘，竟一个不少。韩衺赦免他们的罪过，责令自新，州境大安。官府力量有限，倘若韩衺到任后发兵捕贼，大户从中作梗，纵容包庇，很难捉到真贼，也难保不是旧贼未去、新贼又起。韩衺不动用一兵一卒，而是运用官府权威，采取以贼治贼的办法，收到奇效。

清乾隆时,上海县典史熊会玢,其权责在于缉捕盗贼,管理监狱,得知有个江上强盗,名叫"拦江网",气焰十分嚣张,往来行人多受其害,地方官难以制服,禀告上司,准备发兵围剿。大军一到,玉石俱焚,盗贼虽然能够剿灭,但县民也难免受兵灾。熊典史劝阻上司出兵,自请前往缉拿。熊典史只带着两个差役,到"拦江网"时常出没之处,高呼:"熊少公来了!"几百名强盗手持弓箭,将他包围。熊典史神态自若,毫不惊慌,斥责贼盗们说:"孽种,明天巡道、游击带领三千兵马前来会剿,你们还能活命吗?我作为本县典史,不忍见你们不教而诛,特来开导,你们若能改邪归正,还有一条活路。"强盗们扔下弓箭,表示愿意从命,第二天就用长绳捆绑着"拦江网"进城投诚了。巡道和游击发兵围剿,当然有可能消灭强盗,但这样做,一来劳民伤财,官军难保不有损伤;二来强盗之中,有些人是迫于生计,才铤而走险的,发兵围剿,他们也就没有了自新之路。熊典史力阻发兵,亲往盗贼活动之处,威以利害,不用官军动手,就借助盗者之手抓住了罪魁祸首,既安定了地方,又没造成损失,真是一个干练、爱民的地方官。

四、诡怪异常　弱者对付强者

树上开花之计是一种比较复杂的计谋,应用范围广泛,在千变万化的政治局势中,呈现出种种不同的面目,但又万变不离其宗,有着自己鲜明的特色。

第一，就树上开花之计在政治上的应用目的而言，具有拼搏性、迷惑性、时机性的特点。

所谓拼搏性，是说树上开花之计具有很强的进击性，是壮大自己力量的有效手段。特别是在自己处于弱势、陷于被动的局面下，更应运用此计，与敌方周旋到底，拼搏到底。由于双方处于敌对地位，势不两立，弱势一方时刻都面临着很大危险，除非自认不敌，甘心妥协退让，向对方屈服，否则就要不惜一切代价，借用一切可以借用的力量，壮大自己。有时，为了对付最主要的敌人，甚至可以放弃一些原则，主动和与自己有矛盾的第三方和解，结成哪怕是很短暂的联盟关系，如此才能收力小势大之效。

所谓迷惑性，是说兵不厌诈，要竭智尽虑，制造虚假的情况，尽力使对方弄不清虚实，摸不着头脑，陷于迷魂阵中。这样，就是自己比对方的实力差，由于对方的意志已被搞得昏乱不明，昏乱则怯，不明则惧，风声鹤唳，草木皆兵，不但友军和其他方面的力量可以被我借用，就是自然界的事物以及虚幻不实之物，无不皆可为我助阵，我之实力自然大大增强，敌方志乱心迷，进退失策，士气必然低落，实力将大为下降，如此就很容易战而胜之了。

所谓时机性，是说树上开花之计的使用具有很强的时间性，必须时时刻刻毫不放松，要勤于搜集情报，掌握事态发展情况，抓住最有利的机会，显露树上之假花，真真假假，虚张声势，声势增减。当友军、他军和其他力量呈现出可用之机时，必须当机立断，积极主动地采取措施，务必把可借用的力量全部借用过来，最充分地发挥它们的能量。客观形势变幻莫测，有些机会稍纵即逝，必须争占先机，不能迟疑不决。

第二，就树上开花之计在政治上的作用而言，具有巧妙性、伸展性的特点。

所谓巧妙性，是说树上开花之计的招法多有诡怪异常之处，能收到意想不到的效果。由于树上开花之计的关键是装扮假花类似真花，敌人很难识破，因而在此计发动时，常常出乎敌人意料之外。敌方既然事先没有预料到，当然也不会做有关的准备防御工作，无备之处必是最薄弱的环节，己方在对局势有充分了解的情况下，倾注全力攻击敌方薄弱之处，虽不像瓮中捉鳖那般简单，却也容易克敌制胜，大获成功。

所谓伸展性，是说树上开花之计具有很强的扩充功能，本是一个谋略，有各种手段可以运用。在运用这些手段时，都要围绕一个明确的中心目的。各手段之间虽不一定像连环计那样丝丝相扣，却也要具有不可分割的内在联系。一个手段的使用，必须自然地为另一个手段的使用创造条件，各手段同时并存，或前后相继，波波相激，涟漪四扩，妙用无穷。

第三，就树上开花之计在政治上的影响而言，具有适用性、变通性的特点。

所谓适用性，是说树上开花之计在政治领域能够发挥较大影响，具有广泛的适用性。树上开花之计虽然追求的是"力小势大"，是一种弱者对付强者的策略，但绝非只有弱者才可使用。强者对弱者、势均力敌者之间使用此计，也可以收到很大成效。强者在整体实力上固然超过弱者，但尺有所短、寸有所长，强者也有弱处，如果强者不善于运用计谋，使自己的弱处得到补救，很可能就被弱者抓住，借局布势，反弱为强。势均力敌的双方总体实力接近，但双方绝不可能一模一样，毫无差别，必然存在诸多彼强我弱之处，更须用计加强。因此，树上开花之计，是一种适用性的计谋，处于政治斗争战场的人们均可用之。

所谓变通性，是说树上开花之计具有很强的灵活性，可以运用到各种情况中，也可以和其他各种计谋配合使用。比如，在没有其他力量可以借用的情况下，可以把树上开花之计和反间计结合起来，使敌方营垒中分裂出一股可以为我方利用的势力。如果把树上开花之计的内涵理解得过于狭窄，过于强调树上开花之计的独特性，在实际运作中，就会难以找到合适的施展场所。因此，必须善于融会贯通，举一反三，内引外联，才能使树上开花之计的影响力充分发挥出来。

反客为主

——乘隙插足　循序扼其主机

本计云："乘隙插足，扼其主机，渐之进也。"其大意是：趁着有空隙就插足进去，设法把握住它的主动权，这必须循序渐进。本计按语云："为人驱使者为奴，为人尊处者为客；不能立足者为暂客，能立足者为久客；客久而不能主事者为贱客，能主事则可渐握机要，而为主矣。故反客为主之局：第一步须争客位；第二步须乘隙；第三步须插足；第四步须握机；第五步乃成主。为主，则并人之军矣；此渐进之阴谋也。"大意是说：被人摆布、驱使的是奴隶，被人尊重的是客人；不能站稳脚跟的是暂时的客人，能站稳脚跟的是长久的客人；长久当客人但不能参与决策的是卑贱的客人，能参与决策就可以逐渐地把握主动权，就变成主人了。所以反客为主的局势，第一步必须争取到客人的位置，第二步必须善于抓住时机，第三步是必须插足而入，第四步是必须把握主动权，第五步就可以当主人了。当了主人，就可以接管他人的军队了，这就是循序渐进的谋略。

反客为主之计，史有论述。《李卫公·问对》载："臣较量主客之势，则有变客为主、变主为客之术。"杜牧注《孙子兵法》

谦虚谨慎藏奸计,王莽代汉建新朝

载:"我为主,敌为客,则绝其粮食,守其归路。若我为客,敌为主,则攻其君主。"此计典出何处,事例颇多,难以断定。仅举一例:三国时黄忠攻夏侯渊营寨,因信心不足,慌忙与法正商议。法正曰:"夏侯渊为人轻躁,恃勇少谋。可激励士卒,拔寨前进,步步为营,诱夏侯渊来战而擒之,此乃反客为主之法。"黄忠依计而行。夏侯渊闻得知此情,准备出战。张郃曰:"此乃反客为主之计,不可出战,战则有失。"夏侯渊不从。后来夏侯渊中计,被黄忠诱杀。

一、排闼入室 均势转变强势

与树上开花之计相同,反客为主也是取《周易·渐卦》之义。"渐之进也"之句,即出自《渐卦·彖辞》,其全文是:"渐之进也,女归吉也。进得位,往有功也。进以正,可以正邦也。其位,刚得中也。止而巽,动不穷也。"大意是说:渐渐地向前行进,就像女子出嫁,有一整套婚嫁的礼节,必须按规定程序逐一进行,方能吉祥。九五爻刚健骁勇,居中得正,象征着显要的地位和辉煌的功绩。只要循序渐进,就会慢慢登上九五之位,振兴国家。只要安静毋躁而又谦逊和顺,这样来行动就不会陷入困穷之境。

渐卦爻辞及其解释,在树上开花之计中已经提及,兹不复引。

本计以渐卦为推演之本,所取为渐卦由下到上、层层递进的发展策略。按照《周易》的理论,内卦代表自己,外卦代表对方。内卦为艮,暗示自己要像山一样的坚忍和耐心,严守次序,步步为营;也要用山一样的安静来伪饰自己,把自己的野心严密包裹起来。渐卦的初爻是阴爻，又在最下方，地位卑微，柔嫩弱小，正像个小孩子，此时一定要逆来顺受，保持恭顺沉默，以免被赶出门去，争不到"客位"。初爻一变，渐卦成为家人卦，说明经过自己的忍耐、努力，就可以获得主人信任，被视为家庭中之一员，此时也就有了"客位"。取得"客位"之后，便需要积蓄力量，把压在自己头上的人一一搬掉，而自己首当其冲的对手是二爻位。但自己地位、力量在六二之下，只可智取，不能力争，要利用老门客之间的矛盾，让地位更高的门客把六二除掉。在初爻已变的基础上，六二再变，家人卦成为小畜卦，畜者蓄也，此时自己小有积蓄，小有权力，反客为主的第二步"乘隙"已告成功。按照《象辞》的解释，渐卦三、六爻应阴阳匹配，但三爻为阳，与上九不相应，说明九三与最高级的门客之间有矛盾，九三则与六四阴阳相比，联合起来对付上九，此时自己施展手段，或劝九三自动离去，或使九三被迫离去，占据其位。九三再变，小畜卦成为中孚卦，中孚是指诚信、信任，说明自己取得主人信赖，可以听到一些机密事了，第三步"插足"成功。自己虽然插进足去，但不可得意忘形，骄傲自大，必须与上九阴阳相比，自己只要一味柔顺，必会使上九起恻隐之心，地位不断巩固。六四地近九五，又与九五阴阳相比，最受主人信任，自己的柔顺也会博得六四的好感，引为助手，把一些机密事交给自己去做，参与的机密越来越多，地位越来越高，也就越具备了取代六四的条件。六四再变，中孚卦成为履卦，履是指履行、践履，说明自己控制了军机大权，实现了第四步"握机"。此时已由内卦进入外卦，不必再一味柔顺忍耐，而是可以放手行动了。此时作为主人的九五，或许可能察觉自己的野心,但心腹尽去,陷于孤立,虽利用威势,极力抵抗,终究阻挡不住大势,正如车轮滚滚,独力难当。九五再变,履卦变成为睽卦,睽是睽隔、乖离之意,说明自己与主人彻底摊牌,彻底决裂,自己排闼入室,反客为主。

根据上述见解,将反客为主之计在各种政治条件下的使用结果进行推演,大约有如下几种情形:

第一种,自己处于劣势,但束手无策,不会使用反客为主之计,改变现有状况,逐步占据主动地位,只能永远被动受制,被对方压在下面。

第二种,自己处于劣势,试图运用反客为主之计,变被动为主动,取代对方。但由于不能循序渐进,不善隐蔽欺瞒,过早地暴露了自己的意图,对方奋起反击,自己此时胜势未成,无力反抗,必然半途而废,功败垂成。

第三种,自己处于优势,便自认为坚不可摧,不知大风会起于青萍之末,蚁穴可溃决千里长堤。虽感到了对方的存在,但把对方看得过于弱小,把危险看得过于遥远,最后必将被对方反客为主,一败涂地。

第四种,自己处于弱势,但并不气馁,不认为毫无希望。而是表面柔顺,暗怀计谋,一步一个脚印,步步为营,逐渐积蓄力量。到最后关头,与对方展开决战,取得胜利。

第五种,自己处于优势,但并不自高自大,不可一世,而是居安思危,如履薄冰,如临深渊,时刻提防对方的野心和计谋,自己也不失时机地运用计谋,迷惑对方,利用对方,控制对方,从而确保自己的地位稳如泰山,坚如磐石,不可战胜。

第六种，双方处于均势地位，都图谋战胜对方，消灭对手。在这种情况下，哪一方能取得最后胜利，就在于哪一方的手腕高超，能成功地使用计谋，壮大自己的势力，削弱对方的力量，由均势转变为我强敌弱。

该计用于军事，主要是巧妙利用客观条件变被动为主动，争取到战争的主动权。在政治方面，该计主要是弱小的一方要抓住一切可以利用的时机，乘隙而入，首先立稳脚跟，然后循序渐进，逐步侵夺对方的势力和权力，待自己由弱变强，对方由强变弱后，夺取对方的权力和职位而代之。该计的关键，是不要操之过急，避免在自己的力量还不足以压倒对方时，被对方窥测到自己的目的，从而被压制下去。

二、尊重规律　伪造以求新奇

政治形势是千变万化的，倘若不知权变，立于不败之地是很困难的。古语云："运用之妙，存乎一心。"在使用计谋时，必须将高度的原则性和高度的灵活性结合起来。所谓原则性，就是要对一个计谋的内涵有着透彻、精深的了解，每个计谋都有着自己的特点，有着规律性的东西，如果不掌握这种规律性的东西，知其然而不知其所以然，贸然使用，必然进退无据，难中肯綮；所谓灵活性，就是要在使用计谋时随机应变，因地制宜，采取变通的态度，在不违背规律的情况下，尽力对计谋进行伪装和改造，以求新奇，千万不能掇拾前人之牙慧，照搬前人用过的老套，这样必然会丧失先机，反为对方所制。一个不懂得把原则性和灵活性结合起来的人，是不配使用计谋的，勉强使用，也难奏功，大多数时候恐怕会被对方将计就计，搬起石头砸了自己的脚；一个真正善于把原则性和灵活性结合起来的人，在政治斗争的战场上才能进退得体，左右逢源，游刃有余。正是由于计谋的使用有这样两方面的要求，同一个计谋才会以不同的面目，在不同的场合出现，发挥神奇的作用。即以反客为主之计为例，在历史上使用此计获得成功的大有人在，然而细细揣摩，不同的人、不同的时代、不同的场合，使用此计的手法是颇有差异的。大体说来，反客为主之计的使用手法可以归纳为先发制人、步步为营、见缝插针、绵里藏针、刚柔并济等。

第一，先发制人。

所谓先发制人，就是在处于被动或不利的境地的情况下，善于制造时机，利用时机，采取主动，积极反扑，抢占先机，变被动为主动，一举占据优势地位。采用这种手法，一定要注意明辨形势，知彼知己，选准时机。因为自己处于弱势，仅仅依靠实力难与对方抗衡，只有出其不意、攻其不备，才有可能获胜，倘若犹豫不决，鲁莽草率，或不当机立断，或使机密外泄，就无法做到"先发"，即便是"先发"了，也难收"制人"之功。

事例：班超攻灭匈奴使，鄯善诚心归汉廷

班超，字仲升，扶风平陵（今陕西咸阳市西人），自小就很有志向。汉明帝时，奉车都尉窦固出击匈奴，让班超代理司马之职，另率一支部队进攻伊吾，大战于蒲类海，获得胜利。窦固看出班超是个有才干的人，便派遣他与从事郭恂一道出使西域。一行人到达鄯善国，鄯善王对他们恭敬备至。可是，过了不久，鄯善王忽然对他们疏远冷淡起来。班超便对随从人员说："你们是否觉得鄯善王对我们冷淡了？这一定是匈奴的使者来了，鄯善王心中犹豫，不知依附哪一方好。聪明的人在事情尚未萌芽时就已有感觉，何况现在事情很明显了呢。"

原来，汉朝和匈奴是相互敌对的两大势力，双方经常发生战争，又都想把西域置于自己的控制之下，以孤立对方，打击对方。西域存在着许多绿洲国家，但每个国家都不大，人口少，力量也较弱，对汉朝和匈奴，哪一方都得罪不起，只能采取模棱两可的策略，哪一方力量强、威胁大，就依附哪一方。所以班超一行到达后，国王热情招待，而当匈奴使者也到达时，鄯善王便不敢表现出与汉朝使者亲近，以免得罪匈奴。

知彼知己，百战不殆。班超虽然猜测匈奴使者已到，但还是要核实一下，以免误生枝节。班超把服侍自己的鄯善人召来，诈他说："匈奴使者已到了好几天了，现在他们在哪里呢？"侍从突然被问，不知所措，只得把事情真相和盘托出，说："他们已到了三天了，现在住在三十里以外的地方。"得知这一确切消息，班超立即将侍从禁闭起来，召集起自己所带来的三十六名随员，与大家共饮，酒酣，激怒大家说："你们和我现在都在万里异域，想建功立业。现在匈奴的使者才来了几天，鄯善王就对我们疏远冷淡了。如果匈奴人让鄯善王把我们逮捕送往匈奴，我们的骸骨恐为豺狼食矣！你们看怎么办？"众人都说："现在我们都处在危亡之地，是生是死就看你的了。"班超说："不入虎穴，焉得虎子？当今之计，只有趁夜用火攻击匈奴人，使他们不知我人数多少，把他们全部消灭。消灭了匈奴人，鄯善人也就吓破了胆，我们的大功就告成了。"众人说："这事应当与从事郭恂商量一下。"班超发怒说："吉凶就决于今日。郭恂是文官，听到这个计谋必定害怕，倘泄露出去，我们白白送死，还算什么壮士呢！"众人说："那就按你说的办吧。"

  初夜时分，班超率领众人偷偷摸到匈奴人的驻地。这时正好刮起大风，班超让十个人拿着鼓藏在匈奴人住所后，对他们说："看到火点燃了，就一起鸣鼓大呼。"其他人则手持兵刃弓箭埋伏在门两边。班超顺风放起火来，埋伏在前后的人一起呐喊，鼓声震天。匈奴人突遇变故，大乱，纷纷向外逃窜，使者及三十余名随从被杀死，其他随员一百余人都被烧死。

  第二天，班超把鄯善王召来，拿出匈奴使者的人头给他看，鄯善一国震恐，被班超的威势镇住了。班超好言好语，百般抚慰，劝鄯善王与汉朝交好，鄯善王便把儿子送到汉朝做人质。其后，班超奉命继续在西域从事外交活动，西域五十余国都送质子到洛阳，与汉建立起友好关系。

  班超率领三十余人到鄯善，依靠汉朝这一后盾，他们受到了热情招待。但当百数十人的匈奴使团到达时，这一切都改变了。匈奴在军事上并不比汉朝弱，使团的人数，又大大超过汉朝，对鄯善是一个现实的威胁，鄯善王心怀疑惧，疏远汉使，也是必然的。在孤立和敌对的环境里，班超这三十余人就显得过于单薄，力量太弱了。如不抓住时机，争取主动，让匈奴人知道了消息，抢先下手，不仅班超这三十余人要埋骨荒野，鄯善也会投入匈奴怀抱，给汉朝对匈奴的整体战略造成重大损失。在这危急存亡之时，班超审时度势，认为鄯善王不会主动开罪汉朝，用不着担心，关键是对付匈奴人，战胜匈奴人则汉得鄯善，被匈奴人击败则汉失鄯善。

在敌强我弱、敌众我寡的局面下，班超有勇有谋，毅然定计，利用匈奴人不了解情况的有利条件，以夜色做掩护，放火鸣鼓，猝然出击，一举而获全胜，威震鄯善，反客为主，为汉朝立下赫赫战功。

第二，步步为营。

所谓步步为营，是一种在长期相持过程中的策略，其要点是稳扎稳打，一步一个脚印。《孙子兵法·形篇》云："昔之善战者，先为不可胜，以待敌之可胜。不可胜在己，可胜在敌。"其意思是说：善于打仗的人，先要造成不会被战胜的条件，来等待可以战胜敌人的机会。不会被敌战胜，却在于敌人是否犯错误暴露了弱点。孙子的这段话可以说是步步为营手法的要机，运用此手法最忌讳冒进，在羽翼尚未丰满、时机尚未成熟的时候，就与对方摊牌是很危险的，一定要善于忍耐，善于隐蔽，先把自己置于万全之地，然后时刻窥视对方的弱点，不放过任何机会，逐步扩张势力，最后反客为主，取而代之。

事例：无远虑渐失政柄，收人心田氏代齐

陈完是陈国的公子，因陈国内乱，怕大祸殃及身，便逃到齐国，改姓田氏。到重孙田须无时，步入仕途，在齐国已有一定地位。田须无去世后，其子田无宇继续事齐庄公，很受宠爱，地位益重。在齐国的贵族中，田氏与高氏、栾氏、鲍氏，颇有四雄并立之势。其时高氏的家主是高强，栾氏的家主是栾施，鲍氏的家主是鲍国。高强之父高虿因驱逐高止，潜杀闾邱婴，引起国人不满，高强继其父为大夫，也把国人的怨愤承袭下来。高强年少嗜酒，栾施也贪恋杯中物，两人很合得来，与田无宇、鲍国也就来往较少，四族遂分成二党。高强和栾施两人聚饮，醉后常谈论田、鲍两家短长，两家闻知，渐生疑忌。

　　一天，高强醉后鞭打一个仆人，栾施也帮着他打。仆人怀恨，连夜跑到田、鲍两家，说高强和栾施准备聚集家众突袭田、鲍二家，田无宇和鲍国急忙召集家众，分发盔甲武器。派人打探消息，回报说高强和栾施正在栾家痛饮，才知是仆人谎报情况。田无宇与鲍国商量说：“仆人的话虽不可靠，可我们起兵的事他们必定知晓，产生怀疑。倘若他们先下手攻打我们，再后悔就来不及了。不如趁他们饮酒无备，前去袭击。”便率领两家甲士杀往栾家，将栾府围住。栾施急忙点起家众迎战，从后门突围而出，高氏家众闻讯也赶来助战，双方都奔向王宫，相持不下。栾、高屯于宫门之右，田、鲍屯于宫门之左。齐景公闻变，紧闭宫门，命人召见晏婴，晏婴劝齐景公助田、鲍以攻栾、高，于是栾、高大败，逃奔鲁国去了。

　　田、鲍既胜，便将栾、高两家的财产对半分了。鲍国将家财据为己有，田无宇却别有打算，将分得的土地财产造册登记，献给齐景公。齐景公大喜。田无宇还给齐景公的母亲孟姬送了一份厚礼，孟姬对齐景公说：“田无宇诛除强宗势族，以振兴公室，胜归于上，这种谦让的品德应该得到报偿。你何不把高唐之邑赏赐给他呢？"齐景公按照母亲的话做了，田氏开始富足起来。田无宇还想进一步做好人，便对齐景公说："各位公子当年被高强之父高虿驱逐出来，实在是无辜受罚，应该把他们召回来。"齐景公答应了，田无宇以齐景公的名义，派人分头去迎接流亡在外的子由、子商、子周等公子，并用自己的私财为他们置办幄幕器用以及随从人员的衣履。诸公子能够回到祖国，已是欢喜不尽，又见器具应有尽有，非常完好，知是田无宇送给他们的，个个都感激不尽。田无宇索性一不做二不休，大出家财，凡公子公孙没有俸禄的，都以私禄分给之，又访求国中有贫穷寡者，私下送给他们粮食。田无宇去世后，其子田乞继承了他的这些做法，极力施惠于民，向外借贷时，以大斗出，收回时，却以小斗入，贫不能偿者，则把债券焚毁。晏婴看出了田氏的野心，屡次劝谏齐景公，让他宽刑薄敛，给人民以实惠，以挽留人心，但齐景公执迷不悟，不肯听从。田氏便逐步获得齐国人心，宗族越来越强大，人民心归田氏，愿为田氏赴汤蹈火。

齐景公病重，命左右相国夏和高张立宠姬芮子之子荼为太子，景公死后，国夏和高张立荼为王。田乞和齐景公的另一个儿子阳生友善，对立荼一事很不满。田乞表面上对高张和国夏表示尊敬亲近，上朝时常与他们并车而行，对他们说："各位大夫都不想立荼为王，现在荼已立为王，您们辅助他，各位大夫人人自危，都想作乱。"又欺骗各位大夫说："高张很有威胁性，不如先下手搞掉他。"诸大夫表示同意。田乞便联合鲍牧和各位大夫，率兵杀入王宫，经过激战，高张被杀，国夏逃奔莒国，国王荼则逃奔鲁国去了，遂立阳生为王，是为齐悼公，由田乞为相专国政。

田乞死后，其子田常代立。鲍牧与齐悼公有嫌隙，杀掉悼公。

悼公之子被立为王，是为齐简公，以田常和监止为左右相。田常一心想害监止，但监止很受简公宠爱，搞不掉他。田常便重施其父故技，大斗出，小斗入，收买人心。当基础牢固后，田常便起兵杀害了监止，并杀简公，立简公之弟为王，是为平公，田常为相。田常杀了简公，怕其他诸侯国起兵讨伐，便把过去侵夺的鲁、卫二国之地归还二国，遣使与晋国韩、赵、魏三氏及吴、越交好，对内则论功行赏，亲抚百姓，齐国便安定无事了。田常对齐平公说："施德是人所喜欢的，由你来行；刑法是人所厌恶的，由我来行。"如此五年，齐国的大权民心全部归于田常。田常势力既盛，起兵尽诛鲍氏、晏氏、监氏及公族之强盛者，把齐国自安平以东直至琅琊的土地，都划为自己的封邑，封邑面积比齐平公拥有的土地要大得多。至此，齐国基本上已是田氏的了。其后，田常子田盘，田盘子田白，田白子田和，世专齐政，田和最终取代齐康公，成为齐国的君主。

田氏自陈国逃到齐国，势单力孤，经过数代经营，竟能在几大强宗并立的情况下发展出自己的势力，且脱颖而出，实在是方法得当，正合"乘隙插足，扼其主机，渐之进也"之言。纵观田氏代齐的过程，最值得注意的有两点：一是极力收拢民心，把民众的支持从公室拉到自己这边来；二是利用齐国贵族之间错综复杂的矛盾，寻找同盟，抓住时机，把有可能成为自己对手的强宗大族一一消灭。在代齐这件事上，田氏并不操之过急，而是从巩固基础入手，稳扎稳打，步步为营，循序渐进，经过几代人的不懈努力，终使田氏大盛，在齐国一枝独秀，最后水到渠成，瓜熟蒂落。由魏文侯替田和向周天子进言，由周天子正式册封田和为齐侯，既代齐国之政，又无篡夺之名，田氏之心机可谓深矣。

事例：争主动培植羽翼，大礼议获得全胜

明正德十六年（1521）三月，明武宗病死，既无儿子，又无亲兄弟。按照血缘亲疏，孝宗之弟、武宗之叔父——兴献王的长子朱厚熜当继位为皇帝，是为明世宗。武宗去世后，存在着三股左右政局的势力：一是以孝宗皇后张氏为首的皇室勋贵；二是以首辅杨廷和为首的官僚士大夫；三是明武宗身边的亲信及佞幸之臣。由于武宗荒淫无道，举朝上下都认为他身边的亲信佞臣负有不可推卸的责任，早就义愤填膺，故而武宗一死，前两股势力就合力将第三股势力清除，以作为安定天下、收拢人心的手段。

四月十二日，朱厚熜从封国所在地湖广安陆州（今湖北钟祥）来到北京，身边只带有五十名兴王府的人，这些人地位很低，无甚影响。望着紫禁城巍峨的城阙，朱厚熜觉得有些孤零零的。但是，朱厚熜是个性格刚愎、不易屈服的人，还在路上，就下定了争斗的决心。皇帝乃是最高主宰，既然被选为嗣君，本身已具有了非同小可的影响力，要把握住这一主机，让整个朝廷跟着自己走，而不能依照他人的意愿走。

以张太后为首的皇室勋贵和以杨廷和为首的官僚士大夫，都希望把朱厚熜纳入孝宗、武宗一系，既继统，又继嗣。张太后之所以同意立朱厚熜，除他依伦序当立，很重要的一个原因，觉得他只有十四岁，便于控制，但如意算盘落空了。朱厚熜到达北京，礼部官员拟定礼仪，如皇太子即位礼。朱厚熜不同意，说："遗诏以我嗣皇帝位，非皇子也。"杨廷和请按照礼部官员所拟礼仪行事，由东安门入居文华殿，择日登基。朱厚熜坚执不允，大臣们只好让步。朱厚熜自大明门入皇宫，出御奉天殿，即皇帝位。在议定年号时，杨廷和建议用"绍治"，意思是继孝宗弘治朝而治，朱厚熜不用，改为嘉靖。朱厚熜借此表明，在帝系问题上要争独立，不肯纳入孝宗、武宗一系。初步斗争的胜利，使朱厚熜领略了帝权的威力，决定把握主机，循序渐进，直到万全获胜。

登基之后四天，朱厚熜派人去安陆州迎接母亲蒋氏。又过两天，下诏命令礼部召集大臣商议其父兴献王祀典和尊称。礼部尚书毛澄在杨廷和的支持下，会集文武群臣六十余人上议，认为应该效法汉朝和宋朝对类似事件的处理先例，称伯父孝宗为皇考，改称生父兴献王为皇叔父，称生母蒋氏为皇叔母。朱厚熜拒绝这种变易父母的做法，命令再议，但杨廷和、毛澄坚持初议。朱厚熜知己羽翼未丰，不好硬碰，便将此事暂且搁置，等待时机。不出所料，数月之后，希图进用的观政进士张璁出来替他说话了。张璁于七月初上疏说："朝臣引汉、宋故实，但此事与汉、宋不同。汉哀帝、宋英宗都早就预养宫中，立为储嗣，故既继汉成帝、宋仁宗之皇位，又为之后嗣。现在陛下以伦序当立，只继皇统，又必为孝宗后嗣。"朱厚熜见疏大喜，立即抓住时机，下诏尊生父为兴献皇帝，生母为兴献皇后，但杨廷和封还手诏，拒不奉命。九月下旬，朱厚熜生母蒋氏抵通州，以尊称未定，不肯入国门。朱厚熜遂以"避位奉母归藩"要挟群臣。张璁趁机又奏上《大礼或问》，劝朱厚熜奋然独断，维护父子大伦。张太后和杨廷和为代表的两派势力只得让步，同意朱厚熜尊生父母为兴献皇帝后，蒋氏才入京。杨廷和则把张璁调任南京，并寄语让他不要在议礼之事上再与自己为难。十二月中旬，朱厚熜又提出兴献帝后宜加称

"皇"字，杨廷和再次封还手敕，与九卿一同劝谏。不久，恰巧清宁宫发生了一场火灾，杨廷和借机进言，谓火灾是"废礼失言"所致。朱厚熜只得暂且妥协，称孝宗为皇考，张太后为圣母，称兴献帝后为本生父母，不加"皇"字。

经过几番交锋，朱厚熜明显感到缺乏羽翼，力量不足。朱厚熜曾试图把杨廷和一派拉拢过来，但没成功。在议礼时，杨廷和封还御批四次，执奏凡十三疏。据说，朱厚熜还派宦官到礼部尚书毛澄家，长跪请求通融，毛澄也不肯妥协。朱厚熜虽心怀愤懑，但知道时机不成熟，还须耐心等待。朱厚熜知道，在皇权高于一切的时代，终究会有依附者的，只是时间问题。张璁本想借议礼升官，现在被打发到南京，怎能甘心。在这里，他很快与席书、方献夫、桂萼等人拉扯在一起。四人都想通过议礼骤至高位，常在一起谋划。时间过去两年，桂萼在南京首先发难。嘉靖三年（1524）正月，张璁上疏请改称孝宗为皇伯考，兴献帝为皇考。此时的朱厚熜也与初登皇位那段时期不同，其地位已经巩固，权威已经树立。见疏后，朱厚熜特旨召见了张璁、桂萼、席书赴京议礼。接着罢黜杨廷和，任命席书为礼部尚书。四月，追尊兴献帝为本生皇考恭穆献皇帝，上兴国太后尊号为本生皇母章圣太后。五月，张璁、桂萼又联合上疏，请去掉"本生"二字。朝臣们闻听此言，群情激愤，准备将张、桂二人作为奸臣在朝堂上打死，但二人得到武定侯郭勋的庇护，朝臣们无从下手。七月十二日，朱厚熜召见群臣，宣布生母章圣皇太后去"本生"二字。群臣纷纷上疏反对，朱厚熜一概留中不答。群臣共二百二十九人跪于左顺门外，高呼："高皇帝！孝宗皇帝！"朱厚熜多次宣谕命群臣退出,但无人肯应。此时朱厚熜羽翼已丰,无所畏忌了,决定同大礼议中的反对派最后摊牌,命内臣将跪伏官员的名字全部录下,将其中一百九十三人逮捕下狱,制止了左顺门跪伏事件。几天后,正式处理此事,四品以上官夺去俸禄,五品以下官员一百八十余人被廷杖,其中翰林院编修王相等十七人被杖至死,为首的丰熙等八人严加拷讯,发边地充军。这样,反对派被一举打了下去,朱厚熜也可以一意孤行了。九月,朱厚熜决定改称孝宗为皇伯考,张太后为皇伯母,献皇帝为皇考,章圣皇太后为圣母,并诏令天下。嘉靖六年(1527),命张璁入内阁,支持议礼的官员纷纷进用。七年(1528)六月,朱厚熜颁布《明伦大典》,申说议礼的合理性,并进一步处分反对派,退休在家的杨廷和被削职为民,毛澄已故,削生前官职。

大礼仪所争论的问题,在今天看来,不过是事关礼仪的小事,但在当时,是非常重要的朝章大事。在这一争论中,不论朱厚熜的看法是否合理,他采用的斗争艺术是很巧妙的,可以说是很好地运用了反客为主之计,采用了步步为营的策略。朱厚熜以藩王之子入继大统,身单势孤,没有自己的势力基础,面对的却是皇室勋贵和官僚士大夫两股根深蒂固的势力。在这种情势下,朱厚熜虽心有主见,不为张太后和朝臣所左右,但若毫不妥协,一味硬顶,其后果也颇难逆料。朱厚熜沉着机智,对任何机会都抓住不放,在朝臣中间制造矛盾,利用矛盾,该妥协则妥协,该强硬则强硬,使自己的地位不断稳固,而议礼中的反对派则被逼得节节后退。最后,当力量积蓄达到一定程度,胜利在握时,朱厚熜也彻底摊牌,清除了朝廷中的反对派势力,实现了尊崇亲生父母的愿望，使自己的权威大大上升。

第三，见缝插针。

所谓见缝插针，是指在复杂的情况中，善于发现矛盾，利用矛盾，巧于创造时机，抓住时机。在没有机会的时候，绝不胡冲乱撞，因小失大，而一旦有了机会，哪怕是很小的机会，也绝不放过，而是要牢牢把握住，进行最充分的运用，恰如水银泻地，无孔不入。运用这一手法的关键，一是要判断准确，不要把不是裂缝的地方误认为裂缝，下针失误；二是不要因裂缝小而不为，只要有缝，就及时下针，只要把针尖扎下去，左摇右晃，裂缝必然越来越大，不愁成不了大事。

事例：李世民劝父起兵，唐国公变为天子

隋炀帝登上帝位后，好大喜功，骄奢淫逸，民怨沸腾，很快就出现了全国性的大动乱。隋大业十三年（617），隋炀帝任命唐国公李渊为太原留守，镇压各处反叛势力。李渊开始打了几次胜仗，但反叛势力由于归附者众，不仅未被消灭，反而越打越强，越打越多，李渊无计可施，深感恐惧。

李渊的次子李世民，年方十八，有勇有谋。据说李世民十六岁那年，隋炀帝北巡雁门，被突厥始毕可汗率大军包围，他向屯卫军将云定兴献计说："始毕可汗竟敢出兵包围天子，定然认为我军仓促之中无法前去救援。我们如果在白天让士兵举着旗帜，几十里内都不要断绝，夜里则敲钲击鼓，遥相呼应，突厥必定以为大队援兵到来，望风而逃。"云定兴依计而行，果然收效。由此可见，李世民胆略、才干之高了。现在，李世民见反叛势力如火如茶，知道隋朝末日已到，便暗下决心取而代之。他礼贤下士，散布家财，结交宾客，许多人都愿意与他结交。晋阳县（今山西太原南）令刘文静，见李世民胸怀大志，非同凡响，更与他结成生死之交。

李密加入瓦岗军后，隋炀帝下令捉拿与李密有关系的人，刘文静因与李密联姻，也被逮捕入狱。李世民到监狱探望时说："我来看望你，并不只是出于儿女之情，还想与你共商大计，不知你有何高见？"刘文静说："现在皇上远在江都，这正是夺取天下的大好时机啊！太原的老百姓都避兵移到城中居住，我担任晋阳令多年，认识其中的豪杰之士。一旦把他们召集起来，可以得到十万人。你父亲手下的人马，还有数万。如果利用这些力量起兵进入关中，向天下发布号令，不出半年，帝业可成！"李世民返回家里，越想越觉得刘文静说得很有道理，私下里部署宾客进行活动。

此事必须得到李渊的同意，而李渊为人非常谨慎小心，不一定会同意。李世民知道晋阳宫监裴寂与李渊关系较好，而裴寂又支持自己的计划，因而就请裴寂劝说李渊，裴寂答应伺机而动。这时，突厥入侵马邑，李渊派兵抵抗，接连打了几个败仗，很怕隋炀帝知道后加以追究，焦虑不安。李世民趁此机会，屏退左右，对李渊说："现在皇上无道，烽火四起。父亲如果只顾坚守小节，下有贼寇作乱，上有国法严刑，不出多久，李家就面临危亡了。不如顺应民心，大兴义兵，转祸为福，抓住上天赐给我们的良机。"李渊斥责说："你怎么敢说出这样危险的话！"第二天，李世民又劝说父亲："大人受命讨伐逆贼，可盗贼越来越多，您能讨伐得了吗？就算真能尽数灭贼，功高震主，您的处境恐怕就更加危险了。只有照我昨天说的办,才可以免去灾难,请您不要再疑虑。"李渊叹息说:"昨天一个晚上我都在想你说的话,觉得很有道理。今日之事,听凭你去做,家破人亡由你,代家为国也由你。"李世民还怕父亲改变主意,就请裴寂派晋阳宫人侍奉李渊饮酒,加以劝导,打消李渊的顾虑。

李渊把刘文静从监狱中放出来,命令李世民、刘文静、长孙顺德、刘弘基等人分头招募兵马,仅十余天就召集了近万人。李渊还派人把正在河东作战的两个儿子李建成和李元吉叫回来,并让人到长安招来女婿柴绍。太原的两个副留守,见李渊父子举动异常,怀疑他们有异志,想起兵讨伐,李渊立即借口他们勾通突厥,捉住斩首。为了集中兵力争夺天下,李渊又依照刘文静的计策,派人带着厚礼向突厥可汗求和,突厥可汗答应帮助李渊。

一切准备就绪,李渊便自称大将军,命李建成和李世民分别担任左右领军大都督,刘文静任司马,率领三万人马浩浩荡荡开赴长安。行至霍邑(今山西霍县),遭到隋将军宋老生的阻击。此地道路狭隘,再加上连降大雨,道路泥泞,唐军的后勤供应中断,军中又流传起突厥准备偷袭太原的谣言,李渊大为恐慌,决计返兵太原。李世民劝父亲说:"现在田间的粮食满地都是,还愁缺粮?宋老生并没有什么可怕的,我们以义兵之名号召天下,如果还没有打仗就后撤,岂不使人失望。退守太原一城一池,怎么能保全自己呢?"李渊不听,仍然下令回师太原。李世民又去劝谏父亲,这时李渊已睡下了,无法进去,李世民就在外面放声大哭。李渊听到,召李世民入帐询问。李世民说:"现在军队进攻则取胜,退却则溃散。军队溃散在前,敌人乘隙在后,我们灭亡的日子不远了。我怎能不痛哭呢！"李渊听后猛然醒悟，说："军队已打发回去，怎么办？"李世民说："右路军尚未出发，左路军虽然回去，但还未走多远，可以追回。"李渊便让李世民和李建成连夜前去把左路军追了回来。

唐军施展诱兵之计，引诱宋老生追击，将他击毙，攻下霍邑，继续西进，在关中农民军的配合下，很快渡过黄河。李渊留在长安的女儿，在丈夫柴绍离去后，也回到鄠县别墅，分散家财用来招募人马，得到了几百人。当时，李渊的叔伯弟弟李神通闻知李渊起兵，也从长安逃到鄠县山里，和长安大侠史万宝等人率领一万多人响应李渊，并与李渊之女在渭北会师，人们称这支由李渊之女统率的部队为"娘子军"。李渊军势如破竹，很快攻下长安。为了笼络民心，宣布约法十二条，把隋朝的苛令一概废除，还扶立隋炀帝的孙子杨侑做傀儡皇帝。次年夏天，隋炀帝在江都被部下刺杀，李渊废掉杨侑，自己即皇帝位，改国号为唐。

唐王朝的兴起，也是反客为主的事例。面对国家分崩、群雄并起的局势，作为国家重臣，又是隋皇室姻亲的李渊，倘若迟疑不决，消极地站在朝廷一边，是很难保全自己的。李世民正是看清了这一点，力劝李渊见缝插针，把握住非常难得的大好机会，不做反叛势力与隋王朝之间的挡箭牌，而是以自己手中掌握的兵力为基础，加以招募扩充，乘隙插足，公开打出旗号以逐鹿中原，最后变客为主，由隋朝的唐国公转化成大唐天子。

第四，绵里藏针。

所谓绵里藏针，有两种意思，一是指外貌和善，内心尖刻；

二是指柔中有刚,外柔内刚。在使用反客为主之计时,这两种场合都可能出现。元代石君宝《曲江池》第二折云:"笑里刀剐皮割肉,棉里针剔髓挑筋。"可见这种手法对敌方的杀伤力是很大的。这一手法的关键,是不与对方摆出决战的架势,不流露出取代对方的意图,而是极力迎合、笼络对方,似乎甘拜下风,让对方麻痹大意。在对方毫无戒备或警惕性不足的情况下,己方暗中策划,秘密行动,逐步积蓄力量,取得主动地位。当自己羽翼丰满之时,再与对方进行最后决战,此时对方虽认清了自己的真面目,但大势已去,无可奈何矣,只能眼睁睁地看着己方反客为主,取而代之。

事例:谦虚谨慎藏奸计,王莽代汉建新朝

王莽,字巨君,是汉元帝皇后王氏的侄子。汉朝外戚屡有专权之局,王莽的伯父、叔父在汉元帝、汉成帝的时候,居位辅政,一门竟有九个侯、五个大司马。王氏一门虽然贵显,但由于王莽的父亲王曼死得早,未能封侯。王莽的从父兄弟们极尽声色犬马之乐,唯独王莽家境孤贫。王莽虽然缺乏财富,但他的才智比从父兄弟们都高。王莽知道要想出人头地,就必须博得好名声,便生活力求节俭,为人谦让。王莽在沛郡陈参门下研习《礼经》,十分刻苦,衣服被褥同其他贫寒的儒生一样。王莽侍奉母亲和守寡的嫂子,养育亡兄的独生儿子,非常精心周到。王莽广泛结交才俊之士,对各位伯叔父都很恭敬。

王莽的行为见到了效果。汉成帝阳朔年间,其伯父王凤患病,王莽在王凤身边侍疾,尽心竭力,亲自为王凤尝药,蓬头垢面,一连几月未解衣安睡。王凤自然很欣赏他,临死的时候,把他托

潜龙勿用日乾乾

付给皇太后和皇帝,王莽因而被任命为黄门郎,升射声校尉。后来,他的叔父成都侯王商上书,表示愿意把自己的一部分食邑分封给王莽。长乐少府戴崇、侍中金涉、胡骑校尉箕闳、上谷都尉主阳并、中郎陈汤,都是当世名士,都为王莽说好话,王莽便逐步受到皇帝器重,永始元年(前16)被封为新都侯,食邑一千五百户。王莽的官职也不断迁升,至骑都尉、光禄大夫、侍中。

  王莽尝到了沽名钓誉的甜头,更加注意表现自己,爵位越高、态度越谦虚,家里有钱就散与宾客,赈济别人,不留余财。王莽进一步结交名士,拉拢朝臣,让侄子王光到博士门下受学,自己休假的时候,便带着羊酒去慰劳王光的老师,王光的同学们也都沾了光,都感念王莽的好处。王莽安排王光与自己的儿子同日结婚,宾客盈门,王莽故意让人每隔一会儿前来禀告,说母亲某处疼痛,要吃某药。王莽听后,便起身去照料母亲,直到客人散尽也不出来,以显示自己的大孝。后将军朱博无子,王莽便买以婢女,对人说:"我听说这个女子家中的人能生儿子,就为朱子元买下了。"当天就把婢女送到朱博家中。通过这些举动,王莽的声誉越来越高,朋友越来越多。当时,有官职的大臣纷纷推荐王莽,无官职的名士到处宣扬王莽的美德,王莽的声望已在他的各位叔伯父之上。

  其时,太后姐姐的儿子淳于长,以才能为九卿,地位在王莽之上。王莽暗地里搜求他的罪过,通过大司马曲阳侯王根予以揭露,淳于长被杀,王莽被视为忠直之士。王根请求退休,推荐王莽代替自己,皇帝便提拔王莽为司马,时在绥和元年(前8),王莽年已三十八岁。王莽虽然已经出类拔萃,身居辅政之位,但并不以此为满足，一心想使自己的声誉超过前人，因而克己不倦，广泛聘贤良以为掾史，皇帝赏赐给他的钱财都用来供养读书人，自己的生活更加俭约。王莽的母亲病了，公卿列侯的夫人们纷纷前来探望，王莽的妻子出来迎接，穿着布短衣，仅仅遮住膝盖，别人还以为她是王家的仆人，一问才知是王莽的夫人，无不惊讶。

担任辅政一年多，成帝驾崩，哀帝继位，皇太后王氏被尊为太皇太后。太后命王莽回自己的封地休养，以避哀帝外戚之家。王莽在家闭门不出，谨慎小心，以增加自己的令誉。一次，二儿子王获杀了一个奴仆，在当时，法律虽然规定不得擅杀奴仆，但这种事很多，没有人把这当作一回事。王莽却狠狠斥责王获一番，迫令他自杀。大家知道了，都说王莽公正无私。王莽在家待了三年，这期间有数以百计的官吏上书为王莽鸣冤叫屈，说不应该让他在家闲着，应让他在朝执政。元寿元年（前2），发生了日食，这在当时被认为是上天示警的大事，贤良周护、宋崇等人，趁机在对策中为王莽歌功颂德，汉哀帝便征王莽入朝。

王莽回到京师一年多，哀帝去世，没有儿子。当时傅太后、丁太后都已先死，政事仍须由太皇太后王氏主持，她即日驾临未央宫，收取玺绶，派人飞马招王莽，将军国大政都交他负责。太皇太后与王莽定策，迎中山王入继皇位，是为平帝。平帝年仅九岁，太皇太后临朝称制，代行皇帝职权，具体政务都付托给王莽。王莽暗中指使益州负责官员，让塞外部落贡献白雉。元始元年（1）正月，他奏请太后下诏，把白雉献于宗庙，群臣便纷纷上书，说周成王时，周公辅政，越裳人曾献白雉，现在王莽辅政，德高功大，致有白雉之瑞，正与周成王时事体相同。按照圣王的法度，臣下有大功，生前就应得到美号，所以周公生前就托号于周，王莽有定国安汉之大功，应赐号安汉公，增加封户。太皇太后按照群臣建议，以王莽为太傅，号安汉公，邑封二万八千户。

元始五年（5），平帝去世。当时汉元帝的直系后裔没有在世者，而宣帝的曾孙中尚有活着的封王五人，列侯、广戚侯四十八人，应从他们中选择一位继任皇帝。但他们都是成年人，王莽怕继位后于己不利，就以"兄弟不得相为后"作借口，从宣帝玄孙中挑选了年龄最小的广戚侯子婴即位，年仅三岁。王莽给子婴取的年号是"居摄"，表明由自己摄政。太皇太后很信任王莽，诏令王莽朝见自己时称"假皇帝"，也就是"代理皇帝"。此时，王莽距帝位只有一步之遥了。

梓潼人哀章在长安求学，一向好说大话，见王莽欲据帝位，便制作了一个铜匮，写了两张标签，一张上写"天帝行玺金匮图"，一张上写"赤帝行玺刘邦传予黄帝金策书"。书中说王莽当为真天子，太皇太后应顺天命传位于王莽。王莽见此大喜，急忙到汉高帝庙中拜受神匮，声称自己不敢不顺从天命，便即真天子位，改国号为"新"。到此，太皇太后王氏后悔莫及，大骂王莽，但已无济于事了。

王莽因篡汉之事，一直被后世骂为奸险之徒，观其行为，的确充满机巧。西汉后期，外戚在政治生活中的地位越来越重要，往往把持朝政。王莽出身外戚之家，一门九侯，大司马之职操于叔伯父之手。王莽因父亲早死，在这个显贵之家内却显得颇为孤单清贫。如果他与从兄弟们一样，是不会受人重视的，很难爬到重要职位上。在当时的社会环境中，除家族地位外，个人的才识德行，能帮助人们博得声名。王莽既不能指望从家族地位中获利，便从建立声名入手，采取一切手段沽名钓誉，结果，在皇太后王氏的侄子们当中，王莽显得鹤立鸡群，也博得伯叔父们的青睐，在他们的提携下步入仕途。既入仕途，王莽的家族背景就对他很有帮助了。有家族背景的依托，再加上他不为暂时的成功所迷惑，而是循序渐进，折节下士，声名越来越高，地位越来越尊，朝野无不称颂，最后不用多费周折，瓜熟蒂落，帝位到手。

第五，刚柔并济。

所谓刚柔并济，是说刚强的同柔和的互相调剂，硬的与软的两手同时或交替使用。柔，有两层意思：一是为了避开对方锋芒，避免正面冲突，在时机不成熟的时候，尽量不与对方展开决战；二是为了让对方放松警惕，安枕无忧，以便自己可以稳步地加强自己的地位，做好各方面的准备工作。刚，也有两层意思：一是在适当的时候，偶尔露峥嵘，给对方以威慑，打乱对方阵脚，在乱中寻找机会；二是在有比较充分的把握的条件下，选择合适时机与对方摊牌，毫不手软地攻击对方，把对方彻底击垮。

事例：声色不露斗奸凶，阉党集团被清除

明熹宗是个昏庸无能的皇帝，朝政大权逐步掌握在宦官魏忠贤和乳母圣夫人客氏手中。魏忠贤在朝廷内网罗了大批党羽，形成了"阉党"集团，其中著名的有五虎、五彪、十狗、四十孙之辈。内阁中凡是反对魏忠贤的人，无不遭到迫害，杨涟等六人、周起元等七人，先后被逮入诏狱，遭受了非人的折磨，惨死狱中。不仅对朝臣如此，对不迎合自己的妃嫔，魏忠贤也痛下毒手。例如,张裕妃性情刚烈,不买魏忠贤的账,魏忠贤便矫旨将她幽于别宫,绝其饮食,将她活活饿死。凡熹宗宠幸过的宫女,魏忠贤必置之死地而后快。对于魏忠贤的为所欲为,熹宗从来不闻不问,只是觉得魏忠贤是忠臣,不断荫官加爵。魏忠贤被称为"九千岁",魏氏一门就有好几人被封为公、侯、伯。各地官员唯魏忠贤马首是瞻,最后竟掀起给魏忠贤建生祠之风,生祠几遍天下。朝廷内外,几乎到了只知有魏忠贤,而不知有皇帝的地步。

天启七年(1627)八月二十二日,熹宗去世,魏忠贤当天夜里派人把熹宗之弟信王迎入宫中,是为崇祯皇帝。当时朝臣尚不知熹宗去世,宫廷内外都是魏忠贤的党羽,崇祯帝怕遭暗算,入宫时,衣袖里装上一些食物,不敢吃宫中的东西。那天夜里,崇祯帝秉烛独坐,心里忐忑不安,从一个宦官那里要了一把剑放在身边,听到巡逻之声,就起身慰问,赏赐酒饭,以笼络人心。即皇帝位后,崇祯帝虽然把清除阉党集团视为头等大事,但他知道阉党根深叶茂,不可盲动,稍有不慎,不仅除奸不成,还可能招来杀身之祸。崇祯帝以高度的忍耐力克制自己,丝毫不露驱逐魏忠贤之意。魏忠贤也在试探崇祯帝,请求辞去提督东厂之职。崇祯帝不答应,还赐给魏忠贤的侄子宁国公魏良卿、安平伯魏鹏翼铁券,以稳其心。

崇祯帝的计划,是待机而动,从剪除魏忠贤的羽翼下手。一向与魏忠狼狈为奸的奉圣夫人客氏,请求出外居住,崇祯帝批准,魏忠贤少了一个互通声气的伙伴。魏忠贤的忠实干将太监李永贞上疏称病,崇祯帝当即命他回老家养病。接着,李朝钦、裴有声、王秉恭、吴光承等,魏忠贤手下的大太监们,相继请求退休,崇祯帝概予允准。身边的执事人员，逐渐都换上了原来信王府的旧人。这样，魏忠贤在宫中的羽翼，被不动声色地剪除掉了。

崇祯帝的态度高深莫测，阉党分子坐卧不宁，有些吃不住劲了。十月，魏忠贤在外廷最得力的干将、兵部尚书崔呈秀的父亲去世，请求回籍丁忧。阉党分子杨所修便上疏请皇帝允许崔呈秀回籍守制。接着，御史杨维垣、贾继春先后上疏攻击崔呈秀，说他"卖官鬻爵，贪淫秽迹，不可枚举"。他们这样做，一来想试探一下皇帝的态度，二来借攻崔以保护自己。崔呈秀受到攻击，请求罢职。崇祯帝不想操之过急，让自己的态度过早地暴露，便下旨慰留崔呈秀。崔呈秀连上三道辞疏，崇祯帝才下了一道言辞温和的圣旨，予以批准，并让他乘坐沿途驿站车马回乡。在这件事上，崇祯帝态度虽然表现得模糊不清，但意向已明。不久，崇祯帝又将首先倡导为魏忠贤建生祠的浙江巡抚潘汝祯削职为民，以作试探。阉党虽布列朝端，但无人敢出面申救。崇祯帝看到了阉党的软弱，增强了自己的信心，只等待时机，对阉党大加挞伐了。

当时朝中多阉党的党羽，又都惧怕魏忠贤之威势，都不敢出头弹劾魏忠贤。倒是官位较低的工部主事陆澄源、兵部主事钱元悫首先发难，上疏声讨魏忠贤的罪恶。崇祯帝觉得说得还不够具体有力，仍隐忍不发。接着，嘉兴贡生钱嘉征，疏劾魏忠贤十大罪，一并帝，二蔑后，三弄兵，四无二祖列宗，五克削藩封，六无圣，七滥爵，八掩边功，九伤民财，十通关节。疏上，崇祯帝命人把魏忠贤召来，让内侍把奏疏读给他听。魏忠贤非常恐惧，急忙用重金贿赂原信王府太监徐应元从中缓解。崇祯帝得知，立即将徐应元斥逐。十一月，命将魏忠贤安置凤阳，旋又命逮治。

魏忠贤行至阜城（今属河北），听到逮治的消息，与李朝钦都自缢而死，客氏也被笞死于浣衣局。崔呈秀在老家听到魏忠贤的死讯，知自己终不能免，呼酒痛饮，饮毕自缢。后来，崇祯帝又大张旗鼓地清除阉党，钦定逆案，阉党共二百六十余人都受到了惩罚，或处死，或流放，或禁锢终身。

在清除阉党这件事上，崇祯帝颇费心机，表现了高超的政治技巧。当时阉党遍布朝野，盘根错节，内阁、六部等重要部门都操纵在他们手中，势力很强。崇祯帝唯一的优势，就是手中的皇权。皇权虽至高无上，但在这非常时刻，也不能滥施，否则不但不能成事，反惹杀身之祸。蛇无头不行，鸟无头不飞，崇祯帝清醒地认识到，清除阉党的主机，就在魏忠贤这个阉党的总头子身上，只要除掉了魏忠贤，阉党便失去了力量的中心和主心骨，也就容易收拾了。魏忠贤既然为阉党总头子，处在蛛网的中心，一触动他，整个蛛网都会有反应，因而不能鲁莽从事，必须慎之又慎。崇祯帝抓住魏忠贤这一个"主机"，但又先不触动他，而是从外围入手，把他的党羽爪牙从他身边弄走，可以说是事事都意在魏忠贤，可事事又都不落实在魏忠贤身上。在表面不动声色、暗地里却你死我活的斗争中，崇祯帝凭借皇权的威力，逐步把握住了主动权，并促使阉党发生分裂。最后，在时机成熟之际，迅速出击，将魏忠贤诛除，阉党分子失去主帅，树倒猢狲散，只能听天由命，等待审判了。

无论是在自然界，还是人类社会，无不体现出变异性与统一性的有机和谐。一个松树林，尽管株株都是松树，但又株株不同，要想找到两株一模一样的松树是困难的。计谋的使用也是如此，尽管使用的都是反客为主之计，但只要仔细分析，就会发现，反客为主之计在几千年的政治斗争中使用了许多次，但每一次都有着自己的特色，有着自己的面目，完全雷同是不存在的。因此，上面归纳几种手法，只是较常见的几种大的类别，远没有穷尽所有手法。可以说，反客为主之计的手法变幻无穷，没有尽止。

三、奇谋妙计　智慧手腕并举

反客为主之计作为克敌制胜的重要手段之一，曾被运用到政治斗争的各个领域、各个方面。本计原文为："乘隙插足，扼其主机，渐之进也。"可见此计与树上开花之计一样，主要是弱者对付强者的手段。弱者与强者倘若公开搏斗，而有力者胜是唯一的法则，弱者自然无能为力。但人类是高级动物，不同于自然界的其他动物，动物仅以自身的力量为凭依，身强力壮者胜，体弱无力者败。人类最可宝贵的是其智慧，政坛更是斗智斗巧的场所，因此，政治斗争的胜负，主要是看政治手腕的高低，政治计谋的巧拙，无怪乎政坛上阴谋诡计不断，奇谋诡计不绝了。

第一，在国家之间。

国家是政治单位，每个国家都有自己的特殊利益，弱国都想保护自己不受外来势力的干预和入侵，强国则都想扩充自己的势力，干预别国事务。因此，国家之间的矛盾斗争是与国家的存在伴随始终的。为了达到各自的政治目的，不论是强国还是弱国，都千方百计地施展政治计谋，其中包括反客为主之计。

潜龙勿用日乾乾

1．弱国对强国的使用

弱国在实力上不如强国，有时在强国面前不免低声下气，以求保全自存。但若一味退避忍让，强国势必得寸进尺，提出越来越蛮横无理的要求。因此，在时机合适或忍无可忍的时候，弱国也要不畏艰险，敢于抗争，争取主动。战国时期蔺相如完璧归赵，就是这方面的典型事例。

秦昭襄王听说赵惠文王得到一块和氏璧，是稀世珍宝，很想据为己有，就派遣使者到赵国，提出用十五城交换和氏璧。赵国的实力不如秦国，赵惠文王虽不想交换，可又不敢拒绝秦国，怕秦国以此为借口攻打赵国。在这种情况下，蔺相如奉赵王之命，到秦国去以璧换城。秦昭襄王见到和氏璧，非常喜爱，与臣下及后宫互相传看，却闭口不提给赵国十五城之事。

蔺相如知秦国无意给城，就谎称和氏璧有小小的瑕疵，要指给秦君臣看。秦昭襄王把璧交给蔺相如。蔺相如说："秦国想白白地得到和氏璧，我们国君本来不想交换，因为秦是大国，我们不得不按要求做。秦国虽然强大，怎么能说话不算数而失信于天下呢？临来时，我们国君斋戒五日，才把和氏璧郑重交给我，以表示对秦王的尊敬，大王却在和氏璧面前傲慢无礼，随便给亲信传看，又没有交付城池之意。赵国虽弱，也不能容忍如此无礼的举动污辱寡君。大王若真想得到和氏璧，就仿效我们国君，也斋戒五日，然后受璧。如恃强硬夺，和氏璧将和我的头一起化为碎块。"说毕，举璧向柱子撞去。秦昭襄王急忙制止，答应蔺相如提出的条件。蔺相如回到住地，让随从化装成平民，带着和氏璧回赵国去了。斋戒结束那天，秦昭襄王让蔺相如交出和氏璧。蔺相如回答说:"秦国做事一向不讲信用,我怕受骗,三天前就派人把和氏璧带回赵国去了。秦国真想得到和氏璧,就请先割十五城给赵国,赵国绝对不敢得城而不予璧,开罪大国。否则,就请大王治我欺罔之罪。"秦昭襄王见蔺相如有理有节,璧又不在他身边,只得依礼送蔺相如回国。

在这件事上,蔺相如稍有迟疑,必然有辱使命,赵国将丧失和氏璧而得不到十五城。蔺相如窥破秦王心意后,使用诈计,把和氏璧送回赵国,从而抢占了先机,变被动为主动,终于不辱使命,使秦王无可奈何。

2. 强国对弱国的使用

强国在总体实力上比弱国强盛,但在局部力量上却未必总能超过弱国,因而也有一个乘隙插足,变被动为主动的问题。汉朝在总体实力上比匈奴强大,但在汉朝与匈奴的战争中,也吃过不少的败仗,这是因为汉朝无法倾注全力于一隅,把全部人力物力投入到对匈奴作战中,因而在局部战场的力量较量中,常有处于劣势的时候。班超在鄯善国,远离强大的祖国,面对着人数远远超过己方的匈奴使团和态度捉摸不定的鄯善王,也明显处于劣势,若不是班超当机立断,施展反客为主之计,抢先行动,除掉匈奴使者,震慑住鄯善人,后果实在是不堪设想。

有时,强者一方全力攻击弱者,却总是不能得手,而强者故意示弱,反能获得主动,达到预期目的,这也是反客为主之计的一种方式。春秋时期,楚武王征伐汉水流域的随国,野心没有得逞,双方决定议和。在随国使节到来之前,斗伯比献计说:"我们未能征服汉水以东各姬姓国,不是力量不够,是策略不对。我们临以大军，威以武力，这些小国就团结一致对付我们，故而事情难成。随国在汉水以东诸国中是比较大的，它强大起来，就会抛弃周围的小国，各小国离心离德，楚国就可以顺利得手了。请大王解散军队，以使随国得意忘形，妄自尊大。"随国使者到楚国后，认为楚国武力不强，回去后果然请求出兵追击楚兵，随国人跃跃欲试。倘若随国出兵，正好中了斗伯比的诡计，随国必然会撞得头破血流，后果可想而知。幸亏随国有一位名叫季梁的贤人，也是足智多谋之士，及时向随侯陈明利害，拆穿了楚国的诡计，才避免了悲剧的发生，楚国的反客之计没有得逞。

3．实力相当国家之间的使用

实力相当的敌对国家，若想在对峙中占据优势，一是要靠实力，二是要靠计谋。谁能采取有效措施，迅速增加自己的实力，谁就具备了优势基础。谁能采取变化多端的计谋与对方周旋，谁就容易占据上风，或至少能更好地保护自己。在双方的交往中，应该善于发现对方的缺陷和裂缝，巧加利用。宋朝的富弼就是一位这样的人。

契丹派遣使臣向宋朝索要关南之地，富弼奉命去契丹陈说利害。富弼一到契丹，契丹皇帝就斥责说："你们宋朝违背盟约，闭塞雁门，增加塘水，修治城隍，登记民兵，意欲何为？契丹群臣请求发兵南下，我以为不如遣使求地，如宋朝不肯给地，再发兵不迟。"富弼没有正面回答问题，而是向契丹皇帝陈述发兵南下谁可获利："契丹与中国往来通好，是人主得其利而臣下无所获，用兵则恰恰相反，是臣下得利而人主遭祸。所以鼓吹用兵的人，都不过是为自己的利益打算罢了。"契丹皇帝忙问究竟，富弼分析说：" 晋高祖欺天叛君，末帝昏乱，国土狭小，上下叛离，所以契丹出兵灭了后晋。但是，在战争中虏获的金银财宝，都成为臣下的私财，而贵国的壮士健马，却损失了大半。当今宋国疆域辽阔，精兵百万，号令严明，上下一心，贵国如与宋朝开战，并无必胜把握，即使真能获胜，损失的壮士健马，是群臣承受，还是人主承受呢？如与宋朝继续交好，宋朝每年输给契丹的白银，都归人主所有，群臣什么也得不到。"

富弼见契丹皇帝一边听，一边不住地点头，知道自己的这番话起了作用，才正面回答契丹皇帝的质问："闭塞雁门的目的，是为了防备西夏进犯；塘水的开挖，事在两国通好之前；城隍普遍修旧翻新，民兵也是增补缺员，所有这些都没有违反两国的盟约。"如果富弼一开始就说这番话，契丹皇帝必定不信，认为富弼是在敷衍塞责，蒙混过关。但富弼先设身处地，站在契丹皇帝的立场上分析用兵的利弊，博得契丹皇帝的好感，从而反客为主，在心理上占据了优势，后面的话也就易入契丹皇帝之心了。经过富弼的努力，两国之间避免了一场大战。

第二，在宫廷之中。

宫廷是非地，萧墙祸福多，古今宫闱之间，多少欢乐，多少忧愁。善用计谋者，往往可以骤至高位，甚至男可履九五之尊，女可至皇后之位；不善用计谋者，身入圈套而不知，不仅权位不保，甚且身首异处，成为阎罗殿里的枉死鬼。可以说，宫廷之中，处处杀机；萧墙之内，在在诡谋。一部中国宫廷史，充满了多少骨肉相残、惨绝人寰的悲剧。

潜龙勿用日乾乾

1. 皇子对皇子的使用

中国古代帝王妻妾众多，生子亦广，如秦始皇有二十几个儿子，明太祖有二十六个儿子，康熙帝的儿子更多达三十五个。儿子不止一个，但国家不能分割，能接替皇位的只能有一人。历史上围绕太子之位，皇子之间展开过许多次明争暗斗。如杨广夺嫡，就是杨广利用皇帝、皇后和太子杨勇之间在感情上出现的裂痕，大施诡计，使哥哥杨勇被打入冷宫，自己取而代之，登上太子宝座，最后又谋害了父皇，登基称帝。

隋朝末年的社会动荡，群雄并起，李世民力劝父亲李渊起兵，化家为国，成就了李唐帝业，但李世民并未因功被立为太子，其皇位也是依靠宫廷政变获得的。李渊登上帝位后，虽然觉得李世民劳苦功高，但还是根据立长不立幼的传统习惯，册立长子李建成为太子，李世民和弟弟李元吉分别被封为秦王和齐王。为了提高李建成的威信，李渊屡次委任他去办军国大事，但他屡屡辜负父皇的期望。比如，凉州（今甘肃武威）人安兴贵归降时，李渊命李建成前往原州（今甘肃固原）接应，时值盛夏，天气酷热，李建成一边赶路，一边打猎，士兵疲劳过度，大多逃走，回到长安时，队伍已是七零八落。与李建成相比，李世民屡立大功，先后平定了刘武周、窦建德、王世充等割据势力，极大地巩固了李唐政权，威望日隆。对此，李建成深感不安，便拉拢李元吉，图谋陷害李世民。他们从后宫入手，向妃嫔们赠送礼物，让她们在李渊耳边说李世民的坏话。李渊信以为真，几次召见李世民，严加斥责，对李世民越来越疏远，而对李建成和李元吉越来越宠信。得到了父皇的支持，李建成和李元吉越来越肆无忌惮，一心想害死李世民。一次,他们请李世民到东宫赴宴,在酒中下了毒。李世民不知,饮下毒酒,幸亏救治及时,才保住性命。武德九年(626),突厥犯边,李建成和李元吉决定借此剥夺李世民的兵权,进而把他除掉。李建成奏请让李元吉挂帅出征,并派李世民手下的大将尉迟敬德、秦叔宝等人一起随军出征,李渊均予批准。在这危急时刻,李世民经过与支持者密谋,决定先发制人,反客为主。

李世民在皇宫玄武门布置好伏兵,趁李建成和李元吉上朝由此经过,将二人杀死。李渊闻讯,目瞪口呆,知木已成舟,无法挽回,便下诏命令一切军队都听李世民节制。三天之后,又正式册立李世民为太子,处理一切政务。不久,李渊退位,自称太上皇,李世民正式即皇帝位,贞观之治由此开始。

2. 后妃对后妃的使用

后宫之中,真正的男人只有一个,这就是皇帝,而难以胜数的妃嫔宫女们的地位如何,完全依赖皇帝对自己的态度,能否得到皇帝的临幸和宠爱,是她们唯一的希望,但很难说爱。珊瑚枕上千行泪,不是思君是恨君。后宫也是一个小社会,充满了名利权位之争。武则天为了取得皇后的地位,甚至不惜以自己的女儿的生命为代价,其残酷程度可想而知。

汉景帝是一位很有作为的君主,也不能防止自己的后妃之间的争斗。汉景帝登上皇位后,立薄太后的内侄孙女薄氏为皇后,但薄皇后一直未生育。汉景帝立栗姬生的儿子刘荣为太子,封王夫人生的儿子刘彻为胶东王。两年后,汉景帝将薄皇后废黜,栗姬和王夫人都想当皇后,两人展开明争暗斗。按说,栗姬最受汉景帝宠爱，儿子又被立为太子，当皇后的可能性比较大，但她过于骄横，不会笼络人，利用可以帮助自己的力量，又不如王夫人聪明，最终被王夫人反客为主，不仅自己没当上皇后，儿子的太子之位也丢了。

汉景帝的姐姐长公主刘嫖，有一个女儿，名叫阿娇，她很想把阿娇嫁给刘荣，托人向栗姬说媒，栗姬对刘嫖常引荐美人给汉景帝很痛恨，一口回绝，把一个难得的得力帮手推开了。王夫人得到这个消息，便极力讨好刘嫖。刘嫖见她尊重自己，又提出把阿娇嫁给刘彻，王夫人当场就答应下来，而刘彻更会来事，讲要得阿娇，贮之金屋，使刘嫖很欢喜。从此，刘嫖和王夫人联合起来，共同对付栗姬。栗姬并未意识到自己的危险，骄横依然，一点也不用心讨好汉景帝。汉景帝有一天觉得身体不适，便对栗姬说："我百年之后，就把其他姬妾生的儿子都托付给你了，你要好好待他们。"这分明是看重栗姬，栗姬却不明所以，认为是汉景帝偏爱其他姬妾，当场顶撞了几句。汉景帝很生气，对她的感情日渐淡漠。刘嫖抓住机会，劝汉景帝改立刘彻为太子，汉景帝下不了决心。为了促成此事，王夫人暗中挑动大臣，让他们以"母以子贵"为由，上书请求册立栗姬为皇后。汉景帝中了圈套，以为这是栗姬做的手脚，一气之下，把太子刘荣废为临江王，并禁止栗姬与自己见面，栗姬不久就气死了。后来，刘彻被立为太子，王夫人也如愿以偿，登上了皇后的宝座。

第三，在君臣之间。

君主是国家的拥有者，是权力的行使者，古代虽有"雷霆雨露,俱是天恩","吾皇圣明,臣罪当诛","君叫臣死,臣不敢不死"之类的说法,但这只是理论上的,事情并不如此简单。君主的权力并不是在任何时候都是绝对的,都能畅通无阻。为了贯彻自己的意图,推行自己的政策,或者收回旁落的权力,君主免不了要要些计谋。如朱厚熜尊崇亲生父母,崇祯帝清除以魏忠贤为首的阉党势力集团,无不施展其计谋。臣下为了在君主专制的条件下自我保护,或者为了揽取更多的权力,甚或为了取代君主的统治,更是需要挖空心思,对君主用诈使计。读一读田氏代齐、王莽篡汉的过程,就会对此有深刻的体会。

反客为主之计是政治斗争中的常用手法,历史上不少朝代是使用这一手法建立的。经过三百多年分裂之后实现统一的隋王朝,就是杨坚篡夺了北周政权建立的。

杨坚出身于名门望族,父亲杨忠在西魏、北周时,官至大将军、大司空。杨坚因有这样的家庭背景,十六岁就升至骠骑大将军。明帝宇文毓登上皇位后,一方面授杨坚为右小宫伯,晋爵大兴郡公,以示优宠;另一方面对他又有些不放心,曾派会相面的大臣赵昭暗中观察杨坚。赵昭报告说,以杨坚的面相,最高只能做到柱国,宇文毓才放下心来。宇文毓之后,做皇帝的是武帝宇文邕,升杨坚为左小宫伯,进位大将军,出任随州(今湖北随县)刺史。此时把持朝政的是宗室宇文护,非常忌恨杨坚,多次设计陷害,均未成功。后来,杨坚袭爵隋国公,又把长女许配给武帝的太子宇文赟为妃,地位更加巩固了,几次奉命率军出征,还被委任为定州(今河北定州)总管,实力和威望不断上升。宇文赟即位后,拜杨坚为上柱国、大司马,不久又升为大后丞、右司武、大前疑,宇文赟每次外出,还都让杨坚留守都城。

杨坚的地位越来越高,宗室成员对他更加猜忌,谋害他的阴谋接踵而来,但都被他躲过了。后来,宇文赟也对他起了疑心,只是未找到借口,不便杀他。所幸宇文赟只当了半年多皇帝,就因荒淫过度而死,他的儿子宇文衍即位,时年九岁。宣帝的腐朽统治早已引起许多有识之士的不满,人们又普遍不相信一个儿童皇帝会带来什么新气象,有些人便劝杨坚早作打算,取而代之,杨坚也决心总揽军政大权。他们假传宇文赟的遗命,让杨坚入朝主政,总揽一切军国要事,不久又诱使宇文衍拜杨坚为左大丞相,节制文武百官。杨坚大施仁政,很快就得到了民心的拥护。

宗室集团看出了杨坚的野心,试图对抗,但为时已晚,有的被杨坚处死,有的被杨坚收服。在时机成熟之后,杨坚便正式取代北周,建立隋朝。杨坚与北周宗室集团一直存在着矛盾,曾多次面临生命危险,倘若他固守臣子大义,力保北周,恐怕早晚也得被害。在部分朝臣的支持下,杨坚当机立断,揽取大权,反客为主,取代北周,不仅保住了自身性命,还开创了一个统一王朝,名传千秋。

宋朝的建立,与隋颇有些相似。赵匡胤出身于军官家庭,在郭威推倒后汉、建立后周的斗争中,积极支持郭威,受到重用。郭威去世后,养子柴荣继位,赵匡胤被提升为归德军节度使,还是禁军的高级将领。后又任命赵匡胤为殿前都点检,成为禁军最高统帅。柴荣死后,其子柴宗训继位,年方七岁。

五代时期政权更迭频繁,值此幼君临朝、人心不稳之际,正是改朝换代的好机会。赵匡胤很想尝尝当皇帝的滋味,但又不把这层意思表露出来，而是鼓动手下将领来干。次年正月初一，北周朝廷正在庆贺新年，突然接到契丹和北汉联兵南下的情报，朝中大臣经过商议，急忙派赵匡胤带兵出征。其实，当时并无北兵南下之事，这纯粹是赵匡胤一伙制造的假情报。赵匡胤率领大军到达都城汴梁（今河南开封）东北四十里的陈桥驿，扎营安歇。此时早已造好了舆论，大军驻下后，将官、军卒东一伙，西一堆，窃窃私语，都觉得应拥立赵匡胤为天子。军官们找到赵匡胤的弟弟赵匡义和归德节度掌书记赵普，他们早就等待着这一时刻，立即对军官曲加抚慰，让他们各回本营，控制军队，以防不测，同时派人回京城向禁军将领石守信、王审琦通报消息，这两人与赵匡胤关系非常密切，答应在内协助。一切准备就绪，赵匡义和赵普在第二天黎明率领众军官来到赵匡胤寝所，大家齐声呐喊，愿拥戴赵匡胤为太子。赵匡胤假意推托，将领们把事先准备好的黄袍披到赵匡胤身上，叩头行礼，山呼万岁。赵匡胤也就不再谦辞，带领军队返回汴梁。由于有石守信、王审琦为内应，军权都掌握在赵匡胤手中，朝臣都无可奈何，只能承认既成事实。赵匡胤反客为主，开了宋朝数百年的基业。

第四，在臣僚之间。

臣僚之间存在着许多利益分歧，常常爆发冲突，相互之间钩心斗角，或明攻，或暗击，不一而足，故俗语有"官场如战场"之说。为了增加胜机，特别是在自己处于不利地位的情况下，他们常常运用反客为主之计，化解对方的攻势，由被动变而为主动，由弱势变为优势。

潜龙勿用日乾乾

1. 上级对下级的使用

中国古代官制的精神是相互监督，相互牵制，身为大僚，也常受攻劾，不得不以计御之。清代直隶总督方观承，为人精明强干，深得从政诀窍。时逢直隶丈量八旗土地，历经多年也搞不清楚，御史范廷楷、林玉等上疏参劾方观承。方观承知道这些言官只知高谈阔论，不了解实际政务之艰难，便心生一计，想挫一挫他们的锐气。方观承上疏谢罪，奏称范廷楷、林玉刚正有才，请派到直隶补个官衔，帮助办理丈地事宜，皇帝允准。范、林二人到任后，方观承对他们甚是尊重，待以宾礼，并立即把大量丈地任务交与他们。八旗土地多是王公田产，很难清理，二人开始还能据理力争，寸土不让，不久便知道了其中的难处，无法继续下去，就向方观承顿首谢罪。方观承笑道："你们以前只图言辞之快，哪里知道外官的难处。虽然如此，你们丈地之事皇上已知道，不能立即中止，你们还得努力干下去，粗略有个眉目，才好交差。"二人只好硬着头皮去干，等到旗地稍清，锐气早已磨尽。方观承使用反客为主之计，把弹劾自己的言官放在矛盾丛杂的实际事务中，让他们体谅外官的难处，使自己由被弹劾的被动地位，变为居高临下、置身事外的主动地位。

2. 同僚之间的使用

同僚之间，因为地位相近，更容易发生矛盾，把对方视为自己的竞争对手，或严加防范，或设计陷害，或曲意交结，手法不一，花样各异。如嘉靖时，夏言与严嵩同在内阁，也都是以青词得幸。夏言先进内阁为首辅，因为豪迈有俊才，纵横辩博，人莫能屈，依恃皇帝宠信，很是骄横。严嵩后入内阁，在夏言之下，虽然对夏言恭谨和顺，却也咬牙切齿，试图取而代之。严嵩对嘉靖帝处处表现得谦卑忠勤，对同僚也是恭敬礼让，对夏言更是卑躬屈膝，却一直在寻找夏言的短处。嘉靖帝推崇道教，特赐香叶冠（道士帽）与夏、严二人。夏言以大臣应穿朝服，不戴香叶冠，而严嵩在嘉靖帝召见时，在官帽下戴香叶冠，故意让嘉靖帝看见。夏言轻视道士，严嵩收买道士替自己在皇帝那里进美言。在众口铄金的情况下，夏言渐渐地失去嘉靖帝的恩宠。觉得时机成熟，严嵩在嘉靖帝单独召见时，痛哭流涕地诉说夏言平时对他和其他大臣肆意欺凌，再借日食之名指斥夏言傲慢犯上，致使夏言被免官，严嵩得以入内阁参与机务，却没有想到三年后嘉靖帝再召夏言入阁为首辅。夏言不改故旧，依然专横，对严嵩施以报复。严嵩表面上笑语周旋，暗地里却在伺机反攻，终于借收复河套之事，以交结陕西三边总督曾铣为名，按照"奸党罪"，将夏言斩于西市。

3．下级对上级的使用

下级在行政级别上要受上官管辖，为了保住乌纱，步步升迁，不得不唯上官马首是瞻，除非像陶渊明那样不为五斗米折腰，否则受窝囊气是免不了的。但也有的下级官员善于运用反客为主之计，制约上级，不但能保住官位，还有可能升迁。清乾隆年间，丹阳县主簿熊会玠，身为佐贰官，本来就受人轻视，再得到能吏之名，更难免招上下左右忌妒。熊主簿上任伊始，便把本县七个捕快召来，让他们供出所隐藏的盗匪。这七个捕快自恃有长官为后台，因此相视而笑，毫无惧怕之意。熊主簿因为已经掌握证据，便大刑伺候，逼迫这七个捕快招供，招出十三名强盗，全部捕获，

潜龙勿用日乾乾

使丹阳知县很丢面子。熊主簿又因为有士兵在县城内为非作歹，也不通知该地驻军守备，就将士兵鞭笞，等于是得罪了守备。地方文武官员都痛恨熊主簿，媒孽其短。熊主簿也不是好欺的，早就搜集知县、守备作恶的事情，扬言要到巡抚处呈告。恰巧巡抚因熊主簿干练，想委任他办理疑案，调其到巡抚行辕。知县、守备十分恐惧，便向熊主簿低头认罪。熊主簿也不计前嫌，摆酒言欢，各自赌咒发誓，永结盟好，将各自的讼状焚毁，化敌为友。熊主簿声名鹊起，很快升为知县。

第五，在官民之间。

官民之间使用反客为主之计的事例也不少，许多地方官在处理盗贼及群体事件的时候，并不一味蛮干，而是审时度势，采用相当的计策。东汉顺帝时期，名儒张纲不畏强暴，得罪了外戚梁冀。后来，广陵郡有一个叫张婴的人杀了刺史、太守，聚众数万，公开反对朝廷。梁冀便暗中活动，让张纲去做广陵太守，想借叛军之手除掉张纲。张纲受命后，并不要求增派兵马，而是单车赴任，只带着十几个人到达张婴的大本营，询问疾苦，表示既往不咎。张婴深受感动，率众投诚，局势很快安定下来。张纲深知，反叛者铤而走险，是官逼民反，不得已而为之，所以他才敢深入起义军营地，争取主动，果然大见成效。

清康熙时，黄州知府于成龙在上任的路上，得知有一伙强盗，盗首姓张，勾结官府，连府县的捕役都是他们的眼线，不用说难以拿到他们为恶的真凭实据，就是有些证据，还未缉捕，早有官府的人通风报信了。想到此，于成龙居然装扮成逃荒之人，化名杨二，投到张家为仆，负责打扫庭院，因为办事勤快谨慎，被张姓盗首视为亲信。于成龙借机了解到他们犯罪事实及其同伙姓名、窝赃地点，然后才到黄州府上任，当即召集捕快，直奔张家，捉拿强盗。张姓盗首最初还想抵赖，于成龙大喝一声："你看我是谁？"张姓盗首没有想到自己的亲信杨二，居然是位知府，只得伏首请罪。于成龙将黄州府几十个盗案都交给张姓盗首，让他协助破案，可以免其一死。在张姓盗首配合下，黄州府多少年的盗案全部破获了。于成龙清廉能干之名也由此传播开来，"于青天"之名从此开始传遍全国。

四、步步为营　不贪功不冒进

每个计谋都有自己的特点，有自己的规律，把握住它的特点，依照它的规律行动，就容易成功。相反，不了解它的特点，不按照它固有的规律办事，无异于盲人瞎马，要想获得胜利，难乎其难。

第一，就反客为主之计在政治上的应用目的而言，具有主动性、曲折性、蒙蔽性的特点。

所谓主动性，是说与一些主要用于自我保护目的的计谋相比，反客为主之计是使用者有意识地选择。该计的使用，虽然也有在受到对方威胁和攻击的条件下用以反击的情况，但这种现象是较少的，大多数时候是处于弱势地位的人采取的主动姿态，目的是要通过这种手段，在对方的势力范围之内，甚或在对方的庇护和支持下，积蓄反对对方的力量。历史上许多使用此计获得成功的人们，原来都是对方的臣下或部属，受到对方的信用，便利用这种信用发展自己的势力和威权，最终取代了对方。

所谓曲折性，是说由于处于弱势的人，要想积蓄起足够的力量，不是一朝一夕就可以完成的，往往要经历一个长期的过程，如前面介绍的田氏代齐，竟然经历了数代人的时间。在这样长期的过程中，遇到一些意外情况、遭受一些挫折是难免的，能够成功运用此计的人，必须具备坚忍不拔的性格，不达目的绝不罢休的精神，充分认识到道路是曲折的、前途是光明的，只要坚持不懈，不屈不挠，终究会到达胜利的彼岸，获得"主位"。

所谓蒙蔽性，是说由于反客为主之计的使用往往过程较长，且又是"身在曹营心在汉"，在对方的营垒中从事反对、推翻对方的活动；或是在对方的势力笼罩之下聚集反对对方的力量，因此必须进行得非常缜密，要处处小心，处处警惕，尽量不露出蛛丝马迹，一旦有所暴露，也要善于补苴罅漏，千万不能引起对方的怀疑。否则，在实力尚不足以与对方抗衡的情况下，就让对方洞悉了自己的意图，无异以卵击石，会遭灭顶之灾。

第二，就反客为主之计在政治上的作用而言，具有攻击性、毁灭性的特点。

所谓攻击性，是说由于反客为主之计不是保护性的计谋，具有很强的进取性和攻击能力。从表面上看来，因为反客为主之计讲究循序渐进，以柔克刚，似乎是一种比较软、缓的斗争手法，其实不然，这一点正是该计的厉害之处，由于它步步为营，一步一个脚印，不贪功，不冒进，每一步成功都建立在坚实的基础上，这就减少了出现纰漏的可能性和危险性，就像建造楼房，地基打得深、打得牢，才能建得高，每一层都很牢固坚实，才无倾倒之虞。因而，此计看似柔和迂缓，实际上步步都有攻击性。

所谓毁灭性，是说反客为主之计的作用一旦发挥起来，就不只是给对方一个偶然性的或暂时的打击，让对方一旦醒过神来，还有重新集结力量的可能，还有出手反击的能力。由于此计是在隐蔽状态下稳步进行的，力量积蓄得极为厚实，在没有绝对胜利的把握时，绝不轻易发动，故一旦进入决战，就是各方面都准备得很充足了，必将势不可当，给对方以毁灭性打击，斩草除根，不留后患。

第三，就反客为主之计在政治上的影响而言，具有有效性、全面性的特点。

所谓有效性，是说反客为主之计在政治斗争中的应用，成功率是很高的，具有很大的影响力。古往今来，使用此计而得以由下级变为上级、由臣变为君的大有人在。使用此计的失败者，往往是不能按照此计的内在要求办事。此计之关键是由柔弱之客位进到刚健之主位，刚柔之间，必须审时度势，细加思量，该挺进时不可退缩，该退缩时不可挺进，如此必可进而有功，进而得位，将此计的效用发挥得淋漓尽致。

所谓全面性，是说反客为主之计对于客观条件的要求不是很严格，可以广泛地加以应用，可以应用于政治斗争的各个领域。对外在因素要求严格的计谋，只能在特定条件下使用，条件不具备,就是想用也无可奈何,就像风筝一样,没有风力以为凭借,就是想让它高飞,也飞不起来。反客为主之计对外在条件没有特别的要求,就像渐卦所说的鸿一样,鸿有高飞之功能,是否能够高飞,外在因素不是主要的,关键在于它们自己。处于被动地位的人们,都可以根据客观情况对此计变通性地加以利用,从而争取主动。

败战计
——败中取胜

引 言

"败战计"是三十六计的第六套,由美人计、空城计、反间计、苦肉计、连环计、走为上等六计构成。

所谓"败战计",是指在政治斗争中,施计者如何置之死地而后生的计谋。它也是政治斗争较量结束之后,失败的一方不甘于失败而设法摆脱困境,希求渐次走向胜利而采取的非暴力的种种谋略。如"美人计",是用物质、美女诱惑敌对势力,使其安逸享受,斗志衰退,内部分崩离析,再施以武力进攻的谋略。"空城计",是利用虚虚实实的迷惑手段,使敌对势力用常规头脑思维而引起所谓的慎重,撤兵而去,或自行收敛。"反间计",纯系利用敌对势力的离间而以其人之道还治其人之身的小技。《长短经·五间》载,陈平以金纵反间于楚军,离间范增,楚王为之疑忌,当属此例。"苦肉计"应是"反间计"能否得逞的补充手段之一。因为它是以自我伤害为代价,取信于敌对的计谋。"连环计",则是为了获取胜利的稳妥,同时施行的有机的谋略。至于"走为上"之计,是在实力悬殊的情形下施用的。但是,必须明确地认识到,"走"的目的是为了获得更大的胜利。

与此相联系,若获胜的一方踌躇满志,不谨慎警惕失败一方的举动,被其计谋所迷惑,亦可走向失败;若能洞察其言行,识破其用心,则可保持胜利成果,且使之不断扩大,始终立于不败之地。

换言之,在漫长的政治历史长河中,任何政治集团、派别和个人,尤其是处于弱小地位的集团、派别和个人为了达到本集团、派别和个人的政治目的,或者壮大力量,取得一定的政治地位,或者企图对对立的集团和派别取而代之,等等,他们所施行的策略和计谋,无不充分体现在"败战计"特点上,亦超不出"败战计"所涉及的范围。而要反败为胜,变劣势为优势,其难度是极高的。然而,政治斗争中的胜负往往都是暂时的、相对的,随着条件、环境的变化,力量对比的调整,用计能力的高下变化,都可能发生戏剧性的改观。加之人们一般在极其困难的情势下,也就是说处于山穷水尽、走投无路之际,都有着强烈的求生欲望。所谓置之死地而后生,其道理也在于此。求生的欲望激励他们闪现出智慧的火花,照亮面前的一片生机。"败战计"在军事战争中是如此,而在政治斗争中也被众多的暂时处于劣势的弱者所采用,而且千变万化,奥妙无穷,给尔虞我诈、钩心斗角等纷繁的政治角逐,涂上更为绚丽的色彩。

美人计

——伐情消志　顺势保存实力

本计云:"兵强者,攻其将;将智者,伐其情。将弱兵颓,其势自萎。利用御寇,顺相保也。"

该计的意思说:面对强大的敌人,首先应该把它的将领作为攻击目标,并且采取有效的手段将其制服;若其将领足智多谋,用明显的战术雄略正面攻击,难以达到目的,那么就应该用较为隐蔽的手法,诸如金钱、美色等,加以腐蚀,使之耗其精,移其神,劳其身,萎其体,竭其力,陷入难于自拔的声色享乐之中。这样,将领情绪萎靡,无意于进击,率领的士兵也随之失去斗志,所谓强大的兵势也就不再强大了。用这种从"伐情"入手,"内蚀"其空的办法对付敌人,尽管自己的力量弱小,不仅能不受侵害,而且还可以利用时机,变被动为主动,发展实力,最终战胜貌似强大的敌人。在军事战争中众寡悬殊时敌对双方是如此,而在政治斗争中,也不例外。

这里应该明确美人计的真正含意。美,在这里是动词,而美人,其意是用金银珠宝和容貌美好的女子,去笼络腐蚀军事战争中的强敌和政治斗争中的敌对势力,使其丧失斗志,既因贪欲而

有施氏忍辱献妺喜

身体疲弱，更因独霸其美、众渴而自甘，从而增加部属士兵和臣僚的怨恨，将士离心。借此机会，自己稳固和增强实力，而随着时间的推移，在力量对比上逐渐发生变化，当自己的势力与对方匹敌，或者超过对方时，再利用有利时机，反败为胜。

一、美人相赠　使其体弱情疲

《周易·渐卦五十三》云：渐：女归吉，利贞。《象》曰：山上有木，渐。君子以居贤德善俗。

【一爻】初六，鸿渐于干。小子厉，有言，无咎。《象》曰："小子之厉"，义无咎也。

【二爻】六二，鸿渐于磐，饮食衎衎，吉。《象》曰："饮食衎衎"，不素饱也。

【三爻】九三，鸿渐于陆。夫征不复，妇孕不育，凶。利御寇。《象》曰："夫征不复"，离群丑也；"妇孕不育"，失其道也；"利用御寇"，顺相保也。

【四爻】六四，鸿渐于木，或得其桷，无咎。《象》曰："或得其桷"，顺以巽也。

【五爻】九五，鸿渐于陵，妇三岁不孕，终莫之胜，吉。《象》曰："终莫之胜吉"，得所愿也。

【六爻】上九，鸿渐于陆，其羽可用为仪，吉。《象》曰："其羽可用为仪，吉"，不可乱也。

九三象辞"利用御寇，顺相保也"，是美人计的核心，与九五爻相照应，变为风地观卦。也就是说，以渐卦的九三爻象辞为主占卜，要参看观卦。占得渐卦，就表明自己的实力从总体而言，不如对方强大。在这种情况下，若想反弱为强，必须在条件许可的前提下尽可能多地采取一些非常手段。又由于渐卦的对卦、反卦、来卦都是雷泽归妹，所以，还必须参考归妹卦，综合考虑。

对于上述记载，注家颇多，各不相同，众说纷纭，其焦点多集中在对文字的具体解释。就一般的诠释言，这段文字应该做如下解释：在一场激烈的血与火的战争之后，战败的一方，兵马被杀戮殆尽，哀鸿遍野，战战兢兢地降落在平坦的焦土瓦砾之上，任人宰割；在家的妇人，无依无靠，生下来的儿女也无力抚育。这就是在渐卦的九三爻中显示的凶兆，然而，还有一线生机，即"利御寇"。具体说来，它主要是指精神、意志而言。尽管满目凋敝，一片荒凉，奄奄一息，但是只要精神不死，还是可以找到抵御强大对手的机会和手段，这主要表现在蠕动的妇人被破衣烂衫掩盖着的强烈复仇火焰。从辰卦二阴在下、一阳在上的卦形观察，二阴预示虚弱无力的女性，一阳预示着强烈的复仇意志。对丧子的老人、丧夫的妻子来说，已是劫后余生，生不如死的哀痛，激起报仇雪恨的强烈欲望。只有千方百计，即使是忍辱负重，不择手段去达到复仇的目的，也在所不惜。这是促使弱方由弱变强、反败为胜的一个方面。

另一方面，也就是对敌对势力，必须认真分析，根据不同的对象，施以相应的对策。在渐卦中由于有九三爻变，才形成了势不两立的敌对关系。然而卦巽意为柔顺，而且九五爻与下卦六二相应。因此，"巽"的柔顺与九五、六二的相应，就表明对方在朋友关系中会呵护友人，在激烈的对抗中，也不会将对方斩尽杀绝。这是出于九五爻显示的以其强大、尊崇的地位所含有的虚荣、傲慢和假仁假义的宽容。这样，就给处于弱小地位的人们报仇雪恨提供了一线希望。所谓一线希望，是相对而言的，如果利用得不好，就会稍纵即逝。所以必须不惜一切代价地紧紧抓住，巧妙地利用。

九三爻动，变为风地观卦，必须参考观卦。九三爻属于渐卦之下的卦辰，预示着高山一般坚不可摧的复仇意志，它必须深藏不露。否则，就会招来杀身之祸。而九三爻动，变为风地观卦之下的卦坤，坤是阴，是极为柔顺之意。具体地说，就是对敌对势力表现出柔顺怯懦，奴颜婢膝，阿谀奉承，任人欺辱宰割，还要表现出诚心诚意，以此来满足敌对势力凌驾于自己头上作威作福的虚荣和傲慢之心，使自己能够生存下去。为实现自己的复仇目标争取时间，创造条件。

敌对势力贪欲是多种多样的，有的需求疆土，有的需求金银珠宝，有的需求美色。实践证明，馈送疆土，增加敌对势力的力量，是下策；馈送金银珠宝，增加敌对势力的财富，是中策；只有以美貌的女子相赠，使其意志消散，体弱情疲，引起臣属的怨恨，才是上策。这就是在漫长的历史演进中，美人计得以施行且多有成效的原因。

二、献美伐情　寓计谋于其中

美人计属败战计之列，正如其本计所云，是在自己国家将亡而未亡之时，或者国家虽亡而希图东山再起，或者国家已亡而又不甘屈辱，以己之身为代价，进行报复；或者胸怀大志，没有进阶之门等情况下，所施行的一种计谋。所以，在不同的环境、条件下，其运用方法就多不相同。就一般情况而言，美人计的常用手法有以下几种。

第一，献美伐情，国颓自灭，待胜之计在其中。

爱美之心，人皆有之。惑于美色而不为美迷，属于清醒者；溺于美色而沉湎，则属于昏；宠美色而偏听，乃是属于庸；若是为美色所惑而不能够自拔，则容易因贪淫而误事，甚至为美色所困。大千世界，无奇不有，基于人的弱点，觊觎权力者，献美而求其所欲，也就成为一种常道。

事例：有施氏忍辱献妹喜

夏王朝建立之后，有其辉煌的岁月，但传至第十四代的夏桀时，已是风雨飘摇，大厦将倾，岌岌可危。

夏桀其人，据说智力超群，颇有腕力，可以扳直铁钩。然而好大喜功，追求奢侈，贪图享乐的欲望没有止境。夏桀继承王位期间，在夏国北方的昆吾、豕韦都先后称霸，在其东边的商国也日益强大起来。相比之下，夏王朝日渐衰败。夏桀不甘心这一现实，企图依恃自己的智力和勇武，出兵讨伐相对弱小的邻国。夏桀权衡之后，选择有施氏为突破点，亲率士兵前往。

有施氏深知自己不是夏桀的对手。当得到夏桀率军前来讨伐的情报之时，一面派兵守御，一面召集臣僚筹划对策。为难之时，集思广益，想出了一条暂避祸患的美人计，借以瓦解夏桀的攻势，使自己得以保存，以图后举。计策已定，有施氏部落的首领便令侍从在城门上悬挂白旗，以示投降之意，条件是：夏桀若停止讨伐，有施氏便献上天下无与伦比的美女妺喜。

妺喜是有施氏人家的子女，又黑又亮的一头秀发，长可及地，明眸皓齿，光彩照人。夏桀一见，便心摇神动，魂不守舍。立即答应有施氏的求降，鸣金收兵，带着妺喜和有施氏贡献的金钱财宝返回夏朝都城。

天生丽质的妺喜，使夏朝后宫的宠妃个个黯然失色，夏桀一心一意爱怜着妺喜。为了讨得妺喜的欢心，夏桀下令重修宫室，富丽堂皇高大无比，抬头仰望，大有倾倒之感，故名为"倾宫"。宫内筑琼室瑶台，走廊上镶嵌着象牙，床榻用白玉雕琢，极尽奢侈豪华之能事。妺喜深知自己是兵败求生的贡品，牢记有施氏的耻辱和肩负报仇的使命，便千方百计地纵容夏桀浪费钱财，结怨臣民。夏桀对此毫无觉察，只贪图妺喜的美貌、性感的体态，从中获得从未有过的激动，也对妺喜唯命是从。有一天，妺喜与夏桀对饮，妺喜说："舞女长得太丑陋，舞池也太寒碜。应该挑选年轻貌美的少女，穿戴五彩绣衣，重修舞池，三千人同时起舞才能赏心悦目。"夏桀立即委派得力宠臣按照妺喜所言办理。一时间，弄得鸡犬不宁，百姓叫苦连天。好不容易挑选了三千少女，赶制出五彩绣衣，还得找乐师编曲教舞，宫墙之内，忙忙碌碌，待乐师报告舞曲演练已毕，夏桀急不可耐地命令即日在倾宫演出。妺喜陪着夏桀倚栏而观，只见一队队身着不同颜色绣衣的舞女冉冉而入，大红、翠绿、天蓝、雪白等色分队而立，锦旗花枝色彩斑斓。随着舞池乐起，各色队伍混在一起，时而交相辉映，时而色彩分明。三千少女，个个脸似芙蓉，腰若细柳，随着音乐节拍，翩翩起舞，翠摇珠动，红飞绿舞，千姿百态，变化无穷；再伴以犹如娇鸟啼春的清脆歌声，使夏桀目迷神移，乐不可支；妺喜也心花怒放，兴奋异常。次日再次舞歌，间隙时由宫奴巡行斟酒，妺喜嫌有碍观赏，便献上一策：与其个个赐酒赐食，不如筑一酒池，池边设肉山脯林。舞罢一曲，由舞女自行采食，将另有一番情趣。夏桀拍手称赏，即刻召见侍臣曹触龙、于辛，命其在倾宫园内修筑可以泛舟的大池，池中贮酒，池旁置肉山脯林。曹、于二人为了邀宠，特别卖力，先令百姓挖一又长又大的池子；将泥土堆成小山，栽种树木；池壁用大石砌成，池底铺上鹅卵石，大小相间，洁净无比，贮以美酒，作为池水；小山上铺绿色布帛，重叠摆上禽肉，犹如石块；树木上挂着用红绿布帛包裹的肉脯，似花若叶。又制作一轻巧的小船，供夏桀、妺喜乘坐，往返浮游于池中。工程完竣，夏桀与妺喜前往观览，一见精致的酒池脯林，喜不自胜，急切地登上小船，荡漾池中；三千美女绕池歌舞。歌罢一曲，美女们趴在池边做牛饮之状，接着上山摘吃肉脯，欢声笑语，不绝于耳。夏桀放眼望去，若处在香国之中，流连忘返，如此歌舞不止，还嫌白日太短，又举灯火，作长夜之饮。美女的绣衣沾上酒痕油渍，又赶制新装。三番五次更换，都摊派给穷苦百姓，众百姓敢怒而不敢言。

妺喜对此渐渐厌倦，就怂恿夏桀到民间寻找身怀绝技的角色，诸如弹唱小曲的歌伎、奇形怪状的侏儒、玩杂耍的艺人等，召进宫中，供其取乐。可是，时过不久，妺喜又生厌倦，且突发奇想，对夏桀说："撕裂布帛的声音十分悦耳。"夏桀立即下令每天进贡一百匹布帛，命力大的宫女轮番撕裂给妹喜听。单调的撕裂声弄得夏桀和美女头昏脑涨，又再变新法：妹喜脱去红妆，穿起戎服，招摇过市。几日过后妹喜忽然觉得，还是浓妆艳抹更能使夏桀沉迷，便恢复红妆，肆意修饰。不仅如此，妹喜觉得倾宫虽然豪华，但太沉闷，提出要与夏桀上朝，见见群臣朝拜的场面。夏桀当然听从，就搂着妹喜上朝，还让妹喜坐在自己的腿上，听群臣奏事，任由妹喜随意决断。

一批正直的臣子看到夏桀沉迷女色，荒淫无度，糜费钱财，无不为夏朝的命运忧虑。太史令终古首先苦谏说："勤俭失道的君王，必有亡国之虞。"夏桀不以为然，还以天上的太阳自许。终古见其执迷不悟，便全家逃往商国。大夫关龙逄看到夏桀不仅不纳终古的劝谏，反而强令诸侯国增加贡品，任意挥霍；四处派兵，搜罗美女宝货，供其玩乐，就捧着黄图进宫劝谏，声泪俱下。夏桀厌恶关龙逄进宫扰乱了他与妹喜的淫乐，勃然大怒，夺过黄图，扔进火炉，黄图顿时化为灰烬。关龙逄对此十分痛苦，便冒死说道："君王不务贤明，不爱百姓，夏朝的灭亡，指日可待。到那时，悔之晚矣！"夏桀一听此言，气得浑身发抖，喝令侍卫将关龙逄推出斩首。

忠臣出走、被杀，佞臣则像苍蝇一样乘虚而入，围绕在夏桀跟前，投其所好，搜刮百姓，以大量的金银财宝和美女来满足夏桀的贪欲。不堪重负的百姓，愤恨地说："天上的太阳为什么不快点灭亡！"面对众叛亲离的时局，夏桀仍沉湎于花天酒地之中，不知祸患将至。当他听到商国日益强盛，为开拓疆域，攻占昆吾，还要进兵夏朝，惊怒并生。可惜强壮魁梧勇武的夏桀，自妹喜入宫之后，日夜淫乐，现在已经是手无缚鸡之力了。夏桀仍骄狂自负，决心与商国的兵马决一雌雄。两军相遇，夏桀毫无招架之力，只得步步后退，丢盔弃甲，溃不成军。商汤率兵乘胜前进，攻入夏朝都城。夏桀与妹喜出逃，最终还是被商军活捉，流放到南巢而死，夏王朝的四百余年统治也至此终结。

事例：妲己受宠乱商国

商汤灭夏桀，建立商朝，历经数百余年，传位给纣王，政治统治也由此走下坡路。当时商王朝奢侈之风极盛，宫廷用度，入不敷出。唯一的办法，就是以其天子之尊，向各诸侯国勒索贡品。若不按时按量进贡，即兴兵讨伐。有苏氏因为没有如数交纳贡品，商纣王就亲率兵马前往勒逼。有苏氏国君得知，恐惧异常，此时只想如何保住国家，但连年饥荒，财力交困，无法交足贡品，只好把自己的女儿贡献出来。这个女儿就是妲己，娇艳绝伦，使纣王一见钟情，爱而不能够自拔了。

妲己陪伴纣王返回商都，在旅途中，纣王醉眼凝望，妲己的举止真若天仙般妩媚妖娆；与之交谈，声音悦耳动听。纣王满心欢喜地拥着妲己回到宫中，再看旧宠，一个个丑陋不堪，从此宠爱在妲己一身。

男人在女人面前炫耀，无非有三：权力、金钱、英姿，好虚荣者，则会不遗余力地显示，在证实自己能力的同时，满足征服欲。纣王三者都有，而妲己就是要消耗商王朝的实力，至少要保证有苏氏不再受商王朝的威胁。所以妲己对纣王豪华的安排，从来没有满足，即便是奢侈过度，妲己也权当一笑。为了显示宠爱在一身，纣王为妲己大兴土木，建造琼楼玉宇，历时七年，占地三里,名为"鹿台",装点得富丽堂皇。接着又在鹿台周围,修筑花苑园囿,广集奇禽异兽、狗马等畜养其中。在沙丘一带营造离宫别馆,以满足妲己的欲望。

自妲己入宫,纣王百依百顺,言听计从,肆意挥霍,使得宗室为之寒心。先是箕子默然叹息,深表忧患;继而是商容、比干一同劝谏,纣王不纳,商容只好告老还乡。忠良之臣的沉默和引退,恰恰给纣王提供了为所欲为的机会,对妲己更加宠爱;妲己也不忘父王的嘱托,放手怂恿纣王沉迷酒色淫乐,靡费资财。且看妲己美人的作为:

商朝的别都,奢侈之风极盛,贵族大贾终日歌舞,无止无休。因而有朝歌之称。妲己嫌商调缺乏韵味,时时流露出厌烦之意。纣王便令宫中乐师师延作北鄙之调,靡靡之音,音调窈渺飘荡,听得人心动神移。接着选拣民间美女,练舞习歌。还仿夏桀时的酒池荡舟和肉山脯林。所不同的是,当纣王与妲己泛舟酒池时,有成百上千的裸体少男少女,在肉山脯林间追逐打闹,做出不少风流事,纣王受到感官刺激,也不由自主地搂抱妲己,脱衣解带。

妲己对此并不满足,还要干预政事,在君臣之间惹起事端。一日,纣王闷闷不乐,妲己问其故。纣王说:"鹿台虽然建造完工,也算是豪华壮丽,但园囿的珍禽异兽、花鸟虫鱼及歌舞的少男少女还未齐备,诸侯们又停止进贡,现在花费供不应求。我欲兴兵讨伐,群臣反对,竟然对营建鹿台别馆提出异议。"妲己听罢,笑着对纣王说:"此等区区小事,大王不必在意。诸侯停止进贡,只有讨伐一法,当年若不是大王亲征有苏国,我怎有机会入宫侍奉大王。那些臣子敢对大王的作为说三道四，是大王太仁慈和刑法不严的缘故。"纣王以为妲己言之有理，心想讨伐罢贡的诸侯，还算是好办；对辅佐自己的群臣施以严刑峻法，一时还难以有什么口实。妲己见纣王犹豫的神态，似有难言之隐，便进一步蛊惑道："群臣对大王说三道四，是诽谤犯上。"同时设计出一种酷刑，即"炮烙之刑"。

　　这种刑具是用铜铸成长约五尺、宽约三尺的铜格（后改铸成铜柱）架在火炭上烧烤，令囚犯在上面行走，使其烤烫致死。

　　待炮烙刑具制成后，纣王便召来朝中的诸侯和大臣。诸侯、大臣们进得宫来，见庭中用木炭燃起熊熊烈焰，上面的长方形铜格烧得通红，直冒青烟，个个疑惑不解，不知作何用途。施礼已毕，纣王高兴地说："以往刑法太宽，致使诸侯不按时进贡，群臣不认真办事，百姓不服政令，多有诽谤。特制此炮烙刑具，借以严肃朝政。"诸侯和群臣听得此言，吓得浑身战栗。纣王看见此刑的威慑力，心中十分得意，便令侍卫从宫门外拖来两个百姓。纣王说："这两个刁民肆意诽谤朝政，煽惑百姓犯上作乱，特处此刑。"便将两个百姓推上铜格。只见两人在铜格上大声惨叫，颠仆跳踯，顿时俯伏其上，皮焦肉烂，生出些许黑烟。诸侯、群臣面如土色，忧惧交加，纣王却开怀大笑不止。

　　正当此时，敢于直言的诸侯梅伯，走出朝班说道："大臣所言，多有不妥。先王成汤仁及禽兽，网开三面，得到天下诸侯的拥戴。当今仁未及，政未周，惠未布。理应节财爱民，简刑薄赋，广施恩泽。怎能设此酷刑，残杀百姓呢！"纣王一听此言，勃然大怒，厉声痛斥道："你多次诽谤，我容忍不究。今日又来胡言乱语，可见与刁民是一丘之貉,严惩不贷。"纣王的话,并未使梅伯畏惧,他继续奏道:"臣之所言,是不忍商朝的六百年社稷毁于一旦,大王若以忠言为诽谤,臣敢受炮烙酷刑,使天下后世知臣之忠、君之暴!"纣王怒不可遏,令侍卫把梅伯推上铜格。比干等群臣苦苦求情,纣王才改口将梅伯推出斩首。又命将梅伯尸首剁成肉酱,分赐诸侯,下令若不按时进贡和诽谤朝政的,皆处以此刑。诸侯得到梅伯的肉酱,愤怒不满的情绪日益高涨。九侯国君的女儿得知父王闷闷不乐的情由后,请求入宫进谏,殊不知纣王喜淫不喜正,九侯之女入宫仅一日,就被纣王给绞死了。九侯、鄂侯也做了纣王的刀下之鬼。

西伯侯姬昌,对纣王的暴虐,愤怒不已。岂料这一情绪被人告发,纣王将其逮捕,囚于羑里。姬昌被囚期间,研究八卦图,推演出《周易》来,其子伯邑考为搭救他,带上珠宝到商朝做人质。不料,未救出父亲,自己却被害致死。残忍的纣王将伯邑考做成肉羹,赐给姬昌。最后,还是周国给纣王献上美女和奇珍异宝,再用百两黄金买通纣王宠臣费仲,才将姬昌搭救回国。姬昌深知纣王的残暴和贪财好色,就投其所好,借以麻痹纣王,使纣王失去警惕;趁机广施恩惠,联络诸侯国,势力日渐增强,连与商都朝歌临近的黎国也对周国臣服。

纣王对周国的举动熟视无睹,仍整日与妲己淫乐。不仅如此,又用燕地产的红蓝花汁调制成一种化妆品——胭脂,供妲己涂抹,显得更加妖艳妩媚,纣王为之兴奋不已,面对美人,酒兴大发,欢饮不休,纣王醉卧数日,迷迷糊糊,不知天上人间。

纣王的残虐无道,使比干、箕子、微子等十分忧虑,他们多次苦谏，纣王无动于衷，依然我行我素，致使一些正直大臣，纷纷离商而去。为了保住商朝宗祀，比干和箕子劝纣王的亲兄微子离开朝歌，微子依其言而去。纣王并没有因亲兄出走而觉得众叛亲离，反而觉得身边少了一个絮絮叨叨的人，在佞幸包围下，可以尽兴地与妲己寻欢作乐，继续作恶。

　　一年隆冬，纣王和妲己登上鹿台赏雪，见河边一老一少背负柴薪过河，年老者步履稳健，年少者缩手缩脚，纣王觉得奇怪。妲己信口说什么，老者腿骨血髓盈，少者腿骨血髓虚。纣王当即令侍卫下楼，将一老一少的腿砍断，以验证妲己所言。纣王与妲己查看老少骨髓盈虚，比干入宫来见说："一老一少被砍断双腿，犯有何罪？"纣王一时语塞，比干接着恳请纣王修德爱民，弃恶从善。纣王一听此言，勃然大怒，斥责比干退下。比干毫不畏惧，直视纣王、妲己，厉声说道："大王不理政事，听信狐女妖言，祸国殃民，残暴无道，导致商朝危在旦夕。今天大王不答应弃恶从善，臣决以死谏。"妲己听得此言，心中畏惧，再看纣王气得满脸通红，觉得可以借机离间，杀死比干，便冷冷说道："照叔父说的意思，好像大王是暴君，你是圣人。听说圣人的心有七窍，不知是真是假？"纣王听到妲己的话，心领神会，便丧心病狂地令侍卫把比干开膛剖心来看。比干之妻赶到宫中求情，纣王见其怀有身孕，便与妲己打赌是男是女，当场剖腹检验。可怜比干之妻，救夫不成，反被开膛破肚，鲜血淋漓。当箕子赶到宫中，见此情景，大吃一惊，愤恨地对宫奴说："如此残暴，商朝岂能不灭！快快通报，我要当面苦谏。"纣王与妲己饮得兴高采烈，得知箕子前来没有好听的，对宫奴随口说道："把箕子囚禁为奴。"

纣王的商朝所面临的是诸侯背商服周，群臣中有的出走，有的被杀，有的被囚，有的被罢官为奴，就连其亲叔父比干也被剖心而死。百姓敢怒而不敢言，等待时机，推翻昏庸残暴之君，商王朝覆亡迫在眉睫了。

与此相反，继周文王之位的武王姬发，礼贤下士，节俭爱民，势力日益强大。当周武王得知比干被剖心而死，箕子被囚为奴时，认为灭商的时机已到，遂调集兵马，讨伐纣王。号令一出，各地诸侯纷纷响应，且拥戴周武王为天子，浩浩荡荡，渡黄河向西进发。

纣王纵欲过度，难以重现昔日的英雄本色。匆忙中召集兵马，应召者寥寥无几。只好把奴隶和俘虏组织起来，驱赶着去迎战周兵。结果可想而知，牧野一战，商兵纷纷倒戈、溃散，纣王在猛将恶来的保护下返回鹿台。

遭此惨败而又恶贯满盈的纣王，自知难为周兵和百姓所容。在他死到临头时，还要再次作恶，他命左右侍从把所有奇珍异宝都集中到鹿台，与妲己一起披金挂银、穿戴整齐地双双端坐在珠宝之中，令侍从点火，焚毁鹿台。就这样，花费千百万穷苦百姓心血和汗水构筑的豪华无比的鹿台，连同纣王、妲己以及敲骨吸髓而得来的奇珍异宝，顿时化为灰烬，商朝灭亡。有苏国君若九泉有知，当为他施用美人计的成功而感到欣慰了。与此相联系，因美人妲己怂恿纣王作恶，带给穷苦百姓的苦难，也是有苏国君始料不及的。

上述两个事例，前提相同，即在己国将亡而又不甘心于灭亡之时，所采取的美人之计。此计实施的步骤也如出一辙：通过美人妹喜和妲己怂恿夏桀和纣王沉迷淫乐，靡费资财，离间君臣关系，结果弄得众叛亲离，怨声载道，危机四伏，导致灭亡。诚然，夏、商两国的灭亡，是其国内日趋尖锐的矛盾的结果，而妹喜和妲己的怂恿，仅加速了它的灭亡。请看：第一步，以色迷人，沉溺淫乐，惑其志，弱其体。妹喜和妲己，称得上是绝代佳人。当她们被作为贡品入宫之后，夏桀与纣王视原来宠爱过的后妃们如敝屣，钟爱集于其一身，死意淫乐，不理朝政。第二步，追求豪华奢侈，肆意挥霍，费其财，祸其国。夏桀时建豪华宫殿，造酒池脯林，裂帛；纣王筑鹿台，费时七年，占地三里，又有园囿之建，珍禽异兽，充于囿中。致使入不敷出，进而增加诸侯的贡献，勒索百姓，敲骨吸髓，结果，诸侯、百姓怨声载道，人心背向。第三步，设置酷刑，招致怨恨，离间君臣，诛杀正直。夏桀的胡作非为，商纣的残暴无道，引起臣僚的不满，一批正直大臣如终古、关龙逄、梅伯、比干等，纷纷直言劝谏，被妹喜、妲己迷惑的夏桀和商纣，不仅不予采纳，反而诬其诽谤，处以斩首。尤其是妲己怂恿制造的炮烙之刑，残酷无比。就连商纣的叔父比干，最后也难逃开膛剖心之刑。如此一来，君不君，国不国，不亡何待。

第二，舍美愚敌，消志乘攻，创胜之计在其中。

在敌方骁勇无比、势强力大之时，难以与之争锋，但勇者往往也有弱点，好色常是其短，非用美人计不能赚他，然后临时见机而作，乘虚而入，便可以获得胜利。好色，男女一也，夫子云："吾未见好德如好色者。"故此施用美人计，要因人而异，需要投其所好。

事例：郑武公嫁爱女、斩良臣、意迷胡国

郑桓公是周宣王的弟弟，也是郑国的开国之君，前771年，被申侯和犬戎杀死，郑国人立桓公之子掘突为君，是为郑武公。

郑武公把如何增强国力当作奋斗目标，所以在消灭了邻国和东虢之后，下一步就要攻占胡国。郑武深知胡国的实力，若不施计谋，率兵直接进攻，胜机很小，便曲意拉拢，给予许多好处，借以迷惑和麻痹胡国。

郑武公主动派遣使者前往胡国，表示要将爱女嫁给胡国君为妻，永远友好往来。胡国君十分高兴地接受了。到了出嫁之时，郑武公又以极为丰厚而豪华堂皇的嫁妆相陪。胡国君更加乐不可支，觉得郑武公是真心待己，从而放松了对郑国的警惕。郑国无缘无故地嫁女，胡国的一些老臣则以为郑武公没有怀好心，向胡国君讲，郑武公威武过人，既阴险、又狡诈，嫁女之举绝对不是什么友好，其中必有不可告人的用心。老臣们以郑武公消灭邻国、攻占东虢为例，劝谏国君不要被其表面的友好举措所迷惑。还特别指出，郑国目前正加紧练兵，吞并胡国之心已经彰显。胡国君觉得老臣们的话有些道理，却还是有些犹豫，就在此时，郑国却传来谏臣关其思被杀的消息，胡国君臣的怀疑也因此烟消云散了。

郑武公深知平白无故嫁爱女给胡国君，肯定会引起胡国君臣上下猜疑，便想出消除胡国疑虑的办法，故此召集群臣会议。郑武公讲："自消灭邻国和东虢之后，一直没有出征，下一个进攻的敌人当在何处？"诸臣面面相觑，谁也不明白郑武公的心思，只有谏臣关其思坦率地说："当然是胡国。"却不想郑武公闻言大怒道："真是一派胡言！你难道不知我爱女嫁给胡国君为妻吗？怎能攻打胡国。看来你是有意挑拨离间我国与胡国的友好关系，让寡人落个不义之名！"立即吩咐左右，将关其思推出斩首，以儆效尤。同时警告群臣，若再有人如是说，一定严惩不贷。胡国君臣见郑武公如此，也就相信郑国是友好真诚的。

郑武公施此计谋，做得不留破绽，使胡国君臣对郑国信任不疑，完全丧失了应有的警惕。结果当郑国突袭时，毫无戒备，以一败涂地而告终。郑武公为了攻取胡国，斩杀良臣，抛舍亲生骨肉，其代价是昂贵的，用心堪称良苦。

与此相类似，战国时期赵国的赵襄子为攻取代国，也玩弄郑武公故技，将其姐嫁与代王，再赠与金银珠宝，使其失去警惕。嗣后便邀代王到句注山饮宴，击杀代王。趁代国混乱之机，赵襄子挥兵攻占了代国。

第三，以美贿臣，顺势求存，制胜之计在其中。

在父系社会，妇女沦为附属地位，在家从父，既嫁从夫，夫死从子的"三从"，尚且是家庭关系，若是把妇女当作财产，则在交易的过程中，定要谋求某种利益。在政治斗争中，为了谋求政治利益，妇女往往也就成为政治斗争的牺牲品，但她们也脱离不开政治，当然也会在政治斗争中推波助澜。

事例：晋献公宠骊姬、贿权臣、罢黜申生

前672年，晋献公派军攻打骊戎，两军交战，骊戎兵望风而逃，晋军势如破竹，如入无人之境。骊公在危急之中，无奈献上骊姬、少姬两个女儿，以避免骊戎的败亡。

骊姬、少姬色艺俱佳，在晋宫众嫔妃中，如鹤立鸡群，献公为之倾倒，宠爱集其一身。骊姬不久即生一子，名为奚齐，少姬也生一子，名为卓子。至此，献公共有八子，除奚齐、卓子外，还有齐姜所生的申生、大戎所生的重耳、小戎所生的夷吾等，而且已经立申生为太子。

由于骊姬妖冶妩媚，且诡诈多谋，献公对其唯言是听，将之立为夫人，少姬则为次妃。骊姬仍不满足，还想除去三位公子，尤其是废掉申生，立奚齐为太子。为实现此目标，最紧要的是先让三位公子离开京都。骊姬分析了宫廷形势，京都只要打通献公宠臣梁五和东关五的关节，才有可能。主意打定，便备两份厚礼送给梁五和东关五。"二五"得到如此丰厚的礼品，当然按骊姬之意行事。结果，献公命太子申生前往祖庙所在地的曲沃，重耳驻守面对强秦的蒲城，夷吾驻守面对翟人的屈邑。奚齐、卓子留在京都绛城。接着，骊姬在献公面前挑拨离间，诽谤中伤申生，使献公对申生产生怀疑；又唆使献公派申生率军讨伐赤狄，不全部消灭，不可返回。意为赤狄难以消灭，借此黜除。不料申生大败赤狄，胜利归来。骊姬见此计落空，便大肆散布流言蜚语，予以中伤。

申生周围有一批忠良之臣，大夫里克尤为重要，成为骊姬实现目标的最大障碍。骊姬一面不惜重金贿赂里克，一面邀其夫妇宴饮，借以联络感情。终使里克放弃主见，保持中立；为了使骊姬放心，索性称病免朝，闲住家中。骊姬见障碍不存，便趁机令申生往曲沃生母齐姜祠庙祭祀，把祭祀用的酒肉带回给父王食用，骊姬暗中使人在酒肉中放毒。当献公进食时，骊姬故作关心之态说道："酒肉从曲沃带回，往返数月，待试试后食用不迟。"献公以为言之有理,就把酒洒于地上,地面倏然隆起水泡;再把肉扔给狗吃,狗立即口吐白沫而亡;令厮役品尝,七窍出血。献公见此,怒不可遏,决心杀死申生。

申生明知有人故意陷害,但无法辩解。不得已,只好逃往曲沃,在祖庙上吊自杀。骊姬心中暗喜,但还有重耳、夷吾,便与梁五、东关五商议对策。准备来朝的重耳、夷吾在中途得知申生被诬而死,便匆忙返回。献公听到这一消息,确信三位公子谋叛无疑,立即派兵遣将捉拿,重耳、夷吾分别逃亡,献公遂立奚齐为太子,骊姬的目的达到了,晋国的内乱也就加剧了。

晋国之乱,其源始于献公迷恋骊姬,中了骊戎的美人计,拒纳朝廷忠良之臣的劝谏。晋献公准备攻打虢国时,又施行美人计,使虢国公迁怒和疏远大夫舟之侨,为其吞并虢国创造条件。

事例:晋荀息献美女、灭虢国、顺夺虞国

虢国在晋国的南边,中间隔着虞国,而晋、虢二国的恩怨由来已久,视对方为亡我之心不死的劲敌。

虢国公整日以训练兵马开拓疆土为务,骄横不羁,不节俭爱民。太史嚚为之痛心,多次劝谏,均遭拒绝。好在有大夫舟之侨,足智多谋,直言敢谏,且能摸透虢国公的心思,凡遇重大政事,善于引导,有理有据,虢国公不得不纳。因此,虢国的实力日益增强,统治稳固。晋国想消灭它,大有困难。

当晋献公为此破费神思时,大夫荀息求见,一针见血地说:"《周书》云'美女破舌'。大王不是为虢国的舟之侨忧虑吗?若选几个美女送给虢国公,使其荒于政事。这样,舟之侨定会劝谏,虢国公不仅不会言听计从,还会觉得他碍事。然后,再以金银珠宝贿赂左右，诽谤中伤舟之侨。如此一来，舟之侨再神通广大，也难于在虢国立足了。"献公拍手连声说："妙计，妙计！"随即令荀息筹办。荀息奉命而行，很快在民间挑选出有天生丽质的十名美女，稍作调教和修饰，个个媚态十足。献公便修书一封，带些珠宝，把美女送给虢国公。

  不出荀息所料，虢国公见到这些异国美女，别有一番风韵，不由得心花怒放，遂如蜂采蜜似的整日游离其间，无心政事。舟之侨少不得屡次劝谏，恨得虢国公咬牙切齿。足智多谋的舟之侨，知虢国公已色迷心窍，谏之无益，就携带妻子儿女，躲于深山。

  舟之侨的出走，给晋国消灭虢国创造了条件。若要攻打虢国，必须经过虞国。当献公正为此思虑不得其计时，荀息又上一策：以名马美玉送给虞国公而借其道。献公知荀息之策可行，但又担心虞国名臣宫之奇识破其谋，收下名马美玉而不肯借道。荀息早有判断，以为宫之奇性情懦弱，不敢固执己见，加上虞国公有喜爱美男之癖，宫之奇与虞国公一起长大，非常亲昵，宫之奇今非昔比，年老色衰。我们向虞国公送名马美玉的同时，再选送一批优伶乐伎，投其所好，宫之奇就难以进其言了。献公采纳其策，付诸实施。虞国公得到名马美玉及年轻貌美的优伶乐伎，喜不自胜，加上荀息的一番恰如其分的恭维，犹入五彩云中，不仅即刻答应借道，而且情愿充作攻打虢国的先锋。宫之奇得知此情，急忙入宫谏阻，虞国公不等宫之奇说完，就让他退下。

  由于虢国的战斗力较为强大，晋、虞二军联合进攻，仅攻占了下阳，并未使其亡国。两年后，再次派兵前往。虞国公不听宫之奇的劝告，仍与晋军联合，宫之奇只有离虞赴秦。晋军消灭了虢国以后，在凯旋之时，大军驻扎虞国，向虞国公献上掠夺来的美女歌伎和金银珠宝。在虞国公还处在喜悦之中，毫无戒备的情况下，已经成了晋国的俘虏，被押送晋国京都。与此同时，荀息没有忘记把以前送给虞国公的名马美玉奉还献公。献公以胜国之君，目视名马，手持美玉，满意地笑了。

第四，自辱求存，保实再生，求胜之计在其中。

夫辱不辱在人，受辱不受辱在己。虽然被人欺凌，不过眼前受辱，若是不甘受辱而轻生，也不会得到人们的同情。明知受辱，却能够逆来顺受，受辱而知耻，等待时机，积极争取，焉知没有雪辱之时。

事例：勾践卧薪尝胆、献美女、行贿赂、智灭强吴

自古以来，国与国之间，兵戎相见，胜而败，败而胜，生生灭灭地演变着。吴越两国的胜与败、败与胜，生出许多耐人寻味的故事，并且表现出在战败之后如何运用自辱其身、寻求胜机的美人之计的手法来。

吴王夫差之父阖闾，在与越王勾践的争战中重伤而死。夫差为报杀父之仇，守丧日毕，即命伍子胥为大将，伯嚭为副将，率倾国之兵，讨伐越国，且志在必胜。当吴军来到越境，勾践召集三万之兵与之对抗。结果，兵力众寡悬殊，越兵惨败，仅剩五千人退至会稽。在越国将亡之时，范蠡进言道："战至如此地步，唯一的办法就是送上丰厚的礼物，以谦恭的哀求，讨得吴主的哀怜和同情。若其不允，君王只好自辱其身，去做吴王的奴仆，寻求时机，以图再举。"勾践令文种以范蠡之言前往，言卑情切地向吴

王请求，且答应交出越国，让越王和王妃供吴王驱使。吴王见此情景，本想允诺，而在侧的伍子胥，列举史例，劝阻吴王，且说若不趁此良机灭越，后患无穷。吴王以为其言有理，拒绝文种。

勾践得知夫差拒绝，万念俱灰。文种进策云："以财色贿赂嫉贤妒能而又贪财好色的吴王宠臣伯嚭，投其所好，定能请和成功。"勾践同意，文种带上八名美女、二十双白璧，进献给伯嚭，果然顿时生效。次日伯嚭就领着文种叩见吴王。吴王仍持前议，决心彻底灭越，以慰父王在天之灵。伯嚭摇动如簧之舌，说什么允越求和，既可得越国财富以增强吴国实力，又可博得仁义美名，号召诸侯，名实俱获。否则，越国余兵，困兽犹斗，吴国虽不至于失败，但消耗人力物力，并非上策；倘有疏漏，还会贻笑于诸侯。吴王夫差为之心动，转而问文种，越王是否愿入吴侍奉。文种立即叩头，答称越王甘心情愿侍奉大王。夫差便应允越国讲和投降，伍子胥予以谏阻，吴王不听。文种回报越王，勾践立即挑选珍宝，又选三百三十名美女，装载上车，分送吴王和伯嚭，遂签订盟约。吴王十分满足，胜利归来。

前492年，勾践怀着极其伤感和屈辱的心情，带着妻子在范蠡的陪同下入吴为奴仆。离开越都时，朝臣少不了一番劝慰，让其忍辱负重，以图来日东山再起。勾践心怀远图，认为暂时的坎坷，命中注定。入见吴王，跪拜俯首，感恩戴德之情溢于言表，说得夫差也觉得于心不忍。伍子胥得知勾践入事吴宫，其意不言自明，急速进谏吴王趁机诛杀勾践，以绝后患。吴王以"诛降杀服，祸及三世"为辞，回绝伍子胥。伯嚭在旁劝吴王勿食前言，夫差便饶恕勾践不死，命其在宫中为奴养马。

成大事者，必经磨难。勾践自辱其身，目的在于复国。勾践与妻子、范蠡在吴宫中小心翼翼，不愠不怒。夫差派人去观察勾践的行动，只见他们穿的是破衣烂衫，吃的是粗糠野菜，勾践看马喂草，范蠡砍柴打草，勾践夫人做饭洗衣，个个安分守己，一副心甘情愿的模样。吴王得知此情，也认为他们意志消磨殆尽，再无尊严可言，从而放松了对败国之君应有的警惕。

一晃三年过去了，夫差反倒觉得勾践君臣十分可怜，生出恻隐怜悯之心，再加上伯嚭的讲情，打算放他们回国。伍子胥赶来劝阻说："夏桀、殷纣，囚成汤、文王，不杀而留有后患，结果夏被汤灭，纣被周亡。现在大王不仅不杀勾践，反令其回国，岂不是放虎归山，将重蹈夏桀和殷纣的覆辙吗！若不早除勾践，必悔恨终生！"夫差采纳其言，将勾践夫妇及范蠡重新囚禁石室。

文种在越国得到伯嚭传来信息，越王等不久将获赦免回国，接着文种得知事有逆转，急忙派人携带珠宝美女贿赂伯嚭。伯嚭入见吴王，引经据典，劝说吴王以仁德为重，方能成就霸业。夫差也觉其言不无道理，答应病愈之后，再议赦还勾践之事。

范蠡精通医术，知吴王疾病将很快好转，便建议勾践前往探病，要表现出对吴王无限忠诚和谦恭的样子，以便博得吴王的好感和信任。次日，勾践即通过伯嚭叩见吴王，显得十分忧虑，跪拜询问病情。恰在此时，吴王要大便，勾践便请饮溲尝便，判断病情。待尝过之后，高兴地对吴王说："大王的病很快就会痊愈。"吴王为之感动，当即答应勾践搬出石室，养马驾车，待病痊愈，赦其回国。

事也凑巧，不几日，吴王病真的好了，临朝理事。一日，大摆宴席,待勾践以宾客之礼。伍子胥见此礼遇,挥袖而去。接受越国金贿的伯嚭为防止伍子胥再生枝节,使勾践顺利回国,便趁机在吴王面前大肆攻击伍子胥。第二天,伍子胥果然面见吴王,苦言相劝,一针见血地指出:"越王入臣于吴,其谋深不可测;虚府库而不露愠色,是欺瞒我王;饮溲尝便,是食王之心肝;入吴为奴,是为灭吴!若不省悟,将大祸临头!"吴王不悟,斥令伍子胥住口退下。就这样,因吴王一叶障目,不纳忠言,专信谀词,才使勾践及妻子、范蠡提心吊胆地回到越国,勾践感慨万端,复仇之志,坚定不移。

勾践回国后,千方百计地侍奉吴王夫差,发动男女采葛,织成十万匹细布进献给吴王,以满足他的嗜好,讨得他的欢心和信任。吴王高兴了,返还越国的八百里国土。勾践暗暗地实施其复仇的计划,且以身作则。"日卧则攻之以蓼,足寒则渍之以水,冬常抱冰,夏还握火,愁心苦志,悬胆于户,出入尝之,不绝于口。"平日,勾践耕种,夫人织布,节衣缩食,出不敢荐,入不敢传,苦身劳心,取得百姓拥戴。同时对诸侯国的士民以礼相待。不长时间,越国人口增加,生产发展,民气日张,实力日强。

当吴国伐齐凯旋的消息传到越国,文种向勾践进谋说:"古人云高飞之鸟死于美食,深渊之鱼死于芳饵。大王若想伐吴复仇,仍要投其所好,参其所愿。"勾践精神为之一振,请文种详细说来。文种侃侃而谈,提出九术之策:尊天地事鬼神以求其祸;重财帛以遗其君,多货贿以喜其臣;贵籴粟麦以虚其国,利所欲以疲其民;遗美女以惑其心而乱其谋;遗之巧玉良材,使其起宫室以尽其财;遗之谀臣,使之易伐;强其谏臣,使之自杀;君王国富而修利器；利甲兵以承其弊。文种最后说："大王用此九术，破吴灭敌，报怨复仇，易如反掌。"勾践连连点头称妙，认真研究九术，逐步付诸实施。

说来也巧，吴王正在修建姑苏台，勾践立即命令搜集巧匠良材，送给吴王。吴王看到勾践送来的又长又大的木料，喜出望外，便根据良材的尺寸，重新设计宫殿规模，增派百姓服役，费时八年，才予完工，因而浪费人力、物力、财力，可谓劳民伤财。

接着又令文种和范蠡挑选越国最漂亮的女子西施和郑旦，送给吴王，投其淫而好色之癖。吴王见西施美如天仙，能歌善舞，多才多艺，顿时入迷。又为其建馆娃宫，铜构玉栏，珠玉装饰，富丽无比。馆娃宫外，又有鸭城、鸡城、鹅城、酒城之筑，耗资不计其数。此后，遂与西施在宫中淫乐，将朝政交给伯嚭。伍子胥多次劝谏，均遭斥责。

吴王为了西施、郑旦，挥金如土，致使百姓疲惫，国力日衰，勾践趁机派文种请籴吴国。伍子胥知文种用心，谏阻吴王说："虎狼不得委以食，蝮蛇不可恣其意。"伯嚭却以德义反驳伍子胥。吴王夫差正以勾践臣服得意，批准借给越国粟麦万石。次年，越国将粟麦蒸煮后还给吴国，夫差见颗粒硕大饱满，十分高兴，不仅由此认为勾践讲信用，还要臣下将归还的粟麦留做来年的种子。结果，种子入土，没有发芽出苗，一年耕耘，颗粒无收，百姓饥困。夫差不知危难，仍骄横无羁，依恃勇武，准备兴兵伐齐。伍子胥再谏，惹恼吴王，令其往齐劝降。伍子胥知吴亡只在时日，便与儿子一起赴齐，托友人照顾，然后返回吴国。伯嚭趁机进谗言，把伍子胥赴齐托子之事大肆渲染一通，吴王听信不疑，令伍子胥自杀。伍子胥含泪从命，临死前对家人说："我死后，请把我的眼睛剜下来挂在东门城墙上，我要看看越国灭吴的大军。"吴王夫差得知此言，怒不可遏，即令侍卫用马革将伍子胥尸首包裹，抛入江中。铮铮良臣，了却一生，吴王再也听不到逆耳忠言。伯嚭遂晋升为相国，朝政更加腐败。

前482年，勾践从西施传来的情报得知，吴王率精兵强将往黄池会诸侯，谋取盟主，只留太子及老将弱兵在国内把守。勾践便派兵遣将，讨伐吴国，吴军大败。吴王得知，惊得哑口无言，面如土色。赶紧与诸侯签订盟约，急忙赶回。此时兵疲民困，只好向越国求和。勾践审时度势，慨然应允。由于吴王没有吸取教训，在内仍重用伯嚭，宠爱西施，诛杀太子；在外又与齐、晋、楚以武为相对峙，兵力日渐消殒。四年之后，勾践再次派兵攻打吴国，笠泽一战，吴军大败而逃，夫差奔至阳山，越军四面围困。伯嚭已经投降，夫差不得已，只好再次向勾践求和。

范蠡与文种对勾践说："大王卧薪尝胆，奋发图强，熬了二十二年，今日定要除掉夫差，以避后患！"勾践犹记会稽之败，夫差不杀的恩德，派人告知夫差，给他甬东之地，给三百仆役，以终其养。夫差羞愧难言，自杀而死。

数年后，勾践消灭了吴国，杀死伯嚭、扶同；范蠡多谋远虑，携西施远走高飞。只有文种，不听范蠡规劝，以为有功，终被勾践赐死。

吴越间的败而胜、胜而败，几经反复，多所曲折。仅就夫差和勾践而言，异同极为分明。其相同处表现在：当处于劣势之时，以复仇为目标，都能够忍辱负重，苦心积虑，时时警惕，不达目的誓不罢休。例如，夫差为报杀父之仇，派专人在门庭处，迎其出入，却要提醒勾践杀阖闾之事。勾践兵败入吴为奴，不愠不怒；回国后，卧薪尝胆，以图再举。但两者的结果迥异：夫差羞愧自杀身亡，勾践消灭吴国，得到诸侯领袖的地位。这一差异，关键在于美人计的妙用。

当勾践兵败会稽，请求讲和而不得之时，是文种献策，以珠宝美人贿赂夫差宠臣伯嚭，且以入吴为奴为条件，才得以不死；继而被囚石室，伍子胥谏吴王立即处死，斩草除根之时，又是伯嚭，以仁义为辞，从中劝说，紧张情势，随之缓解；当勾践等小心翼翼，终日劳作，无悔无怨，引起夫差的怜悯，择日赦其回国，经伍子胥一番论说，而又重新将勾践等拘于石室之时，文种再次遣人以财色贿伯嚭，使勾践等解除囚禁，养马驾车。由于勾践有忠臣范蠡出谋划策，勾践探夫差之病，竟饮溲尝粪，以判吉凶。尽管夫差以胜利者自居，骄横傲慢，但这一举动，不论是在精神上，还是在感情上，所起的作用都是巨大的，他一方面使胜利者得到了精神上的满足，以为勾践表现得如此卑贱，精神崩溃，只能为奴仆，不会有东山再起之心；从而在感情上，夫差不得不出于怜悯寄予勾践以同情，以至放其回国。

再以臣僚间而言，夫差下有伍子胥、伯嚭，勾践下有文种、范蠡。伍子胥、文种、范蠡足智多谋，深思远虑，洞察一切；伯嚭贪财好色，舍利忘义。伍子胥的忠信，被伯嚭的奸邪抵消。君王偏听偏信，由胜转衰。文种、范蠡目标一致，精诚团结，竭尽全力，出谋划策。君王为摆脱困境，虚心求教，付诸实施，由弱转强。由此可以看出，胜国之君因其胜而骄，因其骄而暴露出对方可乘之隙；败国之君因其败而谦，因其谦而深藏不露，虚心倾听臣僚意见。尤其是勾践回国后的卧薪尝胆，文种所献以美人计为核心的取吴九术，可谓是美人计的精品。因勾践运用适时得当，终于实现了由弱变强、灭吴复仇的目标。这就是《周易》中说的渐卦九三爻变为巽卦示以柔顺之意。

第五，献美图官，以求显达，获胜之计在其中。

献媚兴谗，假仁假义，见人极尽温和，存心无不奸诈。这种人在施展计谋的时候，事事为自己打算，在奉承他人的时候，能够使人觉得是赤胆忠心，实际上欺人昧心，图利害人。

事例：张仪诱以美色、挟郑袖、去谏臣、求得富贵

张仪与苏秦，同以鬼谷子为师，是战国时期著名的纵横家。苏秦发迹较早，一举为相，张仪却靠美色才求得富贵。

张仪经过一段坎坷曲折之后，想以继位不久的楚怀王为突破口，求得一官半职，发挥其聪明才智。不料，楚怀王不理不睬，十分冷淡。话不投机，只好起身，准备前往晋国。临行时，张仪说："我将赴晋国，那里的女子都是貌若天仙啊！"这句话说得楚怀王顿时形如呆鸟，垂涎欲滴。待楚怀王缓过神来，即刻笑着给张仪让座，设宴款待。席间，楚怀王令侍者拿出许多珠宝交给张仪，烦他到晋国挑选美女。

这一消息传到南后和怀王的爱姬郑袖那里，二人为之焦虑不安，分别暗中遣人送给张仪黄金千百两。张仪心领神会，如数收纳。

张仪起程前来给楚怀王告辞，再次被待为上宾，热情异常，

大摆宴席。由于张仪接受了南后和郑袖的黄金，便趁楚怀王高兴的时候，提出请君夫人一起欢饮，楚怀王应允。待南后、郑袖来到席间，张仪故作吃惊之状，举止失态，楚怀王看到，十分不悦。张仪便叩拜道："臣罪该万死，前日曾夸口为大王挑选绝色美人，岂不知天下的绝色美人早在大王左右。"楚怀王听张仪如是说，喜不自胜，得意而陶醉。张仪诱以美色，得到了许多黄金珠宝，突然富贵起来。

其后，张仪为秦惠王的相国，推行连横之说。为了分化齐楚联盟，再次来到楚国。此时的张仪，非昔日之比，楚怀王急忙拜访张仪。张仪凭其三寸不烂之舌，劝说楚怀王与齐国绝交，与秦结为盟友。若能如此，秦可将商於六百里肥沃的土地割让给楚国，并选二十名绝色美人供楚王享用。楚怀王觉得这是件好事，立即答应。谏臣陈轸劝说应该谨慎，待秦国允诺兑现后，再与齐国断交不迟。可是楚怀王被沃地美女所诱惑，执迷不悟，听从张仪的说教。结果，不出陈轸所料，秦国不仅不给土地美女，还与齐国结盟，无形中，楚国被孤立。楚怀王十分气愤，派兵攻打秦国，败得更惨。不得已，竟然以黔中地方相交换，索取张仪。

张仪对这一结局早已料定且有准备，便主动请求赴楚。张仪一到楚国，就被严加看管，楚怀王打算择日处斩张仪，以泄胸中愤怒。与张仪友谊颇深的楚国大夫靳尚找到郑袖说："楚王要杀张仪，秦国准备许以上庸六县土地，并选能歌善舞、貌若天仙的女子送给楚王，以便赎回张仪。到那时，你肯定受到冷落，终日要与孤灯相伴了。若劝楚王放走张仪，你的荣宠将一如既往。"这番话说得郑袖坐立不安，急忙找楚王规劝。为了保住自己的地位，郑袖添油加醋，晓以利害。楚王觉得有理，便传令释放张仪，设宴款待，送其返秦。

事例：吕不韦破家得相国

一个以贩卖为生的商人，靠微利养家糊口，却能够抓住机会，破费家产，谋得相国，权倾朝野，这就是人人皆知名声显赫的吕不韦。他之所以能够成功，主要是他抓住机会，充分运用以财色为核心的美人计。

战国时期，秦国与赵国结盟，互不侵犯，派王子王孙为质。当时，秦昭襄王就将太子安国君的儿子子楚入质于赵。后来，秦国不讲信用，多次派兵攻打赵国，赵孝成王十分气愤，且迁怒于子楚，意欲处斩，以平胸中之恨。由于平原君反复劝谏，才将子楚安置在丛台，派大夫公孙乾看管，且减其廪禄，致使子楚出无车马，用无余资，犹如囚禁一般。

韩国商人吕不韦在其父的教诲下，决定谋国，便到赵国首都邯郸寻找机会。吕不韦得知子楚的境遇，不由自主地拍手说道："此奇货可居！"以商人的眼光和头脑，走上谋国之路，便采取以财色为核心的美人计。

第一步，讲明利害，取得信任。

吕不韦在见子楚之前，先备黄金送给看管子楚的公孙乾，打通关节。从此日复一日，或者设宴请饮，或者置酒答谢。一天，吕不韦与公孙乾在丛台痛饮，酒至半酣，吕不韦说："何不将子楚请来同饮？"公孙乾哪能不依，即刻叫子楚与吕不韦相见，问了些生活起居之类的话，以示慰问，不曾涉及主题。

数日后，再见子楚，正逢公孙乾有事，不在身边，吕不韦便对子楚说:"你是王孙,落得这样的处境,十分令人同情,难道不曾考虑过归国吗?"子楚颓丧地说:"现被置于此地,犹如囚徒。生活尚且难以为继,岂敢有归国之想?"吕不韦说:"你若愿意归国,我可想出脱身之计。你难道没有看到,秦王年老,你父宠爱华阳夫人,如今膝下无子。你虽有兄弟二十余人,你父未宠信其中一人。你何不归国,求为华阳夫人之子,待机谋为太子?"子楚听到此处,转忧为喜,立即回答道:"先生的话说得极好。不过,谋立太子,谈何容易。"吕不韦说:"现在的难处关键是用无余财,既无法给你父亲和华阳夫人贡献礼物,以表孝心;又无钱结交朋友,我虽不富裕,但愿意以仅有的资财,为你解困。"子楚听后,感激不已,急忙跪下叩拜,并表示将来诸事遂愿,共享富贵。吕不韦见子楚的话出于至诚,便给他黄金,令其买通左右人等,广为结交朋友宾客,改变处境。子楚言听计从,一一照办。

第二步,赴秦游说,动之以情。

吕不韦购买许多珍奇异宝,作为礼品,来到秦都咸阳,为子楚归国铺路。吕不韦先求见华阳夫人的姐姐,把子楚夸奖了一通,随即献上礼品,说是子楚思念姨娘,以此薄礼,表示孝敬之心。同时把送给华阳夫人的礼品,托其转交。并说王孙早年丧母,就把华阳夫人当作自己的嫡母,整日为不能奉养而愁苦。

当华阳夫人的姐姐把礼品转交时,华阳夫人极为高兴,其姐趁机按照吕不韦的意思称赞子楚贤明孝顺。最后说:"古人云,以色事人,色衰爱弛。不如趁现在色未衰、爱未弛,就认子楚为嫡子,将来有个依靠。"华阳夫人知自己生子无望,收子楚为子,不失为一种办法,便找了个机会对安国君说:"妾受宠爱,不幸无子。

都说子楚贤明孝顺，不如现在就把他立为嫡子，使妾身有托。"安国君爱屋及乌，满口答应，且刻符为据，上写"适嗣子楚"，从中剖开，各执一半。由于当时秦赵交兵，子楚难以顺利归国，安国君请示父王。秦昭襄王正迁怒于赵国，未予答复。吕不韦得知，又以金银珠宝贿赂宠臣王后之弟杨泉君，才得到秦王允诺。安国君与华阳夫人高兴异常，给子楚准备了黄金和许多食物、衣服，托吕不韦转交。

第三步，献赵姬，笼络子楚。

吕不韦回到邯郸，先拜访公孙乾，再见子楚，将为谋取王太孙的地位，如何奔走，大肆渲染了一番。子楚喜不自胜，作揖叩头，感激涕零，视其为再生父母。

吕不韦绝非等闲之辈，要想借子楚既得到荣华富贵，又能产生政治影响，还必须另谋良策，镇住子楚，而良策佳谋莫过于献美女。一日，吕不韦约子楚饮酒，席间让自己的爱妾且有身孕的赵姬出来陪酒。久处丛台，寂寞异常的子楚，见到赵姬腰若杨柳，貌似芙蓉，娇娆多姿，顿时目眩心迷，魄散魂飞。也许是子楚酒壮色胆，直言索要赵姬。吕不韦假装不悦，子楚下跪再求。吕不韦显得无可奈何，方答应将赵姬送他，并明示两条，一是必须纳赵姬为正室；二是若赵姬生子，必须立为嫡嗣。垂涎欲滴的子楚，二话不说，全部答应。

子楚与赵姬在丛台，虽说环境萧条，但二人恩爱异常。尤其是子楚长期愁苦寂寞之心，得到了极大的慰藉。十月后，赵姬生一男儿，时为秦昭襄王四十八年正月一日，便取赵姓，名为政。

吕不韦暗自欣喜，从中看到了一本万利的希望。因秦国远祖姓嬴，就叫嬴政。这就是历史上统一六国的第一位皇帝秦始皇。

第四步，护送子楚归国，自谋相国。

赵政三岁时，即秦昭襄王五十年，秦赵再次交战，情势危急。吕不韦为自己的前途计，劝子楚赶快离开此地。吕不韦托言兵战不休，无法买卖，需急速返回故乡，只求顺利出走，不惜任何代价，仅贿赂各城门军将及公孙乾的黄金，就有三百斤之巨。子楚扮成仆人，混入吕不韦家人中出城，进入秦军大营，拜见督战的秦昭襄王。祖孙相见，极为欢喜，令子楚速赴咸阳，以免父母惦念。

到了咸阳，吕不韦还不忘嘱咐子楚改穿楚服，以博得出身楚国的华阳夫人欢心。结果，效果极佳，华阳夫人为之感动不已。

秦昭襄王兵败回国，心中愤懑。尽管如此，仍封吕不韦为客卿，食邑千户。六年后，年已七十的秦昭襄王死，太子安国君继位，是为秦孝文王，在位一年而死，子楚继位，是为秦庄襄王，立嬴政为太子。当时的相国蔡泽深深知秦王与吕不韦的关系绝非寻常，主动辞官。秦庄襄王不食前言，拜吕不韦为丞相，封为文信侯。

至此，吕不韦不惜破费家产的代价，居奇货，终得报偿。以财色为核心的计谋运用得可谓成功。

在中国历史上，以财色"美"人，即以金银珠宝、绝代佳人去投敌对势力的所好，使其迷惑麻痹，从而得到自存，继而发展实力，最终战而胜之，此计久用不疲，似乎都达到了预期的目的，但仍有例外，偷鸡不成蚀把米的事例，屡见不鲜。

事例：强中自有强中手，赔了夫人又折兵

魏蜀吴三国鼎立，时而联此攻彼，时而联彼攻此。但有一点是共同的，即为求自身的发展，不被消灭。赔了夫人又折兵，是吴蜀间的一段故事。

蜀主刘备，东奔西走，寄人篱下，一生坎坷，用诸葛亮之策，才有所发展。待刘琦病死，才自领荆州牧。这个荆州，是借东吴孙权的，在借时就说好刘琦死后，即归还给孙权。当孙权派鲁肃索还荆州时，诸葛亮软硬兼施，答应刘备攻取西川后归还。

鲁肃没有完成孙权的使命，返回柴桑，先与周瑜说明。被周瑜一番抢白的鲁肃，心情更加沉重。忽一日有消息传来，说刘备的甘夫人病死，周瑜自作聪明，献出一计：以将孙权之妹许给刘备为妻之由，把刘备骗到南徐，加以囚禁，然后让诸葛亮拿荆州来交换。请示孙权，孙权也认为其计妙不可言，即命吕范为媒前往荆州。吕范不知是计，欣然领命。

吕范见到刘备，将主公孙权嫁妹一事，如实道出，并将孙权之妹称赞一通。若蜀吴结亲，家国两便，最后说，吴妹不肯远嫁，得皇叔前往东吴。刘备得此好事，心中高兴，又担心是计，便让吕范回馆休息，自己去找诸葛亮筹划。

诸葛亮听罢刘备叙述吕范来意，心中暗笑，心想周瑜此计虽妙，我自能高其一筹，定叫他竹篮打水一场空。想到此处，就对刘备说："主公勿忧，高高兴兴地去东吴结亲吧！"

当诸葛亮派孙乾与吕范同往江南答谢返回后，一切筹备妥当，已有三条妙计交付赵云收藏，依次而施。遂令赵云、孙乾率五百名军士护送刘备到东吴与吴侯之妹成亲。三条妙计为何？

第一计，大造舆论，争取主动权。

209年冬，刘备一行来到南徐，船只傍岸，赵云打开第一锦囊，细读其计，乐不可支。立即命五百军士，披红挂彩到南徐的大街小巷采办礼品，大肆宣扬刘备与吴侯之妹结亲，顿时沸沸扬扬，家喻户晓，人人皆知。孙权得知，认为如此张扬，周瑜之计，怎能实施？加上朝中老臣和孙氏亲戚纷纷找来，都觉得以嫁妹之名，杀死刘备，夺回荆州，十分不妥。商议结果，不得不假戏真做，先招刘备为婿，将其留在南徐。至于荆州的归还，从长计议。

第二计，假报军情，催促刘备速还。

刘备成亲之后，住在孙权为其重新整修的东府里，十分惬意，乐而忘归。赵云等人见刘备终日沉溺酒色，时至年终，还无归意。在此焦急之时，想起了军师的吩咐，便打开第二个锦囊，一看此计，便直入东府，见刘备，着急地问道："主公不想荆州了吗？"刘备为之一愣。赵云接着说："军师使人来报，曹操起大军取荆州，要报赤壁之仇，形势危急，请主公速回。"刘备似有难处，犹豫不决。赵云看在眼里，献上一计说："开春正月之日拜贺时，可说是到城外望北祭祖，邀夫人同往。我等事先在城外等候，主公与夫人一到，就起程回荆州。"刘备一想，事到如今，只好如此。其间，孙夫人少不了向刘备发怒，经刘备把此事的前前后后，详细叙述，孙夫人长叹一声，上车同行。

第三计，神机妙算运筹严密，刘备安然回荆州。

正在宴请文武大臣的孙权，一听刘备偕夫人出走，急命陈武、潘璋率军士追赶，捉拿刘备。孙权担心陈、潘畏惧，不能成事，又将所佩之剑交给蒋钦、周泰，令其取刘备及夫人的头来见。

原来周瑜考虑刘备可能寻机出走，早就派徐盛、丁奉在要冲处把守。当刘备行至途中，见前有重兵，好不着慌。赵云见此危急，立即打开第三个锦囊。刘备看罢，哭泣着对孙夫人说："在此当口，还请夫人喝退拦路的吴兵。"孙夫人杏眼圆睁，一通连珠炮般的质问，徐盛、丁奉哑口无言，只得令军士让开，眼睁睁地看着刘备一行远去。不一会儿，陈武、潘璋率兵来到，徐、丁将孙夫人的愤怒和质问叙说一遍。陈、潘心想，孙夫人是孙权之妹，今日气恼，令我们前来捉拿；明日气消，说不定又来怪罪我们。既然徐、丁奉周瑜之命，结果如此，何况我们，便令军士原地休息。正在此时，蒋钦、周泰赶到，见徐盛等四将和军士歇息，不曾追赶刘备，十分愤怒，随即道出吴侯命他们先杀夫人，后斩刘备之令，说："徐、丁二将速报都督，派快船去水路捉拿，我等从旱路追赶。"众将应命，率兵而去。

  赵云等护送刘备及夫人，一路急行，来到刘郎浦，已是人困马乏，精疲力竭，本想歇息，忽见尘土滚滚，追兵将到，万般危急。突然望见江岸有二十余船只，一字排开，赵云急忙护着刘备及夫人走上为首的大船，其他人等分别上了船。这时，诸葛亮摇着鹅毛羽扇笑着说："主公无恙，我已在此等候多时了。"刘备定睛细瞧，船中之兵，都是荆州水军装扮的，便抚着诸葛亮的手，连连称赞军师神机妙算，运筹严密。与此同时，惭愧之情，油然而生。蜀船刚刚离岸，蒋钦等四将率吴兵来到江边，诸葛亮站在船头，对四将说："你等回报周都督，若要运用美人计，先好好选择对手才是。"船至江中，只见周瑜率水师战船而来。诸葛亮即令船靠北岸，从陆路前行。周瑜迅速赶到江边，上岸追赶。忽然关羽率领兵马从旁杀出，周瑜大惊，挥兵后退。行不数步，黄忠、魏延左右围攻，周瑜兵马纷纷逃至江边，乘船而去。这就是周瑜定计取荆州，赔了夫人又折兵的故事。

此例说明，美人计的应用，还有对象、条件、环境之分，其中选择对象是第一位的。孙权采纳周瑜之计，以刘备为对象，一般地说是可以的，但失误在于忽视了刘备的军师诸葛亮的智慧，也就是在实施这一计谋之前，没有认真考虑刘备周围的环境和条件，更没有考虑到环境和条件的制约性和影响力。由于这种制约性和影响力，可以使计谋本身发生变化，甚至扭曲，其结果变成事与愿违，南辕北辙，走向事物的反面。

三、以求生存　变劣势为优势

美人计列入败战计之中。就争战的双方而言，是处于劣势，或将被灭亡的一方，运用此计摆脱困境，争取时间，变劣势为平势或优势，抑或避免灭亡，以求生存，进而得到发展。军事斗争是政治斗争的集中表现。因而，美人计在政治斗争中的应用范围极其广泛。

第一，美人计在强弱国家之间的运用。

在中国古代，权力的大小，威望的高低，与统治地域的广狭、人口的众寡成正比。因此，对土地的要求、人口的掠夺，是当时政治斗争的重要内容。相对弱小的国家，时刻都有被大国吞并的危险。一旦这一危险发生，弱小的国家为了求得生存，就派使者前往讲和，献上金银珠宝、绝色美女，乞求强国之主，使本国不亡。有施氏献妹喜与夏桀，有苏氏献妲己与纣王，褒国献褒姒与幽王，尤其是越王勾践自辱其身，入吴为奴，终于灭吴等，都是典型的事例。

美人计的应用过程，绝不仅于此。也就是说，用计者不以自己的生存为满足。一种难以遏制的复仇之心，促使他利用美人受宠的条件，尽其所能，引导强国之主沉溺于淫乐，靡费奢侈，勒索百姓钱财，招致怨恨；离间君臣，胡作非为，自我孤立，酿成风雨飘摇和内乱之势，以致走向灭亡。当然，这种结局，用计者不一定都能亲自看到，但上述事例足以说明，美人计的运用，达到了预期目的。

美人计的运用，也是多种力量的较量。具体地说，在强弱国的臣僚间，也在斗智斗勇。如晋献公欲灭虢国、虞国，因有舟之侨、宫之奇分别为两国国公谋划，难以得逞。荀息施以"美女破舌"、"美男破老"之计，除去舟之侨和宫之奇，晋献公不费吹灰之力，吞并了虢国和虞国。再如吴王夫差为报父仇，率兵攻越，大获成功。当此之时，吴王大臣伍子胥的头脑始终是清醒的，另一宠臣伯嚭却是贪财好色之徒。越王勾践战败，死到临头，其臣范蠡、文种精诚团结，忠心护主，利用伯嚭的弱点，实行美人计，种种难题，迎刃而解，终于灭吴复仇。与此相反，吴主孙权用周瑜设计的以嫁妹为名收回荆州之计，因诸葛亮的智慧高其一筹，而赔了夫人又折兵。

第二，美人计在君臣之间的应用。

君主专制政体下的君臣关系，总的来说就是出令和行令的关系。但作为臣，有三六九等。接近君的臣，有的参与政令的制定，或影响到君制定政令；其次是掌理政令的实施；再次是政令的执行者。这就构成了臣的不同等级和职权范围。换言之，不同等级的臣具有不同的权力和地位。作为臣子，要想保住已经得到的权力和地位，关键是如何处理好与君的关系。或投其所好，包括物质的、精神的，甚至君的怪癖嗜好，都要从各个方面予以满足。否则就会遭到不测，甚至性命难保。明正德帝，史称风流皇帝，好嬉游，江彬等投其好，导君远出，乐而忘归。不仅宠爱有加，还官至镇国公，提督团营。明天启帝，好工匠，日事砍削，不厌其烦，魏忠贤多方侍候，深得宠信，终于独揽大权，以至呼"九千岁"。

　　君虽有出令之权，但如何使政令实施，统治稳固，同样给臣子赐予珠宝，赐予官爵，赐予美女等此类事例，代代皆有，不胜枚举。这都属于美人计的应用范围。

　　还有另一种情况，即无职无权贫困潦倒的白丁，当属弱者的范围。他们又不甘于自己的处境，企图谋得一官半职，或者一旦能涉猎荣华富贵，也大都靠美人计来实现。战国时的张仪初到楚国，结交楚相，不料相府失璧，都怀疑张仪偷盗。不分青红皂白，鞭打数百，因不屈服，狼狈而归。后来，又求见即位不久的楚怀王。怀王亦十分冷淡，张仪在无可奈何之际，投怀王喜欢女色的癖好，说得怀王笑逐颜开，立即拿出很多珠宝令其在晋国选购美女。张仪欢天喜地地回到馆舍，南后和宠姬郑袖，担心怀王得了新欢而忘旧宠，又分别送给张仪白玉黄金。张仪当然深知其意，如数收纳。仅提示一下美色，就突然富贵起来。此后不久，居然做了秦相。吕不韦以财色为钓饵，取得了煊赫的地位，也是在君臣之间应用美人计的典型。

第三，美人计在争夺皇位继承权中的应用。

在君主专制政体下的政治斗争，主要表现为权力的争斗，其权力争斗的激烈、凶狠，莫过于皇位继承权的争夺。这是因为古代的皇帝，拥有至高无上的权力，生杀予夺，集于一身。争得皇帝的继承权，被立为太子，就是准皇帝，何日继位统驭天下，只是时间问题了。因此，这种争夺激烈异常，其手法也是阴险狡诈、诡计多端。美人计的实施与运用，也颇有奇效。史载，隋文帝杨坚与独孤后相亲相爱，誓无异生之子，这是以前朝为借鉴，防止嫡庶为继承权引起争斗的缘故。杨坚认为五子同母，又早立长子杨勇为太子，其余皆封为王，出京镇守，不会有兄弟争夺之忧。岂不知，被封为晋王、出镇扬州的次子杨广，另有图谋，想取太子而代之。杨广先装出极为孝敬听话的样子，博得母亲的爱怜，趁机诉说太子的胡作非为；接着召集谋士，以重金佳丽贿赂朝中大臣杨素、杨约，从中斡旋；又行诬陷，除去忠良之臣。如此一步一步地迷惑其父其母，终于如愿以偿。

四、财色阴谋　诱惑欺骗卑鄙

美人计在政治斗争中实施的特点，是由美人计的内容决定的。美人计属败战计的范畴，其前提是战败或将亡之时，为了生存或东山再起而实施的计谋，也可以说是弱者企图赢得时间，使其自身发展壮大，敌对势力由强变弱，最后可以战而胜之。此计的内容，是以财色为核心，再辅以其他手段，方能达到预期目的。由此可以看出，美人计本身，一是战败者，亦即弱者；一是财色惑人，从而在政治斗争中实施此计时，表现出应变性、隐秘性、欺骗诱惑性、卑鄙性等特点。

第一，美人计在政治斗争中实施的应变性、隐秘性的特点。

当大军压境，或政敌突然发起攻击，自身的安危受到威胁，一些有识之士，无不劝谏君主施行以财色为主要内容的美人计，借以解除威胁，求得暂时的安全。即使竭尽府库之财，也在所不惜，这是应变性。同时，此计必须隐秘地进行，馈送金银珠宝、绝色美女，投其所好，但表面上，是表示臣服、顺从，还要自我谴责一番，绝不能在财色上过于渲染，大做文章，从而使政敌的心理得到满足，给自己留点求生的希望。

第二，美人计在政治斗争中实施的欺骗诱惑性特点。

凡是运用美人计的一方，绝不仅仅为了求得暂时的安全，而是以财色为政治钓饵，实现东山再起之志，因而表现出明显的欺骗诱惑性。

第三，美人计的应用特点，还表现施计者的故作恭顺之状的卑鄙性。

以看似真诚到足以打动强者之心，处处都要小心谨慎。越王勾践作为败国之王，入吴为奴，养马驾车，心甘情愿。尤其是饮溲尝粪以辨病情的举止，使吴王深受迷惑，连伍子胥的忠言也听不进去，才使其得以回国，卧薪尝胆，奋发图强，重振昔日雄风，一举灭吴，报仇雪恨。

空城计

——虚虚实实　力争奇而复奇

本计云:"虚者虚之,疑中生疑;刚柔之际,奇而复奇。"其大意是:虽然没有设防,却要故意显示其空隙,使本来就疑窦丛生的敌人,更加疑上加疑而难以揣摩;在敌众我寡、敌强我弱的紧要关头,施用以柔克刚之技而取得胜利,就会更加奇妙莫测、出奇克敌。

空城计,源于《三国志》蜀国军师诸葛亮巧计用兵,以空城之虚势而智退司马懿所率数十万魏军而获胜的民间演义故事。据《三国志·蜀志·诸葛亮传》记载,三国时期,蜀国丞相兼军师诸葛亮率领蜀军进行北伐,屯兵阳平(今甘肃文县),与司马懿统率的魏军长期对峙。诸葛亮派蜀军大将魏延率军东下,自己只留下少量兵力守城。此时,司马懿率二十万魏军进行阻拦,却与魏延的蜀国大军错路而行,未曾遭遇。在魏军离阳平城尚有六十里地时,侦探向司马懿禀报说:"诸葛亮正在城里,兵少力弱。"诸葛亮这时也闻知魏军已到,但魏延率军已走远了,无力回援。蜀军将士失色,胆战心惊,不知所措。诸葛亮此时却十分镇定自若,毫无惧色,命令军营之中偃旗息鼓,严禁随便出入军帐。又令人

秦相静迷同窗友，李斯妒杀韩非子

打开阳平城四面的城门,派一些老弱残兵在城门内外扫地洒水。司马懿深知诸葛亮用兵一向持重,看见眼前似乎是座空城,却又深疑其城中埋伏重兵,便急令引军北撤上山。第二天,诸葛亮见司马懿引兵自退,便拊手对左右的将领们大笑说:"司马懿一定以为我表面上装得胆怯,而实际上埋伏着强兵,所以沿着山路退兵了。"直至后来,魏军的侦探又将实情报告时,司马懿才悔叹不已。当然,人们为了神化诸葛亮,又在诸多戏曲里与舞台上,让诸葛亮不仅镇定自若,而且又故意在城门楼上焚香抚琴,一旁则有幼小书童侍候,甚至以一曲而笑吟司马懿,等等。这些均表明后世人们普遍地对这种用计的谋略与手段赞许,不断进行美化、赞扬、艺术加工。这一计谋故事,更衍化出高明的政治家、军事家利用其虚虚实实的惑敌手段,诱引或迫使政敌、敌军的强劲攻势停止、落空,进而转败为胜、转危为安、逢凶化吉的谋略技法。

一、虚以惑敌　意在化险为夷

《周易·解卦第四十》云:解:利西南。无所往,其来复吉;有攸往,夙吉。《象》曰:雷雨作,解。君子以赦过宥罪。

【一爻】初六,无咎。《象》曰:刚柔之际,义无咎也。

【二爻】九二,田获三狐,得黄矢,贞吉。《象》曰:九二贞吉,得中道也。

【三爻】六三,负且乘,致寇至,贞吝。《象》曰:"负且乘",亦可丑也;自我致戎,又谁咎也?

【四爻】九四,解而拇,朋至斯孚。《象》曰:"解而拇",

未当位也。

【五爻】六五,君子维有解,吉,有孚于小人。《象》曰:君子有解,小人退也。

【六爻】上六,公用射隼于高墉之上,获之,无不利。《象》曰:"公用射隼",以解悖也。

初六爻的象辞讲:"刚柔之际,义无咎也。"意思是说:占得此爻,没有咎害。因为初六爻与九二阴阳相比,与九四阴阳相应,虽然不会大吉,但也不会有灾难。解卦的含义是解除困难。下卦坎为险,上卦震为动,象征着脱困而出。初爻在最下方,是卦的开始部位,象征危难初解之时,也是必须在一开始就要迅速解决困难,才能够无咎。

在战争中占得此卦,自身肯定处于凶险之中,如果没有凶险,解卦的卦义也就无从谈起了。什么样的凶险呢?内卦坎为陷,表明自己被陷,即遭围困。这里有两种可能,一是被陷在城中,二是被陷在战场。倘若是后者,又有两种可能:一是侥幸突遇援军,解脱危难。这在卦义上虽然能够成立,但是用不着计谋。而《周易》在此书内都是为设计而用的,因此可以排除这种可能性。二是硬性突围,损失惨重。这样便与卦义及初六爻、象辞之义不符,所以也可以排除。

据此可以断定,占卦人是被陷在城内。下卦坎既为险又为陷,表明敌极强而我极弱,城中并无守御之力,所以这种围困极为凶险。这里又有两种可能:一是援军从天而降,这纯属偶然性因素,用不着计谋,因此可以排除。二是没有援军,或者虽有援军也是远水近火。只有在这种几乎毫无生机可言的凶险情境下，才必须用怪异的计谋来出奇制胜，从而最终化险为夷。至此，占卦人的确切处境，已经明了，就要先求无咎，再求无不利。

占得此卦，见初六爻动，可知解决问题的关键便在初六爻上。初六为阴爻，又在最下方，极为柔弱，象征着己方的兵力不堪一击。然而，初六的爻辞却明言无害。如此凶险的情势，怎么会没有咎害呢？象辞解释说，这是由于"刚柔之际"的缘故。刚柔之际，亦即刚柔相互交际接应，柔中有刚，刚柔混杂，使人弄不清到底是刚是柔。就如同初六爻，本为柔弱之极，你若乘弱攻之，因它上比九二，再上应九四，瞬间便可由弱变强，那时你便会大大地吃亏。"刚柔之际"也是兵法上的诈术，指表面上摆出老弱残兵，其实内藏精军，以达到诱敌入彀的目的。问题是，我方根本无"刚"可言，按常理绝不能应用此术，否则敌人便不是"入彀"，而是长驱直入，一下子便能置我方于死地。其实，奥妙也正在这儿。所谓奇出于正，怪谲诡异的奇谋，都建筑在常识常理的基础之上。按照常识，人总是要千方百计地掩饰住自己的弱点的，如果大鸣大放地暴露自己的弱点，一般来说都是别有用心。既然如此，我方便可利用这种常规性的心理，把敌人的思路引向"刚柔之际"的诈术，使敌人把我方的虚弱误当成诱饵。

从卦象上看，下卦坎为陷，既象征自己被陷，又暗示自己可以设造陷阱。这个陷阱当然是假的，但敌人若相信了，它就成了真陷阱。《红楼梦》中有句诗云："假作真时真亦假。"在这里可以反过来用，即"真作假时假亦真"。比如，从卦形上看，初六爻代表自己的虚弱无力，我方有意暴露出这一点，敌方就会把真实的虚弱当成假象。往下来，与初六相比或相应的九二、九四阳爻，是暗示我方要装作兵强马壮的样子，这本是假象，敌方却反而把它当作真相。这种一正一反的思维方式，正是人们的习惯性思路。所以，无论是"真作假时假亦真"，还是"假作真时真亦假"，都是思维逻辑的反映。空城计就是建筑在这种思维逻辑之上的。需要注意的是，此计的适用时间很短，只应用在初六爻所代表的时段内。如果一开始不能唬住敌人，其结果便是一败涂地。

再参考归妹卦，归妹即嫁妹，也有回到原来的归宿地之意。这表明，此计将应用成功，敌人会被"刚柔之际"的扑朔迷离搞得疑疑惑惑，而最终还是谨慎占了上风，撤回了部队。

空城计是个家喻户晓的典故，诸葛亮使用，是他对司马懿的了解，而司马懿中计，也是出于对诸葛亮的了解。一向性情持重稳健的诸葛亮，这种反常的做法，使司马懿不得不疑。由此可见，空城计实际上是一场心理战，如果没有对敌手个性心理的深刻了解，即便占出解卦，也不能轻易应用此计。

空城计用于军事，主要是一种由败而转胜之计与谋略。战场上两军相对，彼此的战略意图与军事举措，均相互保密，因此互不摸底，具有很大的隐蔽性与盲目性，这就为向敌军故意示空、示虚而掩实藏真，提供了极大的可能和机会。据《兵法圆机·空》载："敌之谋计利，而我能空之，则彼智失可擒。或用虚以空之，或用实以空之，神也！"其大意是：要设计使敌之战略要求落空，然后乘敌惊慌失措时战而胜之。这样，就必须要能够虚虚实实，真真假假，变化无穷，进而使敌人虚实难分，真假莫辨，感到我军如有神助一般。这就表明，空城计在军事上的应用，关键是必须抓住准确的行计的战机，加以巧妙地利用；其次，则是要正确地使用心理战术，以干扰敌方、困扰敌军，使之产生错觉、误判，而为自身获胜创造战机。

空城计在政治斗争中，也是经常成为政治家、阴谋家、野心家们所应用的手法。各种政治势力在相互斗争中，为引敌、诱敌，使之进入所设政治圈套，则常用空城之计。为了避敌、驱敌、严敌、退敌，有时也以虚掩实，以空蔽真，运用政治心理的干扰之术，以打乱政敌的行动计划，而收利己之效。为了摸清政敌的真实意图、动向、态势、实力，最后击溃与消灭敌对势力，以便转败为胜，也必须使用空城计，使敌手过早地暴露目标，然后自己再制订制驭之策。这样，就使此计在政治斗争中被反复、频繁地与其他计谋交替使用，其成功、失败之事例，历代皆有，层出不穷，不绝于书。从而，更使此计富有虚张性、实效性、诱陷性、威慑性的色彩。

二、巧设迷阵　真虚假虚出奇

空城计在政治斗争中，经常成为政治家、野心家、阴谋家们的惯用手法，虽事例各有所不同，功利亦有各异的侧重，手法亦多种多样，但归结起来，可分为以下互为关联的三种手法。

第一，实胆虚势，以迷迫疑，待胜之计在其中。

这种手法的重点是"迷惑"政敌，使之生疑而停步不前，借此观其态势，察其详情，然后伺战寻机，将敌制驭，以获胜利。

常用的具体手段,又有明迷、暗迷、动迷、静迷等。

1.明迷

所谓明迷,即是指在政治斗争中,在与政敌相互的政治意图保密状况下,施用空城计的一方,为制驭、驾控对手,便假意向对方示恩惠、示优渥,公开地进行封赏,以迷惑对方,并用政治的"空头支票"来痹敌、笼敌,甚至借此之力来为己服务。待时机成熟时,再将政治上的潜在敌人一举消灭。

事例:韩信定三齐求封,刘邦明迷授王印

在楚汉战争时,刘邦多次利用第三方势力,以达到削弱项羽势力的目的,其中巧用韩信,是刘邦获胜的转机。韩信初投项羽,因不被重用,转投刘邦,亦没有得到重用,便再次逃离,经萧何月下追回,向刘邦力荐,始得重用,任大将军。刘邦曾采纳其策,攻占关中之地。楚、汉相持于荥阳、成皋间,韩信率军击魏破代,更用数千人背水为阵,行"陷之死地而后生"之策,大破赵军二十万,阵斩赵军主将陈余,继而攻燕夺齐,占据黄河下游之地。

韩信率军略定赵、燕、代诸地,又尽取三齐之地时,便遣使面陈汉王刘邦,请求自立为假王。刘邦一听韩信使者所述,便十分恼怒,且当使者之面大骂韩信说:"我久困于此,朝夕盼望你率军前来救我,你至今不仅不发军前来,却要自立为王!"此时,颇具政治头脑与谋略的张良,在汉王刘邦的身旁。张良早就清醒地估量到,身为大将军、坐镇一方的韩信政治向背与一举一动,在尚未分胜负的楚汉之争中,他的向背决定胜负,更何况韩信率军远在黄河下游的齐地之域,要自立为王,汉王鞭长莫及,亦根本无力阻止其称王之举,若是汉王不准,恰恰是将韩信推给敌方。

故此张良在听刘邦痛斥韩信、大骂使者的话以后，便急中生智，连忙在案下轻轻地踢了他一脚，暗示其失礼与不智。刘邦经张良在关键时刻的提示，方才大梦初醒，立即改口嬉笑怒骂道："大丈夫既定诸侯，要做就做个真王啊，又何必要做假王呀！"这样，前后对比，刘邦的这番政治表演，不仅十分出色，且使谩骂做得天衣无缝、恰到好处，更让使者与韩信都不会生疑。汉王刘邦为了实践诺言，派遣张良为使节，持所封王印绶前往齐地，封韩信为齐王。一个顺水人情、一张政治空头支票，使韩信吃了定心丸。韩信戴上空头王冠之后，也被牢牢地拴在汉王刘邦的政治战车之上，刘邦明迷之计终获成功。前202年（即汉高帝五年），韩信率军与刘邦会合，击楚王项羽于垓下（今安徽灵璧东南）。西汉建立后，被夺兵权而改封楚王，再以阴谋叛乱而降淮阴侯，又以勾结陈豨发动叛乱之名为吕后所杀。

正当楚汉相持的关键之时，韩信拥兵而求封，这既是政治野心的暴露，又是对刘邦的要挟。作为政治家的刘邦，经张良提醒，转怒为喜，将计就计，真戏假做、假戏真做，用空头齐王之冠，明白、大方地赏封与韩信，使之迷惑而摸不着主子的政治真底与终极目的所在。刘邦抛出的封王这条政治缰绳，不仅擒住了可能成为伤己的"猛虎"，而且驯之为挽骑效命的"烈马"，不但收揽住了韩信的政治欲望，而且为日后一统天下、逐个消灭政敌打下了坚实的政治基础。刘邦对韩信的以空揽实，以明赏迷敌的政治举措，乃是空城计的妙用。

2．暗迷

所谓暗迷，乃是与明迷政治手法相对而言。在政治斗争中，往往有诸多潜在的、势高位重、权大的政敌,这样敌对双方除明争之外,更着重于暗斗与隐蔽较量。在明里、表面上,敌对双方在政治上均无多大动作举措,甚至"空无所为",然则暗中却加紧积聚力量,以待政治决战。即施暗计以迷敌、惑敌,使之神麻痹、意懈怠,待时机成熟,再聚而灭之。帝王对权奸的诛除,多用此计法。

事例:窦宪弄权逞淫威,和帝暗迷诛外戚

东汉时期,外戚、宦官相互勾结,把持朝政,结党营私,弄权拥势,贿赂公行,政治日趋腐败。汉章帝建初二年(77),窦皇后立,窦氏兄弟外戚势力得势。和帝即位,窦太后临朝执政,窦宪以侍中操纵朝政,任车骑将军。和帝永元元年(89),窦宪又率军出塞三千里,击破北匈奴于稽落山。功成后任大将军,封武阳侯。

永元三年(91),窦宪立下大功以后,威名越发显赫,他以耿夔、任尚等人为爪牙,邓叠、郭璜为心腹,用班固、傅毅之辈为他撰写文章。州刺史、郡太守和诸县县令,大多由窦氏举荐任命,这些人搜刮官吏百姓,贪污贿赂。司徒袁安、司空任隗弹劾了一批二千石官员,连同受牵连者,被贬官或免职的达四十余人,多是窦党。窦家兄弟对此十分怨恨,但袁安、任隗二人声望甚重,难以加害。尚书仆射乐恢对窦宪等人专横,深感忧虑,上书云:"陛下正年轻,继承了帝业,各位舅父不应控制中央大权,向天下显示私心。目前最好的办法是,在上位的人以大义自行割爱,在下位的人以谦让的态度主动隐退。这样,四位国舅才可以长久保住封爵和国土的荣耀,皇太后才可以永远没有辜负宗庙的忧虑。

这确实是最佳的良策。"奏书呈上，未被理睬，乐恢便称病请求退休，返回故乡长陵。窦宪暗中严令州郡官府，胁迫乐恢服毒而死。朝廷官员十分震恐，全都观望风色而逢迎窦宪的意思，无人敢违抗。袁安因和帝年幼势弱，外戚专权，每当朝会进见之际，与公卿谈论国家大事的时候，无不呜咽流泪。上自天子，下至大臣，全都依靠信赖袁安。

这年冬季十月，汉和帝下诏，让窦宪到长安会面。窦宪到达时，尚书下面的官员中有人提出要向窦宪叩拜，伏身口称"万岁"。尚书韩棱正色道："同上面的人交往，不可谄媚；同下面的人交往，不可轻慢。在礼仪上，没有对人臣称'万岁'的！"倡议者都感到惭愧，因而作罢。

永元四年（92），窦氏父子兄弟官为九卿、校尉，遍布于朝廷。穰侯邓叠、步兵校尉邓磊兄弟，及其母亲元氏，与窦宪女婿、射声校尉郭举，及其父长乐少府郭璜等人相勾结。元氏与郭举可以出入宫廷，得到窦太后的宠幸，共同策划杀害和帝。和帝暗中了解到他们的阴谋。当时，窦宪兄弟掌握大权，和帝与内外臣僚无法亲身接近，一同相处的只有宦官而已。和帝认为朝中大小官员无不依附窦宪，唯独宦官中常侍、钩盾令郑众，谨慎机敏而有心计，不谄事窦氏集团，便同他密谋，决定杀掉窦宪。由于窦宪出征在外，怕他兴兵作乱，所以暂且忍耐而未敢发动。恰在此刻，窦宪和邓叠全都回到了京城洛阳。当时清河王刘庆特别受到和帝的恩遇，经常进入宫廷，留下住宿。和帝即将采取行动，想得《汉书·外戚传》一阅，但惧怕左右随从之人，不敢让他们去找，便命刘庆私下向千乘王刘伉借阅。夜里，和帝将刘庆单独接入内室，又向郑众传话，让他搜集皇帝诛杀舅父的先例。是年六月二十三日，汉和帝临幸北宫，下诏命令执金吾和北军五校尉领兵备战，驻守南宫和北宫，关闭城门，逮捕郭璜、郭举、邓叠、邓磊，将他们全部送往监狱处死。并派谒者仆射收回窦宪的大将军印信绶带，改封为冠军侯，同窦笃、窦景、窦瓌一并前往各自的封国。和帝因窦太后的缘故，不能够正式处决窦宪，却选派严苛干练的封国宰相进行监督。窦宪、窦笃、窦景到达封国以后，全部被强迫自杀了。

当初，河南尹张酺曾屡次依法制裁过窦景，及至窦氏家族败亡，上书说："当初窦宪等人受宠而身居显贵的时候，群臣阿谀附从，唯恐不及，都说窦宪接受先帝临终顾命的嘱托，怀有辅佐商汤之伊尹、辅佐周武王之吕尚的忠诚，甚至还将邓叠的母亲元氏比作周武王的母亲文母。如今圣上的严厉诏命颁行以后，众人又都说窦宪等人该当处死，而不顾他们的前前后后，推究他们的真实思想。我看到夏阳侯窦瓌一贯忠诚善良，曾与我交谈，经常表露出为国尽节之心。他约束管教宾客，从未违犯法律。我听说圣明君主之政，对于亲属的刑罚，原则上能够赦免三次，可以过于宽厚，而不过于刻薄。如今有人建议为窦瓌遭到迫害，必不能保全性命而免去一死。应只对窦瓌予以宽大，以增厚恩德。"和帝被张酺言辞所感动，因此窦瓌独得保全。窦氏家族及其宾客，凡因窦宪关系而当官的，一律遭到罢免，被遣回原郡。

窦宪一伙，在临朝听政的窦太后的支持纵容下，外拥重兵，内结朝臣，甚至策划加害于皇帝自身。此时的汉和帝，虽年轻单弱，却颇有政治头脑与谋略，在运用空城之计的"暗迷"政敌手法时,一是察敌情、度时势,将窦宪一伙的预谋,暗中侦知,以定行动方略;二是觅人选材,将正直、机敏、有心计的宦官郑众,引为政治心腹,又将刘庆作为密谋的政治伙伴,共商大事;三是向历史寻谋找据,以为诛除外戚政敌的政治依据;四是亲临宫中,坐镇指挥;五是调兵遣将,一举处决同党郭璜等人;六是等待时机成熟,为防窦宪在外兴兵作乱,故待其回京师时,一起发动。在此之前,和帝都故作忍耐之状,无所举措,借此以麻痹政敌、迷惑窦氏集团,显示其软弱无力之状。实际上则暗中加紧做政治准备,待诛除同伙后,又对窦宪一伙,立即收印、降封、遣回、送监,然后强令自杀毙命;至于其他官僚同伙,则一律罢官遣籍,以消除政治祸根、清绝后患。这是古代政治上处于相对劣势、弱势的年轻帝王,巧用空城之计的谋略思想,给政敌施用暗迷之策,一举诛除强敌、转败为胜的成功范例。

3. 动迷

所谓动迷,即是指在政争之中,政敌双方对峙的状态下,施计的一方为制驭、消灭对手,便抓住政敌的心理、政治、举措上的失误与薄弱环节,然后采取真真假假、虚虚实实的带有迷惑、迷幻性的行动、举动,以此奇举,来痹敌、诱敌、瓦解敌志,攻心夺势,迫使其疑惧,再伺机趁势将其政敌与部众一举而歼。

事例:韩信"动迷"四面楚歌,项王别姬乌江自刎

前203年(即汉高帝四年),韩信攻占了黄河下游的齐国地区,汉王刘邦经过一年的政治治理与军事整训之后,亲自率军,与韩信、彭越、英布等部众,进攻楚军,将项羽所部紧紧围困在垓下(今安徽灵璧东南)。

垓下地处齐地不远,是淮河北岸平原上一块崛起的高岗之地,项羽所率的十万楚军被围在此地。楚军人缺粮、马无草,再加上寒冷的天气,可谓是悲惨凄绝。项羽面对汉军的铁壁合围,目睹部众的景况,只得守着营帐,长嗟短叹,满脸愁云,毫无对应之策。一天夜里,项羽在帐中辗转难眠,久不能寐,突闻远处西风吹得树枝沙沙作响,且在风声中还夹杂着凄厉的歌声。项羽步出营帐之外,披袍仔细辨听,知道歌声是从远处汉军营地里传来的。

汉军营地中传来阵阵楚歌之声,乃是韩信施用的对楚军将士的政治攻心之术,即"动迷"之举。当汉军合围楚军于垓下时,作为深谋远虑的政治家韩信,清醒地对彼此的政治、军事实力与态势进行过客观的分析和剖辨,认为西楚霸王项羽,一向骁勇过人,楚军虽仅十万余众,强悍犹存,若是殊死拼斗,尚不知鹿死谁手。由于楚军长期奔杀,目前疲惫已甚,现被汉军久围,士气必然低落。涣散军心,丧其斗志,乃是上策。韩信决定施用空城计中的"动迷"之术,在夜深人静之时,命士卒们唱起楚歌,料定楚军士兵听到楚歌,会有思乡厌战之心。果不出所料,楚军闻歌,纷纷潜逃。韩信又令士卒吹起埙来,众军伴埙而歌,如泣如诉,字字饱含思乡之情,声声似诉别亲之凄苦。江东弟子听此哀歌悲曲,既感到动人心魄,又联想其自身的处境,无不肝肠欲裂,连项羽也难免其扰。此时项羽心烦意乱,只得与身旁的佳人虞姬在一起,借酒浇愁,以消烦闷。英雄此时泪下,感慨万千地唱道:"力拔山兮气盖世,时不利兮骓不逝。骓不逝兮可奈何!虞兮虞兮奈若何!"骓是乌骓马,虞是虞姬。这首歌成为这位不可一世的盖世英雄在战败后,所作的最后绝唱与生命断弦之响。楚军将士眼看着内无粮草，外无援兵，再拼下去只有死路一条，大多数开小差逃走。项羽见士卒纷纷逃散，深知大势已去，势难再挽回，在率领八百子弟兵左冲右突之后，自刎于乌江，西楚自此覆亡。

在垓下之地的楚汉决战中，与其说是两军的最终决斗，倒不如说是一场政治大较量。身为大将军的韩信，将军事之争作为政治之战来打，将两军对垒，作为政治攻心的好战场，他以文对武，以艺攻心，以动迷敌，以空对实，以虚幻敌志。此为三奇与多奇之处，再加上汉军的铁壁合围的军事实力、实胆、实势，更使楚军上下动摇，心无斗志，迅速瓦解。韩信的空城之计动迷敌心之术的成功，关键在于准确地把握住施计的时机与特定环境条件：一是"时"（年终岁尾，正是倍思亲念乡之际）；二是"势"（楚军被围，大势已去）；三是"景"（楚营人困马乏，内无接济，外无援军）；四是"情"（楚军听楚歌，闻歌生情，败军闻悲歌，摧其斗志，困兽四围唱哀歌，必不再斗）。致使不损一兵一卒，而获十万之众的楚军帅死卒降的胜利。这样，便为楚汉长期的政治军事相争，画上了一个圆满与成功的句号；更为空城之计、"动迷"惑敌之术，增添了一个美妙、生动的注脚。

4．静迷

所谓静迷，即是指在政治斗争中，处于相对劣势者施展一种空城计的手法。尖锐激烈的政治斗争中，处于劣势的一方，不甘心自身被对手战胜，在经过初次较量、交锋以后，便将敌方的政治实力状况摸清。在查清政敌实力与底细后，便采用以静迷动、以佯静而掩暗动。在窥时伺机的前提下，看准时机，抓住敌手的弱节与薄环，一举猛攻反击，出奇制敌，则可反败为胜。这种"静迷"

的伎俩，多被古代野心家、阴谋家用作置政敌于死地的撒手锏。

事例：秦相妒迷同窗友，李斯妒杀韩非子

战国时期，诸侯相争，据地称王；由于各诸侯国统治与称霸的强烈需求，导致了各种政治学说与治国道术的兴起，形成了众多的政治流派与思想家。他们著书立说，讲学论道，且各自立门授徒。一时间，竟形成了百花齐放、百家争鸣的繁荣景象。各诸侯国的大小国君们，可根据自身的政治需要与好恶，进行选择，奉行其要，或变法，或称霸，或治国，或灭敌。思想家们则乐于以"良禽"、"良臣"自居，择木而栖，择主而事。

韩非子是法家思想和流派的著名代表人物，所提出的政治主张，是以时代发展为前提的，认为今世必然胜过往世。在治国之道上，则要求君主建立"法治"，确立君主专制中央集权，取消诸侯的世袭制。其学说见于后人整理的《韩非子》，五十余篇，十余万字。

韩非子是韩国的公族，曾与李斯是同窗好友，同出于荀卿（荀况、荀子）的门下。他多次上书韩王，倡议变法图强，因未被采用，乃发愤著书立说以明志。秦王嬴政慕其名，遗书韩王，强邀韩非子到秦国来。秦王曾经读韩非的著作，看到其中大谈"君临之术"，不由得感叹："如果能见到这个人，并与他交往，就是死了也没什么遗憾的了！"还以为韩非是古人。秦国丞相李斯，是韩非的同学，听到秦王对韩非的夸赞，很不是滋味，也不得不告知秦王，韩非现在韩国，致使秦王兴兵讨要。

秦始皇十三年（前234），韩非来到了秦国，秦王很高兴，却因韩非有口吃面麻的生理缺陷，不能够当面表达，而大失所望。

李斯恐怕秦王重用韩非，心生陷害之谋。先是对韩非讲："大王都读过你的著述，赞叹不已。这次大王请你来，就是要让你施展雄才大略。秦国有了你，就会如虎添翼。"然后则勾结秦国的贵族姚贾，一起在秦王面前诽谤、谗害，说什么"韩非是韩国的公子，现在大王要兼并诸侯，韩非终究会帮助韩国，而不会帮助秦国。大王既然不用他，只可将其久留在秦国，不可放他回到韩国，但这是自留后患，不如找个罪名，按法律杀了他。"秦王认为李斯、姚贾说得有道理，便下令司法官吏治韩非的罪。李斯则派人送毒药给韩非，让他自杀。韩非想在死之前当面向秦王陈述自己的意见，李斯、姚贾二人却故意不让他见秦王。后来秦王后悔了，派人去赦免韩非时，为时已晚。

由于秦王嬴政读韩非著述后，对之仰慕赞叹不已，这就引起了丞相李斯的妒忌之心，深恐失去秦王的信任而失势，此其一。韩非到秦后，秦王立即召见，更使李斯在秦王面前处于劣势，此其二。李斯阴谋勾结姚贾，加害韩非，方能自保，转败为胜。在这场政治斗争中，李斯采用空城之计的"静迷"敌手之术，表面上待韩非热情、赞扬，装作十分谦恭之状，以迷惑政敌韩非，使之无防、不备；暗中却在秦王面前进行恶毒的中伤与陷害，致使偏听偏信的秦王下令治韩非的罪。此时，李斯又在表面上派人送毒药给韩非，让其自尽，暗中则加速其死。当韩非要面陈秦王时，李斯却不让见，致使韩非含冤而死，不给秦王反悔的机会。这是政治阴谋家李斯因妒恨同窗好友韩非，使用以静迷敌、以佯奉而阴害、以虚（莫须有之推论）加实（加害其实罪）的政治权术，对其进行诬害致死，自身则在政治权势上转败为胜、克敌转安的成功实例；也是阴谋家将空城之计，作为政治斗争中克敌的诡道之术的高超运用。

第二，示虚掩实，威加以惧，创胜之计在其中。

这种手法的重点是"虚"（示虚），用示虚来掩实，从而对政敌威加以惧，使之不敢继续进攻而避走、惊退。在政敌、敌方惊恐的状况下，再寻机觅隙，以真正的实力，对之进行毁灭性的打击。这是用真真假假、虚虚实实之术，在政治斗争的复杂环境中，克敌制胜或转败为胜的有效策略手段。常用的具体手段，又有真（示）虚、假（示）虚的区别。

1．真（示）虚

所谓真（示）虚，是指在政治斗争的关键时刻，敌对双方都急待摸清、了解敌手的实力、动向时，用计的一方，便公开地、真正地向敌方显示、显露、表明自己的空虚状况，以之诱敌、威（慑）敌、惧（退）敌、引敌，待敌方出击或有所举措时，则后发制敌而一举歼之。

事例：丁谓真虚，矫旨复官逐李迪

宋真宗赵恒（997—1022年在位），是北宋王朝的第三个皇帝，晚年患病后，病情一天天恶化，已不能再像以往一样，处理政事。当时，李迪、丁谓都是宰相。丁谓是专横跋扈、怀有政治野心的人。特别是寇准被贬斥以后，丁谓逐渐大权独揽，甚至任命官吏也不上报。李迪非常生气，曾经激愤地跟同僚说："我李迪起身于布衣百姓，十几年位至宰相，有机会报效国家，死了也不遗憾，怎么能够以依附专权大臣来保全自己的主意呢！"

天禧四年（1020）冬月的一天，丁、李二位宰相商议兼职一事，李迪已有太子少傅衔，应该同时兼任中书侍郎、尚书仆射，丁谓坚决不同意，只让他兼尚书左丞。李迪不能忍受，气得变了脸色，陡然站起。十一月十九日，早晨等待上朝时刻，丁谓又打算让林特任枢密副使，兼领太子宾客。李迪说："林特去年迁升右丞，今年改任尚书，又入东宫任宾客，这都不是朝官公选，人们议论不止，况且已经上奏授林特为太子詹事，怎么可以改变呢！"接着，便破口大骂，抡起笏板要打丁谓。经同僚极力解劝，才避免相互殴打。李迪气愤不过，便到长春殿去见皇帝。

宦官随之捧来制书放在御榻前，宋真宗说："这就是爱卿们兼任东宫职官的制书。"李迪进前说："东宫太子的官属不应当增设，臣下不敢接受这项任命。"接着斥责丁谓奸邪不正，玩弄权术，偏爱林特、钱惟演而嫉妒寇准。"林特的儿子杀人，不加追究，寇准无罪被贬斥远方，钱惟演因为是丁谓的亲戚就使之参政，曹利用、冯拯是丁谓的私党。臣愿意与丁谓一同到御史台接受审问对质。"宋真宗让丁谓、李迪等人先退出，只留下枢密使、枢密副使商议此事。宋真宗起初打算把丁谓、李迪交付御史台审理，曹利用、冯拯说："大臣下狱审查，不只是骇人听闻，何况丁谓本来就没有争执的意思，让他与李迪当堂对质，也不合事理。"宋真宗说："是非曲直没有分晓，怎能不加明辨！"不久怒意渐渐缓解，就说："朕当很快有所处置。"钱惟演进前说："臣与丁谓，乃是婚姻关系的亲戚，若是排斥丁谓，臣愿意退居原来的职位。"宋真宗只能够安慰众人，命令学士刘筠起草制书，将丁谓、李迪各降一级，罢免宰相。丁谓降为河南府知府，李迪降为郓州知州。

当制书尚未发出时，李迪则请求在承明殿谒见回话，又请求在内东门谒见太子，力陈他所讲的话外人不知道。丁谓则暗中图谋再回中书，钱惟演也恐怕丁谓一旦出京，自己失掉援助，便禀告宋真宗请求留下丁谓、李迪，因而说："辽国使者将要到来，朝里没有宰相。冯拯是旧臣，可以担任宰相职务。"宋真宗许可，改任丁谓为户部尚书，李迪为户部侍郎。当时事出仓促，这份制词是由舍人院拟写的，学士刘筠所拟写的制书却始终没有实行。当天，钱惟演和任中正、王曾等人都依开始商定的，迁升品级兼领东宫官，关于太子议政的诏书，以及关于冯拯、曹利用等人的制书全都作罢。

丁谓进入承明殿谒见回话，宋真宗追问他与李迪相争的情况。丁谓说："不是臣下敢和他争吵，乃是李迪怒骂臣下，如今也是后悔，臣下还是愿意留任。"宋真宗命赐座，左右侍从准备设个坐墩，丁谓回过头说："得圣旨，我已复官平章事。"就换杌凳进来。宋真宗让入内都知张景宗、副都知邓守恩传达诏令，送丁谓往中书，依旧视理政事，同时诏令李迪出任郓州知州。

丁谓开始传达诏令，让刘筠草拟恢复宰相制书。刘筠不接受诏令，才召来晏殊执笔。刘筠从枢密院出来，在院南门遇见晏殊，他侧脸走过，不敢向刘筠作揖，乃是心里有愧之故。

在此之前，宋真宗长期患病，语言有时错乱，曾经满腔怒气，跟辅佐大臣说："昨天夜里皇后带着妃嫔宫女们都往刘氏家去，就把朕一人留在宫中了。"众大臣都不敢答话，李迪进前说："果真如此，陛下何不依法惩治？"过了很久，宋真宗清醒了，说："没有这么回事。"刘皇后恰巧在屏风后，听到君臣对话，因此憎恨李迪。李迪之所以不能留在朝廷，不仅是丁谓等人的诬陷，还有刘皇后幕后策划。

乾兴元年（1022），宋真宗驾崩，宋仁宗即皇帝位，由于年幼，由刘皇后辅政，朝廷又将宰臣丁谓加官司徒。这时王曾对丁谓说："从中书令至谏议大夫、平章事，职任是一样的；枢密使兼任侍中也未尝不可。现在君主年幼，母后临朝，你手持政柄，竟将几十年空缺未用官职突然加以任命，能不招来大家议论吗？"丁谓不听劝告，又将寇准再贬为雷州司户将军，李迪贬为衡州团练副使，同时向朝野宣布他们的罪过。寇准的罪名是与周怀政交结，李迪的罪名是结党营私。在商议流放驱逐寇准、李迪时，丁谓注视王曾说："房东恐怕也免不了罪责哩！"这是指王曾曾经把房屋借给寇准住，使王曾不敢说话。知制诰宋绶值班，起草贬责诏词，丁谓嫌写得不深刻，就用自己的意见改定。诏书中所说："当丑徒们干犯法纪之际，正值先皇患病之初，遭到这番震惊，以致病情加重。"这都是丁谓的话。

丁谓憎恨政敌寇准、李迪，一定要置之死地，便派遣中使携带敕书前去赐予二人。中使禀承丁谓的意旨，用锦囊装着宝剑高举在马前，表示将要有所诛杀的样子。中使来至郓州，李迪听说这次与往日大不相同，立即自杀，幸被他的儿子李东之抢救，才免一死。去看望李迪的，中使就记下名字；有赠送食物的，中使扣留，直到发臭腐败，也不给李迪。李迪的门客邓余愤怒地说："小子要杀我李公来巴结丁谓吗？邓余不怕死，你杀我李公，我一定杀你！"他陪同李迪去衡州，形影不离，李迪因而得以保全。有人对丁谓说："李迪倘若贬谪身死，怎么对付士人的评论呢？"

丁谓说："将来好事书生记载此事，不过说句'天下惜之'而已。"当初，李迪贬官衡州，丁谓告诫中使，要拿着诏书催促李迪上路。郓州通判范讽，特意留下李迪几天，为其治办行装设宴送行。

北宋时期，被人称为"五鬼"之一的宰相丁谓，政治上怀有野心，为人奸邪险伪，手段阴狠毒辣。为了将政敌、宰相李迪置之死地，便运用空城计中的"真虚"而"后实"的手段：一是专横独断，同为宰相的李迪，据理力争，他却将其激怒后，又故意不答语，显示一"空"；李迪要打他，又逃躲不还手，显示二"虚"，以便在皇帝面前加害政敌，留下政治"把柄"。二是与李迪同遭贬谪后，又暗中图谋，留在朝中，以便为矫诏复官"实击"政敌做准备，此又先"真虚"（服从）然后"后实"（暗中图谋）。三是矫诏而复相位，又是用先"真虚"之法，真宗询及与李迪争吵的原委，他则说自己未争吵而是李迪怒骂，同时又借机表示愿意留任，再施"后实"之技，借帝赐座之机，便诡称且矫诏说已得圣旨复官，且立即要晏殊草拟恢复宰相制书，以防过迟而露出马脚。同时，进一步在皇帝面前陷害攻击政敌李迪，使之不得复其官位。四是仁宗即位、刘太后辅政后，丁谓为加速置政敌李迪、寇准于死地，就更变本加厉运用先"真虚"，即本是进一步贬谪李迪之官，却故用中使持剑送敕书，"虚晃"一枪，致使李迪见来者不善，被迫自杀，幸被救起。然后，则又用"后实"之术，要中使逼命李迪启程上路，赴被贬之任所，且不许其他官员与之交往，李迪身心俱受到严重迫害与摧残。丁谓置政敌于死地、加害李迪的政治目的，亦基本达到与实现。其政治手腕的"阴"、"毒"、"狠"、"险"，由此可见一斑。难怪当时京城时人对丁谓的权术，有"欲得天下宁,当拔腿中钉(谐音指丁谓)"的民谚,足见对其痛恨程度。

2. 假(示)虚

所谓假(示)虚,是指在政治斗争中,施计的一方,为了引诱政敌对手将其"底牌"打出、彻底暴露实力,便故意佯装其"示虚"之状,以表无还手之力、招架之功的"空城"之势。待到敌手的攻势减弱、技穷力乏之时,再一举进行反击,而"显真"、"露实",将其制驭或击灭。

事例:吕布"假虚"脱身走,壮士闻筝砍空床

东汉献帝初平三年(192)四月,吕布与司徒王允诛除了董卓以后,由于王允执意不赦免跟董卓入洛阳京城的凉州部将和部属,结果遭到董卓旧将的围攻。五月,王允及全部家小均被杀死,吕布则仅带领数百骑冲出重围,自洛阳途经武关到南阳,投奔袁术。吕布自以为亲手杀死董卓,对袁家有功,因此放纵部下士兵抢掠,袁术对此十分不满。吕布察觉后,心不自安,便离开袁术,去河内投奔张杨。凉州的董卓旧部李傕等人,悬赏捉拿吕布,形势吃紧,吕布又从张杨处逃走,改投袁绍。

初平四年(193)六月,袁绍与吕布率军深入朝歌境内的鹿肠山,讨伐于毒。围攻五日,攻破于毒,斩杀了于毒及其部下万余人。袁绍便顺山北行,进攻左髭丈八等乱匪,将乱匪全部斩死。又进击刘石、青牛角、黄龙左校、郭大贤、李大目、余氏根等,又斩杀数万人,乱匪的营寨全部遭到屠戮。袁绍又与黑山军张燕,以及在四营的匈奴各部落,在雁门的乌桓部落,在常山一带交战。张燕有精兵数万人,战马数千匹。袁绍与吕布联合进攻张燕,一

连战斗了十余天，张燕军死伤虽多，但袁绍军也感到疲惫，双方各自撤退。

吕布自投奔袁绍以来，自恃有诛除董卓之功，加之与袁绍联合击败张燕的战功，颇为得意，也使袁绍十分不满。吕布部下的将士，多为凶横强暴之徒，袁绍也颇为厌恨。吕布发觉袁绍的不满之后，惧怕有杀身之祸，便向袁绍请求返回洛阳，袁绍答应，并以皇帝的名义任命吕布兼任司隶校尉。袁绍心中十分清楚，让吕布返回洛阳，无异于放虎归山。若是让吕布回到洛阳，肯定能够东山再起，最终会威胁到自己。就在吕布启程的当晚，袁绍故意选派三十名精壮武士，跟随吕布，名为护送，实际上暗中命令他们在途中秘密将吕布害死。

吕布也早已察觉袁绍派武士护送的真正意图，便将计就计，命令随行武士们住在自己帐篷的附近。夜晚，吕布命人在自己帐内弹筝，却悄悄地溜走上路了。三十名武士，听到吕布帐篷的筝声，畏惧他的英勇，不敢贸然下手。等到夜深人静，筝声停止，才悄悄摸进帐中，进去便乱杀乱砍，却没有听到喊声。等点起火把看时，却只有一张古筝安放在几案上，哪里有吕布的人影。武士们急忙回禀袁绍，导致袁绍大为恐惧，以为吕布会偷袭，立即下令关闭城门，严加防守，却不想吕布率军已经走远，鞭长莫及了。

吕布生于东汉末年的乱世，起于草莽之间，年轻气盛，作战勇猛，政治上亦诡计多端，善施计谋，以制伏政敌。吕布与袁绍交往，本来仅是政治上的暂时性结合，彼此心怀鬼胎，各有所图。他们彼此都想吃掉对方，以壮己势。这种面和心不和，必然导致彼此对立与关系破裂。吕布在回洛阳途中，更巧施"假（示）虚"之计，以达"掩实"克敌的目的。吕布先是示其离袁而回洛阳之"假虚"，而掩其东山再起、回马制敌（袁绍）之"实"，此其一；继则示其袁绍所遣壮士营帐围列，自身被围、被困之"假虚"，而掩其将行计脱逃出走之"实"，此其二；再则示其筝响人在帐中之"假虚"，而掩其乘夜幕出走之"实"，此其三。这样，竟然在三十名壮士的眼皮下面溜走，以致壮士只能乱砍空帐与床被而已。由此，既显示出吕布施用此计的高超与娴熟，更映照出袁绍与壮士的愚蠢与无能。

第三，无形有阵，反败为胜，制胜之计在其中。

这种手法的重点是"阵"（有阵），用无形来掩盖其有阵，用无形来掩其有形（阵）。其实质仍是以"空"（无形），来引诱、导化、吸引政敌、对手，使之能"乘夜而入"、"乘空进城（阵）"、"乘隙（无形）达间（阵）"，然后，待政敌、敌人入"城（阵）"之后，再露其"实"、现其"真"、用其"阵"，或分割，或包围，或逼降，或聚歼，最后，转"败"为胜，将政敌集团的主帅及同伙，一举消灭。这种手法，常用于对付团伙性、群体性、帮派性的政敌、对手，己方后发制敌而获胜。且利于干净、彻底、全部消灭政敌，清除其势力。采用的具体手段，则又有奇（空）阵、惑（诱）阵等。

1. 奇（空）阵

所谓奇（空）阵，是指在政治斗争中，敌对双方力量对比上，一强一弱，非为均势。弱势一方的用计者，为了战胜强敌，便布其奇（空）之阵，先满足政敌的巨大索求，以引其贪、以诱其欲，使之得寸进尺，步步入其奇（空）阵；待逞其骄、耗其力、损其志、散其体之后，再联合诸弱，分进合击，转败为胜，置强势之政敌、对手于死地。

事例：智伯强索百里地，段规"奇阵"逞顽敌

春秋末期，韩、赵、魏、智四家成为晋国最强的势力。这四家中当权者是智伯瑶、赵襄子无恤、韩康子虎、魏桓子驹。智伯瑶势力最大，想独吞晋国，先打算削弱其余三家。智伯瑶以奉晋侯之命，准备治兵伐越，恢复霸王的地位为借口，要每家拿出一百里的土地和户口来归"公家"，也就是"智家"。

前455年，智伯瑶率领中军，韩的军队担任右路，魏的军队担任左路，三队人马直奔赵家。赵襄子知道寡不敌众，便退居晋阳。不久，智、魏、韩三家的兵马，把晋阳城围住。赵家士气旺盛，坚守城池。双方在晋阳城外，相持近两年。前453年，智伯瑶想出一个办法，把晋水引到西南边来，用水淹晋阳城。在水将没城之前，赵襄子派谋臣张孟谈偷出晋阳城，去游说韩、魏两家。张孟谈对韩康子、魏桓子说："唇亡齿寒，赵亡以后，灭亡的命运就轮到你们了。"韩、魏两家的参战，本来就是被迫的，又见智伯瑶专横跋扈，恐怕以后危及自己。为了自身利益，决定与赵襄子一起倒智。韩、赵、魏三家用水反攻，水淹智伯瑶的军营，智伯瑶驾着小船逃命，被赵襄子抓获，将之杀掉了。赵、韩、魏三家平分了智氏一族的土地和户口，分别建立了三个国家，即三家分晋。

在韩、魏、赵三家联手施用"空城计"的"奇（空）阵"手

法，以击灭智伯瑶强敌的过程中，主要行一引、二诱、三导、四灭之策：一是段规以百里之地拱手相予政敌智伯瑶，以引其贪心不止；二是任章以魏之万户之邑、百里之地相予，更诱智伯瑶索欲难平；三是韩、魏派军随智伯瑶围晋阳之地，以导入奇（空）阵之地；四是韩、魏、赵三家联手，出奇制敌，反用水攻智伯瑶之军，使之措手不及，被擒杀消灭，且夷族分其土地。这是政治斗争中，以弱胜强，奇、空、险、绝，环环相加，而置强敌于死地的最为典型的例证。

2．惑（诱）阵

所谓惑（诱）阵，是指在敌对双方尖锐激烈的政治（军事）斗争中，一方为战胜另一方，先以其弱，故意暴露，以示于对方，而惑之、迷之，将敌方引入诱入阵中，再出奇制胜，加以击溃和消灭。

事例：西夏强寇犯边境，曹玮"惑阵"溃敌军

北宋真宗时期，为了争夺黄河以西塞外地区的统治权，宋与西夏经常交兵。西夏自恃兵强马壮，常常寇犯宋王朝的西北境一带。当时宋军有一员名将曹玮，深受朝廷厚爱，率军驻守在渭州（今甘肃、宁夏部分地区），临近西夏。

景德四年（1007）二月二十八日，宋真宗任命曹玮为西上合门使，奖赏其卫边之功。曹玮在镇戎军时，常用"惑阵"之计，以诱敌军，然后加以消灭。有一次出战小胜，侦知敌人已经走远，就驱赶着缴获的牛羊物资车辆往回走，队伍很不整齐。部下担心，对曹玮说："要牛羊没有用，不如扔弃，整好队伍返回。"曹玮不回答。西夏兵离去几十里，听说曹玮贪牛羊之利而军队不整，就

马上返回袭击。曹玮的队伍越走越慢,待到地形有利处,就停下来等待。西夏军队将要到达,曹玮就派人迎上去对他们说:"藩军远道而来,一定很疲惫,我们不愿乘别人疲惫打仗,请你们休息一下兵马,过一会儿决战。"西夏军正苦于疲劳,都很高兴,整好队伍歇息。过了许久,曹玮又派人告知说:"休息好以后可开战了。"双方各自擂鼓进军向前,一交战,大破西夏军,然后放弃牛羊凯旋。曹玮语气徐缓地对部下说:"我知道藩兵已经疲劳,才故意做出贪利的样子来引诱他们。等到他们再来,几乎行进上百里路了,如这时乘他们锐气正盛就打,还会互有胜败。跑远路的人,如果稍获休息,就会双足麻痹,站不起来,士气也尽了,我就借此而战胜他们。"

又有一天,曹玮驻军渭州边境之地时,正与客人下棋,这时部下禀报说:"守卫在边境上的一些官军士兵叛逃到夏国去了。"官军士兵叛变投敌是件大事,若是一般人听闻,或有勇无谋的匹夫之辈得知,既会暴跳如雷,又会惊慌失措。曹玮却不然,听完禀报以后,镇定自若,似乎没有发生此事一般,照常下棋。等到部下禀告完毕,曹玮不慌不忙地说:"不要紧,那是我派遣他们过去的。"曹玮不假思索的答复,恰似无心却有心,消息很快传到了西夏。西夏之王最初见有宋军士兵来降,万分高兴,以为可以大获成功,宋军即将土崩瓦解。如今得知是宋军主帅曹玮故意派遣的,就认为投奔过来的都是奸细,当即将这些宋军士兵统统杀掉,还将他们的头颅割下,扔到两军交界之处,以示惩戒,证明自己没有"上当"与"受骗"。从此,曹玮所统率的宋军官兵,再也没有人敢叛逃降敌了。

潜龙勿用日乾乾

曹玮虽然身为宋军的战将，但颇具政治头脑，且善于将政治谋略之术与攻心之策，谙熟地运用到原本是政治斗争的军事较量中去。曹玮擅长使用"空城计"中的"惑阵"之术以诱敌、引敌，既向西夏军"示疲"、"贪利（牛羊）"、"示空（隙）"，用以招诱、迷惑敌人，待敌长途跋涉又稍加休整，尚未真正恢复体力、战斗力时，以逸待劳，出击敌人，一举而获全胜。宋军叛逃夏主，原本是实实在在的"真"众"实"卒，经曹玮用计迷"惑"敌主，却是将"真"、"实"化为"虚"（逃）、"假"（降）之举；使原本无"计"可施之事，巧引为"惑"敌的有计之图谋，从而"逼"使"迫"从敌主不得不信此为"派遣"之"卒"，将成为后患无穷的内奸与隐患，终于全部清除杀掉。这样一来，则可收多重政治军事效应：其一，是叛逃自此可止；其二，敌主再也不敢收留投来的宋军官兵；其三，宋军军心不再动摇，防止自扰；其四，此政治攻心、惑敌、迷阵之术的成功，将起到威慑敌军将士、主帅的作用，使之处于处处被动、挨打与防不胜防的受制驭状态；对己军更有正军、肃纪、整威、惩戒的重大治军与心理效应。曹玮政治上用计的"高"、"谋"、"惑（敌）"、"奇（诡）"特点，由此也充分显现出来了。

三、手段高明　奇人奇事奇计

空城之计在政治斗争之中，使用得相当广泛，无论是政治家，还是阴谋家、野心家，为了达到与实现其自身的预定的某种特定政治目的，都会以不同的手法来将它实施使用。在何种条件与政治环境下使用此计，又在何种范围内应用，才会有效，否则就会无效，这却是有着一定的规律的。只有在适合施用空城之计的政治范围内，使用空城之计才会收到实效与多效。如果一旦在不适宜用空城之计的政治范围内使用它，那么不但得不到预期的政治效果，相反却会因错用、误用此计，被强劲、高明的政敌、对手识破，甚至将计就计、反施其计，则会招致巨大的灾祸，出现用计不成反伤己的政治功能上的失利、副作用。因此，在中国古代的政治斗争中，大凡高明的、施计成功的政治家或阴谋家、野心家们，都高度重视、选择、注意空城之计的应用范围。

第一，在敌国之间。

政治上的敌对之国，有国力强大的、兴盛的，也有实力相当的，更有国力弱小的。无论是哪一种政治上的国家敌手，都可以在彼此相争相斗中，向对方施用空城之计。不过，敌对国家之间，本来因为彼此在政治上处于互不相让、你死我活的敌视状态，彼此之间，本能地便存在一种防范心理。这就要求施空城之计的一方，具有相当高的技巧、智慧谋略、审时度势、善握机遇的水准，既要使对方相信、不疑本国所显示的外在真表、实象，又要使对方看不出本国所要企达、实现的既定政治目的。最终在立足于本国力量与现实的基础上，通过用计以击溃或制灭对手。

1．弱国对强国的使用

对于比自己国家强大的政治敌国，使用空城之计的重点在于"示空"、"示虚"、"示弱"，运用掩饰锋芒、巧示假象的手法与技巧，使对方相信自己国家的弱小、可欺、可诈、可灭，从而引诱、

潜龙勿用曰乾乾

招来敌国对自己早已料定和预期的进攻，这时再将暗中早已积聚、隐藏、待发的力量（军事的、政治的威慑力量），一举施放出来，以"示真"、"示实"、"示强"的威力、速度，将敌国击溃、消灭。

前666年，楚成王派出由六百乘战车组成的强大队伍北上，攻打中原之地的政治敌国——弱小的郑国。楚军攻势强劲，且来势汹汹，很快攻占了郑国都城近郊的桔秩之门一带，郑国死生未卜，危在旦夕。在强敌临门、大军压境的危急时刻，郑文公便连忙召集文武百官商讨应敌之良策，但谁也拿不出最好的办法来。此时，只有叔詹认为："强楚之军，首次使用六百乘战车的兵力，表明是怀着必胜的信心前来的，故最担心、最顾忌、最害怕的便是首战失利。这样，便决定了楚军在军事决策和行动上，必然处处小心谨慎，稳扎稳打，而不敢急速冒进。我们恰可将敌国的弱点、弱势加以利用。特别是他们不敢冒风险之点，更可大做文章。"郑文公采纳其意见。叔詹一方面急速派出使者向齐、鲁、宋三国告急求救，一方面亲自在城内行计部署安排，巧施迷敌、惑敌的"空城计"。叔詹将军队埋伏在都城之内，使楚军看不到一兵一卒，不仅将城门大开，还让街市上的百姓往来如常，且不要流露出恐惧、惊慌失措的样子，让楚军看到郑国都城市井安定，人民生活与往常一样。当叔詹布置就绪时，楚军的先头部队已推进到了逵市，先锋统帅斗御疆一马冲至城门下，举目一看，却见城门大开，城中市民百姓从容不惊，城上更悄无声息。斗御疆一见此情此景，认定其中必有诡诈之计，便不敢贸然进城，在城外等候楚军统帅子元。子元到达后，也摸不清郑军的实力与底细，想等进一步摸透城中的虚实以后，再定攻城之计。当子元立足未稳且尚未摸透郑军的实底时,却听到齐、鲁、宋的援郑大军快要到了。子元害怕楚军腹背受敌,便率军匆匆撤退,还安慰众将说:"楚军已经深入到郑国都城的逵市了,即使未攻下也算是胜利。"以此来掩饰自己的真正失败与中计之气馁。

秦汉之际的匈奴冒顿单于,"示弱"而"隐强"以反击敌国东胡的实例,亦是实施"空城计"以弱胜强的成功例证。冒顿先送给东胡千里马,又送心爱的王后,借以示弱。当东胡索要土地时,冒顿见时机成熟,断然拒绝,且率军攻打东胡,直奔王宫,将东胡首领斩杀,收回了被强敌一时夺去的千里马与王后,转败为胜。

2. 强国对弱国的使用

强国虽具有强大的政治军事实力,以其实力可以震慑邻国、弱国,但要以实力吞并弱国不是一件容易的事,因为弱国面对实力强大的政治敌国,无论是从心理上,还是行动上,都怀有戒心和准备,必然会使强国在吞并时遇到顽强的抵抗,且需付出极高的代价,这对强国来说,也是很大的顾虑。在这种情况下,强国为能够以极小、极少的代价,获得巨大的胜利与实惠,又能威慑与击溃政治上的弱势敌国,就必然实施"空城计",故意向敌手"示假"、"示迷"、"示乱(惑)",以疲敌、懈敌、痹敌,然后待敌人松懈并被引入其圈套、计阵之后,再乘势一举"示真"、"示强"、"示威"于敌军,且将其消灭。

西汉初年,北方的游牧民族匈奴首领冒顿,在用计谋将东胡一举消灭之后,便成为军事与政治上的强国。汉王朝由于刚刚建立,经过楚汉战争,政治军事实力损失殆尽,亟须休养生息。在这种状况下,面对强大的北方匈奴,也只能够处于弱国的地位,但也不甘心。

汉高帝七年（前200），刘邦亲自率领大军，前往北方攻打强敌匈奴。事前为了侦察、摸清匈奴军队的实力状况，刘邦便派了几个使臣前往匈奴，顺便打探匈奴的军队和战斗力。匈奴单于冒顿，是一位颇有政治头脑和军事谋略的人物，善于用计，早就看出刘邦的用意，便将计就计，利用这些汉使，向刘邦传递回假情报。

冒顿单于首先将自己的精锐部队全部隐藏起来，用一些老、弱、病、残的士卒守卫军营，以示其虚弱困怠之状。使者果然被冒顿的"空城计"所蒙骗，返回长安后，便将他们在匈奴所见一五一十地向刘邦作了报告。刘邦信以为真，认为此时正是匈奴内部空虚、军疲兵弱之时，恰是进攻克敌制胜的好机会。基于这种误判、误断与错觉，这年冬天，刘邦便亲率二十万汉军，浩浩荡荡地向北开进。此时，谋臣刘敬认为匈奴其中定有诈伪之处，向汉高帝进行谏阻，劝其放弃进军的计划，以防中了冒顿单于故施迷惑的"空城之计"。刘邦一意孤行，执迷不悟，深信使臣所讲匈奴军弱师疲，再加之汉军业已开拔，不但没有采纳刘敬的建议，反而怕他的言论会影响汉军进攻的士气，居然下令将刘敬关了起来，继续率军北上。

北国风光，千里冰封，万里雪飘，天寒地冻，汉军多是南方之人，在一饥、二寒、三困、四疲的情况下，战斗力已经十损二三，士气也为之低下。当刘邦率领汉军的先头部队到达平城（今山西大同东北）附近时，冒顿单于早已率领四十万匈奴大军在此等候。刘邦进入冒顿的隐蔽阵地时，匈奴军队便以绝对的优势，将刘邦的汉军与后续部队迅速地分割开来，加以包围，刘邦被围困在白登山上，汉军则首尾不能相顾。

刘邦被匈奴军队围在白登山上，整整七天七夜，缺粮断水，几乎陷于绝境之地。幸亏陈平足智多谋，设计破敌，才使得刘邦得以死里逃生冲出重围。就施用"空城计"和迷惑诱敌之阵的冒顿单于来说，作为军事上的强国，却将政治谋略与军事计策，二者兼施并用，强国以最少的代价，将暂时为弱国的汉军与统帅击得溃败，取得巨大胜利。

东汉末年，政治、军事实力上处于强国地位的东汉王朝（较之弱小乌桓而言），出兵北方，远征乌桓（今河北、辽宁部分地区），同样施用空城计的政治军事谋略之术。曹操这个强国之主将，却取得了劳师远征而战胜乌桓敌弱之国的巨大胜利。

汉献帝建安十二年（207），曹操率领数十万大军远征乌桓。当时正赶上夏季，大雨不止，泥泞难行，乌桓人还在交通要道派兵把守，曹军受阻无法前进。曹操十分忧虑，便向无终县名士田畴询问对策。田畴说："这条道路每逢夏秋两季常常积水，浅不能通车马，深不能载舟船，是长期不能解决的难题。原来右北平郡府设在平冈，道路通过卢龙塞（今河北迁安县西北的喜峰口），到达柳城（今辽宁朝阳西南）。自从光武帝建武以来将近二百年，道路塌陷，无人行走，但道路残迹依稀可循。现在乌桓人以为无终是大军的必经之路，大军不能前进，只好撤退，因此他们放松戒备。如果我们默默地回军，却从卢龙塞口越过白檀（今河北宽城）险阻，进到他们没有设防的区域，路近而行动方便，攻其不备，可以不战而捉住首领蹋顿。"曹操说："很好！"便率军从无终撤退，在水边的路旁留下一块大木牌，上面写着："现在夏季暑热，道路不通，且等到秋冬，再出兵讨伐。"乌桓人的侦察骑兵看到后，当真以为是曹军已经离去。

曹操命令田畴率领他的部众做向导，上徐无山，凿山填谷，行进五百余里，经过白檀、平冈，又穿过鲜卑部落的王庭，向东直指柳城，距离二百余里时，乌桓人才知道。乌桓首领蹋顿以及辽西单于楼班、右北平单于能臣抵之等，领数万名骑兵迎击曹军。八月，曹操登上白狼山（今白鹿山，位于辽宁喀喇沁左翼蒙古族自治县东境），突然与乌桓军相遇，乌桓军力强盛，曹军车辆辎重都在后边，身披铠甲的将士很少，曹操左右的人都感到畏惧。曹操登高一望，见乌桓军队阵容不整，就纵兵攻击，又派张辽为先锋杀出，致使乌桓军队大乱，结果斩杀蹋顿和各部落王爷以下的乌桓首领，投降的胡人与汉人军民则共达二十余万之众，取得重大的政治军事胜利。

作为政治家、军事家的曹操，一生深谙政治谋略之术，在率军攻取乌桓的过程中，施用"空城计"，不仅迷惑了敌军，而且还用了虚虚实实、真真假假的手法，出奇制敌，一举获胜。就其施计的过程而言，显示出如下的用谋技巧与特点：其一是"奇"，为击乌桓取其近捷之路，避开敌人，曹军循走废弃近二百年的"奇"路残道；其二是"假"，本为另寻奇路进军，却佯插木牌，假称退军不返，以此迷惑敌人；其三是"空"，曹军乘敌麻痹、斗志松懈之"空"隙，更趁奇路而来、敌不设防、沿途无阻的敌军布防之"空子"，钻进后长途奔袭而至，待敌军发觉，为时已晚；其四是"袭"，白狼山的决战，曹军居高临下，颇占优势。加之曹操俯观乌桓敌军，人多却志散，势众却步乱，便乘虚而命强将突袭独攻，致使敌溃不成军，且遭帅死众俘的覆亡。曹操巧用此计，以较少代价而获降俘二十余万军民的巨大胜利，真可谓是奇人（曹操）用奇计（空城计），奇袭（乌桓）获奇功（斩获数十万）。

第二，在君臣之间。

中国古代长期处于君主专制中央集权的统治之下，这种统治是以君主为中心，从中央到地方的各级统治机构，也都是围绕专制君主而设置的。在这种情况下，无论是君还是臣，都处在君臣上下左右的政治关系之中，有着复杂多变的人际关系网。这个由权势、地位、利益、金钱支配的"大网"，处处是陷阱，处处有危险，步步有险阻，步步有危机。因此他们均保持高度警惕，不敢有丝毫的松懈和麻痹大意。否则，便会招致诸多的灾难与祸患，轻则丢官失君位，重则会被杀身送命。在中国古代的君臣之间的政治角逐与官场斗争中，为着维护自己的切身利益，为着保官、保爵、保禄，为着护位、护权、护威，不论是天子帝君，还是高官显宦或卑职微吏，彼此之间，施用空城之计的政治策略，均大有市场，有广阔的用武之地。且成功与失败之例，代不乏举。

1. 君主与权臣之间的相互使用

在君主专制制度下，围绕权力这个中心，君主虽有生杀予夺之权，但权臣却有辅佐拥戴新主之势。君主对臣下，尽可问罪兴师，但一旦权臣得势，新主幼弱，臣下也可以挟天子而令天下。倘若权臣为外戚或宦官，则权势更可欺君、逼帝，威震朝野。这种臣尊而君卑、臣强而帝弱的反常政治局面的形成，既是君权与臣权斗争的结果，也是新一轮政治斗争的肇始。诸多有着政治谋略与远见头脑的帝王，面对君权的失落与权臣的扩张，便常常在与权臣的政治斗争中，使用"空城计"的手段，"示弱"、"示假"、"示虚"于权臣，使之麻痹、松懈，认为新君软弱可欺；然后，暗中集聚政治力量，准备进行政治较量。待权臣及同伙"空不及防"之时，乘势进行政治袭击，对之"示强"、"示真"、"示实"，将其全歼，彻底清除根除政治隐患与敌对势力。

东汉末年，著名的权臣、外戚、大将军梁冀，曾经权倾三朝，把持朝政二十年，最终被汉桓帝利用"空城计"的政治谋略手段，借助亲信宦官的力量，一举将其诛除。

梁冀本为大将军梁商的儿子，两妹为汉顺帝、汉桓帝皇后。汉顺帝永和六年（141），梁商死，梁冀继为大将军。汉顺帝死，梁太后临朝，梁冀任大将军，参录尚书事，理朝政达二十年之久，先后拥立汉冲帝、汉质帝、汉桓帝三帝，在任时骄奢横暴，排斥陷害异己，为所欲为，屡将弹劾他的官员逼害致死，还不肯善罢甘休。

梁冀家族一门中，前后共有七个侯，三个皇后，六个贵人，两个大将军。夫人和女儿享有食邑而称君的七人，儿子娶公主为妻的三人，其他担任卿、将、尹、校等官职的五十七人。梁冀把持朝廷威权，独断专行，凶暴放肆，日甚一日。威势和权力震动内外，桓帝只好拱手，什么事都不能亲自参与。对于这种情况，桓帝早已愤愤不平，曾经单独招呼小黄门使唐衡，问道："我的左右侍卫，和皇后娘家不投合的，有谁？"唐衡回答："中常侍单超、小黄门使左悺与梁不疑有仇。中常侍徐璜、黄门令具瑗，经常私下对皇后娘家放纵骄横表示愤恨,只是不敢开口。"桓帝将单超、左悺叫进内室说:"梁将军兄弟在朝廷专权,胁迫内外,三公、九卿以下,都得按照他们的旨意行事,现在,我想要诛杀他们,你们二位的意思如何?"单超等回答说:"梁冀兄弟的确是国家的奸贼,早就应该诛杀;只是我们的力量太弱小,不知圣意如何罢了。"桓帝又说:"确实如你们所说,那么,请你们秘密谋划。"单超等回答说:"谋划并不困难,只恐怕陛下心中狐疑不决。"桓帝说:"奸臣威胁国家,应当定罪伏法,为什么狐疑不决呢!"便把徐璜、具瑗也叫来,桓帝和五个宦官共同定计,且将单超的手臂咬破出血,作为盟誓。单超等人对桓帝说:"陛下既然已下定决心,千万不要再提这件事,怕会引起猜疑。"

梁冀果然对单超等产生猜疑,遣中黄门张恽入宫住宿,以防范意外变故。具瑗令属吏逮捕张恽,罪名是"擅自从外入宫,想要图谋不轨"。桓帝登上前殿,召集各位尚书前来,揭发了这件事,派遣尚书令尹勋持节统率丞、郎以下官吏,手执兵器,守卫省阁,将所有代表皇帝和朝廷的符节收集起来,送进内宫。又派遣具瑗率领左右御厩的骑士、虎贲、羽林卫士、都侯所属的剑戟士,共计一千余人,和司隶校尉张彪一起包围了梁冀的府第。派光禄勋袁盱持节,向梁冀收缴了大将军印信,将之改封比景都乡侯。梁冀与妻子孙寿,当天双双自杀。梁不疑、梁蒙在此以前已经去世。梁氏和孙氏的家族,包括他们在朝廷和地方的亲戚,全部逮入诏狱,不论男女老幼,全都押往闹市斩首,尸体暴露街头。受牵连的公卿、列校、州刺史、二千石官员,被诛杀的有数十人。太尉胡广、司徒韩寅、司空孙郎,都因阿附梁冀,没有去保卫宫廷而停留在长寿亭,被指控为有罪,以减死罪一等论处,免去官职,贬为平民。此外,梁冀的旧时官吏和宾客,被免官的有三百余人,整个朝廷,为之一空。当时,事情突然从皇宫中发动,使者来往奔驰,三公九卿等朝廷大臣都失去常态,官府和大街小巷犹如鼎中的开水一片沸腾,数日之后,方才安定,百姓们无不称快,表示庆祝。桓帝下令没收梁冀的财产,由官府变卖,收入共计三十余亿,全都上缴国库,减收当年全国租税的一半,并将梁冀的园林分散给贫民耕种。

以大将军梁冀为首的外戚集团及其同伙,位高权重,威势显赫。由于长期把持朝政,更有着玩弄阴谋诡计的丰富政治经验。身处帝位的汉桓帝,不仅势单力薄,且其行动举止均在梁冀一伙的监视之下。这样的行计背景、条件,决定了汉桓帝要诛除梁冀权臣集团,必须采用"空城计"的政治计谋,用虚实、真假相间,奇而又奇的方式,才能以弱胜强、转败为胜。作为有着一定政治能力的汉桓帝,在运用"空城计"诛除权臣梁冀集团的过程,则又有着如下特点:

其一,"示空"掩实而瞒敌。臣下多次上书弹劾梁冀一伙罪行,桓帝均不采纳,无动于衷,且任梁冀一伙对臣下的杀戮,虽早已愤恨在心,却故作政治上于无权、空无作为之状,以瞒敌伙的耳目与政治嗅觉。

其二,"示弱"掩强而骗敌。汉桓帝虽对梁冀一伙的专权,早已愤愤不平,却为了示弱而拱手让权,诸多朝中事务的定夺裁决均不能亲自参与,以便等待时机、寻找机会与积蓄政治力量,借此以欺骗、麻痹梁冀一伙政敌。果然,他们更加骄横跋扈、为所欲为，甚至派刺客直接谋杀宫中的邓贵人之母，以逞其强暴。

其三，"示假"掩真而防敌。当邓贵人之母被梁冀所派刺客杀害未遂，逃入宫中，寻求庇护时，汉桓帝终于下定诛除梁冀一伙的决心，与唐衡、单超等五个亲信宦臣密谋，盟誓、定计等均在暗中秘密进行，表面上则一切照旧运转，假装无事的样子，以消除政敌的疑惧之心，以防止梁冀一伙政敌过早发现，暴露目标后功败事泄。

其四，"示常"掩奇而克敌。汉桓帝与亲信唐衡、单超、左悺、徐璜、具瑗，是与梁冀一伙对立、有仇的宦官，密谋商定与积极准备，便寻找一个政治借口，将梁冀派往宫中来监视住宿的官员张珲，以寻常的图谋不轨之借口，加以逮捕，且按常规、常法、常例，处置此事。汉桓帝不是将此事化小、化平，而是抓住此事化大、穷追，召集百官，采取一系列奇、急、迅、猛的举措，乘势将梁冀府第重兵包围，逼令自尽（虽表面改封侯，却夺收大将军印信，使之知晓大势已去，无可挽回之态）。接着，将其族人全部诛斩殆尽，再将其政治同伙、帮凶诛杀，并将梁冀家产没收归公（国库），取得出奇克敌的成功。

2．权臣对君主的使用

在变幻无常、尖锐复杂的政治角逐中，皇帝尽可以运用自己手中的权柄，抓住机会，寻隙觅间，充分利用权臣身上的弱点、凭借自身的权力，将权臣制驭或诛除。同样，权臣亦可以在政治斗争中，积蓄力量，寻求同伙，待到势力壮大时，则充分利用时机（自己或他人创造而成的），运用政治权术与计谋，并调集一切力量，来为达到与实现其重大政治决策、目的而服务。南朝刘宋

潜龙勿用日乾乾

的权臣萧道成，便是凭借手中的武力、实权，佯为懦弱、空无大志，阴则另有宏图的人物。他成功地运用"空城计"的政治谋略之术，便取代刘宋而成南齐的一代新君。

萧道成出身平民布衣，刘宋末年，任建邺（今南京）令、中领军将军。乘诸王相互残杀，独掌朝廷兵权。宋明帝泰豫元年（472），在临终时任命他为右卫将军、兼卫尉，与袁粲等共同掌管朝廷大事，从而统领了中央禁卫军，成了朝中四位（萧道成、袁粲、褚渊、刘秉）显贵人物之一。尽管如此，萧道成总是表现得小心谨慎、胸无大志的样子，常说自己是寻常之人，与空无所求的普通人相等。

刘宋后废帝刘昱，是个年仅十岁登基的小暴君。刘昱在当皇太子时，常常亲自动手，缘漆帐竿，爬到距地面一丈多的高处。他喜怒无常，侍从官员无法劝阻。明帝屡次让他的母亲陈太妃痛打。刘昱即帝位后，对内害怕皇太后、皇太妃，对外害怕各位大臣，不敢放纵。自从行过加冠礼后，宫内宫外对他逐渐失去控制，刘昱便不断出宫游逛。最初出宫，还有整齐的仪仗卫队。不久，便丢下随从车马，只带身边几个人，或跑到荒郊野外，或出入于街头闹市。陈太妃每次乘坐青盖牛犊车，尾随其后，监视、约束，他便换乘轻装快马，一气奔跑二三十里，让太妃追赶不止。仪仗卫队也畏惧大祸临头，不敢追赶，只好把部队驻扎在另外一个地方，远远眺望而已。

明帝曾经把陈太妃赏赐给宠信的弄臣李道儿为妻，后来又把她迎接回去，生下刘昱。因此刘昱每次改穿便服外出，就自称刘统，或自称李将军，经常穿短裤、短衫，无论军营、官府、街巷、田野，到处出入。有时夜晚投宿旅店，有时白天就睡在大路旁边，在下等人中间挤来挤去，跟他们做买卖，有时遭到怠慢侮辱也欣然接受。任何低贱的事情，像裁制衣服、制作帽子，只要看过一遍，就能够学会。刘昱从来没有吹过箎，拿起箎来一吹，声音便合曲调。等到京口事变平息，刘昱骄纵横暴尤为严重，没有一天不出宫，不是晚上出去，凌晨回来，就是凌晨出去，晚上回来。随从人员手执短刀长矛，路上的行人，不管是男是女，不管是狗、马、牛、驴，只要碰上，立即诛杀，无一幸免。百姓忧愁恐惧，店铺及行商，全都停止经营，家家户户，白天闭门，路上行人几乎绝迹。钳、锤、凿、锯不离刘昱左右，只要稍稍不合意，便顺手抓起凶器，当场杀人剖腹。一天不杀人，就闷闷不乐。宫廷侍从和朝廷官员，担忧惶恐，饮食作息，都不能安稳。阮佃夫与直阁将军申伯宗等，密谋趁刘昱到江乘打野鸡之时，宣称奉皇太后命令，传唤仪仗卫队回京，关闭城门，派人逮捕刘昱，废黜，拥护安成王刘準。想不到密谋泄露，477年五月二日，刘昱逮捕了阮佃夫等，斩首示众。

　　皇太后经常教训，刘昱很不高兴。正逢端午节，太后赏赐一把羽毛扇，刘昱嫌它不够豪华，下令御医配置毒药，打算毒死太后。左右劝阻他说："如果真的这样做，陛下便要当孝子，怎么还能出入宫门玩耍游戏？"刘昱说："你这话很有道理。"才打消主意。

　　477年六月二十二日，有人上告散骑常侍杜幼文、司徒左长史沈勃、游击将军孙超之，跟阮佃夫同谋。刘昱立即率领卫士，亲自突击三家，全部诛杀，砍断肢体，把肉一块块割下，连婴儿也不能幸免。沈勃正在家中守丧，卫队还没有到，刘昱抽刀独自一人冲在前面,沈勃知道不能避免,赤手空拳搏斗,猛击刘昱耳朵,骂道:"你的罪恶,超过桀、纣,死在眼前。"最终被刘昱砍死。

有一天,刘昱闯入领军府,当时天气炎热,萧道成正裸身躺在那里睡觉。刘昱把萧道成叫醒,让他站在室内,在他肚子上画一个箭靶,自己拉紧了弓,就要发射。萧道成收起手板说:"老臣无罪。"左右侍卫王天恩说:"萧道成肚子大,是一个奇妙的箭靶,一箭射死,以后再也找不到这样的箭靶了。不如改用圆骨箭头,多射几次。"刘昱就改用圆骨箭头,一箭射去,正中萧道成的肚脐,把弓扔到地上,得意地大笑说:"这只手如何!"刘昱对萧道成的威名十分畏惧忌恨,曾亲自磨砺短矛说:"明天就杀萧道成。"陈太妃骂道:"萧道成对国家有大功,如果杀了他,谁还为你尽力!"刘昱才住手。

萧道成忧愁恐惧,与尚书令袁粲、中书监褚渊密谋废黜刘昱,另立新君。袁粲说:"主上年纪还小,轻微的过失,容易改正。伊尹、霍光的往事,在这末世已难实行。即使成功,最后仍无安身之地。"褚渊沉默不语。领军功曹丹阳人纪僧真对萧道成说:"现在,皇上凶残疯狂,无人可以自保,天下百姓盼望,不在袁粲、褚渊,明公怎么能坐待被剿灭?存亡的关键,请深思熟虑。"萧道成同意。

萧道成的大儿子萧颐正任晋熙王刘燮的长史,兼行郢州事,萧道成打算命萧颐率郢州军顺长江东下,在京口会师。有人劝萧道成回广陵起兵,萧道成对代理青、冀二州刺史刘善明说:"很多人劝我北上据守广陵,恐怕不是长远的打算。现在秋风将起,你如果能跟垣荣祖联合，稍稍挑动胡房，我的各种计划当可实施。"同时也告诉东海太守垣荣祖。刘善明说："宋国将亡，无论愚蠢人和明智人，都看得一清二楚。北房如果有什么行动，反而会成为你的祸患。你的智慧韬略和英勇武功高过当世，只有一个办法，那就是安静地等待时机，再趁机猛烈出击，大业自然告成，不可以远离根本之地，自找灾祸。"垣荣祖也说："领军府距离宫城，不过一百步，如果你全家出奔，别人怎么会不知道？如果单枪匹马，轻装前往，广陵官员万一关闭城门，拒绝接纳，下一步将逃向哪里？你只要举脚下床，马上就会有人敲宫城的城门，向朝廷告发，你的大事就糟糕了。"纪僧真说："主上虽然凶暴丧失天道，可是刘家王朝几世建立的政权还算坚固。你百口之家，同时向北出奔，绝不可能。即使进入广陵，天子居住深宫之中，发号施令，指控你是叛徒，你有什么办法躲避！这不是万全之策。"萧道成的族弟、镇军长史萧顺之，以及萧道成的次子、骠骑从事中郎萧嶷，都认为："皇上喜爱单独出来乱窜，在这方面下手，比较容易成功。外州起兵，很少能够成功，反而徒然比别人先受祸灾。"萧道成这才取消原意。

东中郎司马、代理会稽郡事李安民，打算拥护江夏王刘跻，在东方起兵，萧道成加以制止。

越骑校尉王敬则主动暗中结交萧道成，一到夜里，王敬则就换上平民衣服，匍匐路旁，替萧道成侦察刘昱的行踪。萧道成命令王敬则秘密结交刘昱左右亲信杨玉夫、杨万军、陈奉伯等二十五人，他们都在宫城内殿中任职，窥探机会。

477年秋七月初六日夜晚，刘昱身穿便装，走到领军府门口，左右侍从说:"府里的人全都熟睡,我们为什么不跳墙进去?"刘昱说:"今天晚上,我要到别的地方玩个痛快,明晚再来。"员外郎桓康等在领军府大门后全都听到。次日,刘昱乘坐露天无棚车,跟左右侍从前往台冈,比赌跳高。然后,前往青园尼姑庵。夜晚,来到新安寺偷狗,找到昙度道人,煮狗肉吃。吃过狗肉,醉醺醺地回仁寿殿睡觉。弄臣杨玉夫一向得到刘昱的宠信,这时候,刘昱忽然对杨玉夫大为痛恨,一看见他就咬牙切齿地说:"明天就杀了你这小子,挖出肝肺!"这天深夜,命杨玉夫观察织女渡河,说:"看见织女渡河时,马上叫醒我;看不见,就杀了你。"当时,刘昱出宫进宫,没有一定的时间,宫中各阁门,夜间都不敢关闭,负责宫廷保卫的官员,惧怕跟皇帝见面,都不敢出门。禁卫军士卒更是躲得远远的,内外一片紊乱,互不相关,没有人管理。当天夜晚,王敬则出营等候消息,杨玉夫等到刘昱呼呼大睡时,与杨万年合伙取下刘昱的防身佩刀,抹了刘昱的脖子。然后假传圣旨,命外庭演奏音乐。陈奉伯把刘昱的人头藏在袍袖里面,跟往常一样,神色自若,宣称奉皇帝派遣,打开承明门出宫,把人头交给王敬则。王敬则飞马奔向领军府,敲门大喊。萧道成恐怕是刘昱的诡计,不敢开门。王敬则把人头从墙上扔进去,萧道成令人洗净血迹辨识,果然不错,这才全副武装,骑马而出。王敬则、桓康等都随从其后,直往宫城,到了承明门,宣称皇帝御驾回宫。王敬则恐怕守门官兵从门洞往外察看,用刀柄堵住门洞,同时咆哮催促。门打开,进入宫城。从前,每逢夜晚,刘昱闯出闯进,都急躁凶暴,守门卫士震怒,从不敢抬头。所以,今晚之事,没有一人怀疑。萧道成进入仁寿殿,殿中官员惊慌恐怖,听到刘昱已死的消息后,都高呼万岁。

七月初八日早晨,萧道成全副武装,站在殿前庭院一槐树下,以皇太后的命令召集尚书令袁粲、中书监褚渊、中书令刘秉入殿举行会议。萧道成对刘秉说:"这是你们刘家的事,应该如何决定?"刘秉还没有回答,萧道成顿时大怒,胡子翘起,双目发出凶光,如同闪电。刘秉说:"尚书省的事,可以交付给我。军事措施,全依靠你。"萧道成依次让给袁粲,袁粲推辞不敢当。王敬则拔出佩刀,在座位旁跳起来,厉声道:"天下大事,全都要萧公裁决,谁胆敢说半个不字,血染我刀!"说着亲手取出白纱帽,戴到萧道成头上,要求萧道成登基称帝,并威胁说:"今天谁敢乱动?大事要趁热一气呵成。"萧道成板起面孔,呵止说:"你什么也不明白!"袁粲打算开口说话,王敬则大声喝他闭嘴,他只好闭嘴。褚渊说:"非萧公不足以办理善后!"就把处理一切事务的权力交给萧道成。萧道成说:"大家都不肯接受,我怎么可以推辞。"便提议,准备法驾,前往东府城,迎接安成王刘準继任皇帝。萧道成卫士抽出佩刀,筑成刀墙,命袁粲、刘秉起身,二人面无色,离去。当天,萧道成又以皇太后的名义,发布命令,列举刘昱罪状,说:"我密令萧道成暗中运用智谋。安成王刘準,应君临万国。"追封刘昱为苍梧王。皇帝仪仗队抵达奉府门前,刘準命守门的人不要开门,等候袁粲的到来。袁粲到了之后,刘準才动身到金銮殿。七月十一日,刘準即皇帝位,即宋顺帝,改年号为昇明元年,实行大赦,把刘昱安葬在南郊祭天神坛之西。

接着,萧道成又自封为司空、录尚书事、骠骑大将军,从而以侍中、司空、太尉独揽朝政大权。昇明三年(479),萧道成又自封为相国、齐王。不久，即废掉宋顺帝刘準，自立为帝，改国号为齐。萧道成即南齐开国之君齐高帝，改年号为建元元年（479）。

萧道成虽身为武将，却有颇具谋略的政治头脑。面临复杂多变的政治形势，萧道成在诛除残暴幼主、代宋称帝的政治斗争过程中，巧用"空城计"的政治策略，在君权与臣权对垒的政治斗争"棋盘"中，实现了关键性的三步棋，从而为臣权的胜局奠定了基础。

第一步棋："佯空"、"佯弱"而暗实、暗强。面对刘昱小暴君的政治残暴行为，手握重兵、身为老臣的萧道成，却故作无动于衷、无所作为之状。表现出空无大志、弱不堪击的样子，既不救臣僚，更听任刘昱的恶作剧摆布，将大肚当作活箭靶以取乐，待刘昱扬言要杀他时，却又装作倘死则不能作乐靶，取悦于帝。实则在暗中积聚力量，等待时机。

第二步棋："佯服"、"佯静"而暗结、暗动。为了消灭政敌刘昱，萧道成排除了用公开在广陵起兵反抗的办法，在表面上仍归服朝廷，装作一副无所举动的样子，以痹敌、懈敌。暗中却在与刘昱身边的亲信、宫中主上左右的人，结成政治同盟，共同策划诛除政敌的周密计划。终于伺准机会，由杨玉夫、杨万年、王敬则等人一起，合伙将刘昱斩杀，并及时向萧道成报告，以准备下一步行动。

第三步棋："佯谦"、"佯让"而暗控、暗夺。待萧道成与同伙将政敌刘昱诛杀以后，立即以皇太后之命召集其他三位元老重臣，商议军国大事。此时，萧道成既剑拔弩张、威势逼人，又故作谦让之状，以试探他们的政治态度。倘若谁稍有沉默，便立即遭到呵斥、训诫，逼令作出拱手让权的表态才善罢甘休。同伙王敬则更为横蛮，表演也淋漓尽致，一面威胁群臣，谁敢说萧道成半个不字，便要血染兵刀；一面更取出白纱帽，戴到萧道成头上，要他立即登基称帝，却遭到假模假样的制止。在大权集于一身后，萧道成又假谦、假让，推辞说众命难为，重托难推，便名正言顺地独揽朝廷大权，为代宋称帝作了最为重要的政治准备。果然，在立新帝后不到两年时，便将其废黜而正式登上了齐帝的宝座。

第三，在臣僚之间。

在政治斗争的角斗场上，臣僚之间是利与害同时并存的。彼此之间，既有同为臣下，要侍君奉主，有其共同的政治利益需要维护的一面；同时，为了在帝王面前争宠、争权、争利、夺势，臣僚的上下级之间、同级之间也必然展开与进行生死存亡的搏斗与厮杀。运用"空城计"的政治谋略手段，消灭政敌、剪除对手的势力，清除异己，等等，则是诸多精明、高超的政治家、阴谋家、野心家臣僚们常用常施的政治手法之一。

东汉献帝建安元年（196），刘备集合起万余人的部队，吕布认为受到威胁，就亲自出兵攻打刘备。刘备在沛城被吕布打败，失去了栖身之地，只好投奔曹操。曹操知道刘备不是甘居人下的人，便把他带到许昌，目的是要控制他。刘备为了防备曹操加害自己，便实行韬晦之计，在屋后开了一大片菜园，终日种菜浇园，想让曹操以为他是个胸无大志的人。

建安四年（199）夏季的一天，曹操请刘备喝酒，酒饮至半酣,忽然天色大变,乌云翻滚,暴风雨将至。曹操由天外龙挂(闪电),论说到当今的英雄之辈。曹操在酒席上,从容地问刘备,谁算得上当世的英雄。刘备列举袁术、袁绍、刘表,都被曹操否定,却用手先指刘备说:"如今天下的英雄,只有您和我罢了,袁绍之流,是算不上数的!"刘备听了,心头顿觉一惊,以为曹操看穿了自己的心思和政治图谋,手中筷子不觉掉落在地上。恰巧天空一声雷响,刘备便趁机急忙加以掩饰说:"圣人说:'遇到迅雷和暴风,使人改变脸色。'真是这样啊!"以示自己胆小怯懦不堪,竟连雷声也会害怕。曹操一见此状,并听到了回答后,对刘备冷笑了一声,以为刘备真是个无用之人,不堪重用,从此逐渐放弃了对刘备在政治上东山再起的警惕性,任其自便。

事后,刘备眼看政治时机渐渐成熟,且对自己较为有利,决定尽快脱身。恰逢此时,曹操决定派遣刘备与朱灵去截击袁术,刘备不仅欣然领军受命,且一再表示要为曹操效劳,尽力完成此命,不负厚情款待之恩。刘备此时犹如得到大赦一般,连夜带领队伍出发了。曹操谋士程昱、郭嘉、董昭等人劝阻说:"不可派遣刘备率兵外出!"曹操有些后悔,派人去追,哪里还能够赶上?结果袁术退回寿春,朱灵班师回朝,刘备则杀死徐州刺史车胄,很快便拥有部众数万人,曹操则难以剿灭,进而成为重要势力,历经挫折,终于形成魏蜀吴三国鼎立之势。

刘备与曹操,虽同为汉王朝的臣属同僚,却是争雄天下的潜在政敌、对手。失去地盘、投身曹操的刘备,寄人篱下,受制于敌,故又有上下之间的关系。一方面,刘备不得不看曹操的脸色行事,以求自存;另一方面,却又胸怀大志宏图,随时伺机以待实现。为此，他使用政治韬晦之计、空城之谋，以脱身自立。关键的一步是要向曹操展示自己的空疏无能与无害之处，使之不防和放心，方才有化险为夷、脱身他图的可能。

刘备施用"空城计"的政治谋略，对付曹操的监视、控制，主要有如下的特点。

首先，是"示空"（无害）。刘备种菜浇园，空度时日，消磨精神，以向曹操表明早已倦于官场争斗，是一个胸无大志、无所乞求的人，以防曹操的戒心，而实际上则是在观风察势，等待时机窥测政治方向。

其次，是"示疏"（无图）。当曹操设宴与刘备对饮论当今英雄时，刘备深知曹操的政治试探用意，又故意"疏忽"而泛指三袁之辈，既表自己的粗疏无能，更表无心问鼎称雄的政治野心，实际是行政治的韬晦之计，暂时潜藏自己，以防过早暴露政治目标。

再次，是"示怯"（无用）。刘备乍一听曹操所论，指明自己与曹操才堪称当世英杰时，既吃惊又暗喜，生怕曹操识破他的政治目的和各种用计的良苦用心，以至于惊得筷子失手坠地。恰闻惊雷，才故作掩饰强辩，向曹操示以胆怯无能之状。只是给曹操留下刘备胆怯、怕事、无用的印象，且放松警惕，实际这给了刘备脱身以可乘之机。

最后，是"示服"（无争）。曹操派军队给刘备，要他去截击袁术，企图一箭双雕，借袁术之手消灭刘备，又可试验其本领和对己的忠心如何。刘备则表示坚决服从，且连夜领军上路出击，以示"耿耿忠心"。实际上这是将刘备放虎归山、给虎添翼，刘备深恐有变，故造成难追之势。果如所料，曹操听部属的劝阻后，立即追悔莫及，但领军的刘备确实是"驷马难追"了。领曹军出击的刘备，不仅攻城略地，杀官斩吏，且乘势进行招抚部众，扩大队伍地盘，反过来又击败曹军，终成称雄天下之奠基。

至于同级官僚之间，巧用空城之计的政治谋略，而战胜政敌对手的，更不乏其例。

北周静帝大象二年（580），隋公杨坚被封为左大丞相，自此权倾朝野，更加在政治上跃跃欲试。北周的相州总管尉迟迥，是杨坚潜在的政敌和对手，杨坚便派亲信韦孝宽去替换尉迟迥的官职。韦孝宽赴任途中，进至朝歌，尉迟迥派遣部下大都督贺兰贵来迎接。韦孝宽与贺兰贵交谈，从言谈话语中，觉察到尉迟迥可能会有变故，便假装有病，缓慢而行，派人以寻医买药为名到相州，暗中侦察尉迟迥的动静。韦孝宽的侄子韦艺任魏郡太守，也被尉迟迥派去迎接韦孝宽。韦艺是尉迟迥的同党，不肯讲出实情，韦孝宽则以斩首相威胁，韦艺只得招吐实情，将尉迟迥密谋反叛之事讲出。韦孝宽立即带着韦艺向西奔还，为了躲避尉迟迥的追杀，每到一个亭驿，就把驿站里供使者换乘的驿马全都驱赶走，对驿官说："蜀公尉迟迥很快就要到达，赶快准备酒宴招待。"尉迟迥派遣仪同大将军梁子康，带着数百名骑兵追赶，每到一个驿站，都是丰盛的酒宴，却没有驿马可以替换，很难再追赶，韦孝宽也因此幸免于难。

准备篡权以代的隋公杨坚，与忠于北周朝廷的尉迟迥，彼此形同水火，互为政敌与障碍，生死争斗较量，也势在必然。以韦孝宽取代尉迟迥，使这种政治角逐白热化了。对于韦孝宽来说，掌握尉迟迥反叛证据最为重要，以斩首逼迫韦艺讲出实情，带领人证回去禀报杨坚，乃是第一要务。为了防止尉迟迥追杀，韦孝宽便巧施"空城计"的谋略手段，并取得了胜利。其具体做法是：一是"示弱"（称病），以派人买药寻医为名，先往相州进行打探侦察尉迟迥的具体动静，以决定行动方略；二是"示假"（诈胁），用斩首相要挟、胁迫韦艺吐出实情，查明尉迟迥的全部政治密谋，为将来置敌于死地，奠定了基础；三是"示空"（驱马），为防止尉迟迥的追杀，将驿站的换乘驿马全部驱赶走，使驿站真正成为废、空之站，无所使其能；四是"示惠"（酒宴），以麻痹、松懈、延缓敌人。追兵既无马可换以追，又有丰盛的酒宴，也就无法快速追赶，韦孝宽则可以从容告变，为杨坚平定尉迟迥赢得了极为宝贵的时间。

四、夸张虚饰　制驭政敌之心

空城之计是第三十二计，却是败战计的第二计，既表明此计重要位置的不可替代性，更说明它是家喻户晓的由败转胜的重要政治计谋。古往今来，此计在各种政治斗争中应用十分广泛，范围更为广阔。概括起来，这种计谋在政治斗争中的应用，有着如下的基本特点。

第一，就空城之计在政治斗争中应用目的而言，具有虚张性、威慑性的特点。

所谓的虚张性，即指使用空城之计时，施计者着重将自身的弱点，故意向政敌对手显示出来，且加以夸张和虚饰。这样做，即使对方面临这种状况时，难以准确估计、评定其真情实底，也更加显得高深莫测，以为潜藏暗计与重兵，基本上是望而却步，或迟疑不前。由此可见，这种表面上的虚张性，实际是声势、声威上的未可知性，难以预测性和莫测性的外化，有着却敌、御敌、制敌、防敌的强大心理效应和目的。

所谓威慑性，是指在政治斗争中，空城之计的实施运用对敌方具有广泛的、多重的、群体的、多层面的威慑、胁迫的目的。通过对敌方的"示弱"、"示空"、"示虚"、"示假"等举措，从而在政治斗争中的战略对比上，将劣势转化为暂时的优势，将被动化为主动，然后转败为胜。在这一过程中，真真假假、虚虚实实，彼此交错使用，致使政敌真假莫辨、虚实难测，在斗争的关键时刻，从政治心理上先吃了败仗，且潜在地受施计者的暗控与制约，使之举棋不定、迟疑不决，从而将最佳的战机白白丢失殆尽，且将优势变为了劣势，主动变为了被动受制，在施计者的威慑作用下，转胜为败，被动挨打。

第二，就空城之计在政治斗争中作用而言，具有迷惑性、诱陷性的特点。

在政治斗争中，政敌双方均具有一定的实力，可以凭借与依赖，否则无以依存，也无以与对手进行较量。由于彼此处于敌对状况，因此防范心理甚重，且相互保密，无法得知实力的真实情况，尤其是各自的战略意图、行计举措更是秘而不宣。在这种状况下，空城计的施用，便更能发挥出独特的政治斗争功能与效应。具体而论，是可以"迷惑"制（驭）敌与"诱陷"克（灭）敌，从而以较少的代价取得较大的胜利成果。

所谓迷惑性，是指空城之计的施计者，采用各种公开的假象，或示假隐真，或示虚隐实，或示空隐藏，或示平隐奇，或示静隐动，或示弱隐强，或示死隐生，或示病隐壮，或示忠隐奸，或示曲隐直，或示和隐战，或示隙隐谋，致使政敌对手，无法辨认真情实况，更无法知晓用计者所要企达的政治目的、战略意图，常常迟疑不决、徘徊观望、止步不前或擅自退却。这样，不仅起到"迷"住敌方的作用，更有着蛊惑、逼惑、迫惑、引惑、压惑政敌对手，使之在心理上受挫、受阻、受制、受损，从而在"败势"中撤离退却。施计者既可收"迷惑"制（驭）敌、止拒攻势、挫其锐气之功；进而更可抓住有利战机，以逸待劳、以实击虚（敌之心虚）、以暗击明，转守为攻，对所制驭之敌，乘势追歼、奇袭，出奇制胜，收到击溃歼灭政敌的功效。

空城之计在政治斗争中的诱隐性作用，基于其特定的施计手段，即"空"、"假"、"虚"、"弱"以示敌，以露其外，而真正将"实"、"真"、"盛"、"强"隐藏起来，待敌方中计后，一举歼灭之。这种手段与政治计谋，若是行计者将它施之于那些急功趋利、好求速胜、冒失盲进、独断专行、作风跋扈的政敌、对手，则往往能收到实效与多重功利，且很快能发挥在政治上将政敌团伙加以诱惑，然后使之陷于包围之中，最终不能自拔而被消灭。

第三，就空城之计在政治斗争中的影响而言，具有易用性、普遍性的特点。

空城之计作为在政治斗争中常见与颇为有效的手段，具有很高的易用性。所谓易用性，即是指这种计谋非常适用于各种政治斗争，无论是强者，还是弱者；无论是政治家，还是阴谋家、野心家，都能够使用这种计谋来实现自己的政治目的，而且很容易收到实效。这是因为政治斗争的核心，说到底是为了实现对权力的掌握、控制与争夺；而权力本身又具有巨大的吸引力和政治感召力，拥有权力便拥有一切，这是千百年来政治斗争场合中人们不疑和奉行的一条神圣信条。为了争夺、获得更大的权力，必然要战胜、制服政敌与敌手。要战而胜之，空城之计的先示空、示假、示弱的手法，以欺骗、蒙蔽政敌，使之麻痹松懈，摸不清实底，或中计上当，然后再后发制敌，这是诸多施计者最常见、易学、易懂、易会的思路和手法"套路"。加之历史上施此奇计者，又备受人们美誉和称道，代有传人，代有成功实例，更代有佳话传扬，更使得此计成为家喻户晓的计谋，且注入诸多民间、官场、士人的群体性智慧，使之更加完善、丰满，弱势者易学此计，然后转败为胜，奇迹般战胜、制服强敌，在无形中更扩大了它在政治斗争中的影响。

空城之计在政治斗争中应用的普遍性，是因为此计有其存在的文化环境和政治条件，这就为此计的普遍使用，提供了广阔的市场。这种特定的文化环境和政治条件的最大特征是，为官入仕之人，从皇帝到下层官吏，均必须树立良好的外在政治形象和政治道德水准。总之，只注重"外表"，而不追寻、探究内里实质。这一特征引发人们由表及里，而非由里及表去判断、观察事物。为了不表露自己的政治企图、欲望，以免树大招风，多用示空、示弱、示虚、示假以迷惑对手、政敌，以采取"空外实内"、"曲线救权"、"用计胜敌"手法取胜的方式，这就为意图以最小代价、最捷途径、最巧方式来企图达到、实现政治意图的人们，提供了广阔的使用市场，大大增加了空城计在政治斗争中应用的普遍性。

第四，就空城之计的政治斗争心态与智道效应而言，则有着威慑心理（虚张诱陷）、逆反效应的特点。

空城之计作为政治斗争中的一种重要的政治谋略，制敌、克敌、胜敌的一个关键之点，在于施计者对于政敌、对手在政治心理上的攻势与扼杀效应。也就是说，在充分利用政敌心理上的巨大"误区"和"弱点"来施计、行计、用计、胜计。只有如此，才能威慑政敌，也才能利用真真假假、虚虚实实的手法，出奇制胜。那么，空城之计，利用的心理"误区"、"弱点"、"盲区"是什么呢？具体而言则是："求存"心理，此其一；"求胜"心理，此其二；"自卫"心理，此其三；"防范"心理，此其四。正是在巧妙调动、运用这些弱盲之点的基础上，又采用逆反的方式，示假而隐真，示空而隐实，招敌上钩后，再行擒拿制服，然后歼敌获胜，从而使这场政治斗争与较量，取得了敌对双方均出乎预料的结果。

反间计

——五间并用 意在乘隙取胜

本计云:"疑中之疑。比之自内,不自失也。"其大意是:敌我双方对垒对阵时,在疑阵之中再布疑阵。从而,使得在敌人阵营内部出现自我矛盾,且将这些矛盾为我所用,我则万无一失。反间计,则具体指在敌人营垒、敌阵内部,采取手段,收买间谍、内奸,以作我方内应,使敌人内部分化瓦解,我方则能迅速克敌制胜。

"反间"一词,见于《孙子·用间》中所载:"反间者,因其敌间而用之。"杜佑注曰:"敌有间来窥我,我必发知之,或厚略诱之,反为我用;或佯为不觉,示以伪情而纵之,则敌人之间,反为我用也。"反间计的由来,则出自《长短经·五间》中记载的故事:"陈平以金纵反间于楚军,间范增,楚王疑之,此用反间者也。"意思是说,在秦末楚汉相争中,刘邦的谋士陈平用金钱施反间计于楚,离间楚霸王项羽同军师范增的关系。楚王果然中计,怀疑范增与汉军暗中有勾结,便不那么相信他了。结果,范增被迫只好离走回家,但却病死于路途之中。后来,这个故事便演绎为反间计。其本意是做间谍的,要促使敌人互相怀疑嫉恨,而做

岳飞明示敌间,将错就错擒贼

反间谍的,则是要利用敌方间谍来离间敌方。总之,要在敌人内部做工作,使之内乱与互相猜忌、怀疑倾轧,然后在削弱其有生力量之际,乘隙进攻,击溃敌人与敌手。

一、两军对垒 疑阵中有疑阵

《周易·比卦第八》云:比:吉。原筮,元永贞,无咎。不宁方来,后夫凶。《象》曰:地上有水,比。先王以建万国,亲诸侯。

【一爻】初六,有孚比之,无咎。有孚盈缶,终来有它,吉。《象》曰:比之初六,有它吉也。

【二爻】六二,比之自内,贞吉。《象》曰:"比之自内",不自失也。

【三爻】六三,比之匪人。《象》曰:"比之匪人",不亦伤乎?

【四爻】六四,外比之,贞吉。《象》曰:外比于贤,以从上也。

【五爻】九五,显比,王用三驱,失前禽。邑人不诫,吉。《象》曰:"显比"之吉,位正中也。舍逆取顺,"失前禽也"。"邑人不诫",上使中也。

【六爻】上六,比之无首,凶。《象》曰:"比之无首",无所终也。

据秘本兵法《三十六计》原文记载,反间之计是由"比卦"

的逻辑原理推演而来的。水地比卦六二爻的象辞云："比之自内，不自失也"。意思是说：从内部亲密比辅君主，不曾自失正道，所以吉祥。

比，是相亲、依附之意。此卦下卦坤是地，上卦坎是水，地上有水，地得水而柔，水得地而流，正是相亲相辅的象征。从卦形上来看，此卦的主体是九五爻。九五为当位之阳爻，又属君位，至中至正，上下又有五个阴爻追随着，象征在一个团体中，群众依附领袖的形象。

五阴追随一阳，是就卦的整体形状而言的。若在战争中占得此卦，须分内外卦以区别敌我，这时就不再是单纯的群阴比阳之象了。分出内外卦后，因为上卦有强大的九五爻，而且每一爻都当位；下卦坤则为至柔至弱之体，而且有两个爻不当位，可见双方实力悬殊，自己只有充当追随者的资格。追随即"比"，但此时已不再是群阴逐阳那种自然的追随，而是作为附庸、臣下、奴婢的屈辱之比。附庸国的安危，全视宗主国的需要而定，所以随时都有开战的可能；还有，若是不愿意俯首称臣，那么即刻就会兵刃相见；总之，战争是不可避免的。一旦拉开战幕，以双方的实力而言，除了用计谋出奇制胜外，自己只有束手待毙。内卦坤是阴谋诡计的总象征，暗示着用计是此时唯一的出路。

计从何出，可看卦形所显示的反常处。上下卦既为敌对之体，那么，下卦之初六、六三，分别与上卦之六四、上六相斥，便属正常现象。只有六二爻与九五爻的相应，显得极其不合情理。九五爻是敌方的君王，六二为当位居中之阴爻，代表己方的主帅；既然两国首脑阴阳和谐，彼此有情，还打什么仗？即便宣了战，也会很快缔结和约。由于爻象的引申义是极繁杂的，所以如果此时既不能媾和，又不会弭战，就应当迅速排除六二爻作为己方主帅的象征义，另外寻找其他符合实况的含义。六二爻位居下卦正中，象征自己的内部；自己内部有人为敌方君主暗为援应，则此人必是间谍无疑。六二爻象辞为"不自失"，表明此人不失节操，忠贞不贰。六二爻辞为"贞吉"，即吉祥，没有危险，表明此人或是隐藏得很深，或是己方不便除去他。可见，这是一个既不能消灭，也无法收买的间谍。由于此卦中只有六二、九五这一对爻阴阳相应，所以他们彼此间的亲密就显得尤为深切。九五对六二，必定是信任有加，言听计从。此时，应当制造假情报，并让六二在极其自然的状态下获悉这一情报。六二必定遣人将此假情报禀告九五，而九五也必定深信不疑。这样，反间计就成功了。

参考变卦坎，"坎"是陷阱、重重险难之意。由于坎卦是因六二爻的变动造成的，而六二爻是间谍，所以坎卦的解释，就是敌人落入了圈套，遇到了重重险难。六二爻本来是当位的，变为阳爻后便不当位，在卦形上又表现为一阳凸显在二阴之中的形象，暗示其间谍身份的败露。六二变为九二后，与九五两阳相斥，暗示其因间谍误传情报而造成的损失，相当于敌人内部的自相火并；因为坎之九二属内卦，所以又表明我方因敌人的失误而有了可以与其相抗衡的刚强力量。

反间之计用于军事，主要是一种在败中取胜的计策与谋略。两军对垒时，为达到"先机制敌"，或"不战而屈人之兵"的目的，便多使用反间计这种"软"的一手，以配合军事行动的硬攻，常获得意想不到的奇效。军事上对反间计的使用，十分广泛。《兵法圆机·间》载："间者，怯敌心腹，杀敌爱将，而乱敌计谋者也。"其法则有：有生有死，有书有文，有画有谣（歌谣、谣言、谣传）、用歌用赂（贿赂）、用物用爵（许以官爵）、用敌用乡（同乡关系）、用友用女、用恩用威等。或将间谍派入敌营之中，或将敌派间谍捕获后，重金收买，使之"反报"再为自己服务，将计就计等。其最终目的是为克敌制胜和实现既定的战略目标服务。

在政治斗争中，反间之计，更经常成为政治家、野心家、阴谋家们所惯用和常用的伎俩。在与政敌、对手集团的尖锐激烈较量斗争中，为着制造假象，以麻痹敌人或转移其注意力重点，便常使用反间计的惑敌骗术。在政治斗争中进行反间，无论是收买双重间谍，还是将计就计，借间用间，都不过是巧施政治迷骗、转移术而已。对此，《孙子兵法·用间篇》中，把间谍分为五种，即因间、内间、反间、死间、生间。其中，因间，又称乡间，"因其乡人而用之"。就是利用敌方的同乡、同事和朋友等私人关系充当间谍，搜集情报，以达到战胜对方的目的。使用政治骗术，不仅在于给政敌、对手制造、展示完全的假象，而是要善于改变实际的景象或者转移其重点。为此，这种骗术的巧妙，在于要使敌方深信不疑，需要付出和透露某些真实情况。该计的机智则在于注意施计时所用材料、对象的效果上，故对敌情须了若指掌才行，方能对症下药，使之成为埋入敌营中的政治定时炸弹，并能及时、准确、正点引爆。正由于此计实施后，在敌营及后方起爆开花，可收克敌制胜的奇功异效，就使反间计在政治斗争中，为各政治人物反复、频繁或与其他计谋交替使用，并且成功、失败之事例，不绝于书，更使得该计具有诱取性、伪诈性、离间性、内溃性的色彩。

二、示假为用　巧用反间制胜

反间计在政治斗争中，常为惯用手法，虽事例各有不同，手法亦多种多样，但归结起来，可分为以下互为关联的三种手法。

第一，厚赂其间，化害为利，待胜之计在其中。

这种方法的重点是化害为利，为我所用。收买双重间谍，将原本为敌服务之"敌间"，变为为己服务之"我间"；将敌派来的"害间"，赂买后化为暗中为己谋利的"利间"，从而，为克敌制胜创造条件。反间的具体手段，则又有利化、逼化等，均为暗用敌间为己服务之法。

1. 利化

所谓利化即是在政治斗争中，当政敌集团派来的间谍，被施计的一方发现或捕获后，不是进行公开审讯，将其身份暴露于外和公开，而是将其予以保密，弄清其来意与政治目的后，暗中以重利重金加以收买，使他变为己方控制之下给政敌、对手提供情报的双重间谍，达到化害为益的目的。

事例：穆公利化谍使，由余弃主投秦

春秋时期，晋国谋士由余，聪明敏锐，学识广博，才华过人，在晋国时却长期怀才不遇，遭到奸人忌妒，只得离开晋国，后来辗转投奔到了秦国西边的西戎国，被委以重任，成为国中的权臣。

西戎国主赤班见近邻秦国日益强盛，便派遣由余为使臣，实际上是作为间谍，到秦国去考察出访，打探政治军事实情。秦穆公任好（前659—前621年在位），为显示秦国的富强并以此相利诱，便亲自陪同由余参观御花园和富丽堂皇的宫殿。面对这种高规格的接待，以及秦国展示的豪华，由余仅仅是笑而不语。秦穆公有些不解，便询问其观感如何。由余反问道："请问大王，花园是人工建造，还是鬼神代劳所修呢？"显然有一些讽刺之意。秦穆公有些恼怒地说："戎夷人不懂得礼乐，又怎么能治理好国家呢？"由余则冷冷地回答说："什么礼乐，它恰是中国长期战乱的原因。古时圣人制礼作乐，原本是约束民人，使其行为有所遵循。但现在有权势的人，却将礼乐作为掩饰自己劣迹的幌子。我们戎国，人们不受礼乐的拘束，上下真诚相待，君王无为而治，不重刑、不扰民，已经达到圣人所言的境界。这样看来，礼乐有何用。"秦穆公听了之后，竟无言以对，便向大臣百里奚复述了这一切。

百里奚则说："由余原本是晋国的大贤人，对此我早有所闻。"穆公说："邻国若有大贤人将威胁秦国，像由余这样的贤人为西戎谋事划策，实在太可惜呀！"

百里奚则乘机禀告："内史廖足智多谋，大王您可以请他商讨对策。"内史廖见了穆公后，果然出奇谋说："西戎王赤班，身居边陲之地，孤陋寡闻，从未听过中国之乐声，若给他送去一队女乐，必使其沉迷于声色之中，而荒废政事。另外，可将由余盛情厚待，挽留一年，使其逾期不归。这样，戎王必然要对他心怀疑虑，而加以疏远。到那时，由余将会留仕秦国。"秦穆公采纳了他的建议，便精选了六名擅长音乐歌舞的宫中美女，送给西戎国王。戎王赤班一见，万分高兴，从此便每日白天狂歌欢舞，夜里则由美女伴寝，神魂颠倒，渐渐将政事疏怠了。由余被秦国盛情款待一年之后，才回到西戎国。西戎国主怨他迟迟不归，且心有疑忌，再加上由余劝赤班不要过于迷恋女色音乐，更激起他的反感，进而疏远了由余。在万般无奈的情况下，由余已经预感到西戎国难逃灭亡的命运，便有了投奔秦国之意。

不久，秦穆公派出间谍到西戎国与由余秘密见面，由余便投奔到了秦国。由余到了秦国之后，受到了秦穆公的召见，并封他为亚卿。由余在西戎是权臣，又参政了多年，对该国的山川地形、军政内幕、人文实情，了若指掌。为了报答秦穆公的厚遇之恩，便献出了攻破夺取西戎国的奇谋妙计，并请秦穆公派兵征讨。秦军到达西戎国境后，因为对山川地形以及敌情的了解，避实击虚，连灭西戎十二国，西土尽归秦所有，使秦可以称雄于西方，问鼎于中原。

由余既是西戎国主派遣使秦的政治间谍，同时又是一位颇有才能、深知敌之内情的大贤人。这样的人物，若为敌则将成害，遗患无穷，若能利诱为己则将化害为利。秦穆公对此深有认识，为了"利化"由余，采用如下手段：其一，以礼相款、盛情以遇，来显示国之盛强与礼乐之道，以"礼"利化之；其二，施计换得由余留秦一年，迟迟归国，使之与国主离间有隙，为了避祸，只能够投秦，此乃以计利化之；其三，奔秦后，穆公召见，封以高官显职，使之有报效知遇之恩之意，此为以富贵利化之；其四，由余献灭西戎奇计谋略，秦王用之，收取大胜之效，此为化害而收实利。

2．逼化

所谓逼化，即是指在政治斗争中的紧急关头，将敌方派来的间谍、密探，侦明察实后，则用威势，或强逼、或杀逼、或凌逼，使之道出敌营之内情实况，然后为己所用，再将其杀灭之。这是以威势逼敌，随之化害为利的妙策。

事例：东吴逼化曹探，周瑜查核敌情

东汉献帝建安十三年（208），赤壁大战前夕，这既是曹、吴的军事较量准备阶段，又是双方政治间谍大战的序幕。刘备军师诸葛亮借来东风，东吴大将周瑜见出兵击曹的好时机到了，连忙调兵遣将。

在双方政治间谍战中，蔡中、蔡和是曹操派到吴军中来的两个间谍，时时都在刺探军情，不断暗中往曹营送情报，见周瑜部署军马，估计要出兵打仗了。为了核实情报准确与否，他们试探着向周瑜打听："周都督，东吴兵强马壮，粮草也很充足，众军都急着打仗立功呢！我们兄弟俩也恨不得马上杀进曹营。"周瑜早已知道这两个家伙的身份，便故意不动声色地说："立功的时机到了，本都督正想要重用你们俩。"周瑜见左右闲杂来往人员太多太乱，便向他俩使了个眼色说："咱们出去一下吧，我有事要与你们商量。"一行人走出军帐，进入树林，又沿小路登上山顶。蔡中、蔡和见此处僻静无人，断定要谈军机大事，暗自高兴。但见周瑜突然拔出剑来，他俩心里一惊，以为身份暴露，周瑜要杀他们。周瑜将此一切都看在眼里，然后不慌不忙地对着一块山石磨起宝剑来了，一边磨一边说："养兵千日，用兵一时，今天晚上就要大破曹兵，我要重用你们俩人。"此二人才将上提的心放了下来，又进一步套周瑜的话说："我们俩人熟悉曹营的情况，都督想知道那里的什么情况，我们都能够说个清清楚楚、明明白白，不知道你是不是用得着我们俩？"周瑜没有回答，只顾埋头磨剑，直磨得雪亮闪光，才住了手。周瑜这时才来问他们："听说曹营的战船都连了起来，是吗？"他俩也不隐瞒，便说："是的，简直成了水上营寨，实在难攻得很呢！"周瑜一听，禁不住哈哈大笑起来说："我要放一把火呢？好大的东南风呀！这是天助我也。"蔡中、蔡和吓得几乎要叫出声来，同时又急欲将此情报送回曹营，便假惺惺地说："火攻必胜，我们二人愿做先锋。"说完正要告辞退走，周瑜却仰天大笑三声说："慢着！还有更重要的事情要重用你们俩人。"此二人立即跪拜说："谢都督抬举，不知有何差遣？"周瑜走近二人身旁说："我要借二位的头，试我的剑！借二位的血，祭我的旗！"迅即将二人斩杀，这两个政治间谍在最后被核实了重要情报后，也终于人头落地。接着，赤壁大战便紧张地开始了。

周瑜对曹操派来的蔡中、蔡和这两个政治间谍，在发现其身份后，既未秘密审讯，也未捕获，而是暗中控制其行迹。在大战前夕，为了进一步核实情报及用计的可行性，便施威逼化之计，将此敌间，用完之后逼杀，以化害为利。其施计的步骤是：第一步，诱间出帐，周瑜借二蔡刺探军情之机，骗以重用之事，诱以出帐上山；第二步，试其心计，周瑜借当晚要大破曹兵之举，试出二人对曹营情况的熟悉之事；第三步，核其敌军情报，周瑜乘势问及曹军战船连寨情况，二蔡只得吐露实情，且自认为难攻难破，周瑜最后核实了情报；第四步，测其计之可行度，周瑜借二间谍的反应，直接透露欲乘风用火攻曹军战船，二蔡立即反应既惊且忧，又急欲逃走送信。这一切使周瑜从反面证实了此计确乎出自曹军所料，大为可行，便按计行事，随即将两个政治间谍斩杀,以防情报的泄露。二蔡虽然为害,但最终却在关键时刻,被周瑜巧施逼化之策,化害为利了。

第二,佯忽隐间,示假为用,创胜之计在其中。

这种手法的重点是示(假)为用,为我所用,即佯忽而故隐其间,以为达到克敌制胜的目的。实施反间计的一方,如果发现了敌方派来的政治间谍,并摸清了他们的来意后,不要露出声色,以"佯忽"之状,故意容忍和隐忍其"敌间",装得像根本不知道一样,采取将计就计、将错就错的办法,透露出一些假情报,使敌人以假当真。借以利用敌人的错误之隙,来达到与实现自己预定的政治目的。采用的反间计的具体手段,则又有巧示、明示等,亦为暗用敌间为己服务之法。

1. 巧示

所谓巧示,是在政治斗争中,当敌对的两个政治集团相互对立时,一方派至另一方的政治间谍,被发现或明知其身份、任务后,施计者的一方,便采取十分巧妙的办法,借用有利时机,故作疏忽之状,而将事先已经准备好,要送、赠敌间的假情报礼物,遗送给他们。政敌获取这些"至宝"后,就会采取相应对策,这恰好中了施计者事先预定下的政治圈套,从而为一举破敌、擒敌,克敌制胜,打下埋伏。这是巧借敌间之手,诱导纵使政敌、对手犯错误,以留下政治的巨大间隙,然后乘隙攻敌的神机妙算。

事例:周瑜巧示蒋干信,曹操错斩败赤壁

汉献帝建安十三年(208),曹操占领荆州以后,决定攻灭东吴。曹军多北方人,不习惯于水战,荆州降将蔡瑁、张允水军统领，熟悉水战诀窍和战术。曹操用此二人，打造战船，操练水军，准备大举攻东吴。

东吴都督周瑜，深知曹操水军对吴军的威胁，蔡瑁、张允又是水战专家，若是让他们把曹军都训练成水战能手，吴军的优势全无。周瑜年轻有为，足智多谋，颇有政治眼光和头脑，曹操对他颇有忌惮，想劝降周瑜，对左右也流露出自己的想法。曹操幕僚中有个名叫蒋干的人，以前与周瑜很有交情，便自请去吴军说降周瑜。曹操深知周瑜不好对付，但有总强似于无，还是同意蒋干前往去试一试，即便是不能够说服周瑜，至少也能够打探出一些情报。

蒋干奉曹操之命，来到吴军，见到都督周瑜。周瑜何等聪明，焉能不知蒋干政治间谍身份，将计就计，开门见山地说："子翼（蒋干的名号）不辞辛苦，远道而来，是为曹操当说客的吧？"蒋干心里一惊，好半天才定下神来，慌忙回答说："我们是老朋友，今日难得有幸相逢，怎么能这么说呢？倘这样，我就告辞了。"周瑜笑着说："既然不是为曹操当说客而来的，又何必马上就起身告辞呢？"便命人召集吴军的将士部众，举行盛大宴会，款待这位老朋友。宴席间，蒋干几次想劝说周瑜投降曹操，但见周瑜态度严正不苟，且不卑不亢，迫于威势，便很难启齿开口。过了一会儿，周瑜却主动热情地拉着蒋干的手说："大丈夫生于世上，倘若遇到知己之主时，更需要竭尽忠心，外托君臣之义，内结骨肉之恩，言必听，计必从，祸福与共，纵使有像苏秦、张仪、陆贾、郦生那样的人再生出来，口若悬河，舌如利剑，无论多么动听的话语，也不能动摇我的心啊！"说完之后，又立即拔出剑来，在宴席上边舞边唱，之后又与蒋干痛饮起来，直到众人都酩酊大醉之后，酒席才散。

周瑜拉着蒋干不放，与之同榻而卧，不久便鼾声大作。蒋干翻来覆去睡不着，见周瑜酣睡，推叫不醒，便起身在帐中查看。蒋干借着灯光，发现案几上放着一封信，便拿起来看，却是蔡瑁、张允与周瑜联系投降之事。蒋干不由得大吃一惊，四下张望，发现无人，就把这封信揣到怀里，连夜跑出吴军营帐，回到荆州，把信亲手交给了曹操。曹操一向多疑诡诈，容不得部下反叛，竟然信以为真，不辨真伪，将蔡瑁、张允二将斩杀。待手下人禀报二将已杀的时候，曹操才醒悟过来，连说："我中周郎之计了。"周瑜反间计获得成功，致使曹操杀了谙习水军的蔡瑁、张允两员大将，水军则难以训练，再被庞统诱以大船连环，则难逃赤壁火烧之灾。

这是古代政治斗争中使用反间计而赢得政治军事大胜利的著名事例。周瑜在行此计时，目标十分明确，就是要清除曹操手下两员懂水战的干将蔡瑁、张允，免去东吴心头之患及策略行事的巨大障碍。关键时刻，曹操派来了政治间谍蒋干，周瑜将计就计，实行反间，终致获胜。在行计之时，周瑜的政治策略手段，体现在"巧"上：其一，巧借其人以示，周瑜利用曹操派来说降的政治间谍蒋干，以旧谊而示之亲密无间，使之防不胜防（实际上是识敌而佯装不知），为行计扫除了心理上的障碍；其二，巧借其机以示，周瑜召集部将举行盛大酒宴，款待蒋干，一示其盛情，二示其不知其来意，三示其醉生梦死之态，以痹敌、懈敌，为行计创造良好的环境和时机；其三，巧借其信以示，周瑜醉与蒋干同榻而卧，又故意将伪造的蔡、张投降信遗弃几案之上，造成蒋干有可乘之机、可钻之隙，这就为行计提供了反间的重要依据和凭证；其四，巧借曹操之手以除敌，蒋干将伪信到手后，如获至宝，连夜赶回曹营报告，曹操气恼之下信以为真，枉杀了张、蔡二将，自我清除左膀右臂，待醒悟为时已晚，终铸赤壁大败之大错。可见，周瑜对敌我的政治实力，曹操的政治心态与性格弱点，政治间谍蒋干的来意与可用之处，反间所要达到的目的方式、时机、条件等，均有着正确的评估和精准的分析、识辨、判断力，方能生此奇效妙应。

2．明示

所谓明示，即是在激烈、尖锐的政治斗争中，敌对双方均存有强烈防备、戒惧心理的状况下，为了利用敌方派来的政治间谍，以推行迷惑、麻痹政敌，且进而诱导对手中计犯错误的反间之术，便可采用公开的、明确的方式，给敌谍传送其所需的真（实则是假，佯假隐真）情报。使之到手后，为己方充当迷惑、诱敌的义务"通信员"、"传报人"，待敌方深信不疑后，再乘其不防、不备和政治空隙，进行攻击，一举实现其政治意图。

事例：岳飞明示敌间，将错就错擒贼

抗金名将岳飞，是优秀的军事指挥家，也是杰出的政治家和善用政治计谋者。岳飞曾巧施反间之计和明示之策，使金国国主废黜伪政权头目刘豫（先前被金人封为大齐皇帝）；也曾经实施政治反间之计，擒灭叛乱土匪贼王。

刘豫在北宋末年时，曾历任河北提刑等官职，金兵南侵时弃职潜逃，后来投降金国。金国为了以汉制汉，在建炎四年（1130），利用刘豫来控制中原和陕西地区。绍兴六年（1136），岳飞奉命率军向刘豫发动进攻，连连获胜，刘豫不仅失去许多地盘，军粮被焚烧殆尽，致使金太宗大失所望，而金国大将军兀术，本来就看不起刘豫，未免生出厌恶之心。岳飞探知这一重要的敌情和政治动向后，便想借金大将兀术之手，除掉刘豫这个汉奸。恰在这时，宋军捕获一名金军主帅兀术派来的政治间谍，岳飞便决定利用这名间谍，进行反间，进行政治离间活动。布置停当以后，岳飞下令将抓获的政治间谍押来，假装认错人的样子，故意面带怒气地指责间谍说："你不是宋军营中的张斌吗？我派你到齐国（即刘豫伪政权）密约诱骗兀术前来，你为何就一去不回呢？我只好另外派人前去询问，才知道刘豫已经答应了，今年冬天一定将兀术骗到清河来。派你去送信，你把信送到哪里去了？你真是胆大包天，竟敢违背我的命令！"这个金军的政治间谍为了活命起见，只好将错就错，承认了违命之罪，并答应今后一定遵命行事。岳飞命人制造了一封蜡丸书，然后正声厉色地对金国间谍说："这次我就饶了你，再派你去见刘豫，询问举事的详细时间地点。你若要再误事，那就一定要斩首问罪。"说完后，便用刀划开金军间谍的腿肚子，把蜡丸书藏到腿中，并警告他，这事要绝对保密，不准向任何人泄露。金国政治间谍得到蜡书以后，如获至宝，急忙回去禀告。金国大将兀术得书，当即奏报金熙宗。恰巧在此时，刘豫派遣的使者也到达金国，请求金国出兵援助。金熙宗和大将兀术秘密商定后，便诡称出兵协助刘豫伐宋，待金国大军开到开封以后，便猝不及防地将刘豫捕获，废除伪齐政权，南宋也少了一个政治大敌。

潜龙勿用曰乾乾

绍兴二年（1132），湖东一带土匪啸聚，叛匪曹成号称部众有十万人，打家劫舍，占山为王。岳飞奉命率军前往征讨，土匪畏惧岳飞威名，惊呼："岳家军来了。"逃跑的逃跑，投降的投降。曹成自恃人众，拒不接受招抚。岳飞上奏朝廷，力主军事围剿，得到朝廷认可。岳飞在贺川境内捕获到叛匪头目曹成派来的一名政治间谍，就想到以此间谍来"明示"，实施政治反间之计。岳飞将此敌间捆绑，置于营帐之内，却不马上发落，而是先处置其他军务。岳飞先是询问主粮官吏军粮情况，告知"军粮已尽"。岳飞故意说："那就先到茶陵去，再做进一步打算！"回头发现曹成的政治间谍在，则表现出一种失言难悔，装出担心后怕的样子，顿足气急地离去。

岳飞暗中命令看守间谍的士兵，故作疏忽之状，使此间谍能乘隙逃跑。敌间将岳飞军中无粮及要到茶陵筹措军粮之事禀告给曹成，使之放松警惕。岳飞则密令全军饱餐，乘夜奔袭曹军。岳飞以八千之众，一举击溃曹成叛匪近十万之众，逼得曹成走投无路，只得接受朝廷招安，多年的匪患被清除，岳家军也由此壮大起来。

岳飞使用政治反间之计，在对付内外不同的政敌过程中，均采用"明示"之法，巧借敌间之手，递送假情报，使政敌对手上当中计，最后获胜。其明示的具体特点是：其一，"明示"其人，所示的人恰是敌方派来的政治间谍，由于他在敌我之间均有联系，且深受政敌的信任和赏识，故利用他来实行"反间"，将假情报义务传递给敌人，既可靠，又可行，且能将计就计，顺利达到其政治目的，此为计成的"人"的保障；其二，"明示"其物，如岳飞故意将金人的间谍误为己军派遣的张斌，又授其蜡丸"信物"，一示深信不疑，二示此情报的特殊价值，三示此举的成败事关重大，四示此事乃是生命攸关。这样，便加大了用反间之计的分量，强化了假情报的真实催化效应，使敌人到手才真如获至宝，为行计创造可靠条件和保障，此为计成的"物"的保障；其三，"明示"其密，除示物之外，还需用一系列故意向敌间泄密的办法，来骗取政治间谍。例如，岳飞将宋军与刘豫预约共同起事反金叛降的重大机密，故意泄露给敌间；将官军缺粮，回茶陵撤军筹粮之重大"军事机密"，泄露给曹成间谍等，目的是使敌间在主子面前一可邀功，二可不疑而中计，此为计成的"机（遇）"的保障；其四，"明示"其错，故意向政治间谍泄露自己的"误失"、"失措"，如岳飞故意认错人，故意不分场合地泄露军情，且又故意呈现"失言后悔"之状，等等，甚至错将敌间派回、放归等，目的均是示隙，让敌人信以为真，然后迷惑政敌对手、麻痹他们，诱导政敌犯错误，按计行动，进入政治陷阱之后，再一举克敌制胜，此为计成的"诱（化）"的保障。

第三，虚实兼用，间诱制驭，制胜之计在其中。

这种手法的重点是以"间（诱）"制驭政敌，采用虚实兼用的办法，引诱政敌，使之按计行事。这种虚实的办法，实际上是采用"五间"之法的反间之外的"四间"办法。这种办法较之反间的不同，在于为了"诱引"政敌，打乱政敌的部署，加剧敌人内部矛盾，创造可利可攻的政治间隙，派遣为己服务、打入政敌、对手内部的政治间谍，内外配合、里应外合，两面夹击，进而为顺利实现其政治意图作准备铺垫。

采用"行间"计的具体手段，则是有死间、生间、因间（乡间）、内间等，这些都是使用"行间"、"派间"，打入敌人内部，使之为己方服务之法。

1. 生间

所谓生间，是指在政治斗争中，来去方便，既能从政敌对手那里获得情报，又能亲自把情报送回来的人。这种政治间谍，一般具有较高的素质，并有方便的公开身份作掩护，因而对政敌的危害更大更烈，并且不易暴露自己的真实身份与目的，极易将政敌置于死地。

事例：权奸伴装冤屈，巧用生间计谋除敌

1449年，瓦剌贵族也先率军攻打明军。宦官王振挟持明英宗率军五十万亲征，行抵山西大同，闻前方战败，惊慌撤退，至土木堡（今河北省怀来西）被瓦剌军追及。明军将士饥渴疲劳，仓促应战，死伤十万余人，随行大臣十余人被杀，明英宗被俘，王振罪有应得，被乱军所杀，史称"土木堡之变"。明英宗被俘，朝野震惊，其弟郕王主持朝政，不久即位为帝，是为明代宗。是年十月也先挟明英宗逼近北京，明将于谦率军严阵以待，也先无计可施，谋求与明议和，遂于1450年将明英宗送回北京。

1457年，明代宗患病，欲立皇储，以解除朝野忧虑，尚未议决。明代宗病情日重，不能临朝主事，便召武靖侯石亨至榻前，让他安排皇储大事。

石亨见明代宗病重，不久于人世，思前顾后，心生一计，退朝后便去找都督张𱐩和太监曹吉祥说道："你们愿立大功吗？"张、曹二人一听此话，丈二和尚摸不着头脑，不禁诧异惊问："什么事情？"石亨故为神秘之状，悄悄向他们说："皇帝病重，要立储，何不使上皇复位。"曹吉祥一听，拍手称快，连声道："石公妙计！石公妙计！"石亨接着说道："这是我一个人的想法，事关重大，还得找谋士商量再定是否最终可行。"张轨道："大常卿许彬怎样？"石亨点头称是。随即三人一起赶到许彬住宅密商谋划。许彬矍然道："这可是千古流芳、名垂青史的举世之功，可惜我年迈体衰，无能为力，有一人最理想，为何不去和他商议？"石亨忙问是谁？许彬讲："就是徐有贞。"石亨等当即前往徐有贞家，谈及上皇复辟事，徐有贞非常赞成，并建议说："此事应事先给南宫打招呼通报方妥。"石亨回答说："三月前已密告。"徐有贞说："等得到审报才可以付诸实施。"不久，得到允准，徐有贞乘着夜色朦胧到石亨家密谋，并告已得到南宫复报，请早定计。石亨道："就在今夕行动，千万不可错失良机。"经过密商，石亨、张轨仓皇离去进行筹备。徐有贞焚香祝天，与家人诀别道："我要干一件惊天动地的大事，若事成，全家共享荣华富贵；事败露，全家祸必杀身，尽遭诛戮，以后除非我做鬼再回来。"家人一听，不寒而栗，洒泪挽留，徐有贞挥手竟去，与石亨、张轨和曹吉祥等率领子弟兵约千人，一齐拥入禁门。当时天色晦暝，石亨惶恐不安，悄悄问徐有贞："这次行动能成功吗？"徐有贞厉声叱道："事已至此，只能进，不能退！"率众逼近南宫，宫门紧闭，他们破门毁垣而入，上皇尚未就寝，正在秉烛观书，见他们冲入，惊问："你们要干什么？"他们跪伏在地，齐声道："请陛下登极。"上皇说道："这事须慎重！"徐有贞说："人心一致，请陛下速登舆。"说罢即呼兵士举舆入内,徐有贞手扶上皇出座乘舆,助挽以行。上皇询问徐有贞等的姓名和职务,他们各自作了介绍。不一会儿到达东华门,守门人厉声呵止,上皇也厉声道:"我是太上皇,有事入宫,谁敢阻拦!"守门人一听,吓了一跳,走近一看,果然不错,遂连声说:"请进!请进!"他们直入奉天殿,请上皇下舆登座。遂鸣钟击鼓,大开诸门。文武百官闻声匆匆忙忙来朝房,恭候代宗视朝,忽闻奉天殿有呵斥声,不知发生何事。彼此面面相觑,各有惊色,茫然不知所措,却见徐有贞从殿内走出,大声呼道:"太上皇复位了,众官为何不进谒?"文武百官一听,几乎惊呆,个个面色苍白。事已至此,大势所趋,谁敢反抗,只得各整衣冠,依次登殿,跪伏在地,山呼万岁。

这时代宗正卧病在床,忽闻钟鼓声,强打精神,着衣下床,踉踉跄跄来到殿上,不禁惊异起来,忙问太监发生何事,太监禀告:"南宫复辟了。"代宗连声说:"好!好!好!"就气喘吁吁返回,面壁而卧。翌日,上皇临朝诏改景泰八年为天顺元年,复称皇帝。英宗论功行赏,徐有贞、曹吉祥、石亨、张𫐄等人皆立有头功,受到格外的封赐加官晋爵。位居显官要职,权极恩隆,真是不可一世。

随后,石亨、曹吉祥自恃功高,恣权行事,并侵占民田,胡作非为,随心所欲,闹得内外汹汹。徐有贞观察英宗,对石、曹有厌恶情绪,对他们的做法不满,"自异于曹、石",遂在英宗面前旁敲侧击,力图施加影响,英宗为之心动。御史杨瑄列状上奏,英宗询问,徐有贞禀告:"件件如实,并无虚枉。"英宗下诏嘉奖杨瑄,称他为贤御史。曹、石闻讯大惊,急忙相聚密商,设法用计对付徐有贞。当时徐有贞得到英宗的宠信，时常与帝屏人密语。曹、石便想离间英宗和徐有贞的关系。曹吉祥买通一个小太监，经常秘密潜入英宗密语的室内，窃听谈话内容，然后故意泄露出去。英宗得知惊问："你怎么知道这些谈话内容的？"曹吉祥讲："是徐有贞告诉的，某日某事，外间无人知道。"英宗便对徐有贞心存戒惕，并逐渐与他疏远起来。这时恰逢御史张鹏上奏，请求皇上惩办曹、石。奏章未上，被石亨的心腹王铉得知，便秘密向石亨报告，石亨急忙转告曹吉祥，同至英宗面前诉说。曹、石齐声奏道："张鹏是太监张永的从子，张永被杀后，心怀不满，伺机报复，欲图东山再起，扬言要为张永报仇雪耻，暗中结党拉派陷害群臣。我们蒙受皇上隆恩厚爱，虽死不忘，恳求皇上勿再使张鹏陷害别人。"说到这里，竟放声痛哭起来。英宗见状问道："张鹏怎么会无故陷害别人？你们先回去，朕留心就是了。"

次日，果然弹劾曹、石的奏章上呈，为首署名的便是张鹏。英宗尚未看完，便下令按奏章上的姓名一一召入，责问道："曹吉祥、石亨等率众迎驾，立有卓著不灭功勋，你们为何要诬告他们！"遂将张鹏等人，一律逮治下狱。曹吉祥、石亨乘机再次到英宗面前诉说："张鹏等人如此大胆欺骗皇上，主要有徐有贞暗中出谋，徐有贞与臣等有矛盾，想借别人之手，置臣等于死地，徐有贞不除，朝内无安宁之日。"英宗越听越气愤，勃然大怒，奋然起立道："将徐有贞逮捕入狱！"曹吉祥、石亨欣然退出，弹冠相庆，互祝终于将徐有贞除掉。

这是石亨、曹吉祥联手收买"生间"，通过反间手法，将政敌徐有贞置于死地的实例。从计谋的运用过程看，双方的斗争激烈尖锐，你死我活，针锋相对，不可调和。由于石、曹二人的"生间"计谋更高一筹，故以徐有贞的失败而告结束。简而言之，石、曹的生间计谋有如下特点：一是首先离间英宗与徐有贞的关系，切中要害。收买太监偷听英宗与徐有贞密谈的内容，然后广为散播，故意让英宗听到，然后乘机诬陷这都是徐有贞玩弄的阴谋诡计，使英宗迷惑，开始不信任徐有贞并疏远他。二是瞒天过海，恶人先告状有方，又不露马脚，使英宗不得不有所顾虑，怀疑徐有贞另有他图。三是曹、石二人掩耳盗铃、落井下石、嫁祸于人手法巧。他们混淆是非，颠倒黑白，浑水摸鱼，使英宗如堕五重云雾，神志迷乱，真假虚实难辨，不得不信任他们是冤枉受害的。四是每次谗诣时机把握得恰到好处，激怒英宗，使之感觉到徐有贞在欺骗愚弄，罪不容诛。他们借英宗之手，将徐有贞送上了治罪台，真可谓是道高一尺，魔高一丈。

2．死间

所谓死间，是指在政治斗争中故意散布假情况，让我方政治间谍知道后，向政敌传递假情报，待政敌上当受骗之后，其间谍往往被处死。这种进行假传情报，诱敌上当，事后难免一死的间谍就是死间。死间通常有两种：一种是政治间谍本身也是受骗者，他误假为真，判断不确，不自觉地传递了假情报。另一种是有意传递虚假情报、扰惑迷乱政敌，而将自己的生死置之度外的间谍。有时死间也有起死回生的例外。

事例：李靖妙用死间出奇制敌

李靖，字药师，凉州三原（陕西三原县）人，精通兵法，深谙用间之道。唐太宗李世民为保卫边疆，打击突厥的侵扰，于

629年命李靖为行军总管，以张公谨为副，以李世勣、薛万彻等为诸道总管，领兵十万，分道北进，攻击突厥。

李靖率轻骑三千，自马邑出兵，直趋恶阳岭。颉利可汗大惊道："兵不倾国来，李靖胆敢率孤军至此？"惶恐不安。李靖侦察到这一情况，便派出间谍前去策反。颉利可汗的亲信将领康苏密投降，并献出隋萧后及炀帝之孙杨正道。接着在夜间率军袭击定襄，大获全胜，颉利可汗逃往碛口，正准备营垒自固，李世勣又率兵杀来。颉利可汗料知碛口无坚难守，狼狈逃往铁山。唐太宗接到捷报，当即进封李靖代国公（后改封为卫国公）。称赞说："李靖反以三千骑兵喋血虏庭，夺取定襄，这是自古未有的奇迹，这一胜仗，足可洗刷我渭水之耻！"

颉利可汗失败后，派出执失恩力，来到唐都长安谢罪，并愿举国降附。唐太宗派遣唐俭等出使突厥，对颉利进行安抚，并派李靖前往迎接颉利入朝。李靖在出发前向副将张公谨说道："颉利虽然战败，但不是势穷力竭，力量尚强大，若让他得到喘息之机，伺机逃入漠北，犹如纵虎归山，极难对付消灭。现在我们派去使者安抚，颉利必然放松警惕，以为我朝真的与他休战睦和，有机可乘。若选骑兵一万，出其不意，攻其不备，必然取胜。"张公谨说："陛下已下诏准其投诚归降，派出的使者正在突厥行使君命，若出兵突袭，固然可以取胜，但我们的使者一定会被杀害！"李靖说："机不可失，时不再来，当年韩信破齐，就用此策，只要击败突厥，唐俭又何足惜！"

李靖当机立断，连夜发兵，直奔颉利大营而来，沿途所遇的突厥兵一律予以擒获，以防走漏风声。唐俭来到突厥军营，颉利可汗亲自接见，得知唐太宗已恩准投诚向化，甚感欣慰，正在设宴款待，忽然探马火速前来禀报："李靖大军直趋军营而来，离这里只有十多里了。"颉利听后惊惶万分，迷惑不解，向唐俭问道："这是怎么回事，大唐天子已经准许我归顺唐朝，为什么又要出兵？"唐俭茫然不知所措，急忙起座道："可汗不必惊疑，我来时未和李总管（李靖）见面，想必他不了解可汗已经归附，待我出去说明情况，他一定会撤军的。"说完，两人肩并肩携手出帐，唐俭跨马驰去。颉利一听这话，信以为真，眼巴巴望着李靖撤军。

岂曾料知，警报络绎传来，说李靖所率大军正全速前进，相距只有五里。颉利困惑不解，便出帐遥望，果然李靖率大军浩浩荡荡疾驰而来，自知来不及整军抵抗，慌忙跨上轻骑连夜出逃。部众见可汗狼狈而去，群龙无首，顿时四处逃命。李靖率大军如入无人之境，直入突厥军营，共斩杀一万多人，俘虏十万，颉利的妻子义成公主被杀，其子叠罗支被擒获。颉利可汗遁逃后，被大同道行军总管张宝相捕捉，押送京城长安。被李靖作为死间的唐俭，最后脱身生还。自此，东突厥被消灭，从阴山到北部大沙漠统归唐朝管辖。

这是唐代名将活用反间与死间的计谋策略，两次突袭突厥可汗颉利，重创与战胜击败的经过。第一次使用反间计，策反突厥将领，瓦解并争取到了颉利可汗的亲信将领康苏密投降，从而大大削弱了颉利的战斗力，创造了极佳的战机。第二次利用唐太宗派往突厥军营的安抚使唐俭为死间，乘颉利可汗麻痹松懈，以及准备不足与渴望媾和的心理，发动突然袭击，使颉利猝不及防，仓皇逃命，其部则全军歼灭，其本人也成了唐朝的俘虏。唐俭作为死间,虽不知唐朝为何突降神兵,直冲而来,却由于他的机智勇敢,随机应变,非但没有身遭杀戮之祸,而且"临刑"蒙混脱逃,起死回生。

3. 内间

内间就是指在政治斗争中,收买利用政敌阵营中举足轻重的人物(如官吏、权贵、宠臣)为间谍,因为这些人是政敌内部身居要职的人,有的深知内情,有的能左右政局,通过他们为内应,遥相为援,利用他们来挑拨离间,陷害忠良,造谣惑众,往往是功半事倍。如果运用得当,谋划周密,技艺高超,将会起到意想不到的重要作用。这是利用心理战术与政治计谋克敌制胜的常用手法之一。一般情况下,有七种官吏有可能被收买,即:暗潜敌营充作内间,有才能但不在位的人;有过失而遭到惩罚的人;虽受到重用但很贪财的人;职位低下而感到委屈的人;得不到信任的人;因为声誉受到损害而又希望显露自己才能的人;没有固定立场、脚踏两只船的人。

事例:厚赂内间,有的放矢除名将

韦叔裕,字孝宽,京兆杜陵人。韦家是三辅的大姓,世代为大官僚。韦孝宽从小涉猎经史、博学多闻。刚到成年,就逢萧宝夤举行叛乱,韦孝宽挺身而出,请求充任军队的前锋,因此受到西魏朝廷的奖赏,随即被任命为统军。从此,韦孝宽开始了军旅生涯,在与东魏进行的多次对抗中,屡建功勋,迄西魏文帝时,以大将军行宜阳郡事,不久又出任南兖州刺史。之后,韦孝宽就一直率军处在与东魏(即后来的北齐)斗争的最前列。韦孝宽所进行的几次较为著名收买内间的活动,也就发生在这一段时间内。

韦孝宽使用反间手法，并用重金收买东魏官员充当内间，除掉北齐著名将领左丞相斛律光，就是南北朝时期最成功而又著名的一次政治间谍活动。

565年，北齐任命斛律光为大将军。斛律光是东魏镇南大将军斛律金之子，从小精于骑射，以武艺知名，在对北周交战中，屡战屡胜，特别是汾北一仗，挫败韦孝宽，给北周造成巨大威胁。韦孝宽痛定思痛，朝思暮想，认为凭借军力战胜斛律光已经不可能，便筹谋利用间谍，离间北齐朝廷和斛律光的关系，借助北齐朝廷之手将斛律光铲除。

当时北齐后主昏庸、政治腐败，朝政大权由宦官、权臣祖珽、穆提婆等人把持独揽，朝野内外莫不侧目，个个敬而远之，唯有太傅咸阳王斛律光，一向鄙视他们，只要看到他们在皇帝身旁窃窃私语，便怒火中烧，时常按捺不住，斥骂他们是"阴谋奸诈小人，不知今日又出何诡计"。斛律光曾对诸将说道："边境消息，指挥兵马，过去赵令常与我们商议，而今盲人（祖珽因芜菁子烛熏烤而失明）掌握机密后，完全不与我们商议，什么事无论巨细都独断专行，根本不把我们放在眼里，恐怕国家大事要被他贻误。"这话传到祖珽耳中，他知道斛律光怨恨自己，便贿赂奴仆，密探斛律光的一言一行。奴仆禀报："相王（斛律光）每天晚上都抱膝闷坐，常常自叹'盲人入朝，国必危亡'。"祖珽听到这话，自然将斛律光视为眼中钉，怀恨在心。后来穆提婆曾要求斛律光把女儿嫁给他，斛律光没有同意，接着又反对齐主将作为军备之用的晋阳良田赏赐给穆提婆，自然又与穆提婆结下仇恨。祖珽和穆提婆联合起来，狼狈为奸，寻找斛律光的差错，待机而动，准备将其铲除。

北齐统治集团内部的这些矛盾,被密切注视其动向的韦孝宽所侦知。韦孝宽对斛律光的英勇善战、足智多谋深为不安,现在又得知斛律光与齐后主、权奸的矛盾,以为有机可乘,便派间谍进行离间活动,想假齐后主之手,除掉北周的心腹大患斛律光,削弱其力量,为灭亡北齐打下基础。

韦孝宽针对斛律光与北齐后主及权奸们的关系,编造了两句歌谣:"百升飞上天,明月照长安。高山不推自崩,槲木不扶自竖。"编好之后,韦孝宽派间谍将这两句歌谣散布到北齐京城中。祖珽听到后,谙悉歌谣的寓意,正中下怀,索性又加了两句:"盲老翁背受大斧,饶舌老母不得语。"并让儿童们在大街小巷传唱。穆提婆听到后,就告诉其母陆令萱。陆令萱不明白歌谣是什么意思,便召祖珽作解释。祖珽故作深思之状,笑道:"对了,百升是一'斛'字,明月是斛律光丞相表字,盲老翁是指我,饶舌老母是指尊严。"陆令萱面带怒色道:"如此说来,这首歌谣不但辱骂你我,而且危及国家。"便与祖珽密谋,将歌谣之事告诉后主。后主迟疑道:"斛律光丞相是否真有此不良意图,还得观察,不能轻信谣传!"祖珽向后主进言说:"斛律光一家历代掌握兵权,明月声震关西,斛律丰乐威行突厥,女为皇后,男尚公主。斛律氏位尊势重,这首歌谣中的话确实令人生畏忧虑。"齐后主听后一言不发,待祖珽走后,召问大臣韩长鸾。韩长鸾回答:"此事宁可信其无,不可信其有,斛律光对朝廷忠心耿耿,不会怀有二心。"后主便将此事搁置起来。

几天之后,祖珽见宫中毫无动静,再次求见后主,说有机密事情禀报。后主令众人回避，只留何洪珍在旁。后主对祖珽说："前几天得到你的报告，本想马上除掉斛律光，韩长鸾说此事不可能是真的，所以中止行动。"何洪珍未等祖珽开口，抢先回答说："如果本来就没有除掉他的想法，也就算了，而现在有了这个想法又不果断地实施，万一泄露出去，后果不堪设想。"后主认为何洪珍讲得很有道理，说道："分析得合情合理，我知道了！"祖珽知道后主已有决心才离去。

后主仍然犹豫不决，正在此时丞相府佐封土让上书密奏说："斛律明月前次西征而还，陛下命解散军队，他却率军临逼京师，实为图谋不轨，只是事未成功而罢休。现在听说他家私藏兵器，奴仆上千，还经常派人到其弟、其子那儿搞阴谋活动，其反叛已见端倪。应乘其不备，及早动手将他除掉，否则后患无穷。请陛下速决！"密奏中的"军逼京师"与后主从前的怀疑正好吻合。后主阅毕，对何洪珍说："我以前怀疑他要谋反，现在看来果然如此。"便让何洪珍将祖珽召来密议对策，祖珽认为如果无故将斛律光召来，他必然会产生怀疑而不肯前来。为消除其疑虑，可由陛下赐给他一匹骏马，让他明日乘骑此马陪同陛下幸游东山，他必然前来向陛下谢恩，只需埋伏二三壮士，便可捕杀此贼。"后主依计而行。翌日，斛律光不知其中奸谋，果然单骑入谢，行至凉风亭，下马步行，蓦然有人从背后猛扑，斛律光险些倒地，回头一看，原来是大力士刘桃枝，便怒斥道："我对陛下忠心不贰，你为何要如此行事？"刘桃枝不语，喝令几个壮士将斛律光按倒在地，用弓弦紧勒脖颈，活活扼死。后主下诏宣称："斛律光谋反，现已伏法。"不久，后主又下诏夷灭其族。这样，经过韦孝宽的间谍内间活动，再加上后主的错误猜忌和佞臣的谗言，曾经"深为邻敌所慑惮"的大将斛律光被除掉了，也就大大削弱了北齐的力量。周武帝听到斛律光被杀的消息后，异常高兴，大赦境内，并积极准备进攻北齐。577年，周武帝率军攻入邺城。入邺后，周武帝还特追赠斛律光为上柱国、崇国公，指着诏书说："此人若在，朕岂能至邺。"周武帝的这番话，可以看作是对韦孝宽用间除掉斛律光的高度评价。

这是北周良将韦孝宽平时注意搜集了解掌握敌方的情报，厚待间谍，收买贿赂北齐内间，巧借政敌内部矛盾不合之机，有的放矢，以谣间和反间并用，借敌之手除敌，削弱敌势的成功事例之一。其用计技巧与成功的奥妙在于：一是死死盯住主攻目标（斛律光），收买内间，侦窥政敌可乘、可陷、可害之处，将强争明斗化为暗斗、暗制之术，不择手段，不遗余力，使强敌陷入内哄自制之中，不能自拔，进而将其优势耗疲于自相牵制与互斗，无法全力对外。二是借题发挥（谣间）、浑水摸鱼、无中生有的害人技艺高超，使政敌完全落入圈套，竟置国难、江山社稷于不顾，彼此厮杀，两败俱伤，大有螳螂捕蝉，不知黄雀在后之势，中人奸计，被人所利所乘。三是等待时机，诱发矛盾斗争，借刀除敌有术。

4．因间

又称乡间，"因其乡人而用之"。所谓因间，是指在政治斗争中，为了达到削敌制敌灭敌的目的，利用敌国的同乡、同事和朋友等私人关系充当间谍，搜集情报，掌握政敌的一举一动，为战胜政敌创造有利条件。这一计谋被广泛应用于政治斗争的厮杀搏斗，其技艺手法却因人而异，纷呈多彩，令人叹为观止。

事例：商鞅诈和，魏人中计迁都

商鞅，卫国人，又称卫鞅，善用智谋韬略。起先在卫国谋事，因不能施展才华，便到魏国，遂委身相国公叔痤。公叔痤知道卫鞅才华出众，曾向魏惠王推荐，尚未被重用。后来，其友公子卬向魏惠王极力引见卫鞅，惠王仍然未予任用。公叔痤病死之后，卫鞅听说秦孝公下令招贤，遂离开魏国到秦国，得到重用，实行变法，数年之间，使秦国大变，由弱变强，威震关东。

前353年，齐国与魏国交战，魏师大败。消息传到秦国，卫鞅知道这是削弱魏国的天赐良机，趁势向秦孝公说："秦魏比邻之国，势不两存，非魏并秦，即秦并魏，魏大败于齐，可以乘机伐魏，魏不能抵挡，必然东迁，这样秦国可据山河之固，向东争取各诸侯，到那时秦国自然成为中国的霸主。"孝公欣然听从他的建言，任命卫鞅为大将，公子少官为副手，调兵遣将讨伐魏国。

秦军从咸阳出发，浩浩荡荡向东挺进。魏国驻西河守臣得到警报，急速向魏惠王告急求援。魏惠王召集文武群臣商讨御秦卫国之策，公子卬说："当年卫鞅在魏国时，与我友善，我曾向大王推荐卫鞅，大王不听，臣愿领兵前往，先与讲和，如若不许，然后固守城池，向韩、赵求救。"百官群臣都赞同他的意见。魏惠王当即拜任公子卬为大将，率兵五万，奔救西河。魏军行抵吴城安营扎寨，一切安排就绪，公子卬正要派人往秦营送信，请求卫鞅息兵罢战。守城将士前来禀报："见有秦国大将卫鞅差人送信，正在城外恭候。"公子卬急忙命缒城而上，拆书一看，原来是卫鞅的亲笔信，大意如下："我与公子相得甚欢，亲如手足。今虽各事其王,为两国之将,怎能忍心动武,互相残杀,我想与公子相约,双方撤兵,相会于玉泉山,乐饮而罢。使后人称我们两人之友情,如同管鲍。公子如肯俯从,幸示其期!"公子卬读罢信,喜形于色,非常感慨,说道:"正合我意,英雄所见略同。"便厚待使者,立即回信,约定三日内相会。

卫鞅接到复信,知道公子卬已经上钩,说道:"我的计划就要实现。"再派信使入城确定会面日期,并告:"秦兵前营已经后撤,所剩兵马已派到左近山岭打猎。只待与将军相会,便全部撤回秦国。"同时派人携带旱藕、麝香赠送公子卬,说这两种物品是秦国的特产,旱藕有益于健康,麝香可以辟邪,聊志昔日之情,以表永结友好。公子卬更加感激卫鞅的情义,回信致谢。

卫鞅得到回信,确信公子卬无疑,将大军埋伏在玉泉山下,只听山上放炮为号,便从四面八方杀出,擒获魏国来人,不许放走一人。

到了相会的日子,卫鞅首先派人入城向公子卬禀告,他只带三百卫士,已经赶到玉泉山恭候。公子卬信以为真,也仅带三百人,携带酒食,乘车前往玉泉山与卫鞅相会。卫鞅在山下列队相迎,公子卬见卫鞅的随从人员很少,并且没有兵器,坦然不疑,以为不是圈套。相见之际,各叙昔日交情,并谈到今日两国和解休战的重要性与迫切性,无不欢喜。两边都备有酒席,公子卬是东道主,首先向卫鞅敬酒,卫鞅叫两个手下人回敬公子卬。这两个人都是秦国有名的勇士,一个叫乌获,一个叫任鄙。他们正互相敬酒沉浸在友善气氛中时,卫鞅以目视左右暗示,瞬间只听山顶一声炮响,山下亦炮声相应,声震山谷。公子卬大惊,问卫鞅:

"怎么会有炮声，你是否在欺骗我？"卫鞅笑着说："暂欺一次，尚容告罪！"公子卬发现受骗，想要逃跑，被乌获紧紧按倒在地，动弹不得，任鄙指挥左右把魏国的随从人员全部捉拿。

卫鞅吩咐将士把公子卬押上囚车，送回秦国，然后把魏国随从释放，并赐酒压惊，仍用原来车仗，让他们跟随乌获和任鄙进入吴城，谎称主帅赴会回来，让他们打开城门。从命者有重赏，抗命者斩首。公子卬的随从，谁不怕死，个个俯首听命。一切安排妥当，乌获假扮公子卬坐于车中，任鄙做护送使臣，乘车随后，城上魏军认得是自家随从，即时开门，让"公子卬"进城，那两员勇将一混进城，便杀散了守城士兵，随后卫鞅率领大军赶来，杀进城去，顿时城内魏军大乱，各散逃命，卫鞅纵军乱箭射杀。魏军听说大将被俘，溃不成军，弃城逃遁。卫鞅占领吴城，长驱而入，直逼魏国都城安邑。魏王闻讯，大惊失色，匆忙派遣大夫龙贾往秦军求和。卫鞅说："魏王不能用我，我才出任秦国。蒙秦王之厚爱，尊为卿相，并以兵权交我，若不灭魏，有负重托。"龙贾说："人常言'良鸟恋旧林，良臣怀故主'。魏王虽不能任用足下，然父母之邦，足下安得无情？"卫鞅沉思良久，言道："若要我班师，除非将西河之地尽割与秦方可。"龙贾应诺向惠王报告。惠王只得屈从，当即令龙贾奉西河地图，献于秦军求和。卫鞅按图受地，胜利归来，公子卬也不得不降于秦。魏惠王感到安邑接近秦国，难以固守自安，便迁都到大梁（今河南开封市）。这是卫鞅利用他和魏国公子卬的旧交，玩弄因间计谋，诈和诱敌擒将，大败魏国，迫使魏惠王举国迁都的事例。

从计谋的实施过程看：公子卬听说秦军主帅是卫鞅，自告奋勇率军前来，就有实施因间谋略的初衷，因为他的真实意图被诡计多端的卫鞅揣摸看穿，所以不但没有成功，反而被卫鞅所乘，因间而用，竟然没有察觉，结果以己身被擒而告失败。卫鞅反施因间之谋的高明之处在于：一是顺势利导，积极呼应，首先修书，以甜言蜜语，畅叙思念阔别之情，假示无意为敌，只想讲和休战，不断以所谓的友情为幌子，施放烟幕，麻痹对方，掩饰真正意图；二是派使馈赠礼物，奉上秦国所出特产，以示不忘昔日之情，以表永结友好，假示面晤之切，借势谎称秦军主力已经撤回，无意与其对阵鼓垒，进一步麻痹公子印，使其信以为真；三是巧设"鸿门宴"，调虎离山，使公子印落入精心策划的圈套，无法施展英雄用武之地，犹如牢笼中的困兽，听人摆布，不得不束手就擒，坐以待毙；四是巧借"公子印"，深入虎穴，里应外合，深谙诡道与兵不厌诈之术的活用，以及政敌对抗的真谛。

三、乘虚而入　圣智也要用间

反间计是败战计中的第三计，是处于暂时不利或劣势时，常用于对付政敌的计谋策略之一。这一计谋虽然具有很强的适应性，"非圣智不能用间"，但是针对不同的对象，要采用不同的方式、方法。按离间的对象，可划分为纵向离间和横向离间；按离间方式，有单边离间和双边离间；分化离间的具体方法，又有散布谣言、制造误会、扩大矛盾、一拉一打等形式，应用范围很广泛，在适宜的范围条件下应用，才能产生最佳的效果，为达到预期的政治目的服务。

第一，在敌国之间。

中国古代众多国家政权林立，本身就说明它们彼此之间的对立和矛盾，是不可调和的。弱国图存，强国制敌，你争我夺，此起彼伏，针锋相对，权谋计策更是层出不穷。

1. 强国对弱国的使用

强国使用反间计对付弱小国家，皆借谋略，依恃国威军势，掌握主动权，察伺时机，五间并用，乘虚而入，往往以最小的代价，获得最大的战果。战国群雄逐鹿中原时，野心勃勃的秦王对魏国的公子信陵君深以为患，把他视为蚕食魏国的障碍，必欲早日乘机除之而后快。秦昭王为了挑拨离间信陵君与魏王的关系，派人带了黄金到魏国，寻找到被信陵君所杀晋鄙的门客，让他去在魏王面前诽谤信陵君说："公子流亡国外十几年，现在又东山再起做了魏国的大将，各诸侯国听从他的指挥。如今在众多诸侯的心目中只知道尊重信陵君，而不知道有您魏王，且公子本人也有心趁此机会登基。众人慑于公子的威名，也都准备拥戴他为王。"起初，魏王并不相信，可是听得多了，不免也犯起猜疑，不安起来。俗话说道："无风不起浪"，更何况说得有板有眼，令人不得不相信。与此同时，秦国又接二连三地派出使者去见信陵君，奉献礼物，假意庆贺他登基为王。信陵君本人看到强秦竟然派使者前来，自以为了不得，开始飘飘然起来，居然没有觉察秦国的真实意图。魏王耳闻目睹这些似是而非、真假虚实难辨的种种迹象，信以为真，就派人取代了信陵君的职务。信陵君此时明白是因受诽谤而被废除职务的，就借口有病不再上朝，与门下宾客昼夜饮宴，醉生梦死，喝着浓醇的美酒，而且沉湎于女色，不分日夜，饮乐无度，整整四年，终于不可救药，命归黄泉。秦昭王得知信陵君已死，认为吞并魏国的计划实现了一半，便调兵遣将，大举征伐魏国，连克十二座城池，设置了东郡。此后，秦国更是得寸进尺，继续不断地蚕食吞并魏国领土，使魏国无法招架。十八年之后，攻陷了魏国的京都大梁，魏王也成了阶下之囚。

2. 弱国对强国的使用

弱国对强国使用反间计，一般表现为屈从强国所提出的苛刻条件，暂时予以应承，献出部分国土、宝器、美女、财物等，求得自存，或者暂时的妥协，然后等待时机，不惜重金收买贿赂敌国的权要人物充当内间，由其从政敌内部拨弄是非，激化矛盾，使其君臣之间、兵将之间互不信任，彼此猜疑，不能共同对敌，或者误导政敌进入歧途，从而实现扰乱政敌，或打击削弱强敌的目的。如前494年，吴王夫差为报父仇，亲率大军攻打越国，在夫椒一举击溃越军，越王勾践只剩下五千甲士，退守会稽。在越国生死存亡之际，勾践接受大夫文种卑辞厚礼的建议，向吴王求和。勾践认为"吴太宰伯嚭贪，可诱以利"，命文种选美女二人，并带上大量金玉珠宝为厚礼，秘密收买伯嚭，使其充当内间。伯嚭接受贿赂后，引文种朝见吴王。文种对吴王一方面好言求和，一方面又委婉地暗示，如果大王赦宥越王之罪，不予穷追杀绝，越王不仅称臣，而且还将越国的珍宝都献给大王。否则，越王就会杀妻灭子，毁其金器，率五千士卒与吴国决一死战。这时，内间伯嚭在旁边对吴王说："越国已经惧服称臣，如果赦免越国，这对吴国将是极为有利的。"吴王认可伯嚭的意见，正准备答应时，伍子胥反对说："越王这个人很能含辛茹苦，现在若不灭掉越国，将来大王一定要后悔的。"吴王却固执己见，在伯嚭的怂恿下，接受了越国请降纳贡的条件，然后班师回朝。

前484年，吴王听说齐景公死，齐国内乱不已，所立国君又软弱无权，形同傀儡，有机可乘，便兴师北伐。伍子胥劝阻说："勾践食不重味，吊祭死者，问候病者，时刻打算复兴越国，东山再起，卷土重来。不除掉勾践，一定会成为吴国的祸患灾难。现在吴国让越国存在，就好比一个人有腹心之病。大王先不灭掉越国，却去攻打齐国，这样做不是大错特错吗？"吴王拒绝了伍子胥的劝阻，仍率军北伐齐国。在艾陵击败齐军，威服邹国、鲁国，大胜而归。吴王凯旋后就责备伍子胥，而伍子胥却劝他不要高兴得太早，不久便会大祸临头。吴王勃然大怒，伍子胥想自杀，却被吴王闻讯制止。吴王已经对伍子胥很不信任，便不再采纳他的谋划。

在此之后，吴王又准备伐齐，越王勾践采用鲁国子贡的计谋，率领军队助吴伐齐，同时，又用重金贿赂太宰伯嚭。伯嚭因多次收到越国的贿赂，更加愿意暗中为越国效力，便随时随地替越国说好话。吴王看到越国出兵帮助攻打齐国，对伯嚭的进言也就更加深信不疑了。伍子胥再次劝阻吴王说："越国是我国的心腹之患，现在却听信他们的虚假言辞、骗人的行动，而醉心于攻打齐国所能得到的利益；即使攻克了齐国，也不过就像得到一块不能耕种的石田一样，丝毫无所用处。"伍子胥还引用《盘庚之诰》中的话来劝阻吴王，要吴王放弃攻齐而应先灭越国。吴王不但听不进去，还派伍子胥出使齐国。

这时越王勾践多次用重金收买吴太宰伯嚭,并得知伍子胥与吴王、伯嚭的矛盾不断加深的情报后,就决定派越大夫逢同到吴国进行挑拨离间活动,以除掉越国的心腹大患伍子胥。

当时,伯嚭与伍子胥的矛盾已经十分尖锐,经常为越国的事情发生争执。逢同的到来,更为伯嚭攻击陷害伍子胥增添了助手。伯嚭与逢同共谋,狼狈为奸,在吴王面前故意谗言,置伍子胥于死地。伯嚭对吴王说:"伍子胥此人刚愎残暴,缺恩寡义,尤好猜忌,无事生非。他现在心怀不满,恐怕将成为国家的不测之祸。过去大王打算进攻齐国,他认为后患未除,不能贸然北伐,而后来大王败齐,建立了勋绩,他却因自己的谋划未被采纳而恼羞成怒,公报私仇,怀恨在心,伺机报复。此次大王欲再要伐齐,他又专横固执,强行阻拦,并恶毒地诋毁大王,企图指望用我国的失败来证明其计谋是正确的。现在大王要亲征,集中全国的军队讨伐齐国,而他却因计谋未被采纳就装病不从,大王不可不防备,他若想乘机作乱,是不难做到的,况且我已经派人暗中侦察他的行动了。当他出使齐国时,就已经将其儿子留在了齐国。作为一个大臣,在国内不得意,就会向外投靠诸侯。他自认为是先王的谋臣高参,而现在不被重用,常常心怀不满,牢骚满腹,必有异志他谋,希望大王早日除掉这个祸害。"吴王本来就对伍子胥的多次劝谏耿耿于怀,认为是故意找茬,听了伯嚭的这一番谗言之后,决定除掉伍子胥,派人将属镂之剑赐给他,令其自杀。

越王勾践在采用收买内间的方法害死伍子胥的同时,还卓有成效地开展外交、经济方面的斗争,以削弱吴国的实力。针对吴国与齐、楚、晋争锋,越国制定了结齐、联楚、附晋的外交方针。

为了讨得吴国的欢心，勾践还经常赠送宝器珍玩，为了助长吴王的骄奢淫逸，选送美女西施、郑旦给吴王。特别是送给吴王大量珍贵木材，极力怂恿吴王大修宫苑，以疲惫其财力和人力。另外，还假借饥荒，向吴国借贷粮食，使其仓库空虚。而在偿还时却把粮食煮熟，并建议吴国用作种子，致使吴国当年颗粒无收。就这样，越国耗费了吴国大量人力财力，为越国灭吴创造了有利条件。

前473年，越军大举进攻吴国，以绝对优势的兵力攻入吴都，勾践断然拒绝了吴王的求和，夫差被迫自杀。越军北上与齐晋等诸侯相会于徐州，各诸侯纷纷前来朝贺，越王号称霸王，成为春秋时期最后一个霸主。

3．势均力敌国家之间的使用

势力相当国家之间，使用反间计并想达到预期的政治目的，首先必须要做到知彼知己，能够正确判断势态发展变化的规律及其结果，抓住共同关注问题的要害实质，对症下药；其次要足智多谋，具有高超的施谋用计的技巧；再次是示假隐真扬虚，施放各种烟幕，掩盖真实意图，对构成威胁的敌国的联盟，进行挑拨与分化瓦解，化不利因素为有利条件，变被动为主动，以为迷敌削敌图存强盛而谋。如战国时期，齐王准备在卫国会见燕、赵、楚三国的丞相，结成联盟排斥魏国。魏王得知这一动向之后，担忧他们共同谋划攻打魏国，便将此事告诉了公孙衍。公孙衍说："请您给我一百金，我去挫败他们的结盟计划。"魏王为公孙衍准备了车辆，载上金子。公孙衍计算着齐王抵达卫国的日期，便提前率五十辆车马来到卫国，用百金贿赂了齐王的左右，要求先得到齐王的接见。齐王果然接见了他。公孙衍在齐王那里安然而坐，从容不迫谈论着燕、赵、楚三国之间的矛盾恩怨以及彼此的利害得失。

燕、赵、楚三国看到魏与齐关系暧昧,不知其中有何交易,由此而生怀疑,对齐王说:"您与我们三国相约排斥魏国,可魏国的使者公孙衍来见您,您却同他谈了那么久的时间,这不明明是要同魏国谋算我们三国吗?"齐王解释说:"魏王得知我来到卫国,派公孙衍来慰劳,我并没有与他说什么啊!"岂知齐王越解释,反而越使人疑窦丛生,愈加不安。燕、赵、楚三国都不再相信齐王有结盟的诚意,结盟的计划也就告吹了。这是公孙衍巧用反间计的谋略,借助齐与燕、赵、楚三国之间的矛盾恩怨,无中生有、肆意挑拨,以非常人的逻辑思维,佯装与齐亲密之状,节外生枝,令其盟友狐疑而存敌戒心理,使联盟不成而告流产的生动事例之一。

第二,在君臣之间。

在中国古代的政治生活与斗争中,君臣之间围绕权力,矛盾斗争不可避免。君臣相互之间为此而施计用谋,明争暗斗,剑拔弩张更是司空见惯,极为平常。反间计作为败战计的一种,在权力之争中,当然经常为政治家、野心家和阴谋家选用。该计的频频使用,也从另一方面说明,君臣关系的和谐是暂时的,冲突矛盾倒是不可克服的常态,是永恒的政治主题。

1. 君主对权谋之士的使用

君主"朕即国家",至尊、至隆、至崇的特性,以及权力的独占欲,要求臣下必须做到忠贞不渝,誓死不二,俯首听命。因此对于任何对君主权力地位的挑战，以及潜在的威胁，都不容许存在。一旦发现有这种苗头，无论这人是自己的臣属谋士，还是他国的智士能臣，都会寻机伺时，予以打击或铲除，而反间计正是他惯用的伎俩之一。如范雎早年，曾经投到魏国大夫须贾门下。一次，魏王派遣须贾出使齐国，范雎随从供职，在齐国一留数月。齐襄王听说他能言善辩，很有谋略，欲除之而后快，便别有用心地赐予黄金和酒肉等物。范雎身在异国，肩负通使重命，岂敢擅自受用私馈之物，一再辞谢不纳。须贾身为正使，遭遇冷落，却见随从受到优待，心中颇不是滋味，以为范雎暗中将魏国机密出卖给齐国，因而得到这样的厚赐报偿，便怒火中烧，生下了暗害范雎的念头。须贾绞尽脑汁，翻动妒肠，欲擒故纵，假意嘱咐留用酒肉，封还黄金。范雎不知此为奸计，没有多想，依嘱而行。回到魏国之后，须贾则向相国魏齐指称范雎私受贿赂，有辱使命。魏齐勃然大怒，不问青红皂白，命令舍人拷问范雎，打得皮开肉绽，肋折齿落，最后不得不亡命秦国，实现政治抱负。这是齐襄王巧用挑拨离间，一拉一抑之策，轻而易举铲除敌国谋士的事例。

2．臣僚对君主的使用

臣僚为了与君主争权夺利，达到自己不可告人的政治目的，往往不择手段，无所不用其极，施用反间计的谋略，搞阴谋诡计，打击削弱政敌，更是屡见不鲜。有些较为明智的臣僚，出于国家利益的考虑，也会乘机对威胁本国存亡的他国的君主施用此计。如前300年，智士苏代派人对燕王说："齐国向南攻破了楚国，向西使秦国屈服，使用韩、魏两国的军队和燕、赵两国的民众，就像用鞭子驱赶羊群一样。假如齐国向北攻伐燕国，即使五个燕国也是抵挡不住的。大王为什么不秘密派遣使者，把游客谋士分散出去活动，疲劳齐国的军队，困乏齐国的百姓，然后乘机散布各种流言蜚语，混淆是非，扰乱民心，使人不能明辨虚实真伪，这样就可以使燕国世世代代不再忧患齐国的侵略了。"燕王说："如果我有五年的时间，就可以达到这样的目的了。"苏代想了想说："请大王给我十年的时间完成此事。"燕王很高兴，给苏代安排了五十辆车马，让他南下出使齐国。

苏代对齐王说："齐国向南攻破楚国，向西使秦国屈服。使用韩、魏的军队和燕、赵的民众就像用鞭子驱赶羊群一样。我听说当今的事业中，为王的必须诛除残暴，拨乱反正，拔除无道，攻伐不义。现在宋国的国君竟敢射天鞭地，铸了天下诸侯的群像，放在厕所里当侍者，伸出手臂弹击铸像的鼻子。这是天下最大的无道与不义。大王不去讨伐，您的威名因此才未能树立。况且宋国是中国最富饶的国家，与贵国接邻。您得燕国一百里还不如得到宋国十里。讨伐宋国，名义上是伸张正义，而实际上又可以获得利益，大王您为什么不这样做呢？"齐王认为分析很有道理，极为赞赏，便调兵遣将，兴师讨伐宋国，三次挫败宋军，宋国就灭亡了。燕王得知后，立即与齐国断绝了关系，率领天下诸侯共同讨伐齐国。经过一次大战、一次小战，终于使齐国疲惫不堪，国贫民穷，元气大伤，无法北伐与燕为敌，不能够对燕构成威胁了。这是苏代替燕国而谋，以反间分化挑拨之计，离间齐宋，使之相争，待两败俱伤之后，乘人之危，联合诸侯削弱齐国，消除不安定因素，保存自己国势的范例之一。

第三，在臣僚之间。

在中国古代政治斗争中，妒贤嫉能，争权夺利，针锋相对，是官僚之间彼此关系的真实写照。无论是在上级与下级之间，还是下级对上级以及同级之间，权臣对外戚、忠臣对奸臣、宦官对外戚之间，为了立于不败之地，保住已经拥有的权势与荣华富贵，经常施用反间的计谋，以制服打击削弱竞争的对手。其手段和方法，因人、因时、因事而异，无不绝妙至极，令人防不胜防，毫无招架抵挡之力。智者斗智，计谋手法变化无穷，更是让人叹为观止。如秦国相国甘茂，有一段时间忧心忡忡。这是因为秦王重视将军公孙衍，把堂堂的相国大人冷在一边。就在甘茂想方设法采取陷害行动之时，突然有人汇报了一个令人震惊的消息，传言国君要更换相国，候选人就是公孙衍。原来，因为秦王曾经悄悄地对公孙衍说："我近来考虑想让你为相国。"这句话，让甘茂的幕僚偷听到了。这则消息看来是准确无误的了。甘茂也不是一个等闲之辈，意识到事态的严重性，故作镇静，马上拜见国君，出人预料地表示祝贺说："在大王您就要得到有为的相国之际，请让我向您表示祝贺。"国君大吃一惊，心想："不会吧，他怎么会知道的。"连忙掩饰说："你说到哪儿去了。我不是把国事都交给你了吗？哪还需要什么别的相国？"甘茂直截了当地说："大王您不是想任命公孙衍为相国吗？"秦王问："你这是从哪儿听来的谣传？"甘茂略作停顿，说出了致命的中伤之辞："咦，是将军自己这样说的呀！"可想而知，这时秦王对"泄露机密"、毫无"城府"的公孙衍，可以说是恨到极点了，无论如何辩解也是无济于事的。公孙衍非但没有当上相国，反而遭流放，断送了官运。

四、诡道之术　成本低获利高

反间计作为处于劣势所使用的智谋诡道，自然有其独特的应用范围、实施方式和特征。概括而论，反间计在政治斗争中的应用，具有以下特点。

第一，以实施方法而论，反间计具有应变性、技巧性的特点。

所谓应变性，是指在政治斗争中，使用反间计，五间并用的先决条件在于"乘"政敌之"隙"而取胜。为了制造、扩大、加深这种敌之内部的"隙缝"、"隙口"、"隙裂"、"隙痕"，使之有可"乘"之"机"，可"利"之"会"，可"使"之"人"，可"掌"之"柄"，可"预"之"期"，可"谋"之"图"。这就促使施计者、策划者、行计者，具有高超的随"机"应"变"，随"隙"而"乘"，随"势"就"谋"，随"人"行"计"的智慧和能力。具体而言，它要求用计者一是要具备高超的智谋，二是要善于察变应对，三是要具有预见性，能够待时创机，因势利导，而又能迷瘴政敌的本领。

所谓技巧性，是指用计者的手法技艺而言的。因为使用反间计具有很大的危险性，所以在实施此计谋时，稍有不慎，即有可能招致失败，前功尽弃。这就要求施计者必须把握用计施谋的技巧性与艺术性，使政敌上当而又不觉察。具体而言，行计者在用计过程，一须巧于应变；二须巧于应对，不露破绽；三须巧于周旋；四须巧于应付局面；五须巧于审时察势；六须巧于用心计，进行暗算；七须巧用诡诈；八须巧用骗术；九须巧于乘隙钻营；十须巧于脱身以避祸，陷敌而己存、制敌而自保。

第二，以反间计在政治斗争中应用目的来说，具有诱取性、内溃性的特点。

所谓诱取性，是指运用此计的目的在于诱导敌人上当受骗，被施计者在暗中牵着鼻子走，导演势态朝着有利于自己的方面发展，等待时机打击削弱政敌。大凡在政治斗争中，实施计谋，其目的不外乎克敌与制胜而已。克敌可以削弱、消灭政敌；制胜则可使自己转败为胜、转危为安、转弱为强。作为反间之计，是处于劣势时施计者所用，目的更为明确，却又不能过早暴露目标，否则会惊动政敌。因此，必须充分利用己方的劣、弱、困、险、危，而欲降、变、溃的政治优势，造成假象，痹敌、惑敌。然后，再寻找有利于己、不利于敌的时机，用间里应外合，乘隙进攻，转败为胜，用以克敌。要如此，则须先以假诱敌、用间惑敌、用（情）报扰敌、用谣乱敌，使之四顾不暇、真假莫辨，从而造成可乘之隙、可乘之机。

所谓内溃性，是指利用政敌内部的分歧或矛盾，借机对其加以利用，并煽风点火，使其裂痕不断扩大，就可能破坏政敌内部的团结，自相争斗，不能共同对敌，使固有的优势在内自耗自疲，根本无暇外顾，给政敌以可乘之机。这不仅是在政治斗争中用间的根本目的，也是其用五间的手段，潜入敌之内部，使之起着我方代理人、为我服务、发挥特定政治效益，开辟新的战线的宗旨所在。这种效益、目的，则具有逆向的、自溃的、潜在的、隐蔽的、欺骗的、内耗的特点。因此，它既是我方的"内应"，更是敌营中的政治暗伤、隐患，又将引起政敌内部的"癌变"，催化其内轧、内耗、自残、自伤、自杀，加速其内溃的败亡。

第三，以反间计在政治上应用的作用来说，具有伪诈性、离间性的特点。

所谓伪诈性，是指因为用计者的最终目的是想方设法削弱政敌。为实现这一宗旨，用计者一般表现为不择手段，示伪隐真，以虚掩实，无中生有，捕风捉影，偷梁换柱、移花接木，更是其惯用的伎俩诡道。在政治斗争中，敌我双方既有公开的对阵，更有隐蔽的较量。两条战线，相辅相成，缺一不可。实施计谋，本身就是双方斗智、斗勇、斗法之事，包含着极大的暗藏性、神秘性。

作为反间计本身的作用，使用五间所要企达的效应，一是欺蒙以为信，二是诈骗以为真，三是认友以为正，四是误敌以为己，五是惑忠以为奸，六是疑实以为虚，七是迷奸以为忠，八是诈虚以为实。这一切的实现，是以五间的特殊身份、环境、条件、诱因、时机作掩护。用计者诡道之术的胜算，政治手腕的高超、胆识的过人、冒险意识的强化，亦是此计特定政治作用发挥的强性"催化剂"与"活力剂"。

所谓离间性，是指用计者的目标首先在于达到离间分化瓦解政敌，然后坐观势态的发展变化，创造条件，待时乘机削弱敌人，进而为战胜强敌铺平道路。从古代政治斗争中使用反间计的谋略看，用计者一般均处于劣势或不利地位，所以用计时多为五间并用，计计相扣，环环相叠，极少单计使用，这也从另一方面说明反间计的确有其特定的含义，不同于其他计谋。具体而论，用间的目的，在政敌营垒内部寻求代理人，或打进去，或拉出来，其最终目的在于"乘隙"、"制隙"、"造隙"，寻求政治突破口，加以利用。最佳做法是进行"离"、"间"、"分"、"割"之术，使敌内部不和、不睦、内哄、内乱。然后，使政敌被迫两面作战、多向出击、八方兼顾，这样强势难以发挥，优势遂成劣势。从而在战略力量对比上，发生根本变化，而用计者则可利用这种变化，由弱变强、由败转胜、由劣转优，置之死地而后生了。

第四，以反间计在政治斗争中的影响来说，具有实用性、广泛性、普遍性、易用性的特点。

无所不用其间，这说明该计的实用性；无论强者、弱者，都可以用间，则是该计的广泛性；无论是君臣、敌国、同僚、上下级，都可以使用该计，则是普遍性；行间的成本与获利相比，本小利多，方便使用，这是易用性。凡此，都说明反间计无处不在，无所不用其极，更显示出此计的丰富多彩。

苦肉计

——假真真假 离间全在真假

本计云:"人不自害,受害必真;假真真假,间以得行。童蒙元吉,顺以巽也。"其大意是:人们一般都不会自我伤害。倘若受伤遇害,别人便会信以为真。如果能将假的变成像真的一样,而真的又变成像假的一样,则离间计谋就可以实现。因此,要像欺骗幼稚的儿童那样来迷惑敌人,迎合其同情心理,顺着他的性情来暗中活动。

"苦肉计"一词,首见《吴越春秋》卷二《合庐内传第四》,讲的是要离施苦肉计杀庆忌的故事。又见《三国演义》第四十六回:"孔明曰:不用苦肉计,何能瞒过曹操?"这便是家喻户晓、妇孺皆知的"周瑜打黄盖"的故事。赤壁之战(208)前的一天,曹操错斩了魏军将领蔡瑁。蔡瑁堂弟副将军蔡中、蔡和二人假意憎恨其主子曹操,同时感到自身难保性命,而向吴军诈降。都督周瑜心中有数,顺势将他俩安排在军营之中。第二天,在吴军的作战会议上,部将黄盖提出投降之策,致使主战的周瑜勃然大怒,要将黄盖斩首。这是因为出兵之前,有令在先,诸将谁敢提"投降"二字,定要斩首。众将见此,便纷纷上前替黄盖说情,甘宁

要离智激吴王残,博信刺杀庆忌

更以身担保，但黄盖仍被打出营帐。由于众将的苦苦哀求，黄盖才被罪减一等，改为打一百脊杖。黄盖结果被打得皮开肉绽，鲜血淋漓，扶回帐中，疼得几次昏死过去。副将鲁肃看过黄盖以后，来到孔明船上，对孔明诉说。孔明对此事却相当冷漠。几天之后，参军阚泽拿着黄盖的投降书诈投曹操，上面写着："愿率部归降。"曹操却对此十分生疑。就在此时，蔡中、蔡和的密信也送到曹营，证实了黄盖受刑的消息，曹操对此相信不疑。阚泽接受曹操的旨意回到江南，向黄盖报告了前往的经过。二人商议后，阚泽又给曹操写信说："黄盖将带着船头插青龙旗的粮船过江投降。"待决战时刻到了时，吴军则水陆遥相呼应，向三江口附近进发，寻找进攻的时机。周瑜打黄盖，明明是二人商量好了，自家人打自家人，却偏偏装成是一个主战、一个主降，主战的统帅，打了主降的大将，并骗过曹操，使黄盖诈降成功，火烧了曹军八十三万。这既是利用苦肉计进行政治斗争成功的实例，更是进行自我伤害，借以取信敌人，行政治离间活动的典型谋略。

一、伪受迫害　迷惑麻痹离间

《周易·蒙卦第四》云：蒙：亨。匪我求童蒙，童蒙求我。初筮告，再三渎，渎则不告。利贞。《象》曰：山下出泉，蒙。君子以果行育德。

【一爻】初六，发蒙，利用刑人，用说桎梏。以往吝。《象》曰："利用刑人"，以正法也。

【二爻】九二，包蒙，吉。纳妇，吉。子克家。《象》曰：

"子克家",刚柔接也。

【三爻】六三,勿用取女,见金夫,不有躬。无攸利。《象》曰:勿用取女,行不顺也。

【四爻】六四,困蒙,吝。《象》曰:"困蒙之吝",独远实也。

【五爻】六五,童蒙,吉。《象》曰:"童蒙"之"吉",顺以巽也。

【六爻】上九,击蒙。不利为寇,利御寇。《象》曰:"利用御寇",上下顺也。

据秘本兵法《三十六计》原文记载,苦肉计是蒙卦五爻的象辞:"童蒙元吉,顺以巽也。"六五爻动,变为风水涣卦。意思是说:蒙昧的幼童正在接受教育,由于他对蒙师恭顺谦逊,所以吉祥。

蒙,是蒙昧、启蒙、教育之意。既然蒙昧,必易受骗,所以也可以引申为欺骗。此卦六五爻独动,若从此卦的原意来说,六五爻动而九二爻相应,表明君主谦恭下士,以民为师,是吉象。在战争中,六五爻为主帅位,本不宜动;动而又下迎我方之九二,更是愚蠢至极。其象辞为"顺以巽",把作为敌人的我方当作老师,和顺谦逊,言听计从,这完全是一副甘心上当受骗的样子,所以此时最宜行骗。只是,骗术万千,该选择哪一种呢?

从卦形上看,外卦中有两爻,与内卦有相应的关系,唯独六四爻,既与初六不相应,又与六三不相比,显得很为突出。这表明,敌方尚有睿知之士,会拆穿我方的骗局。所以,虽然敌方君主幼稚可欺,我方设计也不能太简易,其思维水平必须超出常识性的推理逻辑之上。

从卦象上看，内卦坎为险为陷，自身处于坎卦时，总难免要有所伤害损失。陷又可引申为坑害，同样表明要先给自己造成带有危险性的伤害。这个卦象，暗示了计谋的类型，是以伤害自身为前提，这样便自然会推导出苦肉计了。

既然坎为陷阱，那么这个陷阱必然是由初六、六三两个阴爻组成的坑，而九二爻既可以是坑中的坠落物，又可以是坑面上的遮盖物。作为坠落物，由于九二为不当位之阳爻，表明因其性情刚暴，或被自己人嫌弃，或与自己人有龃龉；作为遮盖物，表明正因此人与自己人不和，所以最适合当诱饵。九二虽然不当位，是敌人觊觎的对象，并且也不会真的卖身变节。还有，由于是刚爻，所以遂得到严重的肉体伤害；由于不当位，亦即不安其位，表明其人渴望改变环境，甚至不惜去冒险。只要找出符合以上条件的这么个人，此计便可畅行无阻。由于内卦为坎，所以也必有其人。

九二与六五相应，表明其受到伤害后，投奔六五，必受其接纳。按照常理，人是不会伤害自己的，既然受了伤害，肯定是别人加予的。六五本是雕虫小技便能诱其上当的人，遇到这种表面上极其合情合理的骗局，自然是深信不疑了。上九与六三相应，表明其偏信我方，所以会随声附和。至于六四，即使心存疑惑，但因六五智力有限，这种超出了常规性逻辑思维的骗局，纵有十张口，也难以对六五解释清楚，只能无可奈何了。九二便可乘机行事，做我方的内应。

参考变卦风水涣，上卦巽为风，下卦坎为雨，乃风调雨顺的吉象。风为雨之先声，风又可助雨势，所以风是为雨服务的。由于六五爻动，蒙卦才变成涣卦，表明敌人因自己的蒙昧，给了我方可乘之机。

苦肉计是建筑在伤害自己人的基础之上的，伤害的程度，要视对方的智力高低而定。上述不过是假定情况的一种，不可拘执。对方也许并不愚昧，甚至挺聪明的，只是与我方相比，如小巫见大巫而已。总之，对方的思维水平越高，我方的苦肉之计便要演得越烈。苦肉计的担当者，有的是自愿的，如周瑜打黄盖，便是愿打愿挨；有的则是被迫的。苦肉计有用得极其残忍的，即以杀害自己人来取信于对方；甚至牺牲自己的儿女骨肉，用人质的办法来蒙蔽敌人，这在古人是常见不鲜的。

苦肉之计用于军事，主要是一种转败为胜之计与谋略。两军对垒时，在敌人严密戒备、无隙可乘的情况下，为了能骗取敌人的信任，可利用人们不会自我伤害的心理，暗中进行自我伤害，自我损失，从而给敌方故意造成一种受排挤，受到迫害，进而无以自存的假象，来迷惑与麻痹敌人，且乘机乘隙打入敌人内部，用以实现从内离间敌人，从里瓦解敌营的战略目的。

在尖锐、激烈、复杂、多变的政治斗争中，苦肉之计，也经常成为政治家、野心家、阴谋家们所采用的手法。在与政敌、对手的斗争中，为了转败为胜，或为了摸清对手的内情，或为了从敌方内部离间、分离政敌，或为了在向政敌对手展开进攻时，能"里应外合"，均实施此计以打入政敌内部，进行破坏与配合。为行苦肉计，以迷惑政敌、骗取对手的信任，多采用自我伤害、伪受迫害、引敌害己、授人以柄、伪装病态等伎俩，以博得同情。

利用这种"感情"上的"漏洞",打入政敌营垒之中,再制造政治上的"空隙",以作可乘之机。进而以此为突破口,发动攻势,最后以收克敌制胜之效。这样就导致此计在政治斗争中的反复、频繁,或与其他计谋一起交替使用,成功失败的事例,历代皆有,不绝于书,更使得它富有自损性、诱痹性、待变性、奇发性的色彩。

二、自我伤害　博信待机出奇

苦肉计在政治斗争中,经常成为政治家、野心家、阴谋家们惯用的手法,虽然事例各不相同,手法亦多种多样,但归结起来,却可以分为以下互为关联的三种手法。

第一,自害自伤,以博信赏,待胜之计在其中。

这种手法的重点是"博"敌相信与赏识,以骗取信任,从而使自害自伤之假才能成真,才能潜入政敌内部,完成孙悟空钻进铁扇公主肚子里的任务。且进而获取政敌对手的政治情报,实行政治离间,造成政敌内部的分裂不合等,以为瓦解政敌、克敌做各种必要的配合与准备。

采用的具体手段,则又有博信(求得政敌信任不疑)、博赏(博得敌人的欣赏、赏赐)等。

1．博信

所谓博信,即是指在政治斗争中,通过己方营垒中,深受迫害之伪状,即用伪受迫害之状,在走投无路、生命有虞的状况下,只得选择投敌、叛变、叛逃之路，来投奔敌营，并有一定分量的"见面礼"，或为自己所受之伤，或为可供之情报，或为许诺之条件等，以使政敌消除疑心，从而深信不疑，使己打入敌营后，方能站稳脚跟，然后按预定计划行计、行事，以求呼应、配合行动。

事例：要离智激吴王残，博信刺杀庆忌

春秋时期，吴王阖闾刺杀了吴王僚，登上王位以后，吴王僚的儿子庆忌，逃奔到国外，招募勇士，伺机复仇。阖闾深知庆忌胆量与武艺高强过人，故对其活动极为忧虑，为除政治隐患与强敌，决定派勇士行刺庆忌。伍子胥向阖闾推荐身材矮小、腰大貌丑的勇士要离。要离为"博信"庆忌，便采用了苦肉计，故意智激吴王以残害自己。

有一天，伍子胥与要离一起，入朝拜见吴王，并要举荐要离为将军，统率吴军去进攻楚国。吴王一听，便怒斥伍子胥："此人身矮力弱，杀鸡无胆，骑马无威，怎能带兵打杖？"要离则呈奏说："大王可谓忘恩到极点了，伍子胥为大王安定了江山，大王却不肯替他报楚王的杀父之仇。"吴王听后，便勃然大怒说："这是国家大事，非你所知，居然还敢当面责辱寡人，真是岂有此理。"当即命人将要离的右臂砍了，且下狱治罪，并拘禁了他的妻子。

过了不久，伍子胥暗叫狱官放松监视，要离趁机越狱跑了。吴王大怒，下令将要离的妻子斩首示众，以示惩戒。要离逃出吴国后，探知庆忌在卫国，便投奔而去，且沿途逢人便诉说自己的冤情。到了卫国见到庆忌后，庆忌先是怀疑诡诈，不肯收容，直到亲见他被吴王致残的右臂，方才相信，且问他投奔自己的意图何在，要离则说："臣闻阖闾杀了公子的父亲，夺了王位，现在公子联合诸侯,想复仇雪恨,所以特跑来投靠您;某虽不能替公子冲锋陷阵,但做向导还可以,因为我对吴国的山川地形还是十分熟悉的。只要能为公子报仇,我亦雪了吴王杀妻戮子之恨,也就算是心满意足了。"庆忌仍未敢深信,直到心腹报告要离之妻子确实被吴王斩首示众了,才逐渐相信要离。庆忌与要离谈复仇之计,提出:"阖闾用伍子胥和伯嚭为谋士,选将练兵,国内大治,我兵微力寡,怎能与他抗衡?"要离说:"伯嚭不过是个无谋之辈,只有伍子胥算个智勇皆备的人才,却与阖闾貌合神离。"庆忌则追问其原因。要离答道:"伍子胥之所以尽力帮助阖闾,目的在于想借吴兵以伐楚,为其父兄报仇雪耻。但现在楚平王已死,仇人费无极也亡故了。阖闾则要安于王位,天天只顾沉湎于酒色之中,不想替伍子胥复仇了。前不久,伍子胥曾保荐我率兵去伐楚,吴王便曾当面斥责他,且加罪加害于我。由此伍子胥对阖闾积怨颇深。这次越狱逃跑,也是伍子胥买通狱官才成功的。他曾当面叮嘱我:'你此去先面见公子,察看动静。若肯为我伍子胥报仇,愿作内应,以赎过去杀君之罪。'公子如果现时还不肯发兵入吴,更待何时呀?"说完便在地上撞头,且俯地大哭。庆忌听罢,则表示愿听他的话,答应在短期内起兵伐吴。接着,又将要离带回自己的根据地艾城,将他作为心腹,且委派他去负责训练军士,修置兵船。三个月之后,庆忌果然兴兵伐吴,分水陆两路向吴国进军。进军中,庆忌与要离同坐在一条兵船上,船到中流,但后面的船却忽然跟不上来。要离趁机对庆忌说:"公子可在船头坐镇,这样,船工们便不敢不卖力了。"只见庆忌坐在船头,要离则用一只手持戟侍侧一旁。突然水上起了一阵怪风,要离则转过身去,猛然一戟插在庆忌的心窝之上,直穿出后背。庆忌见自己遇刺,便拼死反抗,将要离两脚倒提在水中沉溺三次,再苦笑说:"你可算是个勇士,连我都敢行刺。"左右兵士要将要离刺死,庆忌则说:"此乃勇士也,放他走好了。"说完,自己也因流血过多,伤势过重,倒地而死。要离见自己所施苦肉计已获成功,任务已经完成,便也夺剑自刎身死了。

要离为了完成自己的政治使命和任务,首先是必须接近吴王的政敌庆忌;其次则是要取得他的信任;最后,则是为其出谋划策,牵着他的鼻子走,且乘其不防,攻其不备,置之于死地。为"博信"于庆忌,要离使用了颇为高妙,且具极大迷惑性的"苦肉计"政治手段:一是佯激吴王,使之激怒,然后为其断右臂,以示惩戒;二是使吴王狱系要离,使之成为阶下囚;三是吴王斩杀要离之妻子以示众,使之更欠政治血债。这三部曲中,导演是伍子胥,引荐者、放囚者、诡称"离德者"都是他。此三部曲实施后,果然庆忌对要离深信不疑,并将他视为政治"知己",引为心腹;接着,便按要离所设"伐吴"政治圈套行事。在"伐吴"途中的船上,要离则乘庆忌不防不备,将其刺死。要离在实施此计中,也付出了断臂、妻斩、子戮、杀身的沉重代价。

2. 博赏

所谓博赏,即是指在政治斗争中,施计者通过巧妙伪饰的"自伤"式手法,从而做出在己方阵营中受迫害、受残伤、受冤罪的样子,以此假象行计,苦心在于博得敌对阵营中政治首领、政敌的依赖和赏识,接着便进一步施计行谋,"假戏真做"完成既定的政治任务,达到克敌制胜、从内部瓦解与损耗政治对手的目的。

在此种手法中，为"博"政敌信与赏，既需以自伤之苦来进行伪饰、巧装以惑敌，更需以皮肉、心灵的巨大牺牲，惨烈代价，用灵与肉的"血伤"来展示给敌人，以释其疑，用"血肉"之残以博政敌的信赖。

事例：王佐断臂伪降金，博赏敌首作内应

岳飞与金军主帅兀术在朱仙镇对阵交锋时，兀术义子、金军年轻小将陆文龙，骁勇善战，屡斩宋军将领，拔营攻寨，十分了得，连岳飞对他也一筹莫展，高挂免战牌，等待时机。

宋军部将王佐，得知陆文龙乃是宋潞安州节度使陆登之子，陆登力战金军，城破自刎而死，是时陆文龙尚在襁褓，兀术便收为义子，教其兵法武艺，故此英勇无比，宋军很难胜他。王佐深知岳飞的苦衷，便提出实施苦肉计，前往金营说降陆文龙。王佐唯恐岳飞不允，便用"自伤"、"自残"之法，取剑砍下自己的右臂，用药止血之后，夜入岳飞大帐，讲明自己的意图。臂已经砍断，无法接续，岳飞也只得潸然泪下，让王佐去金营游说。

王佐连夜赶至金营，见到守卫金兵，说明来意，并求见兀术。当见了兀术之后，王佐哭诉说："小臣王佐原是洞庭湖杨幺的部臣，曾受封为侯。只因杨幺事败，小臣无路可走，才不得不归顺了宋营。现今大军到此，大败宋军，又连斩数将。岳飞无计可施，只得挂起免战牌。昨夜他聚集诸将领商议军务，小臣进言说，如今金兵二百万南下，如同泰山压顶，如若再战，犹如以卵击石，实难对敌。不如差人讲和，庶可保全，方为上策。不料岳飞一听，竟勃然大怒，反说臣怀有二心，命人将臣砍去一臂。且要小臣前来降顺报信，说他即日就要擒捉狼主，杀到黄龙，踏平金国。臣若不来,他则要再断另一臂,因此特来哀告恳求狼主。"说完故意放声哭泣,且从袖中取出断臂呈给兀术验看。兀术听了,心中大为哀怜,就对王佐说:"你为吾家断了此臂,受此大难。现封你为苦人儿之职,在此养活你一生。"传命军中:"今后苦人儿到处居行,任他行走,违令者斩!"王佐得以在金军中随意穿营入寨,行动自由。

有一天,王佐来到陆文龙营中,见有一老妇便向前问候,得知老妇是河间府人。经过交谈,得知老妇是陆文龙的乳母,且了解到他们的身世,回去画了一幅画。过了几日,王佐来到陆文龙营寨,因为他在金营四处行走,善于说书讲故事,故此陆文龙让王佐讲历史故事。王佐先讲"越鸟南归",是越国西施带到吴国的鹦鹉,一直不说话,待西施最终回归祖国以后,鹦鹉又开口说话了;又讲"骍骝向北",是杨家将焦赞,人死马被俘,最终马不食草,向北方长鸣死,以殉主人。王佐绘声绘色,使陆文龙唏嘘感叹,被故事中的人物所吸引,以至于每日必听王佐所讲故事才能够安寝。一日,王佐让陆文龙屏退左右,拿出那幅画来。但见画中大堂上一个将军自刎倒在地上,一个妇人也自刺而死,另外一位妇人抱着一个小孩在啼哭,周围站着许多金兵,其中一位金军主帅,颇似其父王兀术。王佐按图而讲:"这画中故事,乃是十几年前的中原潞安州,恰逢金军攻城,节度使陆登兵败之后,不肯受辱,自刎在大堂之上,夫人不忍独生,也自刺而死,这位怀抱的孩儿,名叫陆文龙,抱孩子的乃是乳母。"陆文龙听到此问:"那个孩子为什么也叫陆文龙?"王佐说:"那年金军攻破潞安州,陆登老爷尽了忠,夫人殉了节。兀术见公子幼小,便叫乳母带着,认作义子,现今已十三年了。可叹呀!这陆文龙不但不给自己的父母报仇雪恨,反倒认仇作父,好不令人痛心呀!"陆文龙说:"难道你说的是我吗?"王佐道:"说的正是你,若是不信,请问奶娘便可知晓实情。"话犹未尽,奶娘走了进来,哭着说:"将军之话,句句是真,老爷夫人死得好惨哟!"陆文龙听罢,跪倒在地说:"不肖之子,哪知有这般实情。今日知晓,怎不与父母报仇?"说完便拔剑要去杀兀术。王佐拦住说:"公子千万不可莽撞,且再容几时,等待时机成熟,报仇之后,归返宋营,方是上策。"陆文龙则听从王佐调遣和安排。

此时金军刚刚添置"铁浮陀",即轰天大炮。金军统帅兀术大喜,将此炮调运至宋军营地周围,备好火药,准备半夜三更轰击,可以将岳家军一举消灭。陆文龙获悉此情之后,告知王佐。时间紧急,刻不容缓,王佐让陆文龙以"箭书"通报岳家军。岳飞接到箭书之后,立即将各部人马撤往凤凰山。待到三更时分,金营中果然用轰天大炮攻击宋军,火光冲天,地动山摇。岳飞站立在凤凰山头,见此烟火腾空的情状,不禁叹惜说:"多亏陆文龙的一封箭书,及时相告。也更惜王佐的一条断臂,方才挽救了宋军十万人马的性命。"次日天明,王佐携陆文龙、奶娘逃出金营,来到岳飞营地,宋军平添一员猛将。

王佐断臂诈降金,是中国古代政治斗争中,使用自伤、自残之术,以"博赏"政敌,实施"苦肉计"而获大胜的典型事例。在此计的实施过程中,王佐以骗取金军主帅兀术信任为前计,以策反战将陆文龙为后计,既获取重要情报,又临阵倒戈,真真假假,但目的明确。究其施计的具体特点:其一,王佐断臂诈降金,断臂是真，但诡称为岳飞加害则是假；其二，到达金营后，见到兀术，呈其断臂是真，然诈称为此遇害，不得不避祸降金则是真中有假、假中有真；其三，兀术因王佐断臂而"博赏"于他，封为"苦人儿"之职，准其在军营中自由行动，这一切是真，王佐因其真"苦"之血"肉"而收到了奇计之妙用；其四，兀术与陆文龙的义父义子关系，既是真来又是假，真中有假、虚中有实。王佐揭示陆文龙的本来身世，呈其实情，则是真。又以其真，戳穿其假，从而达到策反陆文龙的政治目的，为宋军获取与传递重要军事情报，避免了重大的损失与伤亡。王佐在完成自己的政治使命和任务后，则得以与陆文龙、奶娘一起，胜利返归宋营。可见，在施用"苦肉计"策略时，王佐先是以真伤假情，"博赏"于金军主帅兀术。次则真情真事，呈示给陆文龙，以揭其假义父、假义子的"伪情"。在"博"的手法上，前者是以假"博"真（信赖），后者则是用真（情）揭假（义）"博"真（反正）。足见其政治手法技巧之多样化与艺术化。

第二，亡羊诱残，授柄待变，创胜之计在其中。

这种手法的重点是"授"柄以敌，以求待变。以暂时性的示弱、示虚、示降的假象，蒙蔽、欺骗、麻痹政敌，使之丧失警惕与防备。再等待有利的时机与条件的成熟、转换、变化，一旦时机有利，再加以反扑、进攻，将政敌置于死地，进而获取战略性的成功与胜利。这是以战术性的退却而赢得宝贵时机与战机，最后转入反攻，夺取战略性进攻获取胜利的重要政治策略手段。在具体的运用上，为在尖锐、复杂、多变的政治斗争中，博得政敌的深信、不疑，进而不防，则多采取"亡羊"与"诱残"的伎俩，以收其政治显效。

采用的具体手段，则又有诱授（引敌害己）、主授（主动受控，将刀子主动授敌）、质授（给政敌留下人质、信物作柄，以利将来进攻）等多种形式。

1．诱授

所谓诱授，是指在政治斗争中，为实施苦肉之计，且保证成功，首先必须要使政敌因"苦"而引发同情、怜悯之心，进而则是深信不疑。只有如此，才能进一步打入政敌集团或营垒内部。其次，要做到此点，最好的办法则是"诱授"，即引诱政敌害己，然后造成假象和口实，方能使真正的政敌深信而不防。最后，也才能达到施计的既定政治目标，收到多种的政治效应。

事例：宋军诱授西夏主，番将小过受重责

北宋庆历（1041—1048）年间，知清涧城事种世衡，率领宋军与西夏对峙。他除了在军事上严加防范和守备外，还实施与运用了政治斗争的手段，特别是善于迷惑、麻痹敌人的苦肉之计。

种世衡部属内，有一位番将，是从西夏军队投诚的。种世衡经常以一些小小的过错，迁怒于番将，还把他人的错失，也都归罪于他，轻则辱骂，重则杖脊，该番将经常被打得皮开肉绽，血流满地。种世衡的下属们，认为番将没有犯什么大错，不应该受此重刑。种世衡勃然大怒，不但严厉斥责下属，而且还加重处罚，打得番将卧床数日而不能够起。

番将可怜，下属同情，也难免议论，以至于怨声载道。番将不堪受辱，声称要逃走，下属不是劝留，而是劝逃，给番将提供方便，使之得以回到西夏。西夏主元昊，也是英武过人，在宋军之中有不少眼线，早就得知番将的遭遇，再加上其是本族人，因此信任有加，让番将在枢密院任职。枢密院是军事指挥中枢，西夏主元昊能够让番将办理军国大事，则可见毫无怀疑。自此以后，种世衡犹如有了千里眼、顺风耳，西夏的一举一动，他无不事先知晓，所以屡战屡胜。一次，在大破西夏军之后，人们惊奇地发现，番将一直跟随着种世衡，甚为亲昵，才知道是种世衡使用苦肉计，让番将回西夏搜集情报，因此无不称奇。

此计的策划者是著名将领种世衡，具体的实施者则是具有特殊身份的番将。番将因小错而受迁怒，受重刑，造成血淋淋的创伤，下属求情而受牵连，不讲道理，以至于怨声载道，也就使苦肉计的影响更大。这是典型引敌害己的"诱授"手段，这种政治斗争手法，收到了意外的效果：其一，使他能以受迫害的苦刑重犯的身份，逃回西夏元昊的营中；其二，他受责打的"血肉"之躯，不仅免除了元昊的疑惧之心，而且更加赏识他、信任他，使之有了政治资本；其三，他利用元昊所给的政治特权，出入于枢密院等机要重地，便于搜集情报，进行活动，完成其特殊的政治任务。长期的、公开的活动，既不受阻，更无人怀疑，且身份还未暴露，这是此计的成功之处。其关键在于种世衡与番将之间的配合默契，再加上下属们的传扬，因此行动迅速，不露痕迹。足见其行计用策政治手段之高以及技巧的谙熟。

2. 主授

所谓主授，是指在复杂、激烈的政治斗争中，实施苦肉计时，为了使计策与目的不过早暴露在政敌面前，也不致使行计者的身份败露，便采用"主授"的手段，即自己主动受授，甚至将刀子主动授予政敌。表面上看，自己十分被动，实质上不仅不会被政敌发现，而且还会收到加倍信任的效果，有利于行计者达到和实现其既定的政治目标。

事例：燕太子主授秦王，荆轲献图以行刺

前227年，秦军灭赵以后，派大将王翦率大军攻打燕国。燕国地处长城以南，易水以北，国小人寡，本来就是一个弱国。在秦国大军压境之时，在军事上根本不能阻止秦国的进攻。即使想联合诸侯国家共同抗秦，也是远水难救近火。燕太子丹便决定实施苦肉计来解救这一燃眉之急。

燕太子丹原来在秦国作为人质抵押，受尽折磨，后来化装逃回燕国，一心要报前仇。在谋臣田光的帮助下，燕太子丹结识了有勇有智的刺客荆轲。荆轲受命于燕国危急之时，力图用刺杀秦王嬴政的方式来解此急，以入秦使者的身份去晋见秦王。当荆轲赴秦临行前，燕太子丹将他送至易水之上，为其设宴饯行。好友高渐离击筑（乐器的一种），荆轲和而歌道："风萧萧兮易水寒，壮士一去兮不复还！"这一千古绝唱，充分表现了荆轲悲壮的心境，以及气贯长虹、勇冲霄汉之概。为了接近秦王以行刺，荆轲采用向秦王奉献燕国山川物产人文的详尽地图和秦国一直追捕、逃亡在外的将领樊於期头颅的方式，用以迷惑秦王，且以此作为政治"诱饵"。

秦王在咸阳宫中召见了使者荆轲，见其呈献，则大喜过望，并亲自览奉献之图，但"图穷而匕首见"。荆轲拔其匕首急刺秦王，却因秦王绕柱而避，未能刺中而失败。荆轲自己则全身八处被创，不能站立，仍然怒骂秦王不止。直至死后，依旧"双目圆睁，宛如生人，怒气勃勃"。这是中国古代政治斗争中，用"主授"方式，实施苦肉之计策略的典型事例，虽未能成功，却也使荆轲名垂青史。

荆轲没有成功，主要是由于其副手秦舞阳胆小怯懦，一见秦王宫中的威武宫廷武士，便吓得面如土色，变了常态，引起秦王嬴政的怀疑，被叱下了台阶，俯首跪下，直至被击杀身死，始终未能起到有力的配合作用所致，且过早暴露目标和意图。使计划难以圆满实现的缘故。

此苦肉计的直接策划者为燕太子丹和谋臣田光，实施者则是壮士、刺客荆轲及其副手秦舞阳。其"主授"手法主要表现在：一是呈奉秦王攻灭燕国前夕所急需的燕国山川、风物、地形、险要的地图，主动授予，致使秦王大喜，而减少对来意的怀疑与不安，更便于接近和行刺；二是献上秦王一直多年追捕而不获的逃将樊於期的头颅，使秦王既除去心头之患，更喜使者心之至诚。这关键的两手，使得行计的行动得以按预定计划实现和进行。此计虽因诸种原因未能达到既定的政治目标，且加速了燕国的灭亡，但"主授"方式，本身却包含着多种隐患、隐忧，使行计者面对诸多突发事件和偶然因素，难以驾驭和妥善处置。这是行计者败多于成的重要原因。加之行计双方，均有其政治警惕性、惊惧性，在政治军事斗争的关键时刻，更是处处严加防范，这就为行计增加了更多更大的难度。秦舞阳的失常态、荆轲的图穷而匕首见，均使秦王从怀疑而到最后的惊觉和防避，直至转败为胜、转危为安，使行计者功败垂成，荆轲亦不得不饮恨而亡。然就计谋本身而言，其"主授"之巧、行计之妙、选人之精、施计之勇，均堪称典范。

3. 质授

所谓质授,是指在长期、激烈的政治斗争中,暂时处于弱者、败者、弱势者地位的政治家,为战胜强者、政敌、对手,在实施苦肉之计时,往往采用将自己留在政敌对手的身边、营垒之中,以作"政治人质"的办法,兼献各种珍玩器物,以作战败者降服归顺的"政治信物",且以此作为"政治把柄"。再进一步养精蓄锐、励精图治,图谋东山再起,实现其长期的战略目标。这种苦肉之计实施时,需有极高的政治手腕和心计,方能成功。否则,一旦败露,将功亏一篑。

事例:勾践质授吴王侧,忍辱偷生图兴越

春秋末年,吴、越是在长江下游今江苏、浙江一带兴起的两个国家。先是吴国强盛,越国衰弱。前494年,越王勾践却自不量力,想用奇袭、攻其不备的方法将吴国打败,突然出兵,结果却在夫椒(今太湖洞庭山)一带,被吴军打得大败而回。勾践率领残兵败将五千人退守会稽,见大势已去,败局已定,便决定投降。经过讨价还价,勾践称臣为奴,亲自到吴侍奉吴王。

越王勾践作为失败之主与政治人质,以大臣文种等驻守越国,在大臣范蠡的陪同下前往吴国。勾践派遣范蠡带着金帛美女去见吴太宰伯嚭,请他在吴王面前多加关照。勾践到达姑苏,与夫人一起裸露上身,一步一拜,进入吴宫,俯伏于地上,范蠡将美女、金帛、珍宝等呈献。吴王夫差与勾践原本有杀父之仇,如今勾践卑躬屈节,叩首乞怜,竟然让其生出怜悯之心,居然让勾践为其父阖闾去守墓,充当养马苦役。为了羞辱勾践,吴王夫差每次驾车外出，让勾践牵马步行车前，任吴人嘲笑辱骂，他低头俯身，一副顺从卑贱的样子，使人更看不起。

勾践每日砍柴养马，夫人除粪洒扫，范蠡执炊做饭，吃了上顿没下顿，因此个个面黄肌瘦，形容枯槁，衣服百结，破烂不堪，那些服苦役的卑贱奴仆，都比他们强。即便是如此，吴王夫差也没有放松监视，但勾践等人既没有怨恨之色，又没有哀叹之声，每日服贱役，乐此不疲。就这样，一连几年，勾践都没有取得夫差的谅解，却等到夫差生病。在范蠡的策划下，通过太宰伯嚭，勾践得以探视夫差，亲尝粪便而恭贺夫差不久病将痊愈，以至于夫差感叹："此事恐怕连太子也做不到。"居然认为勾践是忠心，放其回归越国，给其卧薪尝胆，十年生聚，十年教训的机会，却不想勾践不再给夫差以机会了。

这是在吴越政治斗争中，勾践成功地采用"质授"之本，实施苦肉之计，暂时忍辱为奴，从而麻痹政敌，赢得宝贵的时间和机遇，最终灭吴的成功事例。越王作为"政治人质"，战败后到吴王身边服苦役，此"质授"苦肉之计的特点和政治效应则有：其一，自己作为人质，则可保存有生实力，使五千军队和部分臣僚得以幸存下来，为将来政治上的东山再起留下"火种"；其二，到吴国以后，以自身、夫人、范蠡服苦役的皮肉之苦，可以消除吴王的政治戒心和疑虑，以为再无复国兴业的宏图大志了，起到了很好的政治掩护"烟幕弹"的作用；其三，勾践以自己的苦心侍奉病中的吴王夫差，甚至不得不忍辱尝其粪便以表"忠心"、以示"臣服"，进而感动、触发了吴王的"恻隐"之心，最后下令遣送他们回越国，且设宴庆功送行；其四，越王回国之后，牢记在吴之苦与深仇大恨，最终东山再起，兴复越国，打败吴军。这一切，均是回越的结果，乃是吴王夫差给了越王勾践政治喘息之机、休整之时、复兴之遇。所以，后人说"可笑夫差无远虑，中了越王苦肉计"，正切中其要害之处。也显示出了勾践行计之高妙、政治效应之深广。

第三，示伪以痹，转败奇胜，制胜之计在其中。

这种手法的重点是伪以麻痹、松懈政敌，在政敌心理"盲区"、"误区"的基础之上，利用其不防、不备、不料、不御的弱势，攻其之弱以使自己转败为胜，转守为攻。甚至还可将"点"、"线"之己"强"而化作、形成"面"、"体"之强势，从而扭转其整个政治斗争的局面。凭此计法，小可以脱身、脱险、避祸，大可以攻敌、胜敌、灭敌。所示之伪，多用现假藏真、显弱隐强、佯退实进等政治斗争策略技法。

运用的具体手段，则又有巧示（伪病）、直示（伪伤痛）、间示（伪装死）等。

1. 巧示

所谓巧示，是指在复杂的政治斗争中，处于暂时不利的一方，在施用此计时，采用向政敌"巧示"（伪病）其弱、其病、其溃、其乏之状，用以痹敌、懈敌，使之不防不备。然后，诱其政敌前来，在自己的权力范围之内，加以制服或消灭，从而转败为胜，实现其既定政治目标。

事例：孙坚巧示膏肓病，太守贪利被斩头

东汉灵帝中平元年（184），别部司马、议郎、长沙太守孙坚，

潜龙勿用日乾乾

奉朝廷之命，与袁术联合，出兵讨伐董卓。孙坚率兵抵达南阳时，已拥有数万的人马。孙坚为筹措军队的粮饷，行文给南阳太守张咨，索要军粮。张咨自恃雄踞一方，有与诸强抗衡的能力，拒绝提供军粮。孙坚想面见张咨，说明原委，却被拒绝。孙坚对左右说："我刚奉朝廷之命发兵讨伐，就遇到阻力，以后怎能在部属中保持威望、行使号令呢？"便对外假称得了急病，形将不起。全军将士惊惶不安，不知所措。张咨听到，暗自惊喜，还是要做表面文章，传呼巫医作法，到山川祈祷神灵，声称希望孙坚早日康复，却巴不得其病死。

孙坚派遣亲信告知张咨，说孙将军已经病入膏肓，将不久于人世，请张太守前去，把这数万人马交付给他统领。张咨心中暗喜，若是有了这支兵马，进可以争雄天下，退可以割据一方，岂不是上天送给他的礼品？想也没有想，便亲率五百名亲兵，带着许多牛羊美酒，到孙坚军营慰问探视。孙坚在营帐卧床接见，叫部下设酒款待，在彼此相谈甚欢之时，长沙主簿入帐禀报："大军前行，南阳道路尚未修好，讨逆军所需用的物资粮食，地方官府不给准备与筹办，南阳张太守阻碍我军前往讨伐董卓，请求按军法严厉惩处。"张咨听罢，惊恐万状，欲要脱身，已经不成，便眼巴巴地看着孙坚。只见孙坚从床上跃起，喝令手下将张咨捆绑起来，推出辕门，斩首示众，南阳郡便归孙坚所掌握。自此以后，孙坚率军所过之处，地方郡县无不争先恐后地迎接，也就没有筹措粮草之忧了。

孙坚出兵讨伐，首先必须号令三军，使之令行禁止；其次则须筹措粮草，以供军需，否则，粮草不先行，军马亦难以行动。只有做到这两点，才能在混战、割据争夺的激烈政治斗争中，立于不败之地。然而，南阳太守张咨却成为他政治上的第一个"障碍"，为清除此障，采用苦肉计中的"巧示"伪病的手法：其一是用急发之"重病"迷惑、麻痹政敌，使之不明真情，同时又能给政敌留下"弱势"的假象和阵势。其二是孙坚称病中暗许给张咨兵马，诱以扩大其军事实力，使之有利可图，有便宜可贪占，使之作政治诱饵，用以上钩。其三是入营来探病的张咨，受到酒宴款待，完全不防备，孙坚借故翻脸，只能束手就擒，被斩首示众。一个敢于抗命不筹粮的太守，终于成为孙坚政治斗争中实施苦肉计的牺牲品。

2. 直示

所谓直示，是指在尖锐激烈的政治斗争中，在关键时刻，实施此计者，采用"直示"（对其部下直接惩处敢于声言倾向敌方者，使之伤痛）手法，再加反间之计，来瓦解政敌，或破坏政敌内部营垒，或转败为攻，或使政敌计划落空等。

事例：周瑜打黄盖，一个愿打、一个愿挨

在周瑜火烧赤壁前夕，除了等待东风之外，就是担心不能够接近曹操的战船，火烧之事也就难成。正在此时，老将黄盖前来献计，与周瑜一起演出一幕苦肉计。东吴都督周瑜召集诸将，下达命令，让备足三个月粮草，准备四面攻打曹军。吴军处于守势，守尚且不容易，还要四面进攻，这岂不是找死？老将黄盖挺身而出，指斥周瑜年幼无知，明知不敌，却要进攻，等于是找死，若是前去送死，还不如归顺曹操，可以免当前之危急。周瑜虽然年轻，毕竟是主帅，岂容黄盖如此嚣张，顿时翻脸，要手下把黄盖推出辕门斩首示众。诸将纷纷下跪，替黄盖说情，希望周瑜念老将军战功卓著，免其一死。周瑜气愤难平，姑念诸将的面子，下令将黄盖重责五十军棍，以儆怯战者。行刑军士畏惧周瑜，不敢从轻行杖，直打得老将黄盖皮开肉绽，鲜血淋漓，多次昏死过去，以至于吴军上下为之叹息。

受到重惩的黄盖，派心腹给曹操送信，讲自己投降曹操，且准备里应外合，一举消灭东吴军队，杀死周瑜，以报军棍之仇。一向多疑的曹操，如何能够相信呢？派出奸细，四处打探，确认黄盖被打之实情，还验看伤处，还报曹操。伤痕俱在，黄盖又气愤难平，曹操也就相信黄盖真降。过了几日，黄盖来信，约定率领运粮之船插青龙旗为号，曹操大喜。

约定之日，黄盖率领几十只船，上面装满浸透膏油的干草、芦苇，船头插着青龙大旗，驶向曹操水军大营。曹操坐在大船等候黄盖率船来降，见插有青龙旗的船驶来，以为黄盖果然不失信，却不想粮船将近，着起火来，冲入曹军连环船队，顿时一片火海。孙、刘大军乘机全线出击，曹操几十万大军大败亏输。

这是中国古代政治斗争中周瑜所施的典型的苦肉计并成功的范例。此计在实施中，有如下特点：一"苦"则苦在黄盖劝周瑜率部降曹遭拒；二"苦"则苦在枉遭重杖，直打得老将军血肉模糊、皮开肉绽；三"苦"则在黄盖多次给曹操投降信表的良苦用心和实施计谋。终使曹操不仅不疑，且听任黄盖的摆布，最后在不防不御中间上当受骗。在苦肉计中深陷，几乎全军覆没。

3．间示

所谓间示，是指在尖锐的政治斗争较量中，暂时处于弱势，或被击败的一方，为保存自己，往往用装死的办法，迷惑政敌，使之松懈不备，然后在猛然间，突发奇技、奇功，使政敌受击而措手不及，自身则转危为安，为将来转败为胜打下基础。

事例：李广间示装死计，痹敌匈奴得逃生

西汉武帝元光六年（前129），大将军李广率领一路汉军出雁门，不巧碰上了匈奴军队的主力，在战斗中中了敌军的埋伏之计，汉军寡不敌众，奋战到最后全军覆没，受重伤的李广也被匈奴军队捉住了。匈奴骑兵将俘获的李广放在一个用绳子编织的大网兜里，架在两匹马中间，准备将其送到大帐去请功。李广深知，若是被抬进匈奴军中大帐，再想逃脱，几乎是不可能的，只有途中可以逃生。为了麻痹敌人，李广在网兜内一动不动，似乎已经死去，却时不时偷眼张望。正在此时，有一个匈奴骑兵从身边经过，但见该骑兵身背弓箭，坐下乃是骏马。李广突然从网兜内跃起，将那名骑兵推下马去，夺下弓箭，驾马便跑。匈奴人不曾防备，待醒悟过来时，已经难以追上了。

这是李广被俘后，运用苦肉之计，死里逃生的故事，也是运用苦肉之计虎口脱险的典型事例。李广用装死的办法松懈、麻痹匈奴骑兵，使之不防不备，猛然间运用自己的奇技绝巧夺马而逃生。这是李广能够抓住战机的结果，也是将苦肉之计成功地运用到实战的事例。

三、警惕对手　戒备防范之心

苦肉之计在政治斗争中，应用的范围十分广泛，无论是政治家，还是阴谋家、野心家，为了达到与实现某种特定的政治目的，都会以不同的手法来使用它。在何种背景、条件下使用苦肉之计,并有可能成功,乃是有一定的规律的。也就是说,只有在适合使用苦肉之计的范围里,该计才会有其政治效用,如果在不适宜的范围内使用,不仅得不到预期的政治效果,反而会因此招致灾祸。在中国古代的政治斗争中,政治家们均非常重视苦肉之计的应用范围。

第一,在敌国之间。

政治上相互敌对之国,有国力强大的,有实力相当的,也有国力相对弱小的,但无论是哪一种敌国,均可以在政治斗争中,使用苦肉之计。由于政治上相互敌对之国,彼此之间本来就存在着一种严重的防范心理,这就要求实施苦肉之计的一方,需要具有相当高的水准、十分谙熟的政治斗争技巧才行。也就是说,既不要过早暴露自己的真实意图和目的,又要使对方深信自己的"忠诚"与"良苦"用心,进而在施计后,实现企达的政治目的。

1. 弱国对强国的使用

对较为强大的敌国,实施苦肉之计的弱国,重点在于向对方"示苦"、"示弱",即运用掩饰锋芒、示苦隐真的手法,使敌国相信自己的弱小,不会对他们构成威胁,同时在政治上是无所作为,甚至准备向敌国强者屈膝、献城、投降,以此作为政治诱饵,以使敌方尝其甜头贪利而上钩中计。

事例:晋臣巧施苦肉计,秦康公贪城失利

秦康公(前620—前609年在位)时,秦国乘晋国内部纷争之际,出兵伐晋。当时秦国大将西乞术,身边有一位来自晋国的谋士,名叫士会,运筹帷幄,出谋划策,致使秦军接连获胜。晋国相国赵盾十分忧虑,深知士会的才能,若不除去,将对晋国不利。赵盾为扭转败局,战胜强秦,便与晋国六卿之一的臾骈,及擅长权谋的魏寿余等一起,实施苦肉计,以招徕士会,瓦解秦军。

赵盾在朝堂之上,命令魏寿余去镇守魏城。魏寿余则以自己从来没有带过兵打过仗为由,拒绝接受命令。赵盾勃然大怒,除了严加训斥之外,还限其三日前去镇守,倘若违反,斩首示众。魏寿余被训斥之后,回到家中便酗酒谩骂不止,借故殴打厨役,急急忙忙地收拾家中细软,声称要去投降秦国。挨打的厨役跑到赵盾那里告密,赵盾派大将韩厥前往抓捕魏寿余。韩厥故意放走了魏寿余,却将其夫人投入狱中。魏寿余逃往秦国,在秦康公面前陈述自己的冤情,献上晋国魏城的地图、户口簿,表示自己愿意去劝说魏城军民投降秦国。为了表示"忠心",魏寿余请秦康公派熟知晋国的使者与自己一同前往。

聪明绝顶的士会,早已经看出魏寿余的用心,关键时候,一言不发。秦康公贪城图利,不假思索,便派士会与魏寿余一起前往魏城。魏寿余赚得士会,告知赵盾,兴兵拒敌,打败秦军。秦康公不但寸土未得,还失去士会这样重要的谋士,则更难以争胜,只能无功而返。

2. 强国对弱国的使用

较之弱国而言,强国无论在政治军事经济实力上,均较有实力和强大,但在政治斗争中凭借自己的实力去战胜政治对手,却绝非易事。因为弱国面对实力强大的敌国,在心理上、行动上、策略上,均有着本能的戒心。要想使用苦肉之计,必须先突破这种障碍,然后才得以行计,且达到以较少代价战胜对手的目的。

如若在政治斗争中相遇，行计的强国以退却、退让之策，以示虚示空，向对方展示"苦肉"之中的"巨利"、"甜头"，诱其吞此饵。待其吞饵中计后，再行制驭之术。

事例：齐将苦心开城门，戎兵中计军覆没

前706年，北戎军队攻占了齐国的祝阿城，又兵临历城之下。敌军来势汹汹，并向齐国纵深地带推进。齐厘公感到形势严峻，一面组织国人抵抗，一面向郑、鲁、卫等诸侯国求救。郑庄公得到齐厘公的求援信后，便派大将世子忽率军前往救援，首先抵达齐国的历城城下。齐厘公与世子忽共商退敌之计，决定利用北戎军队"胜不相让，败不相救，可诱而歼之"的特点，实施苦肉之计，"苦心"使招，诱之以利，使之上钩。为引诱敌人，齐将公孙戴仲将历城城门打开，出关向敌人挑战。北戎军队统帅小良，立即率众迎击，两军交锋，各有胜负，戴仲渐渐不支，率领齐军绕城向东路逃走。小良不知是计，率领大军紧追不舍，而北戎将领大良也贪功急进。小良部众抵达东门时，忽然从四处射出无数的箭矢，滚木礌石齐下，打得北戎军队人仰马翻。小良连呼中计，率军急撤，却遇上大良的人马，双方拥挤在一起，进不得进、退不能退，互相践踏，死伤无数。齐将公孙戴仲和埋伏的齐兵趁势出击，北戎军队狼狈逃窜，在路上又遭到郑国大将世子忽所率郑军的埋伏，小良被乱箭射死，大良在阵前被斩杀。中了齐、郑两国所设的"苦肉计"的北戎军队，只落得个全军覆没的下场。

第二，在君臣之间。

中国古代政治斗争中，君主与臣子之间，既有共同的政治利益，相互维系，以共同实行统治，同时，为了权位，彼此又是竞争的对手，都是官场角逐中互不相让的政敌。为制服、制驭、降制对手，在政治斗争中，经常使用苦肉之计，以达到和实现其特定的政治目的。施计者通常是以"苦"、"弱"来引诱试探政敌，待其暴露真实实力和意图后，再采取行动，以制服对手，或许可以达到、实现多重的政治目的。

1．君主对权臣的使用

在政治斗争的紧张角逐中，君主对于手中握有权力的臣下，既要使用，但又不放心。为考验其忠心程度，常用苦肉之计，以"先苦后甜"之术，来对其政治忠诚度进行检验，可谓用心之"良苦"，政治手腕之"巧妙"。

事例：太祖怒施碎牙计，转怒为喜试忠奸

建隆元年（960）十二月的一天，宋太祖在后宫园林用弹弓打麻雀，此时朝中近臣声称有紧急公务，请求谒见，及见时，却是日常事务。宋太祖认为被打扰了游玩的兴头，十分不满，便大发雷霆，发怒责问奏事的官员。奏事官员从容回答："臣下以为，此事还是比用弹弓打麻雀要紧急。"宋太祖一听此话，恰似火上浇油，越发愤怒，举起手中的弓柄就捅他的嘴巴，当即打掉这位奏事官员两颗牙齿。被打掉牙齿的官员，慢慢地从地上拾起被打落的牙齿，揣在自己的怀中。宋太祖则骂道："你怀揣牙齿，是还要想同朕打官司吗？"官员回答："臣下没有同陛下打官司，自然应当有史官记下此事。"宋太祖听后，立即转怒为喜，连声夸奖这位官员忠贞、耿直、秉正，并立即赏赐大批的金银绢帛，用以慰劳勉励他。

这是作为开国之君的宋太祖,实施苦肉之计,试验权臣的忠奸与政治品德的典型事例。借此更可提高君主在臣下的威望,还可留下自身虚怀纳谏的美名。

2．权臣对君主的使用

古代的君主,对臣民拥有生杀予夺之大权。权臣对君主,既有敬畏的一面,即"伴君如伴虎",必须时时加以戒备、提防。另一方面,在皇权与臣权的政治斗争角逐中,权臣为维护自身拥有的权势特权利益,为保住其政治地位和官位,也常常施用"苦肉计",其惯用手法便是"以退为进"、"佯退实保"的办法,向君主"示退"、"示弱"、"示惧",消弭君主对臣下的政治"戒心"、"防范之心",进而实现其政治目的。

事例:宋祖即位优前相,群臣施计求自存

建隆元年(960)二月,宋太祖赵匡胤,为了显示对前朝后周旧臣的优厚待遇,便对后周的三位宰相,即首相范质、次相王溥、末相魏仁浦,全部都给予政治上的优厚礼遇,给他们加官晋爵。其目的在于笼络旧臣,使他们更加忠心,帮助自己辅治天下。

按照前朝的行政、议政、施政旧制,凡遇有重大政事,皇帝必定命令宰相大臣坐下商议,到了事毕空闲,皇上命令赐茶,臣僚才能退下。赵匡胤即位,仍然如此。范质等人为宰相后,又被加官优待,深知其中的政治危险因素和祸端,惧宋太祖政治手腕和遇事英武决断,十分注意收敛行迹。在赵匡胤为他们加官晋爵的时候,他们请求:凡有政事,均应写成札子进呈,听取圣意,由皇帝亲自裁决定夺。宋太祖同意这种请求,宰相坐论与皇帝共决政事的制度,自此消失了,皇帝得大权独揽。范质等人被加官晋爵，通过巧施此以退求保的"苦肉计"，使他们参政大权"旁落"在皇帝手中，既可以避免皇帝猜疑，也可以得到最大的"政治避难港"，以确保荣华富贵。

第三，在臣僚之间。

在"朕即国家"的君主专制体制下的官场，充满尖锐、激烈、复杂的政治斗争，君主利用权术以控驭群臣，群臣则通过尔虞我诈、弱肉强食的角逐，争相讨好邀宠于"圣上"，为加官晋爵、封妻荫子铺平道路。臣僚实施"苦肉计"，多是借以保身保位、以退求存、以退求进。其手法多以"示假隐真"、"示退隐进"、"示弱隐强"为主，用以欺骗、麻痹、松懈同僚政敌，使之不防不备，然后或保存住自己，或乘势进攻、战胜对手。

1. 同级臣僚的使用

同级官僚之间的政治角逐与斗争、多围绕权位、官职这一中心进行。由于职少官多，往往同一官职，不仅竞争激烈，而且互相排挤。在这种状况下，亦有不少官员，采取以退为守、以让求存的"示弱"之"苦肉计"策略，来保住自己的既得政治权势、利益，更进求名节及对后人的荫庇，企达与实现更大的政治目标。

事例：窦仪巧赞同僚功，妙施苦计求自保

宋乾德四年（966），翰林学士、礼部尚书窦仪，从前在滁州时，封存库藏绢帛，不发给属下，得到宋太祖赵匡胤的夸奖，屡次要任用窦仪为宰相，这时赵匡胤开始厌恶宰相赵普，意欲找他人替代。赵匡胤召见窦仪，言谈中透露赵普一些不法之事，称赞窦仪才能出众。若是一般人，肯定顺从皇帝的旨意，随声附和，窦仪却恰恰相反,不断地赞扬开国元勋赵普公正忠诚、光明磊落、德才兼备,而自己无才无德,不敢望赵普的项背。君臣之间谈不拢,也就不欢而散。

窦仪回到家中,高兴地把几个弟弟找来说:"我必定不能做宰相,但也不会被流放到朱崖,窦家一门从此可以保全了。"宰相赵普不知道窦仪在皇帝面前盛赞之事,便排陷打击,使赵匡胤打消任用窦仪的主意。窦仪当年去世,赵匡胤说:"上天为何这么快夺去我的窦仪啊!"不但赠授其官,还重用其兄弟后代。这是窦仪对忌恨自己的同僚赵普,采用"示功隐过"、"示忠隐奸"、"示贤隐否"的"苦肉计"手法,寻求明哲保身家的结果,也是苦肉之计政治效应的显现。

2. 上下级官吏的使用

上下级官吏之间,为争夺官位、职位,为夺取权势,或为保住与巩固自身的既得利益,而进行尖锐、激烈、你死我活的斗争,则是官场政治斗争中的常见现象。为了夺取战胜对手、政敌的胜利,他们彼此之间,也常施用"苦肉计",以前述的手法和惯用伎俩,进行麻痹、松懈政敌,然后再一举乘势主动出击,置对方于死地而后快。

事例:况钟巧施苦肉计,先纵后惩治奸吏

况钟是明朝初年著名的清官,曾经在衙门当小吏,永乐时以政绩被推荐到朝廷,授以礼部郎中。宣德五年(1430),被推升为苏州府知府。上任前,宣德帝曾经召见,赐给他由皇帝亲自签署敕书,授予其不待上奏,可以自行处置政务的特殊权力。况钟深知苏州府衙内猾吏奸胥狼狈为奸、苦害良善的行径多多,为掌握确切事实,真凭实据,巧施"苦肉计",采取"先(故)纵后惩(治)"的办法,使他们上钩。况钟到任以后,管事书吏拿着公事案卷送批,他不问可否,一概批准,猾吏奸胥认为他软弱可欺,胆子也愈来愈大。苏州府通判赵忱,自恃出身高贵,根本不把况钟放在眼里,独断专横,况钟也视而不见。

下级胥吏欺瞒,同僚恃强挤对,况钟都隐忍下来,却也心中有数。不久,况钟命令所属官员及胥吏到府中集合,当众宣读皇帝的敕书,当读到"所属官员吏员如做不法之事,况钟有权自己直接捉拿审问"时,无不为之吃惊。况钟读完敕书,当即升堂,先揭露胥吏中作恶为奸之事,让他们心服口服,然后让衙役把这些胥吏衣服脱掉,四个衙役抬起一人,高高抛向空中,如是再三,直到摔死为止,一共摔死六个胥吏。况钟令人将胥吏尸体放在街市示众,以儆其余。况钟实施"苦肉计"惩治奸吏,致使苏州大小官吏无不惊恐,小心办事,不敢再肆意为奸,清正廉洁得以张扬,刁官奸吏遭到严惩,苏州府得以大治。

四、自损其体　寻求心理突破

苦肉之计位于败战第四计,其承上启下的位置,也决定该计的重要性。苦肉计的实施,有着因时、因事、因人而施的特点,其特定的内涵和专有的特性,在策略与技法上也特殊,在政治斗争中备受人们的青睐,应用范围十分广泛。总括起来看,此计在政治斗争中的应用,有如下基本特点与效应。

第一，就苦肉之计在政治斗争中应用的目的而言，则有着自损性、奇发性的特点。

所谓自损性，是指苦肉计行计的重要一环，就是要求施计者必须制造"苦"、"难"、"虚"、"弱"的假象，用以麻痹、迷惑政敌、对手，使之不防、不备、不御、不虑，进而使自身先处于守势，再伺机、窥时、察弱、乘虚，对对手展开攻击，使之战败或内溃，由此转败为胜，转守为攻。要做到此点，使本来就具有警惕心、防范心的政敌，能相信所示之"假"，所示之"苦"，所奉之血"肉"，施计者则须自损其体，自吃其苦，自受其罪，自污其名，只有如此方能赢得政敌的同情、信任、怜悯等，从而在敌方的心理上，赢得"同情分"，在政治心理防线上打开一个"突破口"。

由于在政治斗争中应用苦肉之计，具有极大的心理战因素和冒险性，因此它的成败得失，很大程度上取决于行计者对全局、敌我双方政治斗争态势的正确评估，对发展趋势的准确分析、把握。斗争局势是瞬息万变的，当各种机遇出现时，不能够放弃，因为机会总是稍纵即逝。把握机会，就要求施计者在整个计谋的应用过程，须采用奇、险、惊、快的方式，方能企达与实现既定的政治斗争的目标。因此，在施计目的性上，须具有"奇发性"的特点，使政敌出其不意，防不胜防，然待醒悟时却已败局注定了。

第二，就苦肉之计在政治斗争中的作用而论，则具有诱痹性、待变性的特点。

在政治斗争中，实施苦肉之计时，行计者向政敌、对手所显示、展现的"苦"、"血"、"损"、"弱"、"虚"等,具有政治上、心理上的多重效应:在政治上,为的是使政敌相信自损者,确为敌方的代理者、利益维持者、忠心者;在心理上,则为的是引诱和诱发敌人的同情心、怜悯心、恻隐心,在此掩护下,则可起到奇特的政治防范心理的淡化和麻痹作用。

至于实施苦肉之计的待变性作用,则体现在诸多方面。通观在政治斗争中苦肉之计的实施全过程,通常是循着示"假"、示"苦"、示"弱"以诱敌→痹敌→降敌(降服敌心)→间敌→击敌→败敌的路子走,其发展、推进,有着一个等待、趋变、渐变、速变的过程与特点。当行计者示"苦"以赢得政敌信任、同情、怜悯时,抵达、钻进敌人营垒、心脏中去之后,便要等待时机,以求一逞。或离间,或内应,或反攻,或出击,则须待机而动,审势以行。否则,将会功亏一篑,造成苦上加苦、最终自灭的结果。

第三,就苦肉之计在政治斗争中应用的心理和智道效应而言,更有着奇发心理、速胜效应的特点。

在中国古代政治斗争中,诸多苦肉之计的施计者,在行此计时除用"苦",用血"肉"诱敌、痹敌、懈敌外,更以出奇招、发奇兵、布奇阵,给政敌以意外的打击,使之措手不及、猝不及防,方能收到克敌制胜的理想效果。在政治斗争心理上,确有先声夺人、出奇制胜的特征,且由此而引发出速战速决、快速制胜的多重效应。施计与行计的全过程,不仅可以检验用计一方的高超政治斗争技巧,而且可以看到他们纵驭全局、把握机遇的特殊本领,乃是政敌双方斗智斗勇的必然结果。从智道效应上讲，苦肉之计及其在政治斗争中的应用，本身便是一场智力、心力的竞技，也是策略技巧与艺术的表演，只不过有浓厚的政治色彩和被蒙上神秘的外衣罢了。

连环计

——百计迭出　此策阻彼策生

本计云："将多兵众，不可以敌，使其自累，以杀其势。在师中吉，承天宠也。"其大意是：敌人兵将众多，不可以硬攻、力攻、直夺，应当运用多种计谋策略，使敌人自相钳制、自相攻伐、自相倾轧、自为消耗，借此以打掉敌人的气势，削弱敌人的有生力量，最后再乘机战而胜之。此计谋如果运用得巧妙的话，便有如得到天神的护佑与相助一般顺利、吉祥。

连环，系指将多数环圈连贯起来，成为互相环连的串子。连环计作为一种政治与军事谋略，是指在政治与军事斗争中，面临复杂多变的局势，施计者常用百计迭出，即使此策遇阻，则彼策生效的办法，环环相扣，计计相连，借此获胜。正如《兵法圆机·迭》所说："大凡用计者，非一计之可孤行，必有数计以襄之也。以数计襄一计，由千百计练数计，数计熟，则法法生，若间中者，偶也；适胜者，遇也。故善用兵者，行计务实施，运巧必防损，立谋虑中变，命将杜违制。此策阻彼策生，一端致而数端起，前未行而后复兴；百计迭出，算无遗策，虽智将强敌，可立制也。"此计名称的由来，源于古代的小说与戏曲。明人罗贯中

晏婴外引桃,巧施除恶计

《三国演义》便有"王允巧施连环计"的故事情节。其实"连环计"一词,又是根据元曲"锦云堂巧定连环汁"而来。其具体内容,则是指东汉末年,王允与蔡邕巧设美人连环计,将美女貂蝉先许配给吕布,后又送给董卓,从而激怒吕布,掀起义父义子之间的内部矛盾与剧烈摩擦,最后导致互相斩杀,借吕布之手诛除董卓的故事。元曲的这段故事,到了明朝初年,人们又修改订正了元曲本事,演绎为王允要暗算董卓,将一支"玉环"交给貂蝉,并授以密计,让她按计行事,终于获得成功,戏曲也改名为"连环计"。《三国演义》将此故事情节,加入诸多民间传说,进行艺术加工,更富有戏剧特色,情节更加生动,人物的艺术形象也更为丰满,用计的过程也更为详尽和富于情趣。至此,"连环计"一名,便在民间不胫而走,成为家喻户晓的用计代名词。至于吕布、董卓戏貂蝉,貂蝉施计遇董、吕,更是人们津津乐道的故事,貂蝉也几乎成为连环计的代名词。

　　此计本意是由于敌人十分强大,互为同盟,朋比为奸,相互勾结,在这种情况下,不可强攻,只能智取巧破。运用引发矛盾、伺机暗控的方式,使政敌内部互相倾轧、争斗,彼此摩擦,以消耗敌之有生力量。在敌疲内伤的状况下,施计者寻时觅机,一举将敌人歼灭。这一过程中,施计于敌之内部与行谋于敌之外部,乃是内外结合,互行互补,宛若环环相连、节节相加一般,使强敌无喘息之机。只有如此,施计者所要企达的战略意图才有可能实现。

一、使其自累　智将强敌可制

《周易·师卦第七》云：师：贞，丈人吉，无咎。《象》曰：地中有水，师。君子以容民畜众。

【一爻】初六，师出以律，否臧凶。《象》曰："师出以律"，失律凶也。

【二爻】九二，在师中吉，无咎，王三锡命。《象》曰："在师中吉"，承天宠也，"王三锡命"，怀万邦也。

【三爻】六三，师或舆尸，凶。《象》曰："师或舆尸"，大无功也。

【四爻】六四，师左次，无咎。《象》曰："左次无咎"，未失常也。

【五爻】六五，田有禽。利执言，无咎。长子帅师，弟子舆尸，贞凶。《象》曰："长子帅师"，以中行也；"弟子舆尸"，使不当也。

【六爻】上六，大君有命，开国承家，小人勿用。《象》曰："大君有命"，以正功也。"小人勿用"，必乱邦也。

据秘本兵法《三十六计》原文记载，连环之计也是从《周易·师卦》的逻辑原理推演出来的。"在师中吉，承天宠也，王三锡命，怀万邦也"，是师卦九二爻的象辞，按照一般性的解释，意思是说：九二爻统帅军队，持中不偏，可获吉祥，必无咎害，会受到六五爻长子的宠爱。由于九二怀有平定天下万方的志向，所以多次受到君王的褒奖。

师，即军队，兵众之意，又可引申为众多。上卦坤为地，乃广袤之体，三个阴爻接续而排，共有六段，密密匝匝，象征敌军之众。下卦坎为水，地在水上，有变水为淤积之象，表明敌众我寡；坎又为险为陷，表明我方陷于危险之中。幸亏坤又为顺，表明敌人来势并不凶猛，还有转圜余地。

占得此卦，既然是敌众我寡，取计之道，则要以少取胜。从卦形上看，九二是唯一的刚爻，被上下五个阴爻包围，为群阴逐阳之象，也为一阳率众阴之象。阴为小人，见强者趋之若鹜，若一旦失去统帅，必然群龙无首。所以，九二爻至关重要，有了它，全卦才有了中心，有了秩序。但是，九二爻恰恰为动爻，动而变阴，小人失去了统帅，无人管束，必然会产生上述无序状态。九二爻动，变为坤，为地卦，坤乃阴谋诡计的象征。上卦本为坤，下卦又变为坤，两个坤即两个计，计上加计，一环扣一环，亦即连环计。从坤卦的卦形来看，无一相应，无一相比，一片杂乱无章。这里面寓意深远，暗示取胜之道，就在于使敌人的长处变为短处。敌人将多兵多，便要设法造成敌人的混乱，使敌人互为所绊，自相践踏，兵多反被兵累；我军乘乱攻之，必大获全胜。

爻象辞的解释，应当符合占卦实际的需要。所以，九二爻的象辞"承天宠也"，就不能理解为九二爻与六三相应，受到天子的褒奖；而是指占卦人若能使用连环计，就会像鬼助神佑一样，取得意想不到的战果。

连环之计用于军事，主要是一种由败转胜、以弱胜强之谋略。

在军事斗争中，两军对垒，由于敌人力大势强，且互为声援，在这种敌强我弱的状况下，必须使用各种计谋，智夺巧取，以避强攻硬夺受挫，或遭受不必要的损失。这些计谋中，最重要的是要挑起敌人内部的争斗和拼夺，使之损势耗力，再加利用，以开创有利战机，采用彼策另计，或强攻，或奇袭，或诱敌以陷，乘势聚而歼之，以夺取更大的胜利。

在政治斗争中，连环之计，经常成为政治家、野心家、阴谋家所惯用常使的手法。在与群体性、帮伙性的政敌、对手的较量斗争中，为着尽快干净、彻底、全部地消灭政敌，必须百计迭出，采用各式各样的政治谋略，如引矛（暗控）、分治（各击）、环连（机巧）等术，先引发政敌内部的矛盾、摩擦，促进并加速其火拼、内耗；随之再分进合击，或分治，或合击，或围歼，推波助势，使之消耗有生力量；接着，则是使政敌对手就范，束手就擒。或以机巧连环之术，此计受阻而改行彼策，使敌人与其同伙分化瓦解之后，予以歼灭击溃。此计在政治斗争中，本身已经包容诸多计谋策术在内，计计相扣，环环相连，各种手法交替使用与出现，从而富有引发性、推助性、分合性、迫胁性的色彩。

二、机巧环连　运筹制胜心机

连环计在政治斗争中，经常成为政治家、野心家、阴谋家们制敌获胜的惯用手法，虽事例各有不同，手法多种多样，但归结起来，则可分为以下互为关联的三种手法。

第一，引矛暗控，以待彼累，待胜之计在其中。

这种手法的重点是引（发）矛盾，暗控其势，然后再待政敌在内部矛盾的剧烈冲突、火并、斗争中，耗力疲累后，伺机进攻，以夺取胜利。

采用的具体手段，则又有外（促）引、内（化）引、激（发）引、导（速）引等诸多形式。

1．外（促）引

所谓外（促）引，是对政敌的同伙内部，为加速其矛盾斗争与分化，则由外引入催化剂，促使内部进行激烈矛盾与冲突，施计者则对引入的催化剂（或人或物）进行暗中调控，适时加温促变，使敌人内部矛盾的缺口加速扩大，耗损其元气。待政敌元气大伤与致疲受累后，再乘机加以进攻，使之覆亡。

事例：晏婴外引桃，巧施除恶计

春秋齐景公时，手下公孙接、古冶子、田开疆等"三士"，因为勇猛过人，战功卓著，再加上景公的宠信，横行无忌，人多畏之。著名政治家、齐国相国晏婴，则使用连环计，智除"三士"。

在齐景公接待鲁昭公时，晏婴献上新采摘的桃子。两位国君品尝鲜桃之后，还余下两个，就要赏赐晏婴与鲁国丞相，二人推辞，晏婴便建议给在座有功者食之。公孙接、古冶子抢先争功，将这两个鲜桃吃了。田开疆战功赫赫，其声名远在那二人之上，认为"士可杀不可辱"，功大不能够食桃，一时激愤，竟然拔剑自杀。公孙接、古冶子觉得惭愧，认为无颜面对世人，也拔剑自杀了，没有想到中了晏婴的连环计谋。

晏婴身为齐国的相国，巧借二桃之物，外引政敌三士内部的矛盾，并加以催化、加温，最终竟能以连环之计，除掉三士。这是古代政治斗争中，巧施连环之计，最终克敌制胜的典型事例之一。

在该计的实施过程中，呈现如下一些特点：其一，选时择机准，为清除三个横行无忌的武将，晏婴决定在适当的时机、条件下进行，齐鲁国君见面的宴会，乃是行连环计的最佳时机，因为隆重、热烈，并具权威性，三士都愿意在这种场合下自我表功邀赏。其二，所引外物非常巧，借二桃这个外物，来激化三士内部的矛盾，颇具吸引力、权威性。桃子虽不是什么珍贵之物，但以两位国君所赏，则非同一般，象征着荣誉、名分，代表着功劳、宠信，争而夺之，并不意外。其三，"因矛"暗控的手段精妙。晏婴要以二桃赏赐三士，实际上是制造矛盾，号称以功行赏，就是让他们争功，其实不管是谁，都会认为因争功而不让人乃是一种不道德的行为，三士谁先自杀，都不意外。其四，连环计的权术技高在于巧妙地利用"名节"。名誉与节操是古人最为看重的，为之而死，往往会认为是履行一种道义，三士以死正名，并没有觉得有什么不妥，别人也不会有什么猜疑，只能够感叹而已。这正是晏婴巧施连环计的妙用，既除恶人，又保全自己，还没有得罪景公，可谓是高超精绝。

2．内（化）引

所谓内（化）引，是指在政治斗争中，敌国之间或敌对集团、群体之间展开较量时，施计者为了实现自己的政治意图，着重从对方内部下手，进行分化瓦解，然后以促使早已存在、潜藏的内部矛盾激化，冲突增加，来耗尽其实力，使之彼累此疲。在这种状况下，再一举达到自己预定的政治目标。

事例：子贡内引成合纵，群雄争战保鲁国

春秋战国之交，群雄争霸，诸侯各国交兵，恃强凌弱、以大欺小，则是常见现象。这种政治格局为连环计的实施，提供了最佳市场。诸侯国为了实现政治意图，或克敌存己，或乱敌利己，或制敌取胜，常常施用连环计。孔子的杰出门生子贡，不但是孔门的佼佼者，也是政坛上的杰出人物。子贡巧用连环计，促成诸侯政治合纵，内引各国内部矛盾，促使他们争斗厮杀，达到保存鲁国的目的。

齐国权臣田常准备派军征讨鲁国。一个"万乘之国"，兵临"千驷之国"，优劣自见，鲁国危在旦夕。为了保全鲁国，孔子派子贡去说服齐国，不要进攻鲁国。子贡凭借卓越的才能，花费十年时间，巧施政治连环计，使鲁国安然无恙。

子贡先抵达齐国，向田常游说："你讨伐鲁国，实在是个大错误！"便详尽、透彻地向田常阐明不能攻打鲁国的道理，要田常以伐鲁之师去攻打吴国。为了安抚齐国上下，子贡提出去游说吴国，让吴国救鲁伐齐，使齐国攻吴名正言顺。

子贡游说吴王，认为吴救鲁，可以扬威于天下，攻齐不但有利可图，而且可以进入中原，迫使强大的晋国屈服，成就霸业。当得知吴王以越王勾践为隐患时，子贡则提出入越游说，以消隐患，要吴王尽管出兵。

子贡来越国游说勾践，开门见山地讲吴国要先攻灭越国，再兴师去中原问鼎之事，要勾践派兵助吴王北伐齐国。这样，吴胜则会问鼎中原，无遑后顾，越可以攻吴复仇；吴败则军力消耗，不再强大，越国仍然可以进攻复仇。勾践采纳意见，派兵助吴，使吴王认为后顾无忧，亲自率军讨伐齐国。

子贡再到晋国游说，讲吴国倾国而出与齐国交战，若是齐国打败了吴国，越国必然随之大乱，吴国亡而齐国胜，必然威胁晋国。要是吴国打败了齐国，必然问鼎中原，将兵临晋国。因此要晋国修造武器，休养士卒，做好打大仗的准备，以晋国牵制吴国、齐国，鲁国则高枕无忧了。

在子贡的游说下，吴国与齐国在艾陵交战，齐军大败。吴军兵临晋国，两国在黄池交战，晋军获胜。越王勾践立即渡江偷袭吴国，由于国内空虚，吴国大部分地区沦陷，吴王因后顾之忧，急忙回师援救，又被晋军追袭。这支久疲之师，长途奔袭，人困马乏，哪里是养精蓄锐、立志报仇的越军对手，三战皆败，被越王围困，吴王夫差自杀而国灭，越国开始称霸。

子贡成功地运用了政治连环计的策略，十年之中，改变了五个国家的命运：保全了鲁国，败乱了齐国，灭掉了吴国，使晋国强盛，又使越国得以称霸。

子贡作为一位负有政治使命的使者，在诸侯国之间，穿梭游说，目的在于保全鲁国。保全之计的上策，是实施政治连环计，其具体手法上，则又以引发诸侯国之间内部矛盾，使之加剧为宗旨。为了使群雄相争斗，鲁国坐收渔人之利，子贡在挑斗之术上，狠下功夫，不但使各诸侯国的国君跃跃欲试，而且在争斗之中处在欲胜不可、欲罢又不能的状态。这些政治挑斗的手法，归纳起来有如下几种：第一种手法是挑拨之术，前往齐国游说，重点是挑拨齐国与吴国的关系，让准备进攻鲁国之师，转攻吴军，这样既可解鲁之倒悬燃眉之急，又可以将祸水引向吴国。第二种手法是鼓动之术，子贡既鼓动吴王夫差救鲁之危，又煽动他诛除讨伐残暴的齐国，以大利可图、问鼎中原为诱饵。第三种手法是晓利之术，子贡对越王勾践晓以生死存亡的利害，让其以兵助吴，胜负均可获利，使越不得不从。第四种手法是警以危害的凶险之术，要晋国做好大战的准备，无论是齐国胜，还是吴国胜，都会与晋国争锋，使他们都无暇顾及鲁国。子贡的连环计，使齐、吴、越、晋都处于紧张争斗之中，乃是一计套四虎，鲁国在坐山观虎斗中，得以自存自保。

3. 激（发）引

所谓激（发）引，是指在政治斗争中，敌对双方均为群体性的政治团伙，施计者的一方，为了克敌制胜，运用连环计，以便寻机窥势、巧借隙口，将早已存在于政敌内部的矛盾，加以激发、扩大，从而使此"隙口"成为可乘之机、可图之利，再激使政敌内部自相残杀、相互火并、自我消耗，以达到诛除政敌的目标。

事例：王允激引吕布怒，一石连击三敌鸟

东汉末年，董卓挟持汉献帝西迁长安，自立为太师，把持朝政，专横跋扈，为所欲为。汉献帝初平三年（192）春，董卓任命其弟董旻为左将军，侄子董璜为中军校尉，执掌兵权。董氏宗族及亲戚都在朝中担任大官，就连董卓侍妾刚生的儿子也被封为侯爵，把侯爵用的金印和紫色绶带当作玩具。董卓所乘坐的车辆和穿着的各种衣饰，都与皇帝的一样；对尚书台、御史台、符节台发号施令，也犹如皇帝一样；尚书以下的官员都要到太师府去汇报和请示，俨然是帝君。董卓在郿地修建了一个巨大的堡坞，墙高七丈，厚也有七丈，里面存了足够吃三十年的粮食。董卓认为：

"大事告成，可以雄踞天下；如果不成，守住这里也足以终老。"

董卓性情残暴，随意杀人，部下将领言语稍有差错，当场就被处死，致使人人自危。司徒王允与司隶校尉黄琬、仆射士孙瑞、尚书杨瓒等，密谋除去董卓。王允等商议后，决定施用政治"连环计"，先从吕布下手，加速激化董、吕二人之间的矛盾，使之自相残杀。

中郎将吕布，不仅精于骑射，而且力气超过常人，是董卓的义子。董卓害怕有人害己，以吕布为贴身护卫，对之信任有加。董卓性情刚愎，稍不如意便发火，曾经为了一件不合自己心意的小事，拔出手戟掷向吕布。幸好吕布身手矫健，避开手戟，和颜悦色地道歉，董卓方才息怒作罢，殊不知吕布已经因此生出怨恨。董卓命吕布守卫中阁，吕布好色，与董卓侍女私通，也是心中不安。

王允得知吕布的情况，就想利用他诛杀董卓，却没有想到吕布说："我与董太师乃是父子，如何能够背父？"王允故意激怒云："你自姓吕，与他本没有骨肉关系，如今顾虑自己的生死都来不及，还谈什么父子！他在掷戟之时，难道有父子之情吗？"吕布哑口无言，虽然答应，却没有反董之心，王允则要逼其行动，使其难以反悔。

有一天，汉献帝患病初愈，按例应该庆贺，在未央殿大会朝中百官。董卓再专横，也还是臣，理应入贺。当日，董卓身穿朝服，乘车入朝。从军营到皇宫的道路两侧警卫密布，左侧是步兵，右侧是骑兵，戒备森严，由吕布等在前后侍卫。王允命士孙瑞自己书写诏书交给吕布，让他见机行事。吕布让同郡人、骑都尉李素与勇士秦谊、陈卫等十余人冒充卫士,身穿卫士的服装,埋伏在北掖门。董卓进门,李素举戟刺去,董卓内穿铁甲,未能刺入,只伤了他的手臂,跌到车下。董卓回头大喊:"吕布在哪里?"吕布则大喊:"奉皇帝诏命,讨伐贼臣!"董卓大骂道:"狗崽子,你胆敢如此!"说时迟,那时快,吕布还没等董卓骂完,就手持铁矛将其刺死,并催促士兵砍下头颅。主簿田仪及董卓的奴仆,扑到董卓的尸前,又被吕布杀死。吕布从怀中取出诏书,命令官兵们说:"皇帝下诏,只讨董卓,其他人一概不问。"官兵们听后,都立正不动,高呼万岁。百姓们更在街道上唱歌跳舞,以示庆祝。长安城中的士人、妇女卖掉珠宝首饰及衣服,用来买酒卖肉,互相庆贺,街市拥挤得水泄不通。董卓的弟弟董旻、侄子董璜以及留在郿坞的董氏家族老幼,都被他们的部下用刀砍死或用箭射死。董卓的尸体被拖到市中示众。当时天气渐热,董卓因身体肥胖,油脂流到地上,看守尸体的官吏便做了一个大灯捻,放在董卓的肚脐上点燃,从晚上烧到天亮,就这样一连烧了几天。受到董卓迫害的袁氏家族门生们,把早已斩碎的董卓尸体收拢起来,焚烧成灰,扬撒在大路上。郿坞中藏有黄金二三万两,白银八九万斤,绫罗绸缎,奇珍异宝堆积如山。献帝任命吕布为奋威将军、假节、礼仪等待遇均与三公相等,封温侯,与王允一起主持朝政。

　　当董卓被诛杀时,左中郎将、高阳侯蔡邕正在王允家做客,听到这一消息后,为之惊叹。王允见此状,则为之勃然大怒,斥责蔡邕说:"董卓乃是国家的大贼,几乎灭亡了汉朝的统治。你是汉朝的大臣,应当同仇敌忾,而你却怀念他的私人恩惠,反为他悲痛,这岂不是与他共同为逆吗?"便下令逮捕蔡邕,送交廷尉。

蔡邕承认自己有罪，说："虽然我身处这样一个不忠的地位，但对古今的君臣大义，耳中常听，口中常说，怎么会背叛国家而祖护董卓呢！我情愿在脸上刺字，砍去脚，让我继续写完《汉史》。"许多士大夫同情蔡邕，设法营救他，但没有成功。太尉马日䃅对王允说："蔡伯喈是旷世奇才，对汉朝的史事典章了解很多，应当让他完成史书，这将是一代大典。况且他所犯的罪是微不足道的，杀了他，岂不使天下士人失望！"王允却说："从前武帝不杀司马迁，结果使得他所作谤书《史记》流传后世。如今国运中衰，兵马就在郊外，不能让奸佞之臣在幼主身边撰写史书，这既无益于皇帝的圣德，还会使我们这些人受到讥讽。"马日䃅听了王允这番杀气腾腾的话后，退了出来，对人说："王允的后代大概要灭绝！善人是国家的楷模，史著是国家的经典。毁灭楷模，废除经典，国家如何能够长久？"蔡邕冤死在狱中，而王允后来被董卓的部将夷灭三族。

　　王允所行政治连环计，既借吕布之手，诛除了政敌董卓；又亲手寻机制造冤案，以同情董卓为名，而消灭了政敌良臣蔡邕，还挟持了吕布，可以假天子之威以行己意，真可谓一石而三鸟，一环而套擒三虎了。通观其施计过程，既周密细致，又步步推移，使其政治意图得以实现。具体用计手法可以分为四个步骤：一是激（发）吕布对董卓的杀身之仇、无义之恨，使之不再犹豫动摇，且离间其义父子关系；二是引（导）参加诛杀董卓的政治行动密谋计划，并做内应；三是动（除），在诛杀董卓的行动中，其他人均配合吕布的行动，使之能保障计划的实现与成功；四是连（株连），在诛除政敌董卓以后，王允又借口蔡邕同情董卓，将其株连治罪。王允除掉最大政敌,顺便消灭另外一个政敌。此举政治目的有二:一是诛杀董卓可以邀功请赏,且博取天下人心、百官信任,受封加官;二是诛杀蔡邕,对反对自己的朝野人士予以警告,倘若有反对者,将同样下场。这是善于玩弄政治权术的王允,借机警告政敌的最为巧妙、最为高超、最为精明的方式,亦可获多效。

4．导(速)引

所谓导(速)引,是指在政治斗争中,施用连环之计者,为了引发政敌内部矛盾,使之彼此争斗,消耗其实力,在政敌疲累之时,再行进攻,以达到与实现所要企及的目标。这种具体手法,主要是采用"引导"之法,在政敌内部矛盾加剧之后,根据矛盾斗争的发展变化,实施此计者采用将矛盾变化朝着有利于自己的方向"引"与"导",速其促成之后,或将政敌制服,或将政敌消灭。

事例:司马导引赵王使,相国妙策驭政敌

战国时期,中山国是一个处在强国夹缝中生存的小国,相国司马熹是一位颇有才华和具有谋略思想的政治家,深得中山国君的信赖。这样一位正直、干练的相国,却遭到政敌、国君的宠姬阴简的妒恨和中伤,常在国王身边说司马熹的坏话。阴简的中伤,使司马熹进退维谷,若是公然与阴简作对,乃是与近人争,必不能够胜;要是不进行抗争,阴简会得寸进尺,必欲除掉司马熹而后快。观望当前形势,既要阴简不能够中伤,又要保住相位,在竞争中能够取胜,司马熹则采用"导(速)引"之法,以连环计来制服对方。

潜龙勿用曰乾乾

有一次，赵国派来使者。对于强大的赵国，中山国当然不敢怠慢，相国司马憙则寸步不离地陪同使者。在招待宴会上，司马憙说："听说赵国擅长乐舞的美女很多，是这样的吗？"使者说："也不尽然，赵女徒有其名，并不是都擅长乐舞。"司马憙故意压低声音，神神秘秘地说："中山国有一位足可使贵国的朝野内外和各位勋贵显戚大吃一惊的美女，就是中山国国君宠姬阴简，不但貌若天仙，而且擅长乐舞。"一番言语，让赵使心驰神往，回国之后便禀告赵王。爱美之心，人皆有之，有此美女，赵王岂不动心，立即再派使者，前往中山国索要美女阴简。按照当时国与国之间的政治惯例，后宫美女，就像珠宝、金银一样，均可作为赠答的礼物。赵国向中山国提出此要求，虽然有以强凌弱的嫌疑，却也符合惯例，中山国没有拒绝的道理。

中山国君不愿意将宠姬拱手让人，却也无法拒绝赵国的请求，只好与司马憙商议对策。若是将阴简送往赵国，司马憙虽然能够少了一个中伤他的人，但也难免没有别人继续中伤，不如将阴简争取过来，以为己用。在群臣议论是否将阴简送给赵王之时，司马憙冷静旁观。若是不将阴简送给赵王，很可能给赵国以出兵的理由，赵强而中山弱，则有可能亡国；若是将阴简送给赵王，中山国君则很难割舍，群臣若是提出应送，也未免得罪国君，而失去自己的官爵。一时间，宫内宫外，都束手无策，也不知道如何才能够打发赵使。

众人皆醉我独醒，司马憙胸有成竹地献策云："臣下有一策，既可以回绝赵王的要求，又可不触怒赵王，使赵国不再觊觎中山国，可免兵灾之祸。"中山国君急不可耐地讲："相国有万全之策，可速速讲来。"司马熹说:"诸侯交往,索要妃嫔美女,乃是惯例,但没有索要王后的。若是把阴简册封为王后,赵王则难以索要,我们则没有拒绝,赵国应该会知礼而后止。"中山国君听从了司马熹的建议,赵王也就断了念想,而阴简被册封为王后,对司马熹感恩戴德,不但不予中伤,而且还帮助他说好话。

司马熹的连环计是针对政敌阴简而来,在实施过程中,主要采用了导引政敌内部矛盾发展,转向对自己有利,进而制驭和制服对手。其关键性的策略步骤有三:第一步是向赵王使者透露中山国君宠姬阴简的美貌、才华,使赵王上钩、上套,此为一导一引;第二步是赵王再派使者向中山国君索要阴简,且出语强硬、催逼甚紧,大有不得手便要兵戎相见之势,加速了政敌内部矛盾的激化,此为二导二引;第三步是司马熹在关键时刻解危献策,既使中山国保全,又使阴简得升王后,赵王因此无索要的理由,司马熹则收了阴简之心,还成为济危解厄、解中山国之倒悬的功臣。这样既在政治上、道义上、心理上,取得了巨大的胜利,又将政敌制驭、制服,摆脱了自己在国中腹背受敌、进退维谷的政治困境,此为三导三引。

第二,推波助澜,分治各击,创胜之计在其中。

这种手法的重点是"分"(治),将政敌分而治之,分割瓦解,再加以各个击破,获得预想的胜利。连环计的实施,就是要一环扣一环,关键在于施计者要能巧用政治、心理、权术的战术,使之政敌分开,实行分与治,让政敌自顾不暇,难以互通声气,不能够互为声援,便于各个击破,进而实现既定的政治目标。一些阴谋家惯用此术，采用的具体手段有明分与暗分。

1．明分

所谓明分，是指在政治斗争中，施用连环之计者，面对群体性的政敌集团，不能一举制胜，立即予以制服，只能够采取名正言顺的公开方式，来离间、分化、瓦解政敌，层层剥离，进行击破。此过程中，又有顺时造势、顺水推舟，将分治政策之波澜加以推助，真正成为壮阔之势。

事例：奸相权施明分计，众直臣连贬降官

北宋仁宗时，吕夷简身为宰相，却把持朝政，以权谋私，且屡屡陷害忠直的臣僚。景祐三年（1036）五月，朝中正直有才干的大臣，天章阁待制、权知开封府的范仲淹，上疏向皇帝言事时，无所回避，大臣权贵们大都憎恨他。范仲淹目睹吕夷简主持朝中政事以来，不断起用提拔其同类、同党、同伙，便向宋仁宗献上《百官图》，指着《百官图》所排列的前后顺序，对皇帝启奏说："这么做是顺序的正常升迁，那么做则不是顺序升迁；这么做才是公正的，那么做则是不公正的，更何况提拔和黜免近臣，凡破格提拔的，不宜全是宰相决定。"请求皇帝明察。吕夷简知道后，非常不高兴，趁仁宗询问有关政事时，便攻击范仲淹。吕夷简说："范仲淹迂腐不切实际，有名无实。"范仲淹听说此事，就写了四篇评论，献给宋仁宗。第一篇是《帝王好尚》，第二篇是《选贤任能》，第三篇是《近名》，第四篇是《推诿》，指称时政的弊端。又说："汉成帝宠信张禹，不怀疑国舅家族，所以招致了王莽之乱，臣下恐怕今天的朝廷中，也有张禹那样的人物，败坏陛下的家法，不可不早加辨识。"吕夷简闻之此事，勃然大怒，又将范仲淹说过的话在宋仁宗面前一一分辩，为自己开脱洗刷，还向皇上控告范仲淹越职越权来陈奏朝廷的大事，并引荐私党同类做官，离间君臣的关系等罪名。范仲淹则前后上疏，予以回答辨析，言辞更加严厉，直指吕夷简营私舞弊。毕竟是吕夷简把持朝政，范仲淹被贬职外放为饶州知州。侍御史韩缜，是吕夷简的同党，见范仲淹被贬官，便马上迎合吕夷简的心意，请求将范仲淹的朋党名单张贴在朝堂，严禁百官越职言事。宋仁宗允准。

当时追究朋党相当急切，士大夫们畏惧宰相吕夷简的权势和淫威，很少有人肯为范仲淹送行的。天章阁待制李纮、集贤校理王质，携酒去给范仲淹饯行，王质还独自留下来和范仲淹相谈数晚。有人因此事来弹劾，王质不予辩解，却说："希文（即范仲淹）是位有贤德的人，能够算作他的朋党，那可是很荣幸的事！"王质曾经担任过蔡州府的知州，蔡州人每年按时祭祀唐藩镇吴元济的庙。王质说："怎么竟有叛逆丑恶的人在庙中享受祭食呢！"派人捣毁了吴元济的像，改立狄仁杰、李愬等忠臣的塑像，加以祭祀，可见其为人与政治品德。

范仲淹遭奸相吕夷简诬陷贬官后，朝中的谏官、御史等人，没有敢为他说话的，只有秘书丞、集贤校理余靖向皇帝奏言说："范仲淹从前上疏言事，说的是陛下母子之间、夫妻之间的事，尚且以为他说的合乎典礼而从优加以奖励；今天竟被指控抨击大臣，而加重谴责。臣下认为，倘若他的言论不符合圣意，就在于陛下听与不听而已，怎么能当成罪过呢！西汉时，汲黯在朝中做官，认为平津侯公孙弘，为人多诡诈奸猾；东吴张昭评论军将，认为鲁肃年少做事粗疏，不够谨慎；汉武帝刘彻、吴主孙权照样任用，没有猜疑。陛下自从亲监国政以来，则三次贬官驱逐上书敢于言论国之大事的人，恐怕这不是太平盛世的善政之举。请求迅速收回对范仲淹贬官的成命。"宋仁宗不但没有收回成命，在奸相吕夷简的煽动下，又将余靖贬官到外地，去监筠州酒税。

宋仁宗在吕夷简的挑唆下，又贬太子中允、馆阁校勘尹洙，为崇信军节度掌书记，监郢州酒税，也被发配外地，其中也有到郢州去负责征收酒税的事务一项。其原因则是他敢于为范仲淹贬官仗义执言。尹洙上奏说："臣下曾经认定，范仲淹为人正直诚实，不歪不邪，情义上既是我的老师，也是我的朋友。自他被加罪以后，朝里多有人说臣下也是被他推荐的，范仲淹既然由于结党营私得罪，那么臣下自然就应当随从处罪，乞求从速降职罢黜，用来彰明国家的大法。"宰相吕夷简见此奏书，十分愤怒，在皇帝面前加以挑唆，也将尹洙贬逐。

由于奸相吕夷简同党高若讷的陷害和出卖，朝廷又在吕夷简的把持下，将敢于为范仲淹遭贬而鸣不平，指责谏官高若讷的镇南节度掌书记、馆阁校勘欧阳修，贬官为夷陵县的县令。

欧阳修遭贬的原因是，吕夷简的同伙、右司谏高若讷，曾向皇帝上奏，告发与出卖欧阳修，奏书说："范仲淹贬职以后，臣下尊奉朝堂上的敕榜，不敢妄加营救。今欧阳修却发出书信给臣下，对我说范仲淹平生刚强正大，通古知今，朝班中没人能和他相比。欧阳修还责骂臣下不能分辨范仲淹无罪，居然有脸面见士大夫，出入朝廷自称谏官，还说臣下不知人间有羞耻事。又说当今天子与宰相因为不合心意放逐贤人，指责臣下不敢进言。臣下认为，贤人是治理国家的依靠，假若陛下由于贤人不合心意而予以贬逐，臣下应该力争。范仲淹不久以前,由于论事确切坦率,速加进用;现在则肆意狂言,咎由自取,怎能说他无罪!臣下恐怕中外吏民,说天子不合心意贬逐贤人,那造成的损失就不小了。请求命令有关官员,召见欧阳修,加以告诫晓谕,以免蛊惑众听。"接着便将欧阳修的书信上交。正因为欧阳修的书信既激怒了高若讷,更触怒了高的后台奸相吕夷简,所以才招致贬官。

当时,西京留守推官、仙游人蔡襄,曾撰作《四贤一不肖诗》,在京城广为流传。诗云:"人禀天地中和生,气之正者为诚明。诚明所钟皆贤杰,从容中道无欹倾。嘉谋谠论范京兆,激奸纠缪扬王庭。积羽沈舟毁销骨,正人夫从奸者朋。主知膠固未遐弃,两辖五马犹专城。欧阳祕阁官职卑,欲雪忠良无路岐。累幅长书快幽愤,一责司谏心无疑。人谓高君如挞市,出见缙绅无面皮。高君携书奏天子,游言容色仍怡怡。反谓范文谋疏阔,投彼南方诚为宜。永叔忤意窜西蜀,不免一中逸人机。汲黯尝纠公孙诈,弘於上前多谢之。上待公孙礼益厚,当时史官犹刺讥。司谏不能自引咎,复将忆过扬当时。四公称贤尔不肖,谗言易入天难欺。朝家若有观风使,此语请与风人诗。"四贤即指遭贬官的范仲淹、余靖、尹洙、欧阳修;而不肖之徒,则是指为虎作伥的高若讷。

短短的一个月内,朝中先后有四位臣子遭谮中计,被贬官外放,这表明奸相吕夷简的阴毒和诡计之得逞,更证明他玩弄的政治连环计的"明分"之术的成功。吕夷简施用此术,有如下特点:其一,以"越职论事"、"离间君臣"、"引用朋党"三大罪名,公开地、名正言顺地向范仲淹首先发难,一举将其贬官出京。其二,对敢于替政敌范仲淹申辩者,一律治罪。先是张榜公布朋党名单,以便杀一儆百，分化瓦解政敌集团，以皇帝之名，"明分"其内，再各个击破。接着，在实行上，又将首鸣不平者余靖贬官。其三，推波助澜，将触怒吕夷简，且请求随范一并治罪的尹洙，加重惩处治罪贬官。其四，利用同党、同伙、帮凶高若讷之手和政治出卖，将仗义执言的欧阳修贬官外放。这样，奸相不仅用"明分"之计，朋党政治圈套之环套住主要政敌、对手范、余、尹、欧阳四人，而且更行分治各击之术，借推波助澜之势，将他们先后贬官，予以瓦解。

2. 暗分

所谓暗分，是指相对"明分"之术而言的。在政治斗争中，施计者往往采用明里佯亲、佯近、佯忠、佯直之态，来接近政敌、对手，随时随地伺机察势，一旦有了机会，便在暗中进行攻击、陷害、诬蔑、中伤，对政敌分而治之，各个击破，且推波助澜，随时就势，落井下石，以分化瓦解政敌及支持者，将其击溃。唐玄宗时口蜜腹剑的奸相李林甫，便是惯用政治连环之计与"暗分"克敌之手的政治老手。

事例：丞相口蜜暗分臣，权奸腹剑陷忠良

唐玄宗天宝元年（742）三月，李林甫被委任为宰相，对于朝中百官凡是有才能和功业在自己之上，受到玄宗宠信，或官位快要超过自己的人，一定要想方设法加以清除，尤其记恨那些由文学才能而进官的士人。李林甫表面上装出友好的样子，说些动听的话，暗中却阴谋陷害，乃是"口有蜜，腹有剑"的人物。

例如，玄宗在勤政楼垂帘观看乐舞，兵部侍郎卢绚以为玄宗已离开，就提鞭按辔，从楼下穿过。卢绚风度清雅，玄宗目送其远去，感叹卢绚含蓄不露的风度。因为李林甫常常用金钱贿赂左右的人，玄宗的一举一动，都了如指掌。李林甫对卢绚的儿子说："你父亲素来有名望，现今交州、广州需要有才能的人去治理，皇上想让你父亲去，不知是否可行？如果害怕远行，就应该降官，否则，只有以太子宾客或詹事的身份在东都任官。这也算是优惠贤者的任命，不知如何？"卢绚听后，十分害怕，就主动奏请担任太子宾客或詹事。李林甫又恐怕违背众望，任命卢绚为华州刺史。到官时间不久，又诬陷说卢绚有病，不理州事，任命为詹事、员外同正，什么实权都没有。

再如，玄宗问李林甫："严挺之现在哪里任命？此人可以重用。"严挺之当时为绛州刺史。李林甫退朝后，即召严挺之的弟弟严损之说："皇上十分器重你哥哥，为何不乘此机会，上奏说得了风疾，请求回京师治病。"严挺之就听从了李林甫的话。李林甫因此奏言："严挺之衰老中风，应该授以散官，便于治病养身。"玄宗听后，感叹不已，只能够任命严挺之为詹事，再改任汴州刺史。河南采访使齐浣为少詹事，二人都是员外同正，一道在东京养病。齐浣也是因为在朝中素有名望，所以遭到李林甫的猜忌。

奸相李林甫运用政治连环之计的"暗分"之术，对朝中政敌百官，进行分治各击时，常看准玄宗的心思与政治举动之机，随其时、就其势，阳奉阴违，两面三刀，进行推波助澜，以使政敌官员们不得不进入他所设置的政治圈套，然后再迫其就范，这一切都是在暗中进行的。李林甫行"暗分"之术，惯用的手法则是采用政治连环计"四部曲"方式：其一，是"暗探"玄宗皇上的好恶，以及可能采取的对政敌官员的任用、升迁政治举措，然后再采取对策；其二，是"暗唆"，如对卢绚之子、严挺之弟弟的名为"关怀"出主意，实为"暗唆"，以使受害者有"咎由自取"之感；其三，是"暗诬"，在皇帝面前，则对准备任用、升迁官员进行诬告，或诬有病，或说有疾，不能胜任，致使皇帝不得一改初衷，打消此念；其四，是"暗陷"，经李林甫的暗算之后，那些政敌不仅不能被升迁、任用，且降为散官闲职，还身居京城，名为"照应"，实际上被暗中监视与控制。李林甫清除政敌、陷害忠良的政治目的，则借用此计与"暗分"之术，逐步得以实现。

第三，迫其就范，机巧环连，制胜之计在其中。

这种手法的重点是"连"（环），即先对政敌施计，加以引诱、招诱、惑诱，使之进入预定设置的政治圈套以后，迫其就范，去其势，夺其威，损其力，耗其志，再用机巧环连之术，或逐步消灭，或加以制服，或连击使之溃，以实现自己既定的政治意图。采用的具体手段，则有计连、套连等。

1. 计连

所谓的计连，是指在制服政敌、对手的激烈政治斗争中，施计者使用计谋与计策，且连连行计、频频出击，从而使政敌在此凌厉的攻击下，不得不就范。与之同时，在制服敌手之后，再实现其预定政治目的。

事例：楚王献地囚张仪，计连激妒靳救张

战国时期，秦惠文王曾要挟楚国，想以武关外的商於之地，来换取楚国的黔中（今湖南沅陵县西）之地。楚怀王为报曾被张仪政治欺骗之仇，向秦索要张仪治罪，对秦王说："我不愿用土地进行交换,只愿得到谋士张仪,便可献出黔中之地。"秦王不忍心以张仪交换,却又垂涎黔中之地,正在左右为难之际,张仪主动请求去楚国。秦王认为:"楚怀王因为你前一次曾背弃了割让商於之地六百里的诺言,欺骗而侮辱了他,所以甘愿以黔中之地来换取你,只怕是此行一去,凶多吉少,性命难保啊!"张仪十分从容地说:"秦国强大而楚国弱小,我又与楚国的宠臣靳尚十分友好,靳尚正受到楚怀王的夫人郑袖的信任和重用,郑袖所说的话楚王总是听从的。况且我是奉了您的命令和委派,作为使者而去楚国的,楚王怎么敢杀害我?退一步说,即使我被楚王杀害了,但为了秦国而赢得了黔中之地,这也是我心甘情愿的啊!"秦惠文王便派张仪为使者,出使楚国。

　　张仪到了楚国,立即被楚怀王囚禁起来,打算尽快杀掉,以解心头之恨。张仪朋友靳尚对楚怀王夫人郑袖说:"您知道您现在即将在怀王跟前不受重视了吗?"郑袖十分惊讶,询问原因。靳尚说:"您想呀!秦王喜欢张仪,必定要想方设法救他出来。现在秦王准备要用上庸六个县的土地贿赂楚王,选聘美女献给楚王,把宫中善于歌舞的美女送给楚王做妾。这样一来,楚王便会看重土地而尊重秦国,也就必定会宠爱新来的秦国美女而疏远您。依我之见,您不如立即向楚王进言,让他放了张仪,他感激你,就会为你效力。"郑袖权衡利弊得失后,听从了靳尚的话,去说服楚王。郑袖说:"凡是做臣子的,都是为自己的君主效力卖命,现在黔中之地还没有交给秦国,秦王就派遣张仪来出使,这是对您的极大的尊重啊!您不仅没有以礼相待秦国的使者,反而还要杀掉张仪。这样一来,秦王必然会因为张仪被杀而发怒,肯定会发兵来进攻楚国。请求您让我搬到江南去住，以免得将来被进攻楚国的秦国军队所杀害。"楚怀王听到此言，也觉得杀了张仪得不偿失，便赦免张仪，按照使节待遇接待。

张仪所施连环计中，关键人物和起因是秦王与楚王的土地之争。张仪为使秦国获取楚国的黔中之地，甘愿冒死前往楚国，且用机巧"计连"之术，迫使楚王就范，然后自身也得以赦免，载誉而归。

张仪在对楚王使用"计连"政治攻心术时，采用了如下步骤：第一步，是冒死攻心，楚王急欲报仇，愿以黔中之地换张仪，估计他不敢前往，这样就可留下口实，却没有想到张仪以秦使身份冒死前来，要楚王兑现献黔中之地的诺言；第二步，张仪到楚被囚后，靳尚营救时，利用了郑袖的嫉妒心理，乃是间接攻心；第三步，郑袖听从靳尚的劝告，以失地为损、秦军进攻为由，声言避祸，实是恭维爱好虚荣的楚王，为了不失黔中之地，也不给秦国发兵利用，故作大度地释放张仪，待以使者之礼。张仪巧施连环计，既没有让楚王杀了自己，又索要到黔中之地，使楚王一直处在理亏的境地。

2．套连

所谓套连，是指在政治斗争中，施用政治连环计者，智设若干连环"圈套"，诱使、引使、逼使、迫使政敌与对手，进入圈套，连连中计。施计者不断用招，以迫使政敌就范，进而实现所要达到的政治意图。

事例：张仪巧施套连计，中伤樗里使出亡

樗里子是秦惠文王同父异母弟弟，足智多谋，人称"智囊"。

曾经统兵作战，不断拔城拓地，屡建战功，被封为将军，升为丞相。樗里子身居高位，后台强硬，且聪明过人，却被由魏到秦任丞相的张仪，视为政敌与对手，被其多次使用"套连"之计中伤，不得不长期流亡国外。

秦惠文王九年（前329），魏国人张仪来到秦国，他是善于玩弄政治阴谋诡计、权术的老手，很快地便取得了秦惠文王的信任，次年，代替了公孙衍当权，为秦国的丞相。为了大权独揽，张仪使用政治连环计，将政敌与对手樗里子引入局中，将之排挤出秦国政治舞台。

张仪首先将樗里子派到楚国去做特使。秦楚两国势均力敌，经常在双方交界处进行拉锯战，致使两国关系紧张。樗里子此行的政治目的，就是为了缓和两国的紧张关系。樗里子作为秦使到达楚国，楚王也派特使回访秦国。楚国特使受张仪之托，对秦惠王说："我们楚王很钦敬、佩服樗里子的为人，想要让他做楚国的相国，请您务必应允。"楚使之所以这样提出政治要求，恰是张仪设置的政治圈套，因为张仪力劝楚王"向秦王要求留下樗里子"，声称这样可以使秦楚盟好，且可以得到贤能帮助。

楚王听信张仪所言，让特使向秦王提出请求，张仪则借机对秦惠文王说："听说樗里子作为秦国的使者，到了楚国以后，置大王交给他的任务于不顾，竟然想在楚国当丞相。现在楚王特使来提此事，说明确实真有其事。如果疏忽大意的话，秦国很可能被樗里子给出卖了。"叛国投敌，那还了得，秦王勃然大怒，非但不听楚国特使所请，却催促樗里子火速回国。樗里子闻知秦王恼怒，如何敢回秦国，只好长期亡命国外，等到惠文王与张仪死去，才敢回到秦国，已经是物是人非，不可能在政治上再有作为了。

张仪为清除政敌与对手樗里子，在实施正中连环之计的"套连"术时，所设置的政治圈套有：首先，将樗里子派遣到楚国，此为第一个政治圈套，目的是要让他远离秦国的政治中心和舞台；其次，秘密要楚王留下樗里子做相国，此为第二个政治圈套，以便为诬陷樗里子提供依据；其三，要楚王的使者公开向秦王提出樗里子留楚任相的请求，此为第三个政治圈套，以为中伤提供有利时机；其四，乘楚使的请求提出之机，对秦王晓以利害，并对樗里子进行恶毒的中伤、攻击、诽谤，以激怒秦王，此为第四个政治圈套。樗里子被连环的圈套套住，在张仪的攻击之下，既无法当面对质，更无法辩诬，也就断绝了归秦之路。施计者张仪制驭政敌、清除对手，得以在秦国政治舞台上独舞。

三、统筹全局　智取强攻豪夺

连环之计在政治斗争中使用相当广泛，无论是政治家，还是阴谋家、野心家，为了达到与实现某种政治目的，都会以不同的手法来使用它。在何种条件下使用此计，在什么范围内使用此计，是有着一定规律的。只有在适合使用连环之计的范围里，连环之计才会产生效用；如果在不适宜用连环之计的范围使用，不但达不到预期的效果，反而会因此计而招致灾祸。因此，在中国古代的政治斗争中，政治家们都非常注意连环计的应用范围。

第一，在敌国之间。

政治上敌对国家之间，有国力强大的，有实力相当的，也有国力弱小的，但无论是哪一种敌国，都可以使用政治连环之计。由于敌对之国处于政治、军事敌对状态，彼此之间本来就有着一种相互防范、防备的心理存在，这就要求使用政治之连环之计的一方，具有相当高的水准，既要使敌国能中计上当，还要能使对方就范时不被觉察。

1. 弱国对强国的使用

对于比自己国家强大的敌国，使用政治连环之计的关键点在于示弱、示虚、示短，然后引使、诱使、惑使强国上当受骗，待其得寸之际，还其一尺，予以反击、攻打，使之防不胜防，反败为胜。

战国时期，齐国、秦国均属于强大之国，而燕国较之前者，则属于国势相对弱小之国。就在齐宣王辟疆（前 319—前 301 年在位）时期，强大的齐军趁着燕国国丧之际，侵入燕国，夺下数十座城池。燕易王（前 332—前 321 年在位）接到齐军攻城夺地的消息后，请来谋士苏秦，对他说："先生刚来燕国时，先王曾派你出使齐国，成功地促成六国合纵，然而今日齐国背弃盟约，先前不过攻击赵国，现在居然向我燕国出兵，若任其如此胡作非为，那我燕国岂不成为天下之笑柄？当时促合六国盟约的是您，现在委屈您去齐国，万望将掠夺的土地归还我国。"苏秦奉燕王之命，来到齐国，见到齐宣王，却是"俯首以庆，仰首以吊"。此中的"庆"，是向齐宣王祝贺，由于侵燕战争，使得齐国的领土又进一步扩大。此中的"吊"，是向宣王诉说，齐国的命脉将从此断绝。

潜龙勿用曰乾乾

这祝贺、哀吊，一前一后接踵而至，齐王一时竟也给弄糊涂了，便求教于苏秦。苏秦讲："大王应该听说过这样一句话，即使人在垂死边缘，也不会笨到去吃乌喙（一种草莓的名称）。因为吃了乌喙，只会加速死亡的步伐。燕国虽然只是个小国，但燕王与秦王之间有亲戚关系，如今您夺下燕国领土，则贵国今后势必与秦国成为仇敌。如果强秦做了燕国的后盾，大举进攻齐国，那齐国不就像垂死的人吞食乌喙一样吗？"

齐宣王脸色一沉，因为说到其担心之处。苏秦接着说："自古以来的成功者，都知道'转祸为福，转败为胜'这句话的道理，所以我认为大王如果能把从燕国夺下的土地，交还给燕国，则是最佳的解决办法。如果把土地归还给燕，燕王必定大喜，秦王也会很高兴，你们便可尽释前嫌，结为亲家。之后再找机会让燕、秦臣服于齐，燕、秦两国一旦臣服，则其他诸侯也必先后来归。今日你虚言服秦，放弃燕国那点小土地，乃是为将来的天下霸业奠基。"苏秦凭借三寸不烂之舌，使齐宣王交还了燕国土地。

苏秦是战国时期著名的政治家、合纵家，为了抵御强秦的侵犯、吞并，联合六国以御秦。在为燕易王夺回被齐宣王乘机所夺去的土地过程中，使用了连环之计的显计与隐计。所谓显计，是对齐王的一"庆"一"吊"，使之落入套中，不能自拔，而急欲出圈脱套；所谓隐计，是苏秦对齐王此举的得失利弊分析，明示揭晓，认为很可能引起强秦的来犯，使燕秦联合起来，若是退还土地，既可以使秦王心服，又可以使燕王大喜，彼此因为是亲家，燕来服，秦必来服，诸侯来服，齐国霸业可以重建，威逼利诱，终于使齐归还燕国之地。

2. 强国对弱国的使用

强国对弱国使用连环之计，主要是采用常见不疑、佯弱隐强的手法，其所要达到的重点，则是让弱国失去必要的戒备之心，然后寻其有利时机，设置圈套，让其中计就范。

晋文公重耳颠沛流离十九年，终于成为晋国国君。晋文公对内拔擢贤能，对外联秦合齐，继齐桓公之后，成为春秋五霸第二个霸主。其对弱国施用的连环计，颇有特色。重耳在流亡之时，受到各国不同的待遇，在卫遇到绝粮，在曹受到偷窥，此时兵强马壮，可以复仇之名，进攻弱国。先是晋文公要攻打曹国，便派使臣向卫借道，卫国君臣害怕晋国"假途灭虢"，拒绝所请。晋军兵临城下，迫使卫国人驱逐卫成公。晋文公以此责怪鲁国，鲁僖公杀死公子买以谢罪。晋文公舍鲁而攻曹，曹共公知道楚军来援，拼命抵抗，竟然将晋军阵亡的将士的尸体悬挂于城楼之上暴尸，晋军则将曹人祖坟挖出来晒骨。曹人哀求晋军，愿意以晋军尸体交换祖宗之骨。晋军借机偷袭，攻破城池，俘获曹共公。为了安抚各弱国，晋文公赦免曹共公，使之复国。在城濮之战打败楚军之后，晋文公以周天子之命，召集诸侯会盟，齐、宋、鲁、蔡、郑、卫、莒、陈、邾均来会盟，推晋文公为盟主。

晋文公在征服各国的过程中，不断施用连环计，如伐曹而假道卫，攻卫而怪罪于鲁，拒楚而压宋，一环扣一环，使诸侯国纷纷臣服。晋文公在位，前后征服齐、秦、宋、郑、卫、鲁、陈、蔡、莒、邾等国，成为霸主，则有赖于连环计策的成功。

第二,在君臣之间。

中国古代,基本都是处在君主专制中央集权统治之下。在这种状况下,国家是以君主为中心的,"朕即国家",君权、皇权高于一切,凌驾一切之上。从中央到地方的层层控制的统治机构,都不过是君主实行统治的工具而已。然而,作为不同的权力集团、官僚阶层之间,虽有上下尊卑之别,有着某些共同的政治利益,需要加以维护外,在权力与财产的分配上,也会因某些不均而造成矛盾和冲突,这是必然的现象。水能载舟,亦能覆舟。君权、皇权需要臣权、相权加以维护,而后者则依靠前者得以行权用势。这二者之间,亦有诸多矛盾,君主为了制驭臣下,臣下为了愚弄支配君主,都要在政治上交易,进行明争暗斗。这一切则为政治连环之计的实施,提供了广阔的市场。

1. 君主对权臣的使用

在一般的情况下,新君主即位以后,朝中会存在着反对势力,有的来自先朝的元老重臣,有的则来自王族内部的觊觎王位者。后者有王族的血统与强大的政治势力,手中也有权势与一定的政治号召力。在这种情况下,新君主为了消除政治上的隐患和大敌,也为巩固自己的统治地位,往往采取"智取"而非"硬攻"的方式,来达到这一目的。在"智取"的方法中,连环计的使用,则是常施的政治伎俩之一。

前743年,郑庄公寤生即位,其生母姜氏时时刻刻都在算计着如何废除庄公,立其爱子共叔段(即庄公之弟)为王。手中握权的共叔段,虽不得不向庄公称臣,却也跃跃欲试,想与姜氏里应外合,互相勾结,完成夺位计划。母子合伙制定了袭郑篡位的密谋。庄公对此早已觉察，获悉他们密谋之后，并没有采取断然措施，毕竟阴谋尚未完全暴露，若是过早动手，不但会得到不能够容弟之名，还会得到不孝的罪名，故此郑庄公静观其变。

郑庄公与大将公子吕为了消灭政敌、粉碎争夺爵位的共叔段、姜氏所发动的政变，便实施连环计，设置了一系列的政治圈套予以制服。这些迭出的计谋有：其一，"诱敌计"，以佯称去周王室当差，故意留下政治空白之区，以引诱政敌出笼上钩；其二，"扰敌计"，当截获阴谋叛乱的密信后，公子吕便派士兵扮作商人，混迹于共叔段的封地京城之中，在城楼放火以扰敌自乱；其三，"伏敌计"，郑庄公在鄢城附近埋伏重兵，公子吕则在共叔段封地京城附近设下埋伏，以里应外合，伏击叛乱；其四，"合击计"，当共叔段离开封地京城不久，城楼燃起大火，公子吕趁机夺下此城，待共叔段回援时，军中大乱；共叔段去攻鄢城，又遭郑庄公的伏击。当共叔段逃回封地京城时，又受到郑庄公与公子吕的两面夹击而兵败，只好自杀身亡。郑庄公终于除掉了政治上的强劲对手，解除心腹之患。

2．权臣对君主的使用

权臣与君主之间，既有共生共荣的关系，又为了权力和财富的分配、利益的大小，引起矛盾和冲突。许多权臣为了保住自己的权势地位，往往取悦、献媚于君主，以取得信任，再利用信任来达到自己的目的。胡人安禄山，便是一个外愚内精，颇有政治头脑、善于伪装与玩弄政治阴谋诡计的老手。安禄山先是千方百计讨好唐玄宗与杨贵妃，获得信任以后，逐渐获得兵权，得以暗中发展自己的势力，以便发动叛乱。

潜龙勿用日乾乾

安禄山是营州地方的胡人,原名阿荦山,母亲是女巫。父亲死后,带着安禄山嫁给了突厥人安延偃。适逢突厥部落败散,就与安延偃的哥哥的儿子安思顺逃到幽州,冒姓安氏,名叫禄山,因为通六国语言,就做了互市牙郎(即汉胡之间进行互市贸易时的中间商),因为以勇敢著名,被幽州节度使张守珪招为捉生将,常常带着数名骑兵出去,每次都能够擒获数十名契丹人,因此深受张守珪的喜爱,收其为养子。

天宝六载(747)正月,唐玄宗任命安禄山为范阳平卢节度使。这位体重三百余斤,肚子能够垂过膝盖的安禄山,外表看似愚笨老实,内心十分狡猾,常令部将刘骆谷留在京师长安刺探朝廷的动向,时常向朝廷奉献俘虏、杂畜、异兽和珍宝玩物,以讨皇帝的欢心。安禄山在玄宗面前应对敏捷,常常还夹杂着一些诙谐幽默的言语。玄宗曾经开玩笑地指着安禄山的肚子说:"你这个胡人肚子中有什么东西,竟然这么大!"安禄山回答说:"没有什么东西,只有对陛下的一片赤心!"玄宗又曾让安禄山去见太子,他见后不跪拜,却说:"我是胡人,不懂得朝廷中的礼仪,不知道太子是什么官?"玄宗说:"太子就是将来的皇上,朕去世之后,代朕做皇上统治你的就是他。"安禄山说:"我愚蠢,过去只知有陛下一人,不知还有太子。"不得已而跪拜。玄宗以为安禄山赤胆忠心,格外优宠。玄宗曾在勤政楼设宴,百官都坐在楼下,却单独为安禄山在楼上设座,使之坐在靠近皇帝之处。玄宗命杨铦、杨锜、杨贵妃三姊妹等,与安禄山兄弟姊妹相称,其进入宫中却奏请要做杨贵妃的儿子。玄宗与贵妃在一起,安禄山先拜贵妃。玄宗问为什么,安禄山说:"我们胡人的习惯是先母而后父。"借此讨玄宗与贵妃开心。

天宝十载（751）正月，玄宗命令在长安亲仁坊给安禄山建造宅第，务求奢华壮丽，不计钱财。安禄山住进新建的宅第后，设置酒宴，并请求玄宗下敕书让宰相至宅第赴宴。这一天，玄宗原来准备在楼下击毬，居然取消了游戏，命令宰相去赴宴。又每天让杨家的人与安禄山选择风景优美的地方游玩宴会，让梨园弟子和教坊乐队陪伴。玄宗每吃到一种鲜美的食物，或者在后苑中猎获了鲜禽，都要派宦官骑马赐给安禄山，以至走马络绎，不绝于路。正月二十日，安禄山生日时，玄宗与杨贵妃又赏赐给安禄山许多衣服、珍宝器物以及丰盛的酒菜食物。过了三天，又把安禄山召进宫中，杨贵妃用锦绣做成的大襁褓裹住安禄山，让宫女用彩轿抬起。唐玄宗听见后宫中的欢声笑语，就问在干什么，左右的人说是贵妃为儿子安禄山洗身。玄宗亲自去观看，十分高兴，赏赐给杨贵妃洗儿金银钱，又重赏安禄山，尽兴而散。从此安禄山可以自由出入宫中，不加禁止，有时与杨贵妃同桌而食，有时一夜不出宫，宫外许多人都知道这些丑事，玄宗却不知道。

天宝十四载（755）十月，一身兼任三镇节度使，阴谋准备、厉兵秣马酝酿近十年之久的安禄山，终于举起反叛的大旗，纠集三镇军队及同罗、奚、契丹、室韦兵共十五万人，号称二十万，在范阳起兵反唐。安禄山之变不仅给唐朝社会带来破坏和灾难，而且是大唐帝国由盛转衰趋亡的重要转折点。

安禄山虽为胡人部将，但具有政治头脑，将自己的全部聪明才智，施于政治斗争之中，善于权术与玩弄阴谋诡计。在长达十年的叛乱准备活动中，一方面为唐王朝镇压平定敢于反抗朝廷的边民部族，立下了汗马功劳；另一方面，则是使用连环计，百计迭出，施展各种政治本领，来巴结、讨好唐玄宗与杨贵妃，以此揽权、受宠、获恩，集聚政治军事经济实力，痹敌、懈敌，然后一朝反叛，终致初期锋芒极锐，攻城夺地，甚至逼使唐玄宗仓皇出逃，入川避乱。安禄山为了取信玄宗与杨贵妃，以获取更多朝廷的信息与情报，施用的计策有：其一，"表忠计"，安禄山一面派亲信在长安，打探朝廷动静；另一方面，又每年进贡、献俘，且转输之人，不绝于道，以此假象向朝廷表忠心，来麻痹政敌。其二，"献诚计"，当玄宗问其大腹时，他则戏称肚中全是对陛下一片赤心，以假献其诚心，讨好皇上。其三，"苦肉计"，见太子故意不拜，称为胡习，待玄宗释其地位时，则又假称只有陛下一人，不知还有太子。以此反常故作苦肉之策，更反衬出自己只忠于玄宗一人而已，以收取悦讨欢之效。其四，"讨欢计"，安禄山见杨贵妃后，先拜贵妃，以行讨欢之策，且又奏请做杨贵妃的儿子，认其为母，认玄宗为父，且因玄宗宠信杨贵妃有加，故安禄山此举更可收共讨欢于玄宗、杨贵妃之效。其五，"显威计"，安禄山豪华住宅落成后，要宰相与百官来赴宴，以显其政治威势和特殊政治地位。其六，"寻宠计"，安禄山生日时，玄宗与杨贵妃的种种娇宠之举，使安更得意忘形，且获自由出入宫中、不受禁止的特权，致使其身兼范阳、平卢、河东三镇节度使，手握大权与重兵，最终起兵反叛。

第三，在臣僚之间。

在君主专制与官僚政治下，官僚之间的"利"与"害"是同时并存的。作为官僚群体，他们在对付皇权与民众方面，有共同的利益，有需要维系的一面；但在另一方面，在权益、官职的分配、升迁、得失上，往往又因不均、不衡而发生激烈的冲突与斗争。连环之计的施用，百计并施的策略，则均是为着实现既定的政治目标服务。不少政治家、阴谋家、野心家，为着权势的争夺和官位的升迁，多采用此计对付同僚政敌、竞争对手而获胜。

元和年间（806—820），唐宪宗认为天下已日渐安定太平，心思便移到了纵情娱乐声色方面上来。池台馆舍越修越雄伟高大，殿阁楼宇更加富丽堂皇。大臣中心怀叵测、早窥相位的程异、皇甫镈，探知唐宪宗的心思想法后，便屡次上供进献赋税羡余银两，以为大兴土木之费。因此，唐宪宗独排众议，任命他们为宰相。皇甫镈知道自己不得人心，便更加以巧媚皇上来巩固地位。皇甫镈奏请削减内外官员的俸禄，以补充支付国家用度。唐宪宗为此下诏实行，被给事中崔祐封驳回去，认为这样将引起众怨，宪宗只得作罢。

唐宪宗把宫中清理出的积年压库的东西，交给度支尚书进行估价后变卖，但这些东西早已陈朽不堪，根本不能使用。皇甫镈为了讨皇上的欢心，竟然高价购买，发给守边官军充饷。这些绫罗绸缎却早已糟朽不堪，风一吹，手一摸，便纷纷断裂或成为粉末状，哪里还谈得上使用呀！守边官军们十分抱怨和愤恨，把这些根本就不能穿用的糟朽绫罗绸缎，都聚积在一起，用一把火将它们烧毁。大臣裴度上奏，讲到守边官军为何焚烧这些绫罗绸缎，乃是不堪使用，反而怨恨皇帝。皇甫镈在朝堂指着自己的靴子说："这只靴子也是从内库里清理出来的，我用自己的俸钱二千钱买下来穿用，这靴子便十分结实耐久。那些军士兵丁们所说的内库清理出来的东西不能用,显然其中有诡诈不实之处。"唐宪宗信以为真,便不相信裴度所言。裴度乃是朝廷的重臣,带兵讨伐叛乱,立过大功,就是因为这些库藏绸缎之事,得罪了皇甫镈等人,被发往太原去镇守边关。

要想专权邀宠,就要排斥异己,皇甫镈与李逢吉、令狐楚勾结在一起,容不下有声望的大臣。如宰相崔群,极有声望,上书直言时政,毫不隐晦,时常指责皇甫镈等为奸作弊,不免引来怨恨。当时皇甫镈鼓动群臣给宪宗上尊号,宰相们在讨论加上何字时,肯定会有一些分歧,所以才议论。皇甫镈背着众宰相,直接上奏云:"昨天群臣们在一起商议皇上徽号,但唯独崔群一人不同意给陛下徽号中加上'孝德'两个字。"以此激怒宪宗,下旨将崔群贬为湖南观察使,将之赶出京城。为了固宠,皇甫镈向唐宪宗贡献方士、僧人,以长生不老之术来邀宠;重金收买唐宪宗宠信的中尉吐突承璀,使之为内援。这一连串的计谋,使皇甫镈的宰相位置稳固,不但能够独揽大权,而且能够操纵政务,还能够结党营私。

皇甫镈出身进士,历任监察御史、吏部员外郎、判度支、户部侍郎等官,能够爬上宰相的位置,对同僚臣下文武百官,进行排挤、陷害;对皇帝则千方百计进行献媚、取悦、讨好,乃是政治上的连环计。其对上用"软"的一手进行欺骗;对同僚官吏与政敌,则主要采用"硬"的一手,进行诬陷、打击、排挤,且此计穷而彼计生,以达其预定政治目的为止。在实施政治连环计的计谋则有:一是"巧媚计",当皇甫镈探知要大兴土木,以供玩乐时,便屡次上贡、进献赋税羡余银两,以此"巧法"取媚于宪宗,讨得欢心,终使官位上升至宰相之位;二是"嫁祸计",排挤、诬陷直臣、战将、政敌裴度。皇甫镈为讨皇上欢心，除用高价购得宫中积年库存朽物外，还故意发给守边的将兵与士卒。结果，裴度上奏朽物被怨愤官兵焚烧的原因经过时，皇甫镈又在朝上乘机诬陷，以嫁祸于裴度，致使裴度被排挤出京城而去外地镇边；三是"中伤计"，对政敌、素有声誉、人望的宰相崔群，皇甫镈为除掉他，早已候机已久，乘给宪宗加徽号之机，进行中伤，以激怒皇上，然后，借皇上之手，名正言顺地将崔群逐出朝廷，贬官外放；四是"邀宠计"，皇甫镈向宪宗引荐方士、僧人，贡献长生不老之药与万寿之术，贿赂深受宪宗宠信的中尉，以为内援，既为向皇上邀宠请功，更为自己在政治上得势专权与结党营私开辟了道路。真可谓四计兼行，软硬并用，且实施后，兼收数利，得到政治连环计的实效。

四、海纳百川　集众长以补短

连环计是败战计之第五计，乃是败战已经达到转胜的意境，具有海纳百川的融汇性、此消彼长的变幻性、百计迭发的持续性。这些特点的存在，使它既不可能为他计所取代，且能够集众计之长、以补本策之短，也就决定了此计的应用范围十分广泛。总结起来，这种计谋在政治斗争中的应用有如下基本特点。

第一，就连环之计在政治斗争中应用目的而言，具有引发性、迫胁性的特点。

所谓引发性，是指连环之计施用者，面对众多敌壮势威的对手,不能强攻,更不能硬拼,必须内外结合,软硬平兼施。采用多种计策与谋略,将政敌分割瓦解,或引发其内部矛盾,使敌人内部自耗、自战、自累,再乘敌疲之机,予以削夺与消灭。恰因如此,在施计时,不仅手法有多种变换,而且具有连续性与环结性,才能积小胜为大胜,积单胜为多胜,积时胜为连胜。这样一来,每一计策的使用与实施,实际上均会引出、续发新的计策,以推动、完成总体克敌制胜的目的。如奸臣行媚上计讨好皇上,则为了夺权、得势,或行其清除政敌的诬陷计、嫁祸计,开辟道路,最终能够连续胜克政敌,攫取权势。

迫胁性也是实施此计的重要目的性之一。在实施连环计的过程中,施计者本身面对强敌势众者,要以计取胜,是以连续而手法多变的计谋为本,争取转换为胜利,一是要有周密的计划;二是要有审时度势的能力;三是借助有利于己的机会和条件;四是本身应具备一定的依托后盾与实力才行。特别是最后一个条件,无论是政治家、野心家或阴谋家,在施行连环之计,以达到其既定政治目的时,多是借助君主及上级的支持、鼓励、宠爱、恩遇,拉大旗作虎皮,或假传圣旨,或借助尚方宝剑之神威,才能够将政敌制服,面对其他准备抵御的政敌群体、帮伙、集团,或潜在的对手,也要杀一儆百,充分发挥连环的功效。连环计所达的政治迫胁性目的,乃是通过摧毁政敌而显现出来。

第二,就政治连环之计在政治斗争中的作用而言,则具有**推助性、分合性的特点**。

所谓分合性,是连环计施计的对象是群体的、互为关联的政敌，也具有集团势力，是强劲的对手，既有一定的利益联系，也有政治警觉性。在这种情况下，对方也不会坐以待毙，同样也会施计反击和进攻。政治斗争中多变的形势，敌对双方力量的对比，使施计者不得不量力而行，在把握各种诱发性与偶然性因素的基础上，采用多变的手法，予以分进合击。连环计的百计迭出的技巧，不但适合分化瓦解政敌，而且适合各个击破，收到攻其一敌而威慑众敌的效果。连环计的环环相扣，常常能够造成政敌自防、自惊、自扰、自困，以至于顾此失彼。施用者利用这个机会，在政敌内困、自耗、自损、自累，难以解脱困境之时，予以分而治之，连续不断地予以制服或战胜之。

至于推助性的作用，乃是建立在分合的基础上。由于施计者对政敌对手集团不断进行分而治之的打击，促使政敌分化，也就有利于合击，在扩大战果的同时，从总体上战胜政敌对手。连环计也不是没有漏洞，在连续用计时，也会暴露自己，进而受到各方面攻击，故此计追求自保方面多，战胜方面少，这也是败战计总体的特点，将自己处于败者的地位，就能够清醒地发现胜机。

第三，就连环之计在政治斗争中的影响而言，具有直夺性、广泛性的特点。

作为政治斗争中常见和颇为有效的手段，连环计具有很高的直夺性影响和效应。它不仅表现在手法的实效上，还表现在实用上。所谓的直夺性，即是指这种计谋非常适用于多种政治斗争，无论是强者，还是弱者；无论是政治家，还是野心家、阴谋家，都能够运用这种集多种计谋于一体的连环之计，来达到和实现自己的政治目的，而且很容易收到实效。恰是政治斗争中，敌对政治势力集团往往在长期酝酿之后、矛盾聚积到一定程度，到了"决战"、"决胜"和总"爆发"时，政治连环之计的功效才非常显著。实施过程中，施计者在评估双方态势后，从后盾、依托者那里寻求到强大支持，便对政敌集团采取多变、多计、多谋、多策的明攻暗算、阳分阴解，使之处于被动挨打之后，在其内部激变，自残自伤，或各自为战时，再加强攻击，一举夺得全局的胜利。故这种胜利是直接的、逼夺的、智取而来的，影响也是重大而直接的，颇具威慑力和直取夺胜的震撼力。

连环计在政治斗争中的广泛性影响，是从此计应用本身的声势、规模、目的、效应、影响等方面生动地体现出来的。敌对政治集团的大规模斗争与使用政治连环计所行的决战决胜，多在历史的关键时刻、转折关头出现、进行。因此，政治家们运用得当，可使国存政清；如果奸臣、野心家、阴谋家施计得逞，则可暂时改变政治实力的对比和社会的发展势头，给社会带来巨大灾祸和消极影响。唐代的诸多实例表明了此点。正因如此，各国之间，帝王与权臣之间，官僚之间，敌对政治群体之间，为着自身的权势、利益和生存，为着消灭、制服、战胜政敌，广泛采用此计的诸多手法，进行仿效和应用，致使连环计本身在政治斗争中影响广泛而深远，且继起使用、仿效者代不乏人。

第四，就连环之计的政治心态与智道效应而言，具有迫胁心理（分合以击）、连锁效应（多米诺骨牌）的特点。

在实施连环计过程中，有着行计时间长、涉及面广、手法多样、连续施用的特点，这就要求施计者必须具有相对强劲的实力，才能给政敌、对手以心理压力与攻势，使之感到"威胁"、"逼迫"，却又不得不迫行就势，中计受制，受到分合以击后，甚至自相残杀与内耗，更给敌以有利之机、可乘之隙。这对施计者来说，则是取胜的基本心理保障条件之一。至于其连锁的、多米诺骨牌式的智道效应，则是通过连环计实施的阶段效应（点线式）和总体效应（平面、立体式）上的必然趋势、态势而体现出来的。

走为上

——全师避敌 志在以退为进

本计云:"全师避敌。左次无咎,未失常也。"其大意是:保全自己,避开强敌,寻机待变;虽为退却,并没有失去战胜之道。

"走为上"一语出自《南齐书》卷二六《王敬则传》:南朝宋亡之后,萧道成称帝,是为南朝齐。在齐明帝时,王敬则以萧道成的辅国将军的身份起兵反叛。明帝病情加重,危在旦夕,明帝之子萧宝卷准备逃跑,有人将此情报告王敬则,敬则认为萧宝卷此时逃跑,是上策,便说道:"檀公三十六策,走为上计。"再检《南史》卷一五《檀道济传》,其中记载道:元嘉八年(431),到彦之侵北魏,已平定河南,北上征讨,转战至济上,北魏军势强盛,遂攻克滑台。道济与北魏交战三十余次,多获胜利。因远征师劳,粮草难以为继,待军马进至山东历城,粮草已尽。此时有投降的南朝刘宋军士将此情告知魏将,于是士帅忧惧,毫无斗志。道济决定退军,一走了之。为了迷惑魏军,便来了个"唱筹量沙",即命令军士以沙当粮,一边过秤,一边高喊所称的数量,最后把剩下的少量粮食撒在沙滩上。待到天亮,北魏的侦探远望,看到刘宋军粮食还有很多,回报主将,不敢贸然追击,又以投降的刘样、连续施用的特点，这就要求施计者必须具有相对强劲的实力，才能给政敌、对手以心理压力与攻势，使之感到"威胁"、"逼迫"，却又不得不迫行就势，中计受制，受到分合以击后，甚至自相残杀与内耗，更给敌以有利之机、可乘之隙。这对施计者来说，则是取胜的基本心理保障条件之一。至于其连锁的、多米诺骨牌式的智道效应，则是通过连环计实施的阶段效应（点线式）和总体效应（平面、立体式）上的必然趋势、态势而体现出来的。

走为上

——全师避敌 志在以退为进

本计云:"全师避敌。左次无咎,未失常也。"其大意是:保全自己,避开强敌,寻机待变;虽为退却,并没有失去战胜之道。

"走为上"一语出自《南齐书》卷二六《王敬则传》:南朝宋亡之后,萧道成称帝,是为南朝齐。在齐明帝时,王敬则以萧道成的辅国将军的身份起兵反叛。明帝病情加重,危在旦夕,明帝之子萧宝卷准备逃跑,有人将此情报告王敬则,敬则认为萧宝卷此时逃跑,是上策,便说道:"檀公三十六策,走为上计。"再检《南史》卷一五《檀道济传》,其中记载道:元嘉八年(431),到彦之侵北魏,已平定河南,北上征讨,转战至济上,北魏军势强盛,遂攻克滑台。道济与北魏交战三十余次,多获胜利。因远征师劳,粮草难以为继,待军马进至山东历城,粮草已尽。此时有投降的南朝刘宋军士将此情告知魏将,于是士帅忧惧,毫无斗志。道济决定退军,一走了之。为了迷惑魏军,便来了个"唱筹量沙",即命令军士以沙当粮,一边过秤,一边高喊所称的数量,最后把剩下的少量粮食撒在沙滩上。待到天亮,北魏的侦探远望,看到刘宋军粮食还有很多,回报主将,不敢贸然追击,又以投降的刘

鸡鸣狗盗为逃生，狡兔三窟留走地

宋军士谎报，全部斩杀。道济安全而归。另外，据《战略考·南宋》记载，毕再遇与金兵对垒抗击，由于金兵势力强大，宋兵力弱势单，毕再遇便趁夜色浓重，全军撤退，只留下旌旗在阵地上迎风招展。不仅如此，还在撤前，把羊倒挂起来，两只前蹄放在战鼓上。羊倒挂难受，前蹄不停踢动，战鼓随之咚咚震响。金兵将领听到鼓声，以为宋军仍在守垒备战。不久，因羊气绝，鼓声停止，此时金兵将领才发觉上当，想派兵追击，无奈毕再遇已率兵远走高飞了。自王敬则一语一出，流传极广，《水浒传》《元曲》中亦有引用，诸如"三十六着，走为上着"、"三十六计，走为上计"等。

此计实为兵法所说的"强而避之"的策略，《孙子·虚实》载："退而不可追者，速而不可及也。"《始计》又载："强而避之。"《吴子·料敌》载："四邻之助，大国之援，凡此不然敌人，避之勿疑；所谓见可而进，知难而退也。"《应变》有载："不胜速走"、"退还务速"。其意相同。

一、全师避敌　反败为胜之机

走为上也是从《周易·师卦》逻辑推演的计谋，"师卦"六四爻象辞："左次无咎，未失常也。"意思是说：六四爻，军队撤退暂避，免遭失败之害。《彖传》认为"师"是"众"，"能以众正，可以王矣。刚中而应，行险而顺，以此毒天下，而民从之，吉有何咎矣。"由此，可推演出此计在政治斗争的可能和结果如下：

本计中心为走，把握走的时机和目的，自然是吉而无咎的事。

走不仅仅追求无咎，而是为了东山再起，其为败战计之末，正是从败到胜的转机。

第一种，使用者必须掌握走的时机，也就是符合当时的形势，把握走的规律，自然是无咎之事。否则，必是凶事。

第二种，使用者在走之时，没有丢掉自己的主干力量，有此力量犹如得天之宠。此爻为刚，以刚为上，故利有大的动作，有功则吉，无功而凶。此为两变卦，刚则吉，柔则凶。

第三种，使用者在走之时，自己的力量受到损失，这本是凶险之事。然而，本计有行险而顺的变化，逢此情况，应注意时机的转变。此为四变卦，亦即伤众而不能走，走更易伤众，伤而走入险地，伤而化险为夷。其向好的方向发展，是能够等到时机，败中取胜。

第四种，使用者面临的是被政敌吞灭的危险，以退为进，以守为战，自然没有过咎。此爻为八变卦，即在退守中的多种可能。善退者，退亦进也；会退者，退而保全也；能退者，退而伤众少，逼退者，退而伤众多。善守者，守亦战也；会守者，守而能自全；能守者，守而不失其要；逼守者，伤而不害其本。可见在有利的情况下，退守也是争战之道，故无咎害。

第五种，使用者在走之时，于路上设下埋伏，为将敌引入埋伏之内，这就需要大张旗鼓，诱敌上钩，这是无过咎之事。若敌主离埋伏地尚远，即大肆声张，不但不能将敌引入埋伏之内，自己还会受到损失，故贞凶。此爻为十六变卦，说明在退走中谋战敌方的复杂多变，其成功失败都在变化之中，必须见机行事，掌握制胜的时机。

第六种，以退为进，以守为攻，是走为上计的根本。要用此道制胜，处事须要严密。使用者欲得开国兴家的大功，必须要处事严密，做到谋不外泄，才能掌握制胜根本。要做到谋不外泄，就不能用小人，因为小人（或庶民）众多，最不容易保密，尤其是在败战的情况下，小人多趋利而附强。此时上爻为三十二变卦，中间变换最多，因为谋必有人同议，议而不使其泄，个中手段有着许多不可思议之处。

本计用于军事上，是以退为进，在不利的情况下，避开强敌，在走当中寻找敌方的弱点，这是用兵之常道。一般来说，弱者面临强敌，与之决战则易自灭；如不决战，敌必相攻。要想保全自己，避免与强敌相拼，一是投降以全师，但这只能保全一时，不能保之长远；因为降后的主动权在敌方，秦坑赵卒四十万，项羽坑秦卒二十万，血的教训在，降非上策明矣。二是求和以全师，但这不是单方可以决定的，再者，劣势求和，优势者必然平添许多苛刻条件，其丧权辱国则在所难免，当然也不是上策。三为退却以全师，这是败方可以做出决定的事，全师以退，虽不免要失去一些利益，诸如土地财物等，但留得青山在，不怕没柴烧，有全师在，反败为胜的机会总会有的，故为上计。

本计用于政治上，则主要是针对身处劣势的一方，首先是保存自己，其次是战胜对方。在政治斗争中，处于劣势的一方，如何避强待机，在保全自己的同时，寻找胜敌的途径，这是败中取胜的最佳计谋。

走为上计是在政治斗争中常用的计谋。在政治家、野心家、阴谋家当中，善于应用者，则保全自己，寻机取胜，此为求胜而走之道；不善于应用者，则难免被强敌所欺，难以振奋，此为失败而走之道；善于应用，而且能够把握住走和战的时机，此为争胜而走之道。

综上述六种情况，可以看出走为上计在使用中多变的特点。不论其怎样多变，都是以"刚中而应，行险而顺"为根本的。本来，败战是在不利的情况下出现的。本计以《周易·师卦》为推演，在于其五爻为阴、一爻为阳，充分体现中国古代的"力不足而谋补之"的认识。

二、以退为进　谋求全胜之道

《荀子·修身》云："君子之求利也略，其远害也早，其避辱也惧，其行道理也勇。"也就是说，君子在求利时不斤斤计较，其对危害能早早躲避，其对侮辱有较高的警惕性，其勇于去做合乎道理的事。能够躲避危害侮辱，不计较小利，而勇于按道理行事，这是使用走为上计的必要前提。

在复杂尖锐的政治斗争中，作为政治家尚且存有害人之心不可有、防人之心不可无的观念；野心家和阴谋家们则不免"上与之欺主，下与之收利侵渔，朋党比周，相与一口，惑主败法，以乱士民"（韩非语）。似此也就决定政治斗争的复杂多变。为能够在政治上谋得立足之地，摆脱自己的不利地位，作为败战计的走为上计，则成为政治家、野心家、阴谋家们首选的计谋。

在政治斗争中，政治家、野心家、阴谋家们处在不利的情况下，为了改变当前的处境，往往采用走为上计，这是因为本计的本旨在于从走之中寻求改变不利的处境。所谓的走，不是逃跑。

意大利著名作家拉·乔万尼奥里在《斯巴达克斯》一书中，描写角斗场上的斯巴达克斯时，有这样的一个情节。三十个色雷斯人和三十个沙姆尼特人进行角斗，经过两个多小时的生死搏斗，只剩下一个色雷斯人（即是斯巴达克斯）和四个沙姆尼特人，其余都战死在角斗场上。这时的斯巴达克斯身受三处轻伤，所面对的是四个强有力的敌人。虽然那四个敌人也受了不同程度的伤，但斯巴达克斯独力难当，"他明白自己的死期已经临头了"。就在绝望之时，斯巴达克斯采用了走为上计。斯巴达克斯跑了五十步，突然回身反扑离他最近的一个追击者，"用弯弯的短剑刺穿了对方的胸膛"。然后扑向第二个追击者，"用盾牌挡开对方短剑的冲刺，在观众狂热的呼喊下杀死了他，到了这时候，几乎所有的人都已认为色雷斯人必胜无疑了"。因为现在斯巴达克斯所面对的只是两个浑身负伤和精疲力竭的沙姆尼特人。果然，斯巴达克斯获得这场角斗的最后胜利。

《斯巴达克斯》的作者是根据古罗马的荷拉齐乌斯战胜库利阿齐乌斯三兄弟的传说加以文学化的。这个传说距今两千多年，可见这种计谋出现之早。本计谋在中国出现的也不迟。据传说，黄帝与蚩尤作战时，被蚩尤部族团团围定，又正值大雾迷漫。蚩尤族凭借优势向在大雾中的黄帝部族进攻，"军人皆惑"，黄帝部族有全军覆没的危险。正在这时，黄帝部族有一位叫作"风后"的人，制造一辆指南车。这辆车子的前面，有一个铁制的小仙人，伸出手臂，正指南方。靠着这辆车子的引导，黄帝才能统率着他的军队，冲出大雾的重围。黄帝部族冲出包围，重整旗鼓，占据有利地形,最终战胜蚩尤部族。这也是走为上的战例。

第一,全师固本,变不利为有利,待胜之道在其中。

走为上计在政治上的应用,与在军事上的应用有同等的功效,都是为了改变当前不利的处境,在走的过程中寻找制胜的机会。因此,这种走就不完全是单纯逃生的走,而是有胜敌目的。当然,走的最根本是保全自己,只有保全自己,才能言及胜人。然而保全自己和战胜他人,在具体实施上存在明显的差距。

事例:鸡鸣狗盗为逃生,狡兔三窟留走地

战国时,齐国的田文继承其父田婴之封地薛城,封为孟尝君。孟尝君好客,"招致诸侯宾客及亡人有罪者",以此罗致"食客数千人"。食客众多,必为之传扬,孟尝君的声名鹊起,远近传闻。

秦昭王听说孟尝君的贤名,将之召到秦国,任命为相。身为秦相,对于孟尝君来说,应该是件好事。但外人进入秦国柄政,难免遭人妒忌,也容易引起君主的猜忌。故此,有人向秦昭王说:"孟尝君贤,而又齐族也,今相秦,必先齐而后秦,秦其危矣。"秦昭王听后便改变主意,非但没有拜相,反而将孟尝君囚禁起来,"谋欲杀之"。

孟尝君身处危境,不得不想法脱身。思前想后,认为能左右秦昭王意志的,莫若秦昭王新近宠爱的幸姬。但送去的礼物幸姬都看不上,只是要一件狐白裘。这狐白裘本是天下无双之物,孟尝君在入秦时已将之献给秦昭王,此时怎能再有一件?在无可奈何之际,其门下有一位"能为狗盗"的食客,潜入秦宫藏室,盗出狐白裘,献给幸姬,果然获得秦昭王赦免放还齐国之令。孟尝君恐怕秦昭王反悔，急忙率食客们奔驰而去，至夜半抵达函谷关。秦国制度，鸡鸣开关，日落闭关。夜半到达，离开关之时尚早，若秦昭王派人追来，孟尝君仍难逃危难，为之焦急万分。这时，其门下"有能为鸡鸣"的一位食客，学起鸡鸣，顿时引起关内百姓家的鸡随之鸣叫。关吏误以为天将亮，便开关放人，孟尝君得便出关，急急奔去。孟尝君走出不到一顿饭的工夫，秦昭王派来的追兵赶到，但已望尘莫及。

孟尝君这次出走，主要是避祸，应该说也是上计，但此时没有与秦相战之意，故不算是本计之中的上策。

孟尝君归国之后，齐国任命他为相，主持政务。然而，孟尝君声名太大，齐王在别人的谗毁下，常常怀疑他；秦、楚二国也妒忌孟尝君的贤名，用计来离间孟尝君与齐王的关系。因此，齐王"以为孟尝君名高其主而擅齐国之权"，孟尝君的处境相当不妙。

孟尝君手下有一位食客，名叫冯谖，深知孟尝君树大招风，弦满易损，积极为孟尝君经营后退之路。

首先，冯谖借孟尝君让他去封地薛城收取贷钱利息之时，采用"能与息者，与为期；贫不能与息者，取其卷而烧之"的办法，为孟尝君收买人心。这样，在齐缗王遭到田甲之劫时，怀疑是孟尝君指使，孟尝君为避祸而出奔薛地，"未至百里，民扶老携幼，迎君道中"。薛地成为孟尝君安身之处。

其次，孟尝君逃归薛地，虽有薛民的拥护，但薛地狭小，只能安身，不能立命。所以冯谖对孟尝君说："狡兔三窟，才能免其死耳！今君有一窟，未得高枕而卧也。请为君复凿二窟。"于是，冯谖单车前往秦国（一说是魏国）游说秦王，使秦王派遣"车十乘，黄金百镒以迎孟尝君"。然后冯谖在秦使未出之前，兼程回到齐国去游说齐王，使齐王"召孟尝君而复其相位，而与其故邑之地，又益以千户"。这时冯谖对孟尝君说："三窟已就，君故高枕矣。"

此后，齐缗王欲去孟尝君，孟尝君恐祸及于己，则走往魏国。魏昭王以为相，后来联合秦、赵、燕国，共同伐破齐国，齐缗王亡死于外，齐襄王即位，"畏孟尝君，与连合，复亲薛公（孟尝君）"。在各国竞争中，"孟尝君中立于诸侯，无所属"，却"为相数十年，无纤介之祸者"，得力于这种狡兔三窟的策略。这种策略在走为上计之中，不算是上策，但符合"刚中而应，行险而顺"的根本，掌握了争战的主动权。

事例：刘玄德三走寻机，诸葛亮一谋定鼎

东汉末年，经过董卓之乱，军阀争战，天下大乱，形成了群雄割据的局面。在此混乱之时，以"贩履织席为业"的刘备，因得到大商人张世平、苏双等的资助，也聚集徒众，参与角逐。然刘备势单力孤，只好辗转依附他人。

刘备先是依附公孙瓒，后改依徐州牧陶谦，适得陶谦病死，刘备得领徐州牧，步入诸强行列。虽然刘备稍有势力，但是还不具备争雄的条件。既然没有争雄的条件，又拥有一定的实力，自然成为别人觊觎的对象，其迫不得已地一而再，再而三地使用走为上计。

第一走，失实地转投曹操，恨国贼计走徐州。

刘备领徐州牧之后，袁术以徐州四达之地，又临近自己的地盘，便派兵来争。双方交战经月，互有胜负。在急切难取的情况下,袁术联结吕布,"许助以军粮",让他袭击刘备。

吕布本来从长安逃出,没有一处地盘可以容身,便前来投奔刘备,刘备收留他,让他屯兵下邳之西。吕布得到袁术的资助和支持,遂率兵袭击刘备的后方。刘备腹背受敌,连败而兵溃,"饥饿困蹙,吏士相食",只好向吕布请降。吕布因袁术答应给的军粮不到,与袁术发生纠纷,乃以刘备为豫州刺史,让他屯兵小沛,共拒袁术。

刘备屈居小沛,不断招兵买马,不久就扩充为万余人。吕布感觉到刘备的威胁,便率兵攻打刘备。刘备不支,率残兵出走,转投曹操。曹操当时欲收买人心,也为了除掉吕布,便增益刘备之兵,给与粮草,使之收拾散兵,共图吕布。

建安三年(198),曹操亲自率军,与刘备共同攻灭吕布。在平定吕布之后,曹操挟持刘备回许都。曹操虽对刘备恩宠有加,表之为左将军,而且"礼之愈重,出则同舆,坐则同席",但实际上是将刘备控制起来。

曹操深知刘备是不甘久居人下者,故曾对刘备说:"今天下英雄,惟使君与操耳,本初(袁绍)之徒,不足数也!"刘备听而大惊,将匕箸掉在地上,幸当时迅雷突起,刘备得以遮掩过去。正在此时,汉献帝授予外戚车骑将军董承以衣带密诏,让他谋诛曹操。董承势单力孤,便找到刘备相谋。刘备考虑自己势单力孤,没有马上答应。不久,董承等所谋败露,所有参与者均遭屠戮,刘备幸免于难,但心不自安,恐祸将及己。

正在刘备进退两难之际,袁术欲经徐州与袁绍联合,如果二袁联合,势力将大增,于曹操甚为不利。在这时,刘备说服曹操,让他督率军队去邀击袁术。曹操本是爱才的,很想让刘备为己用,也就派遣刘备督朱灵、路招等军前往。

曹操派刘备出战之事为曹操的谋臣程昱、郭嘉、董昭等得知,即向曹操进言,讲到刘备"终不为人下",不能将之派遣出京。曹操恍然大悟,急派人追赶,刘备已经兼程出走,攻下徐州,杀徐州刺史车胄,再次成为一方割据势力。这次出走,刘备不但逃出曹操的控制,避免被屠戮的危险,而且再度攻占徐州,取得在群雄割据中自立的资本,也体现了走为上计的败中取胜的特点。

第二走,失妻丢将又穷途,无地少兵再胜走。

刘备叛离,这使曹操甚为恼火,便亲自率军前往征讨。刘备此时刚得地盘,尚没有安顿下来,大军赶到,自然难与相争。在危急之时,刘备求助于袁绍,但袁绍观望待变,迟迟不动,失去战胜的机会。以新起之师迎战久战之军,刘备如何能胜?结果,刘备只带数十人投奔袁绍,而妻子及猛将关羽,都落入曹操手中,刘备又过起寄人篱下的生活。

袁绍对刘备还算是很热情,曾经前往二百里去迎接,但毕竟只是礼遇,得不到什么实际的好处。刘备也深知没有实力,寄人篱下的生活不好过,便招逃亡士卒,渐渐也有一些兵马。正在此时,曹操再度进兵,袁绍起兵相迎,袁、曹在官渡相持。

关羽虽被曹操所擒,但不肯久留曹操之处,只图立功报曹操知遇之恩,然后出寻刘备。这次关羽随曹操军与袁绍相争,关羽是欲立大功的,故杀敌奋勇,"策马刺(颜)良于万众之中,斩其首而还,绍军莫能当者"。关羽的奋勇,对于寄人篱下的刘备来说,处境更加不妙,其思走之心也就日甚一日。

潜龙勿用日乾乾

　　正在曹操与袁绍在官渡相持之时，汝南黄巾军残部在刘辟的率领下，背叛曹操以响应袁绍。刘备借此机会，向袁绍请战，经袁绍同意，刘备率本部兵马脱离袁绍的控制，来到汝南地区经营。刘备在曹操后方攻城略地，曹操甚感不安，但又不能脱身。后经部下大将曹仁所请，曹操派曹仁率军攻打刘备。刘备此时所率多是袁绍的军队，"未能得其用"，挡不住曹军的虎狼之师，结果大败。刘备在无可奈何的情况下，只好重回袁绍那里，此次出走没有获得预期的结果。

　　长久在袁绍之处也不是长计，刘备便说服袁绍，联合荆州刘表，共击曹操。袁绍觉得有理，就让刘备带领本部兵马南去经略。这一回可是脱离虎口，故刘备兼行重回汝南，沿途收罗人马，不久便达数千人，并且把曹操所派的蔡阳之军消灭，在汝南经营起来。

　　汝南地处中原，处在群雄包围之中，北有曹操，东南有孙权、黄祖，西南有刘表。在此地发展本不是长久之计。不久曹操在官渡战胜袁绍，得以专心来对付其他的割据势力，刘备当然是首当其冲。201年，曹操征讨刘备，刘备不敌，只好南去依附刘表。

　　刘表在曹操与袁绍相争无力南顾之时，在南方经营，竟有"地方数千里，带甲十余万"，成为引人注目的割据势力。此时南方战事较少，北方战争不断，再加上刘表颇有好贤之名，北方有许多人纷纷来到荆州避乱，中间不乏杰出人士，如司马徽、崔州平、王粲、徐庶、诸葛亮等著名人物。

　　刘备穷途来依，刘表亲自郊迎，待以上宾之礼，毕竟是权力所在，刘表也不可能重用刘备，只是给他增益一些士兵，使之屯兵新野，以抵御北方曹操。刘备本人是不甘居于人下的，此时有比较安定的生活环境，开始搜罗人才，发展自己的势力。一时间，"荆州豪杰归先主（刘备）者日益多，（刘）表疑其心，阴御之。"刘备又被猜疑，其在新野立足也就困难了。

第三走，内外交困赖贤才，拥众而走得人心。

刘备驻屯新野时，结识了徐庶，经过徐庶的推荐，刘备得知号称"伏龙"的诸葛亮；又经司马徽介绍，得知号称"凤雏"的庞统。刘备在中原时就注意延揽人才，罗致到关羽、张飞、赵云等战将，但缺少善于出谋划策的智囊人物，如今听说有此杰出人才，岂能放过，不惜三顾，将诸葛亮请到自己身边。自此，刘备有了出谋划策的人，其问鼎于天下的理想才开始得到实施。

诸葛亮，字孔明，琅琊（今山东临沂北）人，父亲早死，随从父诸葛玄到豫章（今南昌市）为官，后流寓襄阳，诸葛玄死后，诸葛亮躬耕于隆中，过着自耕农的生活。诸葛亮虽居乡间，心怀大志，"每自比于管仲、乐毅，时人莫之许也"。很少有人能看出他的才能，只是崔州平、徐庶等数人认为其才过古人。现在经刘备三顾，诸葛亮决定出山。在出山前，诸葛亮回答刘备提出的兴汉室、争天下的问题，这就是历史上有名的《隆中对》，或称为《草庐对》。据《三国志·诸葛亮传》所记载这答词云：

"自董卓已来，豪杰并起，跨州连郡者不可胜数。曹操比于袁绍，则名微而众寡，然操遂能克绍，以弱为强者，非惟天时，抑亦人谋也。今操已拥百万之众，挟天子而令诸侯，此诚不可与争锋。孙权据有江东，已历三世，国险而民附，贤能为之用，此可以为援而不可图也。荆州北据汉、沔，利尽南海，东连吴会，西通巴、蜀,此用武之国,而其主不能守,此殆天所以资将军,将军岂有意乎?益州险塞,沃野千里,天府之土,高祖(刘邦)因之以成帝业。刘璋黯弱,张鲁在北,民殷富而不知存恤,智能之士思得明君。将军既帝室之胄,信义著于四海,总揽英雄,思贤如渴,若跨有荆、益,保其岩阻,西和诸戎,南抚夷越,外结好孙权,内修政理;天下有变,则命一上将将荆州之军以向宛、洛,将军调率益州之众出于秦川,百姓孰敢不箪食壶浆以迎将军者乎?诚如是,则霸业可成,汉室可兴矣。"

诸葛亮这个估计基本符合以后历史的发展,也是三国鼎立的基础。但对于诸葛亮和刘备来说,给他们的时间太少,因为图谋两州之地的行动尚未实施,曹操的大军就以泰山压顶之势攻打过来。

208年,刘表病死,曹操趁机向荆州进攻。这时,刘表幼子刘琮继位,畏惧曹操势力,便举州投降。是时刘备正驻樊城,很久才知刘琮投降,曹军已至,迫不得已,乃率众向荆州首府襄阳进军,面见刘琮,责以背父,又去刘表墓前哭泣拜辞。这种行动感动荆州人士,他们纷纷投向刘备,一时间跟从者竟有"众十余万人,辎重数千辆,日行十余里"。曹操大军在后追赶,随从人众多而兵少,有人劝刘备弃众而走。刘备说:"夫济大事必以人为本,今人归吾,吾何忍弃去!"结果被曹军追到当阳长坂坡,血战之后,刘备"弃妻子,与诸葛亮、张飞、赵云等数十骑走,操大获其人众辎重"。刘备丢失人众,赶往夏口,会合关羽和刘琦的水军,得以暂时转危为安。后经过诸葛亮的努力,促成孙刘联合,赤壁一战,破曹军,鼎足之势基本形成。

刘备此次出走，内有刘琮降曹，外有曹军紧追不舍，可称得上是内外交困，幸亏有诸葛亮从中谋划，张飞、赵云等人的死战，才从危难中走出。虽然刘备受此一惊，但他的所作所为，深得人心，这种人心则是刘备的立足之本。所以说刘备此走，似愚而实智之大矣！

一谋：刘玄德困守公安图江陵，庞士元谋走西川定蜀汉。

赤壁之战后，刘备当上了荆州牧，驻守在公安。此时孙刘两家和好，但矛盾仍是重重。本来孙权将妹妹许配给刘备，想以此控制刘备。但是刘备也不甘示弱，向孙权借江陵为荆州驻所，因此地西控巴蜀，东通吴会，南接衡湘，北指襄樊，为四达之地。这样一块要地借出，孙吴自是不愿意，只是孙吴看到曹操仍占据荆州北部，不想再开辟新战场，想借刘备之力以分曹操之势，于是提出，刘备取得西川，当归还荆州与吴。刘备此时"北畏曹公之强，东惮孙权之逼，近则惧孙夫人生变于肘腑之下"，对于孙权的条件，当然是满口应允。

刘备以很大的代价谋得江陵，有了比较稳定的据点，但荆州经过赤壁大战，残破不堪。刘备迫切需要一块安身立命之地，那就是益州。"益州户口百万，土沃财富，诚得以为资，大业可成也！"正在刘备垂涎益州之地时，益州牧刘璋派法正前来请援。

原来刘璋在蜀中的统治不稳定，内有当地大吏赵韪起兵叛乱，外有张鲁在汉中窥测，这时又逢曹操率兵攻打张鲁，曹兵又有进攻蜀地的迹象。刘璋自感不能应付，便派法正前往江陵，请刘备入川相助。

法正原本是扶风（今陕西）人，建议刘璋去请刘备的是蜀人张松。本来蜀人与外来的人之间存在尖锐的矛盾，赵韪起兵，就是这种矛盾激化的反映。现在他们联合起来，招引刘备，共同反对刘璋，可见刘璋在蜀是不得人心的。

法正见到刘备，当时献策说："以明将军之英才，乘刘牧之懦弱；张松，州之股肱，响应于内；以取益州，犹反掌也。"这本是天赐良机，刘备反倒犹豫不决。庞统从旁劝说，刘备又搬出他的信义，怕"以小利而失信义于天下"。庞统进言道："乱离之时，固非一道所能定也。且兼弱攻昧，逆取顺守，顾人所贵。若事定之后，封以大国，何负于信！今日不取终为人利耳。"刘备也深知其中利害，多年奔走于群雄之间，至今尚未得到一块真正的安身立命之地，进西川当是最佳选择，也就应允。当即留诸葛亮、关羽、张飞、赵云等分守荆州，自己和庞统率步卒数万奔向益州。

到了涪陵，刘璋前来迎接，张松、法正、庞统都认为此时擒住刘璋，可以"无用兵之劳而坐定一州也"。刘备以恩信未著，不可轻动，不同意这种方案，而接受刘璋的任命，率军前往葭萌去征讨张鲁。

刘备在葭萌"厚树恩德以收众心"，而刘璋集团对留刘备还是去刘备发生争执，曹操又率军攻打孙权，孙权请刘备援助。当此之时，进有张鲁为敌，退又有曹军虎视，驻则难免招刘璋之猜疑，处境相当不妙。目睹此状，庞统再进计说："今阴选精兵，昼夜兼道，径袭成都，刘璋既不武，又素无预备，大军卒至，一举便定，此上计也。杨怀、高沛，璋之名将，各仗强兵，据守关头，闻数有笺谏璋，使发遣将军还荆州。将军遣与相闻，说荆州有急，欲还救之，并使装束，外作归形，此二子既服将军威名，又喜将军之去，计必乘轻骑来见将军，因此执之，进取其兵，乃向成都，此中计也。退还白帝，连引荆州，徐还图之，此下计也。若沉吟不去，将致大困，不可久矣。"

从庞统的上计来看，孤军深入，似有些冒险，但也不无成功的可能；后来邓艾便采取此种方法攻打成都，一举灭掉蜀汉的。以中策来看，先歼刘璋强将，然后逐步推进，虽不免有伤亡争战之苦，但毕竟保险系数较大。以下策来看，退兵荆州，固然有比较稳定的后方，但再次进川的机遇不知何时才有。因此，刘备采纳了中计，经过两年多的征战，才攻下成都，平定益州。

从庞统的上、中、下计中，都可看到走的内容。其上计是积极的走，采用的是避实就虚，亦即是兵行诡道。其中计是虚假的走，采用的是虚张声势，亦即出其不意。其下计是平稳的走，采用的是扬长避短，亦即固本求进。无论是采用哪种计谋，都是以取西川为根本目的。由此可见，走为上计虽是以走为本，但在如何走的问题上，还是存在着很大差异的。

第二，寻机待变，以期出其不意而攻其不备，败中求胜之道。

走为上计之所以成为政治家、野心家、阴谋家们首选的计谋，在于本计的要旨是全师为上，在全师的过程中，还注意到寻机战胜对手。也就是在不利的情况下，采取什么方法来改变当前的处境。本计以"走"为中心，而不是用"逃"来表述，其重点就在于走并不是逃，而是寻机制胜。

处于劣势的一方，在力不如人的时候，会将"走"表现成

"逃"的样子，造成对方的错觉，使其在判断上产生失误。然后，使用者寻找时机，以出其不意的手段向其发动进攻，便争得实际的优势，进而掌握克敌制胜的主动权。

事例：朱元璋二走成事业，冯李朱三计取天下

朱元璋（1328—1398年在世），濠州（今安徽凤阳）人，是中国历史上唯一出身于贫苦农民家庭的开国皇帝，自然有其独特的经历。

朱元璋幼年为人放牛，苦熬至十七岁，其家乡发生旱蝗大灾及时疫，父母兄相继病死，家贫无依的朱元璋只好到皇觉寺当了和尚，以期得到温饱。不料只五十多天，寺中因灾荒也断炊烟，朱元璋不得不出走家乡。

第一走，侣影相将走四方，饱尝白眼志勤学。

朱元璋在无可奈何的情况下，离开家乡，到外地托钵化缘，实际上是沿街乞讨。三年多的时间，他"朝突炊烟而急进，暮投古寺以趋跄。仰穷崖崔嵬而倚碧，听猿啼夜月而凄凉。魂悠悠而觅父母无有，志落魄而俦伴。西风鹤唳，俄淅沥以飞霜。身如飘蓬逐风而不止，心滚滚乎沸汤"。身历庐州（今安徽合肥）、固始、信阳、汝宁（今河南汝南）、陈州（今河南淮阳）、鹿邑、亳州（今安徽亳县）、颍州（今安徽阜阳），历尽艰辛，饱尝人间冷暖，最终又回到皇觉寺。

此次乞讨式的生活经历，使朱元璋开阔了眼界，熟悉了淮西一带的地理人情，丰富了社会知识，结交一些朋友，为以后在这一带发展打下坚实的基础。一个托钵乞讨的小和尚，每走一处，自然少不了领略别人的白眼，乃至冷嘲热讽的挖苦或辱骂。这种

心灵上的创伤，一方面促成他的发奋图强，故此，朱元璋回到皇觉寺以后才开始"立志勤学"；一方面刺伤他个人的自尊，培养起他猜疑残忍的性格。正是这些，对朱元璋今后发展有至关重要的影响。

第二走，卜金钱北去南投还是留，走濠州东征西进原为强。

朱元璋回到家乡，原想安心生活，不期元末农民大起义爆发，其家乡也被义军首领郭子兴所占领。元王朝当然不能容忍义军攻城略镇，当即派彻里不花率三千铁骑前来镇压。刀兵之下，玉石俱焚，朱元璋所在的皇觉寺被元军焚毁，朱元璋失去寄食之地。

无处安身，去向何方？在义军方面有其小时的伙伴汤和相请，然而受传统思想影响很深的朱元璋，认为这是反叛，是大逆不道之事，故犹豫不决。再次托起盂钵出走乞食，三年艰辛足以使之却步。留下不走，寺毁人逃，衣食不继，实在难以为生。思前想后，朱元璋决定听天由命。按心理学家的研究，人在困境和顺境时，最容易产生幻觉，相信有某种力量决定着自己的命运。朱元璋此时便相信了天命，采用中国古老的占卜方式——卜金钱。

在皇觉寺被焚烧后的残垣之内，朱元璋面对残缺不全的佛像，摸出身边仅有的两枚铜钱，暗暗祈祷：如果两枚铜钱正面朝上，那么他便托钵北上谋生；如果两枚铜钱一正一反，那么他便在寺中驻守待死；如果两枚铜钱反面朝上，那么他就去投"贼"，参加义军，以谋衣食。祈祷完毕，朱元璋闭上双眼，将两枚铜钱放在两手中间，上下摇动，然后向上一掷。待铜钱落地，急忙睁眼来看，只见两枚铜在地上团团转了许久，两枚都是反面朝上。这样，朱元璋就要去投义军，以时人的观念就是"从贼"。这样的结果，朱元璋实难接受，便又拾起铜钱，重新在手中摇了起来，再次向上掷去。这一次，朱元璋不敢马上睁开眼，直等到没有声息，才睁眼来看。事有巧合，这次依然是两枚铜钱反面朝上，朱元璋相信这是天命了，便束装前往濠州，投到郭子兴部下充当一名步卒，时年二十五岁。

朱元璋有幸在郭子兴部下充当亲兵，在战斗中的表现很容易为首领看见，所以才两个月，朱元璋便提升为九夫长，调到郭子兴帐下做事。不久，在一次战斗中，郭子兴负伤，朱元璋不顾个人安危，将郭子兴背出危险之地，这就更加引起郭子兴对他的好感，而把养女马氏（即是后来的马皇后）许配给他。从此，朱元璋有了靠山，军中号称为"朱公子"。直到这时，朱元璋才有这个官名，字国瑞。

朱元璋虽有郭子兴为靠山，但在濠州尚有孙德崖等人，名位还在郭子兴之上，彼此之间矛盾丛生。朱元璋在这中间虽百般调护，也难免于火并。在难展大志的情况下，朱元璋征得郭子兴的同意，回家乡去招募士兵。去时是穷困和尚，归时是威风凛凛将军，其影响力非常可观。一时间，朱元璋少时的伙伴和乡邻，如徐达、周德兴、郭兴、郭英、吴良、费聚等纷纷前来投效，不久便得兵七百余人。郭子兴大喜，便任命朱元璋为镇抚，让他率领这些人马。自此，朱元璋才真正成为带兵的将领。

数支起义军驻在一起，相互之间经常发生冲突。郭子兴名望又不如人，朱元璋虽百般调护，也难免受人冷眼。在无可奈何的情况下，朱元璋放弃自己召来的七百余人，只带领徐达、汤和、吴良、吴祯、花云、陈德、顾时、费聚、耿再成、耿炳文、唐胜宗、陆仲亨、华云龙、郑遇春、郭兴、郭英、胡海、张龙、陈桓、谢成、李新材、张赫、周铨、周德兴等二十四人，脱离队伍，前往定远。

朱元璋虽势单力孤，脱离队伍，却在实际上采用了走为上计。以当时形势来看，朱元璋在郭子兴部下很难施展抱负；而各地在大乱之时，纷纷起兵自保，很少有心怀大志的，如果登高一呼，响应者自然众多。果然，朱元璋在定远张家堡驴牌寨，招编民兵三千人，不久又收编横涧山义兵二万余人。正是此走，"不逾月而众集，赤帜蔽野而盈冈"。朱元璋有了自己的力量，走上建功立业的征途。

第一谋：冯国用析大势首倡所依，朱元璋图根本进据金陵。

朱元璋得到这支军队之后，加紧训练几天，便整军向滁阳进发，谋求扩大势力范围。在路上，朱元璋得到一位谋士，那就是冯国用。

定远人冯国用和冯国胜兄弟，"俱喜读书，通兵法"，因当时战乱，而结寨自保。朱元璋路过他们的寨子，二人前来投效，深得朱元璋信任。有一次，朱元璋与冯国用讨论天下大事，冯国用曾讲道："金陵龙盘虎踞，帝王之都，先拔之以为根本。然后四出征伐，倡仁义，收人心，勿贪子女玉帛，天下不足定也。"在此之前，朱元璋虽胸有大志，还没有想到夺取天下的问题，现如今冯国用已经讲到这个问题，并将希望寄托在朱元璋身上，而且还为之勾画了一张成功的蓝图，不由得使朱元璋深感欣慰，当即委任冯国用为幕府参谋。

事态正如冯国胜所料，朱元璋在淮南发展一段时间之后，挥兵直指金陵，占据这个四达之地，并且以此为根本，走上他的夺取全国政权的道路。

第二谋：朱元璋困于人事，李善长巧解疑难。

朱元璋在前往滁州的路上，一位怀才不遇而渴望富贵的儒生投奔他，这就是明朝开国第一名臣李善长。

李善长（1314—1390年在世），字百室，安徽定远人。幼年读书，想以科举入仕做官；成年以后，目睹当时重吏轻文，便改学文案书牍；求官不就，又改为经商，并且因此发了财；元末农民起义，打破其继续发财之梦，却又勾起他谋求大贵之心。

在元末群雄竞起之时，李善长以独到的眼光，看中朱元璋这位青年将领，便弃家出走，投向朱元璋。

李善长以其老谋深算，先给朱元璋勾画出一幅布衣天子的蓝图，后给朱元璋提出一个效法的榜样——汉高帝刘邦。一夕长谈，使朱元璋雄心勃勃，也使朱元璋对李善长倾心推重，并委以重任。

一个放牛娃、小和尚、小步卒，在两年多的时间内，居然能够"将兵三万余，号令严明，军容整肃"，本来就使当时起义的老将们深怀嫉妒，尤其是朱元璋占领滁州之后，郭子兴率所部前来依靠，这种嫉妒便更加明显。

以郭子兴来说，朱元璋是其女婿，本有渊源，但毕竟是养女婿，别的将领离间的话，自然很容易传到他耳中。老资格的将领要郭子兴除掉朱元璋，至少要削弱朱元璋的实力。郭子兴虽不至采用前者，但对后者还是接受了。面对郭子兴的不断侵削，朱元璋敢怒不敢言。就在这时，郭子兴征调李善长到其帐下办事的命令下来，朱元璋只好忍痛割爱。

李善长经过权衡利弊之后，决定不去郭子兴帐下，找到朱元璋，将自己所拟订的消除郭子兴猜疑的办法，告诉朱元璋，这就是走为上计，分为两部分：

其一是走门路。李善长讲要消除郭子兴猜疑和众将领的嫉妒，可以走此三线。外线，就是让朱元璋尽可能地对郭子兴表示恭顺。内线，就是让朱元璋的夫人马氏经常向岳母张氏送金银财宝，使张氏为自己进美言。下线，就是让李善长去联络疏通郭子兴的旧将，使他们放弃前嫌而不再进谗言。李善长的计谋可称老谋深算，滴水不漏。此计一行，不但避免一次可能发生的火并，而且使朱元璋声名日增，并得到节制诸将的大权，巩固了地位。

其二是离开郭子兴的身边。所谓在内而危，居外而安。李善长让朱元璋以滁州粮少人众，粮饷难继为名，向郭子兴请命攻打歙州（今安徽歙县）。一可以远离是非之地，二可以挺进江南，实施占领金陵的宏图大业。果然，此计一行，朱元璋摆脱羁縻，建立自己的根据地，走上夺取天下的道路。

第三谋：老儒生智献九字诀，朱元璋威震群雄胆。

元至正十五年（1355）三月，郭子兴死，朱元璋代领其众，并接受小明王韩林儿宋政权的任命，成为名正言顺的重要将领。翌年，朱元璋攻占了江南重镇集庆路（今南京市，朱元璋改名应天府），实现其第一个战略目标。这时的朱元璋虽名义上尊奉以韩林儿为首的大宋龙凤政权，实际上已经成为独立的军事政治实体。

本来朱元璋对宋政权的任命就不满意，曾经说过："大丈夫宁能受制于人耶！"只是在众谋士的劝说下，"念林儿势盛可倚藉，因奉宋龙凤年号以令军中"。现在朱元璋占据东南最为富庶的地区为根据地，而且拥有雄兵数十万，有了称王称霸的本钱。朱元璋本人有称王称霸的欲望，依附的众将谋士有攀龙附凤以图富贵的意念，此时自立为王是完全可能的。

称王还是不称王，朱元璋本人还有一些顾虑。为此，曾经向一位老儒生朱升征求过意见。朱升当时向朱元璋讲了九字名言，即"高筑墙，广积粮，缓称王"。这九字后来成为这段时间朱元璋所奉行的方针。

高筑墙，是要朱元璋巩固现有的根据地；广积粮，是要朱元璋发展生产，准备长期战争的物质基础；缓称王，是要朱元璋讲求实效，为长远考虑，且莫因称王而树大招风，成为众矢之的。

这一计谋内含走为上计的基本道理。首先，本计要求全师避敌，这九字诀完全是站在全师的立场之上，要求避虚名而求实惠；其次，本计要求全师寻机而战，这九字诀又是站在自己发展的立场上，攻城略地而不招众怒，其功效必大；再次，本计要求不失战胜之道，九字诀则又是站在战胜的立场上提出的。基于此，朱元璋欣然采纳，而且脚踏实地地认真实行，逐渐走向称王称帝的道路，缔建了大明王朝。

第三，出走避祸，以内外安危转换，制胜之道在其中。

走为上计的"走"是宏观概况，有着比较深刻的内涵。为何而走，走向何方，如何来走，是否走得脱，走后干什么，包含着许许多多的机变，稍有不慎，往往会自蹈败机，这正是败战计的特点。

打得赢就打，打不赢就走，这在战争中是常见的事。因为走是可以暂时改变当时不利的局面，走之中可以寻找有利的战机。与军事基本相同的政治，当然也存在这个问题。政治往往不是明火执仗，大多是在明争暗斗。明争得赢就明争，明争不赢就暗斗，这里蕴藏着深邃的智慧。

政治斗争中的暗斗，符合走为上计的要求，明争不行，暗斗补之，暗斗不过，全身避之，避而寻机，伺而取之，等等，一连串的策略，缺一不可，少一则不是完计。这正是政治斗争复杂多变和政治家、野心家、阴谋家们内心世界多姿多彩的具体反映。

事例：重耳避祸走诸国，刘琦求全赴江夏

春秋时，晋献公得到新宠骊姬、少姬姐妹，姐妹各生一子，这样就涉及谁是继承人的问题。晋献公有八个儿子，其所谓贵生者有五个，即长子申生，次子重耳，三子夷吾，以及骊姬、少姬姐妹生的奚齐、卓子。

献公在未得到骊姬时，就将长子申生立为太子，成为法定的继承人。在母以子贵、妻以夫荣的古代社会，妇女所依托的就是子与夫。现在献公年老，在世时间无多，骊姬正在年轻，所寄希望的当然是己生之子奚齐身上。然而，奚齐为诸公子，终不能继承公位，一旦献公撒手而去，奚齐所得甚少，骊姬也难得显贵，其害太子而谋己子继承，也自然就付诸行动。

在骊姬、少姬姐妹的怂恿下，献公有了废太子之心。在当时太子为国之本，无故废太子是要受到多方面责难和制约的，献公也不能马上决定，故此采用如下步骤：

首先，献公建立上下二军，自己将上军，让申生将下军，明为重用，实欲寻找申生的过失，以便废之有名。这一点为大夫士蒍所看出,他对别人说:"太子不得立矣。君主改其制,而不让太子公患难;轻视太子所任,而不考虑太子的危险。君主有疑心,太子怎能久在其位?"便为申生出了一计:"与其勤而不入,不如逃之。"就是走为上。申生对父亲抱定愚忠,不肯离去,结果"谗言弥兴",处境开始危险。

其次,献公让太子帅师,赐予他自己所穿的衣服,佩以金印,按照君主的待遇出征。表面上看,这是推崇,实是欲加之以罪。当时大夫狐突认为:"君有心矣。"梁余子养认为:"死而不孝,不如逃之。"当然,申生是不能接受这种建议,而是采取"修己而不责人,则免于难"的对策,暂时渡过这次危机。

再次,献公命太子去曲沃,重耳去蒲城,夷吾去屈地,奚齐去绛地,分别驻守在外,在表面上看是一视同仁,实际上是在疏远太子,以便寻找其过失。当时仆人赞说:"太子殆哉!君赐之奇,奇生怪,怪生无常,无常不立。"更何况君主"恶其心,必内险之;害其身,必外危之。危自中起,难哉!"

经过如上步骤,献公认为可以废掉太子,另立骊姬之子奚齐,并将此想法告诉骊姬,希望骊姬高兴。不想骊姬听而泣下说:"太子之立,诸侯皆已知之,而数将兵,百姓附之,奈何以贱妾之故,废嫡立庶?君必行之,妾自杀也。"献公讨个没趣,却因此对骊姬更加信任。

其实骊姬何尝不想让自己的儿子当继承人,只不过她的手法比献公更为高明一些,采用的是"佯誉太子,而阴令人潜恶太子"的策略。

前656年,骊姬对太子申生说:"君梦见齐姜(申生生母),

太子速祭曲沃，归厘（祭品）于君。"申生怎敢违背后母之命，便赶到曲沃祭祀，将所祭的肉类贡献给父亲。是时献公出猎未归，祭品放了两日，使骊姬得以从容下毒。献公回来，看见儿子送来的祭品，便欲食之。骊姬急忙拦阻说："胙所从来远，宜试之。"便将酒泼于地上，地上马上隆起大泡；将肉喂犬，犬即刻便死；与在旁的小臣食，小臣也死。这时骊姬哭泣道："太子何忍也！其父在而欲弑代之，况他人乎？且君老矣，旦暮之人，曾不能待而欲弑之！太子所以然者，不过以妾及奚齐之故。妾愿子母辟之他国，若早自杀，毋使母子为太子所鱼肉也。"凄凄切切，早使献公心疼不已，杀太子之意也就由此而生。

骊姬所言，有人告知申生。申生登时不知所措，急忙逃回自己驻守的曲沃城。匆忙一走，实不是上计，故当时有人对申生说："为此药者乃骊姬也，太子何不自辞明之。"申生辩白说："不想招父怒，故而出走。"人劝说道："既然要走，可奔他国。"申生想了一阵，实在难有出路，便说："被此恶名以出，人谁内我？我自杀耳。"竟自杀以报生父。

正在此时，重耳和夷吾来朝。这二人现在是奚齐继位的竞争对手，骊姬当然不能放过，便在献公面前谮害二人。二人听到风声，连父亲也不见，急忙出走，各回自己的驻守地，严兵自守。

以一封地之力对抗一国之力，当然是难以抵挡，不得不自谋生路。当献公之兵临蒲地之时，重耳逾垣而走，逃往翟国，而后游历各国，在秦国的支持下回国嗣位，是为晋文公。献公之兵压向屈邑时，夷吾凭借坚城，顽强抵抗，坚持一年而溃，最后逃往梁国；献公死后，国内大乱，奚齐、卓子先后被杀，夷吾在秦穆公发兵护送下回国即位,是为晋惠公。

再如东汉末年,刘表趁天下大乱之时,在江南发展势力,很快拥有雄兵十余万,地方数千里,在荆湘一代称霸,"居处服用,僭拟乘舆焉"。群雄争霸,都是子承父业,刘表多病,继承问题就更加引人注目。

刘表有两个儿子,长子刘琦是前妻所生,次子刘琮是后妻蔡氏所生。蔡氏当然是爱自己所生而恶其所仇。蔡氏的弟弟蔡瑁,外甥张允,因蔡氏之宠,在刘表手下为官,很得刘表信任。按中国传统,长子继承,刘琦身为长子,自然应该取得继承权,这样对蔡氏当然不利。这三人便内外煽惑,陷害刘琦而夸誉刘琮。

身处这种地位的刘琦,内不能与父通言,外没有亲信可交,内心十分不安。正在此时,刘备三顾茅庐请来诸葛亮。刘琦深知诸葛亮的谋略过人,便请谋自安之术。继承问题乃是家事,涉及此事,弄不好会招致其家上下怨恨,诸葛亮当然不轻易为之设谋。刘琦请谋不成,乃同诸葛亮同升高楼,然后让人把梯子撤去,对诸葛亮说:"今日上不至天,下不至地,言出子口,而入吾耳,可以言未?"诸葛亮见此状,也不得不说话了,但他没有直接讲刘琦的家事,而是用前面所讲的例子来影射说:"君不见申生在内而危,重耳居外而安乎?"仅此一句,刘琦便领会其中用意,向其父请为外任,到江夏就任太守之职,避开遇害的可能。

由上可见,申生、重耳、夷吾、刘琦,都使用了走为上计,但所得的结果却是不一样的。这里就包括为何而走,走向何方,如何来走,是否走得脱,走后干什么等诸多的问题。

申生之走,出于害怕,完全没有什么思想准备,故在冷静下来之后，感觉到没有出路，便走上自绝之路。这是不善使用走为上计者。

重耳之走，出于避祸，有一定的思想准备，故在策略上，一面采用严兵自守，一面谋求下一步出走的地方，所以达到免祸图存的目的。这仅仅是能够使用走为上计者。

夷吾之走，同重耳一样，但比重耳要高明一些。一是他在屈地顽强抵抗年余，给晋国臣子以很深的印象。二是在兵溃出走之时，将走向何方，如何来走，是否走得脱，走后干什么等诸多问题都考虑在内。夷吾原想去翟国投奔重耳，其近臣冀芮说："不可，重耳已在矣，今往，晋必移兵伐翟，翟畏晋，祸且及。不如走梁，梁近于秦，秦强，吾君百岁之后可以求入焉。"这里就包括许多问题，走梁国为安，靠秦国可脱祸，更重要的是走后还要回来争夺继承权，考虑得非常周全。故此，夷吾能在重耳之前就任晋君。这是善于使用走为上计者。

刘琦之走，出于避祸自全，完全是经过"阴规出计"的深思熟虑，故此能够保全自己，并因此得到一定的实力。这些实力在以后不但保证自己的安全，而且还救下刘备，成为赤壁之战中的一支重要力量。这虽不算是善于使用者，但也算是应用得比较得体。

有关走为上计使用的事例很多，其手法也各有不同，但其基本目的都是为了保全自己，并千方百计地战胜对手。既然是保全自己，其中存在着各种不同的情况。比如说富而保财，贵而保官，难而避祸，铤而走险，等等，条件不同，使用的手法自然也有差异。此计是败战计，虽总的前提是力不足，但力不足到什么程度，其间有着许多微妙的变化。况且力不足谋补之，补到什么程度才能战胜对手，也就决定手法的复杂多变。

三、反败为胜　力不足谋补之

计谋，在人类社会的应用本来就是非常广泛，力不足而谋补之，这是人与其他动物的最大不同之处。然而，计谋的应用，不但要受到客观条件的限制，还有人自身的智慧因素。客观条件限制计谋的使用范围，而人的智慧往往又能冲破客观条件的限制，并且在一定的条件下改变客观条件，这是人的主观能动。

一般说来，凡是希望使用计谋的人，就最有可能获得使用计谋的条件；那些没有想到使用计谋的人，在客观条件的逼迫下，自觉或不自觉地也会使用计谋；无论是主动还是被动地使用计谋，都存在着因计谋而受益者和因计谋而受害者；有受益和受害，就有比较。在比较中，成功者对人们追求计谋是个促进，失败者对人们追求计谋又是个警戒。这样代代流传下来，就使计谋本身得到不断的完善，也使使用手法不断丰富，更扩大了使用的范围。

第一，在国与国之间。

走为上计是败战计，总的要求是在力不足的情况下，谋求战胜对手。基于此，这种计谋一般多是小国、弱国对大国、强国使用。从整个方面来衡量，大国无论是在政治、军事、经济实力上都要优于小国，不过小国也有他的优势和特长，那就是地域小而求生存的自强心，在自强心的驱使下，其发展也就比较快；此外，因为国小而事权比较集中,事务的决断也就比较快,其适应形势的发展也就要比大国快。有这些特长,在众强林立下求生存、谋发展,或多或少可弥补实力上的不足。

刘备在与曹操争雄之时,实力明显不如曹操,但刘备"虽颠沛险难而信义愈明,势逼事危而言不失道"。按刘备自己的话来说:"与吾为水火者,曹操也。操以急,吾以宽;操以暴,吾以仁;操以谲,吾以忠;每与操反,事乃可成耳。"这就是在力不足的情况下,用一定的政策和谋略来弥补。

以政策来说,这基本上是本国内部图强发展的问题。当然,政策本身也包含谋略的一方面。以谋略来讲,其本身固然有内部图强的一面,但更主要的是对付外来势力,其锋芒多指向对手,尤其是针对强手,谋略往往会弥补自己实力上的不足。即使是因实力上的差距,你不想,也认为不可能战胜对手,至少可以保存自己,这就是走为上计的最基本的功效,而这些对于弱小国家是至关重要的。

事例:高季兴走马论二失,李存勖夸功失五州

923年,李存勖与朱梁征战多年,终于灭掉朱梁,自己称帝,国号为唐,史称后唐,建都洛阳。李存勖,也就是后唐庄宗,自以为血战二十年而得天下,志骄意满,藐视天下。

当时后唐虽号正统,但其四周分布着许多割据势力,纷纷自立为王,独霸一方。他们对正统虽然阳示尊崇,但也无不阴为自全。在正统王朝势力强大时,他们遣使纳贡称臣,乃至亲身至京朝拜;当正统王朝势力中衰,或者有内忧外患时,他们则置正统王朝于不顾,乃至乘其之危而攻城略地。

潜龙勿用日乾乾

后唐庄宗血战夺天下，势力正蒸蒸日上，这些割据者都感觉到危机存在。其势力较强者，修武备，屯粮草，拥兵自保；其势力较弱者，急忙收拾珠宝金玉，派遣使臣，前往纳贡称臣，请求保护。其中割据蜀中的王建，是属于前者；割据于荆南的高季兴，则属于后者。对于前者，后唐庄宗当然不容，聚集兵力，准备征伐；对于后者，后唐庄宗也不轻易放过，一纸诏令，宣高季兴来京朝拜。

天子有诏，去与不去，高季兴手下的谋士发生争执。主张去的认为："后唐强大而正处在兴盛之时，不去必招致后唐之恨，况荆州处于四战之地，觊觎者巴不得荆州有战事，以便从中取利。"主张不可前往的认为："高季兴为后梁故臣，握强兵，居重镇，后唐早欲灭之，此一去，必为所留，成为后唐的人质，荆南也将不保。"高季兴经过权衡利弊之后，最后决定还是前往。

到了洛阳，后唐庄宗待以贵宾之礼，但庄宗左右的伶官向高季兴求货无厌，稍不满足，便向庄宗进谗言，庄宗便有意把高季兴留在朝中。此时扣留高季兴，对于后唐来讲是有弊无利的事。因为后唐初建，如不以信取人，地方割据势力便会不服，乃至联合起来共拒后唐，故大臣郭崇韬劝说庄宗不要扣留。有一次，后唐庄宗召见高季兴，在谈话高兴之时，庄宗用手拊高季兴之背，以示亲厚。高季兴出朝，即令绣工将庄宗拊背之手迹刺绣在衣服之上，到处招摇，使人知道他现在正得庄宗的宠信，以减少谗言进入。

高季兴用计保全自己之后，开始谋取自身的利益。当后唐庄宗与高季兴谈论天下大事时，曾经讲道："吾已灭梁，今天下负固不服者惟吴、蜀,吾欲征之,何者为先?"高季兴马上考虑到自身的利益:后唐庄宗若攻吴,必经高季兴的地盘,难免会出现晋灭虞虢的现象;灭吴之后,回师便可将自己灭掉。如果高季兴对庄宗所问避而不答,必会引起庄宗的怀疑;答而不中意旨,也会引起庄宗的不满,乃至因此失去回荆南自己地盘发展的机会。在此情况下,高季兴开始实施其走为上计的计划。

当高季兴得知后唐庄宗正在为伐吴还是征蜀犹豫之时,便将庄宗的注意力向对自己有利的方面引导,便上计道:"蜀地富民饶,获之可建大利,江南国贫,地狭民少,得之徒无益。宜伐蜀便。臣请以本道兵先进。"从表面上看,高季兴是为庄宗打算,实际上却无一不站在为自己利益的筹划的基点上。首先,避开伐吴,可免自己腹背受敌和后唐假道之危。其次,力主伐蜀,后唐之兵可不经自己的腹地,而且还能在其中谋求扩大地盘,得到夔、忠、万、归、峡等州之地。再次,也就是高季兴所谋的中心,可以因此离开庄宗的控制,回到自己的势力范围去,避免身为人质,国为所灭。果然,后唐庄宗对高季兴肯为先驱,甚为高兴,好言安抚之后,登时发遣高季兴回荆南准备。

高季兴得到恩准,当即整装急去,"倍道兼进",逃离庄宗所控制的地区。在此时,高季兴才感觉重负已去,开始对左右论起后唐庄宗之失来。高季兴说:"此行有二失:来朝,一失;纵我去,一失。"也就是说,后唐庄宗让他来朝拜,本是失策之事,因为他了解到后唐的虚实,得知庄宗的真实情况,以他的说法是:"主上百战以取河南,对功臣夸手抄《春秋》,又曰'我于手指上得天下',其矜伐如此,而荒于游畋,政事多磨,吾可无虑矣。"那么,后唐庄宗放他回归，更是失策，因为知人所短，又脱人所控，其自立报复之心必生，在行动上必要有所作为。其实，后唐庄宗对自己所失有所察觉，在高季兴走出不及十日，便感觉到自己的失策，急忙令襄州节度使刘训伺便将高季兴杀掉，无奈高季兴脱离虎口，逃生情急，丢弃辎重，率卫队数百人星夜奔驰，斩关而去，当后唐庄宗诏书到达时，他已回到自己的辖地，追之不可及矣。

高季兴回到自己的势力范围，便"缮城积粟，招纳梁旧兵为战守之备"。至于与后唐庄宗相约的伐蜀先驱事，高季兴虚张声势，未尝出一兵一卒。等到后唐兵取王蜀，其朝中却乱起，庄宗被弑，明宗李嗣源即位，内部不稳，无暇外顾，高季兴便劫留后唐珍宝金帛四十万归己，并以曾与庄宗有约，索取五州之地。后唐明宗正忙于内部，不想再乱生于外，竟将五州之地划给高季兴。这正是：高季兴一走探虚得实，李存勖失策丧财失地。

由上可见，高季兴面对强大的后唐，采用的策略就是保存自己，所实施的走为上计是内走探虚实、外走逃祸难，在强国之下求生存。这种做法后来为其子高从诲所继承。史称高从诲"为人明敏，多权诈"。荆南地狭兵弱，又处于四战之地，周围都是强邻。高氏处于列强包围之中，对强者采用称臣的办法，"盖利其赐予"。对实力稍弱的，趁他们往来必经荆南之时，"常邀留其使者，掠取其物，而诸道以书责诮，或发兵加讨，即复还之而无愧"。这种所作所为，正如"俚俗语谓夺攘苟得无愧耻者为赖子，犹言无赖也，故诸国皆目为'高赖子'"。正是这种无赖的作风，使高氏所在的荆南国得以在群雄角逐之中，存活五十七年。也可以说，这种无赖作风，不失为弱小国家生存之道，也可以说这是弱小国家在力不服者惟吴、蜀，吾欲征之，何者为先？"高季兴马上考虑到自身的利益：后唐庄宗若攻吴，必经高季兴的地盘，难免会出现晋灭虞虢的现象；灭吴之后，回师便可将自己灭掉。如果高季兴对庄宗所问避而不答，必会引起庄宗的怀疑；答而不中意旨，也会引起庄宗的不满，乃至因此失去回荆南自己地盘发展的机会。在此情况下，高季兴开始实施其走为上计的计划。

当高季兴得知后唐庄宗正在为伐吴还是征蜀犹豫之时，便将庄宗的注意力向对自己有利的方面引导，便上计道："蜀地富民饶，获之可建大利，江南国贫，地狭民少，得之徒无益。宜伐蜀便。臣请以本道兵先进。"从表面上看，高季兴是为庄宗打算，实际上却无一不站在为自己利益的筹划的基点上。首先，避开伐吴，可免自己腹背受敌和后唐假道之危。其次，力主伐蜀，后唐之兵可不经自己的腹地，而且还能在其中谋求扩大地盘，得到夔、忠、万、归、峡等州之地。再次，也就是高季兴所谋的中心，可以因此离开庄宗的控制，回到自己的势力范围去，避免身为人质，国为所灭。果然，后唐庄宗对高季兴肯为先驱，甚为高兴，好言安抚之后，登时发遣高季兴回荆南准备。

高季兴得到恩准，当即整装急去，"倍道兼进"，逃离庄宗所控制的地区。在此时，高季兴才感觉重负已去，开始对左右论起后唐庄宗之失来。高季兴说："此行有二失：来朝，一失；纵我去，一失。"也就是说，后唐庄宗让他来朝拜，本是失策之事，因为他了解到后唐的虚实，得知庄宗的真实情况，以他的说法是："主上百战以取河南，对功臣夸手抄《春秋》，又曰'我于手指上得天下'，其矜伐如此，而荒于游畋，政事多磨，吾可无虑矣。"那么，后唐庄宗放他回归,更是失策,因为知人所短,又脱人所控,其自立报复之心必生,在行动上必要有所作为。其实,后唐庄宗对自己所失有所察觉,在高季兴走出不及十日,便感觉到自己的失策,急忙令襄州节度使刘训伺便将高季兴杀掉,无奈高季兴脱离虎口,逃生情急,丢弃辎重,率卫队数百人星夜奔驰,斩关而去,当后唐庄宗诏书到达时,他已回到自己的辖地,追之不可及矣。

高季兴回到自己的势力范围,便"缮城积粟,招纳梁旧兵为战守之备"。至于与后唐庄宗相约的伐蜀先驱事,高季兴虚张声势,未尝出一兵一卒。等到后唐兵取王蜀,其朝中却乱起,庄宗被弑,明宗李嗣源即位,内部不稳,无暇外顾,高季兴便劫留后唐珍宝金帛四十万归己,并以曾与庄宗有约,索取五州之地。后唐明宗正忙于内部,不想再乱生于外,竟将五州之地划给高季兴。这正是:高季兴一走探虚得实,李存勖失策丧财失地。

由上可见,高季兴面对强大的后唐,采用的策略就是保存自己,所实施的走为上计是内走探虚实、外走逃祸难,在强国之下求生存。这种做法后来为其子高从诲所继承。史称高从诲"为人明敏,多权诈"。荆南地狭兵弱,又处于四战之地,周围都是强邻。高氏处于列强包围之中,对强者采用称臣的办法,"盖利其赐予"。对实力稍弱的,趁他们往来必经荆南之时,"常邀留其使者,掠取其物,而诸道以书责诮,或发兵加讨,即复还之而无愧"。这种所作所为,正如"俚俗语谓夺攘苟得无愧耻者为赖子,尤言无赖也,故诸国皆目为'高赖子'"。正是这种无赖的作风,使高氏所在的荆南国得以在群雄角逐之中,存活五十七年。也可以说,这种无赖作风,不失为弱小国家生存之道,也可以说这是弱小国家在力不如强大国家的情况下的谋略，更体现了走为上计的保存自己的特点。

第二，在君臣之间。

在君主专制政体下，君主独断的权力所受到的威胁，主要来自内外两个方面。在外，主要是来自周边国家的威胁，这种外力的威胁，对于专制君主来说，虽然有国灭身亡的危险，但在抵御外来侵略上，全国很容易达到同仇敌忾，外力想灭掉一国也不容易。因此说，对君主专制的最大的威胁是来自本国内部。

按照韩非的政治理论，专制君主所受到本国内部的威胁是来自多方面的。专制君主的周围存在着各种政治势力，他们为了某种不同的经济利益和政治目的，既是君权的支持者，又是君权的分取者，有时还是君权的觊觎者，彼此之间存在着相互利用和相互制约的关系。基于此，君主与各种政治势力之间，既不能坦诚相待，又不能流露真情，而是在高度的戒备状态下，用尽心机地窥探对方和驾驭、利用对方。这一切都是在高度的智力活动下进行的，稍有不慎，就会有一方遭到难以设想的灾难。正因为君主与各种政治势力之间，既存在着存亡与共，又存在着你死我活的关系，谋略在他们中间才应用得频繁而广泛。

无论是君主，还是各种政治势力，不可能久占优势，但任何一方也不甘心任人宰割。以君主而论，胜者君临天下而位居九五之尊；败者身首异处，或遭受难以忍受之辱。以各种政治势力而论，胜者挟天子以令天下，或举朝无不畏其气焰；败者满门抄斩，或饱受人间羞辱和苦痛。在这种情况下，君主和各种政治势力追求确保胜势是必然的，在处于不利的情况下，期以制胜也是必然的。那么，作为败中取胜，或保全自己的走为上计，则成为他们自觉不自觉使用的计谋之一，而且得到发挥和充实。

事例：和帝密谋走北宫，窦宪中计失权势

东汉和帝时，外戚窦宪以拥立之功，得以"侍中内干机密"。后来因刺杀宗室刘畅事，被太后闭于内宫。是时正值南匈奴单于投降，请求汉出兵进攻北匈奴，窦宪因此请求进攻匈奴，以免于死罪，这是采用走为上计以自全。

果然，窦宪将兵在外，"秉三军之重"，其兄弟窦笃、窦景"总宫卫之权"，又有太后为援，足以控制朝廷的形势。在这种情况下，朝内虽有人反对窦氏专权，上书弹劾，但不是被寝而不报，便是被贬官迫害，朝野为之震慑。

窦宪北征，建立殊功，勒石燕然，凯旋还朝，其威名大振；更兼他"以耿夔、任尚等为爪牙，邓叠、郭璜为心腹，班固、傅毅之徒典文章"，可谓盘根错节，根深蒂固，故朝野上下"望风承旨，无敢违者"。

当时的和帝，只不过是个十几岁的小皇帝。于内有太后临朝主持朝政，于外有窦氏父兄把持朝政，这个小皇帝"与内外臣僚莫由亲接，所与居者阉宦而已"。对于窦氏集团的专横跋扈，汉和帝隐忍不发，暗暗观察形势，寻找可乘之机。和帝看到，虽然窦氏专权，其党羽遍布朝野，还养有许多悍士、刺客，但还有一些朝臣将生死置之度外，多次上书弹劾窦宪及其党羽，如司徒袁安、司空任隗、尚书韩棱等。和帝因宫禁所隔，不能与这些人商议事务，诸事只好隐忍。外朝之官可信不可依，和帝便从左右寻找可信赖的人，发现中常侍钩盾令郑众"谨敏有心机，不事豪党，遂与众定议诛宪"。

诛除窦宪，则不是一件容易的事。因为窦宪将兵在外，掌管护卫皇宫的军队又多是窦宪的亲党，于内还有太后与他们相应，故和帝多次"虑其为乱，忍而未发"，等待时机。永元四年（92），窦宪在外战事平定，回到京师，和帝有了聚而歼之的机会。于是，和帝与郑众和宗亲清河王刘庆相谋，决定采取行动。

京城之内，遍布窦氏的势力，如果逮捕窦氏党羽的诏令一发，窦氏凭借内外势力，挟持和帝，再凭太后的懿旨，废掉和帝，另立新君，那样和帝便无能为力，只有听任别人宰割。基于此，和帝等人采用走为上计，在诏令发出前，悄悄地潜出宫禁，出得京城，来到北宫。然后将诏令发出，令执金吾（京城治安军长官）、五校尉（北军，即京师卫戍军）勒兵将皇宫和京城诸门紧闭，收捕窦氏党羽入狱，派使者收去窦宪的大将军印信，遣令窦氏兄弟以诸侯就国，然后于国迫令他们自杀，成功地除掉窦氏外戚势力。

由此可见，和帝之所以成功地清除外戚窦氏势力，其关键在于他事先脱离窦氏控制的地区，使窦氏不能实施挟天子以令天下的计谋。在君主专制政体下，无论是母后、外戚、宦官、权臣，想达到专权的目的，都必须以君主的名义来实现。各种政治势力挟制君主弄权的政治局面，也不过是君主专制的变态形式。正因为如此，君主要想不受制于人，必须要摆脱别人的挟制，因此，走为上计不失为君主摆脱别人挟制的上策之一。

事例：李存勖推功论佐命，郭崇韬遭怨难存身后唐庄宗李存勖在与后梁血战争天下时，曾经兵困郓州（今山东东平县西北）。当时，后梁诸镇兵大举进攻，契丹又发兵攻击其后，正在"成败未可知"之时，庄宗左右都希望罢兵，"庶几以为后图"。这时身为枢密使的郭崇韬，力排众议，让庄宗亲自率军，避开后梁诸镇的兵锋，直捣后梁京城汴梁，认为这样"不出半月，天下定矣"！庄宗听从郭崇韬的建议，"从郓州入袭汴，用八日而灭梁"，夺取了中原的统治。

大功告就，论功封赏，与庄宗一起在战阵上血战二十余年的带兵将领们，没有一个居首功的，从来没有在战场上搏杀一次的郭崇韬却功居第一，被赐予铁券，位兼将相，执掌国政，可见庄宗对他的信任之深。郭崇韬因庄宗的信任，思以图报，"遂以天下为己任，遇事无所回避"，尽心尽力地辅佐庄宗。

后唐庄宗知音晓曲，能歌善奏，故喜欢伶人。这些伶人因宠而生事，"出入宫掖，侮弄缙绅，群臣愤嫉，莫敢出气，或反相附托，以希恩幸，四方藩镇，货赂交行"。作为辅政大臣的郭崇韬，当然不愿让这些伶人与政，每每加以裁抑之，也就招致这些伶人的怨恨。再者，郭崇韬虽以计谋佐庄宗成天下，但身未参与血战，资望又比一些人浅，现身居显位，也难免遭到这些人的怨嫉。伶人与这些人内外交进谗言，郭崇韬感觉到危机的存在。

在内有侧目之人、外有怨恨之将的情况下，郭崇韬开始想到避祸。他曾对故人子弟讲："吾佐天子取天下，今大功已就，而群小交兴，吾欲避之，归守镇阳，庶几可免祸，可乎？"想到走为上计。走而欲保全自己，但如何走，走后又如何，这些问题，郭崇韬没有考虑在内。看到郭崇韬的计策不全面，故人子弟说："俚语曰：'骑虎者，势不得下。'今公权位已隆，而不多怨嫉，一走失势，能自安乎？"于是为其设计走的步骤道："今中宫未立，而刘氏有宠，宜请立刘氏为皇后，而多建天下利害以便民者，然后退而乞身。天子以公有大功而无过，必不听公去。是外有避权之名，而内有中宫之助，又为天下所悦，虽有谗间，其可动乎？"这个计谋的前半部分，可以说是恰到好处，不失为自全保节的妙策；后半部分则重在恋权保位之上，实际上是涉处险地。

果然，郭崇韬按计而行，深得大多数人的拥护。在此时，郭崇韬以自己权位已极，向庄宗辞职引去。庄宗正依郭崇韬以为治，岂能放之出走，便说道："岂可朕居天下之尊，使卿无尺寸之地？"坚决不放其离去，并且加官封赏。郭崇韬因庄宗的推心置腹，也不便强辞，更不愿失去权势，便留在朝中继续辅政。既然留在朝中，原来的政敌也没有因庄宗对他信任有加而退出争斗，郭崇韬当然也免不了再受谗言的困扰。

同光三年（925）夏，霖雨不止，又值暑热，湿热难忍，庄宗思建高楼以避暑。土木之功，不可善动，又值国家初建，征伐未定，四处需要钱财，此时大兴土木，对于身居辅政的郭崇韬来说，不得不通盘考虑，便上书切谏。这时庄宗左右人进谗言道："崇韬之第，无异皇居，安知陛下之热！"只此一语，其深刻的内涵，早以使庄宗气恨怨恼疑齐集。其所气者，身为天子建一高楼尚有人拦阻；所恨者，郭崇韬竟有无异皇居的宅第；所怨者，自己所重用的人竟敢不顺从他的意志；所恼者，郭崇韬对自己竟敢"眉头不伸"；所疑者，郭崇韬总是要立大功，功高则有震主之危。在这种情况下，对郭崇韬的谗言更容易进入，郭崇韬也感觉到危险的存在,又开始寻求自安的办法。

本来郭崇韬在实施故人子弟的前半部计谋之后,抽身离去,这是使用走为上计的最好时机,现在庄宗开始对他疑心之时,再使用走为上计,只有丢去现有的荣华富贵,全身保节,才有可能成功;但他不舍得荣华富贵,还想出外"立大功为自安之计",这就错上加错。

正在郭崇韬"以谗自危"之时,后唐庄宗决定让皇子魏王李继岌为元帅领兵伐蜀。庄宗考虑到"继岌,小子,岂任大事",便让郭崇韬为招讨使,佐李继岌征蜀,实际上是郭崇韬主持军政。

大军出师十分顺利,仅七十天便将前蜀攻灭,郭崇韬将蜀国兵马财帛数目上报朝廷。庄宗看后,很是不满地说:"人言蜀天下之富国也,所得止于此邪?"这句话给怨恨郭崇韬的人以可乘之机,"因言蜀之宝货皆入崇韬,且诬其有异志,将危魏王"。这使庄宗顿时怒起,派宦官马彦圭去蜀察看。李继岌是刘皇后之子,马彦圭将郭崇韬欲危李继岌之事一讲,刘皇后也不念当初郭崇韬奏立她为皇后之德,竟"教彦圭矫诏魏王杀之"。一代忠臣名将,就这样丢了性命。

由上可见,郭崇韬两次使用走为上计,前一次是成功的,但留恋荣华富贵,该走而不走;后一次是失败的,同样是为了荣华富贵,出走去立大功以自安,这正是走入死地。由此可以看出,臣下对君主使用走为上计,除了要夺君主之位而代之的特殊情况下,一般是不能留恋荣华富贵的。只要贪图荣华富贵,走必是难事,走又是难脱。在伴君如伴虎的专制制度下,本来就是"权门要路身是灾,散地闲居少祸胎",其对君主使用走为上计,只有

"功遂身退"才为上策。

第三，在官僚集团之间。

官僚们都爱好权力，他们为争夺权力而采取了不同的手段和竞争形式，在这里有他们的性情、机遇、才能的因素，也有他们所处的政治环境因素。政治环境的好坏，往往会改变一个人的性情、机遇和才能，而一个人的性情、机遇和才能又往往会决定他采取什么样的手段和形式。

在专制政体下，臣下所获得的权力，主要是从君主那里得来的，"中国帝王的政治经济权力，一方面使他扮演为地主的大头目，另一方面又扮演为官僚的大头目，而他以下的各种各色的官僚、士大夫，则无异是一些分别利用政治权势，侵渔人民的小皇帝"（王亚南语）。在这种情况下，上级与下级之间有类似君臣的关系，但与君臣关系又有本质上的区别，因为官不是世袭的，而且存在着上下流动，这就使他们之间的相互利用和排斥的关系，具有明显的保位和争夺的特点，这些特点在同僚之间也不例外。

贪图权力是官僚们的特性，不断地追逐权力，谋求保持或扩大权力，这也是官僚们所期望的和刻意追求的。为此，他们竭尽所能，采取各种各样的手段，使用多种谋略，使他们之间的关系变得复杂起来。在复杂多变的情况下，有些官僚是青春得意马蹄疾，有的官僚难免是垂头顿足而长吁短叹，但他们都在为自身的利益而拼搏。在拼搏过程中，走为上计成为他们所重视的计谋之一。

首先，走为上计适应于争权夺位，这是官僚们所喜欢使用的重要原因之一。

在前文曾举孟尝君鸡鸣狗盗为逃生、狡兔三窟留走地的例子。孟尝君使用走为上计,不但多次免去灾祸,而且"为相数十年,无纤介之祸",使其在争权夺位上一直掌握主动。

其次,走为上计适应于保全名节,这是官僚们所被迫使用的原因。

在官场上,充满了尔虞我诈、钩心斗角和相互排挤的现象。在这种情况下,一些正直之士和功高劳苦的名臣,难免受到左右的妒忌和刻意的陷害。所谓功大不容身,循善则有妒,行贤则见嫉,仁人志士难免遭到谗毁诬陷。

为躲避谗毁诬陷,一是采用韬晦的手法,将自己的锋芒掩饰起来,尽量以谦恭自卑的行为来取得别人的好感,使他们少进或不进谗言。二是采用沽名钓誉的手法,用金钱、官位、婚姻、感情等来拉拢一些人,使他们为自己说好话,并以此来压倒谗毁诬陷。三是采用躲避是非的方法,尽量不搅入是非当中,亦即多磕头少说话,使人不以己为意,也就不会招人所害。

以上三种手法都是站在保全功名利禄的基础上,虽在一定程度上起到躲避谗毁诬陷的作用,但在人品上总有些缺陷,仁人志士则难以为之。既然难以为之,又不愿横遭诬陷,更不愿引颈受戮,走为上计不失为最佳选择。例如春秋越国的范蠡功成而泛舟五湖,汉代张良名就而愿弃人间事,唐代李泌身事三朝而白衣辅政等,都是比较突出的事例。这样做有一点是为大多数官僚们所不能放弃的,那就是功名利禄要弃之而不顾。虽然士大夫讳言利,但大丈夫在世,所求者立德、立功、立言的三不朽,仍是仁人志士所不愿放弃的，所以他们在做出这种选择时，难免犹豫不前，前所举郭崇韬之例，就是这样。

再次，走为上计适用于避祸卸罪，这是官僚们经常使用的原因。

官僚们有一个共同点，那就是计较自身的利害关系而不问青红皂白，是所谓"知利害不计是非者"。在这种情况下，一旦工作上有什么失误或过失，官僚们会想尽一切办法推卸责任，在难以推卸之时，也希望能够避开灾祸。走为上计的全师避敌，寻机待变，正适应这种情况，当然为官僚们所乐于使用。

总之，走为上计是在保全自己的基础上再寻机战胜对手。既然是保全自己，其市场必然广阔。仅就政治上而言，本计上到君主保位，下到百姓避祸，都可以使用。再加上本计的全师、避难、求胜、争胜和反败为胜的特点，更引起从事政治活动的人们注意。经他们的刻意追求和变换手法的使用，就使本计有比较稳定的市场。这不但给本计增添许许多多的传奇效果，也扩大了本计的影响，使本计应用范围更加广泛。

四、险中取胜　衰到极点转盛

走为上计作为败战计之末，位于三十六计之尾，按循环规律来讲，事物到了尽头，就要返回。也就是说，走为上计到达终结，就要返回胜战计之首的瞒天过海之计。故此，本计与瞒天过海之计有许多相同之处。即使是如此，本计与瞒天过海之计仍有很大的不同，那就是瞒天过海有盛极而衰的一面，走为上计有衰极而盛的一面，这也就是古语常讲的居安而思危，物极而必反。基于此，本计在政治斗争中应用的基本特点与瞒天过海之计有所不同，而具有其独到的特点。

第一，就走为上计在政治上应用而言，具有求稳性、突然性的特点。

所谓的求稳性，是指本计的全师为上。本计要求既要避开敌人的锋芒，又要全师不失，这就是求稳。

所谓的突然性，是指本计的寻机待变，在退却中寻找敌人的弱点，以"败"态而迎"骄"敌，很容易取得出其不意的效果；这种出其不意，就是突发性。

求稳性和突发性相结合，就使本计的使用者虽在不利的情况下，也能掌握扭转大局的主动权。如高季兴单身赴后唐朝拜，其目的在于能够保全自己荆南之地。以后唐庄宗的看法，割据各国畏惧他的实力，纳贡献地是在情理之中，不料高季兴竟敢为诸国先，亲自来朝拜。这种突然性打乱庄宗的原来部署，也使他不便将高季兴扣为人质，自然使高季兴达到保存自己荆南势力的根本目的。这就是所谓的"刚中相应，行险而顺"。再如，庞统为刘备谋划取蜀三策，其上策固然可能早定全蜀，但风险很大；其下策虽然全师待变，但很难得知何时再有机遇；其中策风险较小，既不伤全师之道，又符合突发性的特点，故刘备采纳，并达到基本目的。

从本计的演变来看，此计适用于处于劣势的一方反败为胜，故以虚实变诈为基础。所谓的虚实变诈，包括以假隐真、虚张声势、假戏真做、故弄玄虚。以假隐真，即是以假象迷惑对手上当，使之走进自己预设的圈套；虚张声势，即在走之时故显强大，使对手不明真相，不敢前来相逼，以达到全师的目的；假戏真做，即把自己的真实情况当作假情况故意透露给对手，使对手认为是故意行骗，而不敢轻易前来相逼，以此全师而去；故弄玄虚，即以自己的假情况当作假情况透露给对手，使对手疑假有真，不敢前来相逼。实力不如人，使用变诈手段迷惑对手，虽然具有很大的风险，一旦被人识破，必然被人吞没，但这种变诈的灵活应用，在力不足而谋补之的情况下，仍然有求稳的一面，这正是败战计的特点。

第二，就走为上计在政治斗争中的使用效果而言，具有险中取胜的特点。

《孙子兵法·虚实篇》云："夫兵形象水，水之形避高而趋下，兵之形避实而击虚，水因地而制流，兵因敌而制胜。"这是战争的一般规律，也是政治斗争的一般规律。水的特性是居高而下会有强大的冲击力，遇到高山险阻则转而流向他方或聚集起来不断集蓄能量，在平原大川则平缓舒张。以水之势来表达政治斗争，其居高临下者，固然锐不可当，但其冲击力过后，其优势则不可复得，故避其锐而趋其缓为取胜之道；其遇险阻者，有分流聚集之势，分流则缓其力，聚集则蓄其能，故分其流而去其积为取胜之道；其平缓舒张者，无险急之势，则便于驾驭，但不能造其形而激其流，故以平稳为取胜之道。

走为上计所处境况就是在对手居高临下的情况下的一种避锐

趋缓的计谋，因此具有险中取胜的特点。前文所举的孟尝君经营三窟，留有避锐趋缓的余地；重耳逃避骊姬的迫害，等待回国争位的时机；刘备三走避强敌，谋求自立；高季兴附强势，深入虎穴探虚实；朱元璋躲谗避名，谋求发展实利，无不是在不利的情况下采用避锐趋缓的方法获得成功，都具有险中取胜的特点。

险中取胜本身具有很大的风险性，稍有不慎，非但不能取胜，而且还会丢失本计全师的根本。如前文所讲，刘备避吕布之难而走曹操，几次险些被害，赖以闭门种菜，示无大志以免之；投袁绍、依刘表，遭到对方疑心，避祸受祸，朝夕难申其意；高季兴亲自朝拜，险些被留而不归；朱元璋遭到郭子兴的猜疑，几被众老将所害。故此，本计要求全师为上，胜敌次之，能胜敌也要先在全师的基础上胜之。伤师胜敌，这对于本身处于劣势的政治势力来说，如不是得大于失，绝不能采用。本计的上策是避强待机，在保全自己的同时再寻找胜敌之机，其履险是迫不得已情况下的应急之计。使用者不经深思熟虑，切不可滥用，也不可常用，这也是败战计的共同点。

第三，就走为上计在古代的政治环境而言，具有机遇性、适应性的特点。

在君主专制政体下，政治权力不但具有决定人的生死荣辱的功效，还有决定一切的威力。在这种情况下，对权力的崇拜和追逐就特别激烈，对权力的追求欲望也特别深。为了得到权力，就要有竞争，但在缺乏公平时，使用正常的手段，凭借自己的才能和智慧以取得权力或扩大权力，则是非常困难的事情。不能使用正常手段，在被他人取代或加害时，则需要使用权谋。权谋成为政治上必然存在而广为人们使用的东西之后，本身就有制谋和反制谋的特点，这就要看谁的机遇更好一些。

　　适当的环境、适当的机遇、适当的才能，纳入复杂的政治领域之后，则要看谁的权谋更高明，手段更适应。走为上计的立意在保全自己，这本身就适应于复杂的政治斗争。这是因为，无论是取得权力和扩大权力，还是保持权力和巩固权力，都必须在自己生存的基础上，皮之不存，毛将焉附？失去这个根本，也就谈不上权谋的使用，更谈不上权力的欲望。正因为本计是站在全师的基点上，才能够适应这种复杂多变的政治环境，这正是本计适应性的体现。

　　机遇虽然有它本身的偶然性，但机遇本身有其存在的环境和人为的创造。在不同的政治环境下，会出现不同的机遇；同样，不同的性情和才能，又会创造不同的机遇；在这种情况下，就看谁能够把握住机遇。机遇本身有稍纵即逝的特点，抓住并掌握机遇，这对一般人来讲，并不是什么太难的事。然而，能够创造机遇并掌握机遇的，这便是比较难的事了。本计的在走之中寻机待变，正是在创造机遇；创造机遇，如不能把握，也不能说是完美，这就是本计的机遇性。如前文所讲的郭崇韬，本来创造了机遇，于内有刘皇后相助，于外有诸镇强将的拥护，于上得庄宗推重加恩之心，于下得民众悦服之安；但郭崇韬失去这些机遇，直等到内有刘皇后之恨，外有领兵将领之怨，上有庄宗心疑，下有群小进谗，方才想到实施本计，自然为时已晚。这也说明本计的机遇性的存在。

总之，走为上计是处于劣势的一方经常采用的计谋，其本质是在避实就虚，其效果往往是转变不利的局面，最终通过抓住机遇而战胜对手。按照循环规律，此时则返回首计，即胜战计的瞒天过海之计。新计从旧计中脱胎出来，不可避免地带有旧计的痕迹。瞒天过海之计的常用手法与走为上计的常用手法有相同类似之处，也就说明这一点。不过走为上计与瞒天过海计的根本基点不同，走为上是在劣势下使用，瞒天过海是在优势下使用。这正是：天罡三十六，周天三百六十度，度度相连生千变；计谋三十六，权谋三百六十道，道道相兼成万化。天地变化的无穷，人类智慧的萌发，有许许多多的东西是需要人们重新认识的。

秘本兵法　三十六计

总　说

六六三十六，数中有术，术中有数。阴阳燮理，机在其中。机不可设，设则不中。

【按】解语重数不重理。盖理，术语自明；而数，则在言外。若徒知术之为术，而不知术中有数，则术多而不应。且诡谋权术，原在事理之中，人情之内。倘事出不经，则诡异立见，诧世惑俗，而机谋泄矣。或曰：三十六计中，每六计成一套，第一套为胜战计；第二套为敌战计；第三套为攻战计；第四套为混战计；第五套为并战计；第六套为败战计。

第一计　瞒天过海

备周则意怠；常见则不疑。阴在阳之内，不在阳之对。太阳，太阴。

【按】阴谋作为，不能于背时秘处行之。夜半行窃、僻巷杀人,愚俗之行,非谋士之所为也。昔孔融被围,太史慈将突围求救。乃带鞭弯弓,将两骑自从,各做一的持之。开门出,围内外观者并骇,慈竟引马至城下堑内,植所持的射之。射毕,还。明日复然,围下人,或起或卧;如是者再,乃无复起者。慈遂严行蓐食,鞭马直突其围;比敌觉,则驰去数里矣。

第二计　围魏救赵
共敌不如分敌;敌阳不如敌阴。

　　【按】治兵如治水:锐者避其锋,如导流;弱者塞其虚,故筑堰。如当齐救赵时,孙子谓田忌曰:"夫解杂乱纠纷者不控拳;救斗者不搏撠。批亢捣虚,形格势禁,则自为解耳。"

第三计　借刀杀人
敌已明,友未定,引友杀敌,不自出力,以《损》推演。

　　【按】敌象已露,而另一势力更张,将有所为;便应借此力以毁敌人。如子贡之存鲁、乱齐、破吴、强晋。

第四计　以逸待劳
困敌之势,不以战;损刚益柔。

　　【按】此即致敌之法也。兵书云:"凡先处战地而待敌者佚,后处战地而趋战者劳。故善战者,致人而不致于人。"兵书论敌,此为论势。则其旨非择地以待敌,而在以简驭繁;以不变应变;以小变应大变;以不动应动;以小动应大动;

以枢应环也。

第五计　趁火打劫

敌之害大，就势取利。刚决柔也。

【按】敌害在内，则劫其地；敌害在外，则劫其民；内外交害，则劫其国。

第六计　声东击西

敌志乱萃，不虞，坤下兑上之象。利其不自主而取之。

【按】西汉，七国反，周亚夫坚壁不战。吴兵奔壁之东南陬，亚夫使备西北；已而，吴王精兵，果攻西北，遂不得入。此敌志不乱，能自主也。汉末，朱隽围黄巾于宛，起土山以临城内，鸣鼓攻其西南，黄巾悉众赴之；隽自将精兵五千，掩东北，遂乘城虚而入。此敌志乱萃，不虞也。然则声东击西之策，须视敌志乱否为定。乱则胜；不乱将自取败亡。险策也！

第七计　无中生有

诳也，非诳也，实其所诳也。少阴、太阴、太阳。

【按】无而示有，诳也。诳不可久而易觉，故无不可以终无。无中生有，则由诳而真、由虚而实矣。无不可以败敌，生有则败敌矣。如令狐潮围雍丘，张巡缚藁为人千余，披黑衣，夜缒城下，潮兵争射之，得箭数十万。其后复夜缒人，潮兵笑，不设备，乃以死士五百斫潮营，焚垒幕，追奔十余里。

第八计　暗度陈仓

示之以动，利其静而有主，益动而巽。

【按】奇出于正，无正则不能出奇。不明修栈道，则不能暗度陈仓。昔邓艾屯白水之北，姜维遣廖化屯白水之南而结营焉。艾谓诸将曰："维今卒还，吾军少，法当来渡而不作桥；此维使化持吾，令不得还，必自东袭洮城矣。"艾即夜潜军，经到洮城。维果来渡。而艾先至，据城，得以不破，此则是姜维不善用"暗度陈仓"之计；而艾察知其"声东击西"之谋也。

第九计　隔岸观火

阳乖序乱，阴以待逆。暴戾恣睢，其势自毙。顺以动豫，豫顺以动。

【按】乖气浮张，逼则受击，退而远之，则乱自起。昔袁尚、袁熙奔辽东，尚有数千骑。初，辽东太守公孙康，恃远不服。及曹操破乌丸，或说操遂征之，尚兄弟可擒也。操曰："吾方使康斩送尚、熙首来，不烦兵矣！"九月，操引兵自柳城还，康即斩尚、熙，传其首。诸将问其故，操曰："彼素畏尚等，吾急之，则并力；缓之，则相图。其势然也。"或曰：此兵书火攻之道也。按：兵书《火攻篇》，前段言火攻之法；后段言慎动之理，与隔岸观火之意，亦相吻合。

第十计　笑里藏刀

信而安之，阴以图之；备而后动，勿使有变。刚中柔外也。

【按】兵书云："辞卑而益备者，进也；……无约而请和者，谋也。"故：凡敌人之巧言令色，皆杀机之外露也。宋曹武穆玮知渭州，号令明肃，西人惮之。一日，方召诸将钦，会有叛卒数千，亡奔夏境。堠骑报至，诸将相顾失色，公言笑如平时。徐谓骑曰："吾命也，汝勿显言！"西人闻之，以为袭己，尽杀之。此临机应变之用也。若勾践之事夫差，则竟使其久而安之矣。

第十一计　李代桃僵

势必有损，损阴以益阳。

【按】我敌之情，各有长短。战争之事，难得全胜。而胜负之决，即在长短之相较。而长短之相较，乃有以短胜长之秘诀。如以下驷敌上驷，以上驷敌中驷，以中驷敌下驷之类，则诚兵家独具之诡谋，非常理之可推测者也。

第十二计　顺手牵羊

微隙在所必乘；微利在所必得。少阴，少阳。

【按】大军动处，其隙甚多；乘间取利，不必以战。胜固可用，败亦可用。

第十三计　打草惊蛇

疑以叩实，察而后动；复者，阴之媒也。

【按】敌力不露，阴谋深沉，未可轻进，应遍探其锋。兵书云："军旁有险阻、蒋潢并生芦苇，山林翳荟，必谨复索之，此伏奸之所藏处也。"

第十四计 借尸还魂

有用者，不可借；不能用者，求借。借不能用者而用之，匪我求童蒙，童蒙求我。

【按】换代之际，纷立亡国之后者，而代其攻守者，皆此用也。

第十五计 调虎离山

待天以困之，用人以诱之。往蹇来返。

【按】兵书曰："下政攻城。"若攻坚，则自取败亡矣。敌既得地利，则不可以争其地。且敌有主而势大；有主，则非利不来趋；势大，则非天人合用，不能胜。汉末，羌率众数千，遮虞诩于陈仓崤谷。诩军不进，宣言上书请兵，须到当发。羌闻之，乃分抄旁县。诩因其兵散，日夜进道，兼行百余里。令军士各作两灶，日倍增之；羌不敢逼，遂大破之。兵到乃发者，利诱之也；日夜兼进者，用天时以困之也；倍增其灶者，惑之以人事也。

第十六计 欲擒故纵

逼则反兵；走则减势，紧随勿迫。累其气力，消其斗志，散而后擒，兵不血刃。需，有孚，光。

【按】所谓"纵"者,非放之也,随之,而稍松之耳。"穷寇勿追",亦即此意。盖不追者,非不随也,不追之而已。武侯之七纵七擒,即纵而蹑之,故展转推进,至于不毛之地。武侯之七纵,其意在拓地,在借孟获以服诸蛮,非兵法也。若论战,则擒者不可复纵。

第十七计 抛砖引玉

类以诱之。击蒙也。

【按】诱敌之法甚多,最妙之法,不在疑似之间,而在类同,以固其惑。以旌旗金鼓诱敌者,疑似也;以老弱粮草诱敌者,则类同也。

第十八计 擒贼擒王

摧其坚,夺其魁,以解其体。龙战于野,其道穷也。

【按】攻胜则利不胜取。取小遗大;卒之利,将之累,帅之害,功之亏也。全胜而不摧坚擒王,是纵虎归山也。擒王之法,不可图辨旌旗,而当察其阵中之首动。昔张巡与尹子奇战,直冲贼营,至子奇麾下。营中大乱,斩贼将五十余人,杀士卒五千余人。巡欲射子奇而不识,剡蒿为矢。中者喜,谓巡矢尽,走白子奇。乃得其状,使霁云射之,中其左目,几获之。子奇乃收军退还。

第十九者 釜底抽薪

不敌其力,而消其势,兑下乾上之象。

【按】水沸者，力也，火之力也。阳中之阳也，锐不可当；薪者，火之魄也，即力之势也，阳中之阴也，近而无害。故力不可当而势犹可消。尉缭子曰："气实则斗，气夺则走。"而夺气之法，则在攻心。昔吴汉为大司马，尝有寇，夜攻汉营。军中惊扰，汉坚卧不动。军中闻汉不动，有顷乃定。乃选精兵夜击，大破之。此即不直当其力而扑消其势力。宋薛长儒为汉州通判，戍卒开营门，放火杀入，谋杀知州、兵马监押。有来告者，知州、监押皆不敢出。长儒挺身出营，谕之曰："汝辈皆有父母妻子。何故作此？然不与谋者，各在一边。"于是不敢动。惟本谋者八人突门而出，散于诸村野，寻捕获。时谓非长儒，则一城涂炭矣。此即攻心夺气之用也。或曰：敌与敌对，捣强敌之虚，以败其将成之功也。

第二十计　浑水摸鱼

乘其阴乱，利其弱而无主。随，以向晦入宴息。

【按】动荡之际，数力冲撞，弱者依违无主；敌蔽而不察，我随而取之。《六韬》曰："三军数惊，士卒不齐，相恐以敌强，相语以不利。耳目相属，妖言不止，众口相惑。不畏法令、不重其将：此弱征也。"是"鱼"，混战之际，择此而取之。如刘备之得荆州、取西川，皆此计也。

第二十一计　金蝉脱壳

存其形，完其势，友不疑，敌不动，巽而止，蛊。

【按】共友共敌，坐观其势。倘另有一敌，则须去而存势。则金蝉脱壳者，非徒走也，盖为分身之法也。故我大军转动，而旌旗金鼓，俨然原阵。使敌不敢动，友不生疑。待已摧他敌而返，而友敌始知，或犹且不知。然则金蝉脱壳者，在对敌之际，而抽精锐以袭别阵也。

第二十二计 关门捉贼

小敌困之。剥，不利有攸往。

【按】捉贼而必关门者，非恐其逸也，恐其逸而为他人所得也。且逸者不可复追，恐其诱也。贼者，奇兵也、游兵也，所以劳我者也。《吴子》曰："今使一死贼，伏于旷野，千人追之，莫不枭视狼顾。何者？恐其暴起而害己也。是以一人投命，足惧千夫。"追贼者，贼有脱逃之机，势必死斗；若断其去路，则成擒矣！故小敌必困之，不能，则放之可也。

第二十三计 远交近攻

形禁势格，利从近取；害以远隔。上火下泽。

【按】混战之局，纵横捭阖之中，各自取利。远不可攻，而可以利相结；近者交之，反使变生肘腋。范雎之谋，为地理之定则，其理甚明。

第二十四计 假道伐虢

两大之间，敌胁以从，我假以势。困，有言不信。

【按】假地用兵之举，非巧言可诳。必其势不受一方之胁从，则将受双方之夹击。如此境况之际，敌必迫之以威，我则诳之以不害，利其幸存之心，速得全势。彼将不能自阵，故不能战而灭之矣。

第二十五计　偷梁换柱

频更其阵，抽其劲旅，待其自败，而后乘之。曳其轮也。

【按】阵有纵横，天衡为梁，地轴为柱，梁柱以精兵为之。故观其阵，则知其精兵之所在。共战他敌时，频更其阵，暗中抽换其精兵，或竟代其为梁柱，势成阵塌，遂兼其兵。并此敌以击他敌之首策也。

第二十六计　指桑骂槐

大凌小者，警以诱之。刚中而应，行险而顺。

【按】率数未服者以对敌，若策之不行；而利诱之，又反启其疑。于是故为自误，责他人之失，以暗警之。警之者，反诱之也，以盖以刚险驱之也。或曰：此遣将法也。

第二十七计　假痴不癫

宁伪作不知不为；不伪作假知妄为。静不露机，云雷屯也。

【按】假作不知而实知；假作不为而实不可为，或将有所为。司马懿之假病昏以诛曹爽，受巾帼、假请命，以老蜀兵，所以成功。姜维九伐中原，明知不可为而妄为之，则似痴矣！所以破灭。兵书曰："故善战者之胜也，无智名，无勇功。"当其机未发时，静屯似痴；若假癫，则不但露机，且乱动而群疑：故假痴者胜，假癫者败。或曰："假痴可以对敌，并可以用兵。"宋代，南俗尚鬼。狄武襄（青）征侬智高时，大兵始出桂林之南，因佯祝曰："胜负无以为据。"乃取百钱自持，与神约："果大捷，则投此钱尽钱面也。"左右谏止："倘不如意，恐沮师。"武襄不听。万众方耸视，已而挥手一掷，百钱皆面。于是举手欢呼，声震林野。武襄也大喜，顾左右，取百钉来，即随钱疏密，布地而帖钉之，加以青纱笼护，手自封焉。曰："俟凯旋，当酬神取钱。"其后平邕州还师，如言取钱，幕府士大夫共视，乃两面钱也。

第二十八计　上屋抽梯

假之以便，唆之使前，断其援应，陷之死地。遇毒，位不当也。

【按】唆者，利使之也。利使之而不先为之便，或犹且不行。故抽梯之局，须先置梯；或示之以梯。

第二十九计　树上开花

借局布势，力小势大。鸿渐于陆，其羽可用为仪也。

【按】此树本无花，而树则可以有花。剪彩粘之，不细察者不易觉。使花与树交相辉映，而成玲珑全局也。此盖布精兵于友军之阵，完其势以威敌也。

第三十计　反客为主

乘隙插足，扼其主机，渐之进也。

【按】为人驱使者为奴，为人尊处者为客；不能立足者为暂客,能立足者为久客;客久而不能主事者为贱客,能主事则可渐握机要,而为主矣。故反客为主之局:第一步须争客位;第二步须乘隙;第三步须插足;第四步须握机;第五步乃成为主。为主,则并人之军矣:此渐进之阴谋也。

第三十一计　美人计

兵强者,攻其将;将智者,伐其情。将弱兵颓,其势自萎。利用御寇,顺相保也。

【按】兵强将智,不可以敌,势必事之。事之以土地,以增其势,如六国之事秦,策之最下者也;事之以布帛,以增其富,如宋之事辽、金,策之下者也;惟事之以美人,以佚其志,以弱其体,以增其下之怨,如勾践之事夫差,乃可转败为胜。

第三十二计 空城计

虚者虚之,疑中生疑;刚柔之际,奇而复奇。

【按】虚虚实实,兵无常势。虚而示虚,诸葛而后,不乏其人。如吐蕃陷瓜州,王君焕死;河西汹惧。以张守珪为瓜州刺史,领余众,方复筑州城。版幹裁立,敌又暴至,略无守御之具,城中相顾失色,莫有斗志。守珪曰:"彼众我寡,又疮痍之后,不可以矢石相持,须以权道制之。"乃于城上,置酒作乐,以会将士。敌疑城中有备,不敢攻而退。又如齐祖珽为北徐州刺史,至州;会有陈寇,百姓多反,珽不关城门,守陴者,皆令下城,静坐街巷,禁断行人。鸡犬不乱鸣吠。贼无所见闻，不测所以。疑惑人走城空，不设警备。斑复令大叫，鼓噪聒天；贼大惊，登时走散。

第三十三计　反间计

疑中之疑。比之自内，不自失也。

　　【按】间者，使敌自相疑忌也；反间者，因敌之间而间之也。如燕昭王薨，惠王自为太子时，不快于乐毅。田单乃纵反间曰："乐毅与燕王有隙，畏诛，欲连兵王齐。齐人未附，故且缓攻即墨，以待其事。齐人惟恐他将来，即墨残矣！"惠王闻之，即使骑劫代将。毅遂奔赵。如周瑜利用曹操间谍，以间其将，亦疑中之疑之局也。

第三十四计　苦肉计

人不自害，受害必真；假真真假，间以得行。童蒙之吉，顺以巽也。

　　【按】间者，使敌人相疑也；反间者，因敌人之疑，而实其疑也。苦肉计者，盖假作自间以间人也。凡遣与己有隙者以诱敌人，约为响应，或约为共力者，皆苦肉计之类也。

第三十五计　连环计

将多兵众，不可以敌，使其自累，以杀其势。在师中吉，承天宠也。

　　【按】庞统使曹操战舰勾连，而后纵火焚之，使不得脱。则连环计者，其法在使敌自累，而后图之。盖一计累敌，一计攻敌，两计扣用，以摧强势也。如宋毕再遇，尝引敌与战，且前且却，至于数四，视日已晚，乃以香料煮黑豆，布地上，复前搏战，佯败走。敌乘胜追逐，其马已饥，闻豆香，就食，鞭之不前。遇率师反攻之，遂大胜。皆连环之计也。

第三十六计　走为上

全师避敌，左次无咎，未失常也。

【按】敌势全胜，我不能战，则必降、必和、必走。降则全败；和则半败；走则未败。未败者，胜之转机也。如宋毕再遇与金人对垒，一夕拔营去，留旗帜于营，豫缚生羊悬之，置前二足于鼓上；羊不堪倒悬，则足击鼓有声。金人不觉，相持数日。始觉之，则远矣。可谓善走者矣。

跋

夫战争之事，其道多端。强者、练兵、选将、择敌、战前、战后，一切施为，皆兵道也。惟比比者，大都有一定之规、有陈例可循，而其中变化万端，诙诡奇谲、光怪陆离、不可捉摸者，厥为对战之策。"三十六计"者，对战之策也，诚大将之要略也。闲尝论之：胜战、攻战、并战之计，优势之计也；敌战、混战、败战之计，劣势之计也。而每套之中，皆有首尾、次第。六套次序，亦可演以阴……（下缺）

后　记

此书是二十五年前进行策划的，历经两年有余完成之后，由北京燕山出版社出版。为了有畅销书效应，出版社把书名改为《三十六计全书》，将原本中国古代政治的主题冲淡，许多中国古代政治的内容被删除了，特别是各计有关政治斗争中的推演部分不见了，以至于人们认为这就是一般讲三十六计的著作，忽略中国古代政治的内容，有舍本求末的感受。

三十六计分为六套计谋，每套计谋相对独立，又相互关联，涉及面较为广泛，若是以一人之力，必然旷日持久，因此在完成样稿以后，就与同仁共同协商，各自承领一册的编写任务。最初的书稿，引子与总说及第一分册由柏桦撰写，第二分册由陆发春撰写，第三分册由王熹撰写，第四分册由赵毅、任爽撰写，第五分册由张显清、高寿仙撰写，第六分册由张德信、柏桦撰写，王熹还撰写了第二、四分册的引言部分。

当时因为是追求通俗易懂，参与编写的学者恐怕失去学者名分，大都不愿意署真名实姓，采用笔名，现在应该无所顾忌了，因为你们不能够说是功成名就，却也是博士、硕士弟子们满天下，著作等身，此也不会妨碍你们的学术，故将真实姓名标出，以显示曾经的付出。时过二十五年，参与者有的已经去世，大部分也都退休，没有退休者也别有研究方向，对于中国古代政治与三十六计之事从那个时候就不再过问了。因为选题是柏桦最初设定的，也是最初样稿撰写者，再加上一直从事中国政治法律制度史教学与研究工作，所以还关注此问题，时常进行整理，不断充实内容。

此次出版，是柏桦在原稿基础上重新进行修订，在体例上重新规划，增加各计所据《周易》逻辑进行政治斗争中推演的内容，还增删修订一些事例，文字也进行了修改。由于当时是成于众人之手，在选择事例时，也各随己便，所以事例有些冲突之处，在修订时虽然注意更换事例，但各人论述角度不同，也不能够全部改变，姑且存之，以尊重编著者的劳动。

此书承蒙万卷出版公司慨允出版，经编辑通力合作，提出修改意见，统一体例，在此表示衷心感谢。更不会忘记二十五年前合作的同仁，感谢你们此前的付出，才会有今天这样的书。

柏　桦

2018年春正月